本書由全國古籍整理出版規劃領導小組資助出版

國家清史編纂委員會·文獻叢刊

桐城派名家文集

2

姚椿集

主編 嚴雲綬 施立業 江小角

時代出版傳媒股份有限公司
安徽教育出版社

圖書在版編目（CIP）數據

桐城派名家文集. 第2卷，姚椿集 / 嚴雲綬，施立業，江小角主編.
—合肥：安徽教育出版社，2014
ISBN 978-7-5336-7876-0

Ⅰ.①桐… Ⅱ.①嚴…②施…③江… Ⅲ.①中國文學—古典文學
—作品綜合集—清代 Ⅳ.①I214.91

中國版本圖書館 CIP 數據核字（2014）第 143592 號

桐城派名家文集 ②姚椿集
TONGCHENGPAI MINGJIA WENJI

出 版 人：鄭 可
質量總監：張丹飛
策劃統籌：吳壽兵 錢 江 夏業梅
責任編輯：張 利 周大勤
裝幀設計：何宇清
責任印製：王 琳

出版發行：時代出版傳媒股份有限公司 安徽教育出版社
地 址：合肥市經開區繁華大道西路 398 號 郵編：230601
網 址：http://www.ahep.com.cn
營銷電話：(0551)63683011，63683013
排 版：安徽創藝彩色製版有限責任公司
印 刷：安徽新華印刷股份有限公司

開 本：787×1092 1/16
印 張：37.75
字 數：525 千字
版 次：2014 年 10 月第 1 版 2014 年 10 月第 1 次印刷
本册定價：310.00 元
全套定價：5480.00 元

國家清史編纂委員會出版委員會

總序

戴逸

二〇〇二年八月，國家批准建議纂修清史之報告，十一月成立由十四部委組成之領導小組，十二月十二日成立清史編纂委員會，清史編纂工程於焉肇始。

清史之編纂醞釀已久，清亡以後，北洋政府曾聘專家編寫清史稿，歷時十四年成書。識者議其評判不公，記載多誤，難成信史，久欲重撰新史，以世事多亂不果。中華人民共和國成立後，中央領導亦多次推動修清史之事，皆因故中輟。新世紀之始，國家安定，經濟發展，建設成績輝煌，而清史研究亦有重大進步，學界又倡修史之議，國家採納衆見，決定啓動此新世紀標志性文化工程。

清代為我國最後之封建王朝，統治中國二百六十八年之久，距今未遠。清代衆多之歷史和社會問題與今日息息相關。欲知今日中國國情，必當追溯清代之歷史，故而編纂一部詳細、可信、公允之清代歷史實屬切要之舉。

編史要務，首在採集史料，廣搜確證，以為依據。必藉此史料，乃能窺見歷史陳迹。故史料為歷史研究之基礎，研究者必須積累大量史料，勤於梳理，善於分析，去粗取精，去偽存真，由此及彼，由表及裏，進行科學之抽象，上升為理性之認識，才能洞察過去，認識歷史規律。史料之於歷史研究，猶如水之於魚，空氣之於鳥，水涸則魚逝，氣盈則鳥飛。歷史科學之輝煌殿堂必須巋然聳立於豐富、確鑿、可靠之史料基礎上，不能構建於虛無飄渺之中。吾儕於編史之始，即整理、出版文獻叢刊、檔案叢刊，二者廣收各種史料，均為清史編纂工程之重要組成部分，一以供修撰清史之用，提高著作質量，二為搶救、保護、開發清代之文化資源，繼承和弘揚歷史文化遺産。

清代之史料，具有自身之特點，可以概括為多、亂、散、新四字。

一曰多。我國素稱詩書禮義之邦，存世典籍汗牛充棟，尤以清代為盛。蓋清代統治較久，文化發達，學士才人，比肩相望，傳世之經籍史乘、諸子百家、文字聲韻、目録金石、書畫藝術、詩文小説，遠軼前朝，積貯文獻之多，如恒河沙數，不可勝計。昔梁元帝聚書十四萬卷於江陵，西魏軍攻掠，悉燔於火，人謂喪失天下典籍之半數，是五世紀時中國書籍總數尚不甚多。宋代印刷術推廣，載籍日衆，至清代而浩如烟海，難窺其涯涘矣。清史稿藝文志著録清代書籍九千六百三十三種，人議其疏漏太多。武作成作清史稿藝文志補編，增補書一萬零四百三十八種，超過原志著録之數。彭國棟亦重修清史稿藝文志，著録書一萬八千零五十九種。近年王紹曾更求詳備，致力十餘年，遍覽群籍，手抄目驗，成清史稿藝文志拾遺，增補書至五萬四千八百八十種，超過原志五倍半，此尚非清代存留書之全豹。王紹曾先生言：『余等未見書目尚多，即已見之目，因工作粗疏，未盡鈎稽而失之眉睫者，所在多有。』清代書籍總數若干，至今尚未能確知。

清代不僅書籍浩繁，尚有大量政府檔案留存於世。中國歷朝歷代檔案已喪失殆盡（除近代考古發掘所得甲骨、簡牘外），而清朝中樞機關（内閣、軍機處）檔案，秘藏内廷，尚稱完整。加上地方存留之檔案，多達二千萬件。檔案為歷史事件發生過程中形成之文件，出之於當事人親身經歷和直接記録，具有較高之真實性、可靠性。大量檔案之留存極大地改善了研究條件，俾歷史學家得以運用第一手資料追踪往事，了解歷史真相。

二曰亂。清代以前之典籍，經歷代學者整理、研究，對其數量、類别、版本、流傳、收藏、真偽及價值已有大致瞭解。清代編纂四庫全書，大規模清理、甄别存世之古籍。因政治原因，查禁、纂改、銷燬所謂『悖逆』、『違礙』書籍，造成文化之浩劫。但此時經師大儒，聯袂入館，勤力校理，盡瘁編務。政府亦投入巨資以修明文治，故所獲成果甚豐。對收録之三千多種書籍和未收之六千多種存目書撰寫詳明精切之提要，撮其内容要旨，述其體例篇章，論其學術是非，叙其版本源流，編成二百卷四庫全書總目，洵為讀書之典要、後學之津梁。乾隆以後，至於清末，文字之獄漸戢，印刷之術益精，故而人競著述，家嫻詩文，各握靈蛇之珠，衆懷崑岡之璧，千舸齊發，萬木争榮，學風大盛，典籍之積累遠邁從前。惟晚清以來，外强侵凌，干戈四起，國家多難，人民離散，未能投入力量對大量新出之典籍再作整理，而政府檔案，深藏中秘，更無由一見。故不僅不知存世清代文獻檔案之總數，即書籍分類如何變通，版本庋藏應否標明，加以部居舛誤，界劃難清，亥豕魯魚，訂正未遑。大量稿本、鈔本、孤本、珍本，土埋塵封，行將澌滅。殿刻本、局刊本、精校本與坊間劣本混淆雜陳。我國自有典籍以來，其繁雜混亂未有甚於清代典籍者矣！

三曰散。清代文獻、檔案，非常分散，分別庋藏於中央與地方各個圖書館、檔案館、博物館、教學研究機構與私人手中。即以清代中央一級之檔案言，除北京第一歷史檔案館所藏一千萬件以外，尚有一大部分檔案在戰爭時期流離播遷，現存於臺北故宮博物院。此外，尚有藏於沈陽遼寧省檔案館之聖訓、玉牒、滿文老檔、黑圖檔等，藏於大連市檔案館之内務府檔案，藏於江蘇泰州市博物館之題本、奏摺、録副奏摺。至於清代各地方政府之檔案文書，損毁極大，但尚有劫後殘餘，璞玉渾金，含章蘊秀，數量頗豐，價值亦高。如河北獲鹿縣檔案、吉林省邊務檔案、黑龍江將軍衙門檔案、河南巡撫藩司衙門檔案、湖南安化縣永曆帝與吳三桂檔案、四川巴縣與南部縣檔案、浙江安徽江西等省之魚鱗册、徽州契約文書、内蒙古各盟旗蒙文檔案、廣東粤海關檔案、雲南省彝文傣文檔案、西藏噶廈政府藏文檔案等等，分別藏於全國各省市自治區，甚至清代兩廣總督衙門檔案（亦稱葉名琛檔案），英法聯軍時遭搶掠西運，今藏於英國倫敦。

清代流傳下之稿本、鈔本，數量豐富，因其從未刻印，彌足珍貴，如曾國藩、李鴻章、翁同龢、盛宣懷、張謇、趙鳳昌之家藏資料。至於清代之詩文集、尺牘、家譜、日記、筆記、方誌、碑刻等品類繁多，數量浩瀚，北京、上海、南京、廣州、天津、武漢及各大學圖書館中，均有不少貯存。豐城之劍氣騰霄，合浦之珠光射日，尋訪必有所獲。最近，余有江南之行，在蘇州、常熟兩地圖書館、博物館中，得見所存稿本、鈔本之目録，即有數百種之多。

某些書籍，在中國大陸已甚稀少，在海外各國反能見到，如太平天國之文書。當年在太平軍區域内，為通行之書籍，太平天國失敗後，悉遭清政府查禁焚燬，現在中國，已難見到，而在海外，由於各國外交官、傳教士、商人競相搜求，攜赴海外，故今日在外國圖書館中保存之太平天國文書較多。二十世紀，向達、蕭一山、王重民、王慶成諸先生曾在世界各地尋覓太平天國文獻，收獲甚豐。

四曰新。清代為傳統社會向近代社會之過渡階段，處於中西文化衝突與交融之中，産生一大批内容新穎、形式多樣之文化典籍。清朝初年，西方耶穌會傳教士來華，攜來自然科學、藝術和西方宗教知識。乾隆時編四庫全書，曾收録歐几里得幾何原本，利瑪竇乾坤體儀，熊三拔泰西水法、簡平儀説等書。迄至晚清，中國力圖自强，學習西方，翻譯各類西方著作，如上海墨海書館、江南製造局譯書館所譯聲光化電之書，後嚴復所譯天演論、原富、法意等名著，林紓所譯茶花女遺事、黑奴籲天録等文藝小説。中學西學，摩蕩激勵，舊學新學，鬥妍争勝，知識劇增，推陳出新，晚清典籍多别開生面、石破天驚之論，數千年來所未見，飽學宿儒所不知。突破中國傳統之知識框架，書籍之内容、形式，超經史子集之範圍，越子曰詩云之牢籠，發生前所未有之革命性變化，出現衆多新類目、新體例、新内容。

清朝實現國家之大統一，組成中國之多民族大家庭，出現以滿文、蒙古文、藏文、維吾爾文、傣文、彝文書寫之文書，構成為清代文獻之組成部分，使得清代文獻、檔案更加豐富，更加充實，更加絢麗多彩。

清代之文獻、檔案為我國珍貴之歷史文化遺産，其數量之龐大、品類之多樣、涵蓋之寬廣、内容之豐富在全世界之文獻、檔案寶庫中實屬罕見。正因其具有多、亂、散、新之特點，故必須投入巨大之人力、財力進行搜集、整理、出版。吾儕因編纂清史之需，賈其餘力，整理出版其中一小部分；且欲安裝網絡，設數據庫，運用現代科技手段，進行貯存、檢索，以利研究工作。惟清代典籍浩瀚，吾儕汲深綆短，蟻銜蚊負，力薄難任，望洋興嘆，未能做更大規模之工作。觀歷代文獻檔案，頻遭浩劫，水火兵蟲，紛至沓來，古代典籍，百不存五，可為浩嘆。切望後來之政府學人重視保護文獻檔案之工程，投入力量，持續努力，再接再厲，使卷帙長存，瑰寶永駐，中華民族數千年之文獻檔案得以流傳永遠，霑溉將來，是所願也。

二〇〇四年

前言

桐城派興起於清代康熙之際，延續至民國初年，前後達兩個世紀之久。其陣營之壯大，内涵之豐富，在中國文化學術史上，實屬罕見。近百年來，社會變遷，貶之者較多，譽之者亦不乏人，分歧頗大。自上世紀八十年代以後，在解放思想大潮的推動下，不少學人已不約而同地認識到：作爲清代文化學術領域内一種重大的存在，桐城派是一個繞不過去的話題。可以説，没有對桐城派系統、深入的研究，要想寫好清代文學史、學術史、文化史，當非常困難。而且，不少桐城派作家的社會實踐活動，涉及清代社會的諸多方面，如政治、經濟、軍事、教育、學術、文藝等，有些影響至爲深遠；且其詩文中史料甚豐，值得治史者細心發掘。然而，由於種種原因，桐城派所受到的學術關注，還很難説與其重要的歷史地位、影響相稱。很多研究有待於深化，不少的領域還是空白。文獻資料的搜尋、整理則長期停留在分散、零星的狀態。

桐城派名家文集係國家清史編纂委員會文獻組的規劃項目。此項目的確定與實施，無疑使桐城派文獻資料的整理工作邁入了一個新階段。其便利學人，推進桐城派研究的作用，自不待言。桐城派自興起、形成，歷經發展、變化，兩百多年中，直接或間接與桐城派相關聯的作者，可能近千人。影響所及，北達京都，南逾五嶺，東及吴越。文獻遺存十分豐富。我們此次從其發展過程中選擇各個階段的若干代表人物的文集，編纂整理，試圖爲廣大讀者提供一套大體上能體現桐城派不同階段特徵的文獻資料；在以歷史發展綫索爲主的基礎上，適當兼顧地域的因素。本着上述意圖，文集收入的作家爲：戴名世、方苞、劉大櫆、姚範、姚鼐、吴德旋、陳用光、方東樹、姚椿、管同、劉開、姚瑩、梅曾亮、吴敏樹、曾國藩、龍啓瑞、戴鈞衡、王拯、方宗誠、張裕釗、黎庶昌、薛福成、吴汝綸、賀濤、范當世、馬其昶、姚永樸、姚永概，共二十八人。持此一編，基本上可以感知桐城派演化的不同階段的根本特徵，亦能從中窺探清代社會某些方面的情景。

文集分甲、乙兩編。甲編收入姚範、吳德旋、陳用光、方東樹、姚椿、管同、劉開、姚瑩、吳敏樹、龍啓瑞、戴鈞衡、王拯、方宗誠、薛福成、馬其昶、姚永樸、姚永概等十七位作家詩文集。因爲在本項目擬訂規劃時，上述十七位作家的詩文尚未見到整理本出版，所以此次編纂、整理時，盡力求全：在對其已刊刻作品進行校勘、標點的同時，又儘可能蒐集其未刊稿，希望由此提高資料的完整性。乙編爲戴名世、方苞、劉大櫆、姚鼐、梅曾亮、曾國藩、張裕釗、黎庶昌、吳汝綸、賀濤、范當世等十一位作家的文章選集。上述作家，或爲桐城派開宗立派的大師，或爲推進桐城派轉變、發展的巨匠，其詩文本當全部匯録，但考慮到均已有整理本出版，因此本文集以其文選入編，雖然未能以全貌示人，但經過編者認真選擇、整理的文選，當亦能在基本方面體現出各位作家的文章風貌。

國家清史編纂委員會、國家清史編纂委員會項目中心與文獻組對桐城派名家文集的編纂十分重視，給予了多方面的指導與扶持。安徽省哲學社會科學界聯合會、中共桐城市委員會、桐城市人民政府從始至終對整理工作提供各項支持，諸多實際困難得以化解。顯然，若無上述各方面的關心，文集必然很難完成。時代出版傳媒股份有限公司安徽教育出版社一向重視文化傳承，扶持學術，毅然承當了文集的出版工作。在此，謹對一切關心、支持本項目的機構、人士深致謝忱！

桐城派名家文集乃是文化學術界第一次較大規模的桐城派文獻資料整理工程，難度可想而知。而我們則學力有限，每每有力不從心之憾。因此，文集内難免有不少疏誤之處。出版之後，希望得到廣大讀者的積極回應，給予指正。

嚴雲綬　施立業　江小角

二〇一一年九月廿五日

凡例

一、桐城派名家文集分甲、乙兩編； 甲編收入姚範、吴德旋、陳用光、方東樹、姚椿、管同、劉開、姚瑩、吴敏樹、龍啓瑞、戴鈞衡、王拯、方宗誠、薛福成、馬其昶、姚永樸、姚永概等十七位作家詩文集，乙編爲戴名世、方苞、劉大櫆、姚鼐、梅曾亮、曾國藩、張裕釗、黎庶昌、吴汝綸、賀濤、范當世等十一位作家選集。

二、凡收入甲編的名家文集均保持其原刻本編次。不同年代刊行的文集或詩集按其刊刻年代先後編排。有輯佚稿者按文、詩分類編年，附於原刻文集之後； 年代不明者，酌情處置。

三、每位作家文集前之整理説明，簡要説明作家、著作版本的主要情況。甲編各文集後附録清人所撰寫的年譜、附記、墓志銘等相關資料。

四、底本之選擇兼顧底本完整性與準確性兩原則。若兩者不能兼顧，則以訛誤少、校刻精之本作底本，其殘缺部分以他本配補。

五、凡底本不誤而他本誤者，一般不出校記。

六、底本之明顯的版刻錯誤，如因形近致誤的『己』、『已』、『巳』之類，可以依據上下文予以辨識者，逕改之，不出校記。

七、凡底本之訛、脱、衍、倒，確有實據者，予以改正，并以符號標識。以圓括號表示誤字或應删之字，改正之字置於括號後； 以方括號表示增補之字。

八、文中脱漏、殘缺或難以辨識之處用方框表示。

九、底本與他本文异，但義可兩通、難以取捨者，以校記説明。一般虛字有异而文義無殊者，可不出校。

十、文字盡量保持原貌，通假字、异體字一般均依原文，不改爲現代通行體，亦不求統一。過於冷僻之字可酌改爲通行字。文中如有外文詞語之翻譯與現在通行譯法不同者，不作改動，仍存原譯。同一譯名在文集中前後相异者，亦存原譯，不予統一。

十一、校記力求簡短，摘引正文時僅舉所校詞語。校記置於該篇篇末。

十二、文中引文與原書小异但不失其本意者，不改動亦不出校。節引原書文字大异且失其原意者，出校説明，但不改正。

十三、標點符號依照一九九六年中華人民共和國國家標準標點符號用法的規定使用。考慮到古代漢語的特點，原則上不使用省略號、破折號、着重號和連接號。

十四、凡直接引用的文字用雙引號表示，若引文中復有引文，則加單引號。古人引書多述其大意或節略其文，凡此等處不用引號。

姚椿集

點校　查昌國

整理説明

姚椿（一七七七—一八五三），字子壽，一字春木，號樗寮生、樗寮子等，江蘇婁縣（今上海市）人。國子生，清代著名的桐城派古文家、詩人及教育家。

姚椿資稟甚高，十歲即通聲律，喜好詩，且能繪畫，『寫墨竹得瀟灑之致』（歷代畫史匯傳）。喜博覽，遇未見書，便手自抄録。十八歲時，以國子生應順天鄉試，未中，然與洪亮吉、楊芳燦、張向陶等人相識，情趣相投。其相與論詞賦，氣甚淩厲，才名噪於京師，賢士大夫多道其賢。乾隆六十年恩科，其試卷文字深受紀昀、彭元端之賞識，『置其卷第一』（姚先生行狀）。『然時聞南昌待士倨，故不敢以見，其於河間一望顔色而已，意不以童子爲可進也』（跋紀河間彭南昌兩家文集），不料後來連試皆不如意。道光元年朝廷詔舉孝廉方正之士，郡守彭兆蓀以姚椿應徵，辭謝不就，遂終生不仕，以授徒、著述爲業。於道光四年主講河南夷山書院，道光十八年始主講湖北荆南書院達七年。道光二十五年，姚椿六十九歲，回歸故里後，仍主講於松江景賢書院。咸豐三年二月二十一逝世，享年七十七歲。姚椿一生授徒講學，致力於昌明程朱理學，以詩文實學勵諸生，精心培植人才。

姚椿『少好稱詩』（通藝閣詩録自序），於詩之造詣頗爲自負，曰：『詩自少習之，尚可自信』（莊仲方通藝閣文集跋）。其論詩，主張『以諷諭爲主，以音節爲輔，以獨造爲境，以自然爲宗』（吴仲雲蒼雪集序）。其詩則以杜甫爲宗，『負必欲行之學，久藏於心志，則抑鬱以爲言』。『論者謂元遺山之後有先生，猶蘇子瞻、黄魯直之後有遺山也』（通藝閣詩録後序）。

其弱冠後，始而學文，師事姚鼐，成爲古文名家。嘉靖初年，姚椿『乃以方伯公命，從學於桐城姚先生鼐。姚君語先生曰：「子之業幾成矣。然亦嘗從事程朱之學乎？」先生未有以對。姚君作色曰：「南宋以後之人，類乃程朱留下者，毋忽視焉。」先生退而遍發濂洛關閩之書，讀之爽然如有所失。已複歡然如有所得』（姚先生行狀）。姚鼐逝世後，姚椿於嘉靖二十二年得讀朱澤澐（字止泉)之書，以爲其『學有淵源』，『造詣純備，卓然醇儒』(合意編後序)，其書『多有可以裨補世教者』(易經學旨序)，遂亦私淑之不已。總之，姚氏一生行世之學，可曰是『親炙桐城，私淑止泉』(自贊)。其於桐城乃是『終身服膺弗失』〔一〕，治經論學，均折中之。其『論文必舉桐城』，認爲：『文之爲用，不外四者，曰明道，曰記事，曰考古有得，曰言詞之美。』〔二〕其文亦多『雄深簡潔且饒經濟』(通藝閣文集跋)之作，不僅『體之也至，擇之也精』，而且言和懿而周愼，音韻曠邈而深長，『其浩然自得之心，憂世覺人之隱衷，常使人憬然自悟於文字既盡之餘』(書通藝閣文集後)。史家謂姚氏之文『得桐城之正緒』〔三〕，是爲確論。

姚椿嘗自言其『志亦有慕於顧氏』(通藝閣詩録自序)，欲編國朝諸儒學案及文録。因早年沉於詞章之事，後又耽於義理之學，致其功力不逮，難遂所願。張舜徽先生曾說：『椿以貴遊子弟，淺嘗浮慕，固無以識得清初以逮乾嘉諸儒深處。學案之不能有成，亦即以此』(清人文集別録)。

姚氏一生著述甚富，現存主要詩文著述有晚學齋文集、通藝閣詩録、通藝閣詩續録、通藝閣詩三録、通藝閣和陶詩、樗寮詩話、樗寮文續稿等等。此外，他還想編輯有清一代之遺文軼事，以其大者，爲國朝諸儒學案，次則編爲文録一書，『二者相爲表裏，使其言其事，皆章著明於世』(複鍾泉太守書)。其後，文録成八十二卷，而學案則未能成書。又纂修有〔道光〕禹州志二十六卷、〔道光〕川沙撫民廳志十二卷等。

據清人別集總目、清人詩文集總目提要等所載，姚椿文集傳本主要有三：一是通藝閣文集六卷，一是晚學齋文集十二卷，一是樗寮文續稿一卷。其中樗寮文續稿一卷原爲傳抄本，收文三十一篇，後經羅振玉校對，則有七篇已收入集中，此本於一九三六年由上海蟫隱廬刊行，後又收入叢書集成續編(上海書店出版社一九九四年版)。此外，上海圖書館還藏有樗寮未刻稿一卷等。其詩集傳本除了通藝閣本外，國家圖書館還藏有通藝閣詩遺編一卷，上海圖書館藏有丁祖蔭所跋南埭草堂詩集(稿本)十六卷，嘉靖間抄本通藝閣詩録四卷，通藝閣詩續録(抄本)三卷，道光間抄本通藝閣三録(不分卷)等。

莊仲方跋通藝閣文集曰：『顧余與春木皆衰老且

貧，力不能梨，因集貲用活字版成之，書凡六卷。印將成矣，春木書來，言「文集改名晚學齋，以別於詩之通藝閣。蓋詩自少習之，尚可自信，文則弱冠始學，爲時文駢體所雜者已多，根柢未深，遽云能通六藝，且將爲人詬詈，急宜改正。至所編體例，用韓文集舊法，此唐宋人多用之。」二者皆不及改爲，而重違其意，因將所寄目次附印於後，將來有力付梓時，卽可仿行耳。』又楊象濟刻晚學齋文集跋云：『吾師春木先生文集，初刻於杭，凡六卷。仍前刻詩集例曰通藝閣文集，以聚珍版排印。……今年春，象濟渡松江謁師，再宿南埭草堂，師出自貯稿本見示。歸與計曦伯丈述之，乃相與校訂，約同門吳江沈南一襄事，重訂爲十二卷，易以今名付諸梓。』

今檢通藝閣文集與晚學齋文集，前者收文凡二百三十七篇，分爲六卷；後者收文凡二百四十六篇，分爲十二卷，後者收文篇數多於前者。其次，後者遵照姚椿意見，改按韓文集體例編排，並易名爲晚學齋文集。其三，楊象濟刻晚學齋文集時，在通藝閣文集的基礎上，根據姚氏『自貯稿本』重新進行了校訂。鑒此，本次整理以晚學齋文集本爲底本，詩集則仍據通藝閣本進行點校。

限於水準，本書在點校過程中肯定存在不妥之處，誠乞廣大專家學者批評指正。

查昌國

二〇〇八年十一月

【注】

〔一〕〔二〕〔三〕劉聲木：桐城文學淵源撰述考卷六『姚椿』條，黃山書社一九八九年，第二百二十二頁。

目録

晚學齋文集卷五

晚學齋文集卷十二 …… 一四六

通藝閣詩録卷第四 …… 一九三

通藝閣詩録卷第八

通藝閣詩續録卷第二

通藝閣詩三録卷第三……三八六

通藝閣和陶集自序……四九二

通藝閣和陶集卷上……四九四

通藝閣和陶集卷中……五〇三

晚學齋文集序

王柏心

通百家之傳記，究宇宙之繁賾，其於學也，博矣而遺其要。述微言，闡心性，依經以淆經，倚儒先以齮齕儒先，其於道也，異矣而離其宗。因革利害之故，策之而屢中，然不免陰濟以功利，其於事也，練矣而遠於仁義。善爲奧衍恣睢閎大不經之說以震撼耳目，其於言也，能持論矣而非安定之辭。有能博習於學，深知其要，窺道之宗，力矯其異，不以事功加乎仁義之上，不爲危言激論而優柔饜飫，犂然有當於人心，則可謂中行獨復之士矣。婁東姚氏子壽聞是語也以爲然，乃出示所爲古文詞。讀之，終卷則歎曰：『此非所謂中行獨復者耶！』

姚氏於書無不窺，博聞强識，恢恢無崖際。既而悔之，唯持循於倫紀日用間，覃思六經，服膺儒先，義必求其盡，理必求其是，以爲由漢以來，唯朱子之言合高明中庸而一之。終身誦說，必依乎此，尤疾世儒以曲說小文破碎大義，甚者援漢儒之箋釋，標心性之異旨，而陰詆朱子，則辨之不遺餘力，稽諸史傳證之。游歷自河渠、農桑、災政、邊防以及閭閻疾苦，無不反覆熟籌，而意常主於揆度時勢，以正人心、厚風俗爲先。其宣之口也，閎達而疏暢；其筆之書也，茂密而和懿，無瑰譎之貌，亢厲之氣，而工於辭者以爲無以加焉，其庶幾中行獨復之士也矣。人曰若姚氏者，烏覯所謂中行耶？以貴公子有高才，不營仕進；天子設異常之科，有司上其名，姚氏卻之，似介。出而遨遊，所至傾其賢豪，似通。好黃老家言，飲酒不治生，似狂。貧不妄取，交不妄合，似獧。若是者，殆莫測其所至。

嗟乎！姚氏始欲出其所得，導之乎世，世方狃於矜奇炫異之見，莫能應之。學知其要，而馳騖者以爲隘；道窺其宗，而卓詭者以爲拘；語事功必本仁義，而經世者以爲迂；論議不尚危激，而才辨者以爲拙訥。然而姚氏爲之不顧，好之不輟，窮年矻矻，至於華首，唯以衛大道、敦實行爲己任，雖羣譁衆訕，猶欲有救乎賢智之過，而返諸中正之塗。嗟乎！其可謂中行獨復之士也矣。

姚氏曰：『吾欲纂國朝儒學案及國朝文録二書，未成文，非吾所留意也。』予慮二書未能猝成，辱以古文詞相示，因識其略於簡端。夫姚氏則導我以先路矣，予殆將往而從之乎哉。

道光二十年歲在庚子冬十有二月，監利王柏心序於荆州郡齋。

晚學齋文集卷一

漢宋儒者論

學必徵諸聖人。聖人之學安徵乎？徵諸經。經非聖人也，然而聖人之心在焉。知聖人之心，則知聖人之所以爲學矣。

今夫易，四聖人之作也。大旨以處憂患而已，而後儒以讖緯之說亂之。今夫書，列代帝王以出政事，歸於言治法而已，而後儒紛紛以古文、今文之說亂之。今夫詩，作不一人，人不一事，聖人以『無邪』蔽之而已，而後儒以大小序，淫詩、淫聲而出入之。以至於考前代典章制度，以爲後人立身之矩矱，而有禮也。紀東周列國時事，以觀聖人之褒貶，而有春秋也。或以後世之事證前代，而不肯闕其疑；或泥時人之所載以爲實，而不能觀其會通，此亦豈聖人所以望諸後世者乎？

然則欲求聖人之學者，將舍經以求之乎？曰：非也。使聖人當日而不雅言詩、書，執禮、學易、觀春秋，雖孔子亦無以爲聖，而又何論乎後之人？是故秦火之後，抱殘守缺，歷久而僅存者，諸儒功也。其說之未盡當，傳之未盡真，得其言而未必盡得其心者，諸家之言未盡備，考校未盡明白其勢，然非漢儒過也。

歷魏晉六朝至唐，而有注疏之作，其說悉本於儒先。然而經各有主，則其說亦未盡備，學者又不務躬行心得，而以博說爲功，其高明之士多折而入於釋氏之門。詞章盛而經術衰，學校存而人才不如古，此又其勢之所趨然也。

宋繼五代之後，始厭流俗之陋，而禪學雜乎其間，於是大賢者出，始得聖人不傳之遺意，而教人以自爲。蓋自周子、二程子、張子始各爲書，以言聖人精微之蘊，其於諸經或兼及之，或專及之，而不盡釋也。雖其創論之始，其於名物訓詁不暇盡究，而微言大義昭然示諸人人。至子朱子出，則又兼綜歷代之說，雖其推尊四子，而復追崇漢人之學，以爲非有所論說於前，則後人亦無所憑藉以爲精究之地，其言可謂公矣。特以一人之力不能兼舉羣經，卽其所舉，亦或不無出入於其間。然而訓解至晰，立論至嚴，教人以自爲，而不徒以經爲口說，而於異端之託似以亂眞者，又有以別其界而絕其塗。主敬以存心，致知以窮理，並行而不可偏廢。後之人遵其說而行之，雖百世無弊可也。

自明以科舉之學囿天下士，其始非不善也，後乃務簡陋，而或不能以博觀。至於中葉，而心學興焉。廢棄典籍，自作聰明，而聖人之經不卹爲無忌憚之具，迨其末〔一〕造狂禪肆出，學術橫裂。於是篤實之士乃復理漢唐舊說，以救其弊，而奇衺者亦或借此齮齕宋儒，以便其私。葢其立身制行，非但不及宋儒，而以視漢儒之卓然有立者，抑已遠矣。

後之學者，益以名高相勝，論上古則可以避今之所諱，斥他人則可以匿己之所短，其言曰：吾非好詆先儒也，詆其前此之好詆先儒者而已。夫宋儒之詆前人，吾不敢謂其一無所非，然而所得者多，所明者大且博，而又立身制行，於漢儒有過無不及，則其辯論而斥退之也，聖人之所許也。後人無宋儒之識之學之行，而徒執前人之緒餘以相呰謷，吾不知其所說者爲何經，而於聖人之心爲何等矣。

後之君子，由宋人之所已言而復上推漢人之言，由漢人之言而復折諸宋人之言。使其取也，弗爲陷〔二〕；而其棄也，弗爲隘，而又必以躬行心得爲本。是聖明之學也，何以言之？孔子曰：『君子博學於文，約之以禮。』孟子曰：『博學而詳說之，將以反說約也。』

【校】

〔一〕末：底本作『未』，依通藝閣本改。

〔二〕陷：底本作『蹈』，依通藝閣本改。

中興論

中興者，有亂世之中興，有治世之中興。繼亂世者，掃除而作新之，其道因而兼創，有若夏之少康、周之宣王、漢之光武。繼治世者，怠則整齊而嚴肅之，猛則休養而生息之，其道亦因而兼創，有若商之太甲、周之成王、漢之昭帝。

人知繼亂世之難，而不知繼治世之難爲尤甚焉者也。漢昭以後，唐則有若憲宗、武宗，宋則有若仁宗、孝宗，明則有若孝宗，而元祐之由乎太后與其臣者不與焉。夫憲、武之烈，皆不克終，至於宋與明，則又皆未有豐功偉業可以大過人者，而以爲中興，毋乃溢與？曰：非然也。夫所謂中興者，非功名武勇之爲難，而保世滋大之爲貴。譬諸人有危疾幾於殆矣，幸而獲救，則夫所以濟其後者，方且維持而愈艱，謂其一或不濟，則必不可以再倖，非其始救者之不善，其困阨之甚，必事倍而功僅獲其半焉爾。

昔者漢武虚中國以事四夷，天下常殆矣。輪臺之詔，富民之封，不能以有補也。霍光輔昭帝行寬大之政，而中國富實，四夷賓服。宋神宗信王安石之言，鋭行周禮，天下騷然，不安其化。司馬光佐太皇太后行寬大之政，而兒童讙誦，契丹誠戢。向使武帝之後，繼以孝宣〔一〕，元豐而後卽爲紹聖，吾見漢宋〔二〕之天下，不再傳而失也，尚何東漢與南宋之足言哉。彼後周世宗之所以治其國，其道乃與子產治鄭、孔明治蜀同，則固皆以嚴得之者矣。

曰：然則繼亂世者不足言與？曰：非然也。光武之烈紹乎少康，而漢昭之懿媲乎成王，其美一也。若夫唐肅宗、宋高宗之僅恃其臣以爲恢復之資，而竊光顯之號，得終其身已爲幸矣，又何中興之足云？是故唐之中興也，不曰肅宗而曰憲、武，宋之中興也，不曰高宗而曰北宋有仁宗、南宋有孝宗，肅與高蓋其先世餘澤之所及，而此則其所自致也。猶之明之中興也，吾不曰成祖與世宗，而亦惟孝宗爲無愧焉耳。

曰：然則偏統無中興者乎？曰：有之。元魏之孝文、後周之世宗及金之世宗，亦皆有志於天下者。然既未及乎一統，而其政亦卒未有以大相過，吾故不得而備論也。

【校】

〔一〕宣：通藝閣校改作「元」。

〔二〕宋：底本作「唐」，依通藝閣本改。

魏梁書法論

有一時之是非，有千古之是非。知一時之是非，則千古之是非可得而定矣。

當魏晉間以禪位之名行篡代之實，其臣陳壽志三國事，紀魏而傳吳、蜀。五季之亂，尤甚前代，歐陽氏作史以正統與梁。其後司馬氏統紀前事爲通鑑，皆仍二子之說。由後言之，未有不以三人之說爲非者也。然而三子者之心，其初則豈有以異乎後之人乎？今夫魏之不能臣吳、蜀，梁之不足爲正統，雖婦人孺子皆知其爲然也。三子者號爲有識，壽之書法，異蜀於吳，而歐陽氏以爲春秋之義，名與而實不與，許大而貶細，詳顯而略隱，將何取焉，後之人或然之，或否之，而不知三子者之心，則出於不得已也。

禪讓之名自唐虞來，蓋曠絕矣。魏篡漢，晉篡魏，名爲禪代，壽爲晉臣，不得不尊晉，尊晉則不得不尊魏固也。宋受之周，周受之後漢，後漢受之後晉，後晉受之後唐，梁之統雖絕於後唐，而宋之統不能無所受，前史既已帝梁，當歐陽氏時，宋業方盛，而正統之說固結於人心，夫豈能遽絕梁哉？司馬氏之志則亦猶歐陽氏之志也。

迄乎南渡，其事同乎蜀漢，而其統絕乎後梁。於是朱子者出，乃始理習鑿齒尹洙之遺論，尊蜀爲正統，夷梁於僭僞，此固朱子之識高而學正有以異乎人人，實則本乎人心之所同然而爲之也。且習氏言之於東晉之時，東晉之勢同乎蜀漢，同時之人未有非之者也。尹氏言之於北宋之時，當時之人多非歐陽氏，故汲汲焉作正統論以明之，是則當時之人亦必以尹氏之言爲然也。二氏之說行於當時，而必不能翻然改其說者，時爲之也。是故陳壽、歐陽氏、司馬氏之帝魏而不僞梁也，時也；朱子之帝蜀而不以正統與梁也，亦時也。三子言之於嫌疑之時，故其辭有所室，朱子言之於反正之時，故其辭無所諱，時之爲義，豈不大哉。

或曰：然則春秋『實與而名不與』之說，非與？

曰：此公羊氏之偏言也。吾聞諸師曰：春秋之書法有二，爲內大惡諱，故魯弒君不書，一義也。董孤、南史書趙盾、崔杼事，魯史因來告之文書之，一義也。然而君子則必以南、董之書法爲正，春秋特因魯史舊文而修之耳。向使魯史有如南、董者，孔子有不仍其所書者哉？何以知之？以孔子美董狐爲良史而知之也。厥後元修宋、遼、金三史，或欲以遼、金爲閏統，衆論不同，卒乃各自爲史；或有欲爲『南北史』，亦不果用。

蓋正統者，前此未有所見，特出於王猛臨沒之一言，不足爲據。有天下者，太上以德，其次以國勢，然則三代而後，得天下者，其必以征誅爲正也夫。

宋論

天下之事非有君之爲難，有君而不能盡用其臣之爲難。有君而無臣者，患于其效不見，有君而不能盡用其臣者，患于其效未竟，而後之人轉得以咎其臣之失也。三代而下，治日遠矣，其稱盛者曰漢、唐、宋。說者曰漢似夏，唐似商，而宋似周，雖不盡然，大略近之。而吾獨悲夫宋之君，尤知其臣之賢且才，而不能盡用爲可惜也。

宋自太〔一〕祖開創以來，立國已弱，然其意猶有志乎富强也。至太宗而氣勢不振矣。北宋之最盛者曰仁宗，南宋之最盛者曰孝宗。仁宗之時，人才極盛，而其躬又能屈心聽諫，以盡臣下之情，是其治疑可以過成康，然而契丹僅和，西夏未服，政事之廢而不振者尚多；而孝宗之時，金主復强，雖欲奮發有爲而敵國無釁之可乘，雖以朱子、張宣公之賢，亦僅能勉以自强於政事以待敵人之隙而已，不敢勸之以大有爲也。然使二君能聽諸臣之言，規模制度，爲子孫法，則東都可以無北轅之禍，而臨安可以無閩廣之辱，此亦其理之可知者也。

然而論者曰：宋之勢弱，而宋之臣尤弱。夫强與弱無定形也，以爲强則賁育之夫有時而猝斃於跬刻；以爲弱則尪羸之子有延至數十年而不殆者。特其不能以自强，則彼此之間，相去不以寸耳。

且夫宋之弱也過乎周，而其易以興也亦過乎周。周之東也，其君無一人能自奮拔，而其臣之賢者，亦不過劉康公、單襄公之流，不足以大興起；萇宏一欲城成周，而禍患隨之矣。若夫宋者，其人才未盡衰，其紀綱未盡壞，其兵勢未極弱也，患於議之不決與君心之不自斷耳。今有人焉，俱尪然羸也，一則畏怯而退避，一則奮欲自强，而其旁焉又有人以助之，則其勢非但可以不敗而已，抑且有勝之勢。

宋之弱也過乎周。周於列國有君臣相臨之分，雖以楚之强，秦之暴，不敢遽有所凌遲之，又久而後得而攘取之。宋之於契丹則兄弟也，於金則讐敵也，於元則鄰國也，其勢不足以相臨，而力又不足以相抗，其委而爲之擒宜也。然而猶幸其人才之未盡喪，紀綱之未盡壞，而得以支持補救於其間，否則澶淵之師幾何不爲石晉之續，而伯顔之兵亦何至於德祐而後亡哉？

吾是以知人才之可用，紀綱之可恃，而君心之振起不可以一日已也。夫周、宋當已敗之後，尚有可以興起之勢，彼其國勢未至敗壞，而人才、紀綱之足以自振，其君心可以一日不自興起乎哉！

【校】

〔一〕太：底本作『大』，依通藝閣本改。

賈生論

蘇氏論賈生，以爲『志大而量小，才有餘而識不足』，又以爲『非漢文之不能用生，生之不善用漢文』，人皆爲然，愚竊以爲過矣。

生之遇文帝，可謂千載之盛，彼其急欲得用者，前史固言。是時漢興二十餘年，天下和洽，則生之改易制作，適當其時。生欲以三代禮樂救叔孫諸人草率之敝，是非無故而好爲紛更者。絳、灌武人不足言，而文帝則固深知治道之主也，彼其意豈不知生之誠然，而顧謙讓未遑，是故內無成己之學，自顧惘然不足以大有爲，而竊私其黄老之術以自安，雖其救秦漢之酷烈暴虐不爲無功，而其于三代之治，則倜乎遠矣。

賈生所言，雖略見諸施行，然其大經大法未嘗盡用，至如豫教太子，此其建議之大者，而帝乃以晁錯爲保傅，卒致七國之禍。終漢之世，所以教太子者，未有以遠過。漢之治，卒不三代若，又奚論其他哉？錯與賈生同明申、商。生言申、商於文帝之時，則爲當其可；錯言申、商於景帝之時，則爲益其疾，是又不可以概論。不幸天不假年，夭折而死，而以爲不善處窮。然則顔子之簞（飄）〔瓢〕而早死者，何以稱焉？且夫文帝非不能用人者也，自代來卽位，羣臣百辟拱手奉事，誠欲用生，何憚乎大臣？觀其語張釋之曰：『卑之，無〔一〕甚高論。』則其意豈欲以大有爲哉？若夫生之哭泣而死，則以自傷爲傅無狀。吾既已言保傅之事在乎『早諭教與選左右』，一旦自任其職，所言不售，雖非吾罪，而龜玉毀櫝，焉用彼相？是其皎然不欺之志，足以動義烈之風，而盡官守之責者，豈非賢者仗節死義者之所爲乎？儒者之言曰：一旦謝乎其事，則不敢一日立乎其朝；一日立乎其朝，則不敢一日謝乎其事。若賈生者，可謂近之矣。

昔者蘇氏始進仁宗亟欲用之大臣，韓琦以爲不可，謂當老其才而後任，初不能無觖望，後乃以爲魏公愛我，其見不可謂非也。仁宗之君近乎文帝，而其時之爲治也尤易，蘇氏所以說其君者，不免乎戰國縱横之餘習。迨其後鑑王氏之敗，乃始易轍而言之，卒之所成就亦未有以逮生。然則生誠不可以厚非哉。

【校】

〔一〕無：史記·張釋之傳作『毋』。

趙普論

宋臣趙普佐太祖、太宗平定天下，削一時禍亂，爲後嗣生民計，不可謂無大功。至其後，搆罷秦王廷美，復興盧多遜之獄，君臣之間均抱慙德，此其功罪輕重大小間，昔之人論之詳已。獨其言進取契丹一事，論者或不同，是不可以無及焉。

當宋之初，契丹之勢强盛過中國，雖弱于石晉之日，而較之周世宗時則固異甚。蓋太祖之得天下也與世宗不同，世宗承先世遺業，鞭箠四方，罔有異志，故能慴伏中外，不幸中道崩隕，此固天之未欲亡契丹，而實宋世後患之所由滋也。至於宋而事勢異矣。契丹未有大釁，徒以一邊將言，横生嫌隙，此豈可爲王者之師與？是時普已年老，雖居相位而實不持大權，觀其於雍熙三年請班師及論彗星二疏，何其剴切詳明，料事之審如此也。彼其鑑於石晉之失，知當時將材未有可以敵耶律休哥者，而亦自審己之材不逮王朴，是以姑爲自守之計以待能者。此雖與晉范文子請『釋楚以爲外懼』之說不同，而如子產所云『吾不足以定遷』者，則實知之甚審矣。雖其貽謀不遠，終爲子孫後患，不得爲無罪，然使當時鹵莽取必，則亦未知事勢之若何？

如普所言尚不失經邦謹愼之道，輕躁者詎易少之與？元儒劉因氏論事之有識者也，其作白溝詩，深咎普之失計，予向誦之以爲篤論，及後觀呂氏宋文鑑所采普二疏，乃知因之言固未盡也。夫因素號有識，其爲此言當不虛妄。吾以爲使有唐太宗、周世宗者爲之君，諸葛孔明、王猛、李德裕者爲之臣，而又有如英衛、李郭以爲之將，則代燕之役無不可爲。苟非其時與其人，則固不如自守之爲愈，因之所言，亦自有其各當者也。

雖然，普所言者，以之施於當時則可，若如晉之永嘉、宋之靖康，及如唐維州之役，而復持此論，則誤國之臣，其咎乃更甚於主戰者矣。有國之君子，於此疑似混淆之際，固不可以不審也。厥後因自編其詩爲丁亥集，不存此篇，而後人乃采見於外集中，其或亦有自悟其未盡善者與？

何王金許合論

三代以降，有任道之儒，有傳道之儒。任道者，自孔孟以逮趙宋之五子，無所興起，而卓然自立，孔之所謂『聖人』、『君子』，孟之所謂『豪傑之士』也。傳道者，自七十子之徒，以逮董仲舒、鄭元、王通、韓愈，其於道皆概乎與有聞焉。任道者，不必言傳；而傳道者，未嘗不兼有所任，是固不可混然合而爲一，亦不可截然分而爲二也。

宋之南渡，朱子始出，合會周、程諸說，以上溯孔孟千載之傳，其爲任道固無可疑。朱子門人中，黃榦直卿最爲傳授親切，自榦以『眞實心地，刻苦工夫』之說傳何基，由是而王柏、金履祥、許謙遞相循衍，世謂之金華四先生，元明以來稱許無異詞。善乎義烏王氏褘之言曰：『程氏之道至朱子而始明，朱子之道，至黃氏、許氏而益著，使百年以來學者有所宗嚮，不爲異說所遷，而道術必出于一，可謂有功於斯道。』大抵儒者之功莫大於爲經，經者斯道之所載焉者也。有功於經，即其所以有功於道，其言可謂明且篤矣。

國朝平湖陸氏隴，其傳道之儒而兼任道者也。其引石門友人某氏語，謂『儒者正學自朱子後，黄氏諸人僅足自守，不能發皇恢張，再傳盡失其旨，如何、王、金、許之徒，皆潛畔師説，自是講章之派，日繁月盛，而儒者之學遂亡。』其言蓋爲永樂間輯四書大全諸人而發，以爲後此致禪學之誤天下，其咎蓋由於講章。

夫謂永樂諸人所爲講章之不足爲學則可，以爲何、王、金、許之學之皆爲講章則不可；謂何、王、金、許之弊之啟講章猶可，謂何、王、金、許之非儒者之學則必不可。陸氏既引其言，而又釋之曰：某氏之言惡禪學，而追咎於何、王、金、許以及明初諸儒，乃春秋責備賢者之義，亦儒者拔本塞源之論也。然使朱子殁後，無諸儒開章發明，則其樊籬不待晚明而始裂，而今之欲闢邪崇正者亦且益難。且諸人之所擇雖不能盡當，夫固程朱之緒餘也。學者苟能擇其精而去其粗，無惑乎拘牽破碎支離之説，而克繼乎守先待後之功，是在後人之善學而已。

至謂四氏之説，或有潛畔其師者，雖陸氏亦有是言。夫毫釐杪忽之間，誠不可以不辨，然而辨之綦難，且亦有不必深辨者。曾之説不盡同乎孔，思之説不盡同乎曾，而孟之説亦不盡同乎三子，所謂禮之相因，『損益可知也』。蓋盡舉而斥之曰：是異端之涉，廣爲彼驅除難耳。則因瑕廢瑜，程朱之道，豈不益孤立而難行哉！某氏好爲高論，而躬行不足，其去四先生遠甚，没遭大罰未爲不幸，陸氏不深斥之，夫亦節取焉耳。愚誠恐猶有惑其説者，故不可以不論。

若夫近世之説，則又有大不然者。自漢學盛行，兢言訓詁，學使者試士，至以四先生之學爲背繆。夫四先生之學，愚誠不敢謂其與孔孟程朱無絲毫之異，然言漢學者，不敢詆孔孟，而無不詆程朱。詆程朱者，詆孔孟之漸也。夫既以程朱爲非，則其于四先生也何有？是視向者觝排之微辭，其相去益以遠矣。夫四家言行，各有所至，要皆力務私淑以維朱子之緒，其居心不可謂不正，而立言不可謂不公，小小異同之間，是猶孟之於孔，朱之於程，特於其間又加究論焉爾。是以謙之弟子，由宋濂而有方孝孺，及孝孺殉義而一線始絕。由孝孺觀之，是烏可以盡非耶？謙之言曰：『道固無所不在，聖人修之以爲教，故後欲聞聖教者，必求諸經。然經非道也，而道以經存；傳注非經也，而經以傳顯。由傳注以求經，由經以知道，藴之爲德行，發之爲文章事業，皆不倍乎聖人。則所謂行道也，傳注固不能盡聖人之意，能自得者是在熟讀而深思之耳。』四氏之學大約盡於此言。

由此觀之，四氏誠不得爲聖人與孟子之所謂大且神者，將不得爲有恆、善人、與夫信美之列邪？

河漕私議

道光四年冬十一月，洪澤湖溢，山陽、高寶田廬多淹沒，幾逮揚州。隆冬水涸，幸得無事。

事少定，客有問于蒙曰：『國家蓄清以濟黃運，今清水盡洩，來歲勢必涸。涸則糧艘不得行，奈何？』

蒙曰：『此天之所以開聖人也。夫河漕之不能並治也久矣，欲並治必且並壞。元明以來，建都北京，仰東南之漕粟，遠慮者固謂古者立國必盡其地之力以爲用，故必興西北之屯田，減東南之財賦，而治大河使北流，如此則一舉而海內乂安。今縱不能盡然，則莫若議海運之利。』

客曰：『海運之説，明瓊山邱氏言之。論者以爲道險阻，萬一風水有失，粟且無論，其如人命何？』

蒙曰：『此迂僻之論也。自唐虞至漢唐，皆建都於西，晉都洛陽，東晉、南北朝分域而治，北宋都汴，其勢自無待海運。向使唐虞帝王建都今之燕薊，以撫有今日之郡縣，其漕運固不專恃海，亦豈必斥海運而不用耶？《禹貢》「揚州」之文曰：「沿於江海，達於淮泗。」雖曰其時江淮未通，亦可見海運非必不可行之一證也。今内地如洞庭、彭蠡、揚子江，以至大河之險，每歲所漂沒者，亦間有之，不此之戒，而獨懼於海道之不可測，吾未見其必然也。誠能相度漕河之利害，較其短長，歲有所餘，且可省減以惠東南之民，其事豈不誠利且溥哉。且吾言海運非獨恃海運已也。今者之事，法當擇大臣公忠知水利者一人督江南，又一人副之，專司河事，度其勢所可否而進退之，或由河，或由海，不從中制。詔四川總督備舟下秈米至湖廣，由襄樊以達京師。詔福建、廣東督撫量度其省所餘米，而由海以達天津，否則以財市江浙之所贏，其浙江、湖廣、江西之粟，則統於督江南之大臣以爲進退，而法又必先誅誤事之河臣，嚴處司事之督臣，以一心志，而明賞罰。如此，則四方之粟，捆載而至。行之有效，吾見數年之中，將過於往日之積也。』

客曰：『傾海內以實京師，則誠然矣。得毋失民食而厲百姓耶？且費廣，將安所出？』

蒙曰：『採買者，取其地之所有餘而不强所不足。且民得價值，皆有以飽，而吏又務持其平，夫何患？是在良有司之奉行耳，故曰「法不可不嚴」。至所費誠多，然使俟淺阻而議盤駁、議浚淤，費將倍蓰於此，而又不能速。成大事者不惜小利，國家豈可愛此數百萬金錢，而貽他日無窮之悔耶？如此而簡汰糧艘水手以治河，且兼治山東、湖、河，彼多其鄉人，各安其土而利其事，而於國家爲有益，此古者大災荒，以工役爲賑濟，事舉而民便之之〔一〕術也，而其道非先嚴賞罰以一其心志不可，故曰「此天所以開聖人也。」』

客曰：『子之言則誠然矣。抑昔人有言曰：「專海運則國家尤取給東南而民力且竭」，如之何？』

蒙曰：『是固不得已之說。循其本則必西北之水利盡闢，而後太倉乃餘數年之蓄，而後東南之民得以少紓。今者聖天子疏濬直隸水道，豈非欲舉西北之民盡務於農，而不使他處獨受其困耶？行海運，而一時之漕治；舉屯田而日後之漕且益治。視河之所趨，不使與淮合以入於江，以亂天地之經，而一時與後世之河且俱治，故曰此天也。』

客既退，遂書其言，爲河漕私議。

【校】

〔一〕之：依通藝閣本補。

附採買川米說

或曰：『子所言採買之說，今山東、河南之漕在大河以北，既仍舊運不廢，勢不能多出米穀；閩、廣之間皆陸路艱阻，如子所言，得毋徒務虚數而無濟實用與？』

應之曰：『是當專重蜀產，而兼藉乎楚。夫由蜀至楚，其勢便，其地廣，而數多且力專，則爲之也不勞。他處之米卽不集，而楚蜀之產固紛紛而續於道途矣。蓋聞諸故老有言曰：「湖廣熟，天下足；四川熟，湖廣足。」夫其所以足者何也？湖廣之地，於今爲天下居中，沃衍繁富，其粟可以四出，然非仰四川以濟其後，則勢亦不能以盡給天下。若夫蜀之爲地，四塞阻險，其田多依山，天又多雨，旱則蓄，潦則洩，人工不極勞，故常豐登而力有餘。古之所謂「沃野千里，天府之國」者，惟秦、楚、蜀爲然，而蜀尤多收。其米既不易出，又無租賦輸京師，奸商豪估恒私其贏餘以爲身家之利。今若使官吏清强有力者督其事，關津無所阻，風水順利，數日而至江陵，合兩湖之產，委積輸將以蒞襄樊。如國家之力一時不及兼舉，則於唐鄧河洛間置倉而受之，如唐裴耀卿、劉晏之所爲可也。或使河南漕船之回空者，再受而載之亦可也。蓋耀卿之法，請罷陝陸運而置倉河口，水陸分遞，匯於長安。劉晏之法，江船不入汴，汴船不入河，河船不入渭，以彼遞轉致。如此，其繁重也，使今行之，不知其費帑用若何，而史言其效甚著，是必有道以處之矣。誠師其意而變通之，安見其法之不盡善哉？」』

朱子筮遯辨

宋慶元時，韓氏專國，排忠直，禁僞學。朱子是時已罷歸，心憤權奸之蔽主，草封事萬餘言將上之。門人子弟環諫不可，請以著決，遇『遯』之『同人』。朱子默然焚其稾，乃號『遯翁』。鄞儒全氏祖望難之曰：『朱子之諫也久矣，何待是時而決？且諫亦論當否耳，苟當言，雖殺身且不悔，豈有計其休咎禍福以爲進止耶？』嗟乎！全氏但知直諫之有益於國，而不知朱子之所以權衡於義者審也。

易曰：『天地不交，否。君子以儉德辟難，不可榮以祿。』詩曰：『誨爾諄諄，聽我藐藐。匪用爲教，覆用爲虐。』孔子曰：『邦有道，危言危行；邦無道，危行言遜。』古之君子，居其位則言，言則必取天下之事勢，與吾身之進退日以相衡；不居其位，則有言，有不言，而必期留其身以有用於後。甯宗之時，君臣暌隔，可謂否矣。朱子既以議事不合而罷，而猶惓惓君國，不忘直諫，亦以身爲侍從，不欲託言明哲忍而去之。向使筮遇『蹇』二、

『坎』四，與夫『未濟』之六三，必將厲『匪躬』之節，盡『納約』之義，而『利涉大川』也，又何『遯尾，厲』之有哉？昔者聖人之作易也，既以示人處憂患之道，而朱子爲本義，復以先儒之説爲未備，乃專其義於筮，占夫使言而聽福也。言而不聽，披猖紛裂，至如東漢之黨錮，唐季清流、白馬之禍，東都之元祐黨人，舉天下賢人君子徇於一燼，而國家隨之，豈聖人所以處憂患之心哉？善乎近儒江氏永之言曰：『當此而不用筮，則聖人何爲而作易？易已告之危厲矣，必冒昧以一往，則君子之用罔，其與小人之用壯者何以異？』

且是時朱子門人蔡元定以僞學編管道州，朱子餞之於僧寺。送者皆泣涕，元定談笑自若。朱子歎曰：『朋友相愛之情，季通不挫之志，可謂兩得之矣。』季通之學力，誠不以患難少有所挫，而謂朱子垂暮之年，顧乃中情回惑，有所鯁避於其間，其何以杜流俗之口，而對門下士耶？且朱子自後六年始卒，屢辭職名，自請劾罷，進退之間，其講之熟矣。始之欲諫也，愛君之忠也，仁也；繼之默然也，保身之哲也，亦仁也，而非爲名以要利也，故曰皆是也。

議朱子此事者多矣，全氏號最爲有識，而其言尚如此，予故因江氏之説而申之。至全氏謂真德秀晚習史鄭，薛瑄不救于謙之死，是二者，余固竊疑之，然是豈可與朱子並論哉！夫惟孔子而後可就公山、佛肸之召，惟孟子而後可受後車傳食之奉。世之君子，苟無藉口朱子以涉於趨利避害之實，庶幾其免於全氏之責備，而合於賢者語默進退之道歟？

原貞

女子從一而終，古也。未嫁守節，聖人不以立教，然亦未嘗嚴設厲禁使之必不得爲，爲其義有所止，而情有所不忍也。

夫女之事夫同於臣之事君，嫁而守志，是受高爵、享厚祿而爲之死者；未嫁守志，是猶徵辟之儒，一命之士，不忍其君，而輒捐生以報之者。事雖過中，亦足以媿天下之爲人臣而懷二心者矣。今必爲之説，曰：是必不可死，死且爲罪。嗟乎！此獨非吾君而獨使他人者專之乎？謂吾可不必死，而謂吾乃必不可死乎？此則後儒過當之論，而非君子樂道人善之意也。

近儒或以節烈之女爲巾幗中之夷、齊。夫夷、齊於商，未有稱著。其先世雖君孤竹，讓國而逃，兩旅人耳。海濱來歸，所感恩者，當在文王，不在商紂。天下已定，餓死不悔，求仁得仁，聖人稱焉。貞女之心亦若是焉已矣。論者曰：禮『女未廟見而死』，爲未成婦。曾子問謂：壻死齊衰而弔，既葬而除之，如之何？曰：古之葬有定期。今禮之不盡合乎古也，父母之俱斬也，嫂叔之有服也，皆因而重之也。有其舉之，莫敢或廢。使今禮而皆合乎古，則已有一不若者，知禮之君子宜於此稍稍恕焉。不責其他，而重責此行義之少過乎古人者，噫，亦矯甚矣！故竊謂未嫁而守志，朝不必以此列於律，家不必以此著於書，士君子不必以此苛責人無已。其有能者則聽，抑庶乎其無害也。

秀水史烈女，許字沈。婿死，女徇之。其舅觀察君命爲一言。其行事，錢君所書詳矣，作原貞篇，附於後。

晚學齋文集卷二

易經學旨序

易之爲書，數聖人作之于前，而列代賢人君子述之于後，其所以發揮訓詁，蓋已無遺藴矣。後有作者，非愚則妄，而獨有一說爲前人之未及詳，而今所不當闕者，則如止泉先生之易旨可尚焉。

先生於諸經皆有論著，而獨詳於易。窮乎天地萬物之象，而實職乎人事之至；常盡乎陰陽變化之精，而實返乎一心之微妙，使讀之者恍然躍然，知古聖人所以訓人者如此明白顯易。彼其溺於災異讖緯，既自以私見汩亂正經，其他聰明才智之士，以是說爲淺近而不足觀者，蓋亦未嘗實用其力，而於聖人所云「玩辭」、「寡過」之旨有所得也。

其理明，故其辭直；其意切，故其言危。其心欲使賢愚共知，故不爲艱深文飾，而使人悠然自得于語言之外。學者誠先盡力乎此，然後進而究一二大儒之書，以窺聖人之用心，則知後之支離牽涉，以求當於萬一者，雖其於易不爲無所窺見，而不足以與乎聖人之全也明矣。

先生既没，嗣光進承學，早世，家難薦臻，遺書不顯。嘉慶戊寅二月，椿乃從先生孫毓賢得讀其書，始請録副。是時，上元葉公世倬，方撫福建。公少承教于先生之外孫王教諭希伊，實知先生之學，而於先公爲執友。椿少時拜公于成都，於是以告于公。公欣然命書，諭以刊板。既而公告歸，方請序首，而公不幸以疾卒。竊歎先生之書，無所發明，以著天下而詔後世。

于是毓賢與公之猶子德觀，以椿實始表章先生之書，屬以爲序。椿之鄙陋，豈足以知先生？姑述是書本末，明所由來，而又以先生早歲所作程傳本義異同辨附全書之後。至於「法象」、「性命」、「身易」、「心易」之言，讀者自有以得其會通，此豈淺微之詞所能有助？又先生未傳之書，與其門人子弟之作，多有可以裨補世教者，有能盡取而表章之，是又當世君子之責也夫。

禮書綱目跋

江先生自序禮書綱目，謂成於康熙六十年歲在辛丑九月。其後卒於乾隆二十七年三月，年八十二，見桐城劉大櫆所作傳。是書成時，先生年僅四十，正其精力壯盛時，後又歷四十有二年而始卒。計開三禮館時，年亦僅將六十，而辭徵不出，信乎篤行之實，當與兩漢諸名儒比。

劉氏所謂『博物强識』，蓋不足以盡之。獨其謂『六經遭秦火而亡，詩書傳記之文，學者如蒙雲翳，猶賴山澤逸遺之士，窮年矻矻於其中，遞相推測隱度。』蓋其義有自漢儒修補以來，歷魏晉唐宋元明二千餘歲，代加推闡，直至今日而始明者，爲能知先生之大，此所以與於知言之選也夫。

江西重刊宋本十三經注疏跋

揚州阮督部元，往撫浙時，常集都人士於西湖詁經精舍，爲經籍纂詁若干卷。其後又聚吳越之士校勘十三經注疏，刊行其說。及撫江右，乃以宋刻十行本，授武甯貢生盧旬宣鋟之木。督部宗法專在漢儒，至於書刻不得不善宋本，蓋斯事所託始也。

昔陸清獻公與崑山徐尚書爲同年，而意趣不合，論其生平，以晚年所刻通志堂經解最善，識者以爲知言。督部喜詆程朱，與惜翁論學與文不相得。迨晚年頗知非謬，稍欲調和兩家說，然其意護前，終不能自克。凡載諸文字者，畧可考見。然是書之刻，則終爲善本矣。

題孔子集語

陽湖孫氏星衍爲此書，用劉向書例，各爲篇目類從。其所采輯，較之宋薛據、近人曹廷楝之書，幾再倍之，不可爲無功。然其引載，多周秦間子書，非眞出於聖門之傳。當時學術龐雜，未定一是，雖云聖人之遺文墜典，往往而在，其在初學之士，則當審擇而精討之，不可眩於其傳而自失也。

孫氏言『宋明人格言，世多輯録刊刻者，先聖遺訓豈可任其放失？』此則平時主張漢學，詆斥程朱之隱心，言雖公而用意則私矣。

晉略書後

晉略文六十六篇，荆谿周君濟保緒作也。君爲嘉慶丁卯科舉人，次年成進士，有盛名。宰輔戴大庾迎謂曰：『子必得大魁。廷試對策，語幸無過激。』保緒對曰：『此乃士人進身之始，敢欺君乎？』大庾失色，謝曰：『謹受教。』遂不得上第。歸班後數年，選淮安府學教授。與知府論事不合，投劾歸，遨遊山東諸省，晚而客楚之漢上。其同姓官制府者，向與友善，遂爲刊是書，而君親督之。未幾卒。予識君於丁卯，又一見于京師，以後不相值，亦不知有是書。今始見之，絕爲欽歎。古人著書，所以重晚歲也。

晉書繁蕪不足觀。此故以簡覈勝，當是承祚流亞。其敍事間有未詳實，如本紀前當作世紀序三代； 苻堅遣使來降且乞援事不見秦國傳； 議論謂習氏不當及正統，重成敗而輕節義； 謂事必期於有功，語涉偏激。向爲吾友異之所譏，然不害其大體精當。論序多用駢偶，向倣彿於令升諸家，此則效兩晉文體致然，不足深訝。諸志則當采杜典、馬考而成之，君自言未暇也。要之，此書既成，固自可廢舊史而孤行。又不知此外復有何遺文，他日東歸，當更求其行事書之。

道光甲辰季秋月，婁姚椿記。

書讀史管見後

南宋胡致堂氏，當高宗時以忤秦檜，謫居嶺南。因讀通鑑，以爲『事雖備而立義少』，遂用春秋經旨，尚論詳評，爲讀史管見三十卷。當時朱子最稱其書，以爲議論英發，人物偉然，其後著通鑑綱目，多采其言，序中所謂『分注以備言』者是也。元明以來，諸儒葢皆稱之，間有訾謷，亦祇如朱子之告門人『語多太過』及『不通檢點』而已。逮國朝河間紀氏綜述四庫全書，乃斥其書，不入著録，以爲其『論人也，人人責以孔、顔、思、孟； 其論事也，事事繩以虞、夏、商、周。名爲存天理，遏人欲，尊王道，賤霸主，而不近人情，不揆事勢，卒至於窒礙而難行也。』

夫古人之著書，固以正前人，而實以詔後人。昔人往矣，其是非成敗之跡，較然明著，無所用意於其間。著書之人，誠不忍後之人誤其是而昧其非，顧其成而不知其所以敗也。而且有其是中之非，與其非中之是焉，不細爲剖白之，則不足以析毫釐而別疑似，此昔之人所以『取人當恕，論道當嚴』之說爲不可易也。且後人之取法古人，將從其上乎？將從其次乎？從其次，則吾之所行，將日入於污下而不自知；從其上，則人必如孔、顏、思、孟，事必如虞、夏、商、周者是已。今以己之所不能爲，而謂人之不必以此備論，是則孟子、董子所謂『仲尼之徒無道桓文之事』、『五尺之童羞稱五霸』與？夫『能言距楊、墨者，聖人之徒』、『正其誼不謀其利，明其道不計其功』者，其言皆可非與？是亦弗思之甚矣。

且胡氏之爲人，大節卓犖。上書高宗堅拒秦檜，其在靖康中，謂高宗當糾合義師北向迎請，不宜遽踐大位。朱子與張敬夫亟稱之，以爲有大功於天下後世。使高宗從其言，祇以大元帥討賊，徽廟升遐，三軍縞素，其氣勢爲何如，而何至若後來之不振哉？其人如此，使其書雖有失當，猶將過而存之，以待後人之論定。存其是而別其非，則人與己兩無憾也。今以己之所弗能，而必滅絕其言，使不得見於後世，此則私之尤甚者。

若謂其言已多載於綱目，不得謂之絕滅其書，此尤無識者妄飾之詞。不知紀氏之總目，殊致不滿於宋儒，畧其大美而責其小疵。其於朱子，特以聖祖尊崇之故，不敢顯相齟齬，然其陽奉而陰詆之者，不可勝數矣。朱之不足，何有？於胡而乃猶以其餘說相支拄，亦多見其不知量已。然而天理必不可遏，人心必不可死，王道必不可廢，霸功必不可久，則吾之說，亦姑存以俟後人之折衷焉。

若其書之有疵，朱子固以爲有可刪者，非如周、張、二程之篤於誠信。而胡氏之不持所生服，與其所自辨者，則又當別論焉。

案紀氏引王應麟通鑑答問，謂胡氏『但就一事詆斥，不究其事之始終』，以為『篤論』。今考答問乃無此語，然則其所引者，顧可盡信與？

乾淳三先生書答序

朋友道喪久矣。今世書翰相往來，匪諛詞相尚，卽浮泛不深切；或欲極意論究，然胸無眞見，卒不能有所發明；否則類於端木氏之所謂「訐」。若此者，其于聖人之「切切偲偲」，與夫曾子所云「以友輔仁」者，義蓋遠已。

椿讀宋儒書，見乾淳三先生書疏相往復，剴切詳到，而皆有益于論學論治之要。雖愚昧不材，猶幸臨文有所會悟。私竊以爲學問之助在乎朋友，而朋友之益莫大乎講習，獨憾士之有志者，多散處四方，鮮克朝夕萃聚。尋常一通音問，則又僅以寒温了事，其視三先生之相與切劘者，爲何如哉？

夫道術之歧，至宋而明，至南宋而大明。朱子名實鬱爲一時大宗，而張宣公、呂成公互相夾輔，境詣所至，不必盡同，然而宏綱鉅用，無不井然。人以「乾淳三先生」稱之，無異辭焉。或者謂朱子之學極乎廣大，宣公高明，成公縝密，惜乎二公享年不永，卒不克以配朱。此其淺深疏密之際，是在善學者有以會其微，誠非淺陋所敢妄論。

要其理致詞氣，平正淵實，大者本乎君國出處之間，而細者窮乎文義訓詁之末。所謂研之極其詳而不厭，然後推之極其廣而無遺者，不其然與？學者誠取是以自淑，而復擴其與人爲善之公心，則于聖人之道，雖不能驟至，抑亦不可謂不心向往之矣。其曰「三先生書答」者，竊取朱子集二程、横渠語，講明法度者，爲三先生論事録例也。

顧亭林先生肇域志手藁跋

德清許駕部宗彥，所藏崑山顧氏肇域志手藁，凡二十册，駕部子延敬出以示予。其本末詳委，具載諸家跋語。予嘗收得吳江吳兆宜所輯本朝一統志，案說爲出亭林稿本，兆宜鄉人顧我錡作序，謂徐尚書乾學奉勅著書時，多采用其說。今案案說雖間引用此志中語，然甚希罯，語意又不類其書，蓋不盡本顧氏，以爲亭林元本者，誤也。

或謂亭林經濟之學不如經史，其說發自紀河間『經濟誠不可以空言議』。然天下容有能言而行之未盡善者，未有不能言而所行乃與古合。且謂『經濟不出於經史』，則正昔人所謂『岐而二之』者也。向者之言，得無有可思者乎？

桐城胡虔最服顧氏，謂備録一集，當在此部內，而無從區擇。今案首册後所列自『山水』以下諸子目，殆卽所謂備録者矣。此書目力精審，尚可細眎。若得通博勤敏者數人，當不難排纂成書。惜阮尚書官浙撫時，不以付詁經精舍諸人士一編校也。

西域聞見録跋

是書新疆紀畧二卷，外藩列傳二卷，西陲紀事本末二卷，回疆風土記一卷，軍臺道里表一卷，凡爲卷者八，乾隆四十二年滿洲七十一撰。蓋嘗以使事至西域，故語多確鑿，非販鬻者比。或云阮吾山侍郎蓋爲潤色，書中多垂誡之辭，不妄夸耀，自是紀述佳手。

前輩言齊次風侍郎最爲博洽，諳悉地理。當西邊用兵時，上下或有所問，輒條其遠近、險易以對，覈之，則出兩漢書志。然同時讀兩漢志者，不盡知也。得是書，遂可覽掌矣。

長老又言，當時奏報，日行一二百里，破數城。雖天兵神威，訝其成功何如此之速。後或由其地歸，謂多空虛無人境。謀國者以是爲石田有由耳。

節行傳序

嗚呼！自太史公以傳紀易編年，而人微事懿，其名不獲盡見於籍。班固頗輕節義，王貢傳首尾所敘次廑數人焉。范氏始傳獨行，而唐書所采止陽城、權皋、司空圖三人。嗚呼！蓋其慎也。孟子曰：『有天爵者，有人爵者。』『樂善不倦，此天爵也。公卿大夫，此人爵也。』仁義何常蹈之者，君子當其奮志不顧，豈復計慮後世之名？而士君子遇其軼事，流連興歎，不能自已。詩所云『民之秉彝，好是懿德』者，殆謂是耶？

前代文章之士未嘗爲人立傳，自韓愈、柳宗元僅書其微者，如張巡、段秀實，則皆別爲之名。蓋聞諸先師曰：『古者，國史立傳不拘名位，所紀事猶詳。又實録于人臣，卒必序其平生賢否。今實録不紀臣下之事，史館凡仕非賜謚及死事者不得爲傳。乾隆四十年，定一品官乃賜謚，然則名卿大夫之列于史者亦無幾矣。』宋臣司馬公光，以其鄉人之善居喪，而兼及其孝弟廉節者，而爲之序。其言曰：『名以位顯，行由學成。若夫身處草野，未嘗從學，勉而爲善，不求聲利，此則尤可尚也。』近世史氏專取高官爲之傳，故閭閻之善人莫之聞。公之言如此，予故擇其事尤偉者，敘次以附前史，亦不能盡合乎公之言也。

夫風俗之媺，其源自上，其流及下。蓋自三代盛時，州序鄉學無匪僻邪侈之教，而兔罝野人，皆有士君子之行，此聖賢仁人之所爲感歎而載筆之，士以爲美談。觀于諸人，然則謂立行顯名，必待勢位者，豈可信哉？

貳臣表序

嗚呼！自古受命之君，曷嘗不用前代輔佐？蓋有因其功而藉其成者矣，未有斷以義而以公罪罪之者也。史冊所載死事諸臣，惟宋、明爲最衆。而我大清崛起遼海，先與明相距日久，至于大兵入關，弔伐伸討，曾不再稔，遂屋明社。其襲故號，閩海滇粤之間，又越十餘年。然游魂假息，于事無濟，隨即湮滅。蓋天命有歸，不可以人力爭也。乾隆三十年，命史官重修國朝諸臣列傳，創立『貳臣』名目，以仕明時内而翰詹科道，外而參游道府，涉清班膺疆事者爲斷，釐爲甲乙二編。

今著之表，其有國士酬知，感激死事者，列甲之上；宣力興朝，著有成績者，列甲之中；大節已虧，小善足録者，列甲之下。又有含垢忍辱，持祿養交，無績可述者，列乙之上；既玷臣節，復棄官箴，獲罪本朝者，列乙之中；先經從賊及初爲賊黨，後乃歸命者，列乙之下。進退予奪，皆出自上旨。嗚呼！可謂嚴矣。

其後二年，廷臣續修五朝通志，循仿義例，合七史爲貳臣傳。蓋自唐迄明之初，身都兩朝，而不能扶危定傾，廟社已移，台鼎再辱，則有若李琪、鄭珏、劉昫、盧文紀、姚顗、和凝、范質、王溥、魏仁浦、李濤、吴延祚。弁髦衰朝，攀附國賊，手持璽綬，賣國予人，則有若張文蔚、楊涉、張策、趙光逢、薛貽矩、蘇循。君亡別立，國破不知，城下係累，卒自貽禍，則有若左企弓、虞仲文、曹勇義、康公弼。宗室帝甥，后弟主壻，誼連肺腑，棄親即讐，則有若楊恭仁、楊師道、李鏻、耶律懷義、袁象先、蕭仲恭、仲寬、張永德、蕭瑀、李洪信、洪義、趙延壽。手握重兵，軍降國滅，且効奇計，盡死力以傾覆故朝，至以不親反噬，憒惋身徇，則有若叚凝、康延孝、張柔、劉整。佞倖害政，亂賊同產，漏網新朝，反階佐命，則有若封倫、宇文士及。往來兩朝，再三委贄，視國如傳舍，視君如奕棋，則有若趙贊、張中孚、中彥。始亦奮激，敗猶倔强，卒不能固，一失莫贖，則有若屈突通、汪世顯。文人自命，素談忠孝，禪詔見薄，國史託詞，則有若陶穀、危素。又其甚者，七朝宰執，八姓奴僕，大倫懵如，且不知人間何者爲羞恥事，則有若侯益、馮道。

嗚呼，爲臣子者，可不鑑哉！可不戒哉！

書明史孫傳庭傳後

予編禹州志，得州人王聿修所輯紀年。其言『崇禎十四年十一月，李自成由郟縣逼州。陝督孫傳庭，以銳師援禹。前鋒擊賊於神垕三峯山下，賊遺馬騾金帛於道，官軍爲誘失律，賊乘亂夾攻之。秦師大潰而西，傳庭以數十騎走關中。』因考郟縣志，其言如禹又加甚焉，以爲『傳庭忠勇，而不知兵。』

夫以兵敗，故責傳庭似無辭。然史言帝以促戰致敗績，又前後再誤於天雨，糧不至，傳庭用法嚴，士不能無怨，不言其以卒伍失律敗也。史書柿園之戰，蓋在郟之冢頭。逮明年，晉督師則又戰於汝州，戰於寶豐，戰於郟縣，而不及禹。雖其地皆與禹近，或可統攝及之，然必實指所在，則固不可知。史載傳庭由獄起爲兵部侍郎，在崇禎十五年正月，而紀年及郟志書戰事，皆以爲十四年之冬。是時傳庭尚在獄中，未奉命討賊，豈有敗績事耶？

當崇禎時，文臣殺賊有功者，首盧象昇、洪承疇。次則傳宗龍、孫傳庭。他如汪喬年、蔡懋德，皆儒生，非將才也。象昇爲楊嗣昌所陷，承疇敗降本朝，而宗龍、喬年、懋德先後死於寇。賊所畏者惟傳庭，傳庭死而明事不可爲矣。使其用兵紀律不嚴，則前此亦不能以有功。

郟志謂『當賊敗走時，向令無貪其貨寶，鳴金收軍，隊伍不亂，嚴陣汝北，以待賊至，必不敢薄。及再渡河而東，以數十萬衆仰給州縣之轉輸，而不遣軍據要害，以防賊之奪刼，爲計已疏。』其事或然或不然，而獨無解於年月之錯誤，不足以爲後人徵信之實。

昔萬處士斯同修明史稾，既成，謂桐城方氏苞曰：『吾之書凡實録是非失真者，以他書議論折衷之。他書事跡訛繆者，以實録年月考核之。是故其所存者，有可刪；而所刪者，不必益也。』萬氏之言，雖不必盡然，然其大概近是。考明事者，其以此意參酌之可也。雖然二書所言，要可爲後之將臣勇於貪利者戒。又士人身未歷行陣，而好談戰事，尤易致患。夫傳庭之用兵，誠不敵象昇，其才過諸臣遠甚，安可與僨軍降敵之將同日語哉？

合意編後序

古與今無二治也，惟其理之當而已。後世儒者動言法古，至於急切就功名之士，則輒祖荀卿氏之説曰：前王所行是爲律，後王所行是爲制，治當法後王耳。由前所論，迂闊而難行，遲久而寡效；由後所言，簿書期會，苟且塞責而已。於古先哲王體用合一之意，蔑如也。豈非學失其傳，而行之無其本與？

寶應朱止泉先生，學有淵源，能見其大而不略其細，務極其詳而必要諸約，造詣純備，卓然醇儒，不幸伏處草野，未獲進用。其所著書，雖幸有存者，亦僅若隱若顯于絕續之間。若其所爲合意編一書，則天德王道之會同，而深有見于古人之遺意者也。當時先生門人邱照、喬元臣嘗欲刊行，見于照所爲校訂後記。顧訪于鄉邑，絕無其書，則意其事或未果與？

國家治道昌明，務進于古，方以唐虞三代之化，日望諸臣民。則是編也，其庶幾爲一德之助也已。竊聞諸孟子曰：『徒善不足以爲政，徒法不能以自行。』知循其法者之合乎其意，則知不循其法者之不合乎意可知矣；知合其意者之不必盡循其法，則知循其法而不合其意者其繆益甚矣。世不乏宏才通識之士，神明其意，推而行之，固非末學小生之所敢知。特僭序先生作書之意，與今所以廣是書者，爲當世有志治道者折衷焉。

婁縣均編錄序

自太史公始傳循吏，其後諸史皆因之。所載事有詳有略，而顯晦亦以差異。夫國史載一代事實，勢不能周悉，至乃序述之徒，或務極原委，而叢瑣猥褻之病以生，若是乎繁簡之難其衷也。

吾婁當明末季，困于役賦。康熙初，濱州李侯復興，始爲均田法。創起于俶擾之中，經畫于再莅之日。其事細而鉅，其法簡而賅。其爲利在一時，而澤及乎後世，信乎仁者之用心也。

吾邑府縣志皆列侯于循吏，而條目弗詳。當時所爲均役全書者，又係吏牘文字，儒者病焉。前此屢請以侯入名宦祠，而未題達。今茲民戴其德，復合辭以請於邑大夫，而楊子閑庵，乃約全書爲一卷，綜其綱維，析其件繫。於是乎侯之澤，得楊子之書而愈彰已。侯事軌轍，當時推行，于遠列郡，皆以爲則，故他邑亦有私祠侯者。而吾婁爲始剏之地，宜其久而弗忘，乃顧未列祀典，非陋且畧與？侯之斯事本末，私竊以爲祠成當別有碑記之。故弗詳論，論其編述如此云。

政學錄初編序

出與處無殊塗，古與今無二理，此君子之道，所以爲恒久而不可易也。昔先正徽國朱文公，當宋南渡初，輯名臣言行録前後集二十四卷。元明宗之，遞相譔述，而國朝之書尚未有所興起。前河南方伯錢塘陸公言，於其從政之暇，勒爲一編，名曰政學〔一〕録。意在綜累代之遺文，羅國家之秘纂。享年不永，僅成二十一人，尚未及論定而遽卒。公門人今蘭陽同知鄒君鳴鶴，收録殘稿，訂而刊之。以椿嘗與論議之末，屬爲編次，而系之以序。

既辭不獲命，乃作而言曰：國朝之興，自太祖、太宗海東鬱起，世祖入奠燕都，聖祖手平諸孽，迨世宗、高宗而治法大定。累朝卿士應運乘時，蓋既有堯、舜、湯、文之君，則必有禹、皋、伊、萊、望、散之臣。所謂見而知之，聞而知之者，迹相望于二三百年間。其史館所書，民間不能以傳録，而其遺言軼行，衡之史體，有不能以盡著者。苟非爲之綱羅放失，發揮前聞，使前人事業不大光顯，或且謂聖朝之治有君而無臣，斯亦爲士者之恥也。若夫前世之遺老，清時之逸彥，其事無所表見，而其名著于今，其學合于古，於以風世勸教，聿彰上下風俗之美，詎不韙與？ 然則此書之存，雖殘缺不完，而其義例所寓，足爲來學之先聲，仕途之準的，此則庶幾質之當世君子而不惑者矣。

椿于中州始識公。去冬南歸，又屬訪諸遺書，並爲撰次其事。學植荒落，既無以益公重負諈諉之意，兹因鄒君之請，而述其本末如此。

公爲此書，託始彭氏紹升諸名公事狀，倥傯暮年，宦仕移迹，又不肯假手他人氏，以致所成止此。然其採掇精審，去取謹嚴，有不可以無傳者。原本尚有施公琅及其子世綸、趙公吉士三人。二施之事，公意屢未決，趙則止交山平寇一事。若爲全書，固當采録核之。政學則似尚止於一偏，故僭而佚之，以著公之本志，非于原書有所增損也。當世若有續公之書，如李幼武于朱文公者，其所採拾，自當更廣其例云。

【校】

〔一〕政學：底本作『學政』，據文題改。

重刊讀令常言序 代張太守允垂

成周設官之制，太宰以正吉布治，懸法象魏，使萬民觀之；而卿大夫受教法于司徒，退頒于其鄉吏，其自州長、黨正、族師、閭胥，皆屬其民而讀法。說者謂太宰、司徒所布之法，皆出于六卿以下，至于『彌親民者，教亦彌數』。鄉大夫管五州，去民遠不讀法。州長管五黨，去民漸親，故四讀法。黨正去民彌親，則一歲七讀法。族師則十四讀法。閭胥去民尤近，但聚衆庶，卽讀法無次數。其間德行道藝，所考所書，以及孝弟、睦姻、有學，與夫敬敏、任卹之事，度〔一〕亦與近古相亞。蓋治民之政，不厭其詳，大司徒之職，主乎養，而其事乃以教爲重，豈非古聖王用意深遠，非徒以刑禁法令爲治之要與？ 讀令常言一書，蓋乾隆中官蜀諸大吏，謹卽仁皇帝聖諭十六條，繹爲通俗易曉語。使荒陬僻壤，傾動逖聽，以之欣喜觀感，日遷于善而不自知，可謂善於承流宣化，仰贊聖意者矣。

嚴君昔游蜀中，嘗于布政使姚公座獲見是册，喜其明白條暢，非獨可以牖廸愚魯，卽聰明才智之士，亦無不受其範圍。誠使有治道之責者，日取是編而究論之，於以啟發蠢愚，移轉風化，所裨聖天子牖民成俗之意，豈淺鮮哉！允垂不敏，嘗從嚴君受讀是書，以爲深有益于治道。去歲幸拜恩命，出守陳州，見夫中州之民，其樸淳之風，固去古未遠，而强悍犯法，與夫舞文營私者，亦往往出乎其間。適嚴君前歲刻是書於靑陽，寄示允垂曰：『汝其庶自率先，以爲民倡。』允垂不肖，大懼無以稱揚嚴君之心，夙夜惴兢，不敢自逸。迨政有餘暇，乃敢以此書重付梓人，蘄與諸邑之君子互爲勸勵。

夫與吾民相維繫者，守令之責最重，而邑之士大夫耆老，亦莫不與有職焉。誠能實體諸身，相與觀感興起，以副聖天子致治之盛意，其於成周之隆乎何有？允垂亦庶幾以得奉嚴君之教，而不負蜀中諸巨公之所以編是書者。此則私心所自矢，而不敢以冀必者也。刻既成，謹附數語于卷後。

【校】

〔一〕度：底本字迹模糊，據通藝閣文集補。

川沙撫民廳新志序 代

川沙之築城堡也，自明嘉靖三十二年始。其以松江董漕同知爲海防，清軍同知移駐也，在國朝乾隆二十四年。割上海、南匯兩縣地爲川沙撫民廳同知，在嘉慶十年。劃界分管，在十五年。地既新設，事多不具。某于道光壬辰之冬，忝授斯任。其明年以某事移去。迨乙未，而復莅斯土，既習其士民，乃始議及志事。詳考上、南兩邑志所載之隸斯土者，而又歷徵諸未備，草創爲一十二卷，邑之人士屬序其首。

乃言曰：志之由來久矣。其大者以爲官守之助，而次亦將使居其地之人與有聞焉。其體當以史氏之文，裁載當時所行吏牘。而川沙當明時，遭倭寇蹂躪，迨建城而患息。至于設官分里，以治其邑，所以馴其頑梗，而勸其淳樸，化其秀文，意甚美也。然使前無所考，則無可爲興感之資，其欲有所效法者，亦將何以徵信乎？然而方隅荒陋，事蹟遺落，藏書之家既尠，通人之跡罕至，欲其詳備，抑又難矣。然吾聞漢儒劉向之論禮樂曰：『爲其俎豆筦弦之間小不備，因是絕而不爲，是去小不備而就大不備，大不備或莫甚焉。』誠痛哉乎其言也。

今地志之書掌于國史，上于行省，在蕞爾邑，誠不爲小。苟使創爲草稿以貽後之人，使得有所因藉，繁蕪者汰，遺漏者增，川沙雖小，安知邑之人無興起者，而敢以區區之弇陋固謝爲是？故事取質實，而不敢以浮飾掩也；文取詳盡，而不敢以簡古鳴也；合表于志，欲其賅而易舉也；先圖于書，欲其省而易明也。誠不敢以此爲能，盡吾職分也。其于初基是肇，抑或庶幾焉。後之君子有以是正而續成之，則幸爾。

新修商河縣志序代

商河之名，至宋而始著。葢自漢成帝初，馮逡奏浚屯氏河，丞相、御史白遣博士許商行視，治之有績。其後商官至河隄都尉，以鴻嘉四年，偕丞相史孫禁行視。河水泛溢，禁欲：決平原金隄間，開大河，令入故篤馬河，至海五百餘里。而商以爲：禁所欲開者，在九河南篤馬河，失水之迹，處勢平夷，旱則淤絕，水則爲敗，不可許。公卿皆從商言。此如趙充國之計羌夷，宣帝下群臣議。初是充國計者什三，中什五，最後什八。此亦可以知商之能矣。然自商至今，凡數千載，河勢變遷。至宋仁宗慶歷中，河日南趨，而始易故縣。在元時改復無棣舊名，至明復名商河者，則以『棣』爲成祖名諱之故。然則縣之建置綦古，而河勢之變遷因之，是其事蹟豈可以無所考歟？

吾鄉龔君以試令來署邑事。憫舊志之簡略，于是發文籍，起凡例，詳考往昔經緯時事，意欲確然爲典覈之書，閱半載而成編。既以示予，屬爲之序。予受而讀之，見其條理秩然，序次不苟，而于古今河道變遷之故，辨別尤晰。其言以爲『縣境自漢暨宋，盡河流所經，河形久廢，無跡可溯。惟土河、商河、沙河卽篤馬河者，猶有可考。』此其言絕可據依。

予初至山左，督理漕務。往來倥傯，于古今河道曲折異同未暇詳考。而竊喜讀君之書，得君之爲政，與其所以用心，故不辭而弁其首。至其書之綱目具舉，詳畧得宜，讀者當自得之，茲不備論云。

繹志跋

石莊先生是書之善，吾友李君申耆與毛子生甫所言美矣。石莊生當明季，既鑑心學末流之非，又戒詞章訓詁汎濫之失，獨從程朱遺書，深研切究而篤行之。雖未見諸措施，而其灼然可用之實，固俟諸百世而不惑。是正其堅信程朱之效，爲他人所未有，故爲可貴。而或以爲遠過宋儒，是適足以啟來世之疑，而拂石莊之心，豈得爲知言者與？

竟陵爲今天門縣，明曰『景陵』不曰『竟陵』。刊者承原本之誤。予向未及語李君與生甫也。石莊爲吳駿公所得士，王新城甚稱其詩，繹志及讀書録四卷，名目見於居易録，以爲申鑑論衡之流。蓋二公皆文學士，固不足以知其深云。

繹志又跋

崇禎九年丙子，駿公典試楚中，石莊舉於鄉。其卒時湖廣通志但云『年七十五』，不詳何年。以李屺瞻序『康熙二十八年己巳』考之，云前此乙丑再至景陵石莊已卒，則當在康熙二十年前後。雖不可詳考，而自可以意得之。國變時年約三十餘，計其生時當在萬歷三十年以後，生平所遭正與邵堯夫相反，宜其於憂患獨詳也。

高忠憲公日記題辭

忠憲之學，始於氣節，中於虛静，終於氣節。其於程朱微言未能盡合，然當心學盛行時，灼知其非，可謂豪傑之士。此日記凡五册。前二卷爲癸巳、甲午，是年謫官揭陽道中有悟。後二卷則己亥、庚子、辛丑，皆其閒居時也。所學在善信之間，可謂有得。學者但當法其用功之勇，而不當論其他。惜乎其後赴官所書不獲。觀之以見其勤業之效，此在學者當以意得之。

陸清獻公日記後序

古之君子因省身之學而有日記，蓋本于曾子『吾日三省』之說，而兼古史記言記事之體。君子之嚴治其身，自天子以至於庶人無有異也。唐李習之始爲來南録，以紀道里。而宋元諸儒，如黄勉齋、許益之，以至明之黄蘊生，皆有所述，見于紀載，蓋其慎也。

本朝平湖陸清獻公，理學推伏當代，從祀聖廟，世無異詞。其所著書，皆已刊定，獨三魚堂日記一種未見印本。愚嘗得其書數卷，愛其理境精純，詞語簡質，以爲可資檢察，考是非。友人吴江柳子湄生喜刻前哲遺書，屬以行世。君又從友人所借得全本校刊，改題陸清獻公日記，凡十卷。寄予楚中，屬爲序焉。

予謂公之書，不待序而行。即言序，則今茲所列張、顧二家之言，其辨世俗諸疑，與夫年譜之宜相輔而行者，其語皆切當矣。至于公所紀載傳聞異詞，當時固自有說，而今不復爲詳論者，此固在善讀其書者之自得之，而非愚一人所能定也。淺陋庸劣如椿，固不當序公之書。徒以柳子諈諉之勤，不欲沒其所自始，故略敘緣起，用明平時向往之私，亦以竊附名見爲幸云。

朱止泉先生宗朱要法題辭

朱子聖學考畧原本卷首有宗朱要法一卷，最爲讀者入門指南。當刊行此書時，宗洛先卒，家庭多故，輒將原書紊亂其次，此卷則徑行删去。其於先生誨人不倦，隨病與藥之心既有所違，而朱子之學廣大精深，使初學之士隨所見而有得者，亦遂晦昧而莫白也。

椿既得原本於先生之孫毓賢，据以補刊。其全書簡册浩繁，雖前後次序之間編輯無法，誠爲謬妄，然於原本未致極背。今既力有不暇，則僅以屬弟樚校而存之。當時原本爲先生壻王君箴傳所藏，嘗以督學雷公鋐之詢是書，欲重正之而不果，見諸王君所記載云。

晚學齋文集卷三

陽明朱子晚年定論辨序

自元明來，以崇奉朱子爲法，循之則理，拂之則亂。逮其後，滯於文義，而昧夫本根。於是餘姚王氏出而劫之，陽附孔孟之名，陰用桑竺之實，而又以名譽塗一時之耳目，以權謀濟一時之事功，遂使新安之學爲世詬病，而無如其書之終不可掩也。且恐後人之執朱以議我，則又爲晚年定論，以會合兩家之説。卒之，術彌工，而心彌拙，其于朱子抑又何加損焉？

當時辨其非者，羅、顧之倫皆有論説，至當湖陸氏而大定。寶應朱止泉先生，生當湖之後，而所學合轍，其爲是辨考訂詳悉，具載本書。抑椿於此猶復有説，陸王之學，于本心不爲無見，陸氏則專恃乎此，王氏則又益以權術。今使我之自治不能如陸王之嚴，而徒以是非之辭，滕口説而務爭勝，則我所自治者已疏，而是非亦卒不可得而定，此豈先生所以著是書之心哉？

蓋孔子仁管仲，而陸子與先生斥陸王，其説不同，其所以爲道一也。吾黨盧君昶，將刻是書，而辱徵其語，輒書是説以歸之。寶應喬侍讀萊，嘗記聖祖召見陸公，論及乎陽明之學。公對曰：『其人則是，其學則非。』而王氏希伊，於乾隆辛酉臨川李侍郎主試江南時答策中，且及乎陸王之從祀。兹邑人士之學，可謂知所本矣。

白田師友誨言序

方止泉先生講學于其鄉，一時從游者多邑子。獨山陽邱君照，以高才生爲喬氏師，始頗以文學張，于先生，未之許也。一日，忽自感悟，即從其弟子喬某請執經先生門下，再返而後進之。先生既沒，與宗洛講學不替，白田師友誨言，所爲作也。

宗洛既沒，君因其遺言，遂自山陽移家寶應。君時年六十餘。長子敦美篤學懿行，沐家庭之教，略如宗洛之于先生，會先卒。君境際屯蹇，益務充養，教其兩孫德齡、凝，皆知詩書。君卒于乾隆二十六年，年七十四。孤孫鈔撮遺文爲一葉山房藏稿若干卷，喬教諭汲爲序，而誨言未顯。

予交君之孫凝，乃得讀之。學務爲己，語皆眞實。世有能知先生之學者，其讀是書必能怡然渙然，無復餘恨。如予之弇陋，何足與于學術？顧以君孫屬委之意，輒僭述其始末云。

朱宗洛日記題辭

日記之作，自李習之南行録[一]、黄魯直宜州家乘爲之濫觴。至勉齋黄公用以省察所著，式存諸集中，明季念臺劉公、陶菴黄公，皆有斯述，而黄書頗行於世。近賢之作，則陸清獻公醇乎醇者也。

寶應朱君宗洛，爲止泉先生子。承奉先學，其日記畧用勉齋法，分『天時』、『學業』、『人事』、『省身』爲四類，至『敬怠』『義欲』，則法念臺。宗洛之甥王令君希伊，於其身沒，輯爲四卷，附於文集後。嗣子毓賢以予好朱氏之學，書以授予。自丙申至壬戌，凡二十七年。其間學問之疏密，涵養之得失，人事之變遷，靡弗見焉。既卒讀，喟然歎其向之無聞，今乃欲以桑榆之末光，妄與昔人較一日之長短，豈有冀乎？雖然，炳燭之明，勝於冥冥；大旱之歲，一溉猶愈。予於斯編，未始不望其收一溉之助也。

毓賢年七十餘，傷足病蹇，不復出門。顧寶先世遺書，手録郵致，是尤不可以不記云。宗洛少時，嘗夢明儒胡敬齋，覺以諗其父。其後宗洛卒年五十有二，齒與敬齋同。

【校】

[一]南行録：即來南録。

彭甘亭懺摩錄跋

吾友鎮洋彭子甘亭，少爲閎覽博物之學，晚而悔之。嘉慶壬申之春，因讀其鄉先生黄公陶菴日記，憬然有省，遂作懺摩録，詳見於自敘中。其時嘗以書見諗，而椿亦於是冬重刊近思録，以告彭子，然未及見其書也。

彭子客游常在外，蹤迹不相值。己卯三月，乃始得遇於吳門寓舍。讀其書而亟善之，嫌其多襍釋氏語，頗以獻疑。予歸未幾，彭子手書是册見餉，則向所疑者，大半刪黜。其所存者，蓋權詞以證吾道之廣大，意殊不欲相侵襍也。今春方約再會，以講所學，而彭子遂於入正五日告逝矣。嗚呼！自今以往，予之過失曷規，而德業曷進耶？友朋之有疑者，其孰與質耶？

華亭張州判應，時方彙刊諸儒先粹言。因出此書畀之，以質海內知彭子者，且明彭子所以引用佛書之故。使後之陽儒陰釋者，不得而託焉。

古文雅正書後

此書乃蔡文勤公雍正間爲上書房時所選輯也。其言以訓諸皇子，故無一不出於醇正，而士大夫所以立身者，亦靡不備焉。

聞文勤之以庶吉士入都也，寶應喬教諭某，遇諸逆旅，見其舉止而異之。以聞諸其外舅甘撫胡期恒，胡以聞大將軍年羹堯，遂薦諸上，至大用。然文勤實不知也。當文勤之卒，朱高安哭而慟曰：『吾與梁邨，如車兩轂、鳥兩翼，梁邨卒，吾無與爲質矣。』

嗚呼！後之讀斯文者，可弗念哉。高安爲史傳三編，皆與梁邨共之。從子之烜，方讀此二書，故書此以示。

年薦文勤事，友人平湖顧訪溪廣譽以為與望溪所作墓誌及翠庭序文集所云『奉特召入都』者不合，當傳疑以俟考。其言甚有見，今姑存之。

古文辭類纂書後

始惜翁先生爲此書成，門弟子多寫其目，或録副去。椿從游也。後奉諱歸，過江甯，始從先生請觀原本。其中少數卷，云失去，未備也。後從他處得觀，録其評語。歲辛巳，見黃逢孫於明州，時自廣東歸，有康中丞新刊此書，所見與原本不異。聞中丞刊此，蓋有爲自世兢言漢儒，置古文之學不講，其或爲之者，又多犯桐城方侍郎所言諸病，軌於法者蓋鮮。雖文之道不盡是，然以言文，則幾乎備矣。

蒙嘗請於先生，謂其中棄取有未盡人能解者。先生謂是固有。意其棄者，大抵爲有俗氣；其取者，則以廣文之體格，使有所取法。又欲商去桐城二家文字，以爲人或詆爲鄉曲之私言，其點識頗係偶然，不欲存。然以此觀前輩用心，固無不可。

先生所作九經說，措辭簡而說理粹，論名物度數，使人易曉，於儒家最勝，自唐以後說經家無之。蓋平生於訓詁詞章，皆以義理爲歸墟，故不使少駁襍也。又言『爲文必本諸躬行』，屢以已身缺然爲媿。此其不自滿假之心，愚誠蒙昧無識，疑較諸退之、永叔諸君子，抑有進焉。生程朱之後，理學明而將晦，獨以身當絕續之交，本末輕重，較然明白。根據實是，文而又儒。羣訕衆誚，白首無悔。爲其難者，先生一人而已。

先生之文，雖行於世，而學未大顯。門弟子達者，或不能盡用其緒言。其窮約自守，又或才力淺薄，不足有所興起。然則斯道之傳，其終晦乎？椿之不敏，不足以與於斯。特以舊聞有宜述者，故爲別白言之，以俟當世君子論正其說。

南宋文範序

東萊呂成公，當淳熙中奉敕爲聖宋文鑑，采取詳審。然終于北宋九朝，南渡以後缺如也。至我朝，而吾友莊舍人仲方，乃始爲南宋文範一書。君以毘陵世家寄居秀州，又遷武林文物之匯。性喜聚書，復盡讀文瀾閣所藏。蓋閱二十餘年而始成。嗚呼，勤哉！

夫以文載道之說始于韓子，而歐陽子承之。至朱子而其道益光，同時諸賢，莫不質有其文。彬彬乎，韓歐之緒餘也。乃元明以來，鮮克蒐采，閒有述作，鬱而不彰。豈非人不足以任其事，道不足以綜其言與？君于學問既識其大，故別擇精當，用力久而致慮專。然使非生當詳備之時，處炳蔚之地，又有餘功以及此，則不能以有成，即成亦不足以傳後。然則君之所成如此，豈易致哉？

或曰：南宋文氣尤弱，上不能望漢、唐、北宋，而下亦無以過元、明。夫道德之言，不專主乎文，而亦未始不有其文。故自韓歐以來，一則曰『文者貫道之器』；一則曰『文與道俱』。此雖其才不逮前人，猶將過而存之，以爲學者勸，而況其人與文之光明俊偉若是者乎？

或又曰：南宋亡乎道學，其弊由于文勝。兹何取其文沾沾爲此，則悖繆尤甚者。夫南宋之亡，由于不用道學，當時諸人議論具在，安有迂戾乖僻如後人所譏云云者？其君人弗克用，而顧以責言者之非，此則東周亡而訾孔孟，眞邪説也。若夫漢之黨錮、明之東林，雖其道不克與孔孟程朱並，而大義炳然，不欺其志，豈非人極之所以立者與？而何責乎南宋諸人爲？

君書凡七十卷，體以類從，意以例顯，既各詳所采書目，又以其餘爲外編。嗚呼，可謂明且審矣。

予往客江甯，聞嚴侍讀長明輯有南宋文鑑一編，見於錢詹事大昕所作傳，訪諸其家，業已零落。然其書無篇目，恐無以過君所輯者。今附著之，以見好學者用心畧同。至于有傳，有不傳，則又存乎其人之自致焉。若予之不足以重君之書，是固有所不暇計云爾。

湖海文傳後序

青浦王侍郎述庵先生，高文博學，負海内譽望者數十年。其生平所纂輯多已刊行，獨湖海文傳成于晚歲，未及付梓而卒。椿昔客游杭州，嘗謁公于敷文講院，得讀是編，略聞公論文之旨。是時，椿始欲爲國朝文録一書，因從公借鈔焉。公爲是書，體例一眎詩傳，然其所繫之慎重，則又有過之。一曰徵文獻，一曰重實學，蓋自康熙中葉，以及嘉慶初年間，大率具是。此有功學問之書，非獨爲世儒博聞廣見者助也。

公既沒三十餘年，孫紹基始謀授梓。質諸當世鉅公，咸以爲宜。今相國維揚阮公首出俸金，爲之創始，于是吾郡好義之士，實相與勸其成，而同邑孝廉陳君鏻爲之尤力。紹基以椿嘗從公游，屬以校正。因出向時所録副本相勘讐，頗有得失，而原書所改正訛謬，箴字脱落，又文集之未刻，刻而未及見，與夫刻本之互有異同者，深媿譾劣，弗克精審。然先生是書之作，意在傳文以傳人。今以文字之小不備，而就亡軼之大不備，其爲不敏，抑又甚焉，是用弗敢辭命。

始公欲爲自序，其大意畧具凡例中。今紹基謂椿當敘之，椿學識疏隘，不足以知公之深。且今所學或不能以盡合，不獨當時所聞亦有欲質疑請益而未徧及者，而紹基請益堅。竊以今茲所編，悉仍原本，用述斯事本末，存公舊觀。其所不知，輒虛前簡，竢世賢達有學者，發抒深蘊焉爾。

重刊余忠宣公文集序代

吾聞古之言不朽者有三：曰立德，曰立功，曰立言。然或德盛矣，而功與言不著；功懋矣，言或畧焉，豈非本大者末遂，源遠者流深？雖理固然，其于輕重緩急間，抑有所不暇歟？若夫徒恃其言而無實，譁囂之美，君子無取焉。

有元中葉，鴻儒鉅生，麻立中外。迨其末造，繩纘弗替。惟時余忠宣公，以名人少從同時諸公游，諸公所以稱道之者，無異詞也。其後公官淮南，分守安慶，挫僞漢之衆，百戰不懈，卒以力絀援絕，城陷自剄死。公死而元之城守，或幾乎絕矣。公在京師時，尤以文字見知虞學士集。是時危素方以文學徵起，士君子想望其風采，或以問虞曰：『素事業如何？』集曰：『素入京後，其辭多夸，事業非所敢知。必求其人，其余闕乎？』曰：『何以知之？』曰：『於闕文字知之。』其後公以死事有聲，而素卒用自詭傳史，宛轉逃脱，終爲明祖所薄，使之守公之墓。天下于是以虞爲知人，而公之名益暴于世。

予讀公上賀丞相四書，指斥當時賊勢最爲詳盡，使能早用其言，必不致貽後日之禍。而其元統癸酉廷對策，敷陳切摯，所以告其君者，又莫不出于唐虞三代之言。雖順帝之爲君昏庸孱弱，不足以有益，抑公之心，亦可謂能盡矣。

余夙慕公之文，以爲陸忠宣、李忠定之亞，恨未得究其全及備。官青陽，偶從他處得讀温陵張太守祥雲所刊全集，私竊欣幸。顧猶恨其間有訛舛，欲得他本刊正，而訪諸藏書之家，一時未得，然私心敬愛，則不可已。會與安慶訓導陳君祥熊言之，樂有同志。陳君與予同里，交世有舊，愛學好古，相與校訂，以廣其傳。而僭引其端，非謂予之文足以稱公，亦獨明其區區之嚮慕而已。世苟有善本得以參校，于以作興忠義，振起文學，斯又豈獨予之幸也夫。

朱止泉先生外集序代

古者六經之文，言與道俱。易以道陰陽，書以出政治，詩以理性情，禮以紀倫常，春秋以定名分，作者之恉，歷古不殊。自後世之儒者，猶依放此義，以爲立言之本。其或有悖於是，則雖琱繪其容，鏗鏘其聲，人視之無物焉。豈非六經之道致宏遠舉，後世莫能外而然與？

然而二程子之論韓氏，朱子之於歐陽氏，既歎美其詞，以爲不可及，而又深致其不足之意焉，則又何也？夫程子謂退之間世豪傑，斷爲子輿氏後一人，而非荀、揚所可及。顧猶惜其因文而始有見於道，爲失夫先後、輕重之序。朱子謂唐志論『政事、禮樂之不可不出於一』爲然，而尤謂『道德文章之不可使出於二』。既以『無本』之說斥秦漢以下，而以爲歐陽氏言行之實，與夫所論之道，徒能言其大體，而未見其有探討、服行之效，爲無甚異於韓氏者，亦既然矣。由前而論，則文爲不可少，而與天地、古今相終始；由後而論，則非但委靡庸瑣之子，不足以與於斯文，雖以韓歐之言，而於六經之作尤有媿也，是何其難言與？

寶應朱止泉先生，敦學篤行，宗守程朱之道久，而其書未出，近乃稍稍行於世。獨其所謂外集者，猶未大顯。璜從友人姚君椿受而讀之，私竊愛其宏博警切，有益于學者。又頗訝前此編集時，何以無一篇入其中。雖先生不欲以文著，而其議論之醇密，不可廢也。既而聞於姚君，當編集時事出倉卒，其子宗洛僅爲槀本，而卒後遂據以刊行，而不知非其全也。

夫先生誠不欲以文傳，然而世之欲知先生之學者，微斯文則無以見先生之大全。使知其少時學問之博，而卒乃歸於簡約，則凡空疏弇鄙，蔑棄典籍，而高談心性，皆得自託於先生，是則先生之所大懼，抑亦璜與姚君之所大懼也。故輒不揆檮昧，僭述其說。至於先生之文，當居何等，與夫程朱之所以議論，此葢老生宿儒所不能定其說，而又豈璜所能知哉。

止泉先生外集後序

止泉先生外集之文，予友呂侯璜既爲編次，序而刊行，復屬予言其所以云者。予讀侯所序，既有以盡古今文章源流本末之義，而尚欲然自以爲不足，予之淺陋復何以益侯所云。無已，則姑爲之言曰：

言者道之華也，行者文之實也，約者博之極也。不極諸繁賾，則無以窮其變而盡事物之情狀；不根諸理要，則浮文析義，小言破道，而學適足以爲害。學富矣，辭工矣，而其人不足稱後世，讀其書而病之，雖明恕之君子，未嘗以此廢言，然亦卒不能以其言之近道，而可謂其人之終有可取也。然則人其尤要也與！

昔者嘉定張漢瞻，善爲古文。陸清獻公令其縣，謂之曰：『子之文工矣。好之不已，且將溺心，盍姑從事于學乎？學至者，文不求至而自至。』漢瞻以此益爲學，雖卒不遇，而其文亦遂名于世。人或咎漢瞻守之不篤，以故其文卒不得與唐宋諸大家並。然使漢瞻所學益進，而文又與唐宋諸大家並，甚善否，則漢瞻所以爲漢瞻者自在。大丈夫誠各行其心之所安，而不徒爲世俗文士之見，此則先生所以編爲外集，與呂侯所以刊行之意也。

再跋止泉先生外集後

止泉先生外集原本編次，不盡合古法，亦間有訛錯字句。竊意先生少耽文辭，中年以後篤志講學，不復留意此等。宗洛編集，專取其有關說理者入之，尚非定本。其時先生門人山陽邱照與人書云：『文集雖已就刊，應入者尚多。』今所刻大概本之宗洛所定，而增損未當。即此八卷，亦因一時國史采訪，草創目録，未卽爲鋟板計，不幸宗洛卽世，事遂中斷。每一念此，輒爲椎心。而先生外孫王希伊，又言文集舛謬，迥非原本之舊。如此則此書未爲善本，當時已有議之者。

椿案朱子全集，蓋用韓文考異之例。韓文宜以原道居首，而編次者無識，誤以詞賦先之。然韓公本工詞賦，猶爲有說。至朱子雖爲博學多通，然以才高，兼及且固多係少作，不宜以先論撰之文。至先生韻語，似尤非所留意，斷不宜用大全集例，轉後其精要諸作也。

椿初欲合文集、外集爲一編，重加録次，而未敢定。既緣呂君之意爲重編外集目録，復著是說，以質通人。其字句顯然訛謬者正之，至于疑似之間，則亦不敢輒改云。

唐文選題辭

右唐文選一册，自初葉至晚季，駢儷襍家之作，凡二百三篇，末附宋文十一篇。友人山陰周君崑所藏，云其先世舊書也。

先人蓋嘗與胡稚威徵士游。徵士之文不襲凡近，所宗法者唐中晚諸家，雖瑰瑋絕特，卒不能盡去破碎怪異之病，然亦自成一家。其視好爲辭而悖於理者，固已遠矣。全紹衣翰林在京師從方望溪侍郎遊甚懽，而稚威專詆方氏之文。紹衣之學不同於望谿，然與稚威不相中，集中所言『夫已氏好爲奇語僻事，以揜人所不知，質之則引無徵古書以相誑者』，說者謂指稚威。

要之，唐自退之前文字仍襲故軌，諸名家欲革而力弗克振，退之出，一洗舊習矣。學之過者，則又有前者之失，歐、曾起，而天下一軌於正。然而膚庸牽率之病又興焉，有豪傑者作，酌唐之辭以準宋之理，則此編亦庶乎其不廢也。然其本原固別有在矣。後之觀者，抑尚慎取於兹。

播芳大全文粹跋

予客寶應，交朱丈封公彬。言其表兄劉教諭台拱，爲彭南昌門生。南昌所選宋四六集盛行於世，其文多今所不見，不知南昌何自得之，後乃知出播芳大全文粹。

書爲南宋坊本，不甚足依據。然遺文軼事，畧有表見，間可校正諸家文集訛謬者。惜翁爲古文辭類纂，論介甫上仁宗萬言書爲有舛錯，而謂所見南宋雕集，其誤亦同。今此本訛脫處，同於南宋荆公本，而前段在位之人，未有乏於此時者也。下又有錯異，於義爲短，不可從。然則卽以校正諸家文集，亦當慎取之矣。四庫全書目云『一百十卷』，而此乃一百五十卷，蓋書目偶脫『五』字，非有二本也。

題吳枚庵國朝文徵

長洲吳枚庵翌鳳謂『切問齋文鈔一編，迺經濟致用之書，非以其文。』又謂『考據之文，易於傷氣。』其言皆是也。枚庵以昭代文尚無選本，爲國朝文徵三十八卷，補編二卷，計二百八十餘家，較文鈔一百三十七家，又增其半。然所選多猥襍，不盡軌於雅正。又以人爲次，例尤未安。

外此則有歸安徐斐然二十四家文鈔及今文偶見録二書。二十四家例與吳同，偶見録所分門目，又與陸鈔近似，皆未盡善。吾鄉王述庵侍郎湖海文傳一書，例踵前人之舊，然非平生交游不列，亦未得爲詳備。採輯富而綜覈嚴，其殆後死之責也與。

跋紀河間彭南昌兩家文集

當高宗中年，紀河間、彭南昌皆以文字位望，負海内重名，然其意亦不相下。河間於南宋人駢儷多有微詞，而南昌論官本書及是正文字亦皆有爲也。

予於乾隆六十年應順天鄉試。是年，特命六大臣先汰所試，上合格者乃送禮部，河間、南昌爲之首。予謬以文字爲河間知遇，而南昌亦無異詞焉。然時聞南昌待士倨，故不敢以見；其於河間一望顔色而已，意不以童子爲可進也。

既閲二十餘載，乃讀兩公全集，服其問學詳博非苟然者，私歎向所聞之未盡，然亦無可復質矣。河間終身以文學自効於權門，無依附之迹。南昌雖不爲翕翕熱，而亦未嘗孑然自遠。嗚呼，高宗之所云，不可謂『知臣莫若君』也耶？

書董榮若太守國華文稿

僕少時好爲儷偶文字，客游京師，嘗與楊才叔農部丈論次，以爲國朝此體獨胡稚威、洪稚存二家極工。朋好間業此者，多因謝置弗爲，亦以才力蹇薄，弗克兼攬絕勝。如退之、子厚所爲，淵綜古今，包絡洪細，而亶規規於章句議論之末。每思古人，未嘗不慨然興歎。

友人董君榮若，朋好間業此者之一也。其學博以富，其才宏以碩，其思澹雅，而其氣浩浩乎若無厓。今年秋，遇於吳門，出所爲文一卷，曰：『子試爲我別擇之。』且曰：『二稚體格，今日爲襲者撏剝殆盡。故吾改軌於唐襍家，以約二體之宗，子以爲何若？』予受而讀之，良然。其中數篇，猶是未變體時所作，同能而兼勝，襍用而互劑。懿矣哉，君之爲文也！

夫文無奇偶之異，『元亨利貞』、『天尊地卑』，匪云奇也。『曰若稽古』、『春王正月』，匪云耦也。陰陽剛柔，迭相爲用，而文字行乎其間。通人碩材，或爲兼工，或獨肆力一事。如子厚於此體，獨繁夥，至永後，猶時時爲之，卒乃湔洗舊習。而退之於表、狀、啟、祭通用文字，但以散體畧整頓而已，其爲潮州謝上表、南海神廟、曹成王諸碑，鏗鍧震燿，燁然挾相如、子雲而與之並。穉威論文與方氏不合，而襍文殊奧頤奇澁，深得唐襍家工處。穉存晚年文字，頗疏散不成體，然其學浩博旁通者多。而穉威駢儷文所用事多僻，有問者則以今已亡書對，人不敢質。然則綜退之、子厚之所長，而爲英絕領袖者，匪誠有望于來者乎？

唐襍家文體，中葉後多出韓、柳，由諸家而之韓、柳，所謂適燕而北轅，之楚而南檝，其於國都也何有？抑農部又嘗有言：『凡才藝之事，皆至有唐分塗。詩之盛，而有李、杜；畫之盛，而有吳、王；書之盛，而有李北海、顏平原；禪之盛，而有南北宗；文之盛，而有退之、子厚，皆前集遐躅，後啟來軌。』思其言誠有理，致昭而融之，會而通之，酌材而舉中，識明而理公。文字之原與道爲一，陰陽剛柔奇偶之事，又必有進乎此者矣。

宋左彝助教詩論跋

詩之有說，自韓嬰始也。子貢詩傳，僞書也。然外傳引詩與左氏同，雖閒存古說，終不得爲定論。漢魏而後，則有鍾記室之論人，司空處士之論境，有味乎其言之已。兩宋論愈多，其所言者不能盡當大儒，或廢小序而講音律者，推求於字句之閒。雖以滄浪之專主妙悟，爲本朝王文簡公開其先，其流弊亦往往而有矣。

夫詩者，性情之事，才與學皆後起者也。文簡說詩，標舉神韻，天下翕然宗之。數十年來，其弊也流於蹇弱而貌似。於是學詩之士，務以才力相勝；而通儒鉅公，又以其學問之餘，溢爲詠歌。至於推原本始，則猶有閒焉。

左彝宋先生患人之知作詩，而不知詩之所以作也，乃爲詩論。引世之憂憤悲怨、淫泆詭譎者，而一軌於正。予讀之，曰：『是詩教也，論云乎哉？』有是書，而先生之詩與人，胥於是可知也已。

管侍御唐詩選書後

予弱冠後，與王述庵司寇論詩，後又問業於惜翁。司寇師歸愚，而惜翁宗新城，其大旨固無殊軌，而翁爲折衷焉。翁先有五七言近體詩選，以維詩道之壞，以竟新城之餘緒。而司寇於湖海詩傳外，又有碧海集。其選自唐迄國朝，大旨在宗杜，未刊行而卒，識者惜之。

先是，予在都下，聞武進管蘊山侍御，制舉義名，時少年不好是業，未暇請益，亦不知侍御之工詩，復精於論詩也。在吳越間，與洪穉存編修稱詩最相得，然亦未嘗得數數論語。今年遇編修季子齮孫於大梁，得侍御是編讀之，備正變，具勸懲，一一皆如吾胸所欲言。其微碎處，悉有意我向所苦其繁頤者，至是乃快然而無遺憾。於是新城及惜翁之書乃全，而司寇選詩之微旨，亦畧具是矣。

予又聞編修仲子符孫言，侍御之卒，在和珅未敗時。一日與友人酒坐，珅時以伯爵官大學士，衆譽伯揆無虚口，侍御被酒大言曰：『諸君奚爲者？吾方有封事，諸君奚爲者？』於是衆皆駭愕色變。是夜，歸邸舍遽卒，人莫知其故云。侍御未死時，錢通政灃以劾和珅，奉上命稽察軍機處，爲權倖所困，衣食不豫，寒悴以死。世皆疑其被毒，惜翁獨明其不然。至侍御之死，顧無有傳之者。符孫之言，得諸編修，編修與侍御同里友善，其言固當信。然則侍御豈獨以詩文傳哉。即以是論，抑亦足以不朽矣。

侍御名其書爲唐詩鈔，意蓋甚謙。予謂此最爲唐選善本，誠如編修序語，故爲更定名，使唐人詩從此不廢，則是編亦必不可廢之書也。予既愧向知侍御之淺，猶喜晚而見是書，又欲使侍御死事少聞於世，故書其後。侍御孫繩萊向嘗識於京師，齮孫方以事歸毘陵，用録以爲寄。

跋全唐詩校本

吾鄉沈學子明經，問學賅博，所藏書皆手爲丹鉛，全唐詩其一種也。予少喜聲律，就傅時，是書出入懷袖間，顧憚其繁，弗敢涉筆。癸未冬，將渡江，偶見此書，校而存之。明知無用，聊遂私好而已。間復參酌諸家，畧涉鄙意，生平限於材稟，成就止此。嗚呼！唏矣。

沈所評校，亦未盡精當，不足垂示來學。然其大意，以氣格爲主，以盛唐人爲宗，尚未甚染後來叫囂之習。而其書繁博，能卒業者鮮，學詩有所得者，於此一取資焉，抑亦可以少益矣。若夫高明之士，畧其筌蹄；德行之科，唫其蓺末，此則予所深望於後賢，而豈敢以此書爲足與於聖門言詩之教乎？姑存其說以示子弟，且用自警焉。

跋黄氏評孟東野集

吾鄉黄氏之雋，序韓孟李三家詩選云：『長吉奇而豔，東野奇而古，退之奇而肆，要皆原於風騷。嗜之有年，不克終究，乃復旁溢於他家外借。詩貴和平廣大，不宜鑱刻剝削之說以文所不及，實則憚縋險索幽之難，而非筌蹄之謂。』其言可謂公矣。

予於退之少習之，後乃習昌谷。至東野，則以子瞻『裕之』之言，意不復顧。最後念此，爲退之所心慴，恐有未可輕者。既見黄氏評本，乃始服其用意深到。雖於古詩人原本所在，未盡無間，要不可謂無所得。在善學者自悟而已。予既悔知之之晚，又竊以爲可爲庸虚浮滑者砭劑。苟得其意而師之，必不惑於悠悠之論。

跋陳後山詩集

昔人謂少陵爲詩祖，山谷、後山、簡齋配之爲三宗。後山文宗子固，而詩則主涪翁，生平不苟同。此亦可見晦翁於文藝無所不通曉，既謂『後山雅健過於山谷，然氣力不如山谷較大，而無其輕浮之習。』此言可謂公矣。顧他處又謂『陳博士在蘇公之門，遠不及諸公。無論魯直、少游，乃至如劉景文「四海」「重陽」之句，亦且不逮。』豈紀載者有失邪？

跋惜翁與蘇園仲論詩書藁

惜翁與虞山蘇園仲書云：『尊詩大抵高格清韻，自出胸臆，而遠追古人不可到之境，於空濛曠邈之區，會古人不易識之情於幽邃杳曲之路。使人初對，或淡然無足賞，再三往復，則爲之欣忭惻愴不能自已。此是詩家第一種懷抱，蓄無窮之義味者也。以言才力雄富，則或不如古；以言神理精到，眞與古作者並驅，以存詩家正統。譬如司馬氏立國江東，縱不能尅復中原，然必不與石虎通聘者也。』

竊觀蘇君之詩，未能盡如所論，此殆翁自言之。翁之古文意格畧同，而工力更勝，亦可以此義求之。至於經說，則於古卓然獨出無對矣。

此書載園仲詩集刊本。翁門人陳石士刻惜抱軒尺牘，蓋未及見，故附論於此。與蘇書末〔一〕云：『論詩則魔力方盛之時，老僧當勝之以不見不聞耳。』

【校】

〔一〕末：底本『未』，依通藝閣本改。

征銘錄述

歙人王君曰旦，字學愚，自歙遷居常州，以好善聞於鄉里，不樂仕進。其所交遊，皆天下賢士，卒而爲之銘誄序述者相屬也。其子國棟彙爲征銘録，以示予，而請續爲之詞。

予觀卷中諸君多與予相知，其所言多質實可信，則君之行不待予言而顯，即使續爲之詞，亦卒無以加於諸君子，而又何贅爲？雖然，有一說焉。今天下言學者稱毘陵，故其所徵文能若此之備。然使無賢子孫以爲之萃聚，則亦不能若此其無憾也。所謂『魯無君子，斯焉取斯』者，豈不信夫？

雖然，君之所以自處者美矣，國棟之所以表章其先者至矣。子子孫孫，勿替引之，其尚有副諸君子稱述君之意哉。

道光二十七年丁未孟夏日，婁姚椿述。

晚學齋文集卷四

喬處士遺集序

當明末造時，東南人士多以文學抱節終老。或名著當世，或日久迺顯，若寶應喬處士邁其一人也。

處士，字子卓，明諸生。父可聘，官侍御史，名在國史。弟萊，用詞學直氣著聲本朝。獨處士阨窮畢身，既沒累世，而其詩集爲怨家所發，子孫幾至獲罪，是其重不幸爲可悲也。侍御有池館在柘溪，去城絕遠，晚年居焉。處士侍父柘溪，吟詠自樂，不顧俗好，時人比之范粲子孫。侍御享耆壽，年至八十七乃終，是爲康熙乙卯。而處士以先二年卒，年六十一，學者私謚孝靖先生。

處士善于詩。當時邑中稱詩者，推舉人張琿、布衣陶深，而處士與之埒，時人尤稱其五言。嘗避地至吾郡，交幾社諸人。又嘗至張莊，過故給事中許公譽卿，久之乃歸。其事皆于詩見之。其詩亦于諸人爲近。

當純皇帝時，詔收天下遺書，有司以弗善推行詔意，多摘字句相引罪，民間以此連染，有至破敗其家。後純皇帝下詔謂人臣之義，各忠所事，毋庸過諱。向之詬毀叢集，埋沒而不顧者，迺克湔洗而祓濯之，而處士之詩亦于是乎始出。葢古者士之立節，不以顯晦殊軌，而聖朝取人之善，廓然無所私意于其間。此非但爲人子孫者，欲以表章其先，抑聖朝之所以含容而滌蕩之者，其休美豈有涯與？

予游寶應，交處士曾孫德全，相眎斯集，屬爲序引。既感其事本末，又歎其往來吾鄉，而邑之遺書未見有能言之者，葢遺文墜簡，零落無數，士之隱阨，于其時者，可勝言哉。

周漢川先生遺集序

富貴之於生前，聲名之於身後，是二者殆不可得而兼。然而世之人，生則欲得富貴，死則欲得聲名。又其甚者，欲其世世子孫兼有之，然而卒不可得。吾嘗游四方，見當世故家遺族，累禩逸樂榮顯弗替者，間有之矣。若夫嗜文學，篤行義，鮮有能世其業者，是誠造物者之有所權衡於其間歟？然而當世之士，顧猶輕此而重彼者，則又何也？

山陰周漢川先生，自其先世澹園、幾山兩公，皆具述作。幾山所著，有識大識小録若干卷，爲用世之學。舫軒有文集，天台齊侍郎序之。漢川復以詩鳴，五言尤澂澹清敻，高處得大歷諸人佳境。其上世葢嘗贏饒矣。當康熙中，澹園所交，若黄太沖、毛大可、仇滄柱，諸人每至，咸主其家，好客傾一時。其後家既落，而文學益盛。舫軒嘗與胡稚威、周元穆同舉制科，然竟不與鄉薦。先生亦僅爲孝豐訓導以卒。嗚呼！士之自重與其所以自見者，誠別有在，富貴不足言，吾獨以悲周氏累世不一遇也。

道光元年辛巳八月，予以奔叔父之喪來明州，辱交于先生之子崑，授以斯集，時年五十餘矣。篝燈手細字書，積録靡倦。客游數十年，交游當世巨公，其于先世文學之傳，可謂無負，先集所託，當在當世有力者，顧付諸不文無能之手，崑于是爲失人。雖然，傳不云乎：『人之欲善，誰不如我？』予誠寡昧，抑慕樂君家累世懿媺，與其所以稱詩之意不可以荒陋而自廢也。乃書于其首。

史赤霞遺集序

古之人才聚于幕府者爲多，而於詩人爲尤盛。葢其見聞繁富，閱歷廣博，凡欣愉憂憤之情，身世家國之故，其于人已晉接，皆足徵性情，抒才藻。自風雅以來行旅篇什，唐宋以降幕府徵辟之士，班班著見載籍者，大抵其客游之作居多也。

吳江爲詩人淵藪，而史君赤霞于乾嘉間尤以詩有名於時。自其少時遭遇困頓，然而意氣岸然。既出游，諸公愛其才，爭辟之，而畢尚書沅、王侍郎昶、姜尚書晟知之最深。畢公尤稱號召天下文士，前後在幕府亦最久，然未嘗一有干請，尚書沒而卒護送其孤喪以歸。當是時，王公已告歸，君從之游，久而不厭，相與論列書史，考證文字，詠歌爲樂，不久而王公及君相繼以沒。悲夫！

予初識君于王公坐間。最初在西湖瑪瑙寺，王公大會江浙才士，予輩皆得從游其後。公年八十，東南之士稱觴者彌衆，君酒酣振歌，驚其坐人。迄今復將三十年，而君之墓有宿草矣。君之詩指情類事，務使明白曉暢，而皆有典據，其氣尤鬱勃不能自掩，卒以此終其身。至今思其人，談其軼事，猶軒軒在眉目間。君同時名人以科第官爵顯者，亦皆隨世奄謝，而君乃始克以詩見于世，此尤可爲世之窮厄而不得志者悲也。

君之詩先爲曾侍郎燠選刻于邗上，曰朋舊詩鈔。今君之里人柳君樹芳，得君遺稿，將爲梓行，而君之子清源客于葺城，復以序見屬。若柳君之感激好事，豈非君之風聲義尚，有以致之與？

蘧庵集序

吴江郭祥伯，以清雄之才，奥博之學，坎壈不遇。早自放于江湖之間，自朝廷賢公卿俯至鄉里，走卒婦孺知其名字者，僂指不可以計。布衣如此，亦榮矣。祥伯向以氣高天下，其後游益廣，心益虚。雖尋常行路人，亦相委佗不較。嗚呼，祥伯何以得此于人哉？才足以伏衆士，而讓美于一卷之師；辯足以抗千人，而降首于匹夫之議。此則君子之所以自治其心，而非夫人之所能知也。

祥伯詩文，行世已久。嘗仿前人小集例集，自爲名。其曰『蘧庵』者，蓋其五十以後所作。他集多序行，獨虚此卷，以予向嘗同執經於惜翁之門，因以見屬，久而未有以應，於是祥伯之年，蓋六十矣。

吾觀伯玉生平行事，古紀載所述一二，類皆謹慎微細，而『寡過』之言，獨見譽于夫子。凡人質性敦厚，則愆尤罕，積磋切之益，于事爲易。若夫彊直自遂之士，又聰明絶人遠甚，能自審其過而幡然改圖，古人以爲難。知其難而能硜硜乎力矯之，是謂天下之大勇。所謂大勇者，不汲汲乎外折衆人之非，而息息乎内奪一己之恃。伯陽之語孔子，圯上老人之詔子房，胥是道也。

祥伯好義厲行，屢赴急難，不自爲功。篤于内修，昆弟之際，怡然自樂。其向者矯亢之迹，類有爲而然。予與祥伯交久，而後知其深。其論詩相得也，尤愛其和陶詩。陶之性剛多迕，誠近于拙者之所爲，然而三代以下，論詩人之知道，未有過于陶者也。淵明能自履田畝，督兒子終農事，後之人不盡能以是媿淵明則可矣。至于主張名義，扶植風教，較然不自欺其志，此雖庸夫孺子之心，于淵明乎何殊？而況如祥伯之才異絶出者乎？

予之鄙陋，亦嘗有志於學，中歲駸尋志退而業卑，而祥伯之所以見勉者益以厚。嗚呼！祥伯之所以終不鄙夷之者，乃所以名斯集之意也夫。

寶褉軒詩集序

昔人論詩以爲有臺閣、山林之異，吾謂亦視其人境遇所值。士有奮迹於江湖，謌詠於廊廟，雍容華貴，如其所素裕；其或生長豐厚，而遭遇蹇塞，則危苦慘怛，戚然如菰蘆窮素。然士之顯達，必以濟實用，能識大體爲貴，而貧賤自處，則以樂而忘慍爲賢，此文章之士所以必貴乎知道也。

吾鄉張君興載，家世通顯，而清修自好，勤學不倦。嘗以詩爲學使諸城劉文清公所知，使就南巡召試。晚而以新例得縣學訓導，攝新陽，半載罷去。鄉試之江甯，病甚不復入，歸而遽卒。方君病時，予亦在江甯，猶走眎君，歎其憊甚。謂君素羸弱，尋當自愈，不意其遂至此也。

君少時所爲詩，猶未能遠去俗韻。既而潤澤於古，乃益自喜，然亦恨爲他事所奪，年壽限之，不獲盡合前人，爲可惜也。君尤好書畫。其家以從父文敏公故，多愛究筆法，而君婦翁太倉陸時化，收藏古名迹尤夥，君之婣家畢瀧爲尚書沅弟，亦好鑑定。君相與彼此往復，窮日夜不厭。其後乃與同里盛灝元諸人讀宋儒書，欣然有意，然君亦遂病，不復能終其業矣。君爲詩頗敏疾，不耐精思。長洲王芑孫來爲華亭教官，君喜造之討論，予在里亦復暱就予。獨其懷抱抑鬱，不善自寬解。又性儉節，供奉嗇菲，以悴其身，而不永其年。雖其晚歲有得，幾欲自進於古醇粹安，約綽乎有昔賢之遺風，而惜乎其死矣。

君家世喜稱詩，君弟孝廉君興鏞，以詩同時有聲。君猶子祥河，復舉丁卯科鄉試，門才益盛矣。而君子公瑩，亦儒雅好文學，不幸於君卒後八年以心疾死。

祥河於是收君遺集，以予與君雅故，屬爲論之。君所爲詩曰寶褉軒集，嘗得吴仲圭手刻。定武蘭亭原石以名其居，有好事者至，則摩挲欣賞，久之乃聽去。嗚呼！觀君所好如此，抑君之詩可知已。

喬葆堂詩集序

乾隆歲在甲寅，予識喬君葆堂于京師。君時主婦翁吴左都家，左都方以辭學有重名，出入司文事，門戶烜赫。君沈嘿自處，衣冠簡樸，漠然若無與其事者。予以此灑然異之。既被放別去，君以中式副榜卽南歸，彼此不相見。其後十餘年，予廼奉諱歸，始復遇。君則所居去予家甚近，而君子重祐，亦以文學有聲。予游君父子間，既美嗣續之盛，又以歎其門内篤懿爲斯世罕覯，而予向所知者之淺也。

君爲人和而有守，與人不能相委曲，人亦未嘗怨之。君父岷州君罷官而貧，家多人，故使君常從左都，君心弗善也。受所分財，進之岷州君，退而與諸兄弟均室，未嘗有謫言。先世華膴盛仕，至君弗克振，思欲以才行自奮。鄉舉不已，復求試官，既皆不得志，廼退而息。體羸頓多疾，益自刻厲，憂人若己，不少弛緩，以逮于卒。嗚呼，可謂難已！

君之詩，初學於岷州，後從左都試士，尤工場屋體。左都詩務奥博精麗，以采色相炫耀。而岷州清澹閑遠，頹然若天放，每出入於白、蘇、放翁間。君參和兩家，能自出意，其于序次山水，詮述倫紀尤善。

其爲人於内行最隆也。詩之作，古人以之言志。自世之傑者，務用才力誇勝於古，於古者託始之意，或無聞焉。君爲詩，不求過人，非相知深者，未嘗出示。于古嗜離騷，時時誦之，意所怫鬱，不以形諸言。其所處境未甚艱阸，君若不能以自堪者，人多以爲過。闚君之志，以爲非吾之有，雖毫髮假貸諸人，皆爲非分；吾所當盡，苟毫髮未至，其自責若無所容者。由是言之，使一旦顯遇，任當世之事，其必不以一己之故，輕他人之生；貪目前之娛，昧遠大之慮昭昭也。目論之士，知其境之愉，而不知其心之困；知其憂之無益，而不知其所憂者之足以感人於無窮，則以君之行爲過也固宜。

重祐既編君詩爲若干卷，授予使序其首。予既先誌君墓，其論君事甚略。兹獨序君之詩，辭繁而不敢殺者，非獨感重祐之意，亦謂君之志有不盡見者，或於詩求之，而非謂詩之可以盡君之爲人也。

汪少海詩集序

江水發源自崑崙山之南，河在其北，流經西域大小諸國，至岷山而入中土，歷蜀、楚、吳巨都，滇、黔、西秦之水，皆自遠來會。又分其支流北合於淮。凡入江之水，其越都會者十有一，翕受吐納倍於河。然當其過灩澦，下巫峽，湍急陿迫，弗能以自騁。吾往者足蹋舌撟，爲之駭顧，而今乃遇諸吾友汪子少海之詩。汪子之爲詩，才大而氣盛，能自極其力之所至。少歷屯困，名譽動公卿。由乙科出爲縣令，有治聲，用微累罷去。天子知其廉能，而惜其戾於法。於是汪子謝事湖上，編次其未去官以前詩若干卷，屬予以爲序。

予惟蜀古多詩人，相如、揚雄、白、軾，以迄明楊慎氏，其才皆天下選。近又得吾友張翰林問陶。翰林之詩，奇險捷出，不主故常，其極主於能道人意中事而止。汪子沈縋奧鑿，句鏤字鍛，又善用事相佐證。翰林純以天勝，而汪子特兼盡學力。吾觀江水始發源，氣脈雄盛，所嚮輒達，及遇大險阻，則古之神聖奇士有不得不出於人力之所爲，要皆與其形勢相稱。

吾嘗游歷東西川，徧窺其山水奇勝，作爲詩歌，恨未有盡其能，以故翰林詩之渾成，汪子之刻削，皆爲予所畏服。然翰林由吏部出守青州，不久謝病歸，所見諸政事者，未盡暴著天下。汪子之吏，能頌於民，奏於大府，見稱於天子，雖爲法見抑，其亦猶江水之入峽，天故蓄其勢，爲合衆水大小以入海之地耶？

汪子交游滿寓內，博積而日久厚集焉，必至於海，其不徒爲以詩自名無疑也。世之君子，由詩以知其人，由人以知其政。凡此者皆汪子所自致，吾又安能窮其所終極耶？

吳仲雲蒼雪集序

予向與吳子仲雲論詩於蜀中，舉所述告王侍郎昶之言曰：『以諷諭爲主，以音節爲輔；以獨造爲境，以自然爲宗。』侍郎韙其言，吴子不予非也。是時吴子年甚少，所作詩皆恬澹和雅，與其人相稱。蓋自其先世教諭君、太守君及其兄明府存楷，皆以稱詩聞於時。吴子最後出，顧未嘗屑屑措意。

迨衮偶客游京師，連掇科第以去，遂持使節於黔中，既而寄其黔行詩來，雄健古直，與向者殊不類。予既以奇仲雲之才，又意其將不止於是也。其後數年，仲雲奉諱歸，予與相遇於湖上，乃復出其赴官滇中時詩曰蒼雪集者相眎。簡勁之外，益見秀媚，於時下質憫疏陋之習一無着染，而奮然自進於古。其於予向者之言，蓋非獨口然之而已也。顧廼謙抑自下以爲是，不足爲工卽工矣。於儒者事業何所當？於是益歎其識之進，而信其詩之工有由已。

夫詩之爲道，法自上古。以後世騷人墨客之作，與古昔賢聖儆戒諷諭而進乎道德者相較，固不盡類。然而作詩者之旨，不以古存，不以今亡，淺者罕知，溺者忘返。是則騷人墨客之作，苟能合乎古者之意，其與大賢君子亦何必相遠？夫大賢君子不必皆作詩，而作詩曾何害乎大賢君子？吾願吴子之勉之矣。

滇中山水奇麗甲天下，國朝以來，兵興不輟，如王侍郎者，蓋嘗從征於彼屢歲，生平所賦詩，亦於滇爲多。吴子獨幸際安輯，無戎檄之擾，有杯酒之接，從容自娱，致足樂也。予生平游跡頗廣，略涉黔境，獨未至滇，每以爲恨。然自病廢詩，卽使遇其山川，亦無以題品名勝，與吴子相角逐。然則今之安坐而涉異境，不可謂非幸也。至其詩幽麗鑱削，與陸氏游入蜀、查氏慎行入黔爲近，而亦不務沿襲，是其境有屢變而日新者，誠不可以此集盡之。

姜敘臯詩集序

昔之論詩者曰：『發乎情，止乎禮義。』而吾鄉陸氏機之言曰：『詩緣情而綺靡。』陸氏所云，雖其於古人所謂『止乎禮義』者，未知何如，然而『緣情』之一言，則于昔人『温柔敦厚』之旨實爲相發，未可以其言之後出而輕之也。秦漢以來詩人所云，雖於古之作者間有不同，然其大意要不外此。

吾郡自陸氏兄弟首稱詩，下逮唐宋，未有逴著，至明乃能者傑出，而陳子龍氏尤以雄稱於時。餘風飈流，奕代未已。焦、黄變其支，王、趙復其本，至姜先生兆翀，乃始綜覽一代之作，而賢子臯復以紹述有聲。予與之交舊矣。少嘗見其詩，才氣鋒發，不可制禦，以爲是當繼吾鄉之派者。已而逶演容與，不欲自盡其意，而遏抑沈露，卒亦不能自已。會客游久，文字疎闊。去年秋冬間，乃始讀其癸未歲大水以後之詩，歎其才境並進，而益以慨年齒之易邁爲可惜也。今年春予將游河南，君從海上寓書，屬以序言。

竊以爲吾鄉前輩之作，大抵博麗清切，足以發明陸氏之意，而追前人盛軌於無窮。乃君自游山左，詩益奇，意益深，方欲藉所言，擴鄙見所不及，而補前此之未逮，而惜乎予之行急，不及待君之示我也。又惜乎予之衰陋，雖欲復游中原以自壯，而卒無以自昌其詩。然則予方將資於君，而予之言豈足爲君重與？徒以故人之故，僭而引之爲君言，益以滋感且媿也。

⿰𠦝卒山草堂詩續稿序

予識何子韋人，幾三十年。始知其能詩，繼而聞以醫名吳越間，而詩亦益以有聲，然知之先，莫有過於予者。

韋人世授詩學，其始不欲以術藝名。既家益困，乃舍文技而從事於醫，顧其意恒有所抑鬱。夫詩之爲道廣矣。人欲通治亂，理情性，其事尤於詩爲近。苟非和平之心、中正之識，則鮮有克與於此者。而韋人獨能兼之，可不謂難與？抑韋人尤篤内行，敦飭倫紀，朋友之諾，雖微必踐。予向識君，屢出游不克知其深，近乃益習知其所以然。

噫，此其詩之所以工與？是卽詩尚不足以盡君，而況以醫乎哉？君之詩之醫之所以工，世多知者，予弗論，論其所以獨知君者如此。

柳湄生知誤集序

予因重固何君韋人，以知吳江柳君湄生，而湄生辱先交於予，予媿無以益君也。既而君以知誤集屬序，憬然曰：『予乃知所自益矣。』

予于詩習之頗久，有自以爲合閱時觀之，而疵繆百出者；亦有己不甚滿意，而友人之知詩者顧以爲工。不知人之待詩，與抑詩之有待乎人也。今者湄生名集之意，自以爲向者不學而習之。今兹滋久，乃始知所從事。夫詩之爲道廣矣。其事蓋不盡由乎學，而學之誤者，或反足以累其詩。雖然，使盡如詩人十五國之風云然者，則宋人嚴氏之説信矣。如將進而充之作爲雅頌，以鳴朝廟之盛，而言性命之微，則所謂學者，或有不可廢者與？

湄生於門内行誼甚篤，此固作詩之本，而又孜孜不已，樂親師友以自輔弼所弗逮。然則予方將資於君，而又何以益君哉。特其意不可以虚辱，而韋人之言與予適相類，故輒書於其集首。

潘閬巖遺詩序

潘君閬巖，於其家爲最幼子，少脩潔自愛，篤孝友之行；與人居，温温若無能者；叩其學，博覽諸籍，渟蓄演富，發著文字，清麗哀抑，若不欲人知其爲華膴子弟然者。性尤好爲詩。自其丱弁，輒嗜吟誦。其後屢問業於長洲王學博芑孫、無錫秦侍郎瀛，皆許爲才秀。

質羸弱多病，然不肯以是廢學，未及冠，患咯血疾，隱弗使其親知，其後數年，尤喜爲里黨利益事。炎暑遠道，觸熱往返，既以是增疾。去年復扶病就試白下，歸而益篤。又遭婦喪，抑哀制情，强外反中，遂以壬午八月卒。嗚呼！可哀也已。

君兄鏞以君遺詩屬爲校勘。予少嗜詩類君，多病類君。予弟楗與君兄弟尤習，惟予亦屢相過從焉。君兄豪蕩感激，往往於酒座屈其坐人，而君沈嘿恬静，不妄笑語。予竊謂君兄弟當皆遠到。去歲七月，偶集君所，見君意氣慨然，非復向時情狀，私竊訝歎。又以爲君或少自振厲，以示疾癘爲不能侵耗。

嗚呼！豈知君顧中有不得已者，久弗能發，而顧於酒次一見之耶！使君加之以年，則其所存，又豈止如此而已耶？宜乎君兄之撫卷而三歎也。

龍陽二黎遺集序

今河南糧儲道龍陽黎公，當嘉慶初與先公同官西蜀，其家子弟多才俊，予故熟聞之，以急歸不及見。其後二十餘年，公移官於豫，椿亦客游中州，既屢謁公，而與公仲子星甫尤習久之。星甫出其二弟松壽子赤、子壽稚夫所存遺詩，以公之命屬爲之序。

且言曰：『子赤少沈默多病，善書，喜爲詩。初學晚唐諸人艷體，繼乃一軌正始。稚夫尤穎悟，性豪宕。與羣兒戲，嘗爲之魁，指率有方略。詩喜學韋、柳，爲之頗速，不耐沈思也。子赤不樂科舉業，常侍公，卒於惠潮巡道廨，年二十七。稚夫年十六，自蜀試京師，以詩驚動公卿間，徐學士頲尤異之。是年不第歸。閱二年遽卒，先與子赤葬在閬州北門外。嗚呼！是黎氏重不幸也。敢以屬子。』

予觀其詩高淡勁秀，大略相類，而子赤多淵靜，稚夫多豪逸，乃率如其爲人。顧俱弗克壽，是固有不可知者在耶？昔者孔子慟顏淵，明道哀其子邵公。顏子且弗論，若邵公者，其成就何若未可知，而後人以明道之言深信之。是則聖賢之心，其愛賢悼才，出於不自已者，固亦與人同乎？要其詩，絶去塵坌，可傳於後世，他日采風者當自知之，公與星甫可以無恨。予雖不識二子，以公家世交之舊，輒爲之言，是其所哀，抑非獨詩也已。

白田風雅序

昔者太史氏乘輶軒以采風，凡民間俗尚之媺惡，風土之優劣，物產之殊異，莫不登諸詠歌。至於孔子刪之，遠如豳，僻陋如秦，微末如曹、鄶，皆所不廢。然則萃集總匯，使前人之心思有所寄，來者軌轍有可徵考，以待他日之采擇者，是固士君子所宜亟爲者也。

寶應介江淮河海之間，波濤洋瀚，地勢卑下，居民有昏墊之患，然其風氣樸茂，篤學好古，大儒鴻筆之士，渢渢乎多出其間。予來是邑，幸獲交於郁甫朱先生。寶應既素以仕族相尚，先生世胄之懿，冠冕南服。有明中葉，大參府君、九江府君，皆以碩學麗藻，與一時聞人游。至國初，而侍御府君繼之，其後止泉先生復以醇儒闇修見重朝野，厥嗣宗洛纘繩其緒。蓋自明以來，至今四百餘年，而文學科目繇繹弗絕，知名之士相望于時，屈數海內世家如朱氏者，誠未易以概睹也。

先生清修儉節，謙以接士，寒暑嗜學，不少輟簡，嘗因邑中前輩之舊編，輯國朝以來諸家詩爲白田風雅若干卷。網羅放失，蒐纂軼事，善雖微而必録，人雖陋而必彰。蓋古之君子與人爲善，雖以道里遼遠，山川間隔，彼其精神感通，有流連而不能自已者，況乎維桑與梓，必恭敬止者乎？此古之至人所爲徵『滄浪』，感『鳳兮』，反而後和之，盛心能使後之人興起乎無窮也。吾知後有閎覽博物君子者出，論著海內文字，而考信其實者，意必將有取於斯。

清尊集序

地待人以爲傳，人待文以爲永。有宋歐陽公用文章稱天下而名後世，其言江山人物之美最著者莫如金陵與錢塘，而錢塘尤爲兼有天下之美，後之人無異詞焉。而或以爲今之京師地大物博，又有西山、玉泉之勝，較之宋東都之逼近大河，間隔巖雄者，形勢不同，公蓋生於其時不得已而爲是言是說也。予以爲有意矣而未盡。

夫江山之美誠不限乎吳越，而金陵、錢塘於道途爲便，且近今之京師，最爲四方冠蓋所萃，似誠可以爲樂。然而游其間者，皆各有所業，或寓家於斯，人事雜遝，至於山水人物之勝，時抑有未暇盡者。獨錢塘華美清勝，自唐以來，至今數百年如故，而又以聖朝涵養生育，愛厚無已。居其間者，皆有樂生重本之思，得以其餘閒，從容諧暢，飲酒賦詩，是豈不爲今日之錢塘尤能兼天下之美而無憾者乎？

予少長西蜀，壯游於越，尤愛錢塘之美，其相知者所遇尤多。汪子又村以兄小米所輯清尊集見示，集中人大半予所舊識。諸人中最老者無如張大令仲雅，而予識之最先。迄今謝世者，或已有之，如小米年少於予者若干歲，讀書好客，前歲讌陳石士侍郎於湖上，予亦獲與談笑之末，今此忽已俱化。而又村乃於斯集，網羅采擷，續成其兄之志，欲使一時軼聞遺韻，軒爽在目，諷誦在口，豈非人物之美，足與江山相映發者乎？

又村既過予，又介友人莊君芝階繼爲請。予于文事才力衰薾，徒以少時嚮慕錢塘之美，又辱與諸君子游，不欲虛負所請，故弗敢辭。若夫見聞宏富，詞義深懿，諸君子之力，自足以永其傳，豈有恃乎野人之一言哉。然以較歐陽公之生平未嘗至杭，僅於文中想像其美者，則予之所得多矣。

姚氏一家詩序

維姚氏遠有端緒，案唐書·宰相世系表云舜生姚墟，因以爲姓[一]。敬仲仕[二]齊爲田氏。其後恢過江居吳郡，易姓爲嬀。五世孫敷復改曰姚，居吳興武康。江左之姚，蓋始此矣。敷生信，爲孫吳選曹尚書，始見於史。信著有昕天論及易解之書，雖傳不甚顯，猶散見載籍。詩則郭茂倩樂府詩集載有翻采桑一篇，翻爲蕭梁時人。其他無傳焉。至隋北終郡公察、唐梁國文貞公崇而廼焯著，蓋其艱也。

夫詩之發源，肇於虞廷『賡載』、『鳳鏘』之繇，聿兆陳氏。吾宗有詩，其來古矣。然自宋元厥後，鮮有彙爲一編垂著系嗣者，吾從五世祖編修公諱宏緒，當國朝康熙中，官翰林有聲，蚤年乞間，因有餘力得以蒐輯文獻，偏采吾鄉自晉以來迄於有明，爲松風餘韻五十卷。繼又編録姚氏一家之作爲詩内外集三十二卷，文内集三十一卷，外集三十六卷，續詩文内外集四十卷，總凡爲卷者一百有四十。噫，可謂勤且富矣。

公之曾孫汭於椿爲從叔，以椿詢問舊故，發藏本見示，且曰：『子其序之。』椿惟文字之興，恒與其家相爲終始。其始也，必有瑰瑋博碩之賢，首爲創之；其繼也，亦必有温厚篤敬之士，相與紹而守之。故漢儒重家法，而六朝以來尚門第，雖其專殘抱缺，亦不爲無弊，要其所成全者大矣。今兹吾宗乃稍稍零替，而吾從叔獨能保護前業，纘述遺矩，使宗黨之中承學後進，有所窺究，以衍先澤於無窮，可不謂難與？若椿之弇陋衰病，不足與於斯文，徒以景仰餘烈，復辱命之泚筆卷首，不自知其僭踰云爾。

【校】

[一] 舜生姚墟，因以為姓：新唐書·宰相世系表無此說。按此語見

於說文解字・女部・姚、史記・五帝本紀・索隱引括地志等。

〔二〕仕：底本作『適』，據新唐書・宰相世系表改。

詩錄自序

予於學無所解，顧少好稱詩。十歲許，以全唐詩出入懷袖間，爲先生長者所斥，弗改，然亦弗深解也。弱冠時出游，所作始夥。歲己未，見吾鄉王述庵侍郎於杭，頗甚稱許。丁卯，別惜抱先生金陵西上，朂以杜詩之學，於是復加研求焉。其於古人閎意眇旨，乃或時有會悟。夫詩之發源遠矣，孔門首以此立教，後之作者，下乃修飾字句，高亦僅陶寫性情，其於古人所謂自得之學、能言之訓，未必克允蹈之也，然謂古人之閎意眇旨不於此焉在則非已。侍郎性喜宏獎，顧贈詩中有『文章風節』語，蓋卽宋陸氏游『詩外有事』之旨。而惜翁所謂：『古今體皆有佳處，不謂之才子不可。然其究終歸於放翁，不加意於杜，則將受放翁率易之病者。』此其言亦豈獨爲詩乎哉？今兩先生俱歿，無從以質其是非，惟是束髮慕古，老而無成。詞章戔戔，誠不足道，抑亦所以明其志也。吾友毛生甫論詩最嚴覈，嘗與共究兹事，許爲之序，且以示其友人胡君澂。胡君乃取己巳以前所作者，定爲八卷，而付諸梓。噫，是重媿予也。胡君既述其緣起，復屬何君其偉使予自論之。予於詩不甚愛惜，先是王惕甫典籍、吳穀人祭酒，爲予點定二冊，皆爲人攜去不可蹤跡。後友人彭湘涵以見責，乃始録而存之，今生甫所定本是也。

生甫才甚高，學甚博，而作文甚遲，姑以此爲嚆矢焉。抑近儒崑山顧氏有言：『士一稱爲文人，卽不足觀。』予之志亦有慕於顧氏，而才力淺劣，病復閒之，五十益衰，無聞已矣。使異日而於古人之學，稍稍有得焉幸也。否則僅以此數卷者，與古人相對於地下，爲顧氏所斥笑。噫嘻，悲已。

樗寮課兒試帖詩題辭

辛未〔一〕初夏，予自寶應歸，與炘兒同居外舍，課以作日記。時炘將應小試，學作五言應制詩，因舉紀河間庚辰集示之。河間詆諆宋儒，每言『詩不宜涉理路。苟作，亦必不能佳』，其言誠然。然其間又別有貫通之理，河間自不悟耳。

半載餘，所爲改作幾及百首。來年初秋朔日，炘以喉疾遽殀，此冊亦遂廢置。念於讀書、科舉，兩無所益，恐徒滋口耳之弊，徒以日力所廢，不忍恝。如以寄子樞弟寶應，使留篋中，爲他日子孫家塾課本焉。

【校】

〔一〕未：通藝閣本校作『已』。

馮南江先生書卷跋

書一藝也，而以人重；非其人，覽者有遺憾。昔之名書數十百家，顏魯公最著，豈非忠義大節稱在人口故耶？吾鄉馮御史，於明嘉靖朝，建直言下獄逮死，已而謫嶺南，其友郭君默齋皆與俱。御史無負於君臣，而郭君亦可謂克盡朋友之道者。

此卷爲御史所書詩及祭郭文，藏在郭氏，今歸於馮而重裝之。書法仰企魯公四鐵之狀，廼見筆墨。椿幸得拜觀，謹附數語卷末，以明君臣朋友之義，與子孫克守其先澤者。里之君子，可以觀感焉。

書吳節愍公家書卷後

昔歐陽公喜覽魏晉以來筆墨遺跡，謂其施於家人朋友之間，初非用意，而逸筆餘興，淋漓揮灑，百態橫生，使後世想見其人。公之書此，齒已邁矣，而詳審周密，有以知其生平之不苟也。

公以不從薙髮，自縊死。諭家奴弗救，復以屬僧。及既縊，乃復呼僧。僧疑其悔也，前，則曰『樹枝拂冠翅，爲我整之。』其爲書固宜如此。書之題曰『報喜』，或以爲不情。夫豪傑之士，視死如歸，將以慰解其家人，而非以爲矯激也。顧乃苛論繩之，不亦過乎？公縊在雨花臺方正學祠，蓋亦見於曹吳之書。與尤侗爲公傳言縊於楊忠襄公祠者異，而合於明史。予既記公像，又書此語於卷後。

姜丈孺山云：『徐璽丞無念，乙酉閶門盡節，亦稱喜終居士，與報喜書一例。蓋明士大夫固以盡忠為喜耳。苛論者，實未知之也。』

書王山史書晦庵題跋後

朱子衛道嚴，而取人寬。故如此，後之論者，以爲朱子因南軒而祖魏公，謂其功罪混淆。不知行狀而外，文集語録中責備魏公者不少，而後人不言。猶之謂朱子因伊川而排東坡，謂其議論苛刻。不知淵源録而外，文集語録中，贊歎東坡者不少，而後人亦不言。一偏之論，其果孰爲是非邪？

附王氏原跋

朱子嘗留心書畫，此題跋三卷，言皆中肯，不作道學語。其跋陳光澤家藏東坡竹石云：『東坡老人英秀後凋之操，堅確不移之姿，竹君石友庶幾似之。』跋張以道家藏東坡枯木竹石云：『出於一時滑稽談笑之餘。初不經意，而其傲風霆，閱古今之氣，猶足以想見其人。』跋與林子中帖云：『仁人之言，不可以不廣。乃為刻石常平司西齋。』蓋於東坡三致意焉。世獨知朱子論學排擊東坡，而不知其贊美景仰固如此。予故特著之。古道衰微，流風日下。後之講學者，獨傳得排擊法耳。可勝歎哉！文見待庵題跋，未有刻本，故列之，以與海內君子共正焉。

王子中字冊跋

昔張宗宣跋尹和靖遺墨，謂其所居多以片紙書格言至語，寘窗壁間，後乃藏於其家。今觀王公所書，亦多類此。益歎前輩好學，先後同軌也。

公不以書名，而筆法古秀，雅近晉唐，當時已絕重之。此冊裒輯宏富，所書皆可觀省，尤足寶貴，當是其子弟所集。盧君曙堂篤學好古，得而師之，庶幾飫所嗜矣。近世有言滿壁書格言者，其人多大奸慝。由王公觀之，其然乎哉。

跋顏惺甫尚書贈汪少海明府前後詩卷

先君丁酉拔萃一科，文章功業知名天下者最衆，爲百年來未有。椿以通家子姓皆得謁見，獨未及識連平尚書顏公。雅聞公以清節厚德服海內，遠近頌無異辭，時時慨念其人，私致嚮往。

今年春，少海出示公所書前後贈詩一卷，語意鄭重，藹然古人，非獨詞翰兼茂，其召切磋，勉規益，蓋有他人不能受之朋儔者。而公坦待後進，畧忘形勢，此可以見公雅懷宏量，不但以貴而能下士，且不忘情邱壑爲美也。少海又言方居龍山時，炎天讀書僧寺。公椶帽芒履，攜一童上山，坐久氣少舒，出詩草藁屬點定。

椿讀公詩至『向衰早覺功名澹，望遠方知道路長』，掩卷三歎，以爲公晚年進德不已，有衛武公之風，非但東坡所論韓、白優劣已也。既以語少海，輒復書諸卷末。

書秀水沈孺人家傳後

吳江沈子日富，示其友秀水計光炘之母沈孺人諸文士所爲紀述者，而曰：『計子將以屬累子。』

予觀諸文所述，詳且備矣。抑婦人不妬之義，豈不重且大哉。少時讀書見古婦人以無子被出，竊傷其意，以爲此非其人之所自致。及觀後世陰教之廢，未嘗不歎先王之所爲防者至深遠也。夫夫婦之道主乎成子姓，傳曰：『一人有子，三人緩帶。』已無子而又不許他人之有子，此其獲罪於宗祖者甚大，是豈可援他詞以解免乎？惟是前世不諱再嫁，故容有無子而大歸之義。至宋世則儒者之論益明，於是冠蓋之家諱言出事，而婦女乃有所恃而益逞。善乎方氏苞之痛言之也，曰：『婦以類己者多而自證，夫以習非者衆而相安，百行之衰，人道之所以不立者，豈不由此。』

今觀孺人之於光炘，生母王孺人于嫡庶母子之間，截然靄然，而各盡其分。其所以致豐亨而享眉壽者豈無故歟？樛木之章，芣苢之什，此古風人之所難，而孺人能蹈之，是非尋常閨閤之所可跂及也。至于王孺人之賢，與夫光炘之克承其教，是皆孺人之有以致之，而固無俟乎重累其詞也已。道光丁未季秋月，婁姚椿撰。〔一〕

【校】

〔一〕道光……姚椿撰：十一字據通藝閣本補。

跋金丹四百字

右金丹四百字，宋天台張伯端所著。伯端，字平叔，其事詳見道家所述。此文蓋以傳其弟子馬自然，馬又傳之白紫清，其後再傳薛紫賢，以授沙道昭，沙在高宗末年。

此書之義本於魏伯陽參同契。然魏氏之説，朱文公、蔡季通所未盡解，而張氏詳言之，如此亦不知其果如所云否也。其書載伯端事蹟本末，云『生於太宗丁亥歲，至神宗元豐壬戌年入寂，壽九十有六。』則所謂久住長視者，亦竟不可恃邪？

晚學齋文集卷五

與萬明府辭舉孝廉方正書

去臘廿九日，得手示，欣審動定康豫，良用歡慰。前辭啟業達尊覽，重荷開諭，豈誠意有所未孚耶？撫衷自省，惶悚滋切。椿之鄙忱，略具前啟，閣下策之以動名，勉之以知遇。椿於執事，誠爲媿負，然其私心有不可不白者。

凡椿前之所言，皆發於中，誠無所緣飾，閣下亦自可顧而知之。顧猶可爲之辭曰：退讓有禮，以爲名高。今輒以椿一身言之，少年奔走道路，車馬況瘁，筋骨未堅定，遂致疾疢，及今久不得愈；先人委棄，因病止試，此親黨所稔知，非可以謾閣下者。今欲使應賢科之試，無論文字久廢，不獲終卷，即使大吏矜恕，不與駮放，而道途弗堪其勞，駿奔弗任其責，尚無以辱旅進旅退之列，又何以爲朝廷用也哉？

且上以實求，下以實應者，此唐虞明試之效，所以得人也。上以名求，下以名應者，此後世苟且之治，所謂文具也。今以斗筲之材而應非常之舉，設使信其虛譽，進而用之，試以兵農諸大政，一無所曉，其爲辱朝廷而羞當世之士，非但有忝閣下知人之明而已。昔程伊川釋蠱之『上九』云：『士之所處亦非一道，有懷抱道德不偶於時，而高潔自守者；有知止足之道，退而自保者；有量能度分，安於不求知者；有清介自守，不屑天下之道，獨潔其身者。』若椿之自處，則於『量能度分』或庶幾焉，閣下必使過而溢之，其不爲周廟之欹器者幾希矣。

抑椿少慕進取，晚而知艱，近方反復故書，求聖賢之精意，恨不得從其人而師之，以究竟其說。或他日少有所益，猶將勉訓子弟，告諸知交，以畢向者之志。至今日，則斷無可用之實也。生平至愚，不敢欺友，況此大典，豈有他意？初聞盛指，展轉自念：閣下姑以此爲部下一賤士之寵。既而友人有自他方貽書相規者，其言深中痼蔽，乃敢堅意決辭。此其庸懦無識，亦可略見，閣下尚復何所取而必欲進其人耶？

至來書以漢唐諸君子爲比，則尤有可言者。閣下之愛其人厚也，愛其人而以漢唐諸君子勉之，尤厚之至也。然前代諸君子，皆有其實而後出而應之，如椿則無，論非其人，卽使足當其人，而其身已不足以應當世之用。向使終辭不獲，逡巡引退，使人謂閣下徒以虛名縈一士，而士不敢應，豈非彼此交失也哉。

若閣下引韓安國云云，此則執事之謙詞，而非椿所敢當。椿自少壯頗見遇於當世名公卿，或以先世之舊遊從之，雅然未嘗敢輕有所就。此事交遊中或間有知之，非獨於閣下有然也。

伏維再賜矜察。椿頓首再拜。

復鄒鍾泉太守書

鍾泉仁兄閣下：

久失聞問，殊切私仰。九月十八日，由遞中得闈次所發書，欣審政祉安吉，著作亦懋，深慰跂慕之情。閣下宏才碩望，回翔守郡，雖所負未獲盡展，人士引領已久，茲復殷然有著書垂世之意，敢輒以書復。

承示欲爲『列代循吏合編』，擇其純粹合道者爲書，後一篇發明其意，而講論其誠僞邪正之不同，此眞身心切要之學，於人己交有益。知已薈萃若干人，又得賢友生相爲考證，書成，可爲風俗人心之助，無任欽荷。昔者高安朱文端公，輯列朝史傳三編，以循吏列名儒名臣之次，椿少時見前輩案頭多置此書，其後考據詞章學盛行，多輟不觀。閣下留意斯事，計必久睹之矣。

其言吏必廉、必才、必慈惠、强幹，顧不以四者目吏，而名之曰『循』。『循』之爲言良也。舍四者無所謂良，而卒不得謂之廉吏、才吏、慈惠强幹吏者，悃愊之吏日計不足，月計有餘，而漳浦蔡文勤公序其書，亦云『以廉爲基，以仁爲本』。此其與閣下論列之意，亦有合乎？

抑朱公又有言，名儒名臣之與循吏蓋無甚差別，特據其終所成就者言之。古今大賢，斷無有體無用而能以一邑自效者，亦斷無無本之學。此聖門諸賢從政，所以同列『四科』，而周、程、張、朱、司馬諸公，其涖仕之初，所爲無不可爲後世法。然則謂循吏爲小目之者，是其人之自小，而非循吏之能小之也，閣下當亦以其言爲然乎？朱公由翰林出令潛江，故深知此事艱苦，潛江之民至今頌其德。

椿嘗妄論以爲科舉當復唐宋舊制，凡出仕人皆當歷試知民間事，則不敢以空言抵塞，而亦不至如俗吏之妄爲，迨其治有成效，然後召爲侍從，或置之臺諫。蓋康熙初，州縣猶有行取之法，四輔臣以不便其所爲而止。至選庶吉士，則明永樂中始行之，似皆不足爲定法。此等臆論，不識閣下謂然否？若新進諸賢，則未有不以爲狂瞽謬說也。

椿少時，亦頗有意用世，講求不精，中歲自放。又以性卞急而才拙滯，不足以有爲。方欲網羅一代遺文軼事，其大者爲國朝諸儒學案，次則文録一書，二者相爲表裏，使其言其事皆章章著明於世。而奔走道路，聚書不多，又無力繕寫，文録麤有稾本，學案僅得十餘家。前此方伯陸公曾屬其盡取以來，及至豫，而陸公已歿，遂不復再論此事，今更無可相爲言者。此非得數年功，及多見遺書，不能集事，又不知能終了此否。以閣下有意著述，故妄一言。

椿以前年夏，少穆尚書招修武漢兩府志來楚，會改調不果。李海帆方伯薦主荆南講院，去臘來此，先居陶觀察署中，今夏大水幾至危殆，意欲他去，而未決所往。柘田書來，言閣下有招延意，極感盛德。若夷山書院尚缺人，則欲仍至其地，可以習靜讀書耳。已復其書，頃致詩舲廉訪，亦及此意。餘維爲國自愛，以需大用，繼朱、蔡諸公後。

且俟良晤，不宣。椿再拜。

送河北道王公歸金陵序

觀察王公，既受事之三年，政通人和，水道順軌，迺以病乞請旋里。羣公固留，或言或書，公不可回。既以語其友人姚椿，椿心是而口不言，非不欲言，不得其所以言。四月辛卯，章返自都。甲午，公乘舟，自懷而汴，屬部人吏傾送於武陟。余會之舟次，車騎闐溢，民士殷戀，椿以寓客厠從其列。

有作而言者曰：『公淸而不殘，嚴而不劇。寓居金陵，兩世於兹，家無餘饒。瀕江之宅，半以火燬。中年舉男，方在齠齔，而能弗顧饑困，決致其事，秉性堅定，人所莫及。故曰「恬退難」。』

或又曰：『公之爲政，優柔寬裕，使人自得，弗以己私，弗以恩市。所至之處，興舉水利，刊條布章，咸有成績。仰受主知，不維其身；上下克諧，進退無愧。故曰「開濟難」。』

則又言曰：『勇於爲者，不以静爲高；安於遇者，不以治爲名。互進而交非，兢能而各排。公能成天下之所難，是爲智；去天下之所難，是爲勇。故曰：「開濟而恬退難。」』

椿曰：『是皆然矣。抑昔者退之送其同僚楊少尹歸東都，以病不及赴東門之張飲，則舉漢書所述二疏歸其鄉事，以爲其時送行者，車幾兩，馬幾匹，惜當時畫史無能畫者，弗傳其事。以今觀之，古今人之相去爲何如也？衆庶不諧而和，文武不介而孚。不以能自足，不以清自異。去官之日，歡若始至。葢觀於公而歎士君子所處人己之間，其無一毫相負有如此也。而吾乃親見退之之所欲畫而未能者，豈非事之至幸者與？』

衆皆曰：『然。』則又有爲之歌者曰：『大河之湯兮，公度之汪洋兮。太行之穹兮，公節之隆崇兮。我公之歸兮，將何以永吾之思兮。』

前業既臻，後德益彰。異時之勳，方躋登兹。迹公之心，夫豈以此自滿也哉。公去客散，感興鄙懷。於是悉序次其語，寄公於大梁以爲別。

送張雲巢鹺使之兩淮序

鹺事於國家地博物業多隱利，寬則逋賦，急則召怨，官與商交困，而國家亦受其病。兩淮之鹽，所通尤廣，其病視他處尤甚。今天子憂之，屢簡清勤之臣董其成，而順德張公由福建按察使司奉命以往。

公起自嶺嶠，無所援於中朝。由乙科出爲縣令，治隆隆起，不數年，洊擢至大府。公之所以自致，天子之所以知。公節高而器閎，才鉅而意下他人。眎之於爲州縣時無以異，視其爲諸生時亦無以異也。椿不佞，始交公於京師，公時爲選人，主舉主金公光悌家。金公賢明能知人，尤喜禮寒士。門下士如張君惠言、郭君麐，以經術詞章名海內，公頡頏其間，行義文學巍乎有聞。既出爲吏，清節循行，時時達於旅人之耳。

予雖復自放，獨於公之政事，不能以有忘。今世號多良吏，其賢者焦身勞思，不自暇逸以成其名；至或多私而善取，則又陽爲名高，陰爲厚實以籠取時譽。卒之，欺人者不可得欺，而其不自欺者，較然之心共白於世，久而人益信之。嗟乎！富貴豈有常，人世節義名教爲可貴耳。獲乎君，信乎友，洽乎人人之心，非天資高明，而學問有得者，不能以致此。

公先爲兩淮都轉使，旋移天津，進掌閩憲。及是遂陟斯職，位益崇，任益巨，公所以自厲者益嚴。迹公用心，不以今昔而異視者，吾於其平日之誠信之。越之人士頌聲鬱然，椿故人也，敢爲贈言，書以爲別。

送邵芝臺郡丞之官黃州序

今世士大夫，非迫於吏事督責苛峻，則生計局促多憔悴之態。求其寬宏演迤，志意皦然，裨以膏腴不爲喜，授以閒散不爲憂，知交雖多，殆尠克見。通州邵君芝臺，以文章有聲翰林，出爲縣令，復著循蹟。丁艱歸。再來中州，官於修武，治日益隆，名日益高，大吏方將用『殊異』薦之，會部議先以武安催科政異，推爲湖廣黃州府同知以去。或曰：『君文學不宜老外吏，其治行不宜署散秩，是殆爲進用之漸。』惟予亦以爲然。

予與君同爲江以南人，而未始相識。君之爲修武也，予因修武學博張君宋泰識君。三人者如舊交友，君獨身遠來，無子弟之侍，無事物之好，日始出則已起坐外室待事。治事已，與友朋談笑，傾盡無間。不飲酒，客至則設。喜讀書，然每從人借觀。問所有，曰：『恐爲他日去官累，已盡遺歸。』性能强記，然未嘗以此自賢。入其境，民歌其勤。不爲治於顯，而所以卹其隱者，無弗周也。登其堂，友憫其勞。不爲交於諂，而所以通其情者，無弗盡也。約己而優人，富文而簡物，予與張君竊歎，以爲此殆賢於人。

今兹之行，天將大其聲，施以章羽，皇路未可知也。抑或老其材力，使益發爲辭藻，以繼古人之盛軌，亦未可知也。獨予與張君，三人者相知之情，乍合而驟離，不克相從於久遊，爲可悲愴。修武有百巖寺，寺去城數十里，富山水之勝。君因張君招予往游焉，置酒甚樂，君以事不得往，方約今秋冬間，再爲斯游，而君行矣。三人者，張君繫官不能遽去，君固宜膺顯擢，冀且在近地，獨予將歸省，宜速去而顧不得。然則人世之離合聚散，誠不可以人力爲也，而況文章政事之傳當時而著後世者乎？

黄州地臨大江，風景清曠，去君家舟行僅千餘里。予向時入蜀，往往過之。他日歸，歸而復出游，將再訪君之文與政於楚中者，書以貽張君，而先以著其相別之私云。

送李海帆方伯歸金陵序

士君子進退之際，誠有不能自主者乎？予以爲是有天焉，然亦其人之所學，有以自信也。夫人用志學問，孰不欲有意用世？然或求而不得，或得而不竟，以云少酬其志則可矣，而豈其初願之所畢哉。然使執而不化，迷而不返，則所以違其初志者亦遠，而其所以自命者，亦卒不知其所終矣。

予友桐城李公孝，曾有志於古人之學者也，以經濟自命者也。其少而貧困，欲求讀書不可得。中歲僅得一舉，數上不得第，以舉人試用浙江爲縣令者十餘年。迨其晚歲，乃始克進用，遂官楚、蜀、山左，以逮開藩鄂州，則其年已踰七十。然公之志，未嘗以老自息，念上顧我恩厚，亟思所以報之者，而事有不克盡行其意。會公疾作，遂請乞假。當是時，天子方有意嚮用上吏，亦恃公以爲理，而公曰：『我豈敢自逸？顧實無以稱任用何。』於是楚之官吏士民爭欲留公，而公浩然以爲不可。嗚呼！公可謂能行其志者也。

公自幼雅愛山澤，而又篤志文字。與人交平易近人，其爲治亦然。予以爲似謝安石，蓋其氣度尤近之。惟謝公晚而欲歸，廣陵之行方治臨海，裝而卒不果，則公之所遇似勝安石，然公豈以此自足哉。至於功名之際，謝公所成者較大，而公僅見於西川猓夷之役，此則又存遭遇乎其間，而非可以一概論也。

予與公雅故，又嘗同問業於惜翁之門。比來鄂州，相見益親。茲蓋惜公之歸，而又幸公之克自行其志也。後之君子有論其世而參考之，其必有以信焉者矣。

送畢子筠令青田序

予始交畢君子筠於京師，兩人皆年少，意氣豪上，謂古人事業可立致，游從甚相得。然兩人性皆甚嬾，君又甚於予，人多簡予而恕君者，予以是媿君。

既而予從方廉使返蜀，君送予至保定，共車載，大雪中寒甚。宿旅舍，相與篝火賦詩。廉使甚奇君，予亦謂廉使『君不當僅爲文人』。其後予奉諱歸，遂臥病。君以教習期滿，得知縣試，令於越。吳與越相去至近，會予屢歲不至杭，即至亦不數數見，心憂君不耐官事。最後乃聞新昌武義之治，有足以稱向所期望，於是歎君果『不僅爲文人也』。

今之州縣多困於簿書律令，賢者不得盡行其志，或發憤以爲不足。爲簿書律令，不可謂非，州縣所宜從事，而謹守者，於用法之中而得古人立法之意，蓋非仁恕精密之君子不能。君不爲矯亢之行，亦未嘗骫骳從俗，意古所謂循吏者，殆於君乎是望。昔人云：『一命之士，足以利物。』而新法始行，邵堯夫每戒門弟子以無遽『投劾』，豈異意乎？青田之政，君其敏之矣。

君於文不肯多作，能會其人作書最初本志，異乎世之言文章者；於藝多所通，精歷算術，自言有心得；又深解音律，凡此皆人所難能，而予不以此爲言者，知君之務乎其大也。

予既以病自棄，而君顧屢稱予詩文。念古者回、路贈處之義，不可無言，故爲之敘其行。青田山水幽僻，其地有石門洞者，去城數里許，絕遠人跡，瀑布從半空落，勢奇甚，蓋明誠意伯劉公去官後所從讀書也。君如游此而有得焉，青田之政益當進於嚮所聞者矣。

送譚繩其歸南豐序

古者文以載道，其次因文以明道。因文以明道者，學知以下之人。文以載道者，學知以上人也。後世人才遠弗如古，然其所知殆不相遠。以爲吾之學可以遂及古人者，非也。以爲吾之學必不可以及古人者，亦非也。

無已，則求之於吾之一心。

今夫心渺茫無據，而不可驟得。居今之世，既無古者小學之節，而又以世俗煩冗之事雜亂之，於是乎心之學散而無所制。古之人於事未嘗無所習，自志道、據德、依仁，以至游於藝。藝，固習也。其志、其據、其依，亦未始非習也。今之世，禮樂射御書數之事，既與古者異，求其藝之近乎古者無有。無已，則世俗所謂古文者，其猶近於古之所謂藝者乎？德行以植其本，經史以濬其源，閱歷世故以盡其變，如是而已。

古人述作皆謂之文。近世能言者，乃始專以著書爲事。自秦漢以來，與於文事者不少矣，然其人不盡皆可稱。其可稱者，則其人皆卓然；其人不甚可稱而其文可稱，後人固不以人而廢其文，亦卒不以文而稱其人。然則人與文，輕重本末之敘，豈不較然乎哉？自漢董廣川、唐韓退之、宋數大儒，表明潛學，自是以後，爲文者不敢顯與道背，其或依違疑似，弗能盡軌於中正，然而識者有以折其是非焉。詞章訓詁之士，可以詆其空疏穿鑿之名，而不敢毅然斷以爲非，是此亦不可謂文與學之功，無益於斯世者也。

南豐譚子繩，其於予家世有交，而又辱問古文之法於予。予以爲文之所見者淺也，若其中之所存，則有不可以言盡者也。然而非外則無以見內，非文則無以見道，有言者不必有德，有德者必有言，不其然歟？予於道無所知，而於文亦無所甚解，辱垂問之意，以爲道之塗不可無所入，因道其言，庶幾可以詳擇焉。

送方彥聞之官閩中序

毗陵多篤學砥行之士，恢偉閎碩，皆有以自見，於河北則遇方子彥聞。君於文得之於天，尤工駢儷體。始學其鄉先輩，得魏晉人佳處，已復泛衍浸溢，極於三唐人之能事，而復返其初焉。家貧客游，修地志於河內、武陟，其書皆有法度。會以舉人分發閩中，當之官，予晤之武陟，相與極論文事，砥勗行誼。其心浩浩落落，與天爲游，而人世是非介然分辨；其學兼通博深，尤精唐以上書，而未嘗觝斥異己；其家貧而氣未嘗屈，誠今世士之雄出者也。

今君方之官，則又將推所學以致之用。君先府君以良吏官甘肅、粵西，焯有政績，流聞人人。其先世參議公，官吳中，最善陸清獻公，公去而清獻不安其位。凡此皆君躬所取法，有文以爲章采，有政事以爲楷則，士之處世，是亦所以自效矣，予將復何云？雖然朋友之義，不可以不盡也。多聞則守之以約，故爲學者不可以徒鶩博；士不通經，果不足用，故用法貴得法外意。予之固陋，豈足以知此？其亦以君所夙知者進之也。

吾先君子爲州縣有聲，而予少時亦喜爲華靡之詞，既以病自棄去。有弟楗者，篤行能知治體，爲校官於寶應，其地人頗稱之，亦以親老求祿仕，而未有以處。他日相值，君其有以語之，其必有得於君之言也已。

送錢斗如歸吳門序

爲衆人之所共悅乎？爲衆人之所不悅乎？其爲共悅者，多可而少否，和光而同塵，賢者以爲有包涵之思，而昧者或疑其有苟合之行。其爲不悅者，盡人而可憎，遇事而輒發，厚者或諒其有不能已之隱，而忮者遂謂其有狂惑之疾。二者皆非中，然而以之處今之世，則爲共悅之說者較近。

吳門錢君斗如，少孤貧，自力於學，不藉宗族之力、師友之助，愷悌勤敏，以承其親。壯而出游，無賢否皆稱之。歲在乙酉，與予同客杭州。窺其容，雖婦人孺子必與煦煦爲禮，不相觸犯一字。與之交，久而益親，雖以予之乖僻自信，不覺其接君貌而怡然也。君問語予曰：『吾家世寒困，不敢望他顯。意得爲一巡檢，守數十里地，當有以自效，異乎俗吏者所爲。』嗟乎！當教匪蹂躪肆虐，西南用兵時，予所見佐幕府、襄饋運、督軍仗者，其才多不逮君，顧皆得官以去，而君以親老，不及與其事。既而友人有欲爲納貲遂其志者，會事例止不果行。今則意思衰颯，自謂雖授以職，且弗能稱。

今夫天生才必使之見用於世者，理也。若夫枉折之，屈辱之，不獲使自見，此其人之適遭，非天意也。使其人失所自處，弗克任受，事無益而已，且重病。以君之才，與其所以處世之術，而卒不遇乎世，而處之超然，此亦可爲世之才不逮君，而負氣過甚，侘傺以老者，平其心而釋其憾也矣。予與君同客凡三年，會所主者以事去官，將爲君謀其繼，君不可，浩然而歸。嗟乎！予重以此愧君矣。於其行，遂敘以爲别。

贈馮則山序

士君子之處於世，至中之行，蓋不易爲也。其爲之，則人且以爲過中。夫中之與過中，豈不誠較然？然而今之世，大抵谿刻以爲公，剗削以爲能，而實則以自便其私所欲爲，則其以中道而爲過中也亦宜。

山陰馮君楷則山，少而侍其伯父通州君官於四方，所稟教者順且正，通州君不惟其子之依而以恃君。通州既沒，君所以贍之者，吾不能盡知。然觀君所自處，有以信君之無憾也。

君有母年老，有弟客游而遠。君方待官江南，舍其官而佐人於浙中，竊其意有可以佐吾親一日之養，吾固不以此而易彼也。今世之佐人者，多唯諾附和，否則專厲鋒氣以恐喝人，而陰市之利。君不爲翕翕熱，亦不過爲矯厲，其所識或多出自意表。毁之者以爲是不可近，然亦率不能加以他辭。予與君始相識，嘗有所獲咎於君，君不以爲忤而微問之，繼而懽然無間也。會予將去杭，君所以慰藉者良厚。

嗟乎！君之所以自守者，得中矣，而人或以爲過。今此之事，吾竊私以爲過而愧。予之無以自處於中也，然而君不自以爲過也。此則益以形予之失，而君所以自處者，雖過而尤不可及與，然而予之心則卒不願君爲過中之行也。夫過中之行，則恐其有或失焉者也。故爲之言，而卒望君之勉於終焉。

有守一首贈吕月滄

古之君子，才足以應天下之賾，識足以燭衆幾之先，氣足以任天下之重，然而有時只且囁嚅不能以自達，若是者豈有他哉？其守不足以貞之也。守之爲言，巍乎泰華不足爲高，淵乎江海不足爲深，皜乎如烈日嚴霜之不足爲其亮且潔也。

吾友吕君月滄，學篤而行高，與人交有終始。由名進士出爲縣令，不以爲失。職宰泰順奉化，皆有惠政。

先叔父君守明州，薦以爲大縣，世俗凡薦舉者，皆稱師弟子，事比鄉會試舉主，君不肯如他人。其後叔父君卒，君乃焚黄於幾筵前，如世俗所稱用者，而厚賻其喪以歸。嗟乎！此於君百行之一耳。苟用此爲稱道，蓋淺之乎知君。然而三代之遺直，固不可以予一人之私情而遽廢也。

君之學務爲有用，其於廉隅尤自愛，緣微累去官，不肯以事干人。予與相習久，見其自奉菲薄，而遇人接物務以忠信。習醫家言，當應官時苦無暇。及罷任，人邀請者日益衆，君未嘗以爲謝。君自言：粤西地瘠而用儉，吴越一月之費，彼可以終歲。又其宗族親戚多勤苦，君可賴他人，他人不賴君也。君與予論學、論事多相合，有不合者，屢往復不以爲迕，君之自守如此。世之賴於君者恒多，君苟徒以守自高，即他人何賴焉。予之言此，既以美君之守，且惜君之不遇，又幸其無以此自域也。

贈俞參軍序

苟有益於物，雖一命足以爲榮；苟無濟於用，雖公卿不足以爲貴。夫使大言相夸，其用不足自見，使人謂爲誕妄欺世，則虚憍之士，轉不若樸拙者之自藏其短。是以君子貴有實。

荆州參軍俞君鴻甫，自安樸拙者也，存心利物者也，能以用自見者也。官於荆數年，所行利於民。尤熟隄防事，以爲今之江未易安輯，不得已姑事隄防。去年水齧隄幾殆，賴君以濟。君益謹其事，凡隄有罅漏者，皆筆而識之。今年太守程公益慎重隄事，君於是先期綏定，水行以靖，民無驚焉。

夫江之爲患，前世頗烈。入國朝則乾隆戊申患爲甚。其後數十年幸無大故，而復甚於去年，卒賴君之勞勩，其詳見陶觀察梁序君所著楚北隄防紀要書。君亦嘗索言於予。予以爲江之患，則王君子壽之文盡言之；保隄之績陶序具在。惟是君之用心，人或有未盡知者。

而竊又以爲江防之難，甚於河事。蓋河事有經費，有章程，而江則俱無之，用倉猝之官，持倉猝之財，聚倉猝之衆，以與二千餘里之水相敵，是以隄事愈不治。幸有一治，而人或且以河之例疑之也。君之績非久且親者不能知。今年夏，意頗有不釋然者，予謂君之心期於事有濟而已，人之知不知奚病焉？況積久而無不知者乎？

會其隄防紀要刻既成，乃書其言以爲贈。若夫改道移城之議，君以爲未易言也。故予亦遂不復及云。道光辛丑秋七月，婁，姚椿序。〔一〕

【校】

〔一〕道光……姚椿序：十一字據通藝閣本補。

劉賓嵎字說

晉子野之言君子哉！其言曰：『少而好學，如日出之陽。壯而好學，如日中之陽。老而好學，如秉燭之光。』士無老少，其爲好學一也。

劉生正暘自謂其學之已晚，會初未有字，予以賓嵎字之。今夫日之方中，其精神氣勢迥非初生之日所可及，吾見晨晦而午霽，則其候必久；其晨霽而午晦者不然也，生其勉爲午霽乎？抑古人之學與今人有異，今人之學功名富貴焉已耳；古之爲學則必磨礱乎德性，而復究切乎詩書。德性之知，非詩書無以發；而詩書之知，非德性亦無以爲受益之地也，生其有以受之矣。

生之質既美，苟其如甯戚之言，用力不怠，其於古人也，何有如予之老而自棄，猶將藉友朋以振起之，而況生之方始壯盛者乎！予不足則也，友人有王君子壽者，予所愛敬，而生夙嚴事者也，聞予言其必有益生矣。

楊節母壽言

節母鄭氏，吳江人。父諱培，以例授職州同。節母年十九，歸秀水諸生楊君錫圭。三年，楊君卒。無子，以從子汝鍪爲嗣，既授室而夭。有孫二人。

楊氏中人產，而家世好善。節母竭蹷搘門戶，日懼不繼，仍多方以應人求，勗孤孫讀書。今長孫象濟，已入學試高等，而節母年六十餘矣。象濟既乞旌于朝，以余嘗爲其鄉計光炘母書家傳，後輒援此介陳生壽熊來見，且請爲文。余老病謝客，而壽熊言象濟甚有志于學，今去當更來屬。

方與友人校刊沈端恪公勵志録，有感于其曾祖母尤太夫人，身遭兵荒，保田禦侮之事。因歎婦女以節著者，世恒有之，其任之難易與息肩之遲速，各有不齊，而莫無聊于撫兩世之孤。然及其食報，則往往度越乎其常。端恪，浙人也。象濟爲鄉後進，當詳其始末。然則謀所以答其祖母，以公爲法可耳。遂語壽熊，俾轉告之，卽以爲楊節母壽言云。

晚學齋文集卷六

陸桴亭先生傳

陸世儀，字道威，蘇州太倉人，明末爲諸生。生而端敏，知好聖人之道，弗待師學，言動輒規古昔。厭薄聲利，不事舉子業。讀書好談大義，於學無不闚。嘗習養生家言有所得，既而幡然曰：『是其於思慮動作皆有禁，甚者涕唾言笑皆有禁，凡以秘惜吾精神耳。如此，則爲一廢人，長年亦何益？』乃亟棄之。作格致編以自考，曰：『敬天者，敬吾之心也。敬吾之心如敬天，則天人可合一矣。故敬天爲入德之門。』及讀薛瑄讀書録曰：『敬天當自敬心始。』歎曰：『先得吾心哉。』

崇禎九年，始與同里陳瑚、盛敬、江士韶爲講學之舉。婁東自王世貞、張溥以詞章博覽名海內，衆皆宗其學。聞四人言輒怪之，四人亦深自韜秘，不敢廣坐語。每密室促坐，執策辨難，徹旦忘寢。既而漸有從之學者，乃設規約，立講會。其學自身心性命之奧，天文、地理、河渠、兵法之事，太極、陰陽、鬼神之秘，儒釋之辨，經史百家之賾，無不根究本末，要於中正。退則仿先儒讀書記法，各有所録，旬日不記，即互相糾虔，以爲學問進退之別。

而是時流冦方熾，世儀以爲『平賊在良將，尤在良有司。當大破成格，凡進士、舉、貢、監生員，不拘資地，苟有文武幹畧者，輒與便宜，委以治兵、積粟、守城事，有功卽以爲其地牧令。如此，則將兵者所至事易集。今拘以吏部之法，重以賄賂，隨人充數，是賣封疆也。』其友陳瑚言：『吾走四方，訪當世知名之士，往往窮老盡氣，汨沒文字中。其好古，則或作爲詩歌、古文以炫燿。又其傑者，亦能究心經術，有志世務，然不過至管、商、晁、賈而止。卽求韓、范不可得，況其爲聖賢體用一貫之學者哉？故謂欲治平天下，未有舍吾三四人者。』其後國變，世儀嘗上書南都，不能用。又嘗參人軍事。既解，鑿池寬可十畝，築亭其中，不通賓客，名之曰『桴亭』。

初，甯波錢肅樂牧太倉，奇世儀，曰：『他日必爲魁儒。』劉宗周罷官歸，邑人張采謂之曰：『講學諸公凋落殆盡，蕺山其今日之碩果乎？盍與我往叩之？』世儀擔簦從之，采不果而止。其後西安葉靜遠千里貽書討論。靜遠，宗周弟子也。世儀喜曰：『證人尚有緒言，吾得慰未見之憾矣。』事定後，走甯波哭肅樂歸，始應諸生之請。順治十七年，講於東林。已而講於毘陵，復歸講於里中。當事者累欲薦之，力辭不出。提學張能鱗具禮聘請修儒宗理要。巡撫馬祐延爲館師，諮以江南利病。在署四十日，病，亟還里，卒，年六十一。門人私謚『尊道先生』，亦曰『文潛先生』。

世儀嘗言，士人當變革時，出處有三等，各視其人力所能而爲之：隱居，抱道守貞不仕，討論著述，以惠後學，以淑萬世，上也。度其才可以有爲于時，度其時必能用我，進以禮，退以義，上則致君，下則澤民，功及於一時，德被於天下，次也。不事王侯，高尚其事，躬耕田野，以禮自守，又其次也。三者之外，進而少有補救，退而詩酒全高，亦云小矣。況陽慕高隱之名，而倡優博奕，敗壞風俗，謬託有爲之跡，而無恥干進，嗜利不休，豈足以語士乎？蓋其自處如此。

所著書凡十餘種，思辨録爲最要，大旨本諸窮理居敬。或問知行先後之序。曰：『有知及之而行不逮者，知者是也。有行及之而知不逮者，賢者是也。是未可以概論。然其至也，眞知卽是行，眞行始是知，又未可以歧而二之。』聞者以爲知言。

瑚，字言夏，崇禎十五年舉人。明亡，奉父避地崑山之蔚村，躬耕自養。導鄉人築岸禦水，低田以登。又爲爲善三約，衆皆悅服，從游者甚衆。性端介，冬月常衣單袷。客有重裘者，欲解以贈，竟席不敢言。累辭徵辟。卒年六十三，門人私謚『安道先生』。巡撫湯斌卽其故居爲立安道書院。敬，字聖傳。士韶，字虞九。入國朝，皆去諸生服，以布衣終。學者稱爲『婁東四先生』。

贊曰：甬上全翰林祖望爲陸先生傳，備述其論明儒語，首自辨『理學、心學之分爲二』，爲鄧氏元錫之不根。顧於陸先生事，弗具首尾。全氏承餘姚黃宗羲之學，宗羲陽纘蕺山，而陰祖陽明，全氏貌爲調停，卒弗能脫文士習見，又不合史法。其書方行於時，予恐學者溺其偏辭而不究本末，故特論著之。

顧處士祖禹傳畧

顧祖禹，字景范，無錫人。父柔謙，明諸生。少遇家難，屢瀕於死。入國朝改名隱，字曰耕石。康熙四年卒，年六十一。

祖禹之生也，柔謙夢宋范祖禹，故以爲名字。柔謙將卒，謂祖禹曰：『汝能終身窮餓，不思富貴乎？』曰：『能。』『以身爲人機上肉，不思報復乎？』曰：『能。』又曰：『汝他日得志，如吾家舊怨何？』曰：『不敢忘。』柔謙曰：『嘻，何所見之小也。夫天道春舒而秋肅，吾家數傳以來，頗稱盈盛，以汝祖之才而中折，天也。于狂且何尤？且彼敗我家者，曾有勝於我乎？吾力能振之，猶當衣食覆被之，慎毋以前事爲念也。且同室中，甯彼以非禮來，吾不可以非禮報往者？吾外祖不能平一言於官薄懲之。不三年，外祖卒，怨益深。此可以爲戒。』故祖禹終身於人無讐怨。

祖禹讀書精博，好大畧。客鈞渚主范賀家，因號曰宛谿。既自絕用於世，乃著讀史方輿紀要以自見。其言曰：『古之用兵者，莫要於知地利。孫子曰：「不知山川、險阻、沮澤之形者，不能行軍；不用鄉導者，不能得地利。」地利之至要者有二：一曰天下之形勢視乎建都。故邊與腹無定所，有在此爲要害，而彼爲散地；此爲散地，彼爲要害者。一曰有根本之地，有起事之地。立本者必審天下之勢，而起事者不擇地。故以古今之方輿衷之史，即以古今之史質之方輿，史其方輿之鄉導也，方輿其史之圖籍也。地利之微，圖不能載，論不能詳，而變化無窮於神明不測之一心。不變之體爲至變之用，一定之形爲無定之準。陰陽無常位，寒暑無常時，險易無常處，欲出此塗而不徑出此塗者，乃善於出此塗者也；欲攻此城而不即攻此城者，乃善於攻此城者也。否則曹瞞之智，猶惕息於陽平；武侯之明，尚遲回於子午，是故孫子言鄉導善矣，然而不得吾之書者，亦不可以用鄉導。是故地利者，行軍之本；而鄉導者，地利之助。凡吾爲此書，固重望夫世之先知之者焉。』

其爲書，首敘歷代州域形勢九卷，直省一百十四卷，川瀆六卷，分野一卷，爲一十八部，一百三十卷，別爲輿圖要覽四卷。以爲『天下大勢，莫强於秦，莫雄於楚，古今不易也。然而時勢所區，各因乎會，不可以概論。若言今日咽喉，當以三齊爲首。至於欲放四出之謀，當先根本之計。根本云者，非一城之疆，百里之憑也。必足以奪敵之險，擣敵之虚，制敵之命，絶敵之資。』其於歷代州域形勢，以爲『州域之建置有定，而形勢之變動無方。譬之奕焉：州域其畫方之道，形勢其布子之法。譬之田焉：州域其疆理之迹，形勢其墾闢之宜。布子同，而勝負不同，存乎奕者之心思。墾闢同，而獲否不同，存乎田者之材力。覽者尤當先知其大指，然後可。』君子以爲篤論。

祖禹家居以講授爲業。尚書徐乾學修一統志，開局包山，知祖禹精地理學，固延之，三聘乃往。書成，將列其名上之，祖禹不可，至於投死階石始已。或言其嘗游耿精忠幕中，干以謀，不用，乃去之。或言其客游，嘗主膠山黃守中家，未能詳也。康熙中卒。先是，甯都魏禧游吳，遇祖禹，大驚異之，序其書，以爲『數千百年來，所絶無僅有』。禧卒於康熙十九年，年五十七。禧弟畜祖禹，於柔謙卒後二十年，乃克成書云。

論曰：祖禹事軼亡，不可考悉。獨其志隱，詳具所著書。其書方行於時，不盡著著其要者。江夏劉湘煃者，嘗校祖禹書十餘年，愛其精博，而微疵其縱横，著讀史方輿紀要訂若干卷。禧弟子梁份嘗著秦邊紀畧，有書無圖，湘煃得圖以校梁書宛合，疑即份舊本。顧與祖禹書頗齟齬，湘煃合訂爲秦邊紀畧異同考。份傳禧學，不仕，爲西邊大帥上客，其書僅存。湘煃受業梅文鼎，以諸生終。所著書多不傳。予悲份、湘煃窮老篤志，而名不顯當世，故附著之。

陳稽亭工部家傳

陳君名鶴，字鶴齡，又字稽亭，江蘇元和人也。先世出明南京都察院左副都御史璓。少嗣叔父諸生廣勤，既出嗣，而家難作，貲産遽盡。居本生父憂，瘠甚，降服三年，要絰不除。博學工文，而篤於行誼，爲嘉定錢詹事大昕所重。乾隆壬子，舉江南鄉試第四人。明年將應禮部試，以大母年高不欲往，强之，乃行。嘉慶丙辰成進士，用工部虞衡司主事。告歸居家者一年，再往，再歸，凡爲額外主事者十數年。歸而掌教於江甯之尊經書院，以病歸，卒於家，年五十有五。

君少有高世之志，將欲有所建白，其意備見於法先王論。論曰：

孟子曰：『遵先王之法而過者，未之有也。』荀卿子曰：『欲觀聖王之跡，則於其粲然者矣，後王是也。』太史公曰：『「法後王」，何也，近已而俗變相類，論卑而易行。』嘗試論之。

夫有治本，有治迹。治迹者，閲一時而輒變者也。雖起先王於今日，猶將究時之宜而爲之，況後王乎？記所謂『得與民變革者』是也。治本者，亘古不易者也。雖更歷後王，其變至於不可紀極，而其本未嘗不與先王同，稍一忽之，而大亂輒隨其後，此豈可以卑論、儕俗之見，擬議其間乎？記所謂『不可得變革者』是也。故孟子、荀卿子言各有當，而史公第舉其偏，則過矣。

雖然，聖賢之爲説，恒鄭重於其本，而不輕言其迹。以爲得乎其本，而有變有革，猶之夏葛冬裘，饑食渴飲，隨其宜而已，無容心也。苟不得乎其本，而徒取先王之迹循之，則不變革之禍有甚於變革者矣。是之謂變其所不當變，而不變其所當變。變其所不當變，而不變其所當變，雖循先王，猶有禍患，況重以易行之卑論，近已之俗變哉。且荀卿子亦既明言聖王之迹矣，而史公從爲之辭，則所以滋後世之惑，而開後世之弊者，自此言始。

且夫後世之變，固有甚不得已者矣。井田之爲賦稅也，封建之爲郡縣也，此豈先王之法？然而是二者猶之其迹也。井田賦稅不同，其所以因民之產，使之相生相養者，未嘗不同也。封建郡縣不同，其所以作民之牧，使之相導相齊者，未嘗不同也。今之治猶古之治也，封建必得賢君，郡縣必得賢有司，而後民被其治。繼世者不能皆賢，先王以爲此無如何也，是故爲之九伐之法，變置之制，以防之郡縣之黜陟。有較之變置尤速者，非其善法先王者乎？先王則不徒恃其後之有所防，而獨恃其始之有所導，是故爲之胄子之教。使天下萬國皆加意於所當爲治之人，而一範之以正心誠意之學，而又推其教化，以行乎井田之間，使農皆可以爲兵，兵皆可以爲士。後之有天下者，苟詳明乎教士之法，使皆自得乎所以出治之本，而慎審于舉之之際，則於先王之法，思過半矣。故法先王者，亦法其意而已矣。

古之治出于一，後世之爲治出于二。出于一則本立，出于二則多爲之制度而莫循其本。法先王者，法其本，不法其迹；法其教化，不法其制度。以教化馭制度，則天下之情僞，固有出于制度之外者矣。因其情僞之日出，而又爲之制度以救之，古之制度愈不可復，而古之教化亦若果無所益，求天下之治，豈可復得？此不信聖賢之過也。三代而下，所爲治亂之迹備矣。凡其治之弊者，皆其不法先王者也。凡所以成一代之弊不致遽見其弊者，必其猶有得乎先王之遺意者也。

夫雖致亂之主，未有不思救一時之弊者也。惟其不法先王，故愈變而弊愈甚。賢君不然，卽救弊之際，而本之以法先王之意，故變而不失其治。故曰『與治同道罔不興，與亂同事罔不亡』，此必然之理也。制度雖詳，要之以教化爲本。

又作正人心論。云：

『天下人才可造也，財用可理也，綱紀可立也，禍患可弭也。凡此數者，皆天下所患，吾以爲不足患也。天下之患，在乎人心之好利。好利之心熾，而數者之患相因而起。苟去其好利之心，則是數者可以次第而理。故言治之本，必自正人心始。』

曰：『何也？』

曰：『人之所以爲人者，心也。心有靈有昏，其有得于仁義禮智之本則一。曰仁，曰義，曰禮，皆心所具之理，而其所以去昏而卽靈者，則尤在乎智。智之在乎心者，其始驗于是非之端，其究極乎天理、人欲、存亡之幾。其所以持之，則在乎義利取舍之界。曰心之不正，至不一矣。』

『昔者戰國以變詐，晉之世以虛無，自唐而降以功利，豈得曰一去其好利而遂已也？』

曰：『人之病也，寒煖燥濕，哀樂憂懼，所中不同，其所以爲病一也。人心之不正也，剛柔善惡，所發不同，其所以爲不正一也。好利則私，私則天理亡。而人欲恣由是而發于變詐，則傾危之習成矣。發于虛無，則倡狂之行恣矣。發于功利，則卑鄙之情痼矣。數者異病而同本，故欲正人心，必自去其好利之心始。』

『夫自春秋以降，歷漢唐千有餘載，聖賢之道，若存若亡，其間讀聖人之經，能得乎「正誼明道」之旨與「誠意正心」之學者，不過數人而已。今則不然，非孔孟之書不讀，非仁義道德之旨不談，上以是求，下以是應，風化之盛，宜乎非古所及，而人心之卑鄙如此，何也？』

『則好利之習然也。夫好利，非特貪黷而已。利害之心明，而趨避之計熟。苟安自便，患得患失，其視聖賢之教，軍國之計，教化之原，風俗之本，皆泛泛然若無所與于己。其念慮則非利不動，其議論則非利不發，其營謀則非利不爲。』

『心之不正至于如此，則人無以爲人。人無以爲人，則貽患何所不至？正之奈何？』

曰：『士大夫者，庶人之準則也。公卿者，又士大夫之準則也。公卿有激勸，而後士大夫有廉恥，士大夫有廉恥，而後庶人有趨嚮。然而爲公卿者寡，爲士大夫者衆。士大夫之讀書談道與公卿同，而其所爲砥礪廉隅，介然自守之節，又非必有待于公卿之激勸。故正人心者，亦正其士大夫之心而已。夫子曰：「富與貴是人之所欲也，不以其道得之，不處也。貧與賤是人之所惡也，不以其道得之，不去也。」董生曰：「皇皇求財利，常恐困乏者，庶人之事也。皇皇求仁義，常恐不能化民者，卿大夫事也。」使天下士大夫而皆服膺此言，則其于正心也庶幾矣。公卿士大夫之心正，而庶人之心亦無不正。上下皆正，喻于義而不喻于利。風化既成，古道自復，則推之政治之間，何有哉？』

又作好善論。云：

『自古人主保有國家，莫不欲安而惡危，喜治而厭亂。然而治日常少，亂日常多，其故何也？』

『蓋納諫與拒諫之效不同也。然吾觀自古人主保有國家，亦莫不知納諫則治，拒諫則亂，自非大無道之主，鮮有甘心于致亂者。然而納諫之日常少，拒諫之日常多，何也？則大臣之好善不好善有以導之也。語曰：

『將順其美。』將順之事多端，未有大于導君以納諫者。孟子曰：「逢君之惡其罪大。」逢君之事多端，未有大于導其君以拒諫者。此之不可不察也。』

『夫以大臣都高位，戴殊寵，一以爲心膂，一以爲股肱，宜其感激奮發，日夜竭其思慮，以講求天下之利，汲引人才，奬厲敢諫之士，以期致君于堯舜。而顧導君以拒諫，何哉？』

『蓋後世之爲大臣者，非盡以德舉也。其間固有因緣遭際，躐取顯榮于一時者。其平居既無進思盡忠之節，其啟沃于左右，類多猥瑣齷齪，因循拘牽之論。見有侃侃諤諤，稍能尋求乎治道者，愧其言之不自己出，而適以形己之短，是故不必糾彈之集于己，而導君拒諫之心，已膠固于中而不可解矣。其甚者，拒諫之事既成，且謂吾君本不喜人之諫諍，以杜天下之口。於斯時也，雖有願治之君英斷，自己猶以爲「此大臣也，用人弗疑之意謂何？」故姑欲保全之，以存國家之體。及至斷乎不可保全而後去之，而禍患之形固已成矣。嗚呼！國家亦何負于若人，而必快其一時之私意，以釀成數十百年之禍患哉。然而如此之人，往往接時而有，此之謂不可不察也。夫自古人主暗昧不明，任匪人以拒諫者多矣。試以英斷願治之主言之：漢文帝虛己納諫，衛士上書止輦受之，然賈誼之論，則絳、灌以爲麄疎。武帝嚴憚汲黯，至自謂「不聞黯言，又復妄發」，然公孫、張湯之屬，則欲因事誅黯。唐明皇初用姚崇之言，使羣臣小大皆得直言無忌諱，謂「非惟容之，亦能行之」，其後用李林甫，則周子諒撲死于朝。宋仁宗開天章閣，召韓、范、富，使盡言天下之事，其後唐介劾文彥博，則不免于貶竄。此四君者，皆賢主也，然其臣猶如此。由此觀之，大臣不與拒諫期，而拒諫之事自至；拒諫不與禍患期，而禍患之端自集。仁宗幸而得彥博，故天聖、慶歷之後，尚不失其爲治。明皇不幸而得林甫，使開元之治不終，藩鎮之禍至與唐相終始，此豈非往事之明鑑與？』

君他文大旨皆若此。

君既不得用于世，退思著書以自見。乃爲明史長編若干卷，其于一代賢奸、治亂、進退、得失，尤深切著意，論者以爲有良史風。居平惟以訓授自給，于取予尤不苟。同邑吳司臬俊，由粵東入覲，將出都，以例餽同鄉官，君謂其使者曰：『吾于子主人未嘗有交舊也。』卻之。而君是日日高尚未爨也。官工部時，與棲霞牟昌裕、陽山鄭士超交相善，京師謂之工部三君子。君子四人。孫克家，與予游，屬爲文傳君，乃舉君文之大者爲家傳。

贊曰：予識君時年尚少，聞君熟明事，乃介友人沈欽裴往見。君意頗相厚，因請觀長編一二冊，不我吝也。其後入蜀，一以詩往返，後遂不復聞。乙巳，乃始得見克家，而覩長編之書。其書自崇禎三年以下尚缺。予謂克家宜補成，當相爲論定之。克家曰：『諾。』乃先爲傳，以發其端。

汪家禧別傳

汪家禧，字漢郊，浙江仁和人。少爲諸生，穎敏特異，尤長集畧之學。其言著書之旨曰：『儒者之道，修己治人而已。修己之謂行，治人之謂事。所以明著其行與事者，存乎言。言之善者，曰明體，曰名家。明體以致用，名家則深造自得，而取之左右逢其原。聖人畧天而言人，畧性而言行。易爲體，五常爲用。春秋用中道，聖人順天道以建其名。莊周執天道以蕩其實。泥章句訓詁而荒實行者，爲陋儒。近世講義據之學，碎文逃難，繁則生厭，必有以空悟濟者。防不可不豫，明節義守家法如東漢，坐言起行如南北宋，名教庶不墜。』

當是時，士方以漢學自高，畧涉〔一〕箋注家言，卽以宋儒爲不足道。家禧學務極博，卒歸極于理。謂『儒有鄭康成而經明，有韓退之而用彰，有朱文公而體立，釋、道二氏之不能奪儒三子者之功。朱學之傳歷久無弊，論者或摭傳注小疵相詰難，又甚者謂虛靈不昧涉乎禪機，皆非能知朱學者。』

家禧色和意，謙勤，常若不及，尤嚴取予。館許乃濟家，課誦外，未嘗有所及。歷游學使者幕，皆不欲其去。嘗客楓涇謝氏，主人多藏書畫，日出數種，請爲題跋。數每溢一二，家禧輒別白之，主人大媿服。家貧，而父嗜酒，多重負，家禧以授讀所入償其逋，弗克則大憤。友人莊仲方爲貸二十金，家禧病甚，有魄之者請先償其半。仲方固辭。其父在旁言：『此何時，汝乃拘拘此？』家禧伏枕，汗霑濕。其卒時，斂衣無蔽體者。

所著述數十巨冊，寄門人許乃穀家，皆燬于火。家禧既卒，仲方及乃穀蒐輯遺文五十餘篇刊行之。而三堂祠志以在其友所獨存，今傳于世。家禧嘗與予言，欲爲乙丙亭，專輯殘明乙酉、丙戌間事，事竟不果。嘉慶二十一年卒，年四十二。乃穀言家禧之詳具傳誌，而傳無有，予以所聞者著于篇。

贊曰：家禧質癯而形傴，類古獨行之士。其卒時，所學蓋未究也。浙江學使周兆基，欲使應選拔。家禧方客江蘇督學文甯所，文甯得書，不以示家禧，曰：『汪生終不能應選拔，何徒奪他人爲？』嗚呼！是豈爲不知汪生者哉。

【校】

〔一〕涉：底本作『實』，據通藝閣本改。

周倬雲家傳

周爲漢，字嶓東，亦曰倬雲。先世家浙之浦江。父能珂，官甘肅山丹知縣。甘肅邊省少文學，無錫楊農部芳燦知靈州，奇君詩文，亟稱之，君由是受學焉。游于京師，所交益廣，詩文日益奇，然竟無所遇。返甘肅，而能珂卒。兄心如官粵西，獨力任喪事，卒以此病。

君先是嘗援例爲縣主簿，非其所好，終身未嘗謁選。性狷急，每面折人過，以此不滿于人，人亦以此重之。君既葬父於長安塔坡里，會心如題補粵西，君往省眎，行至武昌，病甚，卒於旅舍，年四十□。歸葬於塔坡里。

君所著有枕善齋集十六卷。於詩尤致力，刻陗雄肆，幽奧酸澁，讀之使人不怡。大約出入退之、長吉，兼採晚唐諸人之美。於文宗農部，法唐賢。晚而有意著書，在長安荅其友武威何翰林承先書曰：

『辱書勉以宜著書，甚善。然茲事不易言也。

夫文以道立，道以學成。古之著書者，皆以畢生之力赴之。六經之書成於暮年，其他著述雖未必皆軌大道迹其合者，彼其人或求之有年，或偏攻一藝，而漸與之近，隨其淺深各有所見，必有萬不得已於言者，而後筆之於書。其成也，皆不以歲月計。幸而道成，書卽成也。不幸而道不成，書固可以不成也，而牽率以成之，則固所不可。夫如是，故當其命筆，知言吾道焉而已。前不知古人以我爲何等，絶無依傍也；後不知後人以我爲何等，任其毀譽也，是以純駁不妨互見，而工拙可以並存。至其獨到之處，則斷斷乎不可磨滅。何則？道不可廢，故書亦不可廢也。今之著書者，吾惑焉。於道茫乎未有聞，而亦不求諸道。本無可言，强而言之，高者勦襲餘論，排比古事，鈔撮附會而成之。不則支吾酬應，以悅一時之耳目。朝方操觚，暮已脱稾。索隱好怪，汚費筆墨，其去道愈遠。嘗見故家箱篋，市肆庋閣，錦櫝牙籤，裒然雅麗，而或存爲蠧糧，或鬻爲廢紙，啟而視之，率皆貴人文集。計其當時如此珍重，豈不自以爲不朽？而無一人知其名，無一人求其書者，葢不探其源，而逐其末流，爲之易，故傳之難。著書至是，豈不痛哉。然則不求道之大成，而倉卒以言著作，夫豈可哉？爲漢有鑒乎是，今茲所急，不在著書，而在求所以著書者，此豈可以立談就耶？裁損嗜欲，以治其心；閎覽文史，以進其業，如是十年二十年，其或有成與？凡吾所謂有待者如此，成不成聽之於天，吾兄以爲何如？或有所著書，先以示我。』

然君所欲著書竟不成，獨其詩文傳於世焉。

論曰：予與君遇於京師，其後別去，不數得書，及今乃始得見君與友人書。嗚呼！其可慨也已。君兄以文見屬，予特爲表此，使後之知者，毋徒以文士畫君焉。

嚴記庵君家傳

君姓嚴氏，名正紀，字曰記庵。世居辰之漵浦。漵邑多山，風俗篤厚，而君家世以積善爲務，君從叔父方伯公允用經濟大畧顯名。

嘉慶間，而君最爲方伯公所倚畀。自其少時以至孝著稱，迨長而好義益甚。其大者，則改建學宫，設續義橋而濟以渡，橋徹則渡繼，渡徹則橋成，顔其地曰橋渡所。於家則爲方伯公經理學田、義田。又嘗鬻田以償伯兄之負，別出私錢佐修宗祠。里中子有私爲竊者，君遇之，隱所私，予以金麾使去，而勉以善，其人卒改行，然君未嘗洩姓名於人。族子患失心疾，持刀將殺人，遇君於塗，跪而請罪。君素短視，未見其襟染血跡，手持刀斧狀，第聞身若佩物作聲響，叱曰：『爾何爲者？爾廬火，速負爾祖出。』唯唯去。君呼四鄰無應者，歸則聞人言曰：『是已殺數人，且火其尸於廬舍。』君大驚曰：『吾乃幸得不死。』

君自五歲出繼叔父□。叔父早世。嗣母項，撫之有恩，而嚴督以教，君順承無違色。嘗有疾，激俗例以身禱，君延巫設壇。母謂其從子思道曰：『吾聞世俗，解釋必令拈香赭衣披髮，作哀憐乞命狀。汝表兄，吾孝兒，素未嘗忤吾意，切弗妄聽人言，致勞我行孝之子。汝往視復我。』嗚呼！觀項之慈愛，君之所以致孝，斯豈尋常嗣續間所易得者？

君先再娶無子。李氏生三子：長文鈞，爲府學生，狀君事介君兄，刺史正基以徵。文李，貞靜節儉，好施予，佐君治家事二十餘年，以嘉慶己巳歲卒，年四十六，君從叔方伯公以爲內助之賢者也。君卒於道光庚寅，年七十二。嘗語子弟曰：『世俗云心直口快者，必無疾而終。吾生平如此，頗自信，汝輩於吾平日所言，其謹志毋忽。』卒如其言。

贊曰：漢世最重長者，史書多徵道之。後世尚文藝，乃置質行不講，究之人所稱願者，多在彼不在此，其子姓亦且食福於無窮。君所爲，意以爲自盡固爾，然而天之所佑在是矣。予不識君，而與刺史友善，盍所謂樂道人之善者，誠願竊附斯義焉。

直隸通州州判王君家傳

君名錫景，字介亭，青浦人。世爲邑著姓。父興堯，爲陝西西安知府、山東運河道，君其第六子也。少有幹才，因以廢讀，先侍觀察公於家。其後伯兄錫奎，由編修出守潁州；仲兄如金，守開封，皆藉君佐理家政，條理秩然。

君以例投効東河緯道工，由州同知分發北河，借補霸州永定河州判，爲制府連平顏公所稱。將升擢矣，以丁艱再去官。服闋，乃補通州漷縣州判。未半載，於嘉慶十九年十二月卒，年五十歲。橐中蕭然，幾無以爲殮。

君性爽直，有肝膽，重然諾，爲人謀必盡力。好面折人過，人知其無他，亦不怨。然在潁州時，邪教案方盛興，有以無辜竄名者，君言於伯兄太守君，事得釋，人以君爲難。

娶海昌陳氏。兩家門望畧相等，性沈靜慈和，少喜讀書，尤愛觀諸史。不忍訶斥僮婢，其長女偶笞一婢，輒掩耳不欲聞，因叱止之。先君卒，年四十有一。君子南陽縣典史清亮以合傳請，予以爲合體，非古也。昔汪苕文氏書夫婦之合葬者，於墓銘篆，葢斷斷辨之。傳之體又重于誌，故第書附君傳後，庶所謂死事之以禮者歟？予與君家交世舊，又於中州與清亮習，故爲之傳焉。

道光戊申年仲冬月，婁姚椿撰〔一〕。

【校】

〔一〕道光……姚椿撰：十二字據通藝閣本補。

勝溪居士傳

生傳非古也，自司馬君實傳范景仁，而子瞻於陳季常亦復爲之，後世不以爲非也。予嘗作何書田別傳，柳君援其例以請。柳，何友也。無以辭，作勝溪居士傳。

君名樹芳，字湄生，晚而號古查。先世居慈溪，明季避兵難遷於吳江之東村，後又遷居分湖濱之大港，又遷居大勝港，則所謂勝溪也。君少時勤懇於學，年二十三患咯血，乃棄科舉業而學詩。君父遜村翁勤於治。生子三人，君其季也。

兩兄皆承父業，而君伉爽警敏，不務瑣屑，惟嗜學不廢，復卹卹爲善。以爲吾之所業，匪獨自治其家，亦以兼助人之所不及者。故邑有善舉，君無不躬與其事，竭誠相經理，而人亦無不服君之才。君既好詩，所交游多文學善士。凡先哲遺書有未刻者，君無不出貲相料理。然不肯爲無益事，與刊無益之書，以爲苟然，是匪但無益乃反害之。故君生平於倫紀風化最隆也。

君身不踰中人，而音如洪鐘。與人語，意無不盡，人知其性然，亦不甚忤之。聞人阽病，若疾痛在己，必思所以濟者。然不肯爲無名施予，必使人以可受，於一時賢豪長者尤甚，人亦以此多之。

君所爲詩，精警明爽，不屑爲鉤章棘句。所著有養餘齋初、二、三等集若干卷。先是，嘗輯其上世事，爲河東世乘，後復爲家譜若干卷。又得其鄉先輩所輯里中遺事，理而廣之曰分湖小識若干卷。蓋其不肯自逸如此。君自恨以病輟學，其長子青又早卒，於是督其次子熏甚亟。今爲縣學生，能世君之業焉。

予初識君於書田所，因而相習。書田於君性相類，其好詩又略同也。書田隱於醫，君隱於農。世有究趙過、蔡癸之術者，竊謂當從君究其底藴。予先世，農也，後不續其業。今子弟未有能奮起者，每見君未嘗不自愧。君近患湖邊多盜，以書見詢，予舉張考夫先生所言。君遂於去冬六十，不舉壽觴，損諸佃新米各一斗。然則君之所見蓋遠矣。

樵峯山人小傳

山人，予同里人也，姓李氏。其先世以學術幕游公卿間，有名。山人少孤，育於叔父。而山人從兄錫勷，聰敏有神童聲，年十二補縣學生。山人幼亦奇慧，然不肯治章句學，好大言，其長者弗善也，故名山人曰謹。其後山人兄卒早死，叔父相繼亡，而山人復以學術游公卿間，抵掌抗言論人，皆愛而敬之。

山人不治容貌，與人言，無貴賤賢愚老少，皆盡其意。時或嫚罵不屑意人，亦應之。嘗中式嘉慶戊午科舉人，見之不能測也。好飲酒，常置甕於床側，未嘗温飲，亦不見其醉〔一〕。所得金輒付酒家，餘者復散置床頭，他人或持去，不問。然山人內行淳篤，甚事其寡嫂如母。叔父爲聘某氏，山人出游，不果娶。久之，所聘婦卒，山人遂不復娶。會其兄卒，亦無子，以從孫爲其孫。于是嫂乃爲置一妾，久之，生二子。

山人既倦游，筋力衰減病甚，不復能飲酒，獨善飯。而兼通醫藥、相地、方術，時時從人求請。顧其胸中鬱然勃然，思欲表見於世，而頭髮頒白，行步艱困，不復自振起。唯聞山水猶欣然嚮往，不自以爲不足也。山人少游吳楚間最久。嘗一出盧龍之塞，循長城涉宣府，由晉陽歸于京師。又獨游京師西山。獨與予屢言黄山不置也。予初遇山人於攝山，方罷秋試，山人獨攜一壺坐石上蹲踞，既與予序先世交誼，相與同入僧寺，縱飲留宿然後去。其後數見，意益親。嗚呼！孰謂斯人而終以入山老者乎？

去年佐友人沈君於旌德，既而歸，以所圖示予曰：『有善畫者貌予，予復請人寫予意中向時所欣然會心者，而自爲之詩。子知我者，宜爲傳。』因序次其事。山人字用五，以其好獨遊登山如樵者，故皆稱之曰『樵峯子』云。

【校】

〔一〕醉：底本作『碎』，據通藝閣本改。

晚學齋文集卷七

祥符縣重修學宮碑記代

學之建自上古，其天下府州縣皆立學，則自宋慶歷四年始。杜、范、韓、富諸公同時柄用，天子開天章閣詔言事，建學，其一端也。是時海內士大夫之學，皆務正而近乎古，以是庠序之興爲汲汲。而祥符之爲縣實隸開封。開封乃京府，領赤縣二：曰開封，曰祥符。祥符之名，肇稱眞宗封天書之三年。其後開封邑廢，而祥符獨名，實總省會民士之事。其爲學宜巍大炳耀，卓冠他邑，而顧弗克稱，豈非守土者之缺與？

某初任邑事，首謁至聖廟，下見其地勢卑窪，祠宇湫隘，榱桷凋朽，弗尊弗虔。又無明倫堂，以及諸生講業之所，私心蹙然，謂爲非宜。顧事迫，未及經始。既踰載，迺與邑之士大夫謀，咸以爲亟。首工於道光十一年季秋，暨明年夏首而畢。

蓋上自大吏，下逮斯邑四民，皆與有勞焉。而某迺幸觀其成，會將改官河工以去，邑人士謂宜有言。某固陋，不足以知學，而斯事本末不可無所紀載，於是乃進邑人士而告之曰：

孔子之學，大明乎宋。而宋之儒者，昌明孔子之道，以二程子爲稱首。是時祥符之地，實爲京都，四方君子固皆彬彬焉，習業於斯。而二程子之近在畿甸者，慮無不在焉。聖清受命，崇獎正學，其於孔子及二程子固已尊隆極其量。近者，甯陵呂子、睢州湯子，又新奉詔書恭列從祀。中州人士宜何如興起而感發！而況祥符爲首教之地，諸大吏復皆以躬行身化爲本，如某之不敏，亦幸得奉教以兢兢。自今以往，斯邑人士，其益篤行博文，克謹修治，庶幾無貽斯學羞。昔者有宋建學之初，盱江〔一〕李覯氏實記袁學，其篇末進諸生，以『毋徒弄筆墨徼利，達必歸本於說禮樂而矢忠孝』。若是者，雖某之不肖，亦竊援斯義爲都人士正告焉。

是役也，重建者明倫堂東、西齋房，閎、應二門。改建者，崇聖祠、大成殿，東西兩廡戟門、齋宿所、櫺星門及左右門樓。增建者，名宦、鄉賢二祠。濬泮池，庀圍牆，築甬道，規制皆有逾於舊。凡費錢一萬一千緡。其執事於斯及夫屋宇間所土木價值之數，列諸碑陰。

【校】

〔一〕江：通藝閣本作『人』。

武陟關帝廟碑記

大哉！孔子之言也，曰：『鬼神之爲德，其盛矣乎？』夫神之爲德，本幽以治明，發近以至遠，其事不可知，而其理乃可以昭然而衆著，故曰神也。

漢壽亭侯之祀，至明追尊爲帝，始偏天下，及本朝而益茂，靈嚮昭肸，殆不可紀。由近而述，自楚、蜀用兵，以逮滑濬之變，叛回之役，無不由神靈著威，克效成績。此固國家憂勤，功德隆懋，有以仰受天命；抑亦帝之鴻曜顯赫，佐以垂示焉。考帝之事，詳於蜀志，頌帝功德者，備於後人之所稱述，巍巍蕩蕩，幾於無得而名焉。然而蜀志所載僅詳其事，不能盡白其心。後人所稱述，或誣而莫據，甚者且失帝之本意，豈非尊帝而適所以卑之，大帝而適所以小之，重帝而適所以輕之與？

竊謂帝法孔子者也。孔子之事在乎春秋，春秋之義莫大乎抑諸侯而强天子。春秋時之有桓、文，其時周室雖已淩夷，列國猶未盡微弱，法度猶未盡澌滅，桓、文能尊周室，則夫子進之、予之；一有侈然自大、皇然自滿之心，則夫子必謹志其故。蓋以防微杜漸，有不可得而沒也。曹操之與桓、文，既不可相衡而並，較孫權進退失據，又無取焉。當時能明討賊大義於天下者，莫如諸葛武侯，而帝之心獨與侯合。武侯一日不死，則漢室一日不亡，是以生存天下者也；帝一日不死，則曹氏一日不篡，是以死存天下者也，皆春秋之義也。

或謂武侯主於和東吳，帝所見顧不盡同。夫武侯之和東吳，是謂不外經以行權，大臣謀國之事也；帝之拒孫氏，是謂大正統而定一尊，人臣死封疆之事也，合乎春秋之義一也，而豈有異道與？吾故曰孔子作春秋而亂臣賊子懼，帝明春秋而亂臣賊子懼。然則帝之祀，端冕秉笏，享以太牢，祠宇偏薄海內外，與吾夫子並重，豈不宜哉？

武涉之祀帝歷有年，所楹桷圮而弗崇，階戺壞而弗治。匪神之羞，惟令之責。爰以道光戊子歲某月鳩工伊始，越若干日落成。敬述帝之心，并援孔子論鬼之說，敢告萬世之爲人臣者。

武陟重新城隍廟碑記

禮曰：『明則有禮樂，幽則有鬼神。』易曰：『王公設險以守其國。』鬼神之祀，由來久矣。其『城隍』之名，始見於易『泰』卦『上六』之爻辭。季漢以降，乃祀以爲守土之神。自唐李陽冰以縉雲城隍祠記，用篆書盛行於世，自是其祀徧天下，幾與社稷等。蓋周禮『掌固掌修城郭、溝池、樹渠之固』，『有山川，則因之。』戴記『天子大蜡八』，其七曰『水庸』，水隍也，庸城也。是卽古者祭城隍所自始與？

武陟之有廟，自□□某〔一〕年，其中凡經幾修建，至道光戊子而傾圮頗甚。大興王侯榮陛，莅邑之三載，凡諸要工既悉修舉，於是乃與邑人士議修城隍之祠。鄉都術遂遠邇咸勸，蓋既喜侯之克勤，而又以侯之信於禮，明爲能以禮事，而無愧於冥冥也。椿以客游講授斯邑，適覩新廟之成，而侯屬筆使爲之記。

椿竊以爲古者諸侯祭其境內，凡山川神祇〔二〕無不宜載在祀典者。而城隍之祠，則又專主其境內之事，其崇奉而報賽之爲尤宜。至乎近世，或卽以其人之官斯土，而有恩德於其民者，祀以爲茲神，雖其事不足憑信，然亦無有所據以折其爲理之所必無。然則斯祀之不可已也久矣。說者曰，古者封建，首重社稷，今茲郡縣特隆城隍，是固然矣。然愚以爲社稷之祀尊而大，城隍之祀衆而善。猶今之省會崇大吏，而州邑則各奉其令長之司。然則守土之吏，齋肅奉事，祈禱聿虔，以率先士民，禳災迎福，是必有道矣。

武陟瀕河而近沁，每歲兩河並漲，則能爲害。惟城隍之祀，義主乎土，以之制水，尤爲有說，其崇奉之也益宜。廟既成，爰述其說以爲記。

【校】

〔一〕某：當屬衍文，通藝閣本無『某』字。

〔二〕祇：底本作『祗』，據通藝閣本改。

中州新建江蘇會館碑記

河南居天下中，其東與江蘇爲近，陸則由徐、潁、宿、亳以達于江；水則浮河沿淮泛汴、泗而下，地皆不過千餘里，以故吾鄉之游於兹者，尤甲他省。考諸周禮『遺人』之職，『十里有廬』，『三十里有宿』，『五十里有市』，其爲『飲食』、『路室』、『候館』，皆有等差，而『委積之事，巡〔一〕而比之，以時頒〔二〕之。』以故今之省會，凡鄉人之往來，其都率藉館以爲萃聚，而吾鄉顧久未興建，無以通燕好，致敬共，豈非其缺者與？

道光十年之秋，吾鄉士大夫乃始建議醵金具貲，輿衆僉允。得地於西門之衢，擴而新之，有堂有廊，有臺有室，工木堅緻，丹堊華煥，凡邦之人咸以爲宜。其中楹祀吳泰伯，以延陵季子、言子游配，一以明讓，一以表賢。蓋吾吳自伯端委首治，文明聲教於是大啟，季則後裔，游則邑產，風義文學先後昭著，蓋皆聞伯之風而興起者。夫以伯自岐之吳，取道必由乎豫，而延陵歷聘上國，子游從夫子攬轡諸邦，則此地皆其所憑軾而經過。聖賢神靈，沒而不泯，其所降福有在乎是。今兹士大夫適遇聖朝，沐休養生息之化，得以優遊而出入於以仰止前徽，追跂遺烈，相與型仁講讓，克敦文義，上以副國家作養人才之盛，而下無爲都人士羞，是誠諸君子之所期許而厚望者歟？

昔者晉設官欐，潘氏以之興歎；唐廢候舍，孫樵於焉唏息，而況以梓恭之雅，兼客游之遠，其可以頹廢置乎？於是爲記，以告後之人。

【校】

〔一〕巡：原作『迎』，依周禮改。

〔二〕頒：原作『班』，依周禮改。

河内縣復修利豐渠碑記代

河内居太行麓，於古爲名都，其所以豐富殷賑稱饒河北者，蓋以得水田利云。利豐渠者，在濟源東北三十里，五龍口沁河南，廣濟、永利二渠東。秦時以枋木爲門，名枋口。魏司馬孚易以石，隋懷州刺史盧賁引沁水灌田，名曰利民渠，今曰利人渠者，以唐避太宗諱故也。其支流入温縣境，曰温潤渠，今豐稔渠疑其故址。唐温造爲河陽節度，奏復秦渠枋口堰，以溉河內、濟源、武陟、温四縣田。元中統二年，提舉王允中、大使楊端〔一〕仁奉詔開渠、修堰，四縣外兼濟及孟，曰廣濟河。其開渠即今廣濟，修堰則枋口，舊址則利豐渠也。明宏治中，河南參政朱瑄上言，廣濟渠、枋口堰苟盡人力，可甦民困。巡撫徐恪以聞，勅瑄理其事。萬歷中知縣胡沾恩，國朝乾隆初知縣胡睿榕，又重修之。

某來令是邦，值歲之暇，邑民以復渠來請。躬往相度，見其基址毀廢，水道淤塞，潦則漫溢，旱則〔二〕枯槁，弗填弗盈，惟改建爲宜。於是具木石，興畚鍤，人夫雲會，道路通理易治，洞口視見增高。三河之功，一時流暢。三河者，利豐渠自五龍口至程村有牐曰天平，分而爲二：曰利仁河，東流繞郡東郭，長七十里。入於沁曰豐稔河，東南流分而爲二：其南河由韓吳村注豬龍河，長六十五里。其北河由温雙流村亦達豬龍河，長六十里。渠爲三洞之一，地當山盡，沙積水易淤，夏秋漲發，則沙石交下，以是爲害。太史公曰：『水之爲利害大矣哉。』夫水不爲利則必爲害矣。是故西門豹不知漳水之用，史起譏之。韓鄭國爲秦開涇，欲以弊秦，秦人知之而卒使竟其功，誠以小害不敵大利也。況斯渠之顯有成績，費省而利多，其可以廢而弗舉乎？

董其事者，杭人試用未入流葉之泰，督率修築，弗避辛勤。葢渠既復，而今年之夏秋大雨得以無患。其廣濟、永利二渠，亦前明所疏濬，今猶通利以事之，不克兼舉也。將於農隙務間，督工興治焉，而先記是渠之本末如此。

【校】

〔一〕端：底本作『瑞』，據元史·河渠·廣濟渠改。

〔二〕則：通藝閣本作『乃』。

輝縣蘇門山重建邵子祠碑記代

邵子之學本於言理而極于言數，始於豪邁而終於謹細，基于刻苦而成于安樂。雖其所造詣與二程、橫渠稍有異同，然而明道以爲內聖外王之學，晦翁以爲古之風流人豪，至於言易，且引其說以補伊川之所未備。然則先生之於程朱豈有間哉！

輝縣之蘇門山，向傳爲邵子所居之地。考諸本傳，邵子先世范陽人。曾祖進，徙衡漳。父古，又徙共城。共城者，今輝邑也。以居母喪廬于蘇門山百源之上，堅自淬厲，冬不鑪，夏不箑，夜不就席者數年。是時北海李之才以獲嘉主簿，權共城令，聞其篤苦，乃往與語物理、性命之學，受其易圖，而邵子妙悟天授，旁通四達，其所超然自得者，有非之才之學所可盡也。其後客游四方，葬親伊水上，遂定居焉。詔書纁帛，屢徵不出，安樂窩之名聞天下，而不知其始實託基于輝之蘇門山百泉也。

輝邑山水多奇秀，而蘇門與百泉最名。非但其地之佳勝足以怡人，亦以邵子之故。其學之探賾索隱、鉤深致遠者，足以知百世之後；其風之頑廉懦立、鄙寬薄敦者，足以師百世之下。凡孔子、孟子之所言者，邵子皆足以知之。然則其祠之廢而弗舉，非略與？山舊有邵子安樂窩，後移泉上。其西南有桃竹園，園有擊壤亭，有邵子像。其後裔祠奉焉。

予于道光五年，攝視按察司事，以護送凱旋大兵，道出百泉。見其牆宇傾圮，竹樹荒蕪，心惻焉傷之。會黔中周大令際華有興葺之舉，予欣然爲之助。今年某月落成，易亭爲祠，而奉像于其中，書來屬爲之記。予惟邵子之學，久有定論，徒以生平仰止之懷，而又適經所棲息之地，誠不忍先賢遺址遽就湮沒。祠舊有祭田，久而失之。周侯復爲經理其廢，以田屬縣學，收其稅入用供祭祀，而以所餘給奉祀生祠〔一〕之祀〔二〕，庶以永久。故爲記云。

【校】

〔一〕祠：通藝閣本作「祀」。

〔二〕祀：通藝閣本作「祠」。

金沙港新建景賢祠碑記代

祭法言凡功烈得祀者，既列其目。周官又言凡有功者，『祭於大烝，司勳詔之』，其祭必以烝。說者曰：『烝者，衆也。冬時物成者衆。』故合祭以報其功。此古聖王崇德樂善之盛心，於以闡揚幽微，包舉統類，斯甚盛舉。而又竊謂古者分土授地，諸侯各祭其所宜祀。論公禮嚴戒漏且濫，明神昭格，淫祀擯廢，以故陰陽和，而民氣樂也。杭州西湖之金沙港，舊有祠宇，未載祀典。其後前巡撫侍郎揚州阮公，以其地之後樓三楹，爲正氣閣一，遺愛、先覺堂二。歷年滋多，屋漏事怠，邑之人士乃白有司，遷其主于湖上之他祠，而曠其地。

某下車伊始，致虔于邑之諸祠，見其傾側偪陿，多弗克成禮。或其子姓衰微，或吏事有弗暇，功鉅衆勞，無以集成。及至金沙港，則覩棟宇摧敗尤甚，祠又無專主，慨然曰：『是守土者之責也。』於是敬告大吏，謂宜舉行，鳩工度材，毋敢侈，毋敢陋，凡用木石瓴甓之屬若干。祠既成，乃祀唐鄴侯杭州刺史李公泌、宋行人朱公弁以下若干人，舉必核實，事必徵典，几筵聿陳，俎豆益虔。凡遇當祀之日，則迎其神之主享於前室，祀畢而歸之，異日有當續入者，以次遞進，吏民鼓舞，咸以斯舉爲有當。

西湖之地，名勝甲天下，祠廟林立。載在禮部者，葢不可勝紀，有如白、蘇之文學，岳、于之忠烈，名姓章著千古，然已有專祠，則不必其備也。其他忠臣義士之勳業，名人逸老之風軌，要皆可以興起，然而事未創始，則猶待于後也。惟此已定諸祠，復之則力有未逮，置之則功有可惜，會而萃之，增繼弗衰，上以存國家之典制，次以作邑人之觀瞻，池臺林樹，一新其舊，足以振志氣，娛耳目，有舉無廢，有隆無殺，有增飾無頹壞也。是雖補偏救敝之義，斯邑賢者，其或亦有取於斯祠，曰『景賢』。又以致區區之意於無窮云。

通議大夫前山東按察使司刑部奉天司員外郎劉公墓碑

公諱大懿，字堅雅，世爲山西洪洞人。始祖祥，自宋元間家于洪洞之茹去里，代有隱德，益殖其生，以廸其子孫，歲饑則振其鄉人，世世以爲法。至戶部侍郎秉恬，始以仕宦顯。至公，始以科第聞于時。公性寬厚，自少習爲恭謹。及以文學入官，益明練政事，尤長于刑名。曾祖誌、祖袞、父光晉，皆以公貴贈通議大夫山東按察使。

公嗜學出天性，少時長者與之財，輒用市書帖。乾隆丙申，將以選拔貢成均，公與兄子肇崇，並爲學使者所激賞。既而曰：『洪洞二劉，其叔當自致青雲。姪，福澤遜之，今此不拔，後將艱于科第。』于是拔肇崇，而以公肄晉陽書院。明年，中式舉人。先以捐輸川餉議敘曹郎，公方銳意場屋，不欲就，五試禮部弗遇，慨然曰：『吾不能復從事此矣。』故事五品官不得復應試，故公以爲戚，而益用以督其子。其後卒以科第官翰林者，公第四子師陸也。

公官刑部雲南司員外郎，胡尚書季堂倚重之。是時，大學士阿文成公總部務，性威重，曹屬白事往往不能盡其詞，遭訶責，輒以諉公。公遇事直前，稱說詳盡，阿公時致駮難，則復援引申論，待首肯乃止。語畢辭退，輒起立目送之。閱數年，擢貴州司郎中，由京察一等外授福建督糧道。閩有大獄，督、撫兩司皆坐簠簋不飭法。公廉介獨完，高宗知公名，特調臺灣道，加按察司使銜，兼提督學政。以前任鹽道，時墊支薪工銀兩，吏議落職，盡傾其家，不克償補，疆吏以開復請部議，令罰原數之半，始許復官。公官刑部時，和珅用事，欲公出其門，公不可，及是方在戶部，乃以此困公。仁宗登極，特旨補授甘肅安肅道。未抵任，調甘涼道。地當衝要，番土雜居，且爲新疆各城鎮守大臣及西域諸部落朝覲往來必由地。公分守六年，一以鎮靜爲治。鎮番縣民以爭駝事，爲阿拉善蒙古所殺。向例，凡蒙漢交涉疑獄，該管道員與理藩院部郎在邊中處所會勘。公與部郎期於中衛之營，盤水一鞫而服。部郎欲從輕讞，公曰：『今中外一家，蒙與漢一也。漢人殺人者抵罪，蒙古何得獨從輕減？後有似此者，將何以處之？或因互相仇殺，誰職其咎？今律有明條，獄無疑義，請依法論抵。』部郎悟，從公讞，鎮番民歡呼載道。其後事有視此者，輒取公讞爲法。乙丑，授甘肅按察使，丁艱歸。服闋，又授福建按察使，調任山東。屬吏有公過，當左遷，以六部員外郎用，入都補授刑部奉天司。公于律例最精勘，往官刑部時，阿公、胡公、季堂，往往問以疑似之說，公輒應口條對無凝滯。嘗謂子弟曰：『部中秋審看語，率以一兩言出人罪，生死呼吸間，非詞達理舉，則毫釐差，千里謬，所失已不少。』及是益勤于官。總辦秋審復命，充補寶源局監督。任滿再留，鼓鑄無滯，弊以法絕，上方有意大用之，而公屢以病請矣。

公少長華膴，其所好惟筆墨事，于刑獄尤慎其當斷者，未嘗輒骫法生富貴，而終身謹厚無過，人以爲難焉。既引疾歸，就其子養于浙西，復僦屋越州以老。道光三年十月卒，年六十八。夫人毛氏。子十二人。孫十人。具載行狀及墓誌。公於先大夫爲同年生，相善也，而椿以幼賤未得拜謁。道光八年，遇公子師陸於大梁，曰：『先公碑未具，子宜爲文。』

先是公謂諸子曰：『吾仕宦久，故鄉無以爲生。歸葬，又山徑險仄，塗不易。古人多就所都以葬，吾性好山水，愛西山幽僻，是宜有吉壤，其葬我於此。他日子孫散處四方者，視此蓋甚便，而歲命一人歸省故里，祭掃無缺，庶幾義兩盡。』諸子卒葬公西山之某所，椿於是承〔一〕命爲新塋墓碑銘。

其詞曰：彭城之初，實紹厥祖。韙哉盛德，克庇鄰宇。既施于鄉，以及于人。陰德如山，子孫振振。公于其間，允厚允明。行義聿重，財幣是輕。勢利所趨，公絕弗爲。刑獄之慎，惟矜惟疑。再官西曹，將薦御史。試于保和，耄不昏字。是宜壽考，允臻期頤。如何七十，算止于斯。凡公之才，仁慈爲則。曰儉曰勤，皆以輔德。子孫貲財，公無或貽。惟其明德，以爲世資。生辭其鄉，別樹松檟。惟其明德，以永純嘏。時趨澆漓，世絕純篤。不有斯人，誰爲正鵠。既昌其身，亦于子孫。是爲洪洞，劉公之墳。

【校】

〔一〕承：底本作『子』，據通藝閣本改。

通州學正李君墓表

吾鄉有矯行立名之士曰李先生樵峯，少失怙，爲叔父某所養，性跳蕩，故名之曰謹，字用五。先世曰斗，自揚之興化遷松江。至□祖某，始以申商之學名於時。

蓋國家之太平久矣。自世祖皇帝時，務施恩德，懷柔寓內。逮聖祖世，益用休息。至世宗，乃始執刑法，整齊天下。高宗繼之，繩繩不已。是非刑名之爲尚，蓋以重民命，飭吏治，威德並用，不可以偏廢爲也。君既世承刑法之緒，又才氣通博，所學者廣，匪拘於一家之言。意僅以此資其養生，非謂學業當在是。

性嗜酒，終日不亂，嘗辟穀後卒病酒，遂止飲。君既才高爲世所賴，游吳中、豫章、皖江、山左皆有名。江蘇糧儲李君長森，君年家執友也，方以厲政爲治，嘗駁君所治案，君屢復不爲改，卒改從君。大興朱相國珪撫安徽，好言元學，聞君名，亟請往，君言曰：『此山人無事者所爲，非大雅君子所宜尚也。』朱不以爲迕。

君篤內行，事寡嫂如母。中式嘉慶三年江南鄉試舉人。三十四年大挑二等，選授通州學正。初非君意所樂，而其志意亦卒無以自見。卒年□十□。予少以執友拜君，君輒視爲輩行。嘗請君曰：『吾丈游幕府有聲，請問其藝何若？』君笑曰：『嘻，無他，善舞文耳。』又以養生說請，君曰：『人過四十陰氣始半，血肉之軀當以血肉補之，豈復有他術哉。』嗚呼，君之所自述者如此。

道光二十年某月，邑人姚椿表。

沈節孝吳孺人墓表

孺人姓吳氏，世居吳江三家村。父廷標，以好善稱。適盛澤太學生沈君朝棟。孺人以姑宗氏病甚，亟欲見新婦，年十五來歸。用事母者事姑，匝月而卒。更一歲，沈君亦卒。

孺人以一人承其瘁，撫嗣孤，綜家政，儉而不陋，寬而有制，有古賢母風焉。年六十，嗣子烜，將爲稱觴，母反覆不可，以爲生辰不宜歡樂，居無可慶賀。烜卒引咎而止。性溫厚，於人無不愛者，獨於師巫尼媼絕不引近，謂：『人亦視心術何如。禮佛誦經，用資福田利益，無是理也。』生平習勞無已時，守節六十年，飲食未嘗御酒肉，朝夕食米僅一溢，所進惟乾蔔匏。其心蓋有隱痛，然未嘗明言。卒之夕，命側毋畱男子，年七十有五。嗚呼！可謂難能也已。

嗣子烜，先八年卒。孺人之卒也，亦以哀其子之過。孺人行事，多有非世士所幾及者。事在門內，弗克章著，亦由其平日所爲居心者然。然而子孫繩繩，胚胎有自。次孫日富，尤以文行，顯名諸公間。孺人之所以終其志事者，將於是乎在。故因日富之請，而著其所由然。

道光二十八年，歲在戊申八月，婁姚椿表。

晚學齋文集卷八

河南按察使司按察使嚴公墓誌銘并序

嘉慶二十四年，京江川東道嚴公擢河南按察使之三月，以軍營勞疾請告。天子惜其材又重愍其意，凡退休者九年，就養楚蜀間，以道光八年九月卒，葬於丹徒某山之原，而銘未具。閱十年，公子學淦以屬其友姚椿使續爲銘。椿於公故人子也，又熟知公行，其敢辭？序曰：

公諱士鋐，字震叔，亦曰筠亭。先世名永中者，爲宋太學生，與陳東等請留故相李綱不報，遂渡江而南，居京口。曾祖之錫，祖榮德，考璟再，世皆贈中憲大夫。

公由乾隆四十二年江蘇拔貢生用知縣分發四川。蜀地僻遠險阻，其民好鬬易亂，治不能靖。公初至，以才署爲上官所知，治獄皆辦。署秀山、內江縣，題授墊江，未行。連丁兩親喪，服闋赴蜀，署天全知州，遂調成都。故事首邑未有以候補攝事者。時總督李公世傑，謂布政使曰：『吾知嚴令賢，是可弗疑。』復兼署金堂題補犍爲，調署崇山，復調華陽。華陽爲首邑，與成都同附郭。甫莅任，而西藏廓爾喀兵事起。

貝子福康安爲大將軍征之，軍事絡繹於道，自成都及打箭罏，皆設軍需局。公與其事，言於布政使英善曰：『大兵大役，聖人所以綏遠人，靖邊陲，內地民人尤宜愛護。兵部勘合頒行在案，凡可爲百姓撙節者，所以仰體皇仁。有藉端徵求無厭者，必痛懲之。』會總督和琳傔從入局，苛索酒食。夫馬勢張甚，公立擒治，申請遞解回籍，衆爲之肅。潼川商納貲爲職道，而負鹽課。鹽道林儁議使犍爲商借資帶行，八年歸　，而使鹽商於課清後償其資本，期亦如之。其人抗不服。大府以委公申其罪。請褫革加桎梏焉，別簽商人如原議經理。又屢決疑獄。制府大器公，擢資州。復理軍需報銷局，兼攝成都知府事。當是時，福貝子督四川，會湖南苗叛，軍興往征之。孫公士毅繼其任，駐秀山總理糧務。公在成都，以軍功奏擢甯遠知府，署夔州。

未幾，湖北白蓮教匪等起，境內戒嚴，公急請於孫公撥關稅銀，招集團勇，積穀練兵，爲守禦計。密遣健卒數十人，分布所屬邑。大甯教匪將起事，公與副將部兵疾往擒滅之，川中窺伺者，由是不得逞。孫公復檄赴巫山，防堵湖北教匪與楚兵會。公卽馳往，嚴守禦。巫山之酋曰：『侯光斗、李榮高將應楚逆，其宗人來告變。』公約都司徐某至培石，議戰守皆有害。公曰：『吾詢之告變人，密約月餘未發事當有變。宜先其未舉，說之使降。』徐曰：『某請往覘之。』公曰：『義不使君獨行也。』遂與徐各從數人，而分撥兵勇，每五里置二人爲急遞，有變，馳報縣，爲登陴守。行未三十里，二姓儒衣冠者十數人，迎馬前。公與都司曉諭之。愕而止，繼卒招首，悔習教者人數萬來歸。當是時，微公事幾殆。

嘉慶□年，從將軍德楞泰大營。請招團〔一〕練，爲嚮導，募鄉勇萬人，而任桂涵、羅思舉爲隊長，德公從之，進討有功。公以此賞戴花翎。其後桂、羅兩君皆以勦賊勞官至提督。賊之由荆州出襄陽，將竄豫中，大兵躡其後，慮弗及。公以令箭集兵船已散者三百艘下荆州，公有德，夔人故踊躍聽命。是歲加道銜。明年回成都，暫攝府事。旋擢川東道，從經畧勒保公軍營理糧餉事，籌畫皆豫，支用無絀。勒公去位，尚書魁倫督四川，劾總理糧餉道員一人，檄公代其任。公言曰：『今賊匪未平，三省分竄者數十，連營亦數十，軍需待用者多，帑項不宜虛糜，經費亦胡可絀？其合例宜給發，卽有不合例而動用因公者，前吏已奏聞，請俟事後請上裁。』諸營得以稍濟。其後竟以裁撤嘉陵江守兵，賊潛渡江，川督以此獲罪。勒公復來，仍檄爲隨營總理。賊平，乃履川東道任，復署布政使。

其後□年，以疾乞歸，疾痊復發四川署永寧道事。布政使方積議伐南山老林木，爲川北諸州縣無城者費，總督檄公往勘行。閱月致書方公，言五不可，乃止。十九年，復補川東道。二十二年，蔣公攸銛任總督，首詢公蜀中事宜，公言吏治、兵政、邊防、盜賊四要。謂殘酷非猛，姑息非寬。又在不揣缺肥瘠，樹私恩；不因班輪委拘，常例至重；强武而懲驕縱，振疲緩而謹奉公；勿謂冥頑爲可欺，勿謂惷愚爲可狎。而蜀民好逸惡勞，喜動厭靜，宜寬嚴交濟，其要尤在先教化。蔣公大歎服。即奏署按察使，益薦舉之，遂授湖南按察使，旋調河南。

公以一書生受恩，宜報而身羸老。在軍營久，有下腿疾，陳請乞休，得旨俞允，公遂就醫留成都。後數年，學淦以舉人大挑一等，官湖南知縣，乃迎養。凡留湖南□年而卒。夫人趙氏封恭人，先公卒。子三人，長學瀛，候選鹽場大使。季學澄，候選縣丞，亦皆先卒。次學淦，今爲湘鄉知縣。孫七人。惟公以廉律身，以勤從政，以誠格物，於家於邦，皆可爲後法，是宜爲銘。

銘曰：嚴易自莊，東漢乃名。曰助曰安，史牒焯聲。逮於有唐，世系糅衆。誰其著者？我公邁種。公起孤微，獨步江東。人物偉然，寶玉大弓。公之治蜀，遺愛在民。及公引年，貧不自存。匪不自存，維卹其親。匪親孰倚？匪貧孰學？我聞公教，敬告未覺。京江之深，金焦之峩。公靈永藏，閟此刻磨。

【校】

〔一〕團：底本作『圃』，據通藝閣本改。

通政司參議陳君墓誌銘

今天子登極之初，下詔納言，一時上書者多務剴直，而錢塘陳君鴻尤有聞於時。其言聽言用人理財疏云：『聽言有三：曰虛受，曰聰聽，曰明辨。用人有三：曰隨時保舉，曰破格擢用，曰即事考核。理財有二：曰生之，曰節之。』其『請復輪班日講』，及畿輔營田、水利二大端，言尤切中。天下傳其言，想望其風采，以爲將大用以福吾民也。乃不幸中道以卒，年僅五十有四。嗚呼！可哀也已。

君字叔誠，一字午橋。先世自餘姚遷錢塘。嘉慶六年舉人，閱八年成進士。憂歸，服闋，授編修，保送御史，補江南道，調協理京畿道，轉兵科給事中，充順天鄉試同考官，山西、河南鄉試主考官，提督雲南學政，旋晉光祿寺少卿、通政使司參議，凡十年而卒，道光十三年二月戊申也。君自爲御史，感激知遇，言天下事甚衆。自山右使回，因請清釐驛站。又請開濬浙省湖河淤墊，而復兩浙鹽務。舊制裁鹽政歸巡撫，已爲營私者側目矣。及稽查銀庫，籌杜積弊，諸私人尤多不便，於是所以齮齕君者無不至。賴天子聖明，保全其忠。未幾，而假照截留之獄以起，其事皆由銀庫，罪發者至千餘人。吏臨刑，有歎者曰：『使陳參議在，當不至此。』此亦足以見君所設施矣。

當道光十二年夏，京師旱，詔下求直言。君已去言職，猶應詔陳奏，言請預籌賑糶。諭先行之。他所未下衆不得而知也。君所言『輪班日講』，以爲『康熙、乾隆間設官，使日繕進經史講義，討論益精，義理愈出，辨別益確，施措愈明，兼可鑑別其才獻，考驗其學識，既備咨訪之具，卽儲簡拔之才。』人以爲千古名言云。

君祖宜繩。父文珊，候選訓導，有隱德。前娶周氏，後娶張氏。以某年月日葬於某某之阡。子四：蘭培，四川咨署崇慶州吏目，周出；澍培，錢塘縣學生，先卒；維培、豐培。四人者，人不知其異母。

銘曰：嗚呼！陳公以爲不逢則已，列臺職官侍從，從卿貳以雍容。以爲不庸則已，敷王言廣帝聰，見端緒於事功。嗚呼！匪遇之窮，繄才之豐，身既沒兮言益崇。庶幾哉，視此數尺之封。

青陽縣教諭張先生墓誌銘并序

道光二年十一月，冬至前數日，查山張先生得風疾。其明年九月某日卒。越一月，嗣子開封知府允垂奔喪歸。又明年冬，將葬先生於小崑山先塋之次，以其門人姚椿知先生行義世次，請爲銘。

序曰：先生名璿華，字貢植。先世本湖州歸安雙林，六世祖始遷居松江之婁縣。曾祖有穀，祖世耀，父紹祖，皆潛德不仕。先生本生父昀，與紹祖皆以善畫知名，當高宗南巡時，嘗進畫，賜采緞，賜錦堂，所爲名也。先生幼孱弱善病，而堅確自課，嚴重安慎，同學皆憚之。親老多疾，間讀方書，所以奉侍者甚盡且瘁。所處事必委屈求當，無纖悉憾乃已，人皆苦其煩，先生不以爲勞。

才高久不遇，乾隆六十年，乃舉江南鄉試。再赴禮闈不第，遂不復就。時允垂已自辛酉科拔貢生爲戶部主事京師，先生就養而歸。先是，嘗入蜀赴先公之招，公於先生少爲篤友，朝夕宴處，極談論之樂，而椿兄弟亦於是時奉教爲多。先生於人，稱其長不諱所短，自行己意，人亦鮮怨。於可利人事爲之尤力，不以力所不逮止，雖百受人欺不自悔。所成就後學甚衆，行誼兼督，不專爲文詞。以大挑選授安徽青陽教諭，訓迪人士一軌成法，表旌孝子徐守忠如律令。巡撫康侍郎紹鏞尤重先生，嘗以事相延訪。太夫人病，浼先生處方。暇則相與論詩畫爲樂，終未嘗有所私請。已而以允垂官封朝議大夫、陳州知府，遽引疾歸。性益和易，削稜剗崖與爲委蛇，用是人樂親之。然於義所不可，不肯少骩隨假借。

歲癸未，夏秋雨潦數月，先生病中咨嗟歎息，招諸人議所以救者。請縣府發義倉存粟以濟民急，雖屢懾不變。其遇事有持守如此。詩文字畫皆有法度，尤長於畫。融會董元宰、王茂京兩家法。於醫特盡心，無貧富，皆爲分劑，或資之藥，以是身沒之日，哭泣尤哀。卒時年七十二。夫人陳氏實有賢行，克相夫子。子四：允垂，嗣大宗爲後；允新，候補縣丞；允元、允燧，皆增附生，先卒。孫幾人，某某。曾孫幾人，某某。

銘曰：文學爲砥，行誼爲體，卓厲風軌，笵後生兮。居約施博，形鑠神樂，天爵人爵，尊乎鄉兮。繄德是崇，綿綿繩繩，逮諸昆雲，胥儁英兮。婉孌崑麓，駒泉是矚，我銘永告，扃幽宫兮。

湖南湘潭知縣張君墓誌銘

君名雲璈，字仲雅，一字簡松。先世本海甯陳氏，繼姓于張，遂爲錢塘人，於兵部右侍郎諱映辰爲子，于大學士梁公詩正爲甥，於大學士嵇公璜爲壻。乾隆三十五年舉人，晚而就一官，不數年遽卒。其學問文章雖見稱於時，而功用不克究於世，世之聞人達士或歎息扼腕，而君生平超然自得，不以屬意也。

君於學無所不窺，尤長於詩，浩乎沛然，長篇小章無不如意。是時君鄉人袁大令枚、陽湖趙觀察翼，以詩鳴吳越間，皆稱歎君以爲不可及。精究『選學』，攷據明審，有選學膠言二十卷，選藻八卷，四寸學六卷，垂綏録十卷，異字同音義録若干卷。其已刻者，簡松草堂詩集二十卷，蠟味小稿五卷，歸艎草一卷，知還草四卷，復丁老人草二卷，金牛湖漁唱一卷，三語閣箏語四卷。而文集十二卷，未刻。又兩淮鹽法志五十六卷，大半出君手。

君以嘉慶十二年謁選，授湖南安福知縣，莅任載朞，調知湘潭，地當衝劇，苦酬應迎送。君素未習吏事，審理積訟若習慣，人驚以爲能，而酬應迎送事亦不廢。安福湯氏子婦爲人所匿，展轉不獲。君廉得其情，檄諸湖北宜城某姓家，一訊而伏。湘鄉民，姪欺其叔貲，聞君廉明，道過而訟。問其據。曰：『有屢年寄書在姪所。』君曰：『是安肯出？且隔縣，不能訊也。』民哀祈。曰：『姑退，五日後來。』乃移其人至潭曰：『賊供，贓寄汝所。有諸？』姪泣曰：『民家貲，皆叔所與。』因出所寄書。君以叔詞示之，即叩頭服。君類此事尚夥，二事尤傳湖湘間。

君夙寓家揚州。嘉慶丁丑、戊寅間，乃由楚南定計歸杭，年已七旬餘。嘗步至湖上，或登吳山與諸文士賦詩談笑，無異少壯時。武林山水閒麗，多文字宴會，盍自梁學士同書、吳祭酒錫麒、馬太常履泰諸公之卒，惟君巋然爲西泠耆碩。自君之喪，而武林前輩之風流，亦稍稍盡矣。悲夫！

君卒於道光九年，年八十三。夫人稽氏先君二十六年卒。子四人，裴、獻、武、禔袀。女三人。孫四人。曾孫五人。君孫之杲，爲江蘇候補知縣，以□□年葬君於□□之原，謂予於君交最舊，介予友姜皋來請銘。

銘曰：豐其文，力其政。才胡宏？用弗竟。湖山之英，緊焉埋藏。我銘誌之，永永弗忘。

吳仲倫先生墓誌銘并序

宜興有獨行篤學之君子，曰吳君德旋，字仲倫。當乾隆季年，已以文學服海內。迨後數十年，而其志不衰。抑或有訾其文與學者，而卒不敢議其行，豈非其志之立有以植其行與學於克久者歟？

君世居宜興北渠里。□世祖，中行，明世以直諫張居正奪情事，名在天下。君幼時，見袁枚所論先世事，即作文駮之。踰冠，以縣學生游京師，與同郡張惠言友，及四方諸聞人相切劘。游四年歸，用客授以養給。自嘉慶九年，以祿不逮養，遂棄科舉業，專志於學，而游道日以廣。年幾四十，請益於桐城姚先生鼐。先生以爲善學韓文，君由是一意宗桐城學。當是時，言考據者徧海內，文字又皆以淩厲爲高。君涵濡醞含，斟酌損益，欲使軌格不戾乎古，以力與俗抗。氣孤勢單，衆譁且笑。既久，而翕然無間言。君以孤童支衰緒，凡義所應爲者，俱不敢後，自少時已肩分輯宜興東皐草堂之支祠。

爲學宗宋儒，而絕不欲以講學名。友人或謂其以古六藝之旨導後進，輒遜謝不敢當，以爲『僅能知古今人文章所自爲之意而已。至自爲則輒不逮，所能知十之六七。』又言：『人但當以畸士目我，率吾性所近，謂可希淵明萬一。昔陸子靜謂淵明、李、杜皆有志於求道，故以吾爲求道之士，則不敢固辭。若謂道積於躬，而足以供人之求，則斯世自有其人，而德旋固去之甚遠也。』識者以爲知言。

君卒於道光二十年九月，年七十四。子二，長謹，縣學生。次盈嘉。君從游王國棟以謹狀來請銘。予初聞君於宋先生大樽，既而識君於莊舍人仲方所。會呂郡丞璜問古文義法於予，予將遠行，乃以君對。其後璜與君游甚歡。迨葬也，璜已先卒。予乃爲銘。君著書甚具，交游甚廣，而予皆不載，以爲是不足以銘君也。

銘曰：晚周而降，文與道分，至本朝方氏乃始欲合其統緒，而論者猶復紛紜。君生於今，勢如救焚，不顧其力之不及，顧欲仰跂乎皇墳。嗚呼！仲倫生今之世，而以古人自處，庶幾乎絕倫而超羣。後之來者，或且勉述此意，而以綿綿延延乎無垠。我豈能言？夙者知君。後有傑士，興起斯文。

寶應縣訓導張君墓誌銘

予弟棲初官寶應教諭，書來，言訓導張君之賢，篤學厲行，皭然自置，不以其官之卑、家之貧澳汈喔咿，如世俗陋儒爲者。予慨然爲之歎息。其後數游寶應，與君益相習，所言論益廣。去年春再至，則君病瘖不能語，遂告歸。送之黯然。及冬，而其孤汝緘以訃聞，又介予弟以君門人劉寶楠所爲狀徵銘。序曰：

君名鼎，字愛吾，一字趙亭，世爲霍邱西鄉人。父玉簡，有孝友行。君中式乾隆五十四年江南舉人。嘉慶十三年大挑知縣，請改校官，其主試師責之弗應。明年，注選寶應訓導。初至時，崇聖祠及名宦鄉賢祠，或廢或蕪，士或弗克率教。君整厲嚴栗，約繩舋誖，噓植善良，澤之以和。於是諸祠咸舉，而邑之臧、陳二烈士祠、李公涞祠，亦以蒇事。

寶應城河躍龍牐，首受運河，尾達東湖。十八年，石壞，水夜溢入城，居民譟懼，語侵河官。明日河兵指捕讙譟者，縶諸生吳駒等。事上制府，歷讞鞫，逮繫經年。君見上官，則曰：『讙譟者，民也，非士也。』見諸生則曰：『上官知汝等無罪行，赦汝。』先是康熙時，諸生忤縣令，鍛鍊成獄，黜者二十人，株累者十三人，皆極考掠。至是獄興，勢嚴急，諸生惴惴不自保，然竟得釋。

寶應地保挾阜隸爲姦，欺諸生。苗之鋌叔父家設書肆，地保脅持索錢，之鋌爭之，輒袗臂以行，曰：『第隨如縣。』諸生徐宗禮家設小肆，縣役以惡錢質物，不受，則詈之。宗禮逃，追而詈其後。諸生成堃役，以抗糧誣逮至縣。三人者，素善士。君奮起曰：『朝廷設官以教士，然使士辱而官不知，殆非國家養士心。』力爭於縣官，强爲鞭役保械，而徇諸市。君于諸生無藉者，未嘗有所顧愛，士不敢倚君以骫法。

前大學士松筠公總督兩江，勘災寶應，出俸金一千兩，委君及倅貳賑災民。倅貳乾沒大半，强同報。君曰：『苟言盡給，給松公也。言半給，則是劾同官以自暴其廉。』遂以疾謝。君生平好談論，不避豪富權貴，胸中無柴棘城府，坦坦如也。能自約苦以勤其官，沒而有思，可謂敦篤好義之君子。

君娶薛氏、黃氏。子五，汝綱、汝紀、汝維、汝綽、汝緘。孫，某某。卒於道光四年十月某日，年六十三歲。其孤等將以某年月日葬於某某之原。

銘曰：古者一命，克盡其官。今之爲人，彼饑匪寒。矯矯張公，弗懦弗激。循其質性，用表直節。人所暱就，君勇避之。人所難爲，君曲濟之。毋言祿微，毋言家擾。士謳於庠，民慶於道。豈無貴人，口言利民。迹其所爲，惟私是循。愷悌之吏，樸茂之實。是宜康彊，以臻耄耋。胡天不弔，中壽遽衰。白田有歌，士林永思。霍山嶷嶷，潁水瀰瀰。我銘斯版，庶筆無泚。

特舉孝廉方正候選知縣周君墓誌銘

君名崑，字華隱，姓周氏，浙江山陰人。先世皆以文學名。自其少時受知梁相國國治，許以榮顯，然試，卒弗售。客游四方，爲蔣督部攸銛、程撫部含章所禮遇。晚而邑令永福呂君璜知君賢，舉應道光元年孝廉方正，詔書就試京師候選知縣以待銓。游西塞外，復往返閩中，卒授經於河南嵩縣令署。復入都，患寒病，卒於旅舍，道光十一年三月也，年六十八。

君性耐勤苦而篤於學，尤留意當世事。其應廷試時，對濬導直隸河道策，以爲『就今日論，田有淤澇，皆因河有壅滯。次第經理，當相其輕重緩急而爲之。道在先通經流。直隸經流之大者永定、子牙、南運、北運與東西兩淀而已。治永定，當由葉淀東流引西沽之北。治子牙，當開舊河，漸引而東，過楊柳青，使入西沽南，則兩河皆別行入海。北運，改築土隄後，但當挑淤培薄。南運，則當復乾隆初年，安陵建牐，復濬減河五十餘里，使入老黃河以達海之舊。至兩淀，原以受水西淀爲傳送咽喉；東淀則宣洩尾閭。當由白溝以入中亭，復於金門牐西引河改趨，以杜奔濫，則西淀治。東淀廣倍西淀，然以納全省之水，不足洩瀉，當從上游挑濬寬深，復疏下游廣闊，使並行而東，同會西沽以底於海。而其要尤當先治水，而後治田。』蓋君所至，必期諸實用，故其言確鑿如此。論者以爲君所蘊負，見諸設施必有所以副斯舉者，而惜乎其遽卒也。

予初遇君於明州先叔父署中，以語永福，永福因舉之，實未識君也。君大父紹鈵嘗舉是科，辭弗應，故君恒引爲愧。其後過予松江、寶應，及客中州，相與約游嵩山，不果來。閱二年，聞君喪矣。悲夫！

君先娶錢，生子盛熙。繼娶屠，生盛照。在浙時，嘗命盛照受業于予。將以某年月日，葬君於某阡，先期來徵銘。

銘曰：德胡純兮運胡蹇，蓋人所不可知者命，而可知者善也。君其庶幾可以無恨也。

彭甘亭墓誌銘

今天子卽位之元年，推恩海內遺佚之士，命郡邑舉孝廉方正，例視古大科。於是太倉以吾友彭君兆蓀應詔，而予邑亦謬以椿充其選。椿以書諗於君，君言『盛名難居，宜熟思之。』用再書辭邑使者，作書報君，而君先一日書來，論次其事語及他故，不少亂。則與訃君之喪同日至矣。

君字湘涵，又字甘亭。少隨父官山西，神雋有聲。年十五，應順天鄉試，諸公卿爭欲招致，然竟十餘年無所遇。嘉慶丁卯，所知者主江南試，必欲得君。君聞之，遂不復應，其集中所爲貽友人書者也。君父甯武君，由知縣改官潁州府教授。既歿，家貧累甚。君兄先歿，議將斥產以償。人曰：『得彭君一言，毋問舊事。』君卒獨破產，盡償所負。而自鞠幼弟，隻身客游以爲養。諸大吏多資其才，傾身內交，君未嘗有所私請於義所不可嶷如也。胡侍郎克家爲江蘇布政使時，總督以國用不足，議加賦，君力贊侍郎白大吏寢其事。君每與予言，輒推侍郎之賢，未嘗以爲功。曾侍郎燠轉運兩淮，尤禮才士，君最後乃一至邗上，詩文外無他語。兩侍郎平居議論，頗不相合，於君皆無間言。君於兩侍郎交稱其長，意亦不以爲忤也。

君文章鴻博沈麗，力追六朝、三唐之作者。尤長於詩，始務琦瑰，晚乃益慕澄澹孤夐，深得古人意恉。中年後，務觀儒書，復耽翫竺氏籍，研穴覃奧世之爲內學者，莫能闚其際也。予嘗微諷之，曷一軌於正？君隤然不以屑意，卒之前一日，答各書皆有條理。夕赴友人飲酒，歸而足微痛，曰：『吾殆有疾，人定彌甚。』遂以辛巳正月五日寅時卒，年五十四。弟兆蕙經理其喪爲之主。嗚呼！

君之學務博，而屢遷，既卒不得用，乃始自放於異氏。其所爲經卷課誦，將以馴服心性，涵濡道命，使加之以年，則君脫然自進於古者，殆未可量。抑亦朝廷所急欲登用如古畸人貞士，克副其實者，君眞其選矣。君所著詩文集十二卷，已行於世。其先世，詳予所爲甯武君墓表。妻蔣氏，先卒。兆蕙將以某年月日，葬君於某阡，來徵銘。

銘曰：既阸其仕，復艱其子。鼎玉折趾，萬古泥滓。維其文史，卒以千祀。

錢同人墓誌銘

吾友同人，學進於古，又欲有用於世，其意不欲徒爲今之學。自其家世、父兄皆以鉅人長德服海內，君少涵長濡質與俱化，沈篤好問，早如成人。又資於世之名公卿賢士大夫，以成其業，故年逾弱冠，而遂有聞於遠邇。君未嘗自足，彌益不怠，卒以勤學篤行死，名不及上第，年不及中壽，書未及成，而學未見其竟也。悲夫！悲夫！

君於學通訓詁，自其少時，即能以禮記『鄭注』校朱註大學同異，其後卒爲孟子正義。書尤精講韻學，熟於古音之通借，以爲『古人聲即寓義，於物皆然。』於說文用力致深。予初見君於青浦王侍郎家，君方爲侍郎纂金石萃編，侍郎稱其才。予每過侍郎家，未嘗不與君傾倒極論也。其後復見君于京師，既而西行。奉諱歸，則聞君以天津召試列二等，賜內府文綺，充補文穎館校録。又舉順天鄉試，越三年以親憂歸，歸二年而卒，嘉慶二十年十一月也，年三十有八。

君諱侗，太倉州嘉定人。父徵君大昭，舉今上元年特科孝廉方正，世所稱可廬先生者也。徵君雖不仕，而名與其兄詹事公埒。生子三人，皆有名，君其季也。君貌不苟合，然亦以和接物，遇事即不肯推諉。嘉慶十一年歲饑，君佐徵君治邑賑事甚有條理。越八年，復饑，亦如之。先是，趙君曾令嘉定，與君相引重。及後攝寶山，君貽書以成法告之。趙君用其言，兩邑之民，交驩於道。君伯兄東垣，以松陽知縣居憂，書來言曰：『君知吾弟者，宜有云。』予以爲傳之久且遠者，莫如銘宜，予文固不足以重君，然而松陽君所以諈諉之意，與予所以哀君之心，則不可誣也，故爲銘。

銘曰：嗚呼！學既博，鬱莫發。仕有階，卒未達。藏雖深，名不遏。嗟我銘，著豪末。

梅君小庚墓誌銘

君名春，字健男，又曰小庚。梅氏先世出宣城，高祖廷玉始來松江，著籍於華亭，然其族人殊寡。君幼篤耆學，於俗士鮮諧合。長洲王君芑孫來爲華亭教官，始識譽君，君於是益自振勵。王君嘗延爲其家童子師，君質問無倦。王君於人罕許可，屢稱歎君，以爲後生所希有。君無兄弟，有妹二人，視之均平如一。所適壻家，皆貧而才。人以君比曾子固，君之卒也，其一人猶未行云。君於學好博覽，於文特好鴻麗，然未及有所論著。舉嘉慶丁卯科江南鄉試牓。數會試不第，以例待補太常博士。二十二年，與揀選注二等需次。

君狀貌豐碩，才辯雄偉，人謂必顯用於世，而不幸蚤卒。獨其志之所存，爲不可以沒沒也。歲小旱，郡邑舉賑事，事終有所贏。先是，吾郡有以訟入田於官者，前郡守某以應上官之求，歸諸吳郡書院。會君與予言賑事，予曰：『昔朱子論社倉之法，其說有三五夫領粟於官，而其鄉之士夫行之。光澤、宜興則縣令置粟自領其事。至於金華之潘氏、建昌之吳氏，則出之一家，而官不與焉。今若以銀贖吳下田，參酌三者之法，行之吾鄉，此數世之利。』君欣然曰：『是吾志也。』言諸郡邑上其事，而吳之大吏有所不可。大吏先嘗以事至吾郡，其議論頗以清節利濟自許，至是忽腆愳不敢應，君扼憤歎息，以爲世不可與莊語。予則踧踖引咎媿不能知人，君顧未嘗過予。抑君之心，見義必爲，其亦可以共亮也已。

君卒於嘉慶二十二年七月，年四十三，以二十五年十二月某日，葬於某鄉某阡。先娶張氏，生子鼒、鼎，鼎先卒。繼娶秦氏，生女二人。其來乞銘者，鼒也。

銘曰：其貌業業，其文曄曄。其內篤行，其外任俠。既慕通侻，亦謹禮法。終將有聞，委棄朋盍。聲塵沈邈，英爽瑟颯。我銘兹窆，哀淚棲睫。

文學何君墓誌銘

榦山何氏，世以醫名，又多文學。有賢子以嗣其後，其或不幸中壽以歿，人或摧痛哀惜之，若文學何君世英，其一人也。君，字人傑，春園其號。體頎然清羸。讀書勇過常人，尤善書，端楷有法。客以素楮來請，雖數千言可立待。其自青浦縣學生爲廩膳生，學使者稱其書爲闔郡第一。君又好詩，其所宗嚮在晚唐。與其兄子其偉少同學，最相善，其偉亦喜爲詩，少君四歲，其學醫後於君。

君家酷貧，日市米以炊。嘗試金陵，未抵家，聞其父喪，自是君一意以醫養母。兄世義好詩善醫與君同，以不得志，縱酒病卒。寡姊來歸，皆恃君以爲養。君客泖濱，所診視日數十人。遇暑遘疾，遂卒，年四十四。臨卒，呼其偉言曰：『身後事汝自能治，吾何庸言？吾生平頗自愛，然無過人處。先世厝未能葬，私所痛心。子其超又幼，汝能教督而成全之則幸甚，吾死無憾。』其偉泣應曰：『諾。』

是時其超年十有一，日從鄰塾授書，不能具再飯，寒無兼衣，體羸亦如君，宗黨之人私憂之。其後十餘年，復以文學食餼於庠。其好詩一如君。嘗一試金陵，鑑於君之始行而遭憂，又患母病瞽，遂不復往。復以醫游吳越間。其名幾與其偉埒，人稱之曰君子。嗚呼！可謂有子也已。

君娶於陶，子一人，其超也。孫四人，皆幼。其超以道光十八年某月日葬君於斡山之東麓，屬予以銘。予雖不識君，而與其偉雅故，因以交其超。重其文行，故不辭爲之。

銘曰：技之能者弗克兼，業之精者弗克久。以君家世之傳而行誼孝友，始單緒之孤延，今子孫之滋茂，蓋其行之克敦，匪維文之，是有所以爲天之永佑者也。

喬君葆堂墓誌銘

君諱洤，字達卿，一字葆堂。先世居上海，喬氏世以孝謹行義著海內。祖中丞公光烈，考岷州君鍾吳，皆用清節顯聞，而族黨親舊咸倚扶植，未嘗以財薄自解。君伯父典簿君鍾沂，尤喜急人之急，雖百困不怠。典簿卒，而岷州始任，家事益頓瘁。

君少生有至性，母曹宜人分兒錢，君獨截大竹爲筒，貯之以供親乏。岷州同年生吳都御史才君，妻以女。岷州使留學京邸，君既不得命，每歲必歸省視，然猶以曠職庭闈爲憾。岷州歸，益厲貧節。吳公資君財爲養，而君盡然自傷，獨居，恒竊咤歎，未即嗣顯。又失侍甘旨，若人子何體素癯瘠？坐是彌朘削，遷延三十餘年，以至於卒。

君少而好詩，才思清麗婉約，尤長場屋之作。所著有葆堂詩草若干卷。將歿，爲騷辭一章，自鳴其哀，旋復毁草，其子從旁竊觀得之云。君中式乾隆甲寅順天鄉試副榜貢生，旋以例爲候選教諭，復需次國子監典簿。卒於道光二年後三月某日，年五十二。子二，重祐，縣學廪膳生。重袨先卒。女二，長適婁縣候選縣丞姚東錦，亦先卒。次許字重袨婦弟顧田。孫二，徵鈐、徵銜。重祐將以某年月日葬君於某鄉之原，以予先交君京師，及後移居郡城，既近且故，不敢辭爲銘。

銘曰：維天生人，智愚賢否曷區別？其間富貴，貧賤無異湛露晵。獨爲其難，强而行之堅我節。哀哉喬君，高門巍閎以爲質。獨弦哀歌，孤介自守抗氷雪。意所不可，世人營營子獨拙。黄金滿堂，處之皭然中不涅。受之於人，還之於天胡虧缺？人生惟是，孝義廉恥不可缺。一有點污，正如大圭理釁裂。昔人胡爲？獨爲君子恥汲汲。以息相吹，野馬微塵度車轍。度已以繩，接人以枻意昭揭。而又晦之，顯辭其名致其實。人生幾何？坐使靈爽遂飛越。冥冥此心，一朝長眠閉幽闥。滄江荒寒，飄搖葦杭眇難即。嗟嗟喬君，古之獨行視此碣。

毛生甫墓誌銘

嗚呼！生甫既沒之後四年，予乃能執筆而銘其墓。

君毛氏，名嶽生，字生甫。先世居太倉之寶山，既而遷居嘉定。君名字在天下，其先世次系詳見所自爲文，及他名人所著。君少即劬學，每務博覽。既而講於當世賢碩，乃益篤志道古。祖大瀛夙以文詞名。父際盛，從同里錢詹事受訓詁小學。君皆不及授，崛起自奮，鬱然爲世聞人。家境屯困，屢出游以資兩世之養。

生甫所爲詩淩厲側出，獨蹈險境，卒能返於大道。文則根本經術，澤以義法，不欲因襲陳軌。嗚呼！豈非古所謂豪傑特起之士者與？君以前輩嘗病元史冗漏，見詹事所爲殘稾，因加補輯纂録異冊數十種未已，奔走道路，年又限之，卒未克底於成。此古窮悴有志之士，所爲撫躬而自悼者也。君自處艱厄，能以力所及者救人。於經書不甚洽熟，每出所見，輒超然俗解之外。外貌疎略，而内實沈細，武進李大令兆洛以爲三反，李蓋實與君爲深知者。

君先世於予家有交，其問業於惜抱先生之門也，椿實介之以往。後又最爲兩淮都轉運使瑩所知，故每自云生平於姚氏爲厚。昔屢戲言各以身後相屬，予衰病無文，故當累君執筆，而不幸反是，此予所以臨紙屢悲而不能終竟也。君既有成言，又君舅氏朱君鳳南以書來請，乃不果辭。

君娶陳氏。子三人，次元之，尤穎悟，蚤殤。存者曰企之。孫，一端。君卒以道光二十一年九月十日，年五十一。冬，葬於嘉定裳字圩彭門祖塋。其葬也，實〔一〕賴友朋之力。

銘曰：嗚呼生甫，學胡篤才胡異？少尠鄉曲之譽，而長阨其四方之志。孤衷激致，畢世顑頷。惟其著述，皓首文字。此則生平微尚所託，庶幾可徵諸來禩也。噫！

【校】

〔一〕實：底本作「寶」，據清代詩文集彙編本改。

許君澹生墓誌銘

君諱嗣茅，字緒南，婁縣人。七世祖譽卿，以直諫顯名天啟朝，事列前史。君父錫齡早喪，厥配賴茅氏庶舅祖母以長以立，而茅氏竟無後，君所以名也。君兄弟凡三人，長元仲，浙江蘭谿知縣。季元少。君中式乾隆五十四年舉人，再上試不第，意將止焉。其後朝廷命諸大臣列選天下舉人，入選者吏部注銓得爲縣令，其次爲儒學官。親黨強勸之行，然亦竟不得。

君性樂易，於人無不可，遇婦孺必慰問。而當名豪辨士鋒難百出，不肯有所屈身。未嘗畜財，毫髮事或倚辨於人，而慷慨好施，意若素裕。頽然力不能任事，而思慮精密好用心，於人所難，能巧猾慴伏，論事至後輒驗。其平居議論，以天地古今爲不足屑意。孔孟之道德，老佛之元妙，皆畧通其說，而不肯以精究。以爲事隨世變，非書籍所可盡，在吾妙悟何如耳。好飲酒，窮日夜不厭，卒以此病。年踰三十喪其偶，遂不復娶。嘗一泝江峽，又因友人之請，遠游粵東西，皆不踰二年而歸，曰：『吾終將埋骨於故鄉也。』

嘉慶二十五年，在蘭谿病篤，告其兄子具舟歸松。自下舟已不能言，逾錢塘越杭城以抵五茸，凡七日，口絕勺水，氣息緜屬，床舁登岸抵吾家，踰時而卒，年五十七。嗣以弟之子晟。越一日，厝於北泉之先塋，至某年某月日，乃克葬。其兄女之夫姚椿序其事，而寶山毛嶽生爲之銘。

銘曰：學雖畸而過中，行卒介而知通。銘厥成於幽宮，後狷者其奚從？

晚學齋文集卷九

恩賜五品廕生董君墓誌銘并序

道光四年季冬辛未，高家堰決口，淮揚大水。閱半月，予從水中得上元董君斯壽書訊近狀，言已得子，復夭，語頗哀激。予復之，援古處困阨甚者相寬解，未得報，則君弟斯福以書及狀來，言君之喪，且屬銘。念誼不可辭，乃爲序。曰：

君浙閩總督文恪公之長子。先世系詳在公碑。君字斗南，又曰松門生。少敦篤多病，然敏於學，性好爲詩。少侍文恪公官蜀，無富貴子弟氣習。嘗獨坐一室，供花諷詠，自娱肅然，若不知有户外事，其所尚然也。公由安徽巡撫調陝西，以疾不獲從。既而遷粵東，力疾省覲，復隨入閩。公以病歸，遂偕旋里。其後君弟侍公入都，而君以疾休於家。公既引退，君用今上登極，恩廕五品。弟官辰州知府，謂公疾，意亦請養。君曰：『國家恩厚，吾兄弟可俱從私便耶？親疾吾任之，弟不當留。』於是君弟赴辰州，而君侍疾於家，凡可以已公疾者，無弗謀也。公既卒，上又推恩有加，君益感激，將以獻歲北行謝上恩，蹇然有當官之意，不幸疾發。既喪其愛子，家事委諸人者，復折閱。君性不耐挫，憂感勞瘁，頓亡其軀。美志未騁，而才未獲一見用於世。人但知其爲貴公子，爲詩人而已。

君待人多恩，卒之日，無親疏，皆悲之。所爲詩，清寂孤敻，遠去塵壒，若蓬巷窶士語。予識君兄弟蜀中，先世交好，故相知爲深。又見於燕，於金陵。近方約爲山澤遊，水阻病阨，來往不易。聞君疾以二日卒，欷歔累歎。竊謂古所云『人之君子，天之小人』者，廼於斯而益信也。其安忍不銘？

銘曰：於親孝，於弟友，與人厚。庶無負有弟，有弟爲立後。年四十一歲，己〔一〕酉泐銘諸幽眎高阜。

【校】

〔一〕己：通藝閣本作『乙』。

禹州孫君墓誌銘

君姓孫氏，名九同，字喻庵，世爲禹州人。曾祖廷尉，孝行篤至，大府旌其門。祖廣生，官山東費縣知縣，有賢聲。父寅柄，任教諭終新鄉告歸。

君幼純樸，丱角時，父攜之見邑先輩王聿修，聿修撫其首謂教諭曰：『郎君端肅恭懿，異時必爲禹州聞人。』性至孝，隨父任新野。父善方藥，恒他出，君雖童幼，治事有方，人皆善之。暇則讀書不輟。視親疾篤至不懈，父病不食，君亦不食，然必持食器過其前，强作食狀，其養志如此。

中式嘉慶五年舉人，以母老不赴會試。教人先品詣重倫常。爲學不尚時文，不信風鑑。凡僱童僕，必教之誦讀學書數，使爲營生計。謂門弟子曰：『苟不以聖賢之道治其身心，雖學貫古今，文重當時，奚足貴哉。』因著遜敏齋記以自警。君尤垂意州志，凡境內山川，躬親跋涉，考脈絡之異，正稱名之訛，著禹州山川志一卷，講證地理者，以爲有法。又考定舊志若干事，未謄寫。不幸遘疾遽卒，年五十八。子二，清芳、清瑩。清芳能繼述舊志，於志事尤盡力。敦行篤誼，望而知爲世族家子弟也。

予來禹州，愛其山川之清淑，人物之醇厚，以爲必有隱德君子者生乎其間。迨歷徵邑之遺聞軼事，得如王君聿修者凡數人焉，而君其一也。既采其事爲儒行傳，又恨弗獲留君之年，以與志事，用佐予不逮。猶幸得識君之子，有以知斯州風氣懿美，爲非他邑可及者。會清芳言君猶在殯，將以某年月日，葬於某鄉之原，因請銘。是予志也，故爲銘。

銘曰：家世仕宦，而弗樂乎榮進；情欲恬淡，而不臻乎耆儁。惟其質行，可質鬼神。有子而賢，益信於人。空同之山，清潁水邪。後千百年，此其遺址邪。

魯山副貢生李君墓誌銘并序

中州有博學能文章之士曰武大令億，嘗設教汝州。魯山之士多從之游，彬彬然澤浴於古，其聞風興起。予所識者今修武教諭張君宗泰，而張君尤推李君洲，學行篤成，爲著聞於時。

君字居來，號碧川。先世登封潁陽鎮范氏。明嘉靖中，七世祖尚，遷魯山，易姓李。至高祖世柄，乃爲縣學生。君少有奇志，讀書邑南山寺中，倦卧令人以水潠面，醒卽復讀以爲常。聞武君講授偃師，屏斥俗學，以經史古文倡率後進，負笈往從之。凡三往，乃獲見收。用武說，晝夜肆力，文以益昌。又謂作文必先識字，而中州苦乏書籍，乃出貲財大蒐遺編，李氏藏書遂爲邑内冠，學使鮑侍郎桂星爲之賦詩。

君於科舉文字頗不屑意，然小試輒冠其曹。至鄉舉復不售，鮑以君充優貢生。嘉慶丙子科，乃中副榜貢生。君自是無意於世，闢池墅爲幽娛。嘗讀元次山南嵧水樂詩，跨馬獨往尋得，取次山詩，吟嘯數十過，山谷皆振，田夫牧豎相起驚顧。中年後，游燕齊吴越間。性喜作畫，以荒漫疏曠爲主，用以寄其意興。卒以道光二年三月，年六十一。娶秦氏，先卒。側室王氏、顧氏。子五，格、榘、樊、柯、㮚。以道光十一年十月某日葬於縣北七里之原。

君傳武君之學，亦有志用世。嘉慶二年春，楚匪竄入魯境，邑人不知兵，邑令請君往佐，號令明肅，尤申嚴擅殺之禁。賊凡三過境，卒以無恐。嗟乎！武君之名在天下，而卒未大用，所試僅博山捕番役一事。君才足以應變，既已試矣，又未獲進顯，使人謂儒士僅足供佔畢者，其信然與？

予遊中州晚，既後武君又與君不相值。以張君相知之雅，故爲銘君。君文字學唐雜家所著書，其名目頗具。張君方取其子格所述者爲行狀，表碣書之，兹不備云。

銘曰：是玉也，而僅獻其璞。惟弗彫弗琢，以全吾學。嗚呼！巧勝樸邪？諼勝慤邪？吾安能以一己之潔清，而共舉世之渾濁邪？

鹽運通判徐君墓誌銘并序

君姓徐氏，諱懋學，字惟斅，號竹窗。當明中葉時，有諱昂者，自餘姚徙德清之新塘村。傳至國朝翰林院侍讀倬，族始大，子元正，官工部尚書，是爲君之五世祖及高祖。曾祖志巖，河南開封府同知。祖以坤，四庫館議敘主事。父秉美，德清學生員。君本生考曰秉恭，候選州判。本生祖曰以豐，湖北武昌知府。主事君喪子，無適孫，以君爲嗣。年十八爲縣學生。主事君卒，族人訟繼立。君起言曰：『爭繼者爭財。財不散，則訟終不解，繼何由定？』乃請諸母袁安人，以所有分族人，且賙戚黨，繼始定。耗財已大半，而奉母遷嘉興之報忠埭居焉。

君爲人性和易，敦厚有智。尤好讀史書，以爲事理得失，足以增廣知識，所有史書丹黄畧徧。嘗訓其子曰：『我生平所奉行者，待人忠厚，處己儉約而已。』家國之事不外情理，又凡事豫則立，故其畢生勤謹和緩，所任事無不成者。先世素豐殖，君既以讓產，絀其貲十六七，益務儉嗇通節，以宏其用，由是僑籍故里，皆得充裕，而亦爲邑大吏所依倚。凡郡中事支詘煩重，不可梳櫛者，悉以委君。君量度輕重緩急，應之先後，無不咸宜。公私事乃克交濟，族黨既繁夥，凡遇荒祲窮乏，苟或來告，必爲周卹，至再三不倦，臨去有泣下者。其於李方伯故嘉興知府賡芸，受知尤深。李歿於閩中，孤嗣幼弱，君所以卹之者尤厚。嗚呼！君於邑大夫之賢者，歿而不忘，其所施未嘗爲報地，此其於宗族親黨之間博施而廣濟，理固其宜。

嗚呼！人謂君之才爲漢卜式、唐劉晏儔，而惜乎其用之者隘。吾謂式用術，釣奇不足深論；晏則綜理精密，所入倍屣，而民不咨怨，歿而稱爲忠州謫宦賢者之始，後儒雖或過之，然而其功偉已。君之設施於鄉，推行盡利，使其盛有遭遇，則今之所可書者，蓋不止於斯。此古之志士仁人，所以歎息於所生之不齊也。

君以袁安人命，援例鹽運通判，親老不復赴選，而孜孜爲善於家。其卒也，在道光十七年三月己亥，年六十有四。娶江氏，封安人，有賢行，歿，而君書其畧。以爲己性素嚴急，賴安人寬和以濟也。子二，長鼐和，國子監生，蚤卒。次彝承，附貢生。孫二人。女六人，章楷、文袁、燮經、程慶、齡殷、兆鏞。孫承光，其壻也，適袁氏者二焉。孫女二人。彝承等將以今年十一月某日，奉柩葬於德清花山之原，來乞銘。先是，主事君之耄也，目不見物，於諸從孫中撫頂，異之曰：『偉器在是，昌我家者，其此子乎？』遂與州判君定議，卒有成立。世以主事君爲知人。

銘曰：臨溪之徐族姓盛，科第文章重輝映。緊君績學遇不兢，孝友施家是爲政。同時交游敦槃盟，有書藏家繼前楱。聖門四長首德行，孝弟力田漢詔應。今時之人吁此病，嗟君才施用未竟。高山有原幽竁瀙，新塘餘支衍斯慶。

敕封儒林郎候補布政司經歷華亭學附貢生潘君墓誌銘并序

君諱銘，字述堂。曾祖天爵，太學生。祖佐乾，贈□□郎。父兆麟，以孫汝煐官州同知加二級，封奉直大夫。宜興之潘有遷蘇州洞庭者，至君曾祖又徙松江之華亭。家世饒於貲，而好善敦義，賓禮邑文士，講慕儒學，誦法不勌。諸子弟皆彬雅温秀，君尤修潔自愛，一衣冠一几案紙筆，必位置妥貼。

君家既爲邑所指目府若縣倉，卒有事輒倚藉。君兄錦以才任其事，會疾，卒迺屬弟鉞。君性節儉，然素治文學不問生產，顧特精心計，不欲使仲兄獨任困瘁，乃默爲經畫，朝暮不自怠，精力耗竭，卒用是致疾。娶胡氏，未有子。君兄將卒，顧幼子汝倫，而未有言，君卽曰：『弟未有子，請從兄乞，此子卽以爲後。』以例爲候補布政司經歷，君受其封焉。

君少困小試，益自淬厲，終夜勤學不少休，母戚宜人慰之，則曰：『吾父生平望兒輩成學，今已矣，兒敢不學以傷泉下心？』卒爲華亭縣學附貢生，再應秋試，歲在庚午，復下第，君於是不復就試。雅好書畫花木，先世積有卷軸，君益務收弆，鑪香杯茗，披翫自得。庭中雜置奇石，異卉間之。過其室，森然幽翳，如入深林鉅澤，高人勝流錯迹往還，相與耽賞而忘倦也。好臨書，尤喜擘窠大字，然未嘗爲人握管，曰：『吾聊自怡耳，敢以之爲名哉？』

卒於道光元年四月丁未，年三十九。明年十二月乙巳，汝倫奉君喪葬於婁縣潮練濱祖塋穆次。君兄子汝健以汝倫所爲狀，請予文諸幽石。

其辭曰：克順於親，克恭於兄，行則敦兮。於文攸好，於學是效，意何懃兮。輪囷名材，長風逆摧，霜被阪兮。維其質懿，泐辭幽隧，庶永偃兮。

胡君墓誌銘

嘉定居吳郡東南隅，地沃衍而民秀樸，讀書好素之士，多聚處焉。安定胡氏祖孫父子閒居名聞，予雖未識其人，而因吾友毛生甫、何韋人以熟稔其家世者也。

君名履端，字秀先，一字雲村。生而志意灑落，不拘拘俗務，然亦能以才幹濟事。屢試不見售，則喜與邑中諸知名士游，因以廣其學，以勗其子。晚而尤好導引術，錢詹事諸公爲之賦詩，所謂『神丹圖』者也。其鬱勃之氣既不得伸於時，故借『大還』『九轉』之說，聊示偃仰。昔之人有言士有輕王侯，薄軒冕，慷慨遺物，而獨出於世。噓吸冲和，吐故納新，蟬蜕龍變，棄世登仙。非夫神友造化，氣淩星辰，烏能與太虛而爲鄰乎？如君乃真其人矣。

君考廷相，有善行。妣潘氏。君娶黄氏，明陶庵先生支裔也，尤能助君成其德。嘗過陶庵盡節處，憫其祠宇陊落，出私財命子賁飾之。其識大體多如此。與君同修老佛之學，卒時著異徵焉。子起鳳，嘉慶五年副榜貢生，署吳縣教諭。孫澂，縣學生，用文學知名於時瀚，早卒。

君之家居嘗築別業於室之東偏，頗仿吳郡師子林結構，晚年習靜於此。起鳳請名曰循陔園，君爲詩紀事，王君學浩繪圖焉。諸勝流皆有詩落其成。君既卒，後人修葺不廢，生甫、韋人嘗邀予過之，予以客游四方不果。而韋人以起鳳及澂書來，用君及黄孺人誌文見請，乃爲銘。君以某年月日卒，年若干歲，以道光十三年十二月葬於某阡。

銘曰：古之至人，噓虹赮餐。三光從洪，崖呼雲將。聊寓意乎游戲，匪委心乎長生。唯爲善而耆學，貽令名乎無窮。懿與胡君，桓桓佳城。練江之東，宰樹是封。往來乘雲，眎之竁銘。

誥封奉直大夫高君墓誌銘

君諱崇文，字廣鏞，號曰竹澗，姓高氏，宋太尉衛國武烈王瓊之後也。其初，從高宗南渡，占浙東山陰縣籍，歷元明世，生齒繁殖，分居縣之前後梅里。入國朝，後梅里支有諱于遷者，生子諱秉禮，是爲君之曾祖及祖。君考諱士楨，貤贈奉直大夫，始家杭州，遂爲仁和人。娶沈氏、郭氏，俱貤贈宜人，是生三子，君其季也。

少有膽識，饒膂力〔一〕。贈君故居積，命君與兩兄分道出賈，君獨任其遠，往來山左者二十年。天性篤摯，遭親喪，哀慕如孺子焉。服既除，遇忌日，必素衣冠加葛帶，慘容竟日，春秋祭墓，裴回不忍離，終其身如是。處兄弟間，一以推讓。長兄崇元以好施，故儲蓄一空，君能體其志，遇有義舉，必傾貲成之。生平未嘗一謁官府，交游之顯達者，亦不喜見。無華美之飾，無豪侈之樂。子孫遵其教，咸尚敦樸。

嘗爲家訓數十條，有曰：『事父母孝，非言語可喻，當從心坎中流出。』曰：『欲教子孫，先在己身立標準。』曰：『衾影外，唯婦最近。欲不惑其言，當先持之以正。』又曰：『覺而不改，下流之漸。』曰：『生計在寬厚，不在刻薄。』曰：『處世去其自賢，自是氣象。』君之所訓於倫紀、日用，推明曲暢，此尤其切而要者。

以行賈少輟學，晚歲頗好觀書。兼喜郭景純術，登涉不辭勞瘁。擇地葬親故之無主者若干家，其貧不能舉喪，得君助而蒇事者不可勝計。年七十六，嘉慶二十三年十月三日卒，葬西湖之翁家山。

君凡四娶，皆有婦德。元配李宜人、繼室陳宜人、葛宜人俱早世，前葬白鶴峯。惟王宜人祔君葬。子五人，長景福，增廣生，例貢太學，候選布政司理問，爲長兄後。次鳳翥，太學生。鳳臺，丁卯科舉人，候選員外郎，改充內閣中書。鳳墀，例貢生，刑部司獄。鳳羽，殤。女三人，太學生葉文謙、翰林院侍讀學士安徽學政胡敬、太學生林鴻，其壻也。孫八人，學沅、頌禾、學淳、師濟、師同、世恩、學治、學潤。女孫九人。

銘曰：孰爲之基，惟孝與友。恢之而大，纍之而厚。堅碩永久，視此岡阜。

【校】

〔一〕膂力：通藝閣本作『力膂』。

內閣中書高君墓誌銘

予既銘封奉直大夫高君墓，而封君之子內閣中書越垞君諱鳳臺，後封君二十餘年卒，葬西湖二龍山之麓。其孤學沅，以君友莊舍人仲方書，奉狀來請銘。

封君凡五子，君第三。其生也，體極弱，手足常拘攣，母王宜人晝夜撫摩之。既入塾，教之作書，捉筆猶顫不已，然於學無所不好。嘉慶十二年，以府學生舉浙江鄉試。兩赴禮部試，不利，就職員外郎，未分部歸。久之，會開豫東例，乃改官內閣中書。二十年，到閣學習行走。二十一年，充順天鄉試外簾官，協辦漢本堂事務，其冬，充內廷方略館分校。二十二年，奏派軍機處漢檔房。秋，又派本衙門撰文，制誥皆出其手。君官京，公餘日以課徒爲事，未嘗一出遊。或言：『高舍人非饔飧不繼者，何自苦若是？』君荅曰：『身心宜有拘束，此吾父所命也。』在閣期滿，將銓注，會長兄景福卒。訃至，君悲號不自勝。念封君老，即乞假歸省。時太傅歙縣曹公領閣務，頗慰留之，君不應。比抵家而封君已病，旋於是冬捐館舍。君自是家居養母，不復有仕宦意。

居恒好賓客，嗜吟咏。門人子弟朝夕問難，主講於潛之桃源書院、海昌之仰山書院。諸生感其善教焉。其處家，家事一委於弟，不問贏縮。日手一編，間以淺酒小詩自樂。卒年六十有七。予往來浙中屢矣。君所交士友，多予舊識，又累聞人稱述君家行誼，顧未嘗與一握手。今乃以莊君言，爲之銘墓。君生以乾隆某年月日，卒以道光某年月日。家世詳封君誌中。君配李氏，亦生五子，學沅，其最長，出嗣兄鳳翥後。系之曰：

君有子，學君若。賓於鄉，曹於閣。踐君之地，述君作。君所未盡，子益廓。我製銘，質冥漠。修之者吉，此理灼。

姚孺人墓誌銘

吾鄉葉教諭珪，以其母姚孺人狀，屬吾弟槤寄予荆州請爲銘。予讀其狀，曰：『是能任卹鄉里以教其子，而行其慈者。』于是乃敘其事。曰：

孺人姓姚氏，父□□，婁邑人。年二十三，適同邑太學生葉君聲和。太學君向以任推解，有名鄉黨間，及孺人來歸，則益以爲習，歷久不懈。迨太學君沒，而歲荒祲益甚，孺人所以訓其子者亦倍于前。

先是嘉慶十八年夏，江省大旱，自冬徂春，米價騰踊。太學欲與同志出藏米各百石以分賑，適大吏來勘災，邑令以婁邑平糶事屬太學，太學欲以未習辭。孺人曰：『用財粟惠一鄉，不如出心力惠闔邑者大。』太學然之。道光三年夏，大水浸及城中。孺人長子琮與戚懿、韓璜諸人糴籼他郡，用轆轤轉運法，減價平糶，不限斗石，市者如歸，所費錢不貲，孺人未嘗有難色。邑令將用例爲欽旌建坊，孺人辭之。十三年秋冬，復淫潦。邑宰命珪收養饑黎於超果講寺，孺人施米外，盡撤家中冬齏以給，復益諸親懿，務使廠中無淡食。其用心周密，類如此。

孺人以道光十九年九月卒，年八十有三。子四，琮、珙、瑤皆國學生，而琮、珙先卒。珪，于次爲叔。女二，適府學生秦淮、金山縣學生胡沐。孫男女皆五人。曾孫男女各一人。嗚呼！孺人以貞德懿行，克致耆碩，平時嘗誦言曰：『憂人之憂者，人亦憂其憂。』是其天資純厚，有合于古賢母秉訓垂裕之義，宜乎神明之徵，久而益固，子孫繩繩，克食其福。是宜爲銘。

銘曰：坤道成，維吝嗇。有能施，則終吉。緊賢母，斯義明。積能散，成大盈。緣天道，貴仁恕。共憂樂，泯衆詛。享貞壽，宜子孫。考喆媺，徵墓門。

文學陳夢琴君墓誌銘

夢琴君者，與予亡友郭麐交最久，予門人沈日富其壻也。以君孤應元等所爲狀請予爲銘。

銘曰：吳江有陳四其支，家蘆墟者士而醫。始以術鳴秀才策，生琳傳煥世相師。煥有二子君其少，刲臂奉親幼卽孝。字曰養吾希恕名，感夢得琴以爲號。少好讀書老活人，文章有道技有神。平生愛友若性命，百受人欺心益純。乾隆道光兩庚戌，君九月生卒月七。日皆下旬四若六，六爲忌日四生日。分湖東畔君之墳，配錢早卒葬從君。是生四男女亦四，娶長女者來乞文。

皇清恩賜八品職銜國子監生陸君墓誌銘

自太史公以儒林、貨殖分立二傳，洎後好爲名高者，每抑貨殖而伸儒林。子以爲自周衰以來，名實之相溷也久矣。儒之敝極於竊國者侯，而貨殖之敝至於櫌鋤有德色，厥敝唯均。然而予以爲農之敝猶勝於儒，儒則其實幾無一存，而農則先古以來相傳之義與法猶不盡廢也。如陳子克家所云陸君者，豈不可稱述也哉。

君諱見球，字夔鳴，華封其號。先世居吴江陸家橋，橋以君遠祖建得名。後族蕃弗克容，君父敬一從居青浦之金澤。及君勤敏節儉治，生業日以起。自奉卑約，而宗族親友之窘者資助之歲以百數。道光三年，東南水災，大府檄郡邑勸賑，君欣然輸米數百石。十三年，歲歉，出銀千兩以應上官之求。捍海塘，葺城垣，皆出重資爲首倡。郡縣以是上聞，朝廷乃恩給八品職銜，而子若孫亦咸得議敘，人以君爲善用其財。

性尤能彊記，雖他人事其人或偶忘本末，問之君轉得其詳，人又以爲難。廿二年壬寅秋，病脾月餘，自知不起，卽處分身後事。臨沒，命其子奉篋檢約劑若干其已償而未盡及他不能償者，悉畀諸火，曰：『毋留是爲後人口實。』人以是舉爲高出孟嘗君遠甚。

卒年六十有四。娶沈氏，子四人，長曰贊，先卒。次曰宣，曰暄，曰愛。孫二人。以二十三年十一月二十五日，葬於青浦修竹鄉大湯之原。其介陳子來請銘者曰愛也。

銘曰：維田農兮古力竭，帝三推兮夫一撥。農有盡兮教奚窮，不有農兮誰與傳教。於無終繫陸君兮胡朗耀？心誠確兮乃可以觀衆竅。生有德兮死有恩，鄉之人兮何間言。奚以識兮表墓門，福後嗣兮宅高原。唯後嗣兮福無盡，農與教兮不可以泯。

皇清敕授修職郎候選縣丞例晉文林郎韓瘦山翁墓誌銘

君姓韓氏，諱璜，字瑞華，晚而號瘦山，世居松江府城南門，由華亭縣前徙居西門之南埭。高祖念祖，曾祖漢平，祖宏如，考巨川，本生考曰本立。自曾祖世以貧遭鄰火，盡失產業并家譜系，故無從考其自出。

君生而端靜，能耐勤苦，於人多慈愛，而獨約於己，故惠澤及人，己亦不知甚困。自其先世與懿戚葉氏共以殖布爲業，遂大隆其家。凡親族之待以舉火者，無不逮也；凡煢寡之號呼其門者，無不濟也；凡地方應舉之事而未行者，無不助也。邑之人以爲望，而郡縣大夫以爲民之母，匪第能養之，而兼能爲謀其永久者也。然而君之意，則未嘗以自賢，每見人，煦煦若無能者。人或稱之，則婉辭遜謝。有負之者，亦未嘗形於詞色，他日有事，輒復任之。嗚呼！可謂慈儉厚德之君子也已。

君少而任家務，故於學未嘗屑屑，而獨能見其大。於書，喜朱子通鑑綱目及諸先儒格言，以爲吾既弗暇廣博，且務祈爲有用。亦嗜書畫，以爲是古先明哲聰慧所寄，吾爲之收藏，匪第以自娱，且使子孫知先世無他嗜好也。其居處器物不務工巧，而必求堅潔；獨不蓄博具，語子孫以爲戒。娶葉氏，先卒，遂不復繼。子一，應陛，道光甲辰科舉人，守君之教維謹。孫一人，伯陽。

初，君嗣考瀛洲府君未娶而歿。君妣程孺人，早卒。繼妣，張儒人，年八十餘，多病，君所以侍奉之者，無不曲盡其意。既而卜葬宅多不吉，卽吉者，或不能相近。閲數年，始得地於姚涇西三里相望也，曰：『生同居，故死同所。』弟城，才秀，早没，君尤哀之。先此將析產時，君弟有數子，而君惟一子，於是君弟恐後嗣或有爭議，請均分而自取少者，君不可，卒均分而終教督之，人以爲難。

君與予鄰居凡五十年。予多出游，於君事或未能盡知，然以問應陛，亦多不能舉其詳。蓋其性慎密，不欲自炫燿，宜其生平遠近無異言也如此。君以國子學生由助賑勞授縣丞銜，以應陛舉封文林郎。於道光三十年十月二十九日卒，年七十二。於咸豐元年十月二十日，祔葬於婁邑四十一保三區二十六圖臨字圩先塋穆位。應陛屬椿爲銘。

銘曰：胡才之鉅，而用之窘。心則克恭，蓺則通敏。惟不自知其多能而好施，乃所以能子子孫孫之繇引也。

喬仲子壙誌

喬仲子重袺者，吾友葆堂之子，而重祐之弟也。其家世孝友，禮法端飭，見稱于時人。葆堂尤恭謹。

仲子生而善憂眎其嚴親，能自委己于學，不以病少怠。父與兄或戒之，則陽諾。性頗自矜嚴，喜修餙，與兄異，意其他事一切惟兄是聽。母氏病悸不得寐，仲子兄弟晝夜侍疾，弗減燭者兩閱月。兄曰：『子體羸弱，毋重困傷父母心，使予失所助。吾力猶能兼子，子姑少愈且佐我。』仲子意不自得。夙患咯血，未嘗自語。由秋涉冬，病滋厲，醫者雜投以藥，遂不救，卒時年十有九。婦顧氏，生子方三月。踰年閏三月，葆堂亦卒。重祐將以某年月日殯于某所。請爲銘。

詞曰：貌之摯兮神則瘁，父爲慈兮兄克友，于以銘之後无咎。

承德郎例晉朝議大夫戶部貴州清吏司主事候選知府黃君墓誌銘

道光丙午冬十月，友人張君祥澐以其姻家金山黃君諱光焯之行狀來請，曰：『葬有期矣，其家子孫將以墓中埋幽之文累子。』余以張君言可徵信，乃按其子龍章所具狀，而爲言曰：

君字槐江，系出晉新安太守，世居休甯，其後世子孫營業於江蘇之金山，遂隸籍焉。曾祖文彪，歲貢生。祖星淮，金山附貢生。本生祖灝，乾隆丙子順天舉人，考取內閣中書，誥授奉直大夫，上二世皆贈如其官。父桂馨，附貢生，以君貴勅封承德郎戶部貴州司主事晉封朝議大夫候選知府。

君承累世詩書之緒，自奮於學，年十九補博士弟子員。越三年，中式本省副榜貢生。又三年爲本省舉人，二年成進士，授今職兼理雲南司。道光五年，江南禦黄壩倒，國家興大工，內外大吏竭力，君在戶部尤殫盡思慮，號爲能臣。尚書索綽絡公英和謂曰：『議海運者多矣，然未有如子之委曲詳盡，明白曉暢也。』當是時，君方以才力知名，將嚮用矣，遽接家諭，母夫人思子念切，於是以告假旋里。旋丁外艱，復丁母喪。君於其閒出入奔走，既治理內外葬事，復往新安修葺長發支祠，整理家譜，復創建金山柘湖書院，重修聖廟，君之所以有志於事者方未有已。蓋將出其身以爲國家效馳驅之用，而不幸遽遘疾以卒，此有志之士所爲撫躬而歎息也。

君卒於道光辛丑年，年四十五。卜以丁未年三月初六日，祔葬於金山五保二區一圖黄字圩之阡。君娶休甯張氏，贈恭人。繼以松江張氏。子四人：副室金氏實生龍章，出嗣兄後。次麟書、鳳誥。又次豹文，則庶室徐氏出也。女六，長適張敬詒，其四許字祥澐子茂昭。而鳳誥復聘祥澐女，故來請銘。

銘曰：才之長兮猷之壯，遽奄忽兮悲死喪。生新安兮寄吳淞，安體魄兮胥浦鄉。鬱鬱蔥蔥兮君冢所藏，千秋奕禩兮文字之祥。

晚學齋文集卷十

祥符夷山書院壁記

中州爲古神聖賢人所萃處，風雨和會，陰陽均調。伏羲、成湯、周公之遺跡，二程、尹、謝之興起，迨及近代新安呂氏、睢州湯氏，皆相望數百里間。其山則有嵩高、太行、王屋底柱之屬，氣勢雄厚，篤生偉人。北宋書院名天下者四，而中州居其二，人文蔚興固其宜也。

獨開封最當中原平衍，無名山爲闉限，宋以來爲都會，歷明季流賊城浸之變不衰，人士聚處尤盛。舊有大梁書院，爲多士肄業地。其後院之人才日以進，講舍湫隘，弗足以供游息。於時，今方伯栗公毓美，方爲太守，乃規度於大紙坊街之南，别建基址，爲屋若干楹，用處髦士之初游於學者。以其地近夷門山也，故名之曰『夷山』。

吾聞之，夷者平也。聖人之道平易切近，而天下之奇莫外乎是，故又曰譬如行遠必自邇，譬如登高必自卑，所以言學之循漸益進，而願人之弗以其近且易者自止也。易『謙』之象曰『地中有山』，『君子以裒多益寡』，豈非學者當蘊蓄宏富，而惟虚能受乎？『漸』之象曰『山上有木』，『君子以居賢德善俗』，豈非學者當觀摩盡善，而爲四民表率乎？覩乎斯名，其亦可知進德之無窮，而爲學之有序矣。

若夫『夷門』之名，葢因戰國時侯嬴嘗爲魏監門，嬴好奇務聲，老而不悔，卒以此自戕其身，雖其慷慨自矢，有若義烈者所爲，以視流俗鄙夫相去頗遠，然於聖人之大道，槪乎未有聞焉，此不敢爲多士進也。

椿客授中州，諸大吏以講論之事相屬。自顧謭陋，弗克當也，而又弗獲辭，因敘所以名之之義。竊願諸人士之漸摩教化，鬱乎於諸賢爲盛，以上副君子作人之雅化，斯誠客斯土者之所厚期者與。

游古吹臺記

祥符地曠而無山，出宋門三里許，有臺翼然而高峙者，古吹臺也。

考諸傳記，當漢景帝時，梁孝王嘗按歌閱樂於此，時人名之曰『吹臺』。而或又謂晉師曠嘗從平公登臺，聞歌吹之聲，此其事無可徵信。唐詩人若李、杜、高適皆嘗從容嘯歌于此，明則李夢陽、何景明、高叔嗣亦時至焉。以其世爲詩人所登眺，士大夫宦游中州者，況瘁之暇，無以發攄其心志，則每憑覽宴集於斯，吹臺之游亦已古矣。

無錫鄒君鍾泉，以高明之士出宰百里，既仕是邑，其所爲政事，較之他人常寬然有餘，每遇良朋勝流可寄談笑，未嘗不招予與偕。一旦顧予而言曰：『自有斯臺以來，千有餘年，士之涖止者，不知凡幾。予生長金陵，飫歷佳山水，而子少經西南，壯而游四方，所見奇聞遺軌，殆不可勝計，顧皆有愛乎？斯臺豈非物以罕珍，而人之困頓乎塵鞅者，不可一日不翫心於高明乎？』予曰：『人之見所好而喜者，情也。有鬱悶而不得紓者，勢也。謂山林、城市之有異見者，陋也。必有所待於外而後樂者，吾與子學道之未至也。雖然，聖人蓋亦嘗有所樂矣。孔子曰：「知者樂水，仁者樂山。」又曰：「逝者如斯夫，不舍晝夜。」又嘗登東山、太山而小天下與魯。謂聖人之志，亦有待乎外邪？夫境之所遇者暫，而情之所感者常。以暫感遇常境，而心一動焉，此聖人之所以潛然出涕也，而況吾與子之學道而未至者乎？若夫亭觀之陳迹，詩歌之勝賞，與其地之謝遠，塵壒風飈，颯然振林木而起天籟者，此今與昔人之所同慨，而又烏可以簡墨盡也哉！』

鄒君曰：『子之言，然。曷記之？』遂書以爲記。

蘇門山百泉記

蘇門百泉之勝聞天下，百泉奇麗，傳述賦詠，而蘇門不甚稱。自前後二孫，與夫康節、耶律、姚、竇、許諸君子，何以樂之留連而不能去？心疑其故，無以明也。

戊子季秋，友人桐廬邢侯牧攝令輝邑，于是乃自武陟往爲泉上之游。道中見太行衆峯環抱矗立，而巖險嶄削仞，壁絕躋攀，使人肅然敬畏。至則日已薄暮。次晨，偕侯子培中往焉。

朝曦絢色，殘月畱曜，森鬱之氣，非復河朔。爰乃陟清暉閣，經行在所，謁聖祠，登嘯臺，下觀乎泉源。復歷故安樂窩，觀孫徵君祠而終焉。泉之勝似杭西湖，歕沫跳躍，薀藻紛敷，如五色魚，詭異萬狀，則西湖無之。或云似濟南趵突泉，此聚彼散，故爲尤勝。要之，兼此二美矣。飯于池上，與邢子言曰：『是地也，誠以泉著。然與子登山之顛，則危嶺穹岫，左揖右拱，平原千里，迤邐莫可紀極。此他處所絕無也。』邢子曰：『然。』

予於是思是山也，處太行之麓，山之氣勢雄闊，得水而後有所止；水之光彩煥發，得山而後有所養。泰、華列嶽，雖曠遠，所跨地不過數郡；太行獨綿亘里歷數千，而後入于海，故不可以列嶽數。其雄偉高秀，鍾之于人，多爲名賢，異鄉君子游于此者，益有以發攄其心胸，而暢導其志氣。諸君子之所遭涉，雖治亂不同，其嚴毅剛勁，既有得於山之高大而峻遠，而復以斯泉之靈巧善變，利濟不窮者，以疏瀹其沈滯，則其德性之日益進乎高明也固宜。

若夫謂山之木，昔廞而今童，此雖地力有盛衰，而諸賢之所以成就或不在此。今周侯際華復植種數百株，日月逾久，安見不有如昔人之興起者耶？故發斯義，以詒後之人。游之次日，次獲嘉旅舍記。

游虞山記

虞山負乎海濱，蜿蜒綿連亘數十里，交錯乎城郭。其西之麓，緣土以爲垣，人家烟火，雜出左右，入夜分不息，舊志所謂西城樓閣者也。山之寺以數十計，獨破山因常建詩有名，而維摩地最高，可望見海，云創自齊梁間。由高處望之，其下梅花數百株，如白雲屯空，而散雪飛舞於樹上也。

余乙丑春送故人李虎觀之官楚南，一來虞山。春寒逼人，略一登眺，粗見山之體貌而已，然其氣脈淵永，於吳中諸山中已爲深秀，意欲再窮其勝，然不可復得。今年春以事畱吳門，遇虎觀子元塏、元埴，約往游焉。於是乃與陳君兆賢偕，而顧君蕙生自錫山至。諸人者適意而逍遥，乘輿而遊遨。低輿無蓋，平望四出，新松如童，扶手可接。石梁忽斷，水聲間之。凡山之奇勝，無不造焉。

暮而宿于維摩，以待海日之出。五更聞梵誦起，僧告天陰晦且風，姑偕登望海樓。久之，天將明，有睡者，或呼曰：『旭日現矣。』則皆起，形狀凹凸摇蕩，雲際若三分其體，而上下之不炊黍。頃風起雲沒，陰晦竟日。老僧言觀察某公數宿此山，邑大姓或止七日，咸未得遇。老僧住此三十年，亦僅三見耳。予曰：『旭日之遇與否也，事之不可必者也。』兹山之重來游也，吾之所自主者也，天下事亦視此矣。

宿維摩之次日，相與循下山而歸。或言小石洞之奇，不果往。山自一二大寺外多童，然問諸土人，或曰明倭寇之亂被焚且盡，或又言山正面直海中，巡海者於舟中望之，尤覺奇鬱而森特。

噫吁！豈仲雍禮讓之德，遠被海外，而言游之文學，有不可以地勢限者耶？若是者，則非予所知已。

孤山重建林處士祠記

有宋景德、慶歷之間，爲治極盛一時，懷道抱藝之士，無不出應當世用者。獨西湖林和靖處士，隱居累朝，不慕榮利。嘗樂孤山之幽邃，結廬於其陰，有巢居閣、放鶴亭諸勝。其後屢有興廢，雖復建於翠華南巡時，歲久漸圮。嘉慶二十三年二月，邦之卿大夫與斯邑士君子，廼于山麓重新和靖祠，起亭及閣，蓄三鶴于其側，植梅數百株。于是孤山之勝，悉復其舊。

予少讀處士詩，愛其閒澹夐遠，無刻厲之習，意將游其所謂孤山云者。及後來浙，屢往登眺，益慨想其風流。

有質于予者曰：『聖人云：「邦有道，貧且賤焉，恥也。」處士生於承平，伏蟄自悶，其與世之貧賤者何以異？』

予曰：『蓋聞先儒之論蠱上九矣：士「有懷抱道德，不偶於時；或知止足之道，退而自守；或量能度分，安於不求知；或淸介自守，不屑天下之事，以獨潔其身。雖其得失、大小不同，要之皆爲高尚其事者。」象曰『志可則也』，謂其進退合道者也。」宋承五季之衰，風俗敗壞，士之有志者，皆思有以矯其敝。仕者以氣節相高，處者以名義相厲。張、寇、傅、魏之倫，行殊而志合，誠有以相取也。然而种放常秩一出，卒爲世所訕笑，至于「天書」之事，雖以王子明之賢，不免傅會，卒乃悔之。獨處士超曠自得，皭然不滓。范文正公知杭州，尤重處士，嘗賦詩以贈之。有意於文章風俗者，甚至由是言之，兩宋名臣冠後世，而范公爲之首，其在下之淳美，則處士有助焉。東漢有嚴光、周黨，而後多獨行之士。北宋有處士與傅、魏諸人，而後多道學之儒。士之出處不同，亦同于仁而已。』

會友人許君乃穀書來言，請書其事，乃述其所以言。

贈國子監學錄湖南湘鄉縣縣丞吳君入祀昭忠祠記

嘉慶九年，秦、蜀、楚盜賊大定，天子命各直省咸建昭忠祠禮臣，著死事者，移工部爲之位，由其州縣以入祀。於是湖南湘鄉縣縣丞常熟吳君英玉以死于苗難與焉。

先是，君之卒也，實潰於傷，大吏以受瘴上聞，詔特贈官賜葬祭，任一子雲騎尉，制詞以見危授命褒之。至是又定入祠，其孤尚錦感慕天子恩義，明極萬里之外。雖一命之士，捐軀疆埸，有以昭其心而著其實，是盇上之所以扶植倫紀，而亦君節行章顯有由致之也。

君先祠其鄉之忠義祠，不數年而復拜新命。人臣出身事君，遭涉危難，蹈白刃履萬死而不悔者，其道然也。即使名字湮沒，事蹟弗章，揆之其心，亦無所恨，而況天王聖明，察其卓行，俎豆在鄉，復祭於享。生者勸忠，歿而有光，此則非但吳氏子孫頌在世世，今天下臣之欲報其君，子之欲孝其父者，舉於是而興之矣。

夫君之榮於死後者如彼，尚錦之感慕者如此，是宜爲文以大國家之盛美，而以屬於予。予按凡蘇州省之屬，其與君同祀者十八人。而常熟居其二：曰廣東厓州營參將錢君邦彥；其同祀在鄉者，有四川大甯縣知縣陸君霖，以達州教匪之變死。予舊識其人，故附記焉。

養眞園記

松之爲郡，西郭門外稱繁衍，闤闠輻湊，烟火參錯，然亦以地勢迫隘，不能創置邱壑。獨有地一區，左矗巨阜，右濬小池，亭樓廡廊，映帶延廣，樹木竹石，卓立深秀，則張君嘉貞養真之園在焉。

先是，園所屬者非人，事易勢去，乃隸張氏，君既得而治之。因其高庳，時其涼燠，掃除潔涓，位置平善，而教其子清江讀書於中。君亦以時婆娑游衍，休養暇日。於是君之姻家顧君誠之，使其子與予游，而曰：『子曷爲記？』

予嘗泝江、淮，歷燕、趙，徧走秦、楚、越、巴、蜀，所至往往搜覽奇秀，當其忻然所遇，未嘗不有會於心。境過意遷，向所萌者，嗒焉或與之俱盡。今且衰懊隤壞，雖以張君所居相去不數舍，僅一涉足而已，未嘗盡矚其勝，而又何得於物之有？

近雖繕葺草堂數間於南埭之蔬圃，顧其胸中意思，塵俗無所開悟，又用病放棄。方將讀軒岐、彭聃之書，調攝其生，顧傷卞急，資性所近，不復能自强。其視張君之悠閒物外，專治養生家言，恬慔以爲神，嘘噏以爲迹，其中之所存，相去葢不知其幾徑庭也。

顧君曰：『雖然，子不可以虚辱，且或姑竢他日有得徐證焉。』於是廼泚筆而述之。

秀水楊氏墓祠記

楊于姓最繁衍，在閩者以龜山著。葢其先唐世避地閩中，子孫遂居此。其餘或在毘陵，或在越，皆龜山遊宦之地。獨海寍之楊，至明季始由閩來浙，爲時望族。其同時徙居嘉禾今爲秀水人者，曰閩溪楊氏。五傳而有諱建者，以子志麟官封奉直大夫。三世以孝友推重鄉里，歿後，嘉定錢宮詹誌其藏，後人卽其地起祠，子姓以次祔葬，所謂九曲里墓祠是也。

咸豐壬子，奉直元孫象濟，渡松江，來問學于余，且道其先世舊德甚悉，乞余記言于祠壁。余惟墓之有廟，實始于漢運趨于文，有隆無殺，傳有之曰：『尊祖故敬宗，敬宗故收族，收族故宗廟嚴。』楊氏能作祠以祀其先，又能循古族葬遺意，信乎三代美俗，不必不出于晚近，而興起表率，亦視其人之何如，宜乎宫詹之稱其家法不置也。

象濟嘗少孤，育于大母節孝鄭孺人，彊敏勵志，思有所振起。余嘗讀龜山上封事，其斥奸黨，論邊備，策鹽漕，所言皆天下大計，而進退之間，尤合乎聖人之道。象濟既爲其後，其所以繩祖武而貽來許者，道固安在，其無謂宗廟之易保也。象濟固有志于此者，余得以是言告之。

晚學齋文集卷十一

後懲咎賦

昔柳子厚以罪謫官，作懲咎賦，後之君子哀其志焉。予情事畧殊，而悔吝則一。愍嘿自艾，甹而續之。

予既不耦乎時之人兮，又自違其本眞。羌進退其失據兮，迺弱憂以爲鄰疇。

吾生之初稟兮，良審度乎矩矱。胡糾纏乎世紛兮，迷清源而弗悟？衆謂汝才兮，陰以酖之；汝弗克知兮，迺謂庶幾其任之。彼長者之見教兮，繄先德之故也。汝弗別其善惡兮，棄藥石而就沈痼也。圭經琢而後成兮，鑒受磨而愈潔。守故質而不化兮，汝之智曾不如物。爾厥初之悻悻兮，無其實而名是圖。爾逃空虛以蔽匿兮，孰知人世之不汝聊。

彼世事之爲累兮，汝匪不知其故也。藉老莊以自文兮，趨榛棘而舍周道也。浮榮固不足慕兮，名德又實未修。欲坐造夫大道兮，孰偕汝以周遊？既外戀乎浮名兮，又內繫乎榮利。不自知其吝羞兮，顧猶彊言而矯世。

汝親之既耄兮，尸饔以爲勞弟。禄僅自給兮，汝又無力以助。其憂內不榮身兮，外不砥節。名與實之交喪兮，身與家其俱裂。汝爲長適兮，何以率宗家？督之謂何兮？人將心誹而貌崇。苟貌崇其可容兮，夫亦何憾乎？轗軻已傾厓之在前兮，更無暇顧夫顛簸。昔柳氏之悔愆兮，逐功名而是懲。予乃懷安以自怙兮，後之人其孰汝矜？

亂曰：鞠歌述懷兮，擬招復性兮，汝有親而不克奉兮，曷以永保夫貞命兮！

續後漢三賢贊并序

昔韓文公爲後漢三賢贊，其人類皆獨善著書，不見用於世，史氏乃合傳之。以文公之賢，其生平志意乃在扶植道義，表著人倫，而顧有取於充、符、統三人者何耶？意其少壯困頓，無所遇合，姑以發攄其憤懣耶？

嘻！其亦各言其志也。予少也幸席先世緒餘，思爲依隱以終老。中歲以後，憂患叢之，精力薾然，雖欲勉爲斯世用有不能然者。欲如三人之著書，則又患其才之不逮，而乃私淑於叔度、孺子、林宗諸賢，其爲不知恥也大矣。雖然，窮愁著書，古之人蓋出於不得已，而此三賢者，固非絶人以必不可至之境，用系之贊以志私仰焉。

贊曰：叔度之賢，世謂顔子。亞聖既卒，千載絶軌。年始十四，聲聞國中。千頃廣陂，汪汪德風。鄙吝之萌，不能親賢。一遇至人，温乎其顔。闕里斯遥，濂雒未啟。有如斯賢，前後懿美。

孺子樂易，發身孤微。耕稼自力，禮義是依。仲舉爲守，特設一榻。去而懸之，清風戶闔。大樹將顛，匪一繩維。嗟彼林宗，胡爲栖栖。南州高士，東都芳躅。何以名之？其人如玉。

林宗通博，容貌偉然。早識元禮，世疑神仙。宏獎人倫，許予氣類。中郎篹碑，泚筆無愧。人情深阻，險於山川。雅俗雍容，天性自然。隱不違親，貞不絶俗。人之云亡，瞻烏誰屋？

李忠定公真贊

前諸葛之鞠躬，後文成之定難。靖大患於從容，消隱憂於宴玩。功有濟否而不損乎名，學兼儒釋而不涉乎幻。此蓋古之三立人與？眇千載兮，聊寄情乎斯贊。

夏忠節公子節愍公象贊

矯矯考功，出於南都。始官長樂，嶄絶廉隅。抗手故人，哀辭告絶。止水一淵，心如秋月。幸存有録，心和且平。鳳鳴鶴和，克繼其聲。十五從戎，十七授命。少年若人，忠孝天性。

陳忠裕公象贊

給事絶出，人中之龍。抗心古賢，以爲世宗。嗟彼西江，豈伊異趨。文章忠義，白首奚殊。明詩晚季，正聲遂隤。靈鼓庭弓，殛彼冥魁。才希闇公，志邁彝仲。嗚呼先生，仁者之勇。

漢營平侯後將軍趙充國印贊并序

營平侯將之有守者也，迹其劾安國，沮武賢，制先零，以備匈奴，而損罕幵之過，勇者之仁，營平近之矣。太平之將與開國異，天下有道守在四夷，世祖答詔於臧馬，宋璟抑賞於靈荃，深覩本原，豫絕其始，而侯以一武人能知之爲尤難也。向使生于元光之初，則王恢馬邑之禍不作；用於元狩之年，則衛、霍窮兵之事可免，而輪臺之詔不俟，異日東京以防鮮卑，則無田晏、夏育之敗，而黃巾羣盜且消弭於無形。屯田規制功在永久，後世守邊以爲法式。傳曰『有備無患』，兵法曰『先爲不可勝以待敵之可勝』。至哉！營平此豈蕭望之、匡衡高坐廟堂，徒守文義者所能知乎？成帝因西羌之警而使子雲頌之，有以也夫，有以也夫。上比方虎不虛也，而孝宣亦遂與成周比烈矣。有得侯名印於市，銅質黝古，趙國字明白可識，善鑑者以爲信，予重侯之人而作贊。

曰：匪名是存，惟人是尊。不難犯君，而捄斯民。桓桓將軍，振古節概。願持此章，以告邊帥。

金華四先生贊

何子恭先生基

金華之學，肇自明招。文獻斯傳，道義聿昭。黃勉齋知臨川，以學爲治。先生從宦，拱手請事。刻苦工夫，眞實心地。至哉斯言，足告千禩。仰承濂洛，折衷新安。發揮有書，用衍的傳。易蔽九師，詩障序說。返諸躬行，身穢言潔。先生於書，丹黃是施。不待講解，砉然淵微。于道匪隘，于俗匪卑。堅辭徵辟，抗手塵羈。年八十餘，爰考終命。布衣賜謚，卓哉文定。

王會之先生柏

六經之傳，秦薪漢焚。後儒有傳，有合有分。會之於經，不盡朱遵。其心的然，是亦聖眞。少慕草廬，抱郄長嘯。晚知家學，湔洗求道。師於北山，幡然在心。立志居敬，以魯是箴。魯齋善問，北山善守。窮微極眇，一事十復。事師方衮，厥禮已古。深衣變服，薄俗咸憮。衣冠必整，圖學精研。敬齋之箴，用衍心傳。

金吉甫先生履祥

仁山風節，漢管晉陶。岧哉金華，卓然三高。學術淹通，文章醇雅。儒林豪傑，如斯蓋寡。伊雒淵源，由王師何。國亡屏居，執服靡他。前編既作，貫徹終古。紛綸著述，道義斯取。維何似尹，維王似謝。公實兼之，程門流亞。航海之策，輿鋮罔差。卽墨大夫，松耶柏耶。立信二府，天祥四鎮。有謀弗庸，千古涕霣。

許益之先生謙

迢迢白雲，八華是居。本師仁山，後學充廬。士之爲學，如調五味。醯醬既加，酸鹹頭異。悟以三日，居以數年。程朱遺書，纘緒克傳。北有蘇門，許魯齋。南有布穀。吳草廬。薪火正傳，金華私淑。扶翼經義，張維世教。自省有編，晝夜則效。儒者之功，莫大爲經。四子綿延，經學是程。載道者文，日月終古。下開宋王，一代文矱。

國朝諸名人贊二十首并序

國朝諸名人事迹，其緘諸金匱者，外莫能窺也。散見篇籍，維鄞全祖望氏、長洲彭紹升氏，爲差詳實。二家意各有所偏主，予既覽其書，又參究他說，乃爲之贊。其有心之夙知，而事弗克詳見，姑俟異日云。道光丁未正月。

孫蘇門先生

猗與先生，志節高蹇。始乎游俠，終乎狂狷。夏峰峩峩，百泉湯湯。雒學既啟，斯文益光。

李二曲先生

忠臣孝子，志士仁人。獨潔其身，以全大倫。王裒之心，袁閎之節。講學雖偏，卓哉元哲。

顧亭林先生

亭林吳士，力洗浮靡。毅然篤學，根據經史。早求滄海，晚哭昌平。不降不辱，嶽色河聲。

黃梨洲先生

陽明之厓，蕺山之陰。斯人在焉，巍然東林。宋儒迄明，迹同心判。後有萬年，盍求學案。先生先輯明儒學案，晚爲宋元，未卒業，全謝山吉士續成之。椿嘗見吉士手稿，凡百卷。

陸桴亭先生

早應東林，晚託西山。思辨有書，義利大閑。程明道伊川。張橫渠。論事，葉正則。陳君舉同父。考古。雖云空言，來者其庶。

張稷若先生

矯矯蒿庵，出乎濟陽。抗揖孫、李，平視顧、黃。獨精禮經，兼綜祕籙。通風角書。惜哉臺山，還珠買櫝。

張楊園先生

始纘蕺山，終開平湖。古之逸民，今之耆儒。力田勤劬，師道謙遜。許薛之間，斯待定論。

謝約齋先生

少耽釋學，一朝幡正。約齋何爲？知畏天命。易堂詞章，髻山節概。西江之賢，程山斯最。

湯潛庵先生

道德經濟，氣節文章。根發實遂，源遠流長。兼綜博收，晚而復悔。一代偉人，百年遺愛。

陸稼書先生

威鳳祥麟，精金粹玉。間代之儒，斯文之續。聖賢相遇，明良有期。一朝萎化，千載長悲。

李厚庵先生

安溪際會，君臣德同。保護善類，啟迪聖聰。濟濟人才，河汾逾盛。謝山有言，留爲別諍。

張孝先先生

勤以爲用，廉以爲質。帝曰伯行，清官第一。陸王之學，屹如巨防。謝山有執，堇浦斯傷。

楊賓實先生

治易大師，歷官賢牧。消長陰陽，調停骨肉。敬輿忠州，君實雒陽。人才斯盛，師道有光。

沈闇齋先生

起家外吏，好是正直。明主深知，大臣靖職。遺書矻矻，獨抱平湖。火耗之議，千載良吁。

朱止泉先生

晦翁主敬，周程是章。止泉主靜，迴異陸王。百川必東，迷途廼復。希聖希賢，後來其續。

蔡聞之先生

邈乎二希，抗志千古。希元篤學，希文賢輔。功雖遜范，品則逾眞。高安霣涕，德立孤鄰。

雷翠庭先生

李蔡閩傳，惟公是負。忠則致君，孝惟將母。不偏不倚，有德有言。好名之訓，千古其傳。

江慎修先生

博聞強識，篤行真修。婺源斯人，晦翁所求。禮書卓然，紹彼先覺。戴氏有名，背師而學。

陸朗夫先生

學術既衰，文章亦弊。力矯貪頑，風乎百世。空言曷補？實學斯陳。輪轅奚飾，日月長新。

姚姬傳先生

寬以接人，嚴以衛道。侃侃誾誾，從吾所好。兼通釋老，獨障程朱。詞章訓詁，義理歸墟。

國朝諸名人續贊八首

王而農先生

陳良而後，道州先覺。後五百年，雲開衡嶽。著書槃槃，心折正蒙。『橫渠之學，越石之忠。』末二語本先生自撰墓銘。

胡石莊先生

逸民胡子，荆楚之英。著書憂患，漁獵羣精。令伯就徵，子文逃祿。繹志有篇，庶幾來躅。

朱可亭先生

誠心實政，正學篤行。史傳三編，千古權衡。志未大施，年弗克永。言利用兵，遺疏斯炳。

惠半農先生

訓詁宗漢，義理主宋。家學累傳，君其職總。滔滔世任，貪廉一泉。城工之役，尚論恫焉。

方望溪先生

禮學專精，義法復古。堯舜吾君，噫哉弼輔。文事憂患，仕途迷淪。剛德者天，直道者民。

陳見復先生

巍科弗進，經學弗諛。鄉衮尚謝，權門曷趨？華匯僦㕓，紫陽講學。君子之儒，斯爲先覺。

張惕庵先生

襲黃循吏，終賈弱冠。政事文章，聖門一貫。直道匪枉，遺編豈渝？珠厓弗棄，吁此遠謨。末謂澳門議狀也。

韓公復先生

朱學之衰，誰與興起？道屈志伸，仕隱壹軌。遠追濟陽，張蒿庵。近揖考功，閻懷庭。彼哉三子，儒釋混同。三子謂汪大紳、羅臺山、彭允初也。

椿中年後嘗欲為國朝學案，因循未果，止成諸先生像贊，自惜翁外皆僅於遺集中想象其音容，高山景行，曷勝仰跂？後有所得，當續補之。

孫頤谷侍御象贊

予以嘉慶戊午冬至杭州時，頗好爲雜博之學。孫侍御頤谷見予所爲伍員論，大異之，盛稱于人。侍御方箋正袁大令枚駢偶文字，予間有所舉正，侍御大驚歎。後乃徧識州中耆碩，若顧太守光梁、學士同書，而侍御爲最先。其後別去，間復再過，不復如前日之密。侍御之喪，予在京師，歸而唁其子同元，乃以圖象見示，屬爲之贊。念疇昔相顧至厚，浮生奔馳，遂負知己，不敢以不文自掩，爰作贊。

曰：其廉退足以諷世之貪愚，其方雅足以媿世之諛佞。以朋友爲韋弦，以詩書爲性命。補史正選，黜王申鄭。平生之學葢未見所究竟也，而留斯圖爲後來之龜鏡。

朱古愚翁眞贊 止泉先生孫

古文百篇，出九十翁。詩徵韓生，禮保竇公。翁家先世，獨以儒教。中更多故，編簡失考。孤孫煢煢，手其羸殘。孔壁毋鑿，晏楹復完。陽儒陰釋，天德王道。翁年八十，抱此終老。人心至明，勿蒙勿欺。去其害焉，觀此靈龜。千聖一心，同條共貫。八寶區區，曾何足算。寶應以唐上元三年，尼眞如得八寶獻之，因以改元名邑，翁自記中及之，因述其事。〔一〕雒閩正學，如日中天。前有當湖，後有止泉。書非一家，人非一世。我述斯言，敬告來裔。

【校】

〔一〕寶應……因述其事：通藝閣本將此注附於文後。

喬葆堂蒲褐圖贊

似僧有髮，似隱無心。非達摩之面壁，類屈子之行吟。隱憂著乎眉宇，幽憤鬱乎胸襟。嗚呼！其所不可知者，則亦已矣；而其所可知者，廼遺象之在今。

彭甘亭象贊

早悅辭章，晚兼儒釋。出處灑然，往來無擇。睟面斯見，淵衷是居。懺摩有録，足藥浮虛。

自贊

弄月吟風，登山臨淵。親炙桐城，私淑止泉。浸淫辭章，研說義理。勿助勿忘，沒世而已。

節孝葉安人象贊并序

在昔仁皇帝時，有湖北糧儲道死裁兵夏包子之難，賜謚忠節者，曰上海葉公映榴。越四十二年而再録其子孫，其同日授官以文學著者，曰孫內閣中書鳳毛。越六十七年，而以節孝旌者，曰曾孫女歸顧葉安人。蓋上距忠節之死百有餘年，而忠孝集於一門。嗚呼，可謂難矣！

安人名魚，魚字涓兮，爲中書君女。其行事詳王侍郎昶、王教諭芑孫志傳之文。所謂匹婦能行，而賢士大夫有莫能逮者，今已請於朝得旌。安人子德言，手忠節文集及安人鼓瑟樓詩相示，又出畫象，命之贊，且言將以中書君遺文屬校定。余不能知文，而竊有慕乎忠節之義。忠節才氣激昂，足爲偉人，年齒不充，未極昭顯。安人用意温厚加婉順焉，因是信中書君之文之足以承忠節而啟安人之節孝愈無疑矣。夫安人不必以文傳，而後世之傳安人者，將於是乎在。故作贊。

曰：祖父死忠，女孫死孝。千古倫常，臣道婦道。加之不朽，文采照曜。我作歌詩，是章懿好。

吴江朱貞女贊并序

貞女名履淑，吴江人。字嘉善沈吉士丹槐，未嫁而沈卒。女請奔其喪，遂具禮歸焉。貞女兄瑞增介吾友何章人來徵文，予從姊許字魏塘張氏，亦如朱守志，凡二十餘年，卒感其事，遂爲之贊。

詞曰：婉婉朱女，字於東陽。有才無命，云胡不傷？先儒有言，或得或失。聞諸禮經，終也從一。如彼寡鵠，影隻形悽。如彼冬青，雪壓霜摧。生終其事，死終其志。哀我女兄，一瞑永逝。吳淞常止，魏塘不波。託諸風詩，千載用歌。

蔣烈婦贊并序

蔣氏名端姑，華亭人。適金陵李珍靖，賣藥葉謝鎮，甫生子而遭李喪。其族强嫁之莫氏，端姑斷指流血，莫氏歸諸其家，遂卒。楊子秉杷書其事，而予贊之。

王凝之妻，主牽斷臂。李傭之婦，迫嫁截指。彼人皆亡，二女不死。千載相望，一旦暮耳。吳淞沄沄，秦淮瀰瀰。世匪無賢，噫此彤煒。

從叔祖母閔太君象贊并序

太君嘉興府嘉善縣人，歸從祖玉林府君爲繼室，四載而寡。前夫人張太君子湘，年十有四；次淮，生未週歲。太君養老字孤，意境況瘁，斯圖所由作也。湘爲嘉慶辛酉科拔貢生，甲子舉於鄉；淮以金山生員貢入太學。湘先卒，淮屬從孫椿爲太君像贊。

贊曰：艱貞矢志，節懿所同。子而有聞，斯播頖宮。緒如繅抽，學如機軋。母氏苦心，九原攸察。烏頭綽楔，俎豆胡崇。我附族末，敬表休風。

晚學齋文集卷十二

心為嚴師箴

横渠經學理窟云：「正心之始，當以己心爲嚴師。凡所動作，則知所懼，如此一二年間，守得牢固則自然心正矣。」

世教既衰，師道亦敝。彼此同流，氣拘物蔽。人各有心，自任聰明。無知妄作，轉賊其形。何以嚴之？曰尊德性。曾曰『明德』，思曰『天命』。人之起念，心罔不知。爲惡則力，爲善則私。有能更之，力制其潰。一隙之明，庶以救敗。在昔横渠，早作夜程。說經有訓，敢告後生。

神明箴

血氣未敗，神明已衰。神明之衰，嗜欲害之。述天門胡氏承諸語。有能內養，無慕乎外。絕利一源，用師百倍。

悔箴

采宋范香溪浚悔說作。辛丑孟冬六日

日月而食，風雷而益。凡悔之道，困貴能革。成湯不吝，太甲自艾。仲尼之聖，予於是改。易『不遠復』，詩『聽我』謀。悔非無過，寡過是求。秦穆誓師，刪書用收。漢武輪臺，前史所優。不知者愚，不能者愎。改而憚焉，吝乃藏慝。愚者不祥，終於凶忒。惟愎與吝，爲悔之賊。過而勿改，伐以斧斤。我聞范氏，敬告心君。

靜坐讀書箴

清晨即起，端坐數刻。收斂身心，炯然不惑。讀經温經，務令精熟。體會四書，數章毋忽。切勿貪多，一書用力。倦則靜坐，以清神識。事應即已，毋怠毋雜。晚課弗增，惟在温習。臨寢端坐，心貴專一。止定在艮，不遠惟復。頻復斯勵，敦艮迺吉。久久行之，庶幾精密。止泉云：「前無大段工夫，後無接續工夫，讀書不免匆忙奔逐之病，應事不免[illegible]硊動悔之失。」此言最爲切要，不可不深味。

九卦處憂患箴

履德之基，循理是宜。謙德之柄，自執卑謹。復德之本，陽微當震。恒德之固，持守一路。損德之修，忿欲是求。益德之裕，日求進步。困德之辨，道在自驗。井德之地，可以施義。巽德之制，權道在是。

忠恕箴

心理渾然，物我交融。發己自盡，是之謂忠。事理紛然，人我斯著。推己及人，是之謂恕。心存統宰，事貴流行。分爲體用，合若影形。體立乎中，用周乎外。忠非僞爲，恕豈私芥。責善乎身，公善乎人。能盡斯理，聖門之仁。至誠無息，萬物得所。於穆變化，天地忠恕。聖人忠恕，一以貫之。勿施於人，己所不願。學者忠恕，違道不遠。天地無心，聖人無爲。盡人達天，庶幾勉而。忠維無妄，恕則絜矩。下士黽皇，敢告終古。

孝箴

人之至要，莫先事親。孩提知愛，悉本天真。及乎長大，飾僞澆淳。子能竭力，如臣致身。凡親之事，皆子之因。慮周于先，猶懼蒙惛。事當其急，切忌因循。勿忘勿躁，氣象恂恂。親有難順，汝親則仁。親有難給，汝家匪貧。才之弗裕，德之弗純；才宜自勉，德則當勤。親年喜懼，百歲一春。恩逾覆載，痛彼鮮民。曾能養志，帝格頑嚚。聖賢至軌，是立人倫。汝弗能然，勉爲衆人。箴此用警，豈獨書紳。

忠孝箴

大人正己，孝子無違。親曰幾諫，君曰格非。過小而怨，是不可磯。弗欺而犯，其或庶幾。存誠主敬，謹小慎微。終食有間，細人之歸。

卻疾箴

凡人之身，賦形天地。於中聖賢，禀氣清粹。當其平日，戰戰兢兢。事物所感，寒暑斯乘。及其病來，浩浩蕩蕩。形體雖衰，精神自王。緣其自得，胸次悠然。所憫者人，所樂者天。常養喜神，弗生煩惱。川上源泉，庭前春草。同人者性，異人者情。嗜欲恬澹，心氣和平。斯疾斯人，仲尼所歎。羑里夏臺，湯文憂患。『夙興夜寐』，昔人有言。或紬新得，或省舊愆。子孫而賢，教訓平日。如其不賢，教亦何益？釋云『寂滅』，老曰『虛無』。守其專壹，猶外形軀。何況聖賢〔一〕，大中至正。學論孟庸，犁然可證。戒慎恐懼，誠意正心。求仁聖學，養氣賢箴。臨水登山，吟風弄月。此樂雖真，猶爲外物。我爲丈夫，我讀詩書。參天兩地，造化之初。一念湛然，羣邪退聽。小子司聰，敢告賢聖。

【校】

〔一〕賢：通藝閣本校作『言』。

自箴

嗜欲之始，必有其根。迺乘於邪，迺誘于昏。頻復斯厲，頻巽則吝。爾不自强，夫復何恨？

據德室箴

聞道匪易，守道尤難。弗憚其遠，弗畏其艱。藏寶箱篋，拒賊城垣。欲爲我有，安可舍旃？有任毋重，有鑽靡堅。顔曾之勇，庶幾希賢。

養氣居銘并序

椿昔年嘗有志于學，以『養氣』名其居，而請惜翁書之，顧未知所用力也。近日復讀朱子此章集注，知其要在『集義』。說已顯然，欲從事焉，而恐其無恒，故爲此銘。檃括注語，書之於壁，以自警省云。

惟天生人，氣以成形。載此衆理，爲萬物靈。本自浩然，失養故餒。惟善養之，直而無害。心所獨得，無形與聲。要惟集義，此氣發生。必有事焉，而弗期待。勿助勿忘，節度斯在。義惟氣主，氣乃義驅。雖云兩物，彼此相扶。近在吾身，遠在天地。一氣渾然，曾非有二。旨明鄒國，意闡建安。孰謂不能？自棄聖賢。嗟予愚柔，晚學衰愁。敬作此詞，以銘座右。

江鴻閣銘并序

粵西呂子月滄官杭西防同知，以事去官。寓館之後，有閣三楹。予與西江桐生梅臣、二譚子王玉泉少府，恒集於此。閣未有名，目以江鴻，桐生屬爲記，銘以先之。

銘曰：越山之面，吳山之足。有軒翼然，風烟供矚。岫嶺復遮，池臺靖深。月明雨止，人在山林。桂林寓公，豫章游子。跌蕩壺尊，從容琴史。浮生蘧廬，如客得歸。江光不斷，雁影常飛。

柧庵銘

子厚說車，次山惡圓。古之君子，周旋折旋。父子一堂，詩書千載。摸床曲几，吾志弗改。大方無圭，大廉無隅。與爲詭隨，甯守我柧。

冬心龕銘

吾聞諸西山云：『冬爲四時之夜，而夜爲一日之冬。』然則人之善養其心，豈不貴于葆藏乎？始終惟一，龕之蕭然，勝四壁之空空。神於是而管攝，體於是乎肅恭。翫霏霏之積霰，聽颯颯之酸風。悟萬期於一瞬，會千古於寸衷。雖寒氣之凛栗兮，曾不干乎此心之從容。昔東方之早年，緊文史兮是攻。越董遇之勤篤，亦歲餘乎靡窮。今吾與子，既神情之落穆，復形貌之龍鍾。子迹兼乎吏隱，吾力藉乎筆傭。假居諸以送老，徒心悴而貌豐。感詩囚於孟生兮，笑禪誦乎褚公。靈臺冥以孤往兮，又何羡乎季直與大中？

寶硯室銘并序

楊子秉杷游山左，獲黃石二于孔廟之側，考諸方志，云可爲硯。以其一貽予，而顔其室曰寶硯，因請爲銘。

銘曰：尼山有石，不以硯名。聖德所寓，逐物著形。寶兹盈拳，賤彼陶泓。秋陽江漢，玉振金聲。勤哉若人，美哉斯室。藏之維深，用之貴一。學礪廼精，道介則吉。以永孫子，後世攸述。

又尼山石硯銘

昔聞黃石寶素書，今斯石近聖人居。以之述古勤且劬，不知而作吾其吁。

竹根硯銘

竹心虛乃能受，硯德靜迺能容。雲根殺墨淬筆鋒，孰有文字人中龍。

澄泥五銖錢硯銘

石土相搏，金入其腹。

雲璺古篆硯銘

前雲璺，後南田。世遙遙，五百年。楊（循吉。）與陳，（沂。）亦名士。石有知，墨磨子。

澹生翁缺角硯銘

宮成缺隅，衣成缺衽。先生不求全，是以全其天。

彭甘亭著書硯銘

少耽文學晚學道，後人得之意焉寶。

孫古雲隔水硯銘

君爲故侯吾退士，相望吳松隔一水。人生通塞良有理，百年悠悠勉而已。請以此硯貽孫子。

周華隱先世硯銘（華隱父祖皆以文學名，至華隱兼治法家言）

一心所寓萬卷畢，三世讀書兼讀律。此石雖微愼毋失。

蟠桃硯銘為張升吉太守（允垂）五十壽

蟠桃壽，八千歲。金石交，今數世。名不朽，君自計。獻高堂，樂無旣。

行篋小硯銘

憂患識字，窮愁著書。我慙古人，聊以爲娛。文字是職，出入與俱。尚其日新，又新而無。毀無譽也。吁！

貨布硯銘

前殺而椭趾，虛其體，渾渾爾，以文爲利吾所恥。

喬中甫澄泥硯銘

泥在鎔，妙形質。石著墨，工藝術。觀其通，會其一。後有人，眂此述。

子樞弟三角硯銘

其形弧，其德隅。入道貴智，守道貴愚。

馮少眉停雲畫硯銘

繪素事，方寸質。昔停雲，今古鐵。緊游藝，匪翫物。石可泐，名不滅。

秦辰庵澄泥硯銘

摶土以爲器，其質敦厚，其色淸膩。此元水使者所以奠九州，而非女媧氏之以人爲戲也。

王竹嶼觀察波紋硯銘

君官河淮歷江漢，風行水上是爲渙，不磷不緇如此硯。

辰象硯銘

文昌之光，奎宿之精。觀乎天文，斯其昭彰者乎？

雲龍硯銘

鴻筆之人，爲國霖雨。韓孟文章，窮達亦伍。

子良弟鳳池硯銘

緊片石，徐公貽。爾外孫，宜寶之。世厚德，兆鳳池。後其昌，徵此詞。

又鳳池硯銘

鳳鳴高岡，詩詠召康。攬德輝於天池，匪徒以其文章。

濟源盤谷石大圓硯銘爲確山醫士李貞吉作

大行之英，沆沛之精。結爲兹石，文章是鳴。賦質温潤，含光晶形。涵太極水一泓，傳諸後世〔一〕以石耕。望盤谷兮，吾既媿退之之筆；歸穎汝兮，子當繼仲景之聲。

【校】

〔一〕後世：通藝閣本作『奕禩』。

陳秋堂烏漆杖銘

漆主堅，墨主守。功扶顛，交耐久。宜子孫，千萬壽。

范雲卿羅浮連理杖銘

九峯故家連理枝，羅浮飛僊挾翱馳。

王紫眉紅木界尺銘

海東榑桑縱千尺，炤燿彤霞半空艶。中央一心取端則，上下四方均平直。

江南提督軍門陳公述誄

道光二十二年五月八日，江南提督軍門陳公禦英吉黎逆夷，力戰，歿于吳淞海塘之行陣。嗚呼，哀哉！夫報國之謂忠，徇難之謂烈，奉長之謂敬，保民之謂仁，具是四者，可以爲純臣矣。

公諱化成，字蓮峯，閩之同安人。少聞其鄉浙江提督壯烈伯李公長庚之風，習練海上水師事，每以忠勇自奮。初由戎行洊歷金革，積功至福建提督總兵官。道光十九年冬，逆夷擾粵東，遂犯閩浙，破舟山，瞰招寶，連失數大帥。公以二十年夏，調任江南，駐劄松江之郡城。

越旬日，而定海失守。吳松江並海上西南與舟山近，東北乃崇明，北則福山、狼山相倚爲脣齒。公聞警往守，分主礮臺，卒堵逆夷以靖江左。越二年四月，復犯浙江平湖之乍浦，去吳松江二百里。公奉命與湖北提督併力防禦，主西礮臺。擊損其火輪船三，夷卒千人。既而夷發大礮、洋槍、火箭雨集，塘壞，援兵終不至。乃解印綬付千總某，齎至官上之，而身坐西礮臺，下令礮箭盡施。夷不敢前，潛由東礮臺陸路進，火箭四射，經帷幕，甲盾俱焚。日加午，公右脅被槍，左秉旗督戰，曰：『爾毋畏，爾施槍礮。』遂卒，年六十有八。嗚呼，哀哉！

事聞，上悲慟，賜白金千兩，殉節地及本籍貫，並建專祠，下部議卹謚。而松江士民感公恩尤切骨，相與爇香焚紙錢，祝公冥福。聞公屍至嘉定大斂，蓋面如生云。

公初至松，語其屬云：『我善水性，我能任海防事，公等勉之。』既而以情異勢殊，守總督節制惟謹。先是，李公之在閩浙也，擊海盜蔡牽，幾將獲。總督每以降撫誤之，檄師速入，口戒勿往，卒以閩粵兩督牽制，薨于粵之黑水洋，而牽亦遂投海死。夷船嘗泊上海，畏公名及吳松礮多，而公直行其志，遲久不敢發。公卒，而後入寶山，入上海，遂浮春申浦，渡泖，而蘇常江鎮無甯宇矣。然則公之鎮守，豈獨繫于一隅哉。公精忠義勇，同符壯烈，而時勢艱難，志益不展，窮島懸絕，殄滅未期，此藎臣貞士所爲悲憤而流涕也。

昔者睢陽堅守，退之奮筆。太尉執節，子厚徵狀。彦章徇主，永叔書像。魯公死義，曾氏記祠。皆斷史秉經，詞稱其事。公之風軌，何媿昔賢？祀于吾鄉，尤宜不朽。椿以松士客游荆南，輒據鄉人所紀公事狀，嚮風哀悼，爲之援述。

而監利王柏心系以誄云：

閫有虎臣，起家海上。束髮騰驤，抗心忠壯。浮鷁淩波，屠鯨破浪。百戰之威，萬人之將。克紹壯烈，名聞帝廷。抗稜專閫，肅彼南溟。劍花秋紫，營柳春青。鯤池掃霧，蜃市驚霆。

彼狡者寇，曰英圭黎。逾五萬里，來自海西。職方靡紀，不屬狄鞮。噓凶煽毒，莫可端倪。厥族鱗介，厥性如鬼。逞其貪詐，以誘奸宄。〔一〕公卿建言，請絕互市。皇帝寬仁，亦未拒止。庚子之秋，窺我翁洲。陽言乞撫，倏犯廣州。焚掠四明，弄兵弗休。皇帝震怒，命將伐謀。

雲間雄郡，實扼吴淞。有詔推轂，謂莫如公。

餐精飲水，與士卒同。移軍野次，親遏賊衝。賊之犯順，殲我將帥。連檣去來，畧無顧忌。惟憚公名，不犯其地。老羆當道，貉子驚避。迫逼乍浦，與吴淞連。鼓鼙沸海，煙燄蔽天。公拒于岸，賊不得前。焚三巨舶，磔賊者千。賊怒而登，盡鋭豕突。巨礮震空，旗幟盡爇。公鑿凶門，志在殄滅。吴漢裹瘡，留贊披髮。賊亦奪氣，喪其精魂。倘有遊軍，別為公援。左右夾擊，賊衆必奔。可使賊艦，捲地無存。嗟乎此役！援絶勢孤。骨叢飛鏃，髮燎洪鑪。敖曹隕陣，鐵杖捐軀。傷此人傑，遂為賊屠。嗚呼哀哉！　滔滔黄浦，蕩蕩海波，公不可贖，當奈公何？

昔公在鎮，力制蛟鼉。公之歿矣，未息金戈。豈唯並海？縱横白羽。沿江及淮，孰為禦侮？士慟陳安，人悲周處。誰當摠戎？公得死所。公善遊水，與汨偕出。裹甲泝〔二〕流，可歷三日。嘗語吴人，亶當安宅。未展龍驤，先酬馬革。三吴巷哭，隕我長城。詔書褒卹，有惻皇情。千秋廟貌，視此忠貞。考鐘擊鼓，穹碑麗牲。

昔在賁父，曾聞造誄。亦有陽瓚，哀詞並製。況公風烈，魂魄尤毅。遡聽雖遥，嚮風豈異。陰雲晝合，悲風夜號。海水欲立，靈旗飄搖。水仙未戮，壯志難消。空中叱咤，想見弓刀。嗚呼哀哉！

【校】

〔一〕宄：底本作「究」，據通藝閣本改。

〔二〕泝：底本作「沂」，據通藝閣本改。

梁伯鸞先生祠迎送神曲

靈之遭兮時清，資雪潔兮秉玉。貞古冠兮長佩，難者進兮易者退。遺書不傳兮孤塋尚存，諷彼歌詩兮有以知先生之清淳。福我兮教我，仰彼先生兮廉頑立懦。

靈之來兮飄忽，飈輪馳兮夾明月。靈之去兮遹回，酒澹澹兮盈吾杯。仰彼先生兮吴中，曷承前泰伯兮後延陵。嗟彼要離兮，尚友五人。吁嗟先生兮，孰知其眞？

劉猛將軍祠迎送神曲并序

寶應劉猛將軍祠，祀南宋名將劉信叔錡。理宗朝勅文，以驅蝗功加賜神號。道光甲申四月，蟣蝝爲災，予謂司土者，曷舉斯祀典，按捕蝗法利用旌旗金鼓，以就掩獲？故述神生時績烈爲迎送神曲，用詒邑之好事。予鄉祀神同茲，往歲異潦，春夏交聞，亦患蟲孽。將示神勑於敝邑，耆老庶幾樂歌斯詞以侑焉。

神之來兮金鼓，挾靈風兮飛雨。彼蛹蝝兮奚物，肆跳擲兮讙舞。耿順昌兮奇捷，鬱千載兮猶怒。爾么麼兮蔽天，緊皇穹兮終怙。嗟八蜡兮祀遼，依我神兮田祖。

神之去兮旌幢，偃明月兮飛揚。惠我民兮匪私，神之靈兮四方。顧東南兮沮洳，匪神力兮曷障。捍災患兮江淮，敵靈祇兮蚜蚄。爾編民兮有知，祝籩豆兮永康。

陳夏二公祠迎〔一〕送神曲

天光兮地晶，神之心兮三辰。明江波兮渺渺，吾與子兮偕行。故鄉淒兮舉目，山川繚兮城郭。幸太平兮克諧，吾何間兮幽冥。田禾茂茂兮河水瀰瀰，小民有知兮簫鼓賽祀。惟忠惟孝兮萬弗敝，神其如在兮聿告來世。

擅長戈兮執采筆，乘雲挾風兮意氣横逸。招我儔侶兮中道曷歸？鸞鵠竦跱兮夾鳳以飛。苟予衷之靡慊兮，又何名與後之可幾？肴烝兮醯漿，神之依兮樂康。嗟混濁兮世所惡，慕潔清兮君之堂。

【校】

〔一〕迎：底本作『送』，據通藝閣本改。

弔同歸域文并序

同歸域者，在定海城北二里，鎖山之原。舟山破時，士大夫寓此者，死傷尤衆。經歷喬鉢收葬于此，題曰『同歸』。歲久傾圮。康熙間知縣繆燧，出俸買石封之。道光辛巳孟冬，予登鎮海招寶山，遙望昌國軍，波濤彭湃，洲島出沒，不任悲慨，投斯文以弔之。

山遭迴兮蒼蒼，雲重陰兮茫茫。水浩瀚兮渺不知其所極，此蕞爾兮奚鄉？海波沸騰兮勝朝季，天柱崩摧兮多士萃。眞人御世兮爝火退，區寓混壹兮見節義。翁洲屈曲兮蛟鬬巍峩，委心陽侯兮栖神白波。蠣灘兮明月，踞鼉背兮浩歌。國步阽危兮展轉東甌，崩雷裂瀑兮寄此身爲扁舟。崦嵫落日兮哀彼中流，招手故人兮魂其來游。此飼螻螘兮彼飽鱷鰍，俛仰一笑兮聊以忘憂。

精衛噑兮鬼車哭，夸父有杖兮不可逐。黄鵠躑躅於華表兮，朱鳥悲鳴乎宰木。田島五百而赴難兮，厓山一旅而俱溺。人誰無死兮？視泰山鴻毛以爲失得。古與今其一邱兮，況此忠義所旁薄。

殿基荒蕪而傾側兮，宫井淹穢而不食。維幽靈其感通兮，庶握手而無極。虹斿兮霞弭，前揚波兮彼重。水琅之江兮無窮，盲風怪雨兮不可以止。窮冬兮促節，鬼火燐燐兮出復没。白馬兮素車，朝潮兮夕汐。陀羅兮作華，空中兮秋色。彼金僊既不可爲兮，此薇蕨又不可掘。荃心期斯淨土兮，願相與永窀乎兹域。

亂曰：海上喬奔闞古春兮，兹雖衆骨實孤臣兮。峩峩石闕孰所表兮？國殤毅魄庶其有保兮。

通藝閣詩録自序

予於學無所解，顧少好稱詩。十歲許，以全唐詩出入懷袖間，為先生長者所斥，弗改，然亦弗深解也。弱冠時出游所作始夥。歲己未，見吾鄉王述庵侍郎於杭，頗甚稱許。丁卯，別惜抱先生金陵西上，勗以杜詩之學，於是復加研求焉。其於古人閎意眇旨，乃或時有會悟。夫詩之發原遠矣，孔門首以此立教，後之作者，下乃修飾字句，高亦僅陶寫性情，其於古人所謂自得之學、能言之訓[一]，未必克允蹈之也，然謂古人之閎意眇旨不於此焉在則非已。侍郎性喜宏獎，顧贈詩中有『文章風節』語，蓋即宋陸氏游『詩外有事』之旨。而惜翁所謂：『古今體皆有佳處，不謂之才子不可。然其究終歸於放翁，不加意於杜，則將受放翁率易之病者。』此其言亦豈獨爲詩乎哉。今兩先生俱歿，無從以質其是非，惟是束髮慕古，老而無成。辭章戔戔，誠不足道，抑亦所以明其志也。吾友毛生甫論詩最嚴覈，嘗與共究茲事，許爲之序，且以示其友人胡君澂。胡君乃取己巳以前所作者，定爲八卷，而付諸梓。噫，是重媿予也。胡君既述其緣起，復屬何君其偉使予自論之。予於詩不甚愛惜，先是王惕甫典簿、吳縠人祭酒，爲予點定二册，皆爲人攜去不可蹤蹟。後友人彭湘涵以見責，乃始録而存之，今與生甫所定本是已。

生甫才甚高，學甚博，而作文甚遲，姑以此爲嗃矢焉。抑近儒崑山顧氏炎武有言：『士一稱爲文人，即不足觀。』予之志亦有慕於顧氏，而才力淺劣，病復間之，五十益衰無聞已矣。使異日而於古人之學，稍稍有得焉幸也。否則僅以此數卷者，與古人相對於地下，爲顧氏所斥笑。噫嘻，悲已。

道光癸巳仲夏五日姚椿。

【校】

[一]訓：依晚學齋文集補。

通藝閣詩録卷第一

舟行望三峩眉

峩峩三峩眉，西出太華頂。靈奇閟佛迹，高僻絕僧境。風吹諸天小，氣壓全蜀冷。雲海養雪光，妙明蕩空影。

浣花草堂

髩秃時危一老翁，生民清廟有遺風。空餘古宅千秋外，枉掃詞人六代中。後世那知懷抱苦，當時猶忌語言工。清溪勺水無多在，肯信長江接海東。

文殊院

城中古寺嗟絕少，鷲殿刼灰殘故基。鐘魚六時發靜籟，竹柏半天含古姿。奇雲倒捲走猛士，急雨横激驅雄師。安得忘言暫結契，臥看枯鼠來銜髭。

題杜陸兩家詩集

堂堂古詩人，皎皎天上日。太白嗟浪游，少陵暫棲室。避地輒戈矛，依人孰膠漆。朝廷尚多難，生理困愁疾。萬象入蟠胸，隻字歌中律。苦心邁前古，揮手謝衆匹。天公私江山，破碎出詩筆。當時錦袍仙，藻翰縱豪逸。乘風弄長鯨，揮月酒四溢。一江分首尾，萬古共淒瑟。平生經世志，致君竟何術。流涕梁甫吟，空祠夜寒慄。

放翁生宣和，間關南渡後。蹉跎四十齒，寥落江漢走。一從判雲安，遂與杜老偶。飽餐戎州荔，細傾成都酒。冰堅潼河腹，月黑散關口。飛筆梁益間，戎馬落吟手。誰知詩人夢，夜夜京雒有。心魂傷仳傶，骨髮驚老醜。不聞馳鐵騎，但見拍銅斗。雷霆挾風雨，寶劍夜深吼。旌麾堅梁壘，金鼓掃秦缶。盡鑄豪蕩詞，獨出作者右。他年鏡湖歸，空憶看花久。

衛藏書事二首

鳩摩名字卜金甌，天雨刀兵刼未休。太古有水山不化，飛沙成海水西流。箭從漢代埋應久，柳比唐年舞更愁。青海將軍傳令速，與君談笑說封侯。

經馱白馬昔來東，絕徼氂牛遠更通。頻見使星占李部，又看枸醬走唐蒙。藏江一夜皮船渡，雪嶺千年鳥道空。可惜文園封禪筆，西南邊事太悤悤。

奉和仁和相公咏頭道水瀑布詩

上公行路有輝光，籌筆新看夜作芒。平賊題詩裴晉國，論功書考郭汾陽。冰摧壁壘開蠻徼，雨洗戈鋋冷戰場。知是巨川心事在，此身長作濟人航。

西藏鐃歌六首

藏連康衛古三危，邏逤城高拂大旗。六字久消唐印綬，和戎笑殺吐蕃碑。

武鄉傳箭中天日，博望乘槎海上雲。丹達山前千丈雪，招魂長禮故參軍參軍謝姓，國初時人。

迷離雪瘴觸雲開，積玉聲消百道雷。列宿周天三十六，馬鞭齊插望竿堆。

江流海外源仍伏，雪擊空中轂亂鳴。船裏牛皮橋鐵索，不聞人語但風聲。

吉祥草長雪蓮肥，唐柳年年古綠稀。歸去洗兵頭道水，三橋回首白虹飛。

瑤池八駿向西來，照海金銀五色臺。誰似貝函香象渡，聖皇不遺訪蓬萊。

劍南古柏行

劍南山水窟，萬柏夾叢蔚。倒拔雷雨根，交瀉雲霞氣。天垂龍怒攫，地僻鳥聲沸。炎曦三伏藏，寒月五更畏。偉人闞鉅用，自昔聞莘渭。莊士振古風，凜如對汲魏。連岡勢亘互，無敢壓雄毅。羣盜拜空山，神靈豈無謂。兵霜歷刼久，梁棟得時貴。孰問李使君，詩成發深愾。

雞頭關八韻

鳳嶺牛山外，中間此獨爭。直將千百險，迸作一重生。路仄危頻轉，峯多巧莫名。罥藤驢卻避，飛石鳥橫驚。下覺來時易，途言往後平。曲盤高日影，直上遠泉聲。敢恨巑岏極，頻嗟險阻情。對巖縈一綫，遙見荷薪行。

武侯讀書臺

高臺一登臨，洗我胸中書。大哉古今事，聊爾文字餘。畸人尚脫略，曲士限迂墟。豈知大略通，乃是謹慎儒。精微出寥廓，滌蕩歸虛無。獨見賢聖心，造物一笑俱。至人不可學，寂寞空山廬。沈溺糟粕中，奚止傷今吾。

石琴引琴在沔縣武侯祠中

空山石人曠無侶，手招天仙與天語。良工得之材作琴，颯颯虛堂起風雨。自來神物有護持，遇非其人誰敢主。焦尾綠綺空歎息，阿衡尚父誰比數？石聲激切琴聲高，武侯有心不窮武。紛紛漢末羣雄爭，南陽夫子方躬耕。吟成梁父坐抱膝，銷納萬聽歸和平。奇才已使敵人服，遺器還令過客驚。老臣心事寄三代，豈以石隱終吾生？有石不厲譙周齒，有琴不洗後主耳。爾琴爾長已矣，二表空懸日月心。六師都激冰霜指，蕭蕭松柏定軍山，一夜寒風動江水。

柴關嶺樹木叢茂戲作長句

元雲太古風不吹，山根結成青石枝。星辰斜出天苦縮，雷雨欲來峯倒垂。霜淒不覺魂魄動，月黑時有精靈窺。攀援來往嘯酸狖，奔竄下上驚狂鴟。磊碑燒存百文節，斑駁蠹枯千載皮。我聞秦蜀竹木天下饒，通商踰隴路萬條。炎天弗絕負筐戴，落日猶看歸徑樵。靈芽慎弗縱尋斧，神物要使衝烟霄。瑰材鉅質一朝盡，亂石鑿鑿波搖搖。山靈聞語三歎息，天籟急起鳴調刁。

十八雲棧歌

十八雲棧何盤盤，出雲入雲雲作團。藤蘿倒攀白石底，猿鳥卻挂青林端。月明俯照千古恨，松風驟生三伏寒。井廬磐互隱者屋，旌幢來往仙人壇。蹇驢晝疲側危徑，黑虎夜炬明驚湍。浣女負兒抱甕汲，行客合侶就樹餐。地經漢唐險益出，詩有李杜題應難。北棧苦長南棧短，秦分蜀棧楚分灘。

華陰謁西嶽廟

兩戒河山首，金精此孕胎。足從盤古奠，掌是巨靈開。嶽色晴分雪，濤聲遠走雷。河身千里曲，雲氣百靈來。曰帝朝羣后，惟公秩上台。蓐收時令肅，贔屭績功培。旒綴神君隱，冠峩法吏峞。雍州資保障，寢廟潔尊罍。入告聞方牧，增修煥寶枚。水衡頒少府，琳宇廓長庲。黃屋鱗排瓦，彤墀齒甃瑰。庚辛居正位，丁甲護雄材。儼列諸兵仗，潛消歷刼灰。飛仙恒偃息，過客亦徘徊。肹蠁昭終古，規模冠八垓。遙峯連太白，高閣極蓬萊。露井甘漿溢，星潭列宿迴。崤函平似砥，涇渭小於杯。箭設天神博，盆傾玉女咍。雲中有笙鶴，空際自樓臺。浪憶船乘漘，驚看柏抱櫰。樹留三代澤，詩竭萬夫才。供奉呼難下，昌黎志可哀。崑崙更西望，長劍倚崔嵬。

蓮花寺秋感

佛燈照客夢，秋氣空人心。不歷世味艱，安知禪定深。輪蹄瀚餘埻，鐘磬生曾陰。孤花明寒衣，清詩調玉琴。肅肅霜下羽，槭槭風間林。歸思一以馳，君聽空外音。

法源寺看菊

霜中能作花，衆以奇見取。精藍集車馬，冷圃洗塵土。當時東籬下，何意結此侶。涼風復相約，淡月一延佇。此花有淵明，豈可更著語。拄頰對西山，迢迢白雲去。

分水龍王廟

賣魚沽酒賽龍公，明朝解纜鼓東東。北人歡喜南人笑，不待湖中朝暮風。

金山

金山本非山，涌浮青蓮花。樓臺排空出，照耀凌丹霞。江月以爲輪，江風以爲車。吹來此長住，江海勢相遮。根與潮水漲，影無西日斜。仙人清夜游，泛泛波上查。老僧一招手，來往空中家。回顧焦處士，大海茫無涯。

過横雲山

故鄉何處好峯巒，應喜横雲著意看。三泖烟波憐地僻，一家兄弟歎才難。時當有道邀明主，書可藏山老史官。付與秋來簫管鬧，暮霞新月滿江寒。

滄浪亭二首

承平貴公子，歸隱五湖田。薄宦人尤惜，高名世已傳。文章消醉飽，憂患託林泉。買斷閒風月，空論四萬錢。

青州趙宫贊，一醉謝朝榮。忽聽滄浪曲，閒來此濯纓。疎狂同盛世，放逐避時名。五百年前後，遺文孰重輕？

范文正公祠

讀書懷慶歷，人物渺如何？憂樂如公少，賢才自此多。祠田重吳下，家廟肅巖阿。千載高山仰，淒然下馬過。

渡河至王家營

柳條與春色，終日思紛紛。車馬千程發，江河一岸分。吳歌空外徹，魯酒客中醺。君問龍門事，當年瓠子聞。

下邳懷古

漢定三豪傑，韓亡一少年。功高非將相，才大可神仙。黄老開風氣，蕭曹謝事權。後賢嗟不免，衡嶽與青田。

羊流店俗名楊柳店

戶曹名字動深悲，故宅誰刊第二碑？他日平吳勞聖慮，後來懷古孰心知？功名一灑千秋淚，儒雅居然六代師。裘帶空傳風度好，眼前楊柳說當時。

苦寒

骨相元寒瘦，征途更苦辛。河冰能躍馬，風石欲飛人。魯酒邯鄲夜，燕歌易水春。笑談吾豈敢，一味放懷頻。

豐臺芍藥歌

春風胡蝶城南來，北人種花花作堆。千枝萬枝晚日醉，十畝五畝彤雲開。草橋清泉暗滋灌，平地湧出紅玫瑰。郊天遠風址莫考，豐臺無人亦無臺。昔年豪貴妙歌舞，拭目何處黄金罍。宛平相公歲差近，平泉亦復空浮埃。惟餘村農曉荷鍤，頗見詩老來銜杯。郭駝種樹識妙理，諸公誰是台鼎才？維揚舊譜不須繼，中書新咏誰與裁？風吹狂香浩零落，彩筆容易汙莓苔。爲君插帽鸜鵒舞，肯遺頭上流光催。笑看倒載入城去，膽瓶明日光徘徊。

極樂寺看荷

疎疎紅紅静白白，世界清涼藏古色。夜深風露送香來，秋夢江南歸不得。波明更弄空外影，雨過方知定中力。古來何語品花工，文殊不語維摩默。

長椿寺示孫平叔爾準鄒禮耕植行兩孝廉作

鐘聲清人心，塵土暫拔腳。早訪開士廬，欣然會遼廓。草根發靈悟，林籟動天樂。白雲傍檐間，招我向巖壑。偕行得淨侶，心迹雙寂寞。同是客中懷，黄花任開落。

雪後道中

初程犯嚴寒，雞鳴戒行李。微明燈光外，餘夢鈴聲裏。號風挾昔怒，晻藹朝旭起。沙石走若雷，氈帷薄逾紙。轍迷深沒踝，裘敗寒瘃指。西山色晶瑩，崖窽益可喜。漫漫望長安，蕭蕭渡易水。笑指炊煙高，酒旆颺涯涘。

望蘇門山懷孫徵君

山色何青青，山中有百泉。當時隱君子，酌泉心逌然。早急楊左難，晚開黄宗羲李容先。狂狷希中行，英雄成大賢。從遊皆偉人，霖雨徧八埏。始知巢許輩，潔己何其偏。

曉渡

騾綱替戾苦相催，且撥惺忪倦眼開。萬馬曉驅漳水渡，亂山横截太行來。朔風影裏征塵斷，殘月光中畫角哀。猶有燕鴻心事在，一鞭孤晨暫徘徊。

旅感

雁驚虛繳兼譙鼓，馬齕殘芻臥壁燈。風雪滿天人萬里，客堂情味一孤僧。

冰稜

隆冬陽氣伏，穹嶺導潛脈。支流所經過，高下合一白。涓涓涼月浸，靄靄碎雲積。滑騎凝龍背，凍壓臥蛟脊。驚魂懸空梯，窘步轉狹石。輿丁危忘寒，但駭涕汗迫。險境幸無多，曉日半山赤。

鳳嶺苦寒

誰云青天高，氣與厚地結。嚴威厲終古，慘象迫短節。入三五里雲，踏千萬峯雪。人兼歸馬噤，路共飛鳥絕。孤光導眸明，羣凍入足裂。顚項久專柄，羲和若迴轍。秦關此尤險，簫鳳去已瞥。因思燕山寒，愈念蜀都切。剝兎焆莫溫，呼酒暖不熱。俯窺殘澌皎，仰見衆星列。獨眠宵未闌，浩歌興彌烈。

冰澗歌

竹筧引泉漱寒雪，瓊柱搖搖半將裂。碎驚鷗鷺點忽飛，凍壓蛟鼉骨幾折。風濤澎湃作氣勢，羲和沐浴出光潔。阿誰畫筆無點塵，天外孤雲影奇絕。

石壁奇甚作短歌

天然削成青玉鏡，萬象迴環八圓淨。巉巉一片堅且勁，何用百丈千丈併。梯空無壁著瘦硬，正以獨立見奇橫。兩鴉頂栖意無競，平視白雲與空映。物不在大小不病，植品者誰此宜敬。

李道士彈琴歌 沔縣武侯祠道士，名復心，字虛白

道人埋琴蜀山裏，心與雲游手江水。偶然一曲動空宵，萬壑龍吟夜將起。神仙別夢知有無，盗賊餘生半生死。倒揮松塵餐石髓，泠泠寫入七絃指。温然沖和淒然愁，曲罷爲言華山游。華山飄飄影如浮，蓮花乃在最上頭。明星搖搖光欲落，玉女一笑天爲秋。西峯冥坐發靜悟，夜半彈破黃河流。黃河有流與天長，橫看倒過青石梁。直趨龍門撼砥柱，千里靈氣飛中央。怪師琴韻特殊妙，得此自可神激昂。昨聞弟子一再彈，肅肅六月飛青霜。師今更爲發奇弄，彌歎妙處神所藏。華山彈者四得仙，七十已過八十年。嗟子一一盡指法，雙鶴對舞黃庭篇。空山無人水流泉，惟我與爾朱絲絃。請師爲譜醉翁操，一寫萬古心逌然。

棧中咏雉

樊籬署其鷽鳩推，荒僻差欣遠射場。諧俗可憐難耿介，逢人何但是文章。爲媒原自非初意，化蜃真難返故鄉。莫笑昔賢求士拙，居然小鳥匹鸞皇。

蜀程雜咏五首

樹古難論代，峯多不記名。馬蹄驕日影，人語答谿聲。織錦蘇娘巷，煎茶漢祖坪。茫茫古來恨，容易暮煙橫。

地勢蒼茫極，天容咫尺間。風雲五丁峽，雷雨七盤山。鳥掠行人過，猿欺獨客還。畫眉啼不歇，催送畫眉關。

鳥呼四山外，身宿萬雲中。夜覺無邊冷，春疑到此空。冢荒狐拜月，谷嘯虎生風。新作幽并客，高吟氣尚雄。

春色二分過，未逢桃李開。偶然一林雪，疑是萬株梅。候館爐溫火，遙峯玉照杯。解催詩興發，未敢薄郫醅。

楊柳前年色，余行望帝闈。桃花今夜雨，君去下夔門。舊事難重憶，新詩待細論。情知衣帶水，不隔夢中魂。聞嚴麗生學淦侍親雲安。

偶咏古迹五首

文翁石室

吳公薦賈生，文翁進相如。華實雖異用，英絕夫豈殊。堂堂治安策，懇懇諫獵書。遇主既不同，身死一長吁。

相如琴臺

文園振奇人，跌宕無不可。朝陪漢皇游，夕入縣令坐。江月粲於眉，山花紅似火。嗟嗟失意士，萬古一坎坷。

君平卜肆

迢迢銀河流，煌煌蜀都會。星辰爾何知？顧與人意會。君平耽寂寞，一室靜相對。張騫有功名，迺在萬里外。

子雲草元亭

詞賦悲小技，著書好微言。如何解嘲人，投老乃乘軒？王馬不足比，嚴鄭誰復論？惜哉元亭草，不及聖人門。

子美浣花溪

自從風騷來，人士有述作。淒涼杜陵老，懷抱向君託。生前老屋破，死後殘碑鑿。稷契復何人，萬古歸寂寞。

登益州城樓二首

劍門北去夔東下，形勝成都壓上游。三峽江聲通楚澤，七盤山勢控秦州。旌旄列鎮分天險，鼓角巖城起暮愁。畢竟衛公才畧大，籌邊千古有高樓。

麟閣雲臺盼策勳，擁兵債帥自紛紛。威弧未射欃槍落，烈炬先愁玉石焚。但見催租南國使，不聞流涕朔方軍。漢廷制誥今誰掌？亟草相如諭蜀文。

盤瓠

種餘盤瓠敢稱驕，從古羈縻事大朝。宰相近兼唐節度，將軍仍屬漢嫖姚。五谿笛怨連營動，三帥星芒徹夜消。卻憶當年經畧事，歸流七省說征苗。

哀陸明府

陸君以大寍典史獲賊首，城守有功，特擢知縣。予與之偕出都旅舍，歌呼相得也。其秋赴軍營戰沒於賊，哀而爲詩。君吳之常熟人。

愁雲寒無暉，落日慘欲蝕。嗟君悃愊吏，慷慨裹馬革。勤勤矢誠愨，懔懔慕忠直。莫言黄綬微，足爲後來則。自從狆苗變，數省驚反側。連兵極東南，師老竟誰責？大帥惟樹威，羣將亦藏慝。良田失滋溉，陰乃生蟊螣。遂令帶劍徒，談笑弄冠幘。君時首上變，單騎搜伏匿。保障復有功，登陴控鳴鏑。微官拜玉陛，二聖動顔色。嗟茲急難才，允矣百城式。歸來馳急裝，上馬不待策。凶渠憎主人，萬古沈冤塞。歸元失先軫，臨穴痛奄息。諸公皆致身，一尉乃盡職。吾生慕終賈，抗論共疇昔。翁從苗中來，炎瘴困行役。拊髀不成往，相對憤填臆。聞君遂致命，灑淚紛凡席。黯澹招魂辭，淋灕寫哀墨。海風故鄉悲，孤子慟枯骼。終當肅靈旗，厲鬼來殺賊。

諸葛銅鼓歌

漢家四百年神物，寶鼎金刀去飈忽。空餘銅鼓震蠻荒，萬里威靈說諸葛。武鄉攻心定至計，先靖南方方北伐。荒郊星霣竟班師，聲罪中原逃仲達。天生奇才僅小用，太阿莫邪付雞割。流傳此鼓形絕奇，四耳銜環貫繩掣。破空一聲雷奮吼，入地千年霞駁鬣。峨眉山高江水深，照徹忠心洗頑血。森嚴刁斗輔軍用，氣懾獠夷功不殺。丞相長屯八陣雲，蠻奴自跳三秋月。昔聞伏波靖交阯，異樂驚人來駱越。任說銀釵擊洞苗，終看金馬朝天闕。請從建安溯建武，回首興亡易嗚咽。語君莫作漁陽撾，不待鼓終應碎裂。

顔魯公書逍遙樓拓本

高堂棐几清且閒，玉斗照案光斕斑。蛟龍鬱鬱三大字，問誰爲此尚書顔。有唐此樓特恢麗，城郭曠盪青雲間。憑高俯視飛鳥沒，望遠眼追落日還。五樓三山不可到，竟仗筆力窮躋攀。莊生著書具懸解，斬破冥冥開元關。鵬鷃菌椿互相笑，正自來往如轉環。列子御風尚有待，未必物外游人寰。晉賢一篇各異義，紛紛向郭眞須删。魯公游戲愛仙佛，至道自契鐫愚頑。貞元不顧盧杞奸，天寶那知安祿山？拙於用大爾莫笑，此身傳舍公何慳。我今寶此悟高曠，蕭齋舊例何可班。華胥臥遊道緣熟，未許一字易百鐶。

潼川琴泉石塔法華殘葉歌

世間萬事不必全，佛法半偈皆眞詮。何況法華最上乘，說時花雨飛蹁躚。是誰書此鎮石塔？梓州北郭琴泉巔。云是蜀臣王鍇筆，好事乃自吳省欽與錢載。何年野火燒石泐，妙蹟零落隨飛烟。山神呵護得數紙，釵腳屈曲蒓絲聯。我聞世尊說此經，增慢退席人五千。鶖子殷勤再拜請，方便衍說無中邊。是一無二佛知見，世間大事茲因緣。干戈五季苦擾攘，那有妙法開諸天。道旁迎降首列表，幸免從戮污秦川。白藤箋子好書寫，闌畫精界烏絲箋。蠹魚繚繞蝕不盡，付與文士分工妍。吾鄉尚書妙楷法董宗伯元宰，十指盥爲雲栖蓮。龍蛇眞跡落何所？遺石猶向隅園鐫。何如寶此更奇特，古物遠溯乾德年。世人幾爲法華轉？妙悟誰造無始前。嗟我繫珠坐自失，空使執卷長留連。

遙望青城山

迢迢青城山，靄靄老人邨。落落百歲餘，盈盈五世孫。不識鹽酪味，但長枸杞根。有水不須飲，一漱滌塵煩。往來揖仙靈，浩蕩觀眞源。漁樵跡罕逢，悠悠車馬喧。何年與世通，漸致五味燔？彭聃既辭去，殤子乃窺藩。南陽秋菊甘，武陵落英繁。抗手招白雲，彼哉外人言。

嘿野僧居內江，年百餘歲

岷山江源三峽水，峨睂古雪萬丈巔。維摩曼殊各寂爾，寒山拾得眞超然。衣冠脫畧貴客禮，文字掃空佛祖禪。華髮龎睂義〔一〕手坐，五朝長見太平年。

【校】

〔一〕義：為『叉』之異體字。

通藝閣詩録卷第二

蜀中三物詩

蒙頂茶

蔡蒙敘山始禹貢，萬古青天石無縫。五花高出太清峯，巉壁泉飛破雲涷。千年冰雪久融結，定後枯禪伏深洞。人間凡樹久驚雷，此地靈芽剛入夢。娑羅寧窾護精彩，掩抑巃嵸溼朝淞。半開獨受陽氣全，七株傳是老僧種。官司籍記葉多少，飛騎郊壇設齋供。太羹元酒味正希，圓璧方圭品增重。石旁環列數十株，陪茶例許盈囊送。泛甌乳花試活火，汲綆清泉酌虚甕。天閑下駟展餘足，猶勝塵區萬龍鳳。江南桑苧不解事，謬品彭綿正堪痛。陸羽茶經品蜀茶以彭州上，綿州、蜀州次，雅州、瀘州下。爲君妄語一解嘲，無限空山老無用。

荔支

交梨火棗我不知，百味俊絶鮮荔支。閩廣滇蜀孰評隲諺云：一閩二廣，三滇四蜀。，果協明鏡分妍媸。環肥燕瘦各有態，必欲品第何非癡？唐家妃子愛鄉土，驛騎歷落紅塵馳。敘瀘涪合皆入貢，一樹更有嘉州遺嘉州荔枝灣有一樹，云是貴妃手植。。路長日暍馬倒斃，曉來甘露乾空枝。海南仙人急乘傳，炎天消減冰雪肌。長生水殿大合樂，霓裳初奏玉笛吹。進來新曲賜名字，六宮拜舞朝丹墀。可憐曲終動鼙鼓，花開古寺悲棠梨。杜陵老子獨愁悶，白露團團秋暮時。付與閒人更追賞，緑酒細味東樓詩。

桐花鳳

紫桐十丈高作花，花開徑尺丹如霞。中藏小鳥啜清露，日出已返空山家。俗人窺影不可見，正坐凡骨無由睞。縱令危機蹈世外，有死肯復覊塵沙？李唐衛公古人傑，畫扇諦視心矜夸。肯同籌邊大手筆，點綴小賦相榮華。紅衿翠尾顔色好，藻繪正欲侔鮮葩。此花定是優鉢羅，能招迦陵與頻伽。梵音清雅復微妙，安用俗詩籠碧紗？一朝花落不知處，煙飛雨散天之涯。郫筒沽酒欲傾賞，空齋坐對圭影斜。鳳兮鳳兮九千仞，俯視鵷鶵空歎嗟。

繞城走馬觀芙蓉示麗生

芙蓉城中十萬家，芙蓉城外千株花。天公奇景付全蜀，西風作意驕春華。清霜夜染錦步障，點綴遠勝王石奢。誰能一目四十里？翻恨帷幙重重遮。少年嚴生雅好事，乘醉來跨白鼻騧。名駒深穩意矜寵，四蹄漠漠開平沙。忽然弛韁不可止，腳底蹴踏飛紅霞。臨流顧影昂首嘶，簌簌驚起林間鴉。此邦卜居富泉竹，布置大好緣籬笆。淺深紅白各殊態，箋家袖手弗敢加。成都若準渭川例，封侯千戶端拜嘉。東坡作詩故鄉憶，眼中仙客多如麻。青羊草堂瞥眼過，倒載接䍦欹復斜。笑呼葛彊語回首，明朝酩酊還堪誇。

歲暮雜詠十首

盛世崇寬大，哀黎望拊循。戈鋋消四海，租稅算千緡。渤海徵龔遂，河東借冠恂。西山羣盜賊，當日本王民。

談笑思安石，何人鎮上游。野屯增竈急，屋臥徙薪憂。鵑語三巴夜，猿啼八陣秋。漏天連日雨，淚灑古梁州。

百戰能談虎，三邊舊射雕。漢廷知李廣，絕域附班超。雲氣連天暗，星芒徹夜銷。將軍一去後，大樹日蕭蕭。

久設三秋戍，長屯萬馬營。偏裨皆坐甲，大將不聞聲。超距軍中戲，投壺閫外情。虛聞伏波語，裹革是平生。

此豈從容日，羞言一將才。披圖朝點筆，得句夜銜杯。列障傳烽遠，寒江走馬哀。書生籌國恨，青髩欲成灰。

亦有盧從史，專張大帥威。材官皆欲殺，幕客總思歸。膏刄嗟黃籍，投戈爲白衣。坑降千古戒，何況此曹非。

國有三年蓄，兵皆六郡豪。微聞諸郡邑，不守舊城壕。節度馳輕騎，將軍顧寶刀。縱邀寬大詔，莫更挺身逃。

隴頭悲壯士，慷慨誓捐軀。家散千金盡，身提一劍孤。報讎紛涕淚，祭墓擲頭顱。兵氣揚如此，艱難媿作儒。時有義民李甲被殺，其母練兵殺賊爲子報讐。

一隊桃花馬，翻身袴褶紅。聖姑神吐火，小妹健彎弓。金帛歸諸將，鬚眉負乃公。秦家無白梃，誰與鬭英雄？

聖朝原教孝，臣子意如何？事爲從金革，詩皆廢蓼莪。衣留慈母線，身荷候人戈。太息邛崍阪，揚揚叱馭過。

留別麗生

天涯燕侶舊相依，劍外江南各自飛。十載交情惟爾獨，萬山春色共人歸。柳條折盡鶯將老，棽尾開殘蝶漸稀。空憶吳儂銷夏日，攝山雲樹綠成圍。

謁三蘇祠

蜀山蔡蒙歷黎雅，蜀江岷沱通夔巫。江山靈氣有餘洩，歸併一姓生三蘇。文章眞傳代不死，慶歷復古誰爲徒？西江同時作者盛，西蜀後出還同符。我觀眉山僅㟝嶁，覆土一簣真區區。偉人挺生跨百代，嵩恒泰華衡何殊？奇才若此用未竟，知公魂魄長嗟吁。縱橫習氣或不免，若論大節焉可誣。聖人道大得所近，安得一一皆規摹。金陵拗相不解事，投老始跨鍾山驢。辨奸一論燭先識，新法諸疏關民瘼。一達大體一泥古，後賢效法宜何趨。首邱未遂重惋惜，次公死潁坡死吳。子孫不歸守祠祀，祠中道人歲掃老泉墓。賢者墳墓奚荒蕪。廟中舊植柏與榆，蓮花一池花雙跗。摩挲手澤憶主簿，二公靈爽歸來乎？

望老泉墓

蜀君子，官主簿。述者子，知者父。青史三傳人，青山一抔土。陽羨何曾竟買田，潁濱投老亦悽然。洛蜀黨成千古恨，在山清有老人泉。

自中巖寺觀石筍三峯

水曲勢逶迤，山曲勢重疊。山靈妙布置，不使一望接。循上徑頗艱，腰腳賈勇涉。峯峯插雲起，飛鳥不敢睫。大江橫我前，下視俯可挾。身從上方歸，天風吹獵獵。頓忘來時路，反向對山揖。怪鳥鳴一聲，萬象盡森懾。茲游記夏始，空山有黃葉。

訪方響洞

氿泉自穴出，仄勢碎珠迸。謀耳水樂諧，徹底乳泓淨。微風動深巷，急雨驟寒徑。夜來環佩搖，秋冷松竹暝。何年蕤賓鐵，妙與宮商應。小樓夢未殘，孤館酒初醒。霜淒四圍逼，月出一方定。戛戛想悲吟，泠泠發幽聽。琅然出梵放，亂以一聲磬。慨彼題詩人，虛泉入清興。

謝泗亭太守丈邀登高望山望峩眉

三江合流勢初放，嘉州一城作隄障。隔江羣峯高插天，城中一峯屹相向。江聲山色無盡姿，一峯盡納羣峯奇。穹樓乘風欲飛去，對面直撲三峩眉。峩眉如美人，隱見乃有數。太空無纖雲，一角秀微露。峯巔横絕太古雪，直射雙眸氣寒冱。兜羅綿影空濛濛，咫尺何曾墮烟霧。君不見？東坡不作漢嘉守，太息陵雲空載酒。謝公家住會稽山，萬壑千巖重迴首。山顛白雲殊有情，一片飛來落吟手。登高著屐更持杯，宣城永嘉古來偶。我聞蜀山首岷嶓，太蒙西來同嵯峨。神仙靈跡閟終古，太沖賦出誰能訶？名山不列五嶽數，灌莽埋沒千巖阿。明朝徑擬入山去，飛雲頂上攜身過。

舟中望烏尤山爾雅臺

凌雲大蘇詩，浩浩波萬派。烏尤出其腋，黯澹小米畫。亂流莽迴合，江勢紛破壞。餘濤齧寺門，佛力鎮荒怪。空臺問誰氏，遺址此州界。自從雨粟後，孳生益創疥。爾雅訓詁書，諸儒力云憊。簡編苦傳寫，傳注困差註。退之磊落人，議論肆雄快。文章畧識字，所見亦未隘。立言自有義，破碎安足挂？無論九雲夢，須彌納纖芥。請付萬古流，一脫文字械。

敘州

水滙滇南萬派吞，鬱姑臺下絕流奔。山埋銅鼓羣蠻靜，郭繞琱旗健卒屯。僰道西通烽未息，岷江東下浪長渾。漢威遠被青衣國，文物殊方尚可論。

瀘州聞滇黔官兵過境

城中擾擾雞犬呼，城外慘淡人煙無。官行索吏吏走匿，市兒大號兵過途。兵來滇黔亦非遠，一身無功意驕蹇。前驅供頓聲勢張，役夫嗷嗷日將晚。欲來不來行遲延，口索夫馬意索錢。倉卒使爾誤軍限，高資急納充腰纏。可憐縣官受嗔責，吾爲爾民來殺賊。此曹平時性命輕，身到疆場反愛惜。蜀道當關重一夫，頻年徵調困軍租。卻思丞相天威遠，五月炎蒸此渡瀘。

渝州城外

雉堞排雲出，周遭列翠屏。樹攙千嶂黑，天壓萬峯青。野濶防飛燒，江空指落星。因思驚鶴唳，幽寂暫柴扃。

舟過長壽感賦

嘉慶之三載，孟夏月上旬。舟行發巴渝，薄暮瀕江濱。因思去年冬，此邑遭黃巾。傳聞意尚惻，何況目覩眞。繫纜上岸行，城市皆沈淪。一山在城西，廟宇黯不新。不知何王宮，樓觀棲微塵。棟梁未盡圮，階級猶可循。刼灰所偶遺，此亦靈光倫。折行入禹廟，明德昭明禋。謂當食萬年，何意荒荆榛。內有前縣令，坐繫經年春。守土棄土走，何以腰垂紳？諜告反得死，何以謝萬民？廟前雙桂樹，圍大容轉輪。曾見探丸來，烈燄飛城闉。我欲從之語，無言獨含顰。偶焉遇牙郎，爲我瑣細論。自云有父兄，同來達巴岷。與君爲同鄉，身亦江南人。嗟哉爲利謀，豈意遭難屯。先是驚風鶴，寇至聞比鄰。自當靜境內，大義慷慨申。民心既以安，士氣亦以振。常時乏備禦，臨難猶逡巡。游偵彼何辜，乃向長流湮。靜鎮爾豈能，聞賊意則瞋。城中擊鐘鼓，城外叢棘薙。此地高踞山，其下爲通津。寇來何坦如，不用設距堙。官守死其職，去就民所遵。縣令倉卒逃，餘衆尤私身。擠排大江中，戢戢爲魚鱗。親戚誰復知？但聞呼救頻。縣尉獨守解，平日頗寬仁。賊渠知好官，推磨使之馴。願爲厲鬼死，氣結不復呻。元戎率滇師，解圍策如神。首問失城罪，有喙何能伸？章綬宜在腰，積貯宜在囷。犴狴宜有囚，庫藏宜有銀。一一皆自服，縶俟軍事竣。獨惜十萬家，一炬胥泯泯。至今月黑時，野澗飛青燐。衆者化爲少，富者化爲貧。弟行尋其兄，兒啼號其親。身亦有父兄，欲問無由詢。孤身客他鄉，已矣長含辛。吾聞此言悲，涕泗横無因。蜀中苦兵久，惟有呼昊旻。作詩紀姓氏，尉張令則陳。生者戒守吏，死者勸爲臣。

上牛皮箐

手與飛鳥接，身與飛雲浮。三步氣一喘，五步足一休。一步一惕息，直上峯頂頭。石勢怒相距，階級不可求。武庫何縱行，森然列戈矛。兵氣一朝洗，萬古風飀飀。直前捲篷障，作氣氣益遒。譬持化人裾，欲去烏能留？白晝聞鬼嘯，怪鳥啼鵂鶹。空山悄無人，四顧聲啾啾。冷翠撲衣骨，五月行披裘。初程已如此，前路阻且修。

上閬天鋪閬土人音鑽

朝過牛皮箐，暮過閬天鋪。兩險皆絕倫，我行一朝暮。爲貪利涉途，勇往力須努。巉巖排雲起，曲徑屢愁誤。一氣數十折，輿石兩觸忤。輿旋竟無地，石滑不受履。其間土扶寸，插腳僅能步。出險心稍夷，不敢重回顧。所恐記憶眞，夢魂心猶怖。前臨走丸坂，嶄絕下山路。

十二夜失道隨月行二十里許夜半乃達旅店

水行月暮春，陸行旬初夏。朝發迎日東，夕宿已及夜。奇絕飽已經，氣結不能吒。初疑連岡斷，謂是達平埧。豈知岸勢失，輿從出石罅。輿底擊有聲，石巨步難跨。前升後益俯，趾高身乃下。桱梏貳負手，蒲伏淮陰胯。死力相挾持，性命祇一卸。危橋彌淩兢，僅以二木架。飛流百道泉，澎湃會其下。舉足足退縮，欲進無可藉。鴟鴞如兒啼，作意使人怕。此橋劃然裂，此身與之化。空山人煙稀，秉燭向誰借？雲中爛銀盤，何異千炬迓。崖根行復息，久久達旅舍。作詩紀涉險，儌倖聊復詫。

山石書所見

遠樹似人立，遠石似人臥。此猶尋常境，未是神鬼作。天公於蠻鄉，極意巧顛簸。地脈鬱結厚，山骨盤踞大。愚公多難移，混沌鑿不破。聚形迸如鑄，裂縫碎如剁。橫空出巉巖，當道愁坎坷。扶寸窄刮耳，徑尺深沒髁。入雲雲有根，建佛佛無座。枯禪頂斯禿，裸國毛乃毤。影落禽飛翔，勢逐獸走番。涇涇牛降阿，團團蟻旋磨。骨朽邱貉睡，皮存蟄虺蛻。堅冰山行狐，遇雨波涉貖。熊羆伏不動，猿猱瘦長餓。形狀無心成，位置任意頗。靈魖瞰林際，風漢倒路左。生落寂寞鄉，迹少往來馱。庶幾免開鑿，不復揚堀堁。豈知羣苗蠢，致勞大兵過。黔贏驅斧斤，夸娥負鎌鍋。氣象縱突兀，鋒鋩競摧挫。節相籌軍儲，計吏送國課。羽插置驛郵，鱗集萃財貨。緜延土益拓，攘剔草仍莝。至今城堡雄，猶似陣圖裹。聚者大將屯，散者游卒邏。居然掃千軍，不遺弱一箇。就義弔漢殤，招魂歌楚些。山囚豈堪賦，石言或能和。

山行遇大雷雨

老龍噓氣得所憑，倒吸溪澗以尾承。豐隆亟索雷車乘，颷輪火速不待徵。其雨其雨聲鼕鼕，初如魚網低懸罾。窖如散絲直如繩，久枯涇泥泥有棱。後乃一瀉湯沃冰，雷公勢欲推巖崩。氣燄直觸山靈憎，山漲暴發百丈增。水石相搏兩擊砯，瀉入澗壑流溝塍。三里五里霧氣凝，對面遮卻千百層。何況原隰兼邱陵，僕夫沒髁行淩兢。石梯滑澾不敢登，翻向絕壁攀枯藤。忽思軍中士八能，此時萬馬驅崚嶒。馬聲雨聲同奔騰，手足僵裂瞶且瞢。偃矛韔弓矢釋掤，尚恨跋涉苦莫勝。我行猶暫彼則恒，平服瞋念無由升。眼中奇觀得未曾，亟解輿幔纏行幐。

山水暴漲輿夫逆流而渡

二十四溪水，衆山遥發源。樹呼風勢出，浪捲日輪翻。覛路紆千折，臨危淖一掀。不緣雷雨作，安得怒濤喧？

渡後作

河聲夜湯湯，曉行斷人迹。輿夫輿為舟，高舉使之隔。水東人西行，作勢先與逆。中流力不勝，進寸退以尺。近岸始就下，波濤腳底劃。水怒邀人行，快過飛鳥擲。邪許聲一呼，水亦響如激。奮登賀出坎，危坐蕩魂魄。

峽中行十餘里奇奥殆絕出峽後上辣子山險峻為一路諸山之作

空山無人鳥欲棲，後者鴟嘯前猿啼。兩面絕壁中一溪，衆峯壓天天亦低。羲和有轡不得騁，山勢欲掣斜陽西。斜陽到山不到地，影射瀑布晴無泥。飛流直下二千丈，衝石石白一色齊。有時欲落不肯落，片片擊碎青玻瓈。雲根突兀峙崖底，沙石相夾成徑蹊。輿夫利涉視晴雨，我行雨過徑不迷。平時暴漲盡淤沒，巨浸不許牛駕犁。便思盛夏此消暑，道遠何用餱糧齎。山行快意苦易盡，突落萬仞高崥嵽。作勢傴僂磨盤螘，舉步跼蹐藩觸羝。仄身樹礙險被挂，當頭石崩如欲擠。誰知此路有時上，風吹絕頂陰凄凄。下坡走丸側復側，勢險節短不敢稽。陂陀磈礧盡如此，直使人力窮攀躋。令我回首望石峽，到此閣筆詩難題。

擢河垻放舟行六十里至新灘上岸復上舟宿兩河口

水失四五尺，舟行六十里。輿在一舟中，舟在萬山裏。山勢束水水益出，水底翻騰浴白日。新灘石淺水益爭，輿人肩輿人起行。灘聲一過水一落，依舊輿向舟中橫。行行去未遠，舍舟復登陸。邨落煙火稠，盡投兩河宿。一鈎殘月挂疏柳，曉行又渡兩河口。

抵龍潭

紀程餘八千，紀日盈二五。問渡三上舟，登山再遇雨。役夫意驕蹇，食力亦云苦。赤足入水中，深厲乃無數。當其危急時，性命與之賈。此身託佗人，欲强意先阻。嗟哉行路難，笑殺守錢虜。

涪州酉陽山行之險十倍棧道作詩以諗來者

侵曉先愁舉足顛，夢魂猶覺此心懸。高低石外全無地，呼吸聲中一問天。墮苦不殊飄黑海，賦詩翻欲笑青蓮。若從蜀道分難易，衹合東西判兩川。

辰州

兩師催我赴辰陽，四百灘聲日夕忙。地雜華夷人異俗，路通黔蜀此分疆。弓彎夜月懸荒戍，鼓擊晴雷弔戰場。指點舊時屯卒處，亂雲猶自擁高檣。

弔畢秋帆制府

苗中之役，公與福文襄貝子、孫文靖相國，先後溘逝，公即卒於辰州

漢相當持鉞，虞廷正舞干。苗頑征負固，儒雅敕登壇。克詰戎兵壯，超騰士馬讙。唱籌朝挽粟，增竈夕傳餐。後勁弓交韔，前驅矢負籣。七旬敷已久，一月捷何難？閫外資頗牧，軍中失范韓。將星連夜落，卿月霎時殘。士行威尤震，文淵力已殫。巫醫方雜試，瘴癘病成癉。元老加縗服，諸郎見素冠。題旌猶節度，護柩止材官。但謗明珠載，全忘秘籍刊。琅嬛搜福地，金石滿長安。好古誰同汲？憐才誼共歎。山崇羣嶽大，海納衆流寬。宏獎前人並，聲名異日看。三千誰禮樂？八百此孤寒。科發東堂桂，魂歆北渚蘭。我非門下客，到此感無端。

湘妃祠

湘瑟十三絃，離騷字字傳。空江無月夜，太古有情天。怨竹祠山鬼，哀蘋薦水仙。送迎應有曲，誰附九

歌篇？

屈子祠

荆楚邱墟廢，湖湘日夜流。異朝餘涕淚，同姓託危憂。敗壁難爲古，寒花易感秋。征途循枉渚，浩蕩駕螭虬。

宋玉祠

宛魂招不返，秋氣至今悲。詞賦空爲祖，離憂善學師。國人疑好色，騷客託微詞。故宅猶零落，誰來問舊祠？

賈生祠

漢文黄老學，夫子帝王師。禮樂存三代，升平此一時。蕭曹曾未喻，絳灌更何知？七國推先見，徒令異日思。

氣盛無餘子，才高見少年。文章諸老伏，詞賦後人憐。地溼嗟中壽，官卑歎左遷。江都羈董相，儒術亦淒然。

鵩鳥參名理，眞能物我同。死猶鄰屈子，生獨薦吳公。文采三湘外，身名二史中。我來懷古泪，不爲哭途窮。

湘潭道中

卑溼長沙地鬱陶，嬾從漁父話餔糟。楚雲似夢難成賦，湘草無名媿讀騷。

過垻

楚南第苦旱，勿憚水荒洊。此中有健者，激水使之濺。中流峙巨垻，一里數回旋。簸舟聲若灘，灌田利同堰。水車法環圓，四角相貫穿。雙木一丁字，虚中妙于轉。因風風不知，出水水倒捲。鐘鼓爰居饗，雷雨昆陽戰。又疑織女機，乘夜挂雪練。叢叢短木立，記里如置傳。船底森有稜，相觸響忽遍。篙師手據地，自顧性命賤。卻羨放溜船，急卸速于箭。

哀山中采煤者

五行火無質，乃自佗物掇。油與薪炭外，煤賤利莫奪。惟患伐取艱，山根恣搜刮。洞深杳無底，洞口丈餘濶。墜落泥海中，側足無路達。斧斤聲丁丁，地脉刻意割。十步置一鐙，照見腓無胈。冥行歷寒暑，食盡耐飢渴。掘久山骨空，當頭壓肩骶。生埋獨何辜，一崩百夫闕。或鑿水脉通，横流勢難遏。受此地水災，九死一或活。面目誰復識？皮骨便疑脱。可憐黧黑軀，歷刼不能拔。錢刀亦錙銖，性命竟豪末。誰能封此山？愷悌意所怛。

南昌城外

萬古西山色，朝來爽氣迎。草荒温嶠墓，潮打灌嬰城。靈怪何年迹，文章舊日名。南風吹月上，殘夢大江聲。

滕王閣望西山

西山蜿蜒百餘里，吸盡西江一江水。嶽麓過後無奇觀，直到南州始見此。此山靈跡多神仙，道書第十二洞天。梅福采藥徑肥遁，王喬跨鶴何翩躚。匡君許君相往還，風起更拍洪厓肩。麻姑采鸞好睂嫵，雲鬟霧髻皆千年。我來憑眺登高閣，雲氣濛濛蔽巖壑。空中搖蕩青芙蓉，雙手招之不肯落。朝來爽氣撲我青，畫手束縛窮精靈。東行到此亦奇絶，天公使我飽未經。不然匡廬看瀑布，直向江際揚高舲。廬山不忘真面目，得見西山意良足。人生快意貴目前，何必熊魚兼隴蜀。才子名高骨已寒，東吳年少一憑闌。珠簾仍捲當時雨，誰有文章替子安？

大風過鄱陽湖

奔流茫茫樹難立，風雨一氣作呼吸。湖水晴淺渾無涯，倒捲虚空射舷溼。風力壓船船亦偏，人坐上風如鷺拳。手持一編不能釋，嗟我高咏心怡然。

舟暮

薄暝炎景匿，微颸生客胸。水清劣見底，雲奇思鬭峯。劃開萬琉璃，揉碎千芙蓉。鐙火影逗下，樹木深掩重。夢穩鷗鷺熟，聲善雞犬逢。清漪手可濯，逆流魂莫從。本無熱客心，聊記遊子蹤。

漫興七首

客游皆若此，行路更無難。水澗翻愁淺，山稀始耐看。樹痕遮屋盡，湖勢嚙隄殘。雨過尋芳草，平沙萬頃寬。

偶然醒曉夢，夢聽櫂歌聲。不辨作何語，那知行幾程。波紋篷隙露，日影帳前生。恰稱蕭疎客，朝來盥沐清。

不妒來帆速，舟行自愛遲。魚跳新水後，蟬噪夕陽時。倦蛺依疏幔，歸禽認舊枝。前邨欣在望，一路綠陰隨。

野曠露華冷，岸高人語微。吹來風亦靜，坐到月將歸。談助握椶拂，嫩涼生葛衣。攝山好圖畫，結夏願何違。

客裏行三伏，拋殘又判年。路紆從僕問，詩好得誰憐？菱剝堆柈小，魚烹入饌鮮。簞瓢秉微尚，展卷一欣然。

我愛魏公子，斯人天下無。每尋游俠傳，欲共賣漿徒。意氣輕為客，文章恥作儒。安能老生對？俗學困今吾。

媿吸西江水，難成腕底詩。別離招遠夢，歌哭雜新詞。蝨瘦身何有，蟲喧暑可知。望雲愁絕意，休笑出山癡。

獨遊雲棲

名山固須緣，亦在發興必。當其與我近，急赴勿使失。世人多因循，藉口婚嫁畢。夜半藏壑舟，有力負之出。我生游好奇，弗負此腰膝。爲耽山中雲，不避巖下日。赫然炎曦中，計里逾六七。微風從東來，仰見枝葉密。松篁鬱相參，萬綠天色一。兹山始蓮池，初祖衆所帥。人人食其力，毋使手足佚。窮民養無告，游惰豈可率。至今黄面癯，靡敢犯戒律。大乘中國來，經典比如櫛。縱參文字禪，正復華不實。獨以堅苦功，返彼清淨質。枯木豈有知，鶴聲起空崒。

冷泉亭

水味太古酒，可以漱吾齒。水聲太古樂，可以洗吾耳。山靈淡無言，客心靜如此。翻笑流水忙，穿石去不止。空亭結小坐，茗柯蘊妙理。呼猨猨不聞，微風落松子。

韜光菴

絶證一躋攀，西湖照我顔。綠招深徑竹，青割隔江山。石氣襲衣冷，雨聲留客閒。金蓮池上憩，魚樂且忘還。

湖上漫興

十畝殘荷兩岸蘆，釀寒時節總模餬。山容似夢涼偏醒，水氣如煙近卻無。鷗熟漸能迎畫舫，酒醇何憚罰深觚。夷光遲我非無意，未了吟逋負此湖。

枕上偶成

客子不成寐，腸如車轉輪。柝殘雞破夢，燈黑鼠窺人。意興看如此，文章詎有神？孤山近消息，誰報隴頭春？

曲突

曲突今嗟晚，推枰故未遲。但能堅壁壘，不在變旌旗。列刼銷兵氣，台垣拱鼎司。捷書清晝報，正及暮秋時。

雨中過張丈寶鎔**寓齋出示雨夜獨酌見懷作次韻**

天壓溼雲沈，蟲聲忽到林。催詩銅鉢擊，聚墨玉壺斟。今雨扁舟約，秋風萬馬心。南音操自慣，越客尚吴吟。

秋風詞贈王述菴侍郎昶

秋風起天末，游子思故鄉。豈惟思故鄉？百憂增傍徨。二俊南士彦，同向雲中翔。士衡聞鶴歸，跧伏意不揚。士龍少恬憺，憂患不能防。蓴鱸何足思？中有至味長。古之英雄人，有時如尋常。威鳳斂其采，冥鴻與徜徉。鳴鶴適其性，閒鷗或相當。

薛瀫湖古劍歌次東坡武昌銅劍詩韻并序

農父得劍于湖滣，老嫗不知，以付冶者鑄爲耜，犀利十倍常器。

神物削石如泥沙，光氣驚走白帝蛇。波濤繞空急流矢，陽侯遁逃護其尾。馮夷震怒河伯驚，風雷驅之晝出水。眼中區區三尺鐵，何人摩挲酒花裂？夜深挂壁聽秧歌，無數中原盜魁血。賣劍買牛循吏爲，請從西京徵風詩。君不見？錢鏄芟柞登周廟，且待阿衡來解頤。

趙充國印歌姜秀才皐屬賦

漢家堂堂後將軍，守節持重國虎臣。束髮周知四夷事，百戰肯孤明主恩？羌通匈奴渡湟水，朝議戰守何紛紜。從來兵事難豫度，將軍一見勝百聞。詔書反覆四五奏，卒用謀計威克伸。弱翁爲相頗逴爍，推贊軍冊何逡巡。金城長安千餘里，七日奏報兵機神。君臣相得有如此，中興髣髴方召倫。自從戰國好殺戮，長平鉅鹿吁溺焚。善戰孰服上刑罪，孟氏此論垂千春。將軍萬全坐致勝，張騫廣利眞罪人。武賢媢功歎貽禍，浩星進說規周身。殺人不犯道家忌，有子竟坐口語寃。可憐威略振雞鹿，但見姓氏圖麒麟。一方古銅示法戒，羌水休洗駮蘚痕。誰持此章告將帥？嗚呼千載趙翁孫。

通藝閣詩録卷第三

湖上諸南山紀遊詩

龍井

湖南多名山，佳處要能領。豈知一日中，徧歷諸異境。曠如復奥如，進步始龍井。入門睹靈湫，候暖客自冷。丁當戛叢佩，兩耳喧亦靜。始知聞根寂，不在衆聲屏。邐迤復上山，一轉易一景。披襟納峯勢，舉袂攬湖影。横側紛離奇，結構頓合併。石丈屹然立，如人拱而請。吹落一片雲，雲氣散千頃。瘦竹緑照地，秀若處女靚。寒玉三萬竿，風篁合名嶺。僧供伊蒲飯，禪悦耽味永。壁間讀題記，恍惚舊事省。眉山及淮海，宦跡等浮梗。辨才與參寥，定力各堅秉。僧爲在山泉，我思汲古綆。

由龍井至理安寺作

入山不厭深，奇秀天所秘。言逾楊梅嶺，直造理安寺。上嶺身益高，白屋見鱗次。兩崖斷接處，叢木出其臂。峯巒勢欹側，萬緑齊壓地。偶然逢人家，俱有太古意。雜花不知名，到眼發新致。暖風養温日，草薰逆裾帔。茗柯短于童，高下隨所置。竹身臞且長，空半滴寒翠。老樹計圍巨，高者天可至。根自石隙生，不著片土膩。殿側藤倒垂，下有石乳漬。闌圍洞其底，引泉入香積。浣手戒弗可，法雨僧所賜。暗響隨人行，步步觸幽思。散入溪澗中，曲折不敢肆。一派笙簫音，松風激遥吹。

水樂洞

泉聲去不息，山勢高未已。復循九曜行，有扉洞雙啟。陡爾萬籟鳴，乃在一泓水。高下中律同，鏗鏘協宫徵。我非審音者，亦復莞爾喜。人間箏琵琶，聽盡那有此。誰歟聞天籟？寫出從十指。古云樂出虚，于此信莊子。自從熙甯後，成迹幾興毁。似道奸豎耳，亦復參妙理。刻意搜幽奇，亭臺攬其美。樂聲雖再奏，水德已蒙耻。嗟哉蔡中郎，乃爲董公死。不如招提境，榮辱等一視。

烟霞洞

我本烟霞人，長抱烟霞癖。與夫行已過，亟返索奇跡。賈勇輒先導，黽勉從二客。炎曦輪方中，躡磴級逾百。心遙足忽到，體憊神自適。林外江身黃，洞罅日影白。峯腳樹貢翠，屋頂竹搖碧。天風客心生，山雨佛乳滴。秉燭入深穴，地漏泠中蹠。象設呈莊嚴，斧鑿費刻畫。我聞六羅漢，神示天所闢。後來吳越王，入夢重增益。應眞一十二，完數此安宅。天一人二分，此事古創獲。嵌壁窣堵坡，層級西如磔。佛手及象鼻，峯勢近不隔。緇衣坐枯誦，安禪亦怡懌。更有魚鼓聲，送我下山屐。

登萬松嶺入敷文書院

萬松嶺上萬松樹，山在江湖正中處。我從明聖湖頭來，一曲波光入雙屨。松力長留古春在，江聲倒捲前朝去。宋家大內尚荒煙，何況居民及流寓。鳳凰山前舊宮闕，極望茫茫墮雲霧。爾時煙火繞行都，今日吳山不足數。西風夜半謠白雁，北去倉皇失南渡。遺民泣對歲寒枝，十里長松半非故。茲山亦有滄桑感，改建州城出城住。夜夜星稀月落時，樹根鬼嘯青燐聚。文章氣燄壓光怪，講舍今開一峯踞。四亭圭石留月厓，寒芒徹夜零清露。歸來雨聲入林際，猶似招魂作愁語。泛湖身上總宜船，隔江淚灑冬青墓。

靈石山

入山稀逢人，衆峯環周遭。失我所來徑，始覺身處高。欲問放馬場，惟見長松號。攀磴躡溼雲，破空捲飛濤。置身萬綠中，刮鬢風刁騷。眥髮如有聲，吹入松間毛。宋元舊塋域，誰復知賢豪？高墳象祈連，穹碑負靈鼇。子孫拜焚黃，故吏奠濁醪。時來即房杜，運去空蕭曹。古來賢達人，一例歸蓬蒿。

故相國孫文靖公墓二首

大帥籌邊日，元臣裏革時。象賢無子肖謂公次子，繩武有孫貽。家難公誠憾，清名世所知。由來君子過，物論任瑕疵。

帝命專輸粟，人言短治兵。旌旗九節度，戎馬一書生。倉卒資謀斷，艱難得老成。濟時才自大，功過蓋棺評。

重自龍井至理安寺

始遊六月中，重遊八月始。夏山如偉人，秋山如名士。西湖諸山皆美人，就中肥瘦各絕倫。風篁九溪最深秀，獨以高隱全其眞。水有太古聲，山有太古色。山中懷葛民，相忘不相識。老龍散雨歸靈湫，竹木氣清石氣遒。心疑此間一泓澈，昨夜散作城中秋。振衣上山山識我，萬綠濃陰四圍裹。連蜷叢桂始欲香，西帝催作黃金妝。秋花疏疏媚岩壑，朶朶芙蓉掌中落。對面能招螺髻峯，置身眞在松巔閣。晚蟬競響斜日昏，卻顧處處留詩魂。秋荷十里照明鏡，涼風吹過清波門。

弔諸將相詩五首

韓范威名塞外崇，晚年裴令保孤忠。九邊動色思元老，四海同聲哭相公。靜默尚關天下計，安危真有古人風。留侯誠意陽明後，又見文成史册中。

廿年節相望君門，手取輿圖奉至尊。奢到汾陽難稱德，死如新息竟招魂。任遭當道彈章忌，獨拜中朝異數恩。外戚勳名藩鎮罪，是非身後待誰論？

籌筆籌邊髩有霜，鄭侯勳伐在旂常。岷峨形勝三持節，戎馬功名幾戰場。儒將軍容須整暇，暮年家難太倉皇。孫宏東閣塵封後，誰下西州泣數行？

江南封事意如何？同唱西來出塞歌。門戶竟分牛李局，邊庭終失鄧鍾和。全家朝右恩榮極，三帥鑾中瘴癘多。何幸武安猶免族，漫將朝露歎蹉跎。

節鎮重登上將壇，炎風病骨易摧殘。國恩畢竟捐軀報，公論都嗟得謚難。百卷傳書名壽世，萬間廣廈士忘寒。舞干別有綏苗畧，可止才人淚未乾。

聞稚存出塞有作

天山道路遠長沙，莽莽黃塵逐戍車。萬里河源重出塞，一年春色不開花。刀環鄉夢邀明月，鐃吹雄聲雜晚笳。今日堯階恩詄蕩，佇聞吉語慰天涯。

繡佛幢有序

鄞縣女子金字黃，未嫁守貞。製繡佛幢，高一丈八尺，廣二丈四寸，十二載而成，以嘉慶二年施於杭州西湖之昭慶寺。

繡鍼非鍼乃女骨，繡絲非絲乃女血。五百應眞一旛列，大衆合掌共歡悦，佛名不知知女節。

避雨六通寺

幽尋六通寺，急點向人迎。竹密蒸雲起，龍歸帶雨行。山光寒石氣，風力戰秋聲。細草沿隄軟，芒鞵一路輕。

下天竺觀三生石

三天竺中下九勝，一片三生石爲證。山氣入石石氣青，朶朶結作蓮花形。蓮花非花石非石，星辰在空手平摘。廣寒桂子有罡風，吹向人間弄顔色。千年魂化不歸去，夜夜光芒向空射。樂天坡老壓裝歸，滿袖輕攜白雲白。言尋鍊丹井，更上繙經臺。葛翁移家亦偶爾，謝客入夢何爲哉。神仙詞賦都蒿萊，惟有片石長崔嵬。

贈梁丈山舟侍講同書

杭州重天下，一老與西湖。客到門常冷，人非佛亦孤。畫圖團扇偏，煙墨練裙濡。尚復憐王粲，藏楹肯假無？

荅贈宋茗香助教大樽

白酒宜情澹，青山詩骨臞。手攜高士傳，人道列仙儒。行樂心猶壯，知音調不孤。臯亭老梅發，遲我看花無？

湖上感興五首

湖上春來雨雪漫，愁看直北是長安。龍追軒駕應知遠，鶴憶堯年苦道寒。鉛水無情金露咽，瑤池凝望白雲團。漢廷夢習諸生禮，抗首天南慟素冠。

欣聞恩詔越關河，萬里同聲復旦歌。一罪已令天下服，四凶猶覺古皇多。閒平禮樂登賢輔，臯益謨猷醞太和。自哂少年曾習策，欲籌憂國事如何？

廿年舊學念甘盤，人道名賢報稱難。師保自來承帝座，佛仙何術濟儒冠？重名入洛方司馬，清望登朝屬謝安。丹扆即今勞啟沃，問誰載筆紀金鑾。

高談人物座生風，太息狂言醉後空。一疏詞臣傾四海，三書聖主鑒孤忠。夜郎應戒吟詩苦，湘水終憐作賦窮。十丈柳條千尺雪，可無才筆弔沙蟲？

側席求賢仕路開，八紘英彥集燕臺。中和樂職賢臣頌，慶歷文章宰相才。客病未能潮勢急，遠書不至雁聲哀。周南留滯何堪比，苦爲湖山覓句來。

柳枝詞十二首有序

吾鄉王侍郎在浙爲西湖柳枝詞，和者盈卷。舟際無事，憶所經過地，涉柳事者，各系一絕句。非侈繁富，要廣新聲云爾。

客行萬里記成都，駟馬人來繫馬無。欲寫文君眉黛色，酒壚嬌影要卿扶。

絕品空聞酒手三，插天鳳嶺極鬅鬖。酸風苦雨草涼驛，眼看傳烽到劍南。

霏霏朝雨渭城愁，折盡長條灞水頭。今日玉關春色遠，憑君翻唱古涼州。

婀娜輕盈簇馬鞍，送將行卷渡桑乾。蘆溝橋外無情樹，風起蕭蕭一倍寒。

楊家天子愛維揚，更種垂楊接錦航。一夜李花風信起，江南江北絮茫茫。

行過長橋復短橋，攀煙和雨一條條。不知離別干何事？那有閒情管六朝。

樓閣家家繞畫廊，風流人自豔盤閶。吳江水接松江水，試問鄉情幾許長？

錢塘湖水鏡螺開，是處青帘拂酒杯。萬疊潮山遮不住，邀他西子過江來。

彭澤先生五柳存，潯陽江水綠新痕。折腰歸後心情嬾，分付東風莫掃門。

曲裏烏啼奏楚聲，將軍好種武昌城。桓公顦顇陶公死，誰向江潭念北征？

巫山十二碧峯多，山下勞人幾度過。傳得夔州使君曲，柳枝歌接竹枝歌。

洛下新歌白傅詩，小蠻低舞鬭腰肢。永豐坊與靈和殿，誰較風情勝往時。

重過金山

天磴入雲攀，樓臺雲氣間。橫當大海水，直對小孤山。鬼物空驚怪，江神莫笑頑。蒹葭秋極目，吟望故人還。

舟泛平山堂下

平山堂上白頭翁，慶歷文章復古風。千戶亭臺萬楊柳，一時閒殺月明中。

寶應夜泊

渺渺寒蘆瑟瑟波，隔隄殘月冷漁歌。離情正似清淮水，半入長江半入河。

王家營曉發

又逐征車去，闕繻笑爾頻。柳枝渡河客，山色過江春。衣上當時月，尊前昨日塵。天涯忽流轉，何處說歸人。

宿遷道中

蛟黿隱隱沒黃流，人隔長隄似葉浮。滿地哀鴻新樂府，一天風雪古徐州。鈴催雞語通宵警，燈逼星光徹曉稠。欲爲河魚圖遠計，書生三策待誰籌？

杏花梨花二首

桃花苦嫌紅，李花苦嫌白。輕盈淺澹妝，正費東君力。臨風微醉態，帶雨嬌啼色。多愁自性情，愛冷仍標格。欹斜粉牆外，蕩漾酒樓側。誰知一段香，付與遊仙客。

冷洗寒食雨，輕搖漢宮春。溶溶夜來月，淡淡空中雲。施鉛虢國嬾，照水越女顰。既邀詩侶夢，兼勸酒客尊。薄衣暮生寒，幽簾悄無人。東風易飄蕩，休倚闌干頻。

相逢行贈張船山檢討問陶。時六月初七，夜大雷雨作

昔有謫仙人，乃在峩眉西。錦袍捉月去，江潤星光低。天公憐其生前窮，仍遣跌蕩遊金閨。猶恐調羹呵硯太得意，但使手中一盃長與笑口齊。又恐酒酣狂態逕發作，一病揮去黃頗黎，惟有珠玉欬唾一一隨風飛。我愛謫仙詩，親至謫仙地。天邊惟有長庚明，地下曾無酒人醉。側聞張公子，乃是相公之孫今太史。問君才調夫如何，萬古長流一江水。我在君不歸，君歸吾不及。參商相避出復入，君之婦翁吾父執。小友呼余許長揖，待君不來悵獨立。君亦竟不來，我亦竟不留。岷江之水東西流，誰能對此長無愁？越中山色聞大好，我欲從之白雲表。醉來忽拍洪厓肩，道是新詩更殊妙。湖頭西風吹，有客梁園來。傳君題壁句，雲氣猶裵回。紛紛盡道無名氏，我云此是張公子。夷光豔色天下無，絶代銷魂美人死。美人死，名士生，兩峯一笑都有情。因君弟來實吾語，失喜不覺持杯傾。孫郎一卷書，哲弟數行字，我自錢唐遠攜至。君藏人海我湖山，此地相逢亦天意。于今燕市酒徒少，慷慨悲歌竟何謂？聞君新作驛柳詩，不待看詩已憔悴。和君作，知君心。柳意淺，人意深。子規乃是西飛禽，禽兮禽兮懷其林。宵來雷雨破門入，忽見君詩云記日。相逢都説蜀道難，請看淋灕化工筆。石氣夏裂，松聲晝哀。散關月明，嘉陵風來。歎險阻兮如此，豈五丁兮可開？堂堂燭滅雨聲大，使我傷心淚潛墮。六歲入蜀今廿年，如醉如夢如游仙。眼前有景偶然作，佳句何曾錦囊索。憐余亦有數篇詩，今日逢君偏寂寞。黔南將軍愛客豪，一朝籍沒隨蓬蒿。六丁取此亦何用？但可變作寒蟲號。一讀君詩意良快，勝遣麻姑替搔背。忽然西望發深悲，不獨故鄉爲君喟。成都留守方躊躇，玉關行人慘不舒。君家難弟差最樂，每食祇進西湖魚。天涯易發窮途慟，不合詩篇更拈弄。更闌雨歇夢西行，太白星芒森不動。

驛柳四首同船山檢討作

西望迢迢氣莽蒼，含情共憶碧雞坊。舊時繫馬當官道，今日棲鴉易夕陽。萬里橋頭新市冷，五丁峽外故營荒。錦江春色知多少，可有春風到戰場？

棧雲多處往來頻，更指長江幾問津。三月煙花飛別夢，萬山風雨送吟身。金城南望猶哀郢，灞水東流不返秦。莫爲悲秋便憔悴，與君俱是歲寒人。

看慣天涯木葉零，眼中有意是西泠。酒人舊雨還今雨，遊子長亭更短亭。此地自然春水綠，相逢無奈客衫青。湖頭莫奏關山曲，羌笛聲高不忍聽。

驢背桑乾慘不驕，重來怕折最長條。黑頭似我仍飄泊，青眼憐渠也寂寥。如此婆娑知意盡，黯然離別覺魂銷。祇今走馬章臺客，嬾更閒情憶舞腰。

四川營石砫，秦良玉勤王駐兵處

西州女子賦從戎，眞有前賢國士風。史傳特開千古例，將才渾掃萬夫雄。中朝朋黨紛棋局，全蜀江山誓角弓。太息平臺成莽蒼，燕雲空照戰袍紅。

忻州牧汪君本直重修元遺山墓詩二十韻

知禮能爲國，斯文自係天。表章歸後死，風軌拔先賢。七歲詩名噪，千秋譽望偏。都人識才子，老輩服臞仙。慘慘王辰紀，淒淒甲子編。南冠情慷慨，北轍涕流連。晻昧磨碑事，窮愁避亂年。更無車作屋，空有筆如椽。易代傷心際，吟詩孑影前。一邱終寂寞，萬古恨迍邅。東魯荒遺壟，南陽失舊阡。風乾一杯酒，霜裂五花甎。令牧餘高義，寒郊問墓田。地圖重攷索，碑石幾雕鐫。少讀中州集，長嗟感遇篇。英雄當楚漢，老將出幽燕。達旦恒支枕，懷賢願執鞭。空餘草堂冷，不共酒樓懸。虞揭他時傑，蘇黃幾輩傳？乾坤清氣在，長照暮雲邊。

禮烈親王克勒馬圖歌并序

順治初汪戶部琬爲作傳，嘉慶間王裔孫乞張檢討問陶補圖。克勒，華言棗騮也。

禮王忠勤史書述，出塞成功功第一。天家龍種皆殊常，嗟王子孫世忠實。王廐有馬形棗騮，天降神物驚中州。身踰一丈高八尺，迥立閶闔風颼颼。殊形異狀不可控，戰鼓聲中發奇縱。旋毛腹下鱗甲飛，肉角耳間硍礧動。白山蒸雲踏破碎，黑水奔雷捲鴻洞。一騎横衝不動塵，萬人壁立觀神勇。汪公作傳如作圖，張公作畫追形模。雄心千里看日落，猛氣一往臨風呼。翻思軍中病創日，四蹄踣泉泉怒出。明駝卻避猛虎立，紛紛遁逃狐兎泣。百年王薨泗哀涕，一夜悲鳴動房次。徘徊猶念芻秣恩，逡巡豈顧帷蓋惠。國士酬知何慷慨，忠臣事主有名義。王今勳業上凌煙，馬亦英靈走天際。世間萬事貴相當，何物烏騅爲君逝。君不見？古來杜甫善咏馬，僅有東坡能繼者。鄧公都護爾何人？空對曹韓畫中寫。如王忠烈埋碧草，伏皁庸姿坐悲咤。功臣遺事動如山虞伯生句，弔古憐才淚盈把。

錢南園通政灃畫馬

古來畫馬工孰最？公麟後出曹韓低。錢侯骨格古君子，神駿意欲空四蹄。一綫揮霍氣象出，萬里叱咤風雲齊。昂首定當負鹽軛，汗血豈是來月氏？北風蕭蕭莽空濶，誰有萬仞陵虛梯？我聞錢侯滇南傑，金馬光采動碧雞。權奇氣概戒立仗，詄蕩閶闔驚長嘶。平生志不戀芻秣，一蹶豈意湔塗泥。王良累唏伯樂歎，天廐再入庸工詆。枯萁濁水驕日炙，蹇僕敝裘寒雨淒。雖然此馬有直幹，餘怒猶足決狻猊。今觀此圖挾雄特，斷不屑屑從雞栖。仁人志士各懷抱，高山大川終晉迷。人間駑駘萬萬輩，駭汗卻走横沙隄。

通藝閣詩録卷第四

將遊西山前二日同人陶然亭晚眺次吳兼山〔嵰〕韻二首

忙到登高節，槐花又菊花。悲秋宜適野，望遠當還家。鄉訊通霜雁，歸心託暮鴉。夕陽留不住，山影亦西斜。

我與西山約，明朝策蹇行。遙知白雲際，先有故人情。濁酒思三徑，芒鞋託一生。如何亭外樹，已作不平聲。

奉福寺飯罷遂上羅睺嶺至潭柘寺

出遊無他志，一飽願已副。蜿蜒山水佳，蒼翠塞滿袖。脫轅舁籃輿，曠若發我覆。騰空目一縱，列象險各鬭。樹根蟠離奇，石骨露堅瘦。草枯畬遺燒，苔古篆裂籀。峭壁皚積雪，飛泉落巖溜。蘆花明田中，一色映空透。鐘聲度絕澗，禽語變白晝。炊煙起人家，澹澹雲氣漏。輿夫爭道行，去遠忽邂逅。笑聲風吹斷，顧地影先後。夕陽在我前，恍惚共馳驟。峯端捫雲關，林表望煙岫。天公于我輩，忍愛割此秀？古潭足未涉，清泉耳先漱。

潭柘雜詩十二首

古柘根

欲問千章柘，空餘古樹根。林神應有意，留此鎮山門。

銀杏

鴨腳無黃葉，全非昨日青。蟠根百餘歲，風雪幾番經。

篋中龍子

篋中小龍子，聽法何靜默。定知受三皈，不畏金翅食。

殿角鴟吻

九峯肩而立，一寺塞其空。誰招雙鴟飛，殿閣森欲動。

延青閣

日日京華望，青山想象中。今朝朝爽氣，拄笏有羣公。

流杯亭

勝流結清禊，高會如永和。恨無羽觴流，奈此曲水何？

禮佛甎

禮佛二尺甎，云是元帝主。俯首禮大士，仰首見世祖。

舍利塔

塔藏舍利子，寶氣夜如月。門前五株松，粒粒光明發。

觀音洞

側循石徑行，遂入觀音洞。耳根聞暗泉，泉聲發幽夢。

少師菴

少從北郭居，老向西山住。惜哉此阿師，乃以少師著。

海蟾石

蟾蜍飛上天，蛻質此終古。夜來明月光，青氣互吞吐。

龍潭

潭深不見底，四去無停機。手中筇竹杖，化作青龍飛。

出潭柘寺重經羅睺嶺由獅子巖至慧聚寺

泉水不出山，四山皆泉聲。行人出山去，繚繞泉聲行。松風一以吹，洗我昨夢清。初陽射樹葉，照耀生光晶。肩輿遵舊途，眼熟心尤明。羣山如故人，揖我送復迎。羅睺勢一折，交與新知成。猨猊頑蹲狀，氣叱諸峯平。雙林出樹間，丹霞麗飛甍。狂笑答岩谷，策策飛鳥驚。眷言登戒壇，衣上天花生。

戒壇古松歌

樹根壓雲雲不知，松聲攪風風倒吹。殿閣飛動勢欲隨，月黑時有精靈窺。排空若極一萬丈，便有羣仙攜手來遨嬉，但聽耳邊落子粒粒如圍棋。客從潭柘來，曲折戒壇路，深山衣裳潤生霧。滛翠萬點墮芒屨，撲眥但覺生曉寒。仰首忽驚見，奇樹蒼髯拂。雲龍吟空中，鶴飛歸來不知西東。冷綠入鬚鬢，化作千歲翁。乘風絕頂振長嘯，俯視過客皆兒童。苔深埋根石無縫，中有一株名活動。老僧無事一撼之，驚醒空王大千夢。一株直上形白皮，根未三尺倒出奇。橫豎皆作青銅枝，九龍欲飛一龍抱不許。逃去鱗之而，山中歲月老無數，寺古不如松更古。世間神物是處多，才大豈盡終巖阿。畢宏韋偃久不作，爾松爾松將奈何？

別戒壇望西峯寺

輿盤戒壇外，金刹指西峯。身背夕陽去，卻聞來處鐘。衆山漸低處，一徑暮煙封。欲問村巫事，精藍尚幾重。

香界寺

半山香界寺，平眺極蒼茫。石色冷太古，松光明夕陽。入門苔引緑，側徑草萎黃。忽漫扶笻去，相邀度石梁。

暮宿龍泉菴

松樹老參天，松間月未圓。樓頭懸夜雨，石底瀉秋泉。結夏半椽屋，思歸萬里船。平生湖海抱，容易到尊前。

秘魔厓尋盧師洞

盧師山前盧師洞，欲往尋之路如衖。桑乾故道石子多，踏草行來勢猶動。巨石擘面山竅開，靈透直欲呼飛來。神僧誅茅此獨坐，池柏兩株皆證果。山泉總向山外流，兹泉倒瀉何不休？泉令人清石人愕，此處祕魔魔亦樂。鳥催歸去人心忘，楓葉變紫槲變黃。磬聲苦短溪聲長，空山秋色在何處？吹冷一枝紅海棠。

偶咏窗外芭蕉

槭颯聞涼飇，離披感庭樹。凄聲不成寐，似送傷心句。孤檠黯將滅，寒蛩愁欲訴。壯士萬古懷，騷人九秋暮。可憐羈旅客，傳舍等去住。觀身妙虛空，閱世失堅固。請看青青葉，顏色久非故。亮哉至人言，幻影付泡露。

同吴穀人錫麒法梧門式善兩庶子秦小峴瀛觀察汪劍潭端光郡丞趙味辛懷玉舍人張船山檢討看菊有作

同是餐英客，言尋種菊翁。人來殘雪後，秋老此花中。酒味尊前韻，琴聲戶外空。歲寒珍重意，晚節在羣公。

答贈楊丈蓉裳農部芳燦

萬花錦繡圍香國，七寶莊嚴涌化城。海内久傳長慶集，天涯還唱苦寒行。凌雲人物貲郎賦，廣厦心期薄宦名。斗大一州當日事，可知虞詡是書生？

題鮑步江海門集

台斗寒芒淪草澤，鐵琴清響動乾坤二句用本事。博陵死去知音少，流涕詩人鮑海門。

僧廬牡丹歌

采雲團團不可觸，玻瓈圍屏暖紅玉。空庭月氣白生煙，飛入花光淡銀燭。萼綠無言水仙悄，世尊欲拈天女笑。莊嚴七寶涌樓臺，散作大千花雨小。

鮑雅堂舍人之鍾席上賦京口酒

沈沈寒月高，浩浩酒雲活。眼前百斛春，如對京江濶。色醇米汁厚，光膩墨華割。元露浥杯深，相如不能渴。昔人重北府，兵健妙攻奪。激昂地勢壯，衆水渺豪末。顧兹公瑾交，何取老桂辣。醉憶西山遊，臨流共倉豁。

張船山檢討席上賦葛洪移居圖

張公愛抱朴，託意隘宇宙。方技厠景純，每嗟史臣陋。示我移居圖，萬象集奔輳。風雲起絕足，日月閉雙袖。大塊一蘧廬，柱以金石壽。我躋湖上嶺，朝華挹穹岫。封侯著書事，計算終自冦。不死彼何人，明當訪勾漏。

山谷生日集吴山尊庶子鼒齋分韻得人字

黄公天下士，孝友追古人。談道交周程，歌詩邁晁秦。台蕩及瀟湘，不爲岳瀆臣。如來昔行處，掉臂轉法輪。生平東坡知，意與韓孟親。丈夫重意氣，直道益見眞。我從涪戎來，弭櫂西江濱。每過留題處，輒歎句律新。何須問派別，有得斯傳薪。詩瘦貌逾肥，安在必甫倫。

送吳穀人祭酒乞養歸錢唐四首

不爲陳情敢乞身，烏私喜極拜恩綸。帝言臣子能移孝，天遣師儒教養親。侍側老萊仍幼日，還鄉疏傅是詩人。金臺秋色清如此，吟到湖山別有春。

宦海浮沉近卅年，梅花詞賦鐵心堅。九州才大誰元晏，千首吟豪此謫仙。蘊藉風神偏縱酒，莊嚴文字妙參禪。旁人莫道西湖小，中有東坡萬斛泉。

詔書遷拜遽辭榮，多恐歸田録待成。儒有荀卿尊祭酒，學非胡瑗媿先生。青山曾許連輿看，白屋今誰倒屣迎？空歎舉幡留太學，淒涼六館此時情。

東門張飲勸離觴，載酒今年事未忘。記著鵠袍趨上舍，看吹烏帽餞重陽。吳山楓葉歸先醉，燕市槐花過倍忙今歲因大雨，以九月舉行鄉試。。矯首南行頻悵望，空慚小草寸心長。

夜坐

地靜秋高夜不眠，人間風物此幽偏。露光高樹團成雨，月氣空庭澹化煙。有客不妨成對坐，無言轉自會眞詮。勞勞人海同虛寄，更恐明朝事易牽。

家人寄寒衣至都下

天涯容易感飄蓬，黯澹青衫冷醉中。如此星辰非昨夜，有人樓閣正西風。愁情遠寄空階蟀，詩思先催古井桐。爲語燈花知得否？隔窗寒雨又濛濛。

秋雁四首

一聲霜信報橫汾，多少相思苦爲君。不盡關河勞獨夜，同來儔侶隔重雲。煙波湘水空彈怨，風雨彭城久離羣。卻望陳形開偃月，征西笳鼓更愁聞。

潦盡天高落木初，名王欵塞近何如？楚臣託諷加弓繳，漢使羈愁寓帛書。集澤聲摧箏柱急，防邊影逼鐵衣踈。氄毛腹背元無用，只笑雲逵六翮虛。

誰信桑乾水驛賒，蒼茫澤國渺蒹葭。衡陽南去渾無路，碣石東歸尚有家。二月濃陰留燕子，一生短夢託蘆花。晴灘穩臥閒鷗鷺，何處天隅萬里沙？

冥冥飛去爾何求？雲黯亭皐入暮秋。野鶴自諧湖海計，家雞還認稻粱謀。網羅世外猶難脫，文字人間只暫留。望遠懷歸兼感興，不堪重倚最高樓。

留别蓉裳農部丈

知己三生别，憐才一昔歡。酒人明日去，易水至今寒。風雪悲歌易，關山行路難。五湖歸客夢，未免戀長安。

荅贈劉芙初孝廉嗣綰

荷鍤伯倫去，惠山空自青。芙蓉湖上水，一夜綠冥冥。我欲乘明月，因之訪客星。所思不可見，釃酒獨搨舲。

和汪竹素全德**贈别之作并寄竹海**全泰**粵西三首**

小坐心常惻，醒狂意倍眞。再來緣送我，一别懶交人。隴鳥徒工語，梅花不耐春。多君歌白雪，吹冷軟紅塵。

兄弟青門别，臨歧又隔年。故鄉同去急，蠻海獨行先。文字三生慧，江山萬里緣。衡陽無雁過，何況更南天。

莫薦凌雲賦，相如已倦遊。此身眞傳舍，明日又孤舟。風信遲黃雀，萍蹤付白鷗。江鄉雖有約，無那重回頭。

夜坐

風騷情戚戚，吳蜀路漫漫。壁暗燈生暈，衾孤柝助寒。荆卿憐易水，王粲滯長安。别有瑤琴怨，知音未忍彈。

秋感

昨夜西窗雨，芭蕉綠上紗。吟魂飛冷月，秋抱入孤花。眼痛頻移燭，心空近畏車。勞生終未已，何處不天涯？

憶鶴

朝飲青田暮碧池，此生未許稻粱知。相書且任浮邱讀，笙韻除非子晉吹。地僻松高閒悵望，天寒梅冷一相思。年深標格無傷否？愁殺東京退傅詩。

醉中狂歌贈彭田橋孝廉蕙文

我行少入蜀，腳踏峩嵋四萬八千歲之古雪。彭君生在吳，手弄太湖三萬六千頃之明月。人間雪月萬萬里，飛入詩中兩奇絶。雪亦不能白，月亦不能圓。少年光景速復速，西風一夜吹長安。長安城中多酒人，可惜抛卻今年春。初秋冷雨臥蕭寺，對此可以驅浮塵。邵生儒者與我故，兩手把杯頭不舉。古來飲酒賢達人，醉倒猶勝醒時語。酒酣示我棧行詩，一樹一石吾舊知。君言樹石被焚刼，山色大減當年姿。深山出沒羣盜賊，鬼鳥連聲呌林黑。把君詩卷走且歌，一片白雲行不得。飲君酒，歌君詩，詩能愁人酒止之。青天不語秋作語，正是霜氣横空時。蒼茫磊落懷古意，此夜逢君豈辭醉？西南洗兵置酒歡，噴酒爲雨雨爲淚。君今居此殊苦憂，策蹇曷作西山遊。昨年我向此中去，山骨洗出横清秋。富貴欺人易成老，畢竟置身巖壑好。人生于世一蜉蝣，醉裏忽愁天地小。

題竹海竹素粵西詩卷

山水窮人地，吟詩送歲華。雨痕啼怨竹，秋色老蠻花。文字籠中鳥，神仙海上查。賈生還歎羨，二陸去長沙。

將出都船山畫鷹為別

詩人挾秋心，雄猛入寥廓。握管氣無前，一掃萬鳥雀。獨立謝軒輊，高騫何竦削。生平恥依人，睨視絛鏇縛。千秋狀鷹馬，奇絶杜陵作。君昔題錢圖錢南園副使畫馬，語未坡谷弱。爲我今寫此，勢欲闖帷幕。風沙浩漫漫，絹素開漠漠。江南煙水地，夢斷臂韝樂。手抱兹圖歸，横空望鵰鶚。

出都

長安多落葉，歸臥五湖春。北海空知我，西山久笑人。貧憐知己別，窮覺故鄉眞。去去思斑采，巴雲望更頻。

高唐聞歌

齊俗千家妙轉喉，纖煙裂玉幾淸謳。綿駒舊曲無人會，更向空山問舜球。

題扇

銀漢迢迢轉玉繩，婆娑桂樹月華凝。新霜一夜寒如月，誰住瑤臺最上層？

漸家淺詩并序

趙鹿泉都憲佑，述山左漸家淺父老事，恬澹有如桃源中人，其勤學好禮乃復過之。經過其地，因作此詩。都憲語見文集中，問之他人，亦不能知也。

紛馳功利塗，質行墜蒙霧。遙遙周孔鄉，千載僅一遇。讀書不求名，力田安吾素。雍容弟子禮，遺落經世務。名山嬾尋遊，出門謝跬步。牀頭挂周易，仰見天地故。一室有黃虞，浮榮草頭露。何來扣門客？相對獲良晤。偶舉前古辭，欣然發遐顧。問言昔賢後，姓系今已誤。卜居三百年，泲水淸可數。語終客辭去，曲折記行路。重來閲一世，戶逕失昏暮。林深黃葉落，水淺白雲渡。古來逃名士，前史有餘慕。斯人天壤間，嗟爾獨覺寤。

金山喜見麗生作此奉別并示哲兄藴生學瀛

古來神仙不可知，空中白雲我所思。山之巔兮水之涯，若有人兮一遇之。手搓白雲散復合，奈此極力狂飈吹，使我與子長別離。昨朝發淮安，今朝發揚子。夢魂一夜飛度江，醒見金山眼中是天宇。明雪皓然玉容長，源西來與之俱東。焦山一角入海去，似與江氣爭鴻濛。此山塔勢屹對峙，鈴語一一鳴天風。波心小舟忽顛簸，知是吾子來相從。口呼故人作奇叫，直使久臥驚魚龍。魚龍乘暮天，吐沫作雨碧。千年老黿背，出水化爲石子騎。黃鶴翩然來，萬怪倉皇變顏色。景純子瞻數詞伯，儻恍精靈出復沒。浪殷殷兮若雷，雲黯黯兮又雪。手招江水入酒杯，江風爲之愁起立。中泠之泉天下絶，人亦如泉淸第一。十年塵土面，對君冰玉媿顏甲。江南梅花冷笑人，天外歸來幾狂客。岷江萬里流，瀉入胸懷中。蒜山百丈石，擘面作奇峯。東吳西蜀相值偶然耳，但恨別語未了草草離筵終。君家哲昆苦留我，爲道今朝風色大。人生一身非我有，安得相逢輒相守？明年大好西湖春，兄弟偕來倘能否？吁嗟乎！湖山招人行弗遲，安能與子長別離？

寄麗生

朔風吹上妙高臺，更取江流益酒杯。綠鬢幾時年少去，青山無恙故人來。尚平昏嫁都難了，阮籍心情暫一開。可奈征西笳鼓競，林間傾聽杜鵑哀。

潦倒

潦倒休埋地下愁，尚羊好狎海邊鷗。一鐙寒雪呼兒讀，半甕春風與婦謀。它日麗公還上塚，經年王粲獨登樓。耽詩可是窮人事，更爲新篇發倡酬。

歸雲堂庭中雜詠六首

亭亭青松枝，矯矯何挺特。破雲一龍飛，號風萬濤塞。仙人餐茯苓，千載頭不白。松

種樹須種陰，結交須結心。君看雙桂枝，如在交阯林。歲寒獨相保，長此葉森森。雙桂

瑤林有奇樹，彷彿謝家寶。風雨憂天公，殷勤好懷抱。百花色最嬌，二月春總好。玉蘭

鮮穠神仙姿，西蜀重西府。豔披成都雲，香散漢嘉雨。無詩正偶然，信否放翁語。海棠

我聞智瓊女，妝靨施點額。又聞瞿曇老，黄面妙昐飾。咄哉仙佛兼，別具一標格。蠟梅

綠珠何年碎，花葉初不別。陰陰炎歊午，團團豔陽節。客來吹玉龍，滿地紛如雪。繡毬

簡農老

耽吟張太祝，老去不忘憂。閉戶詩逾好，看山興未休。梅花寒到骨，春草短於愁。咫尺猶相失，相思況

阻修。

敝居向為徐春谷明經雲鳳**舊宅吳都御史沖之**省欽**未達時嘗從徐問業徐卒無子其愛女子從祖母也暇述其事感歎而作幾南埭之名或與城北並永爾**

星散殘編萬卷餘，蕭條誰問篋中書？侯芭已失揚雄字，庾信空尋宋玉居。老桂連蜷吟落子，小池清澈悟觀魚。詩翁化去情何限？白髮深閨雪滿梳。

通藝閣詩録卷第五

廣富林陳夏二公祠落成二十六韻

雙廟睢陽道，孤墳皇甫林。闡揚臣子願，寬大聖朝心。粤若思陵季，眞當國步侵。一時誰上第，二俊自南琛。立社文章古，論交意氣深。平生心磊落，師友義追尋。給事年尤少，談兵識最沈。越中紆將略，白下慟王箴。横鎖來何速，揚帆去不禁。陳情傷李密，託意感盧諶。竄迹名章捕，酬知國士瘖。尸甘從伍員，首待乞王琳。忠節夏考功謚先期盡，留都再哭臨。故人田島赴，義士屈淵湛。慷慨瀕危札，淒涼絶命吟。腸原堅鐵石，臭早契苔岑。哲弟鴒同難，佳兒鶴在陰。覆巢家破昔，合傳史垂今。馬鬣嗟孤峙，溪毛式共歆。侍郎王公昶先振袂，太守陳公廷慶更題襟。肅拜經祠下，招魂走水潯。宏農來大鳥，溟海有寃禽。響激漸離筑，絃摧叔夜琴。前賢猶在望，有志必同欽。卻憶三高士，偕留百鍊金。惟應竹如意，地下動哀音。

丹棱彭田橋順德張葯洲兩孝廉偕兼山自魏塘扁舟枉顧因邀花農丈同觀梅張氏園有作

繚繞寒雲外，招邀屐齒尋。梅花千里約，尊酒故人心。雪點風前帽，詩題海上襟。明朝帆影峭，清夢到疎林。

雜題惲南田畫五首

靈草何心産絶厓，祥符紛沓貢陳荄。生逢盛世眞爲瑞，老死空山抵玉階。華芝三秀

菱刺牽風翠帶長，小舠三板水雲鄉。人間無處無炎暑，借與煙波一味涼。蒲塘采芰

紅衣濺雨憐輕艷，翠蓋當風覺漸高。醉裏西湖天欲暝，一奩水墨譜離騷。荷花

融冶恰當微雨後，嬌饒全在欲開時。春來處處花爭發，卻是漁郎尚未知。桃花

雲溪逸老技通神，秀出寰區變態新。說與金門文待詔，不將畫苑處斯人。擬文待詔山水

查士標桐陰高士圖

冷雁寒螿咽暮蟬，薄陰庭院乍涼天。此間有雨何人聽，除是吟詩孟浩然。

仲雍墓

雍也知其兄，采藥行不顧。至今海隅山，可考得名故。商周一反覆，其事若旦暮。如何千載士，輒被功利痼。孝文漢賢主，猶復歌尺布。無論魏晉下，萁豆窘七步。縹緲歧陽山，蒼茫海門樹。鳴鳳不可期，鴻飛庶知慕。

子游墓

聖人起東魯，文學被南州。英華孰開先，大哉言子游。中更秦漢故，六藝萌芽抽。六朝盛辭藻，清談扇風流。雖窺牖日光，未泛滄溟舟。嗟余去聖遠，再拜巖之幽。夫子如可作，終當洗虛浮。

破山寺

昔賢不得志，往往託山林。清極詩爲氣，愁多酒是心。湖空兼月白，海晦接雲陰。太息盱眙尉，終傾六一襟。

小劍門

劍閣嵯峨天下險，五丁絕力從空撼。海水年年浸鋒鍔，井鉞參旗不能暗。歎我騎驢入劍門，摩刀萬隊如雲屯。勒銘自是當時事，題石猶傷過客魂。

拂水巖

雨後南風吹蕩蕩，飛泉倒挂青天上。湘妃橫捲水晶簾，灑落明珠作清響。異境傳聞偶遇之，山莊今日亦頹基。華嚴世界原彈指，獨有眞空是出奇。

華嚴菴題壁

夕禪昕誦觀終古，北秀南能共一門。坐看斜陽下僧塔，老松今是幾年孫？

題遺山集

半生甲子中州集，一慟壬辰野史亭。白髮纍臣身萬里，離騷風雨夜冥冥。

偶題兩家別集二首

夏内史玉樊堂集

垂絕孤兒尚枕戈，尺書千里走鯨波。國殤義早辭薇蕨，家祭詩眞廢蓼莪。終賈年華心事冷，機雲詞賦淚痕多。梁朝開府頭垂白，纔向江南弔綺羅。

全吉士鮚埼亭集

甬東亭址久摧殘，誰問歸田七品官。門戶盛時儒行貴，是非眞後史才難。南雷學在留心續，東館人多袖手看。自是此身文獻寄，不將名位救饑寒。

同彭甘亭上舍兆蓀陶鳧香梁錢同人侗兩秀才過圓津禪院

曲折珠溪路，疎狂畫舫朋。琴聲清若水，茶味澹于僧。客夢秋深雁，詩禪夜半燈。空堂休說法，此意會南能。

舊都懷古詩七首

吳楚將分界，梁陳未盡年。地開三國後，山踞六朝先。處處鴉催暮，條條柳破煙。錦袍餘采筆，高詠掃羣賢。金陵

一片長安月，流光挂古愁。河消秦漢恨，山抱帝王州。客子傷離思，詩人說壯遊。西方聲激烈，容易是悲秋。長安

河勢趨南界，論都獨建東。四方山太室，萬古日當中。馬蹴渾流急，花開舊院紅。累朝留守蹟，保障有羣公。雒陽

四載中原地，艱辛此定居。一河無上策，五代有殘

書。倉卒黄袍事，蒼茫大火墟。成功文命後，昏墊歎爲魚。汴梁

都會賓遊盛，秋心客遺難。玉簫吹月落，瓊樹夢潮寒。天塹西風渡，蕪城落日殘。梅花高嶺發，憔悴送衣冠。揚州

亂山迴抱絶，天府古繁華。疏鑿功神禹，艱難業漢家。雪消三峽水，錦作一城花。太息羣雄擾，丸泥詎足誇？成都

吴越來歸後，湖山萬古靈。潮空飛練白，樹老哭冬青。蟲鬭堂前戲，花閒陌上經。迢迢閩粤路，更指翠華停。臨安

次韻山谷此君軒詩題墨蹟後

宣和去今七百年，道人古調石底泉。撫琴正得不言妙，陶公有指曾非絃。墨君流傳天所命，一代高名歸水鏡。驪珠如杯明月光，老僧夢醒聞孤磬。黨碑名籍端禮門，當時文字偕蘇君。絪緼殘瀋看猶溼，空齋夜浮千朵雲。逸少清臣迹已舊，此翁老筆開夕秀。莖莖勁挺節節疎，卻似王維畫中瘦。五更蕭騷動寒月，此境對君那可説。霜鐘清響敵柯椽，醉翁有操誰爲傳？

樓船

樓船楊僕擁旌旄，海上孫恩遠遁逃。窮島百年歸版籍，孤城一角敵波濤。氣蒸毒霧晨噓蜃，背湧明星晝見鼉。父老至今談白骨，征屯當日聚紅毛。

長江

風濤險是陽侯限，開鑿功從夏后多。三峽伏中高白帝，一源天外接黄河。西荒嶓漢朝宗合，北固金焦駕浪過。誰是景純雄賦筆？靈潮來往湧長波。

聞教匪蕩平恭紀三首

日月光華夾紫宸，欃槍掃盡列鉤陳。七年宣力歸三帥，五省成功拜一人。蕩蕩乾坤消宿霧，啾啾陰雨哭蕭辰。汪洋聖主如天度，地下游魂頌至仁。

五朝恩德徧重垓，兵盜潢池爾自災。家令上書籌塞

下，漢廷有詔望輪臺。幾人談笑封侯骨，是處安危大將才。知道聖明憂厝火，不教寒谷有然灰。

上公專閫轂頻推，築室謀多置奕棋。上策請看堅壁壘，先聲曾說變旌旗。韓碑柳雅元和筆，主聖臣賢慶歷詩。欲補鐃歌慚筆力，西雲長望淚痕垂。

明四明張尚書墓墓在南屏山下

林風激激動寒泉，髣髴孤忠授命年。田島海中人五百，胥濤江上弩三千。寃魂已見填精衛，遺客空聞哭杜鵑。欲識聖朝寬大事，南屏高碣照荒阡。

于忠肅公墓

重臣談笑靖胡沙，籌筆中書鬢未華。南内星明龍復闕，西湖月冷鶴歸家。後人發冊心尤苦，盛世藏弓事可嗟。太息兩峰相對立，三台秋色映棲霞。公諫易儲疏在皇史宬天台，齊編修召南始見之而書其事。

重過靈隱天竺道中

笑整先生烏角巾，相逢來往誤仙眞。峰藏曲影渾無路，泉滴殘聲若有人。芳草綠回前日徑，桃花紅到別家春。須知雞犬移家易，便擬相從作比鄰。

木末亭感興

曾獻忠言拜玉除，貽謀家法意何如？本殊七國誅鼂錯，尚愧三仁對仲舒。殿上麻衣詞慷慨，草間瓜蔓血沮洳。道人了卻江山事，更爲區區是讀書。

悲唱

鰐駭鯨奔轉餉難，輕齎容易出驚湍。已聞海上誅楊僕，浪說軍中比曲端。盜賊由來勤買犢，偏裨何日望登壇。吳兒悲唱誰能聽？風雨蕭颼月色寒。

泛泖登潮音閣用宋張子野泛松江詩韻

可緣游倦始思鱸，直爲風光憶故吳。身似晚雲歸洞壑，夢和秋雁落菰蘆。翻思江水來巴蜀，直走金焦望小孤。無限天涯奇景在，眼前髣髴是斯湖。

婦自浙歸以且獨與婦飲頗勝俗客對為韻

秋深催人愁，一夜如走馬。我心不能言，古人爲之寫。同心非云無，覿面亮焉寡。世間論榮辱，事過等飄瓦。楓葉殊未丹，菊英尚堪把。作達夫如何？舉杯亦聊且。

子從西湖來，西湖復蕭肅。非惟風景殊，人事嗟電速。虎跑茶鎗新，龍井筍芽熟。當時曾行處，一一經品目。山靈笑人閒，何不早來宿。明當如麗公，鹿門寄幽獨。

我行亦已遙，漫漫誤羈旅。人生天地閒，倏忽幾寒暑。金陵吾舊游，桃葉相爾汝。六朝去如風，煙花夢中語。大江爾何愁，空結明月侶。茫茫問來者，一棹自容與。

錢塘與揚子，吳越兩江口。相從出其閒，一笑復攜手。團圞及弟妹，孫弱戀大母。吾翁指斜陽，若翁指北斗。嗟嗟王事勞，駱馬騑四牡。綵服何時娛，登堂拜兒婦。

人生不神仙，莫若早衣錦。何物是功名，黃粱有孤枕。朝來新霜飛，漸覺雙鬢凜。豫愁淒其風，黽勉葢我廩。香草有怨心，繁花無高品。遑求古人心，何似兀兀飲。

佳醞□□杭，兼之富名果。巨栗何輪囷，酥梨輒碎瑣。此鄉風土清，景□娛獨坐。□以泖湖蟹，持螯杯在左。口腹誠何心，消愁此猶可。呼兒誦陶詩，眞樂亦云頗。

我當初歸時，桂花被疎磴。馨香欲遺誰？道遠不可贈。非無招隱詞，苦乏巖壑興。雨過秋光寒，月出夜氣定。子如不歸來，黃雪滿幽徑。試問南峰深，何如此閒勝。

子有閨中友，清如振蒼玉。頻年北來書，爲道意不足。昨聞中州去，河水四五曲。鯉魚雖能來，尺素不可續。生當長相思，但指雙鬢綠。悠悠兒女心，可以矯流俗。

階下數尺水，庭前幾笏石。先生居其中，聊當臥遊適。經世既難成，嗷名復奚益？古來偕隱流，白雲去無迹。采菊淵明懷，鍛柳中散癖。明當峰泖遊，謬託東山客。

我友查文學揆，詩筆邁流輩。梅花落酒杯，清氣發眉黛。偶成對酒作，潦倒出妍態。今年忽翻飛，此語不可再。我詩畏示人，聊以自感慨。閣筆一長吟，秋山眼中對。

徐熙花卉卷子三首

徐生花致妍，重疊態無複。調鉛著幽素，貞士匪絕俗。江南半庭雪，照眼那忍觸。梅花

澹極致無語，冰雪影皚皚。不知花有骨，疑是水爲胎。寒生微月夜，幽人來未來。水仙

奇花來炎方，貞葉經冬翠。搖搖間淺紅，雪後顏微醉。正有咏詩人，銜杯會君意。山茶

河渠二首

莽莽長河接太陰，使臣西塞幾登臨。空聞查逐靈機返，終見茭隨美玉沈。禹迹一源天屢變，漢廷三策世誰尋？六龍欲幸宣防駕，瓠子歌殘涕不禁。

班馬良才志古初，幾將貨殖問河渠。朝廷自切堯咨警，使者來修禹貢書。將吏有人頻下竹，蒼生何術免爲魚。曾聞水利京東議，可惜臨時術已疏。

西川諸將功成志喜

橫戈躍馬三川路，扶病支危一老翁。苦憶隻身覊遠道，喜聞諸將告成功。高年鬢爲論兵白，全蜀烽曾照眼紅。便欲據鞍書露布，卻嗟投筆困從戎。

二溪詩寄虎觀時爲永州郡丞

浯溪

次山出世人，山水在胸次。可憐亦爲官，感激遭末世。慷慨矢平生，艱難痛時事。落落孤直懷，謷牙自行

意。古聲不可作，髣髴此溪際。我有篋中吟，詩成欲誰寄。

愚溪

瀟水何悠悠，愚溪亦迢迢。千里過弔客，誰與薦溪毛？當時枉酸激，後世猶訾謷。奇智不如愚，良庖藏其刀。香草晚寥落，漁舟天寂寥。臨流聽溪聲，九辨歌楚騷。

寄辰沅傅郡丞鼐

楚山如戟壁森森，書過衡陽雁影沈。七省平苗經略事，兩階格羽聖人心。漢廷樂府歌棨木，魯國詩章頌泮林。昔日吳鈎今好在，笑將餘土拂霜鐔。

獨遊超果寺

舊日稱雄剎，今來獨掩關。葉飛兼雀舞，花定與僧閒。撫木生悲籟，登樓納遠山。此身無倚著，聊逐夕陽還。

游普照寺

晉宅基難考，唐祠額舊存。蓴鱸秋後夢，雷火蝕餘痕。香冷都殘偈，苔荒略似邨。水鄉明月色，端欲訪桑門。

偶作示友

對酒不成醉，惟君知我心。雁高風力定，花飽雪痕深。世事難憑夢，離情又滿襟。西湖湖水急，吹入短長吟。

天台藤杖歌

天台古藤鏗一枝，杖輕入手手不知。煙霏出林欲橫掃，雷雨入山皆倒垂。根株鑿空作靈異，腰腳撐住誇幽奇。俗夫几子不敢覓，茅蓬異僧偶得之。石梁飛瀑忽平灑，瓊臺明月來低窺。空中白雲大於席，片片盡向芒鞋移。□□驚避走弗及，猿猱愁絕巧莫施。平生幽夢不到處，正賴吾子相扶持。躋攀浪說濟勝具，齒冷靈壽嗤葛陂。今朝得此陡輕健，便欲裹飯尋峩眉。安論四萬八千丈，一拄自到天西陲。

通藝閣詩録卷第六

江漢石屏歌舍弟自楚南載歸

大江來自岷源西，漢水來自嶓冢東。中間隔絕落天畫，環合奔赴成朝宗。漢陽武昌屹相望，一舸來往如飛蓬。是誰移置屏障裏，山鬼有力天無功。縱高一丈廣八尺，大塊笑擲浮杯中。古今浩蕩空復空，落日萬頃磨青銅。黄鶴樓頭好明月，笑呼仙人吹笛翁。正平狂士骨已朽，一洲芳草煙濛濛。洞庭彭蠡古澤浸，壯哉一士當羣雄。上船夔巫不可窮，下船吳會搖艨艟。帆檣欹側迭交互，正似落葉隨飄風。頻年蹤蹟狎鷗鳥，詩骨夜宿馮夷宮。茆齋臥游忽千里，泖水坐與江源通。江山人物渺岑寂，使我慷慨歌難終。

送客

離筵不能別，宛轉江頭送。燈動暗潮來，帆低寒雨重。何時一尊酒，復此千里共？臨水詠將歸，空教隔秋夢。

雪霽

風竹蕭蕭隔牖聲，昔賢詩句澹中成。篆煙孤裊銅匜火，坐對南窗半日晴。

趙味辛郡丞懷玉自青州南歸歲暮舟過松江感賦二首

年華暮景漸飛騰，謝事蕭然退院僧。窮島文章歸海市，故交情味話書燈。褰擕廉石終投水，君舟過大河，爲水所敗。袖引新詩勝納冰。何日穹窿偕訪舊，更如潭柘曳孤藤。

中朝故事問誰知？博雅如君信可師。大雪一天人論史，名山千載古含悲。書生勳業虛麟閣，薄宦功名話鳳池。且餉鱸魚風味好，十年人海未歸遲。

不寐

不寐支殘枕，涼風水自波。夜蛩碪語急，秋雁艫聲多。逐客材樗櫟，騷人詠薜蘿。古來寥落意，容易託勞歌。

臨平道中

衰柳迎如客，寒山靜若僧。夜星橫齗蟹，秋雨壞波菱。白舫吟初倦，青鞋辦未曾。歡華嗟逝水，東閣感孫宏。

秋日哭述菴侍郎二首

唐帝垂衣日，朝廷半老成。遂初公獨賦，歸老士九傾。磊砢高松節，淒鏘瘦玉聲。虛憐湖海夢，誰與話平生？

似我眞樗櫟，疎狂獨被知。故鄉重擊節，遠道爲吟詩。萬古論心諾，三年執手期。從來知己淚，偏向九秋垂。

舟中聽琴次山谷詩韻

琵琶笛聲楊柳中，咄哉世有三尺桐。人間和平不易得，落落餘此高松風。宮商無正聲，彌歎眞聽難。古鶴唳雲外，冷泉流石間。獨窺措意造物始，指上非指彈非彈。夜半無言衆緣靜，月明無水虛遠應。自將清絕寫高寒，不是中和易傷性。大江風遠波颯然，無數禽魚一時定。

吴門舟中望城西諸山

故鄉顏色送行舟，消盡繁華見客愁。湖水淡邀名士句，吴山清入美人秋。芙蓉波落稀江店，楊柳風疎露驛樓。曾是滄浪歌有曲，幾將招隱答漁謳。

九月十一日為予三十初度時舟泊潤州城外江口待發

飛光野馬去駸駸，又過長空雁影沉。三十年光重九節，金焦山色大江心。周郎陸弟人俱往，黃菊丹萸感易深。猶有昔年懷抱在，中流擊楫想悲音。

京口待舍弟未至與客遊金山

隄上涼秋色，憑君問柳條。飄零京口雁，來往大江潮。落日浮天赤，西風逐海遙。德雲重有約，待訪隱君焦。

過黃州

一帆斜日過黃州，太息東坡五載留。吳楚中分天拍水，風騷從古客悲秋。江山有意招奇賞，羣小何心助勝遊。欲話臨臯亭下路，雪堂蕭索寫清愁。

武昌懷古

黃鵠飛來暮靄橫，庾樓談笑靖南荆。天風直下三吳影，江月還流六代聲。入饌魚餐名士味，經霜柳色故人情。昨聞治楚賢孫叔，循吏商量史氏評。

江夜

秋氣萬山煙，征人夜不眠。殘星橫野出，孤月入江圓。別夢迷鷗外，鄉心託雁先。滄浪誰有曲？付與十三絃。

鸚鵡洲弔禰處士

鳳鳴必方壺，鸞栖必樊桐。才人處亂世，兀臬難爲容。漢末有禰生，提挈修與融。生平抑憤氣，淵淵鼓聲中。時雖忌其狂，後亦欽其風。東京諸名士，幾困奸人雄。鸚鵡一能言，明哲累爾躬。所以郭有道，首尾如潛龍。

遙望鹿門山懷龐德公

漢末何擾擾，隱者龐德公。一身苟云安，天下指掌中。景升亦風流，可惜非英雄。虛聞遺安言，不保二子終。全家上冢回，婦稚情沖融。采藥一朝去，白雲長無窮。

三江口望洞庭湖

中流忽旋注，浪遠若無星。江勢趨東海，猿聲起洞庭。全吞楚水白，孤指君山青。誰作仙人弄，扁舟佇月聽。

月夜望君山

大江西來漢水合，山矗江心立孤塔。青天一月一青山，無數魚龍夜紛沓。猿聲宵啼處處聞，君從何處哀湘君？斑痕淚點向空盡，回首客帆空白雲。

雨泊松滋

江上飛雲來，風吹神靈雨。連江動寒影，渺渺極煙渚。峭收迴帆腳，餘勢尚軒舉。悵望行客心，讙譁長年語。官亭臨水驛，欲上嬾延佇。琢句待呼燈，微茫數聲艣。

峽中雜詩十六首

發夷陵

奇險楚蜀交，西行首夷陵。浩浩萬里流，逆折青霄登。束縛入雙峽，白雲陟穹層。下搖百枝槳，上貫千丈繩。山形鬱無情，水力森有棱。猿鳥啼聲哀，久處厭亦憎。翻思兒時來，嬉戲惟寢興。機心寘然忘，危地久必懲。至喜此乃得，姑以忠信憑。古賢多寂寞，江水長奔騰。

扇子峽

始辭荆門遙，復歷下牢險。屏風幾疊開，對面一重掩。秋冬色堅瘦，浮態盡含斂。畫師妙形容，眞極不受染。棲雲忽無迹，寒雨不成點。欲雪未雪天，髣髴夜過剡。涓涓蝦蟇碚，泉味品猶貶。寫影落絹中，宵深臥湘簟。

黄陵廟

大哉神禹功，功與造化侔。排山軀白波，鑿石役黄牛。擘開三峽出，穩放萬古流。因之享廟食，羊豕賽清秋。豈繄功貪天，力在義必酬。聖人苟治世，神物斯效猷。石犀祖遺智，尚能奠西州。近來鑄鐵犀，亦在沙市頭。水土有厭勝，杜老然復不？請君伏羣怪，氣壓黿鼉浮。

達洞灘

久忘上灘險，但覺水勢決。頹然臥舟中，頫首翫晴雪。驟聞金鼓震，聲與石迸裂。參差不能平，大小隨所缺。篙工出其鎛，進止皆有節。目眩波搖搖，兩岸去欲絕。不知水流疾，反訝舟去急。迴看近岸痕，砉若刀斧截。

空舲峽

連山從西來，屈曲勢不讓。江流折而南，一轉一跌宕。憑空橫截臥，秀極出雄壯。偏於破碎內，結構渾成狀。畫師何能爲，筆力天所剏。平鋪一片石，逆捲萬重浪。飛雲晻斜曦，返影落東嶂。月出山之隅，半嶺隘且妨。虛厓斷行迹，誰與發悽愴。天風吹琴聲，浩歌續清唱。

馬肝峽

暝色落我前，夜臥入寒曲。素靈迭明晦，深秀藏峰綠。平沙一微步，硤影峻遙矚。石子霣鏗然，傾聽久乃續。泉源引虛□，泠泠何相屬？夢醒空中絃，天風戛珠玉。翻嫌人語動，亂此幽響觸。山泉赴江水，我夢隔凡俗。

新灘

夢中惜青山，急醒去已快。行行傍人家，望望入圖畫。橫空飛流迅，蓄勢瀉澎湃。一氣數十折，餘勢倦而殺。尚能阻行程，何況全力邁。巉巖碧玉峽，意欲擘江派。登高望桅來，入險見旗拜。何年太古石，流出置波隘。孤蟠深山中，獨拄全蜀界。誰爲剷餘鋭，水縮心尚戒。

南岸

北岸龍門高，南岸官漕細。由北望南山，乃在翠微際。賊窮踰險至，人急亂流濟。舊時數十家，近戶以百計。寬政復何如？撫卹到科稅。豈有山中人，更向雲外避？全家臥灘聲，萬古鎮石勢。悠悠桃花源，自在人間世。

歸州

昔聞人煙無，今見屋宇作。尺寸出平地，蔪絕歸州郭。緣山抱新城，就徑置巖閣。可憐賊經過，十室九抄掠。荒涼半成墟，背面沙漠漠。蓮花三疊險，勢與新灘若。將水置石中，怒極乃一落。荆封藍縷紀，楚氛掃蕩廓。吁嗟山頭營，曾見烽火惡。

牛口

潛淵拔深蛟，起挾亂石走。疾風掉尾去，留此與水鬬。巉巖憑餘威，奪路絕奔湊。舟行緣而升，若以口承霤。濤頭倏噴涌，漩極不敢逗。一朝後出灘，名出衆險右。眼困用耳濟，足踣將手救。縱有萬夫力，不敵一放溜。夜聽洶波聲，雷霆出衣袖。

神女峰

何處有高臺，上與青天齊。仙人忽長去，落日爲之悽。曾聞佐夏后，幾見降虹霓。宋玉一微詞，千載生端倪。山靈復何心，神秀絕攀躋。衆峰雖云高，俯仰倏已低。有時神雅集，終日子規啼。陰晴別顯晦，向背嘗東西。插腳入大江，一是八九迷。何人月明夜，絲竹聞淒淒？

瞿塘峽

夔州至夷陵，五百里而狹。其水必上奔，其山必下插。首途此九要，兩扇削如牐。水行絕無地，是乃名爲峽。匹練橫天光，細若出駢脇。驚魚怒腮擊，交枝翠影夾。飛語空谷聞，餘響臥牀怯。羲和駕高車，傾側安敢狎。

灔澦堆

河有砥柱山，江有灔澦堆。此皆一當百，轉激生風雷。碎石所積成，根結元氣胎。嶄如大古木，歷刼逃天災。扁舟出當中，一觸愁崩摧。如象復如馬，漲流益喧豗。吳楚萃珍奇，巨舸嵯峨來。關司啟閉嚴，爭逐無遲回。我行良獨難，爾何嗜貨財？

白帝城

臨江有高門，削仞城孤懸。控扼西南隅，坐鎮惡浪顛。仰盤九折徑，飛渡萬斛船。赤甲與白鹽，岡嶺相毗連。橫眺瀼西城，一氣衝寒煙。子陽井蛙耳，空逞躍馬年。嗟爾潢池徒，釜魚命奚延？

八陣磧

風后佐軒轅，陳圖製奇迹。其君首武功，其臣妙籌策。武鄉天下才，時運限屯戹。出沒十萬師，縱橫數堆石。圖經考遺址，萬古入繩尺。人移地無改，夏沒冬不易。神怪我豈知，英靈久彌惜。淒涼永安詔，惆悵東征役。一咏杜老詩，蕭條楚天碧。

東洋子

寒流伏湍瀨，衆仙集蓬萊。至今一片石，如咏千年臺。縱橫列几案，潔淨無纖埃。雪月一照耀，江妃光徘徊。笑卷眼中波，傾入掌底杯。機心厭棋局，擲之兩無猜。醉騎白黿背，急浪當胸開。蛟鱷紛來爭，拔劍中心哀。我無摧陷力，空憶佽飛才。

江灘瀑布十二韻

飛流下石梁，萬道玉龍長。不覺尋源遠，平看落勢強。奔騰開翠壁，曲折瀉銀潢。蕩蕩魚鼈靜，悠悠猿鳥翔。風能搖練影，雨欲亂珠光。側出成嵌空，全趨合渾茫。天台遠無極，廬嶺鬱相望。一路名山夢，千年水樂張。大聲忽金石，餘韻自宮商。樹影全身動，花枝拂面香。寒雲天半濕，明月夜深涼。此亦仙游境，何須著屐忙。

過簡州弔前刺史毛丈海客大瀛

專城五十大毛公，文士傷心作鬼雄。珠履逢迎尊上客，佩刀慷慨誓衰翁。半通黃綬千年血，萬首清詩兩石弓。曾與尊罍譚醼末？招魂不到海雲東。

紀綏定警八韻

倉猝危城變，艱虞守吏心。嘯悲樓月暗，望遠陣雲深。彍騎經年戍，雄師一戰擒。嚴誅嗟自犯，羣盜爾何侵？穆穆風昌闔，昭昭日照臨。將看化鷹眼，急待革鴞音。堅壁餘新卒，開屯議老林。旌旗今正肅，危坐指橫參。

明月樓

明月樓臨明月湖，誰其作者隋鬱姑。孤根動搖白玉窟，九朵倒插青珊瑚。魚知丙穴古來美，酒憶東巖何處沽？大地山河同照影，三峨奇絕似三蘇。

丁東井二首

方響洞前秋欲老，丁東井上雨初晴。人間箏笛眞須洗，曾聽仙家十六聲。

雨淒風冷結秋陰，叩寂人來幾賞音。只有開元房太尉，解從銅盌聽龍吟。

犍為有懷岑嘉州因次其韻

地勝巴渝外，詩名沈鮑間。才高何害謫，吟苦亦妨閒。細石文含璞，寒禽語雜蠻。欲尋殘碣古，何處薜痕斑？

答麗生時寓渝州香國寺

一踏金山雪，梅花無數開。仙人跨黄鶴，吹笛過江來。春水生方去，巴東首重回。天風飛急浪，催滿掌中杯。

再過忠州

草詔功多狩奉天，聲名陸九禁中傳。誰知早達才無用，身老蠻荒又十年。

寧陝感事

桑椹何時革好音，爾曹恩戴二天深。聖朝詎有阬降事？疆吏應堅執法心。幾見鯨鯢逃顯戮，斷無梟獍失生禽。山河子弟聞前史，急掃欃槍衛羽林。

夔府書事

將軍天上下嫖姚，櫂卒千艘駕露橈。昔去扁舟曾急返，今來殘郭認餘燒。山摧赤甲蛟龍渴，刼遇黄巾草木焦。百濮烽煙連百粤，三巴軍事接三苗。

盤灘謡

撞高金，擊大鼓。擎千篙，止萬艫。前招後柁衆力舉，縴繩百丈人蟻附。有時山頂行，有時乃以小舟渡。水勢没石石力拒，石勢出水水力怒。失勢一漩落深處，倒空横飛疾于羽。人不得轉瞬物不得主，坐待其定色慘沮。以十挽之一，不補吁嗟乎。上灘兮灘已勞，役夫一呼風怒號。

放灘謡

自蜀入楚灘不可數，舟如飛花石上舞。猨聲悲，烏聲苦。亂流迴漩，石齒虎距。長年三老擊木牌，衆工頓足萬橈舉。篙師當頭魚龍怒，吾欲擊之恐予侮。搖手戒弗語，强者危坐懦者色如土。前灘後灘號呼聲，古來挂骨何處所？吁嗟乎！下灘兮灘已危，客子出險涕漣洏。

三峽歌

峽中之水發岷山，西荒冥冥冰石間。雪山一夜春化水，排突萬丈成驚弦。成都千里古天府，縱橫下貫東西川。亂流合巨重迴漩，束以高峽參穹天。夷陵西，夔州東，浩浩萬里來長風。峰彎路曲蓄水勢，不爾一瀉天無功。羲娥高輪疾驅過，終古不許開陰濛。猨啼虎嘯杜鵑泣，怊悵楚女愁巴童。逐臣遷客過此而悵望，冤語夜半浮波中。三峽歌，歌正悲。蛟鼉翱翔伺游子，夜臥白盡千莖髭。

贈惜抱先生三首

前聖有述作，磊落垂千春。日月光中天，微芒衆星陳。終古相代嬗，理氣無非新。豈有越範圍，而與作者親。龍眠山峨峨，瀠水波鱗鱗。自從本朝來，一氣歸清淳。代興發遐歎，吾將思古人。

東漢風俗厚，驗之節義間。黄河走東海，橫出砥柱山。歲寒青松枝，一笑桃李顔。清風萬萬古，峻絕不可攀。中間和氣滋，養物安且閒。無用以爲用，庶幾激懦頑。

惜哉史遷亡，文章絕高手。豈無良史才，體例亦復苟。何論作僞書，事詞兼紕繆。安能發懲創，一洗千古垢。特書一二端，大節炳衆口。悠悠彼何人，骨在名已朽。

題蒙道士畫

西湖蒙道士，累月醉爲家。秋夢歸香草，冬心惜古花。江山詩筆畫，詞賦酒錢賒。一笑凌風舉，翩翩引紫霞。

贈陳子雅上舍兆賢

徵士留遺宅，詞人愴舊莊。子雅所居爲和叔徵君舊宅。石高三徑月，柳冷一秋霜。病骨神猶悴，離悰話轉長。新詩何太苦，爲爇返生香。

故陳和叔徵君東莊

文中十二策，希文萬言書。空嗟懷抱陳，安論顯晦殊。古來論議才，首最賈陸蘇。治亂灼前史，孰爲陳其麤。道將濟天下，力不庇室廬。所以蜩鷃徒，大笑北溟魚。

松江追次介甫韻

萬片寒雲墮碧空，三江震澤古源通。蛟龍夜舞湖心月，草木晨低海上風。一棹蓴鱸歸洛下，扁舟人物渺吳中。煙波滿眼何歸宿？卻笑前途尚未窮。

惠山泉次山谷韻二首

世間止有一杯水，正可午後來澆書。新詩疊疊臥徐引，有似洗出徑寸珠。寒不冰齒澹且腴，法門不二參如如。半江風月無盡藏，清夢夜醒芙蓉湖。

古來至妙味無味，紛紛鴻漸空著書。淄澠之合果誰辨？懷抱更索軒轅珠。藐姑神人清不腴，首陽凜凜夷叔如。苦將甘旨悅衆口，咄哉夷光虛五湖。

唐孝女詩并序

孝女名素，無錫人，居惠山之蠦塘。工畫花卉，鬻以養其父母。終身不字，年七十餘尚在。蓉裳農部爲徵詩云。

東風吹春來，萬卉粲羅列。羣花爛然開，冬青寒不折。孝女七十餘，懷抱雅修潔。日飲惠山水，調鉛漱冰雪。圖成悄斂袂，隱痛諷詩切。鮮妍花顔色，慘澹吮毫血。昔聞嬰兒子，環珮經歲撤。有女良勝男，風軒補遺缺。

題東林書院志

龜山南去道崢嶸，千載聞風起震驚。氣節黃劉眞國士，淵源高顧有先聲。人才未免陰陽雜，品第猶輸洛蜀爭。太息諸公元氣在，異朝黨錮歎東京。

題甘亭詩後二首

詩參唐宋諸家體，文是孫洪一輩賢。眼送此才憔悴老，秋衫顏色冷於煙。

慘綠年華感鬢絲，把君吟卷大江知。分明海上神絃曲，屬付天風儘量吹。

感旗亭事題壁

蘆花如雪舞空遲，畫壁旗亭又一時。太息龍標王少尉，夜郎西去更吟詩。

通藝閣詩録卷第七

江上

扁舟歸後更何歸？去住關心願總違。風起夾船豚急拜，月高當嶺鶴孤飛。九秋騷賦空題扇，六代江山又拂衣。誰信武昌楊柳色，西風瘦減冶城圍。

江行偶作

渺爾天涯去，淒然騷客悲。秋風山谷寺，暮雨小姑祠。歸燕依檣遠，神雅舞櫂遲。蕭蕭江上曲，還唱竹枝詞。

鸚鵡洲晚眺

東漢風流剩酒狂，平川無限恨茫茫。客中倦眼憐芳草，江上愁心易夕陽。已笑曹劉虛戰伐，久嗟屈賈誤文章。何人會得悲歌意，吹笛空江爾許長。

荆州雜詩四首

詞賦最風流，蘭臺此勝游。草迷開府宅，日冷仲宣樓。名士從爲客，騷人易感秋。三閭哀怨祖，蕭瑟古荆州。

太息孫劉事，千年尚戰場。後來紛割據，僭號益倉皇。故事憑誰記？名都亦易荒。惟餘一柱觀，突兀鎮巖疆。

曲江眞宰相，遷謫未言歸。幕下詩人在，懷中羽扇揮。玉堂風度遠，金闕諫書稀。一諷懷賢作，於今願未違。

文饒功自大，子孟術終疏。一代眞才略，千秋尚毁譽。故鄉寥落後，舊宅廢埋餘。猶有文孫在，天南浩氣舒。

夷陵行

歐陽工文復好名，直道坐謫來夷陵。生平知己子，但對江水餘奔騰。一官天下荒絕處，抑挫秀傑摧鋒稜。如何文章逞奇怪，筆勢氣挾波濤蒸。三游洞底訪奇石，百牢溪下攀懸藤。紅梨千葉更堪愛，一日數匝還呼燈。黄牛荒祠繫石馬，坐閲千載敲古冰。瑯琊作亭醉翁醉，餘響尚付彈琴僧。我今過此苦岑寂，欲寫傑句無吳綾。回首楚南一長嘯，更溯萬丈青天登。

三游洞寄舍弟

元白登臨結俊流，蘇黄名輩續句留。一時同訪偕難弟，媿我孤來負勝游。亂壑景留殘槲黯，獨鴻聲逼杜鵑愁。江山信美空延佇，峰泖秋深水石幽。

客感

何處空山叫子規，綠波迢遞是歸期。冥冥細雨吳帆重，脈脈殘雲楚鳥遲。蜀道八千難上路，南方三十早衰時。孤舟暮歲聞猿夜，獨臥天涯聽竹枝。

峽中

枯水落十丈，高峰横萬尋。無風灘自響，有日晝長陰。暫集村墟破，微災盜賊侵。莫來三峽路，易老百年心。

夔門

闕峻雙厓立，城雄列舸馳。公孫殘事業，杜老壯歌詩。猿激干戈淚，鵑生故舊思。峽江初出險，漸喜即逶迤。

白帝

白帝山尖雪，寒光帶晚移。一江通鳥道，二老續風詩。灘縮魚跳急，城荒鳥下遲。從來生僻境，嶄絕禹功施。

峽雨

浮雲沉晦若爲開，激蕩虚空萬壑雷。雨勢直摧三峽動，風聲橫捲大江來。林騰猿狖傳悲籟，浪挾黿鼉涌古哀。誰賦佩環淒冷響，楚天清筆付蘭臺。

過萬縣

初日照城頭，江波綠似油。翠屏青裂罅，紅葉豔生幽。郭外炊煙直，林端塔影浮。卻思羣盜日，亂石亦增愁。

蟠龍山瀑布

青天急雨吹橫風，空山一條飛白龍。奔騰驚倒明月峽，氣勢摧破香爐峰。鈞天廣樂洞庭野，彈壓萬石無射鐘。懸厓齒齒石骨裂，太古以來當其衝。絕壑駭竄麏麚迹，橫空掃盡魚鼈蹤。征車遠來震欲掉，野碓無人機自舂。瓊瑤結成閬風島，珍珠迸碎簾重重。奇才排蕩極開拓，造物豪縱無雍容。千年地脈流不斷，白兔亭下快意逢。窮荒陡絕粱山軍，我今取道當隆冬。絕流萬里誰濯足，好奇一生猶動容。壯哉銀河九天落，浩浩洗盡塵勞胸。

蟠龍山石佛寺

置庵臨絕頂，鑿壁俯高天。石氣朝生雨，龍心夜護禪。東行千里目，西望萬家煙。薜蝕朱公咏，摩厓憶曩賢。石壁上刻朱子穎孝純詩。

客中除夕

僕夫解轡馬停騑，我亦征塵倦拂衣。萬事無成閒處老，一年將盡夢中歸。成都春酒愁添暈，劍外江山舊合圍。猶勝曩時戎馬客，滿天風雪望庭闈。

岳威信公寶刀歌爲王州判登墀作

國朝西軍屢出塞，勳烈最數威信公。天山青海盡收伏，更躡衛藏窮無窮。將軍天人衆羅拜，萬里蕩蕩懸瑚弓。何年此刀獨遺在，舉手拔鞘心爲雄。鋒稜背凝蛟鰐黑，芒刃尖刺鯨鯢紅。星辰動搖暗殘月，雷雨澒洞生悲風。妖魂悖魄不敢泣，冷照長夜光熊熊。金川彈丸再滋事，君家觀察當軍中。州判尊府君鹽茶道啟焜。轉輸饋餉道不絶，帝贊偉績云公同。此刀得之定何用？馬上緩帶歌從戎。常山寶符後誰得？一家孝友歸元通。我今好古慕雄烈，偉人近事徵其終。浣花溪邊訪遺宅，少陵詩句哀孤忠。

哭汪西邨丈大經

齊贅談諧妙擅場，南湖煙水抱樓涼。秋衫一葉驚詩瘦，官燭千條避酒狂。叢菊自描霜後影，牡丹猶作別時香。不須苦說烏衣好，門戶從來易夕陽。

故鄉信來親舊多沒感而作詩二首

頻年道里問西州，席帽傷心尚遠游。三泖風騷凋顧陸，一時賓客喪應劉。敦盤情重經秋隔，詩卷名高歷刼留。他日歸來嗟宿草，亂山風逼助颼飀。

歸夢天涯夜幾經，里中耆舊半晨星。鱸魚江上誰知味？鶴唳雲間自怕聽。釃酒客來迷故宅，著書人去望空亭。蘭臺鐃有悲秋感，打面蕭蕭葉自零。

題農老詩集後寄小枚

詩翁仙去後，無復報瓊琚。蜀道青天遠，西湖夜月虛。忘機一鷗鳥，託興幾鱸魚。誰續襄陽傳？斯文孟六餘。

蜀宮詞三首

西南屏障指天涯，玉椀金魚帝子家。夜半錦城寒月色，杜鵑啼殺海棠花。

劍閣夔門扼要爭，外江水抱裏江清。錦袍幾隊桃花馬，應遣蛾眉早練兵。

開國風流號秀才，宋方文字涴莓苔。夜深螢火然修竹，照見當年碧血哀。

延春書屋感懷楊荔裳方伯揆

當時北去送行鞍，賞我吟詩話錦官。出塞風雲才子筆，還朝劍佩侍中冠。中年哀樂嗟公早，下士文章報國難。空憶燕然碑石在，何人爲撫暮煙殘？

題方有堂廉使積詩卷

雲氣崢嶸夜枕戈，蔡蒙搖筆動巍峩。從戎籌略紆迴久，出塞詩篇感慨多。蓮影涷時開白雪，江源天外接黃河。漫言孱弱書生膽，正愛將軍敕勒歌。

虛園

虛園月行笑語稀，幽禽一聲春夜歸。風泉合響醒客夢，竹木夾翠沾人衣。撫琴柴桑自娛意，抱甕漢陰甘息機。忽聽桂林銅鼓激，倦魂未覺壯心違。

棧中作十九首

劍門

憑高望山城，嶄絕限巴蜀。巉巖削積鐵，垠蕚洗空綠。石石作人立，峰峰向天矗。飛仙忽徘徊，鍔刃不可觸。束馬今尚危，降旗昔頻辱。一咏李杜篇，悲風起遙谷。

小劍戍

朝發大劍溪，夕宿小劍戍。劍水割愁腸，劍山蹋行步。一峰極尖纖，仰視不敢怒。大江橫小孤，彷彿賞心遇。更無崇墉設，但見飛閣布。在德古有言，何人更飛渡？

天雄關

巍巍牛頭山，峨峨天雄關。關當極山頂，石磴追猿攀。一雨生萬滑，斗級無迴環。俯視嘉陵江，隱約樹影間。忽爾成間隔，白雲封其灣。佛牖慮岌殆，陰塥嗟阻艱。但見日影過，不見日影還。

桔柏渡

旅人出險初，喜見江水清。炊烟動亭午，澹旭生光晶。急流滙衆澤，孤派環益城。風波終日靜，人馬同舟橫。既欣利濟懷，兼發懷古情。抱櫃孝子哀，腰笏郡守驚。何當逐流水，浩蕩向南征。

千佛巖即石櫃閣

佛力出西方，宏願意所慊。如何五丁路，終古不少貶。橋欄益開治，色相生衆諂。姑借象教功，一平人心險。風嚴冰裂肌，雨泫淚承臉。至人治世心，嗟哉手空斂。

飛仙閣

千古百仞山，萬古一條水。巋然臨關門，勢若欲飛起。鳥獸紛竄逃，黿鼉急奔徙。仙人爾何來？民賊半生死。恐其意悲傷，忍痛共瘡痍。挂箭事有無，一鶴暮將止。

朝天峽一名明月峽

空巖曉無人，日出月影避。照見羌水黃，翻騰亂無際。懸石空中鳴，欲墜不肯墜。來者百丈牽，去者一輿舁。絕勝巴巫游，奧曠析奇致。涉險如登舟，恍蕩耳目異。卻憶葭萌關，嚴屯昔曾置。

龍洞背即龍門閣

一龍飛出山，衆水軀隨之。劃然裂巨壑，噓欲誰所施？頗聞蒙難民，什伯相扶持。爲避白晝虎，甘摘頷下髭。我行跨其脊，擊水鞭蛟螭。連山蜿蜒來，夭矯不可騎。誰能喚起蟄，霖雨宏功施。

七盤關

蜀棧將以終，道險云始躋。盤盤峻阪折，是限沔與黎。古言此州風，亘古陰淒淒。夜來狂鴟叫，曉失萬鳥啼。肩輿出谷底，下狹幾被擠。迴看來者難，益凜尺步迷。戒心臨絕流，株莽穹碣題。

滴水巖

行人樹頭出，潛水地下經。□□□□□，遂別沮沔形。夜靜發虛籟，曉窺浴明星。喧□□□□，□□□可聽。未能臥洗耳，劣可淺沒脛。乳竇合□□，□□□□□。忽聽飛瀑響，劃破層厓青。

五丁峽

秦蜀天下脊，其險自古鑿。豈由五丁開，始見萬仞削。遠事嗟莫知，皇猷宣極博。初除張角難，繼翦吳濞虐。桓桓王昭勇，蹻蹻趙勇略。師如會艾入，憒亦渾濬若。統觀伐蜀事，前後若一作。力士何時無，悲歌向寥廓。

寬川鋪

遥遥炊烟高，歷歷樹影亂。湯湯清流激，浩浩白石粲。天開晴光多，馬喜足力健。人於登頓久，軒豁得平衍。沃野成都饒，山郵漢中半。兩峰各千里，中置此驛便。幾載蜀師屯，行行前指沔。

雞頭關亦名七盤嶺

曉行不知遙，暝色壓諸嶺。如聞流水中，忽已升絶頂。心知險峻絶，强睡項伏領。輿夫勉其勞，反以昏黑幸。閉置誠何堪，乘危意自省。七盤復七盤，遠見東旭影。

觀音碥舊名閻王碥

觀音復何功，以心亦以名。煮醢鑿厓骨，排斧驅山精。奔流齧石背，大壑飛潮聲。佛燈懸其光，夜息虎視瞠。漸闢方寸地，皆與魑魅爭。宋歌沈爲書，繼者王新城。一歌蜀道易，再歌棧道平。

馬鞍嶺

山深夏猶寒，風涼落葉乾。經過泉源頂，出沒浮雲端。問君何盤盤，終日據馬鞍。心旌千里颺，兀臬無由安。精慮少已耗，行路安亦難。誰能如伏波，矢願裹革還。

紫柏山

留侯昔避世，辟穀栖紫柏。近從授書翁，遠招餌芝客。久消英雄氣，豈有神仙癖。遥遥武鄉侯，終始漢社稷。我從圯橋過，復此拜遺迹。納履媿非人，從公禮黃石。

柴關嶺

霜凄晝號猿，月黑夜吼虎。深林枯株拔，禿蜕龍角聚。往來經盜賊，慘澹誤行旅。山川極幽寒，風景自媚嫵。山桃紅始然，牡丹萼初吐。亂峯插天高，斜谷漏日午。一路晝眉聲，前山連杜宇。

新紅峽

丹厓照醒眸，翠壁削懸峽。奇苞含初胎，造化寫生法。青孤炊烟裊，碧亂叢木夾。餘陰浮諸光，短夢醒一霎。雜花如海棠，淺媚醉紅頰。流水載古愁，搖搖瀉寒壘。我憶昌谷詩，張公品題愜。

鳳嶺

鳳嶺天極高，衆星落平掌。如磨蟻緣行，曲折勢俯仰。三蜀影凄迷，全秦氣蒼莽。已臨山腰半，猶出萬峰上。其旁丹鳳穴，遠莫測尋丈。孤棱筆卓立，欲畫文采象。安得援文琴，來奏和平響。

重過沔縣武侯祠

千古眞名士，風流獨有君。才高丕十倍，業止漢三分。西蜀猶垂統，南陽迥出羣。公忠能體國，光大見行軍。敵寇輸心服，仇家效命勤。大星終夜皎，青史幾人聞？此地衣冠葬，於今俎豆芬。漢中籌積貯，隴上憶耕耘。昨說靈旗顯，潛消野燹焚。甲兵屯列戍，盜賊拜孤墳。尚可褫曹魄，何難滌楚氛。金牛垂險蹟，石馬著冥勳。氣壯梁州壤，魂依漾水濆。琴聲清夜月，柏影送斜曛。心事中天日，威靈八陣雲。莫言讎國論，請誦出師文。

偶入古寺題壁

秦山萬壘拱崔嵬，漢水千年去不迴。敗壁陰森人物古，破帷蕭颯鬼神來。生耽吟咏多秋氣，客愛江山定異才。此地昔賢乘興數，可無薄酒酹餘杯？

陳跡

古寺茫茫未有期，眼看陳跡一推移。棧從漢帝燒時斷，雨自唐宗聽後悲。入蜀雲猶横馬首，向秦山欲寫蛾眉。誰能此地來招隱？閱徧勞人總未知。

北邙

古柳亂鴉，官渡西風。落日成臯，三十六峰。秋色北邙，吹冷蓬蒿。

和劉雲清化鎮題壁二首

我來少華咸林道，聞道君爲灞水行。峰頂蓮花仙夢隔，橋邊楊柳客心驚。淒涼采筆消文刼，突兀青山笑世情。差喜入關楊伯起，元亭重與酒同傾。聞蓉裳農部將入關。

越遊親訪金華洞，不見初平臥石邊。到海河聲渾作客，渡江秋鬢各驚年。雲霞意氣愁狂減，冰雪文章避俗憐。傲骨寒肩君莫悔，封侯誰有面如田。

趙北口

微波鱗鱗石齒齒，老柳禿頭臥不起。人言趙北似江南，一色荷花三十里。烏塵蓬勃苦無詩，喜見臨流行復遲。炎天六月閒來往，驚起前灘白鷺鷥。

樂府

梁邸從容侍宴游，參差花萼倚高樓。月斜漢帝蘭林豔，霜冷淮王桂樹幽。井上桃□根易蠹，道傍瓜覆蒂難收。東阿莫賦芝田館，樂府新聲唱未休。

贈沈五中立 欽裴

鷹隼有烈心，虎豹無定姿。古來豁達士，感激良在茲。風義與文章，賢者隨所施。岧岧在山雲，將爲霖雨資。沈侯舊家子，孤寒鬱英奇。破屋臥讀書，兀鷔與世辭。出門一敝裘，高談輕羣兒。立語見千載，驚笑半黠癡。三館求才賢，天學衆所推。誰云卜祝列，自是官禮垂。翩辭相公招，俗眼瞑且眙。觀其善諧謔，不似能矜持。縱橫策士習，愛敬端人師。所以困阨中，貴賤兩不疵。昔者急友難，挺身當嶮巇。抵掌賢公卿，士風振委詖。此事今已難，在君葢豪鳌。逢君燕市恨，別君吳門悲。經世事不遂，空餘故鄉思。山妻能讀史，驥子解吟詩。窮當鹿門隱，達則廣厦期。

答寄甘亭五首

騷雅嗟寥落，狂歌一醉醒。半氈渾自白，雙鬢幾能青。離月吳門黯，寒風易水聽。空成天際望，高臥少微星。

一唱江南樂，詩懷底不平。妹應齊道藴，妻亦傲淵明。閒覺無田好，忙偏倒屣迎。可憐囊底策，抵掌向公卿。

似我成何事，飄飄易倦游。江湖催短夢，風雨著高秋。客路頻傷別，名山亦貯愁。著書渾未敢，祇欲散離憂。

高館張燈夜，臨歧未覺遙。幾時重打槳，隨處記横橋。白水盟三泖，青山畫六朝。憐君奇氣在，無意歎飄蕭。

東吴顧元歎，宿彦服奇才。偕作諸侯客，同探鄧尉梅。一編文選學，時與顧秀才廣圻同校文選。千古讀書臺。我亦楚狂客，長歌歸去來。

通藝閣詩録卷第八

送董大松門斯壽**董二秋漁**斯福**之皖上二首**

崑山朝陽丹鳳雛，渥洼追風汗血駒。精英光氣動川嶽，筆振寒玉搖明珠。清門才德照海隅，豈獨詞賦高吾徒？韓公范公古丈夫，隻手逆挽東瀾趨。昔人紹開峻節俱，丈人有峰高不孤。伯兮長嘯隱巖谷，叔也豪興淩五湖。自來絕業共延企，排突二宋成三蘇。峨眉明月出江底，炯若秋暑冰在壺。江南一生疏且愚，如瞽入暗醉索扶。室中之蘭屋上烏，以吾翁故交及吾。問余馬齒慚區區，論年雖兄學則殊。見時塵心滌先盡，醉後狂論忘自諛。知君尚齒非尚德，莫怪氣豪言語麁。

槲葉少黃尚多青，寒蛩未號初可聽。問君何爲急欲去，一鞭孤臯長短亭。知君兄弟有至樂，道上一策呼仙靈。詩成漫寫壞色壁，酒氣拂拂風冥冥。蕭然入境謝厨傳，染指不及羶與腥。詩人愛花迷醉醒，魂消新句傳餘馨。到時黃霰已盡落，且看霜菊嬌伶俜。皖江形勝我舊經，一水橫貫驅中泠。去年弟病暫僑寓，天地著此雙浮萍。今年分張苦離別，羨君原上飛鶺鴒。如余潦倒合先去，顧影翻戢籠中翎。山松淵魚天上星，明明指心忘我形。今夕何夕傾醁醽，嗚呼我歌子其聆。

夢游羅浮歌為吴二巢松慈鶴**題其華首攜琴卷子**

羅山靈雨浮山風，仙股割棄蓬萊東。化人來往苦飄忽，胡蜨展翅如張篷。空山梅花飛雪濃，翠羽流響驚春空。瑤琴一聲發微妙，明月淡淡雲濛濛。吴生二十顏殊好，手捫天門足壺島。丹經玉訣世不傳，藏向袖間與天老。海中奇氣飛上天，欬唾因風變瑤草。我欲嘯之聞至道，飛光催人夜將曉。昔年葛鮑眞仙家，可憐紅塵老歲華。神仙富貴兩難致，坐令綠髮生歎嗟。南冠愁聞市上筑，朔氣又感軍中笳。此時頑仙睡初醒，五百照耀瓊臺花。泠泠流水動遙歎，一曲上引陵飛霞。猿啼鶴怨重太息，鸞飄鳳泊徒紛拏。琴兮琴兮爾何苦？曲中有心心太古。昨宵酒醒覺微霜，第一峰頭看仙女。

贈畢大子筠華珍

君家太保蛟龍淵，憐才好士古所難。風流文采銷歇盡，廓落大度空人間。人言君才鵷與鸞，喜怒不動安如山。留侯婦女在圖畫，胸有素書包大千。古來賢豪偶談笑，世上風月昂青錢。羡君長安猶少年，出門走馬衝飛煙。飄然枯寺臥久雨，急響催遞林中蟬。清歌一聲飛上天，誰爲聽之誰爲傳？國風小雅離騷篇，是管非管絃非絃。憐予潦倒不得意，肯出詩句娛清妍。狂愚戇拙百無取，尚以氣味容疎頑。湘沅悠悠往泝沿，曾弔太保荒郊前。洞庭波寒泣斑竹，巴江月明啼杜鵑。寫之詩境乃愁絕，賴有熱酒澆心酸。仙人吐詞芳如蘭，瑤琴爲我一再彈。海山歸夢一朝發，得句急報青琅玕。

燕月曲

烏塵蓬勃霾征轍，青草連天春不沒。明妃掩淚出宮門，回首長楊望秋月。秋月承恩話羅綺，東風吹冷嬋娟子。藍田夜夜玉生煙，寂寞無言向桃李。

蘆溝橋曉行

謾向天涯怨寂寥，更無垂柳最長條。濃霜似雪漫漫白，殘月如雲漸漸消。黃卷情懷詩意冷，青衫顏色酒痕飄。重來十七年前客，未忍無情過此橋。

旅枕

北風淒淒林葉鳴，殘月杲杲霜瓦清。燈光閃壁忽全暗，車響過門將急行。年少登途送駒隙，故人入夢感雞聲。胸中廣廈成何物，門外滄江負此情。

燕京途次提刑方公枉示新詩兼述近事率爾賦贈二首

民氣西南近可哀，寇氛寥廓若爲開。官高竟作書生語，筆健眞兼大將才。草澤狐狸應早避，風塵雕鶚不輕來。漫言軍事須前席，便論詩功擬築臺。

指揮號令肅千城，險絶韓侯立漢旌。雪外江山春破敵，峽中風雨夜論兵。簡書鄭重車前節，笳鼓蒼涼句裏聲。文武共知方叔最，好從籌筆想平生。

眞定

冰澌南解渡清漳，山色西來截太行。遇合君臣眞氣數，悲歌人物太蒼涼。王郎何敢危文叔，走卒偏能御趙王。莫歎摧輪經百折，且憑挾瑟醉千場。

梁園大雪歌寄兼山湘巖汴中 洛陽道中作

青天無風掃浮埃，玉塵碾空釀春醅。羣山如龍互起伏，蜿蜒勢走梁王臺。梁王高興去千載，空有詞賦懸鄒枚。明明宵月影奇絶，秀句照徹琉璃杯。黄河奔騰天外來，愁心不隨冰棱開，急花千里光徘徊。吳生一宦五年久，蔡子將行尚回首。迢迢春絮各天涯，離別誰攀古楊柳？吾聞高李昔酒徒，少陵招入黄公壚。叢臺遠與吹臺接，雲氣黯澹愁模糊。嗟予懷古亦慷慨，詩句一擲寒鴉呼。又聞歐尹文字雄，龍門風雪游相從。阿誰折簡送盤炙，東都留守錢思公。大官好事有如此，直使文采摇伊嵩。信陵意氣秋天高，夷門侯生眞人豪。北邙悲風動天地，賣漿博徒皆蓬蒿。方公走馬新殺賊，一箭横穿火光赤。新來馬上更吟詩，一掃千峰頭盡白。我今馳書報二子，空山無人夜將起。

雪後看洛中諸山方公有詩因而繼作

方公屢歲官岷嶓，黎雅風雨夜枕戈。天南暄燠雪不到，縱有秀筆難爲哦。西番衛藏一奉使，湅徹吟骨埋禿鞾。夢思故鄉隔淮水，翠影摇上青衣蓑。北行燕郊止微雪，飲遇酒盡顏非酡。昨來暖氣忽蒸發，心訝急景回陽和。同雲晚布密成陣，一一飄灑蒙軟莎。衆山逐馬亂馳驟，振轡一躍千陂陀。貴從平地起突兀，始覺倦眼撑摩抄。荒蕪遼濶益有勢，瞬息驚歎褰帷過。看山如此願易足，何必横絶峨眉峨。野中烏鴉大如鴨，無異蔡州城下鵞。北邙臥骨不可起，地下拍手誰高歌？向言青山如美人，臨鏡澹掃雙修蛾。不如新詩語尤妙，洛中自古佳士多。大梁風雅久弗嗣，倦游橐筆嗟如何？

古詩三首寄友

青松雖云高，不如嶺上雲。大裘抑何暖，未若登臺春。卓哉陳夫子，抗古希古賢。獨立寒餓中，誓不纓世氛。內葆純粹性，意返懷葛淳。功名尚餘瀾，奚論五采文？峨峨九華峰，邈邈三神山。大府既賢吏，同官多故人。騶吾各有類，萬品歸其仁。

吾生好辭華，未免墜綺縟。涉獵兵家言，縱橫笑棊局。坐此學不醇，感慨駭流俗。蘭艾雜敷榮，道念互起伏。三千三百日，始得君書讀。君書復何言？勉勉明德勗。天日指此心，君看夜光燭。

思我海山人，飄忽滄溟東。名山一朝徧，琴響飛春空。長嘯讀我詩，颷舉陵白虹。欣然意微會，粲啟酡顏紅。留之不爲稽，笑語吹天風。嗟予與吾子，猶苦塵紲蒙。白鶴栖高枝，化作千年翁。大鵬下樊偃，平睨五尺童。深山翛無人，靄靄冰雪容。誰能騁奇幻，夜索蛟龍宮？

栖遲

栖遲京國去庭闈，黯澹緇塵上素衣。斷樹火枯猶半炙，平沙風亂忽驚飛。冰霜客鍊征途骨，棗栗人充儉歲饑。著作漢廷公等在，臨邛心事未全違。

過陝州不及見張二翰風（與權）卻寄（翰風時以醫客羅觀察幕中）

北風浩浩風吹面，咫尺重城不相見。金陵易水千里逢，豈意於此失歡讌。空憑書字見蹤跡，差幸衷腸獲垂眷。子今精讀三世書，此事九難非所賤。青囊不隨塵土沒，丹砂自喜刀圭鍊。近來和緩定誰是，國手不登方伎傳。敬輿希文有事業，上醫如斯庶子羨。子兄（編修惠言）文行冠海內，摧折正坐醫誤薦。子言兄弟不相保，揮涕京華淚空泫。即今文字未行世，賴有賢甥（董秀才晉卿）寶殘卷。吾屬子爲寫別本，意恐斥取驚雷電。如子學行亦殊絕，姑借方經坐排遣。地理校勘長短書，韓魏郊原一征戰。秦人勢強子云弱，正少仁義爲隄堰。西來爲弔扁鵲墓，世間嫉妒誰能變。吳生薄宦亦可傷，煩子爲我書寄汴。

甘棠祠連理柏歌

古人行事後來式，古樹神靈久彌惜。甘棠蔽芾了無存，猶見龍葱兩株柏。偃蓋童童曦不漏，垂瓔歷歷雲分擘。修鱗夭矯拔地形，老幹崛强參天色。冰霜閱歷千載困，根柢留遺三代澤。秦中風氣肅高寒，劒外兵鋒消孑戟。荒祠百圍拜諸葛，懷古一編誦君奭。杜陵老死更無才，衝雨寺門望天黑。

重過褒城驛

候館人來孫可之，中和物力歎經衰。蠻天佛國多笳鼓，回首開天極盛時。

鳳縣冬柳詞三首

垂手當筵玉酒紅，曉烏啼罷暮林空。深山冰雪渾無用，一樹承恩在永豐。

離思天公也不堪，一星高動影毵毵。烏鞾紅笠青山路，不是江南是漢南。

絲鬢寥天感鳳笙，尊前翻唱柳枝情。東君不怕離人苦，更遣明年著意生。

陳倉道中

國士空歸漢，眞王竟困齊。將壇臨野澗，馬道入雲低。布越臣儕伍，蕭張帝品題。人生知己感，一飯重凄迷。

草木

藥花冬不死，石竹雪長青。草木能奇秀，煙雲一性靈。居人養淳樸，歸鳥入蒼冥。忽聽泉聲落，空山悟道經。

朝日

朝日照我面，一峰遮又迷。人餘寒夢倦，天與曉星低。路斷警宵虎，山深聞午雞。坐行思昨事，獨客久栖栖。

柴荆

日色靜柴荆,空山鳥亂鳴。人歸忘倦旅,歲晚雜收耕。石碓流雲氣,松濤送磬聲。早年期學道,何日幸丹成?

千里

寒巖一條冰雪裂,絕壑萬仞風雷霾。窮冬促景獨來往,高峽急江空激排。負木疲鱸愁避路,纏藤危石駥懸厓。西山寇盜今日息,南國音書千里乖。

宿馬道

一夜清灘到枕空,不成高臥負微躬。吟詩已遣猿啼晝,況有驚聲似峽中。

定軍山武侯墓

偏安何足數?終古此完人。名士誰王佐?中原一老臣。昔經祠下路,今拜墓前塵。杜老憂時意,當年豈爲身?

入棧用東坡入峽詩韻

游愛名山入,途從熟徑探。千重無遠近,一路到西南。波弱浮虛碧,天青淺蔚藍。雲霞各自變,空水互相參。窈曲橋橫棧,深幽洞抵龕。虎明中夜炬,龍出萬尋潭。草木滋奇秀,煙霞合孕含。雞峰頭夭矯,鳳柳手毿毿。連莒存薪炭,浮江瀉杞柟。荆商憑下舸,關隴望平驂。陵五連天五,秦三接蜀三。崎嶇笑王馭,安穩坐陶籃。樵汲看邨婦,耕畬指健男。治生憐種芋,令節近傳柑。逸士松高節,幽人竹秀篸。不聞聚揚馬,想合老莊眮。客思嗟離索,詩情入渾涵。識宜呼老馬,眠欲笑僵蠶。且復依雙樹,何時臥一庵。縱橫書插架,潦倒酒傾甔。山賊名徒竊,巖栖志自慚。已忘初過險,差比未來諳。絕境希幽討,奇情付醉談。敢辭朝暮亟,可是性情耽。峰泖尊前夢,吳淞雨後嵐。歸心無日寄,游興暫時貪。野蕈鮮逾筍,山雞味過鵪。飽愁無事送,嬾覺絕交堪。小住棲難久,高歌興尚酣。與誰論蜀道?苦調一回甘。

下嘉陵江

江色不可浼，白雲飛去閒。千春流漢水，一帶隔秦山。盜賊潢池外，蛟龍競渡間。感時兼撫舊，急棹錦城還。

白馬關龐靖侯祠

臥龍才大中原小，獨有先生可亞之。驥足卻嗟途遠後，桑陰又見日斜時。益州地僻嗟賢少，亂世才難更數奇。留得千秋風義在，人倫宏長意堪師。

蜀道懷張曲江 寄宋編修湘

賢聖久不作，明良孰際遇？嗟嗟曲江公，中道跼天步。帝心重文學，蘊藉想風度。如何讒言起，一朝事非故。憂畏海燕詩，惻愴羽扇賦。當代孰懷賢？杜陵有餘慕。昔從荆南訪，今歎蜀中駐。炎方文采奇，鸞鶴聳玉樹。悵望庾嶺南，殘碑誦徐孺。

以桑木盆寄中立

讀書護雙目，如國將相倚。用才留其餘，姑待異日使。不然馬力竭，盜賊內將起。沈生少媚學，日盡書百紙。高歌進美酒，聊用澆塊壘。雖然散千愁，未免短一視。佛言風火災，四禪迺免此。況耽文字習，正恐憂患始。吾亦苦茫茫，金篦刮難恃。昨從燕京返，沙塵瞇天咫。忽見帝女盆，洗眼傾玉髓。人言此木性，用久明莫比。我思扶桑根，照耀十萬里。金鵶浴日月，大海失溟涬。自然分餘光，下燭九土底。子今試春官，朝旭動文綺。天門祛粃垢，張湛安足擬？細校上清書，精嚴辨魚豕。我雖嗟間隔，飲讀尚自喜。二事有同心，他日共杯几。屬君緘此札，留與後生指。寄語好麟兒，雙瞳炯秋水。

成都春日寄麗生

與君渝州別，山寺殘梅折。明月出巴東，相思隔江雪。君放大江棹，我浮海上舲。長江不歸海，空水搖天星。燕市多悲風，狂吹令人老。青袍雪中來，草滿天涯道。天涯不可見，書亦稀來雁。待得數行來，催人淚如綫。書言故鄉住，薄宦洲無樹。復道別春明，花光墜煙霧。與君少相得，同作孤篷征。一第吾何有，千山君又行。可憐長安花，多有故人看。歲歲客中游，東君亦淒斷。征車何日發？黄河冰合時。嗟君經過處，都我舊題詩。各有堂上親，行藏兩心合。除是白雲知，家山青一葉。秦中接雲氣，十八盤盤細。重過武鄉祠，詩成一揮涕。何日重相見，城南向舊游？梁州今夜夢，知否到揚州。

寄弟

昔人重親愛，無事弗輕別。而我獨與子，迢迢遠暌絕。中間雖牽合，不敵久分張。心如女與牛，迹如參與商。四海一兄弟，知交空茫茫。往歲楚中行，猨啼青楓曙。明鏡月飛高，新人忽先去。巴江一迴往，淒絕棹歌聲。南風吹舊夢，臥病九江城。江水九派流，皖公山色秋。幸餘孱軀在，爲耐別離愁。葑門征棹發，霜冷吹青髮。一葉兩潮聲，羈魂隔吳越。謂言子當來，暫別松江鱸。謂言我當歸，重聽白門烏。誰信舊馬鞭，蕭蕭渡易水。大雪凍滹沱，梁園憶兄弟。亦知江南夜，同此飛絮花。庭前欲偕詠，空憶謝公家。錦城春似海，花事憑誰說。試聽子規聲，徂年易銷歇。我今久無成，正坐迂拙故。子慎弗效尤，努力學詞賦。官程無定期，或者冀相見。寄子緘此詞，空悲隔心面。

成都東門外送客返吳下

曾聽寒鐘古寺遙，畫船微月冷蕭蕭。清明時節銷魂別，細雨成都萬里橋。

南宋馬和之考牧圖

宣王考牧東坡詩，一笑寫贈晁説之。坡云我鞭不妄發，語見紹聖紛更機。誰知京雒百年後，眼見牛羊徧郊走。殘山剩水定何物，妙墨遺縑端不朽。馬生毛詩三百篇，偶留一圖深意傳。氈廬使節歸洪皓，五國雲深埋雪窖。居士騎驢湖上游，將軍戰馬中原老。變雅詩人不可呼，小朝廷已失規模。周宣漢武中興主，誰寫昆陽破象圖？

謝薌泉禮部丈振定輓詞

蹀躞城南御史驄，冷官幾載鬭詩工。一尊共對燕山雪，九辯長哀楚國風。杳靄金焦虛畫裏，蒼茫雲夢久胸中。羊曇眞有西州恨，月落霜淒哭謝公。

春日感興

秦棧接天隅，驚灘傍海趨。江空通灌口，山盡到成都。酒嬾杯船冷，詩殘筆藥枯。浣花千萬樹，何處訪潛夫？

追悼亡友四首

張丈花農實鎔

落落長髯叟，論文小友知。半生餘作客，一病竟緣詩。荒草前山夢，衰楊故巷悲。晏楹藏卷在，元白歎奚爲？

林二在東大鏞

再世稱兄弟，相看近廿年。明山埋白骨，泖水訣黃泉。妻子悲何在，科名望後傳。山陽憔悴叔，癡絕亦堪憐。

張學博晦堂興載

揮手金陵道，歸舟噩夢殘。畫猶耽結習，官未洗儒酸。譽望吾鄉最，詩名異日看。眼中題卷字，屑涕感無端。

張秀才德三允元

與君交再世，況復辱師資。絳帳兒曹在，青衫弟子悲。遠書驚尚誤，別貌想猶疑。太息西河淚，蒼茫掩袖期。

鐵簫歌贈譚子受光祜

鳳皇戢羽巢西山，潛蛟一聲飛上天。九霄風雨吹不到，明霞霽日生光鮮。嗟君高興發清弄，髣髴誕逸南華仙。南華仙人愛吏隱，寄傲微官聊自哂。子綦天籟隱几聞，笑捲波濤向空盡。耳中竹聲聽嫌熟，一借金精洩幽憤。快飲當筵彌跌宕，哀吟入夜尤淒緊。參旗直指天搖搖，北斗平看去人近。譚生薄宦瞿塘側，杜甫陸游相主客。魚龍潛聽咏詩聲，猿狖悲號向秋夕。空舲三峽悄無人，孤月傷心不能白。天涯惡浪歸夢難，玉色江西水深碧。豈知更有西番游，詩卷徼外馱犛牛。峰厓刮耳冰結指，雪氣一白山蒙頭。昔年五月死鬼萬，骸骨滿地無人收。招魂國殤不忍讀，戰場陰晦啼啾啾。鐵簫子，爾何人，乃是西山嶺上之白雲？興酣游戲揮八垠，平生豪氣在濟世，壁上玉龍聞未聞。邇來西南兵氣銷，酒闌高臥且吹簫。金戈鐵馬盡一洗，傾耳試聽歌虞韶。

孟夏記園中草木用子瞻和子由詩韻十一首寄舍弟

林花如美人，林木如宿彥。妍華一以悅，俯仰出奇變。人生患涉世，浮榮暫猶倦。何如收時光，黽勉付書卷。老蒼忽滿目，羣女去婉婉。驚歎節序遒，無由遽排遣。一弓自足樂，況復盈畝畹。勸君惜歲時，秋風易吹晚。

萬綠抱一廬，明月升高林。泬寥深山居，羣卉不自矜。猶有餘春花，意態弱不任。殘枝弄孤影，微馨襲幽襟。過時弗獲采，永永辭瑤簪。東君何恩怨，問爾情淺深。榮華有顛頽，一一相衰興。雖云後時芳，歲寒非汝能。

東坡歎種柏，倏忽千載老。至人於其間，千歲一顛倒。成敗非汝由，多事嗟大造。社櫟臥空山，呺然笑羣巧。精神鬱餘怒，未免盡力耗。百丈明堂材，失性同寸草。

橐駝善種樹，澆灌弗輕拔。宋人工揠苗，助長乃强抉。二者孰是非，皇天自萌蘖。守智莫如愚，守博莫若約。君看大儒室，生意何活潑。機心兩相忘，吾事庶不落。

庭前半塘水，不足貲菰蒲。游魚動萍影，晃漾牽人鬚。雖無千頃陂，亦足呴其枯。平生扁舟志，浩蕩思江湖。都堰近在灌，水涸嗟艱劬。誰能起龍蟄？濟旱眞良圖。

古來憂世人，用世苦不早。如何忽忘世，反恨不速老。一壺易以傾，便可即枯槁。遠者不辨色，强自分白皁。傷心匪今始，惻惻動懷抱。明珠以彈雀，枉歎弩穿縞。

閒門日無事，闃若藍田廳。棐几發滄墨，清簾垂疎釘。雙蝶飛過階，孤雀躍上庭。浮光隨空煙，野馬揚竛竮。胸中名山游，羅列千萬青。夢聞驟雨過，牆竹風泠泠。

蜀天早炎燠，地勢偏西南。不愁踰淮枳，頗富橘與甘。團影搖層波，一碧萬實涵。惜哉長夏時，弗得充筐籃。山陽嵇叔夜，自笑懶不堪。生非廊廟材，遷地良懷慚。

讀書慕文淵，入世愛少游。嗟彼武溪毒，何似下澤幽。瘦石疊危洞，暗泉通曲溝。寧知殺人地，數載草不抽。盤盤老林深，萬壑潛龍虯。卷我經世書，哀哉趙孟偷。

人生貴適意，適意娛耳目。家鄉九峰青，頗愛橫雲麓。蘭筍香如蘭，秀極削白玉。當時種竹處，至今土猶綠。三徑尚無期，何當問松菊。士衡豪士賦，哀歌動悲筑。秋來季鷹歸，泖湖分一曲。

淵明讀山經，哀樂心自知。榮木念將老，采采聞道悲。樂哉濠梁上，哀怨湘水湄。陶然北窗臥，仰與羲皇期。自甘處不材，安用咏茝蘺。題詩寄季女，一慰南山饑。

課園丁詩八首并序

讀書亦園，頗習畦隸。持誦之暇，因問圃事。觸興感賦，各系以詩。

天公巧雖多，一春耗其半。亦藉人力能，滋培與澆灌。圃人業乃事，終歲供把翫。君看蘭與菊，後時且勿歎。種花

菉竹如君子，入坐不厭多。分林削繁蕪，亦似滌疵瑕。與子期大受，矯矯節有加。輕風一披拂，夷惠兼清和。芟竹

春風無私心，生意徧微末。大哉有唐世，共穌未嘗撥。一朝重瞳起，四罪遽見奪。腹果何所嬉，空庭步涼月。薅草

故人隱君子，伏處山之阿。谷深候早寒，落葉門前

多。擁篲欲往從，孱羸未能過。知過嗟已晚，聞道將云何？掃葉

我心無盡源，源濁流曷竭。詩書救其枯，羣動資靜活。泠泠桔槔引，曲曲苔徑滑。頗憶浙山行，鐘聲下亭末。引水

一龍破山出，瀑布萬道飛。泠泠湍流激，驚濺千珠璣。古苔欲招隱，濕綠瘦不肥。相與期久要，厲齒或庶幾。洗石

花開將開落，果實未實墮。網羅彼何心？愛物不後我。日長愔愔靜，剝啄鮮客過。窗墀間竚久，相對庶其可。驅雀

杜老嗟東津，坡翁哀西池。人生苦樂異，魚腹隨人爲。新荷柄搖搖，曳履登樓時。慎弗變化去，使我失清嬉。飼魚

寄懷惜抱先生二首

龍蟠虎踞大江東，無數青山一寓公。隻手狂瀾留獨障，六朝餘習掃全空。鵑啼遠道嗟天上，松影名園落夢

中。明歲更當陪杖履，最高峰首聽長風。

人物三朝見已遲，劇談前事鬢連絲。六經晚抱先儒懼，一飯生慙國士知。西上素魚勞遠訊，南飛孤鶴道相思。曲江許附燕公譜，恐辱他年小友期。

題陸郎夫中丞燿**畫幅三首**

中丞清節世爭傳，三絕何關賭鄭虔。聽到瀟湘江上雨，苦心如寫十三絃。

半間茅屋杜陵哀，親自孤寒託迹來。漫道清香凝燕寢，相公無地起樓臺。

東坡未識希文老，低首吳江拜已遲。垂虹風雪歸舟夜，想見先生潑墨時。

聞黃君葆純丙章**臂痛成疾王**溥**顧**濤**二君聯舟東下往問訊賦此寄之**

伏枕杜陵疾，偏枯聞病風。自緣書帖苦，但恐酒杯空。別久箋頻嬾，傳來語畧同。江山餘想像，文藻尚豪

雄。外物從生柳，微軀或笑蟲。不嫌稱半士，未願易三公。縛解禪牀外，神超丈室中。大千無盡界，五十始衰翁。楚水摩詰去，吳船元歎東。相逢重把臂，一笑定情融。

汪問樵參軍初**輓詩**

纔見清霜拂劍鐔，忽看丹旐動禪林。亡琴竟了詞人局，裹革翻虛壯士心。薄宦生涯憐遠道，窮途文字託知音。蕭蕭巫峽歸舟夜，月落錢塘夢不禁。

諸葛菜二首

東坡苦愛元修菜，龔美還甘魯望蔬。誰似葛侯遺愛遠，一生心事付園鋤。

名士風流不可期，屯耕渭上歎離離。使君已是英雄老，種菜而今又一時。

秋冬之間麗生奉親南歸予亦將隨侍東下先此奉寄二首

西風庭樹有驚柯，珍重淮南落木過。全蜀憂深方厝火，三吳夢穩好恬波。病中嘗藥寒温異，局外論棋勝負多。同是大江來往熟，中泠泉味辨如何？

蕭蕭易水歎波寒，西笑心情阻錦官。自昔長安居不易，於今蜀道上眞難。五湖三畝經營拙，一舸全家去住寬。魏闕有心誰最切，白雲深處總漫漫。

聞船山改官有寄

落落當官意，金門大隱憐。神仙猶有劫，文字未空禪。蹤跡憑詩卷，生涯辨酒錢。故鄉三畝宅，薄宦說歸田。

哭洪稚存編修亮吉**二十六韻**

江聲流萬古，天末慟斯人。體別諸家創，風衰大雅陳。鶴羣長獨立，龍性不終馴。道直辭黃閣，名高拜紫宸。語狂知氣逸，酒放益天眞。相府汚茵出，王門倒屣頻。三書詞感激，萬里謫酸辛。忠愛緣明主，狂愚自小臣。夜郎流李白，遼海放崔駰。戈負天山雪，環歸隴水輪。聖朝全直體，遺老樂閒身。爲有承明戀，彌將著述親。古賢期振作，多士失沉淪。北海歌蛇歲，長沙賦鵩辰。音書曠吳越，消息達巴岷。游跡平生最，留題句律新。八州凌浩蕩，五嶽動嶙峋。夢想惟來蜀，經過直阻秦。遇余蕭寺酒，同釣聖湖蒓。特賞奚囊作，憑添篋衍珍。干戈巫峽雨，絃管錦城春。風月俱無價，江山各絕倫。少公詩百首，媿我筆千鈞。更約名山業，空嗟逝水因。蛟龍望雲雨，騏驥在風塵。正值清秋日，招魂淚滿巾。

通藝閣詩續録序

楊象濟

先師婁姚先生詩凡四集，計三十二卷，青浦何君書田嘗刻其一。此續録八卷爲第二集，先生歿後，與同門諸君鳩資刊刻者。其後二集則韓君淥卿曾謀付梓，會江南兵興，事未果，倘海内有嗜學之士，表章文獻，爲次第刊行之，則幸甚矣。咸豐乙卯，秀水門人楊象濟謹識。

通藝閣詩續録卷第一

後四賢詠有序

昔予作四賢詠，蓋謂魯連、莊周、子房、太白也。既失其稿，不復記憶。閒居有託，乃作後四賢詠，以廣予意。

張長公

長公負直氣，屢絀固其宜。貞心託先朝，明主猶見疑。蓬蒿没徑中，鬱鬱松栢姿，萬古共一吷，毋爲賢達嗤。

王右軍

逸少世家子，高蹈出風塵。迢迢逸民懷，悠悠曲水濱。志得意乃超，才高用難伸。千秋慕書翰，懷古一重陳。

陶彭澤

淵明曠世人，偶得酒中趣。蓮社亦從遊，邱園獨予慕。蕭條易世事，慘澹黄農遇。何處覔同心，悠悠白雲晤。

韋蘇州

風流詩人傑，千載獨韋郎。執戟事武帝，焚香禮空王。慮澹了色相，情眞感存亡。空令白少傅，閣筆愧文章。

感舊述事二首

戈甲光搖日，旌旗氣拂雲。營連九節度，兵合五將軍。捐忿能夷寇，懷忠共報君。時無王大令，誰表謝公勳？

天漢通西域，頻年大出師。何人持異議，有客哭殘碑。金帛司農會，貂蟬小吏資。誰憐宋開府，流涕太平時。

謝客

謝客慕禪味，寫經生道心。無詩花又落，有月夜長陰。病起猶辭酒，哀餘一廢琴。還留山水夢，昔昔到空林。

齋中二畫詩

徐俟齋高士山水

微雨江上來，清風拂衣起。問君何能爾，意出圖畫裏。蕭寥不自覺，瀲灩斯可喜。峩峩徐夫子，矯矯南州士。一作西山游，芒鞵絕吳市。非山抑非水，懷抱故如此。灑然洗其心，唐帝不到耳。北窗撫琴絃，頑懦激千祀。

高旻園太常山水

高公江海人，胸次浩莫測。書畫極風流，清詩妙無敵。留題悉佳士，名姓徧幽側。豈但數公賢，良由聖祖德。國初諸王貴，僚寀禮絕席。上公匍匐行，此事詎可則。白簡颯風霜，森然動顏色。才高年運促，當宁屢太息。雄心奮豪翰，英氣灑粉墨。峯泖有斯人，吾將永矜式。

哭張希白□□

黃鵠歌成繼響哀，人間無路哭蒿萊。可憐慈母虛□表，九見孤兒赴夜臺。妙畫已隨飛壁去，遺書空待鑿楹來。謝庭蘭樹眞無益，久信莊生愛不材。

題宣和畫鷹借少陵畫鶻行韻

鷙鳥萬里心，秋氣一寸骨。高堂森沈沈，勁羽刷兀兀。眼空枯草冢，勢奪狡兔窟。白翮騰金飆，千人詫英物。嗟哉宣和殿，古塞黃龍出。一點海東青，飛沙向天沒。東都望回首，人事痛顚越。松漠誰紀聞，滿紙淚淒瑟。雁書不到處，安問花石質。太息瘦金書，畫圖重悲欝。

椶拂子次杜韻

水舟陸資車，萬物各有能。取此皮割椶，驅彼瓜集蠅。高談座生風，孤懸木從繩。雖無白玉柄，奚愧青松稱。倚仗一握强，支拄三伏蒸。疾惡衛史魚，擊奸漢李膺。區區故有在，志立事可徵。醜類苟未除，豈宜付鐍縢。

舟中置酒

一艇勢隨風偃側，半湖光與月徘徊。乍揚帆處青山過，剛舉杯時白鳥來。

詠淵明東坡

淵明達生人，臨終告諸子。少賤歷世途，艱難拙生理。性剛屢忤物，黽勉歸田里。此語歎誠然，東坡獨知己。嗟嗟不早退，半世困祿仕。出身犯憂患，渡海入儋耳。晚節和其詩，無心競悲喜。人當意思倦，每返淳樸始。所難久要心，塵勞勿輕起。終古復何人，勉哉蹈前軌。

秋懷雜詩次韻四首

楓林殊意薄，不肯借顏紅。秋老花光裏，人歸雁語中。江山戀鄉國，詞賦感秋風。誰著方圓論，聱牙問浪翁。

是靜端宜夜，能悲豈爲秋。柳枯來往恨，蟲訴古今愁。歌舞人三閣，功名客五樓。較量身世事，何止百宜休。

久疏經世策，田舍意卑卑。酒力呼燈語，琴聲與月期。清羸啞趙壹，潦倒笑温岐。卅里嗟才鈍，何年悟色絲。

泖水憐才拙，桐城愛客狂。因君重感慨，勸學幾扶將。意緒春蠶縛，生涯野馬忙。韋郎無別羨，掃地共焚香。

感舊游

楊柳何心折短條，芳蘭可自怨無聊。賈生流涕空湘水，王粲傷心更灞橋。九辨情懷波漠漠，七哀詩句馬蕭蕭。高秋落日何窮感，閒向陳編慰寂寥。

偶詠八首

天下

天下存公論，君心有弼違。□□□□□，□□□書稀。都輦青驄色，風霜白簡威。潛□□□□，□□□言微。

廉察

廉察周官聽，農桑漢吏良。鋒車紛四出，旌節一相望。民氣瘡痍復，天心水旱傷。昔賢聞報最，三載治功長。

周召

周召皆分陜，皋蘇復省刑。仙查乘八月，軺傳走雙星。節矯誰承詔，輪埋亦聽熒。惟應陳疾苦，諷諫達明廷。

蓮花

蓮花金色粲，峰峙五臺尊。控禦雄西北，慈悲作翰藩。屬車馳列纛，淨宇卓經幡。欲問三乘旨，文殊默不言。

石渠

石渠書待鐍，緜蕝禮誰刪？馬尾眞愁誤，烏頭尚盼還。儒生鉛槧業，逐客道途顔。徙歲朔方晚，冰輪連雪山。

祖帳

祖帳東門客，懸車洛下年。昔人聞止足，投老愛林泉。災異三公事，淒涼逐客篇。惟應千載下，青史美韋賢。

高秋

高秋疏肺氣，壯歲愧衰翁。酒減年時量，詩稀病後功。蛩吟天寂寂，雁過雨濛濛。懷古情無限，何由激懦衷。

朔風

朔風何凜冽，南國亦塵沙。老醉春前酒，歸迷夢裏花。幽尋聊野艇，舊事憶征車。寄語天涯客，題詩紀歲華。

涼風

愛酒花當戶，題詩葉滿牀。寒星光轉炯，枯木意何長。漫欲挐烟艇，還思問草堂。涼風吹短夢，江水恨茫茫。

徐家墳看梅因弔閬公

羅浮移來海邊邨，邨邨春風來叩門。千株掘得古宿骨，一夜吹返騷人魂。徐家有墳最砢硪，暇日邀客聯芳樽。間行數里覓香異，浩蕩莫可尋其源。英英白雲向空盡，澹澹斜月來孤翻。銅坑銅井定何在，舉杯酬花花氣温。幽林默然坐薝蔔，下視塵土空祇園。吾鄉詩老才秀絕，紉佩蘭蕙襲芷蓀。晚年海外發奇詠，龍呿鰐鰔蛟鯨呑。悲歌豈是謝翺鄭思肖亞，逐客要與韓蘇論。風波去來夢無定，往往落日吟中原。豈知故鄉好風景，溪上萬樹迎朝暾。一棺航海此歸葬，臥看插昊晴枝繁。殷勤多情炫縞晝，迷離破暝搖黃昏。文章風義端不朽，偉人故自所託尊。夜深華表若有語，定話城郭依然存。

新葺一草亭次少陵瀼西草屋詩韻五首

偶然謀小築，敢與昔賢期？風月初□夜，鶯花正好時。畫圖貪客過，詩句共春遲。□□□□□，□□□□□。

泉清眞是聖，竹穉未□□。□□□□□，□禽尚戀羣。離愁江上雨，昔夢隴頭雲。忽漫悲風起，高歌幾處聞？

罷蠟登山屐，虛苔竟日靑。讀書元亮宅，載酒子雲亭。蘭雪披襟灑，松風拂面醒。夔門萬重險，石壁倚天屏。

西閣高城漏，東屯遠岸沙。歸來共詩友，勝絕話天涯。故里餘茅屋，浮生幾歲華。放翁懷舊客，更訪鑑湖家。

晉狂靑眼客，漢隱白頭郎。謝墅棊殘局，羊碑淚數行。史書名縱貴，前哲命堪傷。自笑求田舍，端宜臥下牀。

玉枕蘭亭并序

宋賈似道客廖瑩中，刻定武本蘭亭於靈璧石，事見太平清話。石後入閩中蕭給諫家，耿精忠從求不得。耿叛，蕭被殺，其子挾石走。金壇王吏部澍手搨裝卷，跋其事，又與汪中允士鋐各臨一本。於後，錢唐汪問樵參軍初以貽先大夫。暇日檢視，偶題一詩。

會稽內史古達人，誓墓生平謝羈絡。後來不知唐太宗，何物平章賈秋壑。私人王廖斗筲輩，卑卑更下嘉賓幕。毫釐刻畫借燈影，太息餘光眞一爝。虹州誰琢磬石山，高第嗟酬武功爵。當時常竊冢中帶，何異温韜弄刀削。天生尤物信爲祟，閩客無端累囊槖。奇貨殺身眞大愚，匹夫懷寶終難攫。蕭郎挾之走京口，墨玉聲清振寥廓。一時王汪皆妙手，磊砢珠璣字交錯。右軍寫像更清眞，高舉靑冥秋一鶴。石背刻右軍像。此書此石作法戒，但使流傳良不惡。君不見？李斯小篆鍾繇書，千載斯人尚椎拓。

書仇實父張公藝九世同居圖

壽張張公古賢儔，爨無異煙椸異裘。南北擾擾數百載，禍始骨月興戈矛。天下自亂一室治，缺陷天病人醫瘳。問渠致此竟何術？一忍胸中忘百讐。唐宗有事岱宗祭，輿從扈衛由鄆州。屬車來迎率族姓，喜見老幼盈道周。古來太平復何物，和風甘雨迎天休。仇生殫心畫絕藝，意媿薄俗祛奸偷。雞鳴犬吠各閒暇，愚者起悟悍者柔。同時詔旨旌其門，蠲免課役宋與劉。張公一門事獨顯，豈非繪事存千秋。卷圖起坐發深感，雁鳴嗈嗈烏啾啾。

中年

中年纔悟詩家旨，太息吾衰病未能。空憶青柯坪下路，雲山萬丈一枯藤。

贈王秋泉元宇

猗蘭吐幽芳，止水鑒百步。沈沈靜者心，萬象入迴顧。高門衆所羡，清才美無度。齒冷玉唾壺，何心□□□。沈吟西施詠，惻愴長門賦。掩扇蔽芳□，□□各嬌妒。終□蓄光采，奮翼勉王路。纓組固君家，林泉獨予慕。

白雁四首和毛生甫嶽生

蕭條蹤蹟越關河，同向西風恨較多。秋到殊方渾帶雪，月高寒水自生波。閒愁燈下淒涼賦，舊侶蘆中冷淡過。除是忘機鷗鷺熟，故人瑤札隔烟簑。

一天寥廓夜無情，人過中年影易驚。鬢髮飄蕭還悵望，音書迢遞卻分明。雲移遠渚痕方沒，霜逼寒宵響倍清。欲寫江南好圖畫，嬾將幽怨付銀箏。

眼中伴侶漫猜疑，不是清流未許知。本色文原供獨賞，素心人較耐相思。樓頭笛韻梅三疊，海上琴聲玉一絲。任道有家歸便得，自耽風雪立多時。

冷淡生涯舊釣磯，江湖如此動歔欷。千程古驛迢迢去，一抹斜陽漸漸稀。彭蠡天高秋欲老，遼陽夢醒客初歸。征衫莫道緇塵染，還向燈前認素衣。

曹雲西秋山宦隱圖

畸人居官不自聊，獨行抗首辭其僚。白雲孤望石林頂，明月坐轉峯巖腰。謝公一邱意落落，陶令三徑風蕭蕭。猿吟鶴嘯久相待，故山歸隱底用招。

許青士乃濟書來言周倬雲爲漢客死楚中作詩述哀因寄青士芙初

周生古畸人，懷抱觀卓犖。抗心希昔製，俯首讋俗學。詩歌奮瑰麗，才筆恣斑駮。彝敦蝕土華，刀劒鏽芒角。巧宜天眼覷，震駭聾耳覺。狂歌對天壤，此士不數數。我昔遇之都，氣象殊遼邈。相習稍坦夷，瑜瑕互商搉。習知文字性，一埽世見較。悲風追落葉，衣薄襟互捉。蕭蕭臨高臺，萬象赴雕琢。吁嗟造物祕，豈許膚屨剥。羣仙懲其狂，一鬨肆謠諑。驅車忽分散，蘭菊委冰雹。各抱兀鷙姿，不欲泣石璞。盤盤盤山紫，湛湛渾河濁。笑看故人貴，冠蓋何稱娖。天山千丈雪，詩句凍行幄。吴蜀吾縱横，江水纓屢濯。逌然函關遇，喜若玉合珏。君時已謝舉，矯首視華嶽。楊公撫掌笑，蓉裳農部。天馬不可促。九歌離騷哀，吟手冷一握。當時酒徒會，豪飲例河朔。祗今餘幾人，更爲横短槊。悲歌斥排調，骯髒恥咿喔。述哀諗故交，寒月冷盧涿。

綠萼梅

瘦極一枝渾是月，夢來清夜化爲雲。蘆簾紙閣知誰稱？除卻神仙合是君。

古缺鏡辭二首

蟾蜍碎齧盤龍影，壓角寒菱洗光炯。昔年曾照如花人，一夜濃霜失青鬢。景陽迢遞曉鐘動，衾展文鴛枕棲鳳。裵裒徙倚玉臺前，湘女如烟隔秋夢。半輪碾破何時圓，綬銜長帶飛上天。

千絲萬緒紛難理，半面殘妝睡初起。冰花搖搖留古春，金鵲斜飛凍雲裏。銘文細字光摩挲，明月欲補殘金波。夜深心事訴不得，蟲語空階聞易譌。流塵翳盡君休掃，惟有此中堪避老。

宿維摩寺觀海日初出并序

予至虞山，李湘芷將省虎觀司馬於滇南。司馬在都屢言欲留宿山中不果，湘芷因邀登山頂觀旭日，同游者其弟曉潭、陳君子雅、顧君竹碕、吳君未軒，凡六人。途半，湘芷兄弟以事歸。既抵寺，乃復遣僧以輿迎之，獨湘芷來漏已三下矣。五更聞梵誦起，老僧告天陰晦且風，姑偕登望海樓，久待不得。天明將歸，忽見東極光起，形狀凸凹，搖蕩雲際，若三分其體而上下之，不炊黍，頃風起雲沒，陰晦竟日。僧言觀察某公數宿此山，邑大姓或止七日，皆未得遇，老僧住此二十年亦不屢見，誠奇緣矣。歸爲此詩，以誌一時情事，且寄司馬於滇南，其爲故鄉之思可知也。

天公萬古寶玉華，海水沐浴黃金車。虞山插腳入海底，拄杖一擲騰龍蛇。籃輿登山東列炬，談笑投宿空王家。五更雞唱走傑閣，坐聽風樹鳴紛拏。沈陰黕黮積孤悶，遠有潮響供趺跏。鐘鳴漏盡望久絕，老僧慰藉賓嗟呀。砉然撥霧漏蓄采，炎官張繖棲火鴉。有如承盤狀覆瓿，又若銜珥形缺瓜。馮夷絕底氣蒸暖，大塊融結成丹砂。我疑太古日本闕，好事補以妙手媧。人間俗眼不敢見，五色圍繞空中霞。長風掃蕩倏埋沒，浩浩渤澥茫無涯。神功奧巧僅一露，衡雲海市何足誇。偶窺大圜未全體，以語俗士徒笑譁。火維地荒足妖怪，退之句。題詩更寄滇南遐。

傷悼

畫闌干外玉窗前，花似飄茵草似烟。惻惻風簾春是夢，沈沈雨幔夜爲年。篋中香氣終難滅，海上琴聲已不傳。何物與君參妙義，不成枯佛不成仙。

兼山書來言船山病歿于虎邱作詩二十字弔之

太白狂呼月，東坡笑買田。江南留蜀客，待爾作三賢。

寄蓉裳農部丈蜀中三十二韻時方垂寄先公碑文敬述陳謝

文苑千秋筆，成都萬里橋。故人嗟地下，雄翰動今朝。憶惜秦中別，旋歸海上遙。麻衣紛涕泗，桑戶困漂搖。雁帛長安月，魚箋北固潮。但言情一慟，眞覺感無憀。方志梁州重，先公曩歲邀。艱難時屢隔，名勝事空饒。鮑叔能知管，曹參復繼蕭。殷勤訪耆碩，精細別科條。爲愛江山助，渾忘道路迢。衝寒驢入蜀，愴舊鶴歸遼。風雨思難弟，謂荔裳二丈。尊罍話故僚。桐花哀似血，鵑語惡于鴞。黯澹論文客，淒涼泚淚宵。言言貫金石，字字戛瓊瑤。落日號孤子，悲風誦大招。幽偕宗老闡，諾待子荆要。孫淵如觀察諾爲碑文，故丈爲第二碑。蹤蹟憑書報，情懷仗酒銷。名山呼謝屐，寒水汲顏瓢。小草心先瘁，窮魚尾不焦。誰能鬬鸚鵡，祇是託鷦鷯。汶嶺餘前夢，揚都悵獨謠。釣游童冠憶，吟咏角弓調。用趙情猶切，從梁客待僑。諸賢方吮墨，二俊況連鑣。聞伯夔、木天由燕入蜀。母老偕推隱，兒啼似哀驕。螢燈憐魏乘，蛙鼓歎齊韶。弱柳衰終萎，寒松晚不彫。休文圍未減，騎省鬢初髟。白石山名。雲中在，青蠅雪後消。懷人西向望，秋後仰魁杓。

代書寄嚴麗生

蜀山千尋水千尺，楚灘秦棧中間隔。不須更唱蜀道難，一望青天已頭白。我生少小夙好奇，攀危歷險相娛娭。祇今多病畏道路，空餘磊落捫心期。巫山一帆與君遇，丹旐飄搖渺歸處。雪淚紛紛灑白波，嗟君看我麻衣去。別君幾載幾相思，幾次書來不寄詩。浣花溪上春游日，洗墨池頭夜詠時。爲言風景都非舊，報汝情懷汝知否。秋草離離陌上塵，雪花擾擾風前柳。我今潦倒日杜門，厭親書卷疏酒尊。數奇已類李廣厄，骨傲自歎虞翻屯。去年朔風惡鴞叫，吹折湘江一枝篠。斑斑淚點空人間，留與離騷作悲調。與君五嶽諧向禽，芒屩踏破青天心。幾時眼底畢婚嫁，葛陂擲杖成龍吟。君家丈人建雄府，手折貙貐伏羆虎。渝城風月罷登臨，一夜西窗冷枯雨。昨朝有客來吳淞，言君去歲游秦中。滿天戎馬去不得，眼冷烟雲千萬重。人生得失那可計，坎止流行豈無謂。君家君平固解人，卜肆垂簾託深意。惟聞臥病萎哲兄，田荆一折難爲榮。逍遥堂後萬章木，西風徹夜添離聲。鴻雁不來鯉魚伏，拉雜讕言委衷曲。心孱力弱語空長，爲君相思裁此幅。

夜雨偶作

寂歷空階夜有聲，泬寥孤館枕無情。酒人漸覺星前散，秋病初從雨後生。顧我忘言惟茗椀，與君有味是燈檠。重樓風竹蕭蕭夢，正似江濤徹旦鳴。

西風

西風一夜動庭枝，驚起徂年感鬢絲。客氣漸除初入道，名心雖減未删詩。影招黄菊交貞澹，事付青山計恐遲。慚與古人論筆力，幾能談笑卻熊羆。

恩詔恭述二首

聖朝獻寶問河宗，千載金隄拓故蹤。水利待興將作匠，漕渠仍付大司農。文章天上尊堯煥，家法人間纘禹庸。時方修治河方畧。宵宁艱辛湛璧馬，侍臣誰爲頌乾封。

天家貢賦首東吳，肯遣催科困轉輸。平準有書民力盡，撫循無術主恩孤。儒生可要通經術，吏治終須起後圖。庸蜀卅年嗟保障，詔書恩澤逮幽枯。詔書以四川倉庫獨撫虧缺，諭示天下以爲式。

放翁生日分韻得中字

蘇黄一去元祐終，宣和乃復生此翁。天憂南宋詩力薄，正賴一老支其窮。年逾八十最耆壽，醉到嘉定新春風。江山秦蜀走奇氣，陵寢京雒哀孤衷。可憐志士死溝壑，蘭亭禹穴空復空。古來作詩問誰富，萬首卓犖開羣蒙。昔賢屐齒不到處，手施巨斧摎金銅。由生得熟造平淡，妙處故在無意中。岷源千尋勢浩浩，鏡湖一碧烟濛濛。蓮花博士給美醞，笑呼李杜臭味同。世間風月復何物，公等正坐窮而工。誰能飲酒弗覓句，掃蕩文字眞豪雄。

漢裴岑紀功碑拓本次子瞻墨妙亭詩韻 友人周二倬雲自甘涼貽予此碑，新舊刻各一展字，未幾遽聞委化，感愴之次，輒題此篇

燉煌太守矢我陵，勇士百選皆鶱騰。雄心已伏李廣虎，猛氣不數郅都鷹。遠從東漢迄昭代，波拂蠹缺摸枯棱。春光吹冷青冢草，風力勒破太古冰。姓名僅餘片石在，文字孰付青簡憑。立碑隸法存篆意，嗤彼墨豬眞可憎。哀哉燕然耀元甲，大笑卽墨施絳繒。蠻夷大長坐繫組，絕倒昆莫悲樓登。故人萬里緘寄我，何啻大貝贏百朋。奇功已歸塞上碣，妙迹空對松間藤。模糊破紙愁細讀，況復夜雨窺孤燈。後裴前岳亦千載，戎場藝苑空銘膺。碑爲岳將軍鍾琪平西域所得，後裴尚書日修使其地復移置焉。

題襟館感興

淄川嗟馬肆，北海渺蓬壺。酒薄荷香冷，詩寒鶴語孤。梧桐秋意思，楊柳別程途。豈但歐蘇遠，當時客也無。

邗上留別穀人祭酒

海濱除是鶴知年，更有梅花記醉眠。哭友詩多增卷裏，愛才心重惜尊前。春風京國人初別，秋色揚州月僅圓。欲共歐蘇論往事，滿湖葑草影連天。

後歸鶴歎

秋風蕭條秋雨霏，客子出門寒無衣。歸來獨宿搴故幃，冷月斜照倉琅扉。流光蟏蛸動伊威，豈無他人與子違。卜客鳴琴撫瑤徽，聲響髣髴容貌非。世間萬類各有妃，嗟爾獨往寧取譏。

游眞州北山寺次宋人王逢原韻

馬失雄心嘲蹩躠，詩參禪味悟輕安。秋晴淺竹明沙裔，風暖低塵繞策端。涴壁墨痕諸客散，庚午歲，頻伽、梅史偕孟昭至此，和韻賦詩。過江山色六朝寒。風流北宋人何在，貼骨還摩老桂看。桂根發花，僧言城南準提庵有貼骨宋梅，此可謂貼

骨桂。

哭惜抱先生三十六韻

國有斯文重，天何一老遺。重來成訣絕，後死益淒其。學自諸家匯，才從曠代窺。讀書窮竅奧，制行戒夸毗。未盡經綸蘊，空瞻翰墨奇。獨居恒太息，對客亦累噫。少日聲華盛，羣公譽望推。玉堂稱上選，郎署歎仙姿。知豈希爲貴，賢寧習可移。掃門時相遠，延榻要人辭。物論歸儒行，天心倚翼爲。兩生居國久，四皓出山遲。薦士平生願，懷賢往昔資。擇交天下儁，寬作衆人師。後學宗劉向，時流附退之。切磋懷直諒，委曲盡箴規。六籍文三古，千鈞髮一絲。勤勤耽著述，浩浩溯津涯。鼠鬭紛朝訟，羊亡大道歧。本來通軌轍，何苦設樊籬。白日昏遭蔀，元珠冥索離。曩賢雖不作，來哲詎容欺。屢歲頒書問，今來訊履綦。讖成憂鵩鳥，談尚郤熊羆。感激親燈火，纏緜把酒卮。笑開求仲徑，命訪習家池。返席期何速，披帷感獨滋。殘書遲論定，遺命早修治。清節生平最，高懷若箇知。飲冰眞刻苦，舉火獨恩慈。齒冷扶風帳，心傷魯國葵。猶辭問字酒，肯顧買山貲。杓斗空昭漢，狂瀾更倚誰。眼枯寢門日，淚灑禮堂時。啟體曾參孝，招魂宋玉悲。如公眞不朽，顧我獨漣洏。

題天台山志

天台五萬丈，仙佛一山分。虎坐深巖月，龍歸大澤雲。海舟晴更見，風壑靜先聞。賴有斯圖在，翛然謝世氛。

送炳兒入蜀

辛苦餘門戶，艱難累老親。中年予失耦，弱冠爾成人。芳草天涯路，梅花隴上春。若逢諸父老，爲報未全貧。

題船山遺稿次見贈韻四首有序

船山詩稿多散帙，庚申在都下有詩四首，書扇見貽。頃，偶檢獲，而刊集失載，因次原韻録存之。

浮生原偶寄，噩夢忽驚回。飲斷人間酒，收還地下才。何心官職競，多事佛仙來。怕聽蕭蕭竹，空餘叔夜杯。

作意都成巧，無心偶出奇。龍涎天上試，鶴背夜深騎。冷月神猶妒，癡雲夢亦疑。倉庚能療疾，休問入宫醫。

成都春萬里，潦亂浣花箋。多難干戈久，還家道路偏。夜愁孤燭語，秋夢一琴傳。我亦題橋客，抛書更自憐。

喻俗詞原淺，憐才意自眞。浮名千載事，俊語六朝人。長揖揮卿相，新聲泣鬼神。空山餘澹薄，寶氣獨終淪。

附原作　張問陶

摩空聲不定，一字幾裴回。藻翰皆生氣，東南此異才。論嚴詩筆正，心動化工來。難後豪情減，因君又舉杯。

小扇臨風贈，長歌忽振奇。美人春不妒，天馬怒難騎。仙籍誰眞注，名場我漸疑。篤工森可怕，詩病莫輕醫。

相逢皆少壯，餘力且題箋。風格中年定，時名衆口偏。開懷原偶託，揮手任無傳。繚繞神仙字，蟫魚太可憐。

妄語疲酬贈，狂言為汝眞。交才謀一面，氣已辟千人。文古曾非貌，詩飛或有神。科名身外事，此筆豈沈淪。

通藝閣詩續録卷第二

石門洞觀瀑

天門砉然開，急雨飛當中。神仙排雲下，蹴蹋千萬重。激裂太古石，高灑千年松。空王夜無寐，醒眼觀濛濛。哀哉英豪人，獨立揚清風。江山映文藻，簡冊書事功。誰拶韜鈐祕，大索蛟龍宫。出山泉不歸，已矣悲心胸。

江心寺

勳業文章兩刼灰，祇園陳迹暫徘徊。詩人著屐登臨去，丞相提戈慟哭來。雙塔欲浮滄海動，一江横載浙山迴。相如病後遨遊嬾，尚倚危欄索酒杯。

孟樓懷古

風流懷孟六，高逸謝人羣。詩味江天月，禪心海島雲。嶼孤人語寂，潮落曙光分。千載斯樓詠，寥寥李杜聞。

揖峰亭

危亭鑿峰麓，石洞斵神斤。隔岸朝飛雨，樓巖夜卧雲。炊烟萬家合，江海一山分。空有濯纓興，漁歌幾處聞？

卧樹行在飛霞洞内

世間萬事有奇特，作屋樹中人不識。梯空繪畫落照丹，爍地風雷太陰黑。背城妙取逼極勢，浸波純爲太素色。嘉蔭鸞凰竟誰借，苦心螻蟻終難蝕。當年謝客來開山，曾見登山著遊屐。梗楠杞梓不自愛，水火刀兵竟遭厄。獨留此樹閲人代，冷齒長鬢拂吟席。中間巨幹卧絶奇，不貴縱高貴横直。欲招江海助鱗鬣，苦被神仙制魂魄。逍遥喜跨大鵬背，崛强生騎凍蛟脊。古來蕉鹿皆偶然，夢裏華胥眞一息。神物縱偕凡品在，雄才肯受常人惜。終愁夜半破壁飛，回首萬牛非爾力。

温州二書堂詩

江心寺王龜齡書堂址

王公用世人，惜哉阜陵始。中原雖難復，和議豈足恃。萬物貴陽剛，有得斯君子。高節孤嶼堅，清鑒甌江似。書堂故幽絕，薦藻吁廢址。頑懦彼何人，百世庶興起。

仙巖陳止齋讀書堂

陳公亦儒者，經制何精研。遠窺濂洛緒，近貫薛葉詮。通典十載書，不負兹山前。南渡有紫陽，如日昭中天。議論有不同，所學皆聖賢。吁嗟三代下，擾擾何其偏。

自芙蓉郝盤四十九嶺抵能仁寺

竹輿搖輕風，衆青塞其内。羣山浸鹹浪，萬象入破碎。初晴烟光迷，極望海色晦。衆江所趨絕，黄碧蓄深黛。盤盤芙蓉嶺，阨隘亂榛薉。幽奇迴隔絕，石罅露微態。危根削巑岏，靈氣沃□□。□□□殘簡，嶄□丹雜績。險怪不可名，錯落驚腑肺。能仁昔雄刹，龍象吁今廢。風景獨依然，面勢互向背。僧田山雨犂，人家水雲碓。寒苦君弗嫌，一飽復奚愾。

雁山三詩并序

雁山飛泉怪石隨處皆是，其中尤勝者，水以大龍湫爲最，峯以靈巖爲最，洞以靈峯爲最，昔人云爾，予無以易也。爲作三詩紀之。

大龍湫

神龍藏空山，游戲無時休。頷間百琲珠，一撒不可收。水石性激射，忽作繞指柔。迴風勒還往，欲去爲之留。卓立出絕壁，横飛趨低流。雪花飄空中，夜半鞭玉虬。非烟復非雲，但覺暖氣浮。玲瓏巧變换，主宰誰雕鎪。萬古不知旱，四時恒若秋。渟洄蓄深碧，玉涵閟靈湫。高僧已觀化，廢址空巖幽。有色而無聲，此意何所求？

靈巖

入山如無山，嵌壁負丹障。連峯直天起，突兀歎奇創。千巒千起伏，一石一雄壯。天柱眞屹然，東南壓溟漲。如朝羣眞闕，儼列羽林仗。盡收造物巧，縮地恣酣暢。天公竭吾才，顛倒無盡藏。曾聞安禪谷，詎那坐回向。妙道本無奇，所見皆妄相。石龍淩空踞，鱗甲展幽曠。鼻端玉乳懸，巧斲煩郢匠。援琴我思寫，聲出萬仞上。夕陽忽西流，返影落東嶂。遥聞山樂官，鳥名。更憶梵天□。

靈峯

清光何浮浮，曉氣爽顴頰。群峯竟狎玩，俯覺勢可挾。五老氣象古，靈芝秀華曄。枯僧去何之，古佛棲落葉。言尋羅漢洞，望望倦登涉。風來毛孔涼，月上眉影貼。遥窺一綫廣，近坐肆筵接。應眞西方來，靜卧萬怪懾。寬閒內空洞，護衛外重疊。諸天玉女降，何處響行屧。妙樂動虛簧，天花著衣褶。珠簾垂幾桁，雪舞萬蝴蝶。一酌洗心泉，虛空良可躡。

次稚存國清寺壁間詩韻寄甘亭

世人戀五濁，塵海何勞奔。豈知寂照宗，別有清淨門。舉頭攀天維，插腳入海根。連山極東南，開鑿神禹痕。盤盤五岳外，突兀他山尊。風雷俯而窺，星斗冷可捫。恨無驚人詩，一吸滄溟吞。何能貫三車，融會妙義存。大道有支流，末學哀童昏。昭昭溯本始，赤日懸金盆。毋爲群言殽，溷此方寸渾。題詩寄彭子，趺坐石正温。

瓊臺月下追懷宋茗香助教丈

名山萬古神仙窟，無數眞人坐雙闕。瓊臺孤起白雲堆，蕩蕩青天一明月。明月出滄波，流光渺若何？飆輪馭元氣，拍手一高歌。高歌何處酣？杯酒吼起伏龍巖下走。天風飄墮碧桃花，夜靜空壇落星斗。宋公□云何逍遥？昔年橫空擲酒瓢。西湖攜手一笑語，勸我且莫貪金貂。我今放浪綠髮凋，學仙無成且遊遨。近慚司馬公，遠愧王子喬。惟應題詩向絕壁，坐看羣峯蹴碎千瓊瑤。

宿桐柏宮遇天台王生實善**楊生**文明**率爾賦贈**

一石一神仙，中分一洞天。霜鐘半樓月，風瀑萬重泉。瓊闕無雙地，金丹第幾篇。况逢耽詠客，餘興託尊前。

桃源行

人間萬事優曇華，空中白雲我所家。天台佛法未盛日，尚有仙迹留山窪。傳聞永平漢紀賒，劉阮二子窮幽遐。裹糧道盡玩桃實，汲水源遠逢胡麻。芙蓉凝脂雲鬢鴉，空山流姿驚衆霞。泉聲潺潺隔幽夢，妙質巧障輕雲紗。琴聲輕清卻琵琶，笑洗越豔嬌吳娃。俗塵未盡一思戀，惆悵溪頭紅日斜。蓬壺駛轉雙轂車，紅巾冰淚嬌晚葩。洞中低眉但愁思，世外回首空烟霞。猿啼鶴怨相歎嗟，與子執手成天涯。歸來東晉太元載，正是武陵漁艇划。兩峯峩峩雙髻丫，窅然曲徑縈修蛇。道人爲道最相似，遥望瓊臺如削瓜。幽源密壑松蔽遮，日月把玩如摶沙。山中冷卻千年藥，澗上開殘七葉花。

清聖祠祀夷齊二子

古篆何年刻？靈祠此地裡。江山各仙佛，兄弟自君臣。百世誰興起，千秋尚海濱。松風清絕意，餘響入吟身。

石梁瀑布歌

天風捲雲雲倒飛，水力激石石卻迴。千尋直下不可曲，總匯萬派成崔嵬。峯巔忽崩太始雪，壑底急轉晴山雷。天台四萬八千丈，一丈一落眞雄哉。懸空直作匹練挂，餘勢尚作珠璣堆。當時疏鑿非禹力，應眞卓錫滄溟開。光采驚起耀赤城，氣象遠欲摧瓊臺。千春古樂奏不歇，夜半笙鶴空中來。毒龍五百久降伏，仙佛相視心無猜。世間歲月嗟易駛，浮生如此良可哀。我欲高挹北斗魁，乘興瀉入黃金罍。俗腸凡骨盡湔洗，更酌海水添一杯。安得高呼謫仙子，相與賞此拔地驚天才。

華頂

吁嗟華頂峯，一氣苞溟渤。湧浮青蓮花，搖蕩白玉闕。連天極吳楚，動地排閩粵。深入萬峯心，卓立一山骨。窮陰復多雨，雪影照暑月。喬柯垂參潭，異草滃翳辭。四萬八千丈，孤笻竟超越。佳游娛清暉，世事驚綠髮。雲將渺沖舉，鴻濛恣排突。大笑孫興公，賦筆但荒忽。

訪逸少墨池太白書堂遺址不得

逸少餐霞人，隴西釣鼇客。偶作塵中游，詩書皆寄迹。素無軒冕戀，饒有烟霞癖。海上有奇□，□□□□宅。拂絹月生光，洗硯雲動色。高人愛標置，世士驚翰墨。許邁結遐蹤，承禎慕沖寂。神仙雖能學，不死亦何益。老子歎猶龍，斯人安可得。

茅蓬

披茅覆廬屋，巖棲氣象古。空山曠無人，夜靜獨雲語。春花拂松柄，秋瀑蹋芒屨。恬澹卧烟霞，艱難覓椽莒。往來二三子，錯落百餘所。蓬蓬雲卷風，濛濛霧成雨。槿籬朝棲蝶，石壁夜變虎。雖無倫紀樂，亦免塵俗苦。頑空何足觀，眞實萬物祖。

山水暴漲

山途屢迴復，望望迷所往。人行轟雷中，語出飛雪上。褰裳既拂石，濟輿倏浮盎。慚愧問津人，空餘出塵想。

初至四明寄弟

萬山登罷放舟行，一夜篷窗到四明。地自秦皇通海氣，詩從賀監啟唐聲。錢湖風月當心見，太白雲霞絕頂晴。曾是士龍游賞地，欲將書札報茬城。

佑聖觀白蓮池

高柯曙鴉動，煩暑淨如拭。風來空際香，月白定中色。禪心止水內，仙夢清磬側。悠哉君子懷，無言寄元默。

求全謝山吉士續成黎洲黃氏宋儒學案遺書呈黃東井二丈定文**兼柬哲嗣**孫逢**湯君**錫限

惟聖有述作，日月懸蒼旻。表章賴諸儒，先後相扶輪。非惟經學昌，兼使人心淳。煌煌宋五子，墜緒爲之振。南雷整其書，謝山垂厥文。如何百年來，定本猶晦湮。正軌忽以沒，歧途遂趨遵。黄公古耆舊，齒宿學益新。淵源溯東發，支流匯通津。嗟彼成書艱，愍我述學勤。粗示序目首，衆星燁然陳。何當窺寶藏，傾倒羅百珍。相與勒全書，磊落垂千春。

消暑戲咏四首

冰

一片清如許，千年久若何。壺中春色冷，鑑裏玉人多。素鯉書難待，蒼蠅語易訛。刹那消釋盡，心鏡不須磨。

蕅

美人魂不死，一縷水之涯。碧極色如玉，淡然香勝花。文心通巧幻，詩境洗繁華。欲味清涼旨，拈絲證大車。

茉莉

花氣不觸暑，惱人清睡遲。小詩未成處，殘醉欲醒時。色淡渾無著，香空若有思。夜來明月過，多事枕函欹。

荔支

估舶遥來日，華筵淺擘時。燕山輸遠貢，蜀道味相思。尤物神仙種，天才學士詩。未應愁内熱，清味沁肝脾。

鄞人新建錢肅樂張煌言二公祠祔全吉士祖望于夾室詩紀其事

南來疆土蹙方隅，更向陽侯展地圖。江上誓師紛涕淚，海中窮島一頭顱。戈揮落日光難返，風颭靈旗影不孤。賴有多聞全吉士，肯將椽筆表枌榆。

題畫

吴山恨平遠，蜀山苦險怪。何如越中奇，突兀雜破碎。陂陀互延引，繡錯沙石界。低花拂篷底，飛瀑灑梁背。船頭白雲迎，船尾青尚在。妙因曲折極，一往見清快。尋幽興猶勇，觸暑神易憊。空餘支頤想，萬古入静對。

何書田其偉以詩册見貽賦贈三首

何郎名家子，翩翩似平原。清詩人意中，會悟了不煩。激昂水瀉瓶，逶迤風動旛。吾知草堂靈，不欲君無言。斡山九峯外，貞士在邱樊。

匪惟隣里佳，兼且風氣敦。正如台蕩奇，雅匹嵩華尊。竹聲翛然起，緑字森可捫。〔一〕安知後來賢，不比浣花邨。

吾鄉王侍郎，萬類歸藻鏡。暮年愛君才，東閣聲華盛。漁莊一長揖，皎若冰壺映。朋寮互傾倒，湖水影淥淨。予從蜀中來，年少氣粗横。嗟君愛我句，謂是腕力勁。君編黄門詩，官商最嚴正。百年寡嗣響，幸不至亂鄭。羣賢各努力，賤子願奉命。勿學謝東山，徒耽洛生詠。

【校】

〔一〕「匪惟鄰里佳……緑字森可捫。」：三句詩原接上一首後，但從詩韻及詩題「三首」看應為獨立的一首。

檢舊書得船山所貽論詩一首感次其韻

飲酒苦易醉，作詩苦易愛。何能泯人我，不住亦不礙。讀書無心得，劒首一吷戴。自從風騷來，文字幾流派。新機遞相生，前哲若有待。苟無歧羊亡，詎喟牧馬害。衆音人心起，調刁動虚籟。疾風不終朝，萬事忌太快。并包渾沌始，馳驟荒極内。巧力得兩能，人天合分界。袖中大海水，不假涸轍貸。眞能放一切，自可證三昧。作者今雖多，無邪聖所戒。譬如丹青工，不掩眞骨在。拘儒牽文義，賢達舉大槩。誰能會其通，有筆擲天外。

送毛生甫再適閩中分韻得置字

淵濤蓄蛟螭，草澤藴奇異。毛生出海表，霞采照九地。山陽名公孫，朝歌盤錯器。惜翁賞其才，謂有老成致。賈生諸老伏，杜甫羣兒忌。槃槃萬卷書，落落一丁字。陳情令伯表，捧硯范喬淚。春暖君獨寒，慈竹苦顛頓。我無薦賢力，安得久留驥。三載一書來，新詩益堅緻。凄其荆山璞，側促南溟翅。顧我復來游，壺觴得重醉。相知聞君在，傾倒履或墜。談諧每絕倒，豪起未斂退。豈知卷葹傷，留枕久酸鼻。想當出門日，□袪履遲遲。處穎世豈無，平原獨高義。酒闌子姑去，萬事天有意。精神戒保嗇，筆墨慎游戲。苦語子弗忘，知予亦時棄。梅花忽將發，風雪客館寄。篋中有新文，他日附郵置。

入春五日訪城中友人作

淺潦初巡曲水洞，沿緣更歷少城隈。蟲知氣暖輕棲草，雀報春深喜啅梅。事過漸忘愁裏句，病多常戒掌中杯。諸君努力時清業，老我斜川託暫陪。

題窗外梅樹是甲子歲手植

峭風微雨恨緜緜，釀出江南二月天。香若返魂雲入夢，月如寫照玉生煙。吟詩人已成千古，種樹心今老十年。愁對小窗清迴影，夜闌燈火一樽前。

劉松年十八學士登瀛洲圖時餞諸君應禮部試入都席上作，故篇末見意

晉陽眞人鞭龍起，叱咤風雲納懷裏。羣仙手執扶桑枝，驅盡楊花渡江水。紛紛晉用半楚材，堂堂天策幕府開。入朝刼運一朝洗，公等昔皆安在哉？天球大璧委闤闠，鳳凰麒麟污草萊。河汾處士不見用，可惜禮樂無全才。畫師何人善態狀，傳呼無乃閻右相。騷雅同流曲水杯，森嚴迴列雲臺仗。深房邃宇自容與，茗椀香鑪各清餉。千秋翰墨歎才難，一軸縑緗獨神王。錢唐劉生工寫生，流傳此幅覺眼明。當時金帶拜殊寵，茲日錦囊添勝情。名臣業已光簡策，諸子固合登升平。吳兢政要問誰紀，付與後來人物評。君不見？放翁題詩斥繆醜，一代人才須自守。

落梅

缺月枯霜挂曉枝，春寒留得一分遲。東風易惹繁華夢，不爲桃花住少時。

韓桂舲尚書丈手書垂問兼勗進取下士微愔無以自達謹賦長句二首奉獻

詔書錫類拜殊榮，霜逼烏棲暮影驚。年已六旬還孝子，官雖入座是書生。麻衣自灑征途淚，葛帔今忘末俗情。多謝中朝山吏部，肯將名姓說公卿。

曾記京華拜下風，披襟還許一尊同。無才報國空憐我，有弟能文或累公。三黜名原慚柳惠，五噫詩敢續梁鴻。陋儒事業無多在，只待濡毫紀立功。

靈璧石磬歌送朱虞卿明經大韶**入都兼柬哲兄伯泉秀才**大源

古來神物今餘幾，寶鼎千年沈泗水。水中片石出輕沙，猶洗世人輕薄耳。朱君有弟官洨城，愛之一擊神思清。知予性亦癖古音，愛之弗啻雙兼金。形模雖異往昔製，傾聽自協和平心。我感君心復憐石，從古知音幾人得？秦政侈心碑已辱，宣和末造圖奚益？何如授禪際唐虞，雅頌聲中諧戛擊。萬古元音妙獨傳，大成玉振眞全德。嗟予愛玩幾載餘，揖別笑讀仙家書。歸來聞子臥病劇，走眎忽慟靈牀虛。君家猶子好才調，燈火光中相對歔。憐君生平嗜篆隸，絕藝如今歎誰繼。高貲散盡富藏書，狂醉歸來摩古器。向秀徒深故舊悲，伯牙更灑窮途涕。遺澤終歸後嗣昌，沈冥未歎高才替。一歌諸父英瓊瑤，再歌伯仲今鳳鷮。文章聲價齊二陸，峰泖靈秀沖三霄。春風上國花正發，待爾高鳴和舜簫。

高家園歌柬二高子

五茸城中春草荒，城東故游吾不忘。三冬早拆梅蘂白，六月盡放荷花香。頻年吾友況駐節蔡諧堂通守。襜帷拂拂風飄揚。入門下馬坐歌嘯，笑指茲園過辟疆。小湖待詔名家郎，矯矯風節最太常。封章已入緘縢祕，書畫猶雄翰墨場。嗚呼斯人溫如玉，轉眼浮榮等風燭。請看坡老繼斜川，誰敢蘭亭比金谷。君不見王司農？一朝致政歸山中。兩行椽史夾紅炬，大會賓客鳴歌鐘。君不見張司冠？經略金印大如斗。忽忽使節八閩回，僅向空山宿雲鶩。兩公詞藻人中豪，游仙揮手委蔓蒿。東山輞川等閒事，鄙吝吾欲嗤文饒。眼前花開足懷抱，且復對酒歌離騷。君家兄弟才名好，詞賦風流闞瓌寶。魏公遺笏君弗忘，直節稜稜拂天篠。

為張丙章茂才公權題雪中桃花圖

皚皚春來寒，豔豔葉底影。淸光洗穠麗，發意無人境。料峭風力悽，沈緜晚色靜。仙人戛環珮，衣灑五銖冷。嫣然始質謝，悄絕芳心警。一夜結紅冰，誰窺景陽井。

甘亭寄其新刊續集兼述昔語因次丁卯歲見貽詩韻奉簡四首

懶作題橋客，猶爲橐筆行。春殘花獨笑，霜冷鶴孤鳴。門第嗟窮達，身名合重輕。誰憐嘔心句，枯坐徧江城。

知己悲長別，懷人賦近游。殘星半天淚，衰草滿園秋。遺挂淒涼寫，零殘歷亂收。明明窗底月，昨夜夢滄洲。

松菊淵明冷，蓬蒿仲蔚青。逃名餘白社，問字避元亭。物外持禪偈，間中諷道經。浮雲空變幻，處士有孤星。

自耽南郭隱，誰勒北山文？聽雨眞孤絕，吟詩到夜分。窮魚鼓寒鬣，老驥惜殘筋。久託忘言契，援琴一爲君。

秋哀詩有序

索居尠歡，交舊多故，秋氣淒厲，悵然于懷，作述哀詩四首。其非此兩年所卒及，先已有詩者，不列是篇。

問訊淮南有報書，高秋哀耗隔年餘。一棺與母應同殯，八□孤兒尚寄居。東閣淸□傾沈范，南皮高會痛應徐。黃金縱鑄無顏色，寂寞荒臺弔望諸。樂元淑孝廉。

蹀躞名家汀血駒，洪郎才氣葢吾徒。一城斗大毛錐健，萬卷山高手版趨。草滿階前經義冷，猿啼峽裏旅魂孤。夷陵江水蘭陵客，一慟黃公舊酒壚。洪孟慈大令。

自別西湖歲幾蓂，故人書至感凋零。謂許作舟編修。相如藁草無封禪，劉蛻文編待勒銘。發憤荒亭搜舊史，忍饑老屋誦遺經。東京獨行君誰比，越水悲風訴杳冥。汪選樓明經。

兩月歸期萬古行，一棺從此葢聲名。天仙尚自嗟離別，人世端應隔死生君以七夕卒。知友嗟來鼓琴曲，孤兒愁絕讀書檠。九秋風急繁霜冷，珍重誰題卓行旌。梅壽男孝廉。

楊伯夔書來言蓉裳農部丈卜葬有期輒賦小詩以代哀輓

九龍衰草暮連天，歎息先生卜葬阡。詩冷吳江萬楓葉，魂歸蜀道一啼鵑。卿雲才藻貲郎老，李杜生涯過客憐。慚愧昔年磨鏡士，敢將文字慰重泉。

過辰山神亹仙館讀壁間高葯房題詩感次其韻

穲稏參差犖确斜，一痕修袂引飛霞。空山劒佩雲無影，古井金丹石有花。微諷好詩餐沆瀣，卧窺妙隷拂龍蛇。撫塵便有彭殤感，始歎浮生薄似紗。壁間題名諸人，小庾已於兩月前賦逝，故感及之。

喜聞元卿歸里次喆弟丙章韻

千里歸心一葦杭，知君來益病夫狂。籬邊菊少邀新月，江上楓多易夕陽。山色定添詩味雋，秋宵難抵別情長。緣知潘鬢髟猶未，細對鵝兒瀲灩黃。

病足不出戲作長句

曳尾塗中久作龜，蹣跚休訝槖聲遲。兵非願學空愁臏，詩豈知音竟慕夔？趙美人窺應笑客，甓浮圖老待名師。少年躍馬今如許，坐看柴門落照時。

以舊藁屬甘亭點定附致此詩

六藝誰憐近漸磨，數篇今問法如何。詩人義自歸忠厚，作者心知要詆訶。筆藻久枯奚待退，詞源易竭豈愁多。濯纓未是平生志，慚愧滄浪孺子歌。

建安甎瓦歌為毛君遇順作

甎刻，建安九年造。毛君謂乃作銅雀臺時預期徵材，予未敢決爲必然也。因友人高明經葯房之請，聊賦是詩

高臺銅雀臨漳側，片瓦流傳到南國。土花蝕盡漢家春，魏殿吳宮黯無色。破尚禽譚事偶然，書生懷古寶遺甎。時人莫例香姜刻，天命終歸章武年。

九華山王文成公祠

羲皇去我遠，風俗日以偷。累世豈乏賢，辛苦相綢繆。自從董韓來，大道如置郵。天生宋五子，手導江河流。卓哉王新建，懷古發冥搜。直從心源中，窺見聖域優。氣節與文章，早紀揚清秋。如何局中壽，萬里車折輈。弟子嗟謬傳，後賢或苛求。晚歲苟知返，宜從洛閩游。雖非亞聖亞，故是賢達儔。茲山昔避患，盡探泉壑幽。煙霞披我襟，日月去我遒。高呼李謫仙，大笑宋齊邱。咄哉王霸術，俯視眞蜉蝣。

訪太白書堂廢址

遨遊錦袍仙，跌宕萬古逸。愛此九子山，命名更崷崒。醉餘石枕首，詩罷琴橫膝。空中青芙蓉，蕩漾五色筆。潯陽嗟奔遯，夜郎歎遺佚。世事不可期，白雲入吾室。

雨止柏山庵作

春山花亂發，二月極炎熏。古殿生空雨，諸峰共一雲。堂虛招遠籟，酒止颯微醺。欲了楞伽義，山僧了不聞。

曉起望雲氣偶作

衆雲欲西風欲東，浩浩雲氣吹長風。忽然風力怒回轉，衆雲蹴蹋飛横空。奇形詭態誰所變？縱横楚漢鴻溝戰。砉然一霎掃全空，依舊青山露眞面。此山此雲千載奇，山中之人初不知。浮空積翠筆難寫，妙處端有詩人詩。君不見？列子御風適鄭野，雲將扶搖笑口啞。

何當更挾元氣游，俯首雲車逐風馬。

望黃山諸峰作歌示同游樵峰子

黃山三十二芙蓉，我聞謫仙詩語傳仙蹤。何年飛來益其四，直似羅浮風雨來相從。夢中醉卧萬雲海，腳底笑蹋千年松。人生如此不快意，更有何事開心胸？吾生好游兼好詩，手不能畫詩詠之。奇觀絕境處處有，口雖不言心自知。黃山之奇吾所愛，夢逐飛霞蹋其背。況逢樵老一開顏，萬仞青山紛破碎。天都插雲天所都，蓮花拔地張蓮趺。楚吳閩越一覽盡，洪厓浮邱淩風俱。中間詭景不可測，松非松兮石非石。龍氣朝隨瀑布飛，虎睛夜閃重巖黑。仙禽坐樹花不驚，靈猿騰空果倒擲。我不能如軒轅學仙蘄不死，萬乘還師廣成子。望空遥指鍊丹臺，蟣虱小臣長沒齒。又不能如文殊師利妙忘言，默然盡攝萬物根。人間名山偶著腳，物外幽討來尋源。浮生擾擾復何是，文字區區良足恥。山靈笑我甘塵埃，黃帽青鞵歸去來。

上慈光寺

流水聲中去，羣花笑裡拈。雨添諸瀑怒，雲失萬峰尖。問酒閒攜屐，繙經懶軸簾。吟詩前日事，無力鬭清嚴。

九龍潭

一潭一明月，九疊九飛龍。宋左彝助教句。我愛仙人句，來尋卅二峰。三春殘白雪，萬古短青松。可惜山游興，都輸紫翠濃。

重過釣臺有作

新安天上落驚灘，回首先生把釣竿。明月豈知浮世換，白雲猶覺出山難。古來節士功名薄，老去滄江歲月寬。祇合濯纓漁父曲，海鷗無際拍波寒。

送子樞弟之寶應學官任

歸櫂淮南近暮春，氾光湖水有輕䑳。治生我愧稱家督，薄宦君眞念老親。千里未應嗟遠別，一官從此耐長貧。阿連會有西陵作，風色明朝喜更新。時予抑三弟讀書同往。

追和元卿燈夕後三日看梅城南徐家墳詩韻

春風招詩人，無異折素簡。羣仙偶期會，不許俗客羼。金杯行盤炙，花意驕白眼。淸絶數聯詩，貴逾萬金產。嗟予苦塵頓，山徑蹋嶄巉。寒巖待春至，國色淨盤綰。雁聲墮江南，離恨盈酒盞。閒愁如芳草，隨地不可揀。與君吹玉笛，江水詎能限。

通藝閣詩續録卷第三

元旦同生甫遊西林寺

半偈楞伽義嬾評，一篇齊物注初成。儘輸靈運先成佛，尚慕莊周善養生。幡近日中幢卓影，鈴傳風外塔吟聲。知君久飲廬山水，未礙柴桑酒味清。

泖口大風三日次山谷大雷口阻風詩韻

終朝蒙雲頭，三日宿泖口。風濤逐天高，空水與地厚。乘流晝艫折，藏壑夜纜走。春氣始萌芽，菜麥短青韭。横湖莽空濶，篷底劣容肘。炊烟斷雞犬，人家遠榆柳。杜陵茅屋歎，正少補闕手。衾裯迸如鐵，書史失吾友。昔年全家去，西上泝星斗。茫茫白楊樹，地名，在石首縣。獰飇夜深吼。徹辰燈燭晃，一舸妻孥守。嬌憐眼前兒，痛憶泉下婦。何當賀出險，慰勞賴卮酒。

雪霽次五娘子港再次前韻

中宵雨作雪，寒雞噤嗁口。撞空金絲錚，簁地瓊屑厚。風濤爾何愛，逐我百里走。行舟粗運米，小市未登韭。寒光眩眵目，困膝屈横肘。瀧吏詞哀韓，海賈文痛柳。寧知行役險，出沒僅翻手。扁舟氷雪春，孤客僮僕友。窺篷漏天影，屢夕不見斗。今朝喜覿日，未殺封姨吼。危橋人影稀，枯樹鴉巢守。果貽田家子，帆補榜人婦。鳧鷖泳清波，得魚亦沽酒。

吳門舟次雪霽

太湖之水浮天東，地肺下與七澤通。玉山照人白於月，飛花片片傾杯中。隔年山色青更好，洞庭峩峩插雲表。莫嫌兩鬢易霜侵，猶有一卮堪送老。

過古雲園林懷甘亭時以弟病傳歸里

六年離別幾篇詩，嗟我來尋隔歲期。殘雪園林燈落後，早梅天氣酒醒時。簡編事業窮堪笑，兄弟情懷病各知。漫說宗雷眞入道，西山春色待君遲。

贈張趙亭廣文鼎

昨朝風揚沙，今朝氷解凍。淮南花事稀，春半寒猶重。先生靜者流，易退抑何勇。折腰淵明恥，白眼嗣宗諷。舉觴月三人，開徑客二仲。林梢竹孤嘯，盆蕊梅初弄。酒清倒鴟夷，饌美傷鶴俸。冷官自希古，卓行不驚衆。弱弟荷提攜，羣賢互吟誦。嗟予亦潦倒，歡宴時一中。河梁歌別離，此樂幾時共。

過朱止泉先生澤澐**墓次文孫小泉文學**毓賢**有詩見贈次韻奉酬**

先生伏處道何隆，剩有遺書付小同。人道延平是秋月，我知明道定春風。白田書答牛毛細，王予中編修。寧化碑題馬鬣崇。雷翠庭通政。誰是後來興起者？懷賢空望夕陽中。

臧陳二列士祠

故吏東都重，靈祠典祀湮。五公餘竊據，二十各君臣。宏演難存衛，包胥尚哭秦。不須傷激烈，薄俗易霑巾。

過蓮池律院次元卿壁間詩韻

招提僧退院，支許客幽尋。老圃閒中事，春風定後心。菜根三月味，蓮葉半湖陰。欲問重來約，休嫌鬢雪侵。

附同作 楗

瀲波吾自愛，老樹客誰尋。官冷偏多味，僧閒共此心。偶來參柏子，重過戀桑陰。更憶東華夢，塵氛爾許侵。元卿去年來安宜，時予以試事畱白下。

寶應學舍雜詩四首

儒官古所重，黃門在陳州。東坡天上人，頗歎屋打頭。而我悅爽塏，高節長清秋。問子何遽然，我足良易求。經營布面勢，偃息安朋傳。寒吟耐蟬飢，清俸與鶴謀。彼爲背歲鵠，此作居巢鳩。廣廈良所難，陋巷吾未羞。

此都人物盛，朱王較眉目。古有儒家流，於今歎空谷。止泉人騶虞，白田舉黃鵠。二士廓中天，洞然開羣矚。維揚古名郡，詞賦聞枚叔。自從安定來，誰趨儒先躅。遺書諸家在，高軌後生續。黃流歎茫茫，湖水清且曲。

張公淮潁士，磊落英且多。病足嗤下車，辯口驚懸河。一介恥非義，千金矢靡他。家乏二家田，心事萬鍾過。家弟幸承教，如石受玉磋。君胡不自得，欲弄潁水波。世事不可期，相逢且高歌。

昔年過茲鄉，湖水逼城立。今茲復弭櫂，水與城俱急。黃淮合洪流，江海蕩原隰。汜光連甓社，痛此沮瀦邑。誰爲決挑計，永靖蛟龍蟄。黌宮古精舍，多士此遐輯。春帆城上行，晨省梁間集。嗟我續斯遊，他年載詩笈。

過王氏十三本梅花書屋贈主人

樓村山人萼綠華，少林居士羅浮家。新圖舊夢各標舉，積卷老幹爭槎枒。詩翁寂寥弔微月，天氣冷淡烘晴霞。文孫皎皎兩瓊樹，臨風嘉植吾咨嗟。

過喬石林侍讀萊**縱棹園舊址**今爲畫川書院

緩步來尋古輞川，中流無復棹洄沿。鑿楹已散書千卷，醒酒空餘石數拳。涼月夢魂蓮葉外，春風顏色杏花前。關心尚有宜防議，更賴諸公考簡編。

寄通州學正李樵峯二丈謹

海水狼山接福山，先生寂寞閉元關。一江寥廓心猶壯，五岳摧頹鬢已斑。上客久辭珠履貴，諸生應笑鶡冠閒。海陵陳粟今何有，爲報扁舟欲往還。

高菊裳崇瑚**茶禪圖**

春風搖和春日晴，提壺喚客嬌新聲。冥然丈室滅聞見，禪榻枯坐孤煙生。問君何爲耽寂寞，正坐好詩搖汝精。鉥琱肝腎夢二豎，調伏鉛汞仇三彭。江南靈草有靈意，醒睡非但解宿酲。我聞坡谷老尊宿，禪偈妙悟才縱横。摘雲雙井蒼壁小,臨風一甌花乳輕。石銚恰澆病肺渴,玉椀試倩纖手擎。人間〔一〕俊絶有此味,中泠泉水方提甖。雪山禪觀八功德,全身坐現草一莖。坳堂杯芥幾雲夢,大塊僅與浮漚爭。羡君塤篪妙酬倡,天親無著弟與兄。閉門臥病車馬絶,蹋壁索句吟哦成。涼月夜出松竹静,空山曉寒冰雪清。詩人高懷例澂澹,豈有繁響鳴不平。始知飲水冷暖別,正似食蜜中邊衡。世閒萬彙子品藻,室内二十吾題評。泖泉苦自愛陸羽,盧阜更欲師淵明。梅英落殘桃又發,曷攜柑酒來聽鶯。葷膻酸餡洗各盡,語言文字端有情。作詩粗豪資嗢噱,丹霞燒佛凡僧驚。

【校】

〔一〕間:底本作『閒』,據抄本改。

次韻甘亭寓居古雲園亭雜詩十八首

秋暑亢旱,鬱悶無聊。彭生書來,侑以新什。是起吾疾,抽筆繼之。其間異同,不復區別。蓋援元白酬倡之情,以附淵路盍各之義。

杜老耽詩拙,陶公乞食頻。泥犂空際語,竿木暫時身。嬾結羊車法,愁談鼠穴因。人閒咨暑怨,未擾太和春。

淮陰仗劍客,吳下種瓜侯。共論餘丹訣,相知耐白頭。參苓于世棄,菅苧共誰漚。同作江湖寄,匏尊一枕流。

品題凡鳥下,生事蠹魚中。自負眞師約,恆慙國士風。五經儒攷異,三式客參同。已是斜陽候,酡顔一瞥紅。

老聃時隱几,季主愛垂簾。静極人疑癖,情多意自嫌。韓嗟一髮繫,潘歎二毛添。骯髒非予事,齋心只養恬。

覓句憐腰減,貪書笑腹便。九峯今小草,三峽舊流泉。鶴嬾閒雲夢,蟬爭古雪年。郊寒君莫笑,猶賦四嬋娟。

各有知交恨,臨歧判死生。雲龍身未逐,江海淚同傾。寥落經綸事,蒼涼著述情。空餘籌國論,耿耿仰星明。

有竹難醫俗，無錢亦買山。酸鹹餘味外，木雁不材間。藝術蚿千足，文章豹一斑。我無劉向業，殘簡待誰刪。

風花語流麗，湖海氣縱橫。楊柳門前路，芙蓉夢裏城。客中親筆硯，老去歎平生。心血殷勤在，江東未愛名。

鬱勃豐城劍，槃跚下澤車。酒殘鶯語歇，花老蝶情疏。臥病猶簪筆，乘閒或著書。子淵金馬路，詞賦敵相如。

計拙金門粟，寧知讔語非。嬾傾元亮酒，歡著老萊衣。自歎成書少，誰憐問字稀。無才敢招隱，空愧食言肥。

淵源千派合，學術九流分。鑿牖愁窺日，登山愛臥雲。亂鴉催薄暮，新雁感離羣。苦憶淮南弟，挑鐙綴小文。

物化觀榮悴，中庭祇永歎。柳枯生意盡，柏大用才難。止水縈方沼，微雲涌寸巒。樊離休弱羽，未息九秋翰。

烟篆重簾繞，風箏別院多。人間餘石闕，天上隔銀河。樓閣空明影，房櫳宛轉歌。難將灰炬句，心苦學陰何。

貧原非是病，窮亦未工詩。燈穗山阿鬼，琴徽海上師。芳馨憐鵔遠，粉澤嬾容施。篋掩班姬作，終慙絕妙詞。

醫事從人訪，禪心任客參。草惟栽益母，花已謝宜男。酒國寬逾海，書巢狹過誤。風沙遮眼過，切莫問優曇。

香外情無染，琴中德最愔。浮沈文字業，寥廓友朋心。聯比歌筵貫，嚴如武庫森。清詩無價敵，一字抵兼金。

六旬嗟不雨，矯首佇雲停。草潤微含露，松高早見星。蟬催雙鬢白，螢助一燈青。欲乞清風夢，翻愁醉後醒。

至樂濠間遇，間愁地下埋。文雖慙有道，心自到無懷。書冷三秋字，心空百日齋。江花零落盡，狼籍報天涯。

答和頻伽兼簡甘亭四首

病疎囊底卷，愁仗竹間杯。夢幻難聞道，心空轉廢才。壯懷雲已矣，長日歲悠哉。多謝天涯憶，思君屐破苔。

老友餘彭郭，生涯賴爾寬。虛名前輩冷，故事後人完。稻蟹遭今歲，蓴鱸幾暫歡。相知文字外，何止憶眠餐。

昔返溪頭棹，今傾客底杯。饑寒勤老筆，寥廓待奇才。止水誰知者，清風一快哉。待酬雞黍約，呼掃石間苔。

瑤華連璧至，聊慰帶圍寬。舊約三生託，堅城五字完。尚餘文士習，愁接衆人歡。太息神仙字，空憑老蠹餐。

憫雨詩以裕之書生如老農苦樂與之偕十字為韻寄頻伽淮上甘亭吳門

渭川千畝竹，栗里五柳居。斟酌豐悴間，君豈不足與。風浴樂何有，禱請術亦疏。捐彼雲漢詩，讀我繁露書。

我宅臨小溪，斷港汙潦盈。鄰家苦渾濁，築埂少汲清。有時鶩鴨鬧，不廢歌詩聲。手把秋水篇，坐待潮汐生。

老圃日況瘁，抱甕灌我蔬。機心未全無，蓮葉驚跳魚。卧聞桔槔起，急響通四渠。純白良愧爾，問子意何如？

老彭味禪悅，獨客貪學道。郭生跌宕人，舊迹勇如掃。一求韓侯食，一賃伯通保。我有二頃田，搔首嗟二老。

南山叱潛蛟，東海鞭蟄龍。二子蜚遁人，東皋吾亦從。生逢堯舜時，歌末聊從容。安能事谿刻，高慕箕山農。

膏澤九族嬰，仁心萬間甫。媿乏匡濟才，噓沫僅煦煦。殷勤減少米，狼籍竟何補。奚時我廪高，一甦煢獨苦。

南山雲溶溶，北山雲落落。兩雲不相遇，下有渴死鶴。腐儒復奚裨，力不挽繁弱。勿憂一飽闕，新慕古賢樂。

滇黔天南荒，迢遞困溽暑。翩翩兩吳郎，巢松慈鶴仲雲振樾。乘軺一軒舉。古來歡樂倚，周璞笑鄭鼠。誰能裹飯來，相與無相與。惰游穡事廢，三載蕪不治。未責鹵莽心，但急灌溉滋。荒田焦穀芽，秧馬安所施。觳觫泥土牛，請君一鞭之。

昔聞杜陵語，既雨晴亦佳。復言久旱雲，聊慰望者懷。始知詩人情，循轉迭相排。康濟世有人，吾其沮溺偕。

詠蓮葉

池荷不作花，嫋嫋綠玉柄。翠雲蔽波纈，瞥眼見圓淨。水禽幽夢狎，翻覆千態映。風來人影搖，月出露光定。心空妙無著，萬事貴韻勝。獨立泥滓中，偏悟清淨性。芳馨不可采，妍華欲誰贈。惟宜晨夕對，烟水愜餘興。

中秋夜獨坐有懷

太白古狂生，雅愛秋興逸。何淹雒中賞，爲卧漳濱疾。笙歌辭華宴，巾屨依陋室。月上人影稀，庭空桂香出。枯燈綴金穗，甘醞進紅蜜。不復計喧閒，何心論著述。李聃慕清靜，瞿曇道權實。斯理果有無，宴坐安所悉。

顧仲英文學作偉和予憫雨詩詞意老成因為一詩贈之

南朝顧侍郎，風流極崔嵬。君家名父子，鬱鬱古尊罍。摯行激薄淳，清風揚衰頹。浮雲出明月，萬里青冥開。仲子蘊霞抱，新詩傾瓊瑰。杍柚不知苦，刀尺妙翦裁。愍茲申禱情，彼此理亦該〔一〕。秋成愜吾望〔二〕，把卷笑口哈。大哉先世業，峨峨讀書臺。勉修淹中學，佇召雒陽才。

【校】

〔一〕該：底本字跡漫漶，據抄本補。

〔二〕望：底本字跡漫漶，據抄本補。

寄吳秋漁太守丈昇成都五首末章兼懷哲嗣仲雲編修

十載臨歧別，三秋問訊書。策勳榮翰墨，歸隱付樵漁。每憶成都酒，難忘丙穴魚。何時重翦燭，相對話園蔬。

幕府飛箋久，堂皇聽事新。詩原推老手，官亦歎陳人。柳色搖吟幌，梅花擁畫輪。西湖佳絕他，何似錦城春。

昔人懷杜陸，今我隔關梁。賦別憐江草，詩題到海棠。忘機朝抱甕，遺慮夜焚香。辛苦頻年夢，迢迢記戰場。

百戰當年事，三休此日心。商顏未芝采，峴首已碑沈。先德留巴蜀，微蹤慕向禽。誰憐張仲蔚，蒿徑少人尋。

更憶黔南客，千山觸熱程。去從軺傳速，歸及綵衣行。苦雨輕裝急，飛雲健筆驚。篋中詩萬首，好繼老坡名。

哭虎觀因示賢子元塏

去年馳君書，荒文爲君壽。倉皇書未達，已獲千里訃。君心既淵穆，君行復敦厚。兼修內外養，不被六鑿誘。庶幾葆天和，鮐背頌耆耇。仁人十世報，古語乃失售。孤兒夾病骨，迢遞載歸輀。殘裝僅狼藉，遺累頗雜糅。獨餘橐中書，誓以扃鑰守。君詩如清風，可愛不可詢。昔驅東華塵，妙作珠唾走。廿年滇楚路，瓊屑被林藪。賦窺蜀江褭，騷續冉溪柳。蠻荒窮陋地，莇闢亦已久。君也官〔一〕其問，捫心貴無負。愍彼苗猺俗，誥誡意寧苟。有鞭懸弗施，何忍著械杻。牧長信如此，諒勿愧腰綬。我叨僑札愛，如以兄弟友。相期山澤交，比向得禽偶。西南吾未盡，此願今莫副。頻年卭杖書，每歲醽醁酒。撫塵竟如夢，斯事翻覆手。嗟君有佳兒，珠樹插杓斗。相期永君名，千載骨未朽。佳城吳下闕，宰木悲風吼。媿予參銘文，淚下痛且忸。

【校】

〔一〕官：抄本作『功』。

緋白梅與黃梅同時盛開

小園爛漫花如雪，庭外相看更出羣。野老欲參人物選，居然吾室有三君。

雪後諸梅益奇再賦一首

密垂瓊珮疏瑤珥，高簇黃雲近絳霞。欲寫姑山奇絕景，夕陽紅處纈冰花。

送藥房之燕都澹淵之宣城

公車落落淨塵氛，征櫂棲棲逐水雲。欲折一枝春色去，江南江北雪紛紛。

人日雨中賞梅因憶與弟輩舊時成都看花之樂

卅載成都是故鄉，金尊同醉玉梅芳。而今身作江南客，人日題詩話草堂。

客有自蜀中歸者

蜀客歸程路萬重，十年清夢隔疎鐘。故人風雪扁舟夜，知宿巫陽第幾峯？ 時聞麗生全家將自渝州東下。

草堂卽事以少陵嗜酒愛風竹卜居必林泉二句為十詩寄麗生蜀中仲雲燕都生甫廣信

病鶴無遐心，老馬餘逸志。人生天地間，豈不貴肆意。弱齡翳從宦，謬託江山異。疲茶百無成，蟻蝨安足智。寓言古十九，豪億詎殊致？鵬鷃各飛翔，坻流互軒輊。情知蠹魚刼，禍不在文字。萬物皆偶然，吾生豈無嗜。

論詩思無邪，學易補無咎。昔人善處患，恨不擁弱帚。文園既多病，栗里終愛酒。醉中多謬誤，望望三益友。此鄉古日月，於我復何有？麗通彼何人，亦臥先生柳？

先公老成都，遊賞意所愛。羊公呼湛等，謝傅攜兒輩。賤子去十年，夢寐發長嘅。讀書不自力，衰病劣可退。有弟官淮南，寒廨自抱耒。當時胡威絹，辛苦僅攜載。歸來負土墳，端幸築室在。殷勤西川酒，肯爲故侯酹。兼分買山貲，使與草堂配。老親板輿御，弱子蓬頭對。此義不可忘，峨眉出雲外。

千年草堂集，吾聞浣花翁。成都賢主人，偶遇嚴鄭公。平生自許志，耿耿懷孤忠。褒貶垂春秋，比興參國風。水檻與破舟，位置何必工。榿栽及籠竹，乞取尚未窮。苟非茅屋頹，安用廣厦崇。吾今百無及，辦此亦匆匆。同時謫仙人，氣象驅長虹。當塗編遺籍，十卷名其終。兩賢不可期，吾將老淹中。

卅載瓦礫場，數椽風雨屋。嗟予安望此，坐對豈非福。頹石臥草間，起之榛林麓。居然一拳秀，慰我看山目。詩人於我好，笑移牆陰竹。幾歲始長成，哂我渭川腹。我窮未大窘，爾病自貽蹙。門前望申江，秋水南華讀。

嚴生吾交舊，相見髮初束。至今兒女長，相望異邦族。翁如眉山翁，江水誓歸宿。當時歲月駛，萬里轉雙轂。奔馳何勞薪，棄置眞散木。南徐江山壯，雄秀飽吾腹。舟行屢過之，金焦掛帆速。誠知邾莒陋，未許晉楚逐。他日期歸來，與子共薖軸。雲龍吾自歎，安問季主卜？

中歲成都住，誰與同隊魚。依依吳仲子，靄若春雲舒。去年皇華詩，遠驅黔南車。今年尺素字，鄭重天北書。書來必三訊，問母拜起居。問我氣力衰，憫我家事虛。我雖猗頓慙，回憲不足與。風花百歲過，餘力勤櫌鉏。菜味我或知，老圃夫豈知？

毛生困顑頷，卓犖天秀質。人間萬花枯，歸此方寸筆。傳家老屋破，睡夢炊烟出。平生誤耽禪，坐對懸磬室。頻年事奔走，干謁計所拙。與君忝同聲，不暖鄒谷律。誰爲監河侯，吾輩良可黜。東坡千載士，詩句移居述。飲水事可期，一飽吾豈必。

堂前洿小池，堂東畝頹岑。因之辦邱壑，亦足資登臨。相知二三子，恰懌張膝琴。我雖不能絃，聊復窺素心。荒桃芟古根，新蕉展童陰。殷勤十年計，待此松樹林。自審山澤姿，力薄良未任。昔人益寥廓，寧復期知音？大塊何物噫，蕭蕭古龍吟。

淵明卧柴桑，衛公築平泉。二公皆名人，窮達誰復賢？我今兩無似，空此晞醉眠。曉餐木蘭露，晚韻松風絃。人間有此樂，雖病何有焉？退之嗟辛勤，勞歌空自憐。誠慙名德昌，亦望子孫傳。詩書不汝負，綠髮易華顛。我嬾不足學，願子勤簡編。

白石草堂後園牡丹盛開苦事不得往風雨繼至感賦五首

城中有花不肯放，鄉間數叢豐且妍。世事可知多錯迕，一天風雨夢淒然。

此花愛作富貴語，亦有感慨孫子云。三日蘭亭修禊會，當筵惆悵右將軍。

廬陵五史筆老硬，尚有餘力拈此花。寒日清明迤邐過，東君何處著繁華。

東山高人卧安石，千載名勝謝公墩。可憐空山伎樂冷，遙望繁花傾一尊〔一〕。

洛陽名園不可記，天彭舊譜誰能夸？曹州濮州更多事，芍藥移栽今法華。法華，上海地名，故人李評事丙曜居此。花事最盛，皆以芍藥根接。

【校】

〔一〕一尊：底本字跡漫漶，據抄本補。

偶感

楊陸詩名二妙齊，清新廣大各端倪。無端涉筆南園記，國手翻成一著低。放翁詩云：『我不如誠齋，此論天下公。』其實楊詩偏師出奇，不如陸之堂堂正正也。

草堂十六詠

南埭草堂

風飄問許由，木雁笑莊休。未入名山去，姑傳壑與邱。

求放心齋

聖箴四非禮，賢戒三自返。未能忘憂貧，檢點衣與飯。

石臺

何人望雲物，即此亦風光。月上時時朗，花開面面香。

土阜

少讀子長史，晚撫少文琴。人生何止境，是處足苔岑。

草亭名曰待彭

萬象舉目存，一亭匠心作。彭生非子雲，寂莫復寂莫。

荷沼

濠魚子非樂，海鷗吾與羣。華嚴眞富貴，樓閣涌紅雲。

梅林

出門逢故人，問梅著花未。天涯見亦多，不似故鄉味。

竹徑

阮籍非吾侶，王猷信可人。偶饒風意趣，全著雪精神。

蕉石

石是詩人骨，蕉如學子心。相看亦何意，峭蒨足幽深。

蔬園

麁糲腐儒餐，簞瓢賢者樂。淡薄吾豈能，古人庶可作。

牡丹坡

春當煙景月，人看洛陽花。鐵石非吾事，誰能賦歲華。

芍藥臺

醉眼看金帶，維揚問魏公。東君無揀擇，草屋亦春風。

佇月廊

尋詩夢未成，得句光初上。步步作沈吟，時時發幽想。

晚學廬

晚學桑榆景，早衰蒲柳姿。知非吾已矣，歲暮日斜時。

通萩閣

六經糟粕餘，羣籍江河匯。若會古人心，不外亦不內。

野唱軒

襄陽懷孟六，野唱入高軒。吾亦南村隱，時逢荷蕢言。

周生方容**歸州負骨歸葬詩**

昔望歸州郭，荒城白骨連。子行喪亂後，重哭〔一〕死亡年。繭足扶衰步，招魂廢舊篇。誰歌蒿里曲，終表故家阡。

【校】

〔一〕重哭：底本字跡漫漶，據抄本補。

秋葵花

淺明澹日晶，涼風弄顔色。斜注黄玉卮，秋衫欲傾側。依微態初斂，高雅神自默。絁服披道流，金冠髻嘉客。泠泠寒雨動，黛影遠山額。惆悵遺山翁，清詩好標格。

庭桂盛開予與葆堂皆卧病戲簡一首

寒霧霏霏侵潤席，清風習習拂殘杯。交枝密靄空中結，隔牖濃香枕上來。大地山河虚幻影，小山人物待奇才。維摩不語文殊默，佇向林間掃石苔。

送從弟子抑入蜀通寄彼中故人四十韻

弱弟江東別，知交蜀郡憐。客程猿嘯外，秋思菊花前。從宦予尤數，懷人意自牽。久傾陶令酒，終愧祖生鞭。羣從吾宗秀，西南半壁天。江山窺采筆，花草落吟牋。門鳳嵇尋籍，庭芝謝愛元。自邀名輩賞，差覺後生賢。白旐歸帆速，烏衣泣涕漣。相看成契濶，歸去各憂悁。負土辛勤事，趨庭惻愴年。我歌棠棣什，爾廢蓼莪篇。一舸輕於箭，三巴急似弦。故人勤鶴弔，愛子待牛眠。齊國談傾里〔一〕，犨橋屋賃椽。琴聲子桑怨，碪韻女嬃咽。老作諸侯客，貧無二頃田。世澤房叔父游齊越幕府。全家付漂泊，同姓愧迍邅。朋舊嗟興感，光陰委逝川。浮生塞上馬，壯志水中鳶。潦倒書生策，叢殘柱史編。庸材虚白璧，故物寶青氊。竈冷梁妻隔，虀嘗潁母便。放懷問水竹，適意好林泉。客待羊求徑，人虚李郭船。別情遲雨話，高義付雲懸。去去茲何日，迢迢路幾千。慣占風利鈍，屢見月虧圓。烏鳥歸林黑，豚魚拜浪顛。高堂眠食慎，孤艇嘯歌偏。到及春光麗，遙知笑語闐。霜清葛祠柏，日暖杜溪蓮。玉壘瑩殘雪，琴臺護晚煙。舊時頻眺處，此際一淒然。手迹琅邪問，詩歌越水傳。海棠城是錦，杜宇國多鵑。夢繞緣江艦，魂銷祖道筵。里門盱白練，樂府感朱絃。我嬾寧期再？卿行勉自鐫。雁飛西更急，相望萬山巔。

【校】

〔一〕里：抄本作『市』。

陳章侯伯牙彈琴圖

海山仙人天外家，風爲駟馬雲爲車。胸中蕩蕩靜弗奢，宅心和平凝紫霞。端坐拂徽人匪遐，急湍萬壑浮松花。成連一去海上賒，舉頭悄見孤月華。羲愁農思令人嗟，世無鍾期誰知耶？豈是千載無伯牙，陳生老蓮越奇士。前身畫師老蓮是，學畫愛學吳道子。即如此圖唾泥滓，氣象肅穆悟遙旨。老龍無聲瘦蛟死，一童植杖拱而竢。古音蕭蕭拂素紙，老蓮非儒亦非技。其狂非狂意所止，口不能語衆畫史。誰得其神與其似，思古人者可以起。

松江試院弔尹元孚學使尹公以試事卒於院

學行當時並華嵩，南雷甯化雷通政鋐。〔一〕北尹氣從〔二〕容。九原可作思隨會，一字無慙付蔡邕。劉才甫作行狀，方靈皋作誌銘。寒月久淪滄海鏡，清風長起墓門松。懷賢有驛誰流涕，空付蒼苔作徑封。

【校】

〔一〕甯化雷：底本字跡漫漶，據抄本補。

〔二〕從：底本字跡漫漶，據抄本補。

寄友

一物猶兼造化私，全家况荷聖恩慈。能容下士名充隱，正賴諸公善救時。天半鵾鵬風力健，山間松桂歲華滋。巢由果有匡民略，卻要朝端稷契知。

即事簡寄甘亭

捫胸何止合休三，潦倒嵇生七不堪。誤被時人疑少室，錯教高士笑終南。安期往日思浮海，彌勒無心與共龕。自是散材樗落久，敢將憔悴怨江潭。

述懷

欲向前賢苦問津，少年焦穀易迷真。樵夫雖解談王道，漁父何當相聖人。席上能言笑鸚鵡，塚間高骨負麒麟。空山小草非無用，留待堯年詠大椿。

寄謝萬桃源大令（臺）

車騎殷勤訪薜蘿，衣冠潦倒愧巖阿。循良自報三年最，名實眞慙八行科。清泖暖波涵稻蟹，濁河高浪挾蛟鼉。淮南桂樹秋風冷，欲寄芳馨奈遠何。

寄謝宋觀察仁圃丈（如林）二首

先生治行望前修，鎮靜旌旗出上游。謝傅清談賭東墅，庾公長嘯卧南樓。經邦事重原難議，知己恩深詎易酬？歎息江淮財賦地，茫茫禹貢軫揚州。

詔書鄭重逮邱樊，峯泖兼愁鶴與猿。自是茅容慙郭泰，空令徐穉累陳蕃。荀龍未擬徒旌里，齊蚓何能且灌園。養母讀書無事外，此生隨處樂虞軒。

徐墳觀梅再過闇公墓下作

白雲明月影參差，萬樹梅花幾卷詩。眞擬神仙伴徐穉，未甘烈士傍要離。九原可作人如在，歷刼能修夢豈知。太息寒香成歇絕，吾鄉風節總堪師。（孺子美徐福之德，於福宅東結宇，見寰宇記。）

杭州二愛詩寄陳氏昆季

我愛尋靈隱，泉聲似到家。半池渟落葉，兩塔靜空花。鳥過餘音寂，僧歸夕景斜。西來渾有意，不爲惜繁華。

我愛吳山路，秋來更耐尋。鷹盤厓脊健，桂入酒痕深。斗靜三霄影，潮空萬古心。要知通隱客，城市卽山林。（陳氏居吳山，下入山灣巷。）

通藝閣詩續録卷第四

讀澹淵客㠀山新詩用稾中耿字韻題之

一鐘休人聲，萬山納春影。筆花竟枯退，無復舊鋒挺。寒魚沫空噓，老馬意止騁。君如古梅發，南北氣隔嶺。瘦硬饒妍姿，繁華蓄靜境。黃金不挂眼，寶氣積孤礦。龍泉爾何知，空歎宵光耿。

過吳門留别古雲時聞甘亭之喪

頻年風雪欵君門，惆悵相逢共酒尊。詞友已成泉下夢，老梅空愴客中魂。升沈道久途宜判，故舊情長語易温。休道過江春色惡，夜臺無路哭重昏。

畫川書院觀杏花作呈張趙亭學博

文杏華堂敵輞川，射陂名勝闢幽偏。樓頭夜雨曾相憶，海上春風又隔年。詩筆可能留倦客，畫圖渾自想前賢。江南寥潤先生嬾，空對繁枝一憮然。

學墩詩并序

學舍之後有邱一成，舊云『覆亭』，今久廢圮。朱翁古愚過此，相與登眺。邱上不宜他木，四旁多列棗樹，舊名頗不馴雅，予謂宜爲『棗香亭』以易之。翁云：『子曷爲詩以記其事？』翁年七十有六，好〔一〕學强力，前歲偕登泰山殿後峻閣，今兹重來不異〔二〕昔健，惜寶應無山，不能一試芒屩，姑書其言用白吾愧。

淇澤千頃勢汪洋，下游高寶運合黃。此間原隰勢卑墊，卻上小阜窺湖光。萬家樹陰滃新緑，四野麥芒抽宿秧。參差樓閣屋拱翼，縱橫阡陌陂漫塘。輕帆葉葉雉堞過，正似大鳥迴高檣。古漁老翁客游倦，遠自巫峽浮荆湘。行年七十齒又六，一杖倒曳腰腳强。前登高閣今更再，眼力指點分微茫。未論秋來白蓮社，寶應多白蓮。且話夏日丹棗香。空亭古址坐待復，會看勝境開扶桑。嗟予夙抱山水癖，四十已愧向子長。輸翁見山興尤健，老去更壓年少場。煙中一點渡江去，歸夢千里迷青蒼。謝公爭名且休計，一笑久與沙鷗忘。

【校】

〔一〕好：底本字跡漫漶，據抄本補。

〔二〕來不異：底本字跡漫漶，據抄本補。

白丁香花下歌贈朱郁甫封公彬

楚州城中花事催，春風一笑相徘徊。千枝百枝豔雪冷，一樹兩樹迷雲開。昔從燕都見此本，清夢倏忽驚塵埃。江南歲歲苦霜霰，獨有此種無由栽。先生累德先世舊，如韓植桐王植槐。百年老宅珍木在，銀燭休照夜色皚。數竿修竹助畫本，幾棱峭石徵詩材。那知堂堂白日過，但覺陣陣濃香來。人間鶴氅披皎潔，天際鸞節翻毰毸。娟娟晴月弄新意，正照花底白玉杯。盧溝桑乾舊夢冷，對此難忘燕昭臺。坐聞狂飈席間起，便恐急點飛莓苔。

劉氏竹風亭贈秀才寶楠

紅橋助迴曲，垂柳輔深窈。淮南地尠竹，對此獨佳妙。夜聞寒雨淒，朝佇殘月朓。天風更清絕，正爲君子笑。練江東林彥，氣骨何泠峭。秀才爲明練江職方劉公七世孫，亭則職方曾孫石埭教諭台拱所築。游者高與劉，學道俱握要。當年軒中語，留客酒深釂。江帆手頻攜，京輦頭各掉。惜哉尼中壽，僅枉雞黍弔。斯人亡古歡，此君失同調。劉生大雅士，羣籍開奧窔。手訂七略書，听然坐忘釣。文章振高秀，風節慕清矯。會見陵霄材，自致藜火照。嗟予癖岑寂，所至嗜吟料。雖云吳下傖，復恥辭賦耀。相逢幸無事，俗病差可療。搔首懷昔賢，空亭發孤嘯。

盧秀才昶讀書精舍

客游貪所之，佳處苦難竟。多君好禮彥，爲我啟幽興。書堂自寥闃，別舍更閒靚。英英羣從賢，有若芳馨贈。夭桃弄妍冶，修竹動清聽。穆然靜者心，深山發孤磬。請窺羣玉府，粲列九流鏡。卻病藉道書，戰退物莫勝。緊予東歸急，未暇燈案映。終當發櫝藏，一洗利名穽。

題友人觀瀑圖

曾策天台雁宕筇，青天百道躍蛟龍。泉從人面飛成雨，石是何年迸出松〔一〕。清夢一宵成裹足，畫圖此日欲〔二〕相從。幽人更對淵明像，坐看雲生五老峯。

【校】

〔一〕出松：底本字跡漫漶，據抄本補。

〔二〕畫圖此日欲：底本字跡漫漶，據抄本補。

楚州春日郊行十絕句有序

寶應舊有湯西厓湖上秋行十絕，王樓村和之，其後樓村從子白田復和喬念堂詩如數，於是清秋風物，前輩畧盡。予客游再過，交值仲春，邑人遨遊，具涉風景，輒爲春游十絕句，卽以西厓事爲起興，匪云繼聲，聊志一時情事云爾。

數篇閒諷昔人詩，尊酒天涯笑共持。諸老風流吾輩在，紅衣未笑白頭癡。

張公湖海氣縱橫，肯逐封胡蹇步行。難忘花朝今夜雨，三年此地過清明。予前歲過此，以祭墓歸，今兹遂留滯云。

楚州城郭雜風沙，南北舟車舊夢賒。富貴可知忘不得，尊前還對洛陽花。

城北紙錢松下岡，人家幾處覰丁香。鄭公嫵媚宋公語，烈士祠中看海棠。

人來江北苦無山，腰腳兹邱小散頑。自笑生平空蠟屐，但將坏土貯胸間。

三策紛紛議治河，黃淮交匯歎洪波。何年一舸淩高堰，眼看桃花萬片過。

石林繪事富江東，妙蹟名流去若風。漫道淮南花事少，尚留風物畫圖中。

書劍生涯百未成，枉將豪舉慕幽并。書生事業今堪料，更聽風前破的聲。

笑語揚州金帶圍，牡丹開後殿芳菲。也知四客都無分，尚看揚州芍藥歸。

一年風物可憐春，隨處天涯自在身。空憶草堂春色去，清尊淺詠屬何人？

留別寶應諸友人

盡看各寺花開樹，徧借諸家手挍書。自是此鄉情事好，不曾游倦馬相如。

頤浩寺廢石峯寺在金澤。趙子昂書『雲峯』二大字牓山門

頹雲臥坡山不拾，癡龍鞭之起人立。罡風吹散五六峯，師象相看雨悲泣。鷲嶺莊嚴心已死，鯨海波濤勢猶吸。晴霞散縷月破規，舟際迴眸半天濕。

題喬葆堂典簿畫梅冊

空山無人花一枝，白雲鱗鱗來何遲。古狂崛强與世癡，强以老態回妍姿。東王氣力初不私，紛紛睡夢何曾知。古來幽香謳楚辭，簿録不及吁九疑。詩不能盡畫述之，對之不言心可思。百日不食亦不飢，庶幾花中之伯夷。風饕雪虐氷未澌，老鶴一腳臨枯池。世賢著語且莫啞，人間無此嬋娟詞。

題瀟湘水雲圖

靈均風流不可知，楚江清空我所思。炎官障日卻朱鳥，奔走水怪藏夸羲。九疑蒼蒼渺無極，但見雲氣如連絲。洞庭千頃湛醅綠，與子倒載白接羅。君山一點浮水面，酒船棹破青玻璃。虛林聲聲歸思急，寒叢斑斑淚點滋。古來哀怨寄何所，人世兢賞吁文詞。孤舟初發巴陵道，征帆倏挂湘君祠。往來飄忽姿游戲，夜氣但覺落月遲。滄波瑤瑟與誰語，賴有佳客吹參差。景瑳唐勒安足數，笑呼宋玉餔其醨。我昔南游偶到此，鷗夢夜逐猿猱悲。廿年塵土隔清境，此妙三歎付畫師。茅齋坐致那易得，出門笑看菱花池。

張廿白翁昀**觀杉圖遺象**查山翁屬賦

龍門古寺松城南，元時手植廉夫杉。此杉兩樹一横碧，五百年來猶主客。靈氣眞隨雷雨飛，清陰尚拱雲霞直。廉夫生當至正季，大厦將傾動天地。松栢誰憐過墓哀，豫章無復干霄異。世間萬事嗟何常，穉杉瞬眼十尺

強。當時撫樹人何在？今日披圖客易傷。三朝莫定遼金統，一樹空爭日月光。機山絕頂三高墓，辛木悲風凜回顧。曾是攀條泫涕人，傷心更作蘭成賦。

高句麗墨詩并序

張元卿舍人寄高句麗墨二笏，云爲曹玉水舍人貽贈，屬予賦詩。予以其一貽寶山毛生甫，邀以同作。

東方長雲破空走，三千七百島嶼口。徐兢著書名始傳，猛州燒松色何黝。海濤翻風黕弦魄，毉玉出土[一]貫星斗。似煙非煙妙明心，以指喻指捷書手。囊罷裝隨杉扇輕，貢餘價比藤箋厚。濃喜膠輕記宗老，惜抱翁論墨詩：『著硯未能堅似石，但無膠滯不妨濃。』謂高麗墨也。研矜煤妙聞坡叟。東坡爲人作書盛稱高麗煤，見題跋及文衡山跋坡帖。非人磨墨墨磨人，是某注經經注某。曹公得此甲硯席，張子貽來抵瓊玖。嗟君鴻筆各如椽，哂我荒文真敝帚。兩笏途郵萬程遠，一詩諾愧經年負。鳳池沐浴染綸綍，魚泖波瀾沃罌瓿。新篇天上寄菰蘆，墨水吾甘飲如酒。

【校】

[一]土：底本作『上』，據抄本改。

觀堂池上俟魚不出

舊識南屏金鯽魚，此行蹤跡問何如。恒河已皺先生面，楚國空傳傲吏書。水氣雲霞涵閣靜，秋光沙石接天虛。故知香餌無由見，自是潛淵樂有餘。

越中舟行

越山青逶迤，越水綠延亘。葭菼蕭瑟間，往往遇詩境。平疇盡收穫，田家古風景。流泉漫舊陂，白雲護諸嶺。情懷偶愉暢，風物信淒警[一]。霜催葉聲乾，雨漬花氣冷。昔人不可見，今我復何省。夜來明月中，魂夢宿秋影。

【校】

[一]信淒警：底本字跡漫漶，據抄本補。

謁大禹陵

夏后南游於此葬，橋陵空望白雲歔。後人競指藏衣穴,上古何知相宅書？百祀神靈貽澤遠,兩朝禋燎潔躬除。灤陽更接塗山駕,一慟先皇卧玉輿。

卧龍山望海亭

林外西風響易哀,過江雲物極天開。煙銜落日雙鵰下,秋擁青山萬馬來。勝國人材多蹈海,中年詞賦怕登臺。高吟卻憶陳司李,苦向時清說霸才。吾鄉陳卧子爲紹興推官,有『禹陵風雨開王會,越國江山出霸才』句。

蕺山書院

窮冬碩果久凋零,太息斯堂尚典型。星象虚懸中執法,風聲易動小朝廷。芷蘭七澤空懷怨,蘋藻千秋自薦馨。有子獨傳中壘學,隧宫長抱漢遺經。

周華隱崑**言寧都翠微峯之奇感賦一首**

先生高踏翠微峯,曾共前賢訪赤松。直上更無黄葉徑,全家都躡白雲蹤。時清那用搜奇險,世亂方知愛老農。不是鼇山文筆健,竟將猿鶴付苔封。南昌彭高士士望有翠微峯易堂記,文甚奇。

寄贈呂月滄明府山陰

錢唐怒潮東南流,越中山水清且幽。千巖萬壑一呂侯,恍若爽氣生高秋。讀書隱人持論優,藹然接顔和而柔。邇來頗見此客不？我昔得之武林游。抗手一揖驚衆咻,名士妄語多繆悠。君雖折腰屢掉頭,西風隔江動颼飀。吹我帆影它堰浮,臣叔已矣車折輈。竹中霜凄增古愁,淚落鄞江不可收。君亦屑涕經西州,桂林遠隔吾所求。石筍首昂驅卧牛,雲中玉篸披紫裘。與君相逢雙白鷗,眼底何處訪十洲。千載窆石圓天球,永和暮春禊事修,酒杯一擲成浮漚。堂前書畫失米舟,堂後老藤蟠翠虬。質文璘璘陳太邱,吳生清論霜炯眸。此邦賓從樂事稠,惜我行急心滯留。我今於世眞贅疣,斤斧所赦匪薪槱。正如湛輩吁蚍蜉,君乃叔子垂旌斿。自嗟氣味薰附蕕,獨賴先世相綢繆。感君風義卓行儔,月起夜作商聲謳。

二友詩

劉醇甫編修

別君記何年？思君無一字。問君已歸來，詢君竟齎志。君於朋好篤，切切古人義。不自怛饑寒，逢人問衣食。京都萬人海，吹枯起顛躓。廣厦與大裘，廓哉平生志。聲華潤圭璧，文彩灼孔翠。一朝冠南宫，翻與困頓值。霜禽寒易警，秋花冷無媚。名字動帝閽，浮雲九關閟。邇來文字障，幽暗涉魑魅。惜翁歎言妖，每灑楚國淚。如君復頹喪，求馬走唐肆。滄海有横流，臨風一酸鼻。峩峩平津宅，危棟顛欲墜。老母哭帷堂，遺編閉篋笥。惠山何婉孌，泉水清且邃。太息斯人亡，風流頓憔悴。

彭湘涵徵士

古意不可言，深心復誰聆。如君變益上，使我涕泗零。少小工文章，萬卷水瀉瓶。頻年卞荆泣，抗志昔人型。琴心照白月，霜氣寒青萍。晏子壯齊國，相如聞漢廷。此才竟不用，豈復夢槐廳。嗟我始識君，泖水清且泠。始布一室席，終揚五湖舲。酒酣論人材，萬類別渭涇。苟能匏共濟，何必醴獨醒。近來苦學道，外物眞冥冥。圖象付無言，方寸生秀靈。醫予偏駁病，世事一焦螟。夜尉呵將軍，茅屋老娉婷。驥絆櫪下足，鶴翦籠間翎。西風叫悲哀，松竹失故青。何人景質行，讀我幽宫銘。

招寶山望海歌

天驅潮汐往復還，屹然巨鎮當雄關。古來積水不可極，正賴拳石壓百蠻。人言六合杳無外，大海杯勺青一彎。吾知堂坳在咫尺，吞吐縮入胸懷間。豪商僥估駛千艦，靈珠文貝珍百鍰。筐篋方寸飽數世，地媪坐破龍神慳。聖朝那復貴遠物，寶藏不獨興名山。横空燭龍一燈出，明月倒挂白玉環。青天蕩蕩萬里淨，上下雙鏡融大圜。木牛有賦寫不竭，何況弱筆排空孱。斜陽半壁擲錦帶，正照酒色琥珀殷。衡雲登市浪援引，祇是海若哀我頑。分風往來送南北，指顧又見明州圜。

山陰祁公彪佳水晶二印歌 印一曰『彪佳之印』，一曰『祁虎子印』，旁鎸『魏瑞』二字。相傳向藏全謝山吉士家，全沒歸它氏。山陰沈運煥得之周君崑，爲徵詩

明季人物垂修紳，山陰祁公眞偉人。區區二印方寸耳，紫泥白石輝千春。崢嶸虎子飛鴻戲，書畫流傳足標置。想見題名筆落時，一片清忠照天地。傳鼓猶消悍帥心，臨時自揾閨人淚。藏書澹生堂，喬木寓山園。浮生總消歇，萬古徒煩寃。惟有煙雲形狀冰雪痕，乃與淋漓浩氣長相存。甬東翰林亦人傑，蓋匣提攜寶名節。一朝重返會稽山，陵樹無聲夜啼血。

遊阿育王山寺宿宸奎閣放舟至小白河往天童得詩二首

山水悟仁智，云何見如來。塔圓妙明心，空中涌崔嵬。石幢蔭清流，碑趺攢古苔。禪燈眼餘花，梵宇刼後灰。舍利定何物？空令愚慧猜。徒觀五色異，終益千年哀。晉松如偉人，浩氣不可摧。名山自當護，夜夜生風雷。

羣峯不自息，流泉靜人耳。風濤舂石間，長松夾天起。雲凝寒樹陰，磬午炊煙裏。近寺籃轝迎，遙覓茶味美。打頭黃葉零，抗手巨竹倚。昔聞金星精，曾作釋童子。未知往來迹，遑問生滅理。扁舟引輕潭，天清暮煙紫。

黃文山孝廉歸自粵中病起見訪適予亦小頓未及趨答先為一詩奉簡

一別明州稀尺素，經年粵嶠罷登臨。傳家但飲湖中水，垂橐何知嶺外金。小病形骸疎禮節，中年出處負初心。君歸又是吾將去，風雪空教遠夢尋。

聞子樞弟將告假歸里先此有寄

鄞城遠接鄮城餘，吳越哀鴻歎索居。蔬布一家虞荔慟，江山滿目陸雲書。親知運阨嗟丹旐，朋舊情深望素車。猶喜近遊兒子長，歸來燈火好相於。

人日雲巢招同陳遠雯太守丈雲王竹嶼鳳生吳兼山兩通守登望湖樓陟巢居閣作

扶得孱軀上釣船，西湖驚照舊時顔。孤寒句似林間鶴，冷澹官如雪後山。退士宗雷曾辟肉，遠雯太守。詩人元白例當關。王、吳兩通守。笑看太守朝靴濕，仄徑巢居未阻攀。

喬葆堂垂和前詩次韻奉慰愛子之痛一首

歌聲和靄猶嫌激，酒味甘醇尚苦酸。鑪藥未寒頻指點，篋書重檢易愁歎。巾箱舊物傳終遠，哀樂中年事較難。强對曲楹成慰藉，試呼文席膝前看。

龍門寺補植廉夫杉

少日繞樓梅百樹，老來空剩兩株杉。一聲鐵笛落雲外，半丈玉龍新月銜。

重過南郵草堂感弔前明許霞城給諫

殘荷猶被半池幽，曾遡前賢屐齒留。周忠介公曾宿此。子姓清貧洲橘減，賓朋寥落墅棋收。全家淨土皈黄面，四海新知笑白頭。梅郵句。可惜蓬瀛名字少，一夔空遣污清流。予客寶應，見山陽阮氏葵生筆記載：順治九年，蘇撫周廷佐遵旨保舉人才，凡十八人，疏稱，惟松江舊鄉官許譽卿屢以病辭不敢列入，餘俱開事由，報部奉旨交吏部察核考用。自秘書院學士錢謙益外，名皆不甚顯著。給諫高風，彌可仰歎。

沈石田山水長卷歌文衡山大書閒居雜興詩跋，後字多，別爲卷

溪山蒼蒼去無盡，筆墨縱横變巖緊。煙雲寥濶草木滋，奔走古賢謝不敏。石田落落人中俊，抗手逸民舉千仭。撑腸拄腹邱壑奇，大笑一吐氣益振。吳中山水幽且清，先生翱翔遊王京。盡參古法出新意，頓使千巖萬壑相逢迎。我聞先生少時極精警，四十以後始拓巨幅廓凡近。淋漓揮灑十丈强，脱盡頑鉛謝庸粉仙人。嬾着宮錦袍，布衣豈必埋蓬蒿？請看天風古木江怒濤，吹落紙上

聲蕭騷。生當化治太平日，身是蘇黄一輩豪。衡山待詔儒雅士，狂狷與君分絕軌。詩書餘閒作山水，逸致翩翩良足〔一〕喜。人言細沈與粗文，相賞畢竟非〔二〕其眞。人生得意各有在〔三〕，以鶴續鳧何足論。即如文書初學趙，王孫晚筆乃與涪皤親。此卷題跋四詩大如椀，意象雄邁驅輪囷。評畫蒼勁復奇曠，妙語天生獨能狀。綠玉杯坳翠屏障，須彌芥子無盡藏。合之雙絕神魄王，氣出千夫萬夫上。我昔見翁四立軸，景象離披四時足。堂高數仞不敢懸，掃地横攤嫌局促。今聞此畫二軸博，進償神劍分離殊。可傷安得巨靈運，神力扛舁置之白玉堂。

【校】

〔一〕水逸致翩翩良足：七字底本字跡漫漶，據抄本補。

〔二〕非：抄本作『賞』。

〔三〕人生得意各有在：底本字跡漫漶，據抄本補。

古無名氏設色山水圖歌

青山紅樹雲模糊，白雲在天不可呼。夕陽斜照半嶺赤，插天樓閣眞有無。飛泉谷外大風應，棲烏木末行人孤。參寥之孫太素子，孰知其繇迺疑始。或云李將軍，或云吳道子。古來顧陸不可知，畫法三唐參正軌。韻從濃厚得生動，古在清奇兼細美。紛紛衣鉢北宗傳，浙派〔一〕如何敢差擬。先友楊戶部，談萟悟淵旨。文如柳韓詩杜李，書家北海平原是。一終先賢一後起，斯語妙眞研骨髓。好手不可作，知音亦已亡。人間閲世日月忙，古木浩浩煙蒼蒼。秦關蜀棧曾經眼，鳥道猿聲總斷腸。

【校】

〔一〕派：底本作『泒』，據抄本改。

千山歌

吳王鑄山削鑌鐵，奔走魑魅耀冰雪。精誠入煙躍不死，噴出千年古蛟血。騷人欲倚復惶顧，一寸鋒芒向空折。一朝白盡晉鄭頭，日月行天照光潔。

醉白池 舊爲黄唐堂中允、沈沃田明經觴詠地

中允聲名久，休文愁病兼。詩情池水潔，夜境月華添。石皺雲千疊，荷清鏡一奩。襄陽問耆舊，誰爲彥

威拈？

弔黃庴堂中允

太息黃中允，荒江耐歲寒。少憐琱臂苦，老覺折腰難。霜徑根摧竹，雲霄翮鎩鸞。古來天下士，終竟重儒冠。

辛巳七月悲感四首

十四夜月

多病身難出，耽愁詠漫成。壁琴空逸響，鄰笛起哀聲。人事誰知得？予懷未易平。可憐秋暑後，幾見玉輪明。

十五夜望月得雨

陰雨爾胡意？定知孤客孤。清光天下有，同看一人無。情話嗟親懿，餘悲託散觚。何心逐秋社，幾輩足歡娛？

十六夜雨三更後見月

萬事難臆料，兹宵翻覆多。佘峯疑減翠，泖水又添波。舐犢吾休矣，啼烏爾奈何。不眠頻問夜，可信老夫邁。

十七後屢見月

傷心無那白，徹夜水空明。黯覺燈光澹，潛知露氣清。天殊寒暑節，人判死生情。病起長危坐，疎簾[一]一桁橫。

【校】

[一]疎簾：底本字跡漫漶，據抄本補。

重送子樞弟之寶應

四海何人病客單，臨行强自說加餐。堂前夜月機聲冷，江上西風雁影寒。年齒漸增情緒劣，道塗雖近別離難。著書亦是無聊事，且把陳編慰藉看。

後草堂雜詩十首仍寄麗生仲雲生甫末章寄子樞

今夏苦炎暑，失雨心憂之。增年體疲弊，嬾作憫雨詩。呼兒具枕簟，與客誦歌辭。高樹未成蓋，酷日陰不移。差喜北窗竹，颯風引涼颸。人生禍福倚，豈復臆料期。自今草堂中，風月良可悲。

我友彭文學，其人賢且藝。去年銘其幽，輒作千古計。生平一尊賞，永託二老契。一朝沫風流，無復履綦繼。空懸虛亭牓，慘澹八分隸。嗟君西方心，豈更顧世諦。我過誠易滋，匪獨哀永逝。

吾兒雖文弱，意頗厲志節。獨有文字好，筆墨治修潔。襁褓嬉成都，已解禮讓設。大父望讀書，謂兒膚勝雪。病妻臨沒言，夏楚毋過急。零星篋餘字，黯黮地漬血。壽殤孰能知，已矣終訣絕。

有婦頗讀書，雅具萊翟懷。知予剛且拙，謂與簪纓乖。簪纓非我惡，奈此時命諧。句留繞魂夢，存沒區形骸。花開長漠漠，殯宮鬱幽埋。今又攜子去，一笑與之偕。嗟予寂寥夜，風雨閉秋齋。

草堂幽且閒，使我思海虞。高人李比部，勝地梅梁湖。昔我遊京師，與子成畫圖。歸來煙波約，一棹稱釣徒。滇南有惡夢，萬里忽嗟吁。諸子半宿草，老屋空修梧。山中一裴迪，清景難追摹。

詩人江山秀，千古一草堂。豈有鸞鳩思，類與鴻鵠翔。我衰無足言，之子宜巖廓。迢迢浮玉塔，渺渺碧雞坊。有田胡不歸？哀哉坡老傷。杜陵思乘興，遠逐萬里檣。尺書語痛絕，望子來江鄉。

吳郎少顯達，騏驥騁初步。寄我黔南詩，風雲入馳顧。詩翁抗冰玉，踏雪湖隄路。忽遞西河書，衰年淚痕注。嗟君風雨夜，此意共誰訴。高閣聽松聲，歸來有餘慕。焜煌原隰行，惻愴山陽賦。

毛子抗奇骨，矯鶴謝籠樊。自非蔡中郎，孰敬王公孫。同調得喬子，學行清且敦。二仲肯顧徑，三年屢窺園。弗嫌譽兒非，傾倒與之言。君窮既彈鋏，予病方樹萲。抱琴如見過，金石出遐軒。

今年種芙蕖，屢種意不樂。一朝炎暑過，高插綠雲腳。涼風送香氣，清波引綽約。世事豈所期，非意良可愕。英英鳳仙子，窕窈好鮮蕚。素葩布中庭，頗訝此識惡。美惡亦何知？詩成付冥漠。

自子行赴官，與子亦數面。子昨省侍歸，方期共歡宴。家門恨衰薄，未徹明州奠。六旬喪三丁，老親淚如霰。數日得子書，欲讀手顫戰。人生不可恃，正似朝露泫。明德以爲期，庶幾勉無倦。

陳嵇亭工部鶴**沒後十餘年其賢嗣**勉**見過垂示墓誌予卧病未晤感賦一詩詒之**

昔聞工部三君子，棲霞牟丈昌裕、陽山鄭君士超。歲晚吾猶識紫芝。巷陋車回辭幣後，日高炊絕閉門時。湖山一別虛期待，風雨千秋起夢思。太息長編今絕筆，舊文誰與整綱維。

秋漁太守丈以哲嗣曼雲明府遺詩續集屬為校勘兼督作序時方卧病讀之感傷先系一詩卷末并示仲雲難弟荀慈賢子

阿翁書到付遺詩，展卷驚看小極時。篋底懷人憐我在，鏡中同病感君知。歡承西蜀趨庭久，影落東吴對榻遲。賴是謝家多寶樹，不然愁殺折瓊枝。

附懷人詩九首之一　吴存楷

憐君跛㡯已頽唐，容易星星鬢染霜。賈誼有才偏不偶，次公雖醒亦能狂。貧來生計惟安拙，老去名心欲澹忘。只為起衰文統在，選樓辛苦注丹黃。

詠王介甫

介甫慕三代，晚乃師空王。疲童入古寺，蹇驢下荒岡。已嗟勳業非，所得餘文章。老兵時沽酒，讀罷聲琅琅。胸中尚何事，三歎撫胡牀。生爭謝公墩，死配尼父堂。世變一翻覆，禍始終推詳。徒令後來賢，懷古重感傷。

通藝閣詩續録卷第五

南田鹿并序

道光元年秋季，以赴叔父喪至明州，待舉喪歸，留滯數月。署右空苑云舊池館，荒圮殆盡，有鹿數頭，自南田來，感其本末，欲爲賦詩，迫遽未果。閲一年，聞有南田改設官吏之議，私幸其事，爲詩一篇，俟采風者論焉。

大南田小南田，置縣遠自唐宋前。有明倭亂失形勢，信國提兵地始遷。南田乃是海中島，田畝寬閒土肥好。生來百物盡贏餘，麋鹿成羣卧豐草。人肥鹿瘠山徑除，鹿肥人瘠人不如。何年卻入獵戶手，牽致荒園等籠守。跳擲空教越林麓，夢魂終自依鄉藪。有時軼出不可當，抵觸往往人遭傷。天年雖自能長壽，野性終愁易決防。昨聞長吏開郡縣，四明台温總關鍵。山場大半屬棚民，爾鹿亦愁充野膳。

採茶播穀謡并序

客有遊皖盜間者，云春夏交有鳥一鳴四聲，若曰：『採茶播穀。』土人謂催耕鳥也，過時則無聲。嘉慶庚辰，吾鄉忽有之，聞者多以爲怪。或曰『家家帶孝』，或曰『家家保福』，蓋無定音也。郡將惡其不祥，遣軍士持鎗銃擊之。是年七月，龍馭上賓，而東南亦多疾疫，保福者吾鄉禱神之謂，談者遂謂妖鳥之應。是後茸城，累有此鳥，而病亦屢歲不絕，因以樂府記其語。又有言浙西桐鄉呼此鳥爲『加價八百』，乃絲貴之徵，吾鄉有聞此，於報禮部捷時者，輒以爲瑞。蓋尤不足論云。道光己亥，於湘鄉遇嚴麗生，云此鳥或云即『五禽』，言『脱卻布袴』，蜀人呼之曰『催工做活』，乃催耕鳥也，不足爲異。然左氏言『妖由人興』，則其說亦未始無因已。

有鳥有鳥枝頭宿，先啼採茶後播穀。人間茶穀豈爾私，小鳥亦解司天時。皖江春深三月暖，樹樹喧呼日移緩。微禽力作報勤劬，丁女丁男敢偷嬾？何年忽復到茸城，父老吁嗟婦孺驚。人間樹園聞此鳥，或言『保福』或『帶孝』。帶孝淒淒哭大行，保福紛紛事祈禱。從此人間疾疢多，心疑爾祟祟如何。難將牀簀淹纏苦，供取林間宛轉歌。客言浙中重蠶織，絲價還聞加八百。東南處處聲不同，但解催耕烏官職。

罌粟花并序

鴉片煙始於閩粤估舶，云是吕宋國至。法以竹筒銀管，左右卧服，其效能使人精力徹日夜不倦，然過時不供，則委憊欲死，智者畏之如毒腊、鴆酒焉。閩粤間價高，黠工以罌粟花雜它藥爲之，售以亂眞。或云其力少殺，然愚者嗜其使，而貪者專其利，久且益夥。鴉片煙久在厲禁，道光三年八月，上降嚴旨并禁天下種罌粟花以絶其種，感斯事因而作詩。

罌粟花，豔如錦，春暮花中最繁品。何自能陪狎客歡，祇應解伴詩人飲。狎客何人始閩粤，年年海上高帆發。黄金一餅煙一箱，鴉片奇名驚養卒。嬌童姹女工復妍，寸管嘘吸生雲煙。一家別館姦潛引，十戶中人賦早捐。此花有粟堪入藥，擣製研磨是誰酌？昨聞明詔下九重，并禁此花種籬落。人言此花本無罪，不免株連傷蓓蕾。豈知聖主愛民心，欲絶根株富陸海。今年奇潦種自斷，眞見皇心合眞宰。君不見，米囊棄花米弗棄，西北有田興水利。時方議北直水利事。

懷舊詩三首并序

病中無憀，追念少年師友，知感鄭重，恐遂湮負，作詩紀之。凡已見前者，不復冗述。

明經邵冶塘先生塾

先生句餘舊，迢遞來西蜀。三篋無遺忘，七略恣蒐録。孺子嗟無成，空繼黄石躅。

侍讀劉存齋先生錫五

弱冠游京華，文舉薦吾鶚。中年西湖遇，病骨清玉削。安知談天鋒，久折五鹿角。

祭酒法時帆先生式善

祭酒慕漁洋，位望畧與參。迢迢西直門，沈沈積水潭。西山昔聯轡，愁絶悲羊曇。

詩人

詩人高義切秋雯，小雅奚論史克勳。往昔黨魁呼孟博，祇今耆老起希文。廟堂謨議中天日，草野巾裙薄暮雲。稷契豈知巢許事，人間聽水有風聞。

題山谷書大字殘冊

空齋風和卷書帷，涪翁殘字衆唯疑。大星一百六十二，天上那得如許光陸離？陽春暮景豔桃李，空江逆浪盤蛟螭。當年作書千萬篇，後世論古一二知。晚年意興益深造，蹤跡那問黔與宜。枯藤絕壁走孤幹，戰馬列陣趨雄師。當時蘇米各破體，夫子奇絕心卑卑。文章崛强抗韓杜，筆力遒媚窺繇羲。平生二丈意所敬，何物更顧乳媪兒。已嗟黨人久零落，忽與鬼伯相娛嬉。時思誤處未爲適，但解寶藏良是癡。異書不窺河東篋，逸句誰補陔南辭？先生背熟范滂傳，我輩瞠視眞堪嗤。華亭尚書老于事，大字有法模且規。昔人筆訣貴意想，安在一一拘臨池。諸公傳授遠有緒，得此坐抵連城貲。阿誰開堂續大雅，樵刻速請堅石治。袖中如槌十指鈍，琢句空復拈毛錐。元裕之云：『七言古詩中忽入九言、十一言一句，韋公有此體，長吉亦有此體。』

元卿寄和高麗墨詩再次韻奉報一首

我詩鈍拙牛馬走，君詩煒燁雕龍口。同聲謬或例坡谷，大勇何當論賁黝。金州細膩解煎膏，玉海灌輸盌論斗。不妨天外彈丸子，來試朝中霹靂手。波濤渟蓄潛采滋，日月光華大篇厚。松煙鴨頭技謝客，宋·謝過高麗墨詩：『老松收煙作元玉，可試洮中鴨頭綠。』柳枝瘦龍樵厲叟。太鴻高麗墨詩：『柳枝瘦龍畧相似。』紙上議論吾云云，胸中人材誰某某。朱蒙衛滿去如煙，君房小華珍過玖。椎聲登登硬黃搨，筆勢翩翩飛白帚。兩家各抱投杖痛，一事終呼讀書負。嗟予郊寒苦鑿石，歎子雄文奚覆瓿。濡毫爲報大毛公，眈此何如進醇酒。

又次韻一首柬生甫長汀

毛生終歲苦奔走，俗書俗詩笑掩口。衫間爪甲色長烏，頭上霜華髮還黝。蘇卿漫詫佩金印，亞父徑須撞玉斗。庸材似我合裹足，巧匠如君偏袖手。詩如魯直句律奇，文到蔚宗思力厚。一田食硯可憐子，衆口鑠金亡是叟。魯齊燕趙各言詩，沈謝何劉空記某。徵求汲汲到元玉，寶守區區抵方玖。卅年自足支憂患，兩字盜當誦苕帚。一拳瘦石叩硜硜，十指鈍椎喻負負。山中遺文理絕簡，海畔浩歌擊空瓿。著書作賦病未能，待飲秋來京口酒。潤州酒名『墨露』。

麗生元卿偕寄新刻詩集各題七言長句二首

帊首韡刀幾石弓，輸君題壁得豪雄。江山攬結歸奇秀，人物交遊誓始終。萬里放情雲棧外，半生得句馬蹶中。古來一語傷心甚，詩到窮愁底用工？

歎我離羣竟索居，漸將蹤跡狎樵漁。君親兩負平生諾，詩卷空慙涕淚餘。五嶽捫胸昔賢在，一編持手俗情疏。衡門敢望名山業，遲爾歸來更讀書。右麗生。

舍人一別五年久，聞道長安索米飢。俗事易忘惟可酒，名心漸退尚耽詩。琴書跌宕尋嵇鍛，山水優閒訪習池。天與多才君自誤，亡羊臧穀兩心知。

與君他日復何期，滿架殘書半篋詩。傳世豈知身後事，哭兒同讀卷中辭。貧無長物盜畱慧，老覺多情亦悔癡。爲訊中朝潘騎省，新秋還有鬢如絲。右元卿。

苦雨雜述十三首

門外陂田幾尺深，庭前池水半湖陰。浮鷗浴鷺添歡喜，愁殺青田警露心。

秋花愛澹偏饒豔，詩句多愁未擬工。一朵芰荷空自好，小亭臨水弄西風。

飛伏盜論季主占，縱横何用問機鈐。衫痕浪籍難忘酒，香氣温馨欲破簾。

東坡愛此千頃碧，杜陵卷卻三重茅。人生窮達今堪料，應笑先生作解嘲。

眼昏手痛吾衰久，媚學於今欲悔心。今歲書堂差有味，一燈三伏夜帷深。

整齊書卷霉堪惜，檢點衣裳黴可憎。惟有青松顏色好，怒濤天半起崚嶒。

草中螢火久不見，林外鶺鴒時一聞。卻憶蘆溝文報斷，天西遙隔殿前軍。嘉慶六年季夏事。

幾人經世策無慙，潞水紛紛紀客談。誰爲大農持國計？先將水利闢東南。

縣官上書論開泖，此事大好非心期。昨聞三老縣前過，災報幾分曾未知。

高寶河淮枕下流，低如覆盎一坏浮。微官氈冷成何事？風雨天涯老子由。

待彭亭子額無存，可但童烏泫淚痕。欲譜哀辭重閣筆，空林月黑起招魂。

炊煙半自舟中出，蠟屐先從屋底尋。已是成連刺船去，不妨來聽子桑琴。

風勢縱橫拔屋呼，人家愁陷歷陽湖。儋州老子無聊甚，且畫今朝笠屐圖。

中元夕偕友同過西林寺水閣作

積水虛堂淨，祇園法界開。閣空千樹出，月靜一燈來。松影盈庭冷，蟬聲盡意哀。相逢無別事，原不憚三災。

高阜依林隱，虛亭向水開。蟬琴天樂靜，螢火鬼燈來。小刼憂方始，中年客易哀。東南財賦重，奈此豈偏災。

以山谷問君何以報直諒與多聞句為十詩柬申甫

隋珠潔捐纇，大圭渾無璺。世無醫俗藥，人勝固貴韻。胸中太和國，萬象失喜慍。柳侯妄置對，天故不可問。

下士道不足，乃求多於文。黃河湯湯流，濫觴何時分。斲輪置一笑，撥棄郢人斤。沈溺糟粕中，嗟嗟我與君。

聖言處貧賤，堅苦希中和。有田弗力耕，歲飢將奈何？不幸遇旱潦，吾力誠已多。休糧亦餘事，金石一高歌。

古交貴責善，今交貴虛美。冥室相扶持，安可失所倚。兩玉光弗耀，頑石以爲砥。我言子當酬，母謂不我以。

飢鴟嚇腐鼠，鵷雛謂同好。蟬鶴資清虛，風露以爲犒。腥臊安滌蕩，正賴苦語告。聖師固無言，大德不論報。

睢州騶麟仁，平湖金玉德。本朝有此賢，日月光不蝕。風霜益困悴，養此歲寒色。基累不可無，臣請慕汲直。

我昔浮瀟湘，屈賈動悽愴。中窺滄海流，姬孔九天上。立身希寡過，安取詞筆壯。無實以爲名，微誠何足諒。饑饉忽復臻，蔬菜掃筐筥。門前水深尺，陸舟絶容與。今年披裘人，把卷色慘阻。經世書豈無，濕漏付蟲鼠。歲暮苦風雪，人事何紛羅。相看俱窮魚，安能貸監河？有客方遠行，山川幾經過。與子偕閉門，所得良已多。

陶公望良友，八表有停雲。而吾與吾子，咫尺嗟離羣。攜琴匪無期，阻水亦已殷。憂患益鐫誨，勿使終無聞。

范文正公書陰符經墨蹟范雲卿明經棠先世所藏

堂堂高平公，百世景風則。平生伯夷頌，仰止拜翰墨。零璣偶窺見，片羽總珍惜。此經何自傳？錐印勢精刻。當年籌西事，指麾大破賊。胸中甲兵數，筆下風霜色。紆景妙圓通，匪但好正直。凜此窮塞主，鬱爲百夫特。中庸授橫渠，孫吳非所亟。乃知至人意，未可一端測。傳疑姑無論，寶守莫若嗇。如公豈藝稱，在書亦在德。

冰雹紀異七月廿三日夜

古木千章合，秋蟬一派哀。百年詩裏少，萬感酒中來。燈火沈沈夜，園林處處苔。君看冰雹激，寒暑理難推。

草亭懷亡友彭甘亭

虛亭失題牓，風雨感漂淫。已掃人間作，難爲地下心。冷花餘濕豔，空竹有哀音。正是悲秋日，巡檐獨苦吟。

寄次元卿都中大雨詩韻

四野嗟民溺，比鄰斷客過。人間空枕簟，天上足江河。漫漫潮痕潤，沈沈屋漏多。京華高蓋會，已没半庭荷。

君家聞故事，岸上有牽舟。自合東南浸，難分楚漢溝。程遙賓雁少，天遠客星畱。可惜重山路，清波浴白鷗。

又次大雨不止六韻

好景餘圖畫，西山馬首迎。但饒風勢急，無復月華明。客座凝塵色，鄰牆折竹聲。杜陵行旅歎，董子著書情。

烓竈蛙欲產，階除魚又生。縱橫徧吳越，感慨和幽并。

雨後喜澹淵瑟如見過走筆奉柬二十韻七月十三日

苦雨數月災又成，佳客二士迹罕并。詩人相隔無近遠，積水何心論送迎。愁聞枕上遞急點，失喜朝來眞快晴。巷深不用屐齒折，波淨差覺書眼明。草堂日漸屋角落，竹徑風自隙處生。蓼花誰耐紅穗結，荷葉剛剩翠蓋擎。苦索新詩乏佳語，坐論近事無定評。欲留嘉賓共餘晷，且道異日尋舊盟。我嗟盤飧猝未具，子愛風月久益清。暫罰畢卓蟹螯手，待啜步兵蓴菜羹。蕉衫揖罷出門去，桂醑酌餘繞樹行。村翁移居出門勞，鄰家騎棟聞語驚。俱是日事。匪惟氓隸謝隴畝，兼患盜賊窺里閎。泠泠微露濕珠網，皎皎太白懸玉衡。蹇人困頓意所伏，才士潦倒心曷平？拾遺歡顏屋千厦，騎省孤感霜數莖。吾儕伐檀愧素食，伊誰受廛言並耕。相看共作籬下鷃，何年更狎海上蜻。草間自安釣漁樂，殿前合奏雅頌聲。讀書莫遣蠹自腐，吟詩不覺蟲夜鳴。

書康濟譜後寄許作舟侍御乃濟

純廟垂衣初，端拱事法古。朝廷老儒在，草野諫書補。當進經筵書，乃獻救饑譜。給事倪國璉，監生陸昭禹。上以廣耳目，下以貢肺腑。備陳前後迹，盡述閭閻苦。觀者中惻然，行之效可覩。國家培元氣，天地廣覆怙。欽哉帝心俞，謂可俠圖輔。錫名曰康濟，刊刻在內府。持此方寸編，坐爲天下父。蠲租及賜振，薄海際寰宇。行玆將百年，陽和徧循拊。偏災偶然有，良吏自能撫。所患徵發艱，未盡恩意普。今年東南民，屢月夏秋雨。堂前羣魚游，屋頂亂蛟舞。牽船皆上岸，盡室總懸釜。蒼蒼蒹葭色，肅肅鴻雁羽。仁人苟有見，斯民庶無窶。吾友高陽生，文義穆璜琥。入侍天子庭，衆謂敢諫鼓。昔年巡赤緊，不惜罄筐筥。惠澤旣及人，聲名敢予侮。兩君鄉邑舊，公義當有取。倪、陸皆杭人。想見拜疏成，血淚落尊俎。恭聞尺一詔，郵傳達所部。如病得靈藥，如兒獲甘乳。牧守俱龔黃，令長皆卓魯。坐祝明年豐，大有多黍稌。勿憂直言戇，上賴有聖主。勿疑官職卑，下且有工聱。感君高賢誼，忝備故人數。苦口陳風詩，待君迓天祐。

元卿舍人去歲寄移居詩未及屬和今歲秋夏大潦哲弟竹初借賃宅宅水退過訪適見斯作遂為二詩一寄元卿一柬竹初

傳舍浮生借一椽，卜居隨處得幽遷。鳳池還我經綸手，鷃澤從渠大小年。名酒自澆胸浩浩，秋陽難曬腹便便。遺書且付藏楹守，合與它時孼子傳。

庭外游魚衆可叉，蓬蒿仲蔚更移家。誰知岸上牽居屋，正類天邊露處車。陸廨三間期萬厦，謝池春草屬秋花。詩瓢挹取天漿在，好酌清泉煮嫩茶。

水退後往佘山舟次即目

水氣昏昏拍太空，人家都住白雲中。屋經日曬苔猶綠，野未霜鋪樹早紅。衰草淒迷無健犢，前山縹緲有飛鴻。祇應處處垂綸好，閒向滄浪學釣翁。

瑟如齋頭觀元卿舊畫及澹淵卿裳瑟如前後諸詩戲次韻一首書空

秋蟬噤作聲，秋葉颯如雨。閉門憶天涯，浩漫秋幾許？絡緯牀下宵不眠，秋花澹澹含空煙。良辰煮茗亦一快，人生萸菊良偶然。故鄉諸子成落落，空有清詩諷冰齶。何當南村更結期？潛聽池魚夜深躍。

前詩意有未盡復賦一首

京兆好眉嫵，去作鳳池客。虎頭掉歸舟，癡絕書畫癖。王生氣淵靜，新弄湖水碧。殷子獨閒居，一舍連牆隔。人生易遲暮，世境悟通塞。墨染花益妍，事過雲無迹。浮漚偕傳舍，餘藝供點墨。此紙不可知，姑付今視昔。

水災新樂府十六首并序

昔白樂天自序其新樂府，以爲其詞質而徑，其言直而切，其事覈而實，其體順而肆，後之碩士無異詞焉。予才遠古人，而意慕作者狂斐之志，不知所裁，姑述斯篇，以示良友。道光三年孟冬十日。

築圩岸　憫潦也

高田宜水下宜旱，低築隄防高築堰。北鄉屢載慶豐登，今歲重勞築圩岸。春來苦雨意不歇，五月緜緜連八月。年年流汗忽披衣，倒踏水車向空潤。土鬆泥滑風復狂，半夜蹋倒如連牆。阿婆蓬頭兒赤足，夜起更撈餘土築。

補青秧　悲再漂也

青青田中秧，老農穹軀背。欲僵漫漫田中水，老農臥蠶腰不起。殷勤再請業主錢，重價購秧畝幾千。亦知此時剜創補，猶冀日後償於天。陰陰沈沈慘時節，丁丁東東腳不絕。潮頭欲上雨聲高，雨勢未停潮愈急。此時莫問低田秧，無數高禾一時沒。

望清官　諷準荒也

正月逢三亥，湖田變成海。可憐今歲值奇荒，豈是天心竟無悔。縣官聞道亦仁慈，其奈城狐掣肘之。爲冀漕收浮大斛，不信民間一路哭。遲延傴迫望清官，清官此時難復難。鄰邑文書聞早出，上官七月初三畢。

賣兒女　哀不聊也

豐年多黍復多稌，凶年多男復多女。兆人占夢衆維魚，魚頭戢戢將安居？故鄉分離猶可說，父母流亡明歲節。忍看相守作餓夫，骨肉姑存兩處活。但願大戶有餘錢，撫養兒女勝所天。

破屋謠　記毀屋也

鄉民草蓋屋三間，通轉八間寬更閒。牛宮豚柵縱横是，破竈中間栖父子。竈沈三版薪不然，庋置什物浮牀前。富家屋多高處宿，貧家屋少各拳縮。村犬登岡野鬼號，大蛇上牀小兒哭。尋常自愛嗟何有，婦女秀才都跣足。有親且向城中居，城中無親吾其魚。

漂棺歎　痛浮骸也

生前七尺死一棺，千秋惟恨土漫漫。土中一棺水三尺，滿地忽驚波汩汩。下供魚鼈上烏鳶，莊生有言誠達觀。它年我亦一身寄，未識埋身竟何地。上官行文收浮屍，是城是鄉人不知。

飯鑼哀　憫愚民也

賢太守，二千石。愚小民，勞爾力。田秋無禾夏無麥，忍使小民爲盜賊。飯鑼來鳴聲哀飯，鑼去惡少聚堂堂。黄堂祭先祖，清酒在尊肉在俎。爾民孰知母與父？一言虐我不我撫，自取殺身爾何苦？森森軍門刀，弓箭各在腰。茸城不兵特幸爾，大雨連天逐祆鬼。是日中元饑民以大雨而散，否則幾激變。

竹槍怨　懲土盜也

松江鄉民强弱半，北民多懦南民悍。就中鄉城亦殊狀，城民畏避鄉民戇。一朝餓死愚智均，北南城鄉皆亂民。刼糧者斬閉糶籍，我聞古法有繩尺。平時高廪充多藏，不念原思粟九百。公等身家不自存，此輩饑寒安足責？君不見？竹槍紛紛亂如韭，反養他鄉打降手。

胡桃鍊　哀株連也

赤丸刼刼多遁逃，白丸索索拘地牢。滅門刺史自古語，獄底誰敢祠皋陶？小舫如飛下符箭，追取鄉民入城縣。拖泥踏浪何處尋？一串胡桃手中練。滿城桂花香復香，風吹鐵鎖鳴鋃鐺。庶民枉有爲星象，未必能搖貫索芒。

桑皮紙　刺酷刑也

子弄父兵罪當笞，不教而殺有如此。小民求死不得死，護臀叱用桑皮紙。桑皮紙，能幾何？心喜少，心愧多。西臺初來持繡斧，意在便宜梟處所。變服微行履市闠，爰書始肯賜平反。吁嗟乎！亂民當誅劾太守，持平語出將軍口。

捉船行　懼擾也

大船閣淺不可行，小船無裝憂覆輕。兩旁圩岸苦難識，直向田中朝暮行。西風淒淒向前渡，僅見中流最高樹。一聲砉觸衆聲喧，盡拔船中板塞土。爾無圩岸我無船，同仰蒼天向空訴。

殺牛詞　防洊饑也

年年牛力苦不足，今年牛眠但舐犢。一朝牽向城中行，行過橋邊雙淚傾。畱牛瘠人稻無草，畱人瘠牛兩難飽。明知來歲更艱劬，且緩須臾代祈禱。城西古寺寬莫圍，衆力養牛牛亦肥。吾聞吳門當去牛例，但償食本毋償利。茸城不是無富家，吏惰民愚看牛斃。

糶平米　饑常平無實惠也

常平古爲救荒計，常平未糶糶平米。就中平米何人家？家有千畝穰滿車。大家三日皆就手，小戶紛紛論升斗。借令實惠亦須臾，況復經時暫餬口。常平有米幾十年，不知乃是何年秈。碾空色糙量復小，鄉戶領來猶索錢。古來善政今獘政，治法治人待賢聖。

設粥廠　望仁術也

富民食米饑食粥，此事由來堪惻蹙。若非長吏有循良，粥設仍憂轉溝瀆。昔人敝法良已多，今人鑒此將如何。新聞嘉善縣中事，數萬饑民如白波。要知民命關陰騭，更賴君心爲撫摩。安得單車使偶出，儆百何妨但懲一。救民恃粥已堪嗟，豈可仁心乏仁術。

義倉穀　歎先計也

古人備饑須積穀，今人積錢但食肉。富貴豈無食肉人，曷分餘錢救煢獨？常平倉後社倉繼，官法敝來私又敝。曾聞儒者博施仁，新法猶求一分濟。諸君苦論好事心，心不論事徒浮沈。古來仁富垂賢訓，此是從來上戶箴。

一卷書　望官之撫卹小民而讀康濟録也

高宗初年一卷書，八十載來空蠹魚。漆室傷葵女憂悸，袖手書生敢私議。有書不是無人讀，其奈報災大吏辱。恩詔頻聞赦稅租，文符祇是催錢穀。君不見劉諸城，直言極諫動聖明。君不見于金壇，諛詞頌語滿長安。欲知今日人心事，試問當年相業看。

附作　和水災新樂府十六首　槤

今歲災潦半天下，江北聞家鄉饑民滋閧，心怦怦甚，其後事稍定，家兄寄水災新樂府見示，輒附所聞，感而和之。

築圩岸

春夏兼旬雨，高低幾稜田。晚來潮更急，破屋不成眠。

補青秧

種秧秧未成，久雨催急陳。保秧如保兒，泥踝何敢愸。

望清官

官有隨車雨，民無禱祀晴。似聞賢父老，猶説束長生。

賣兒女

麥禾均已無，骨肉安可保？當時養子心，原冀老吾老。

破屋謡

廣厦何人願，窮閻此日情。不如漂水去，垂淚忍天明。

通藝閣詩續録卷第六

松江元明三高士詩

楊提舉廉夫

廉夫方外人，意氣極飃舉。世事入艱難，詩情別商羽。三朝辨正朔，議論良有取。太息客婦謠，耽吟自終古。

錢居士思復

錢生曲江賦，名起冠兩浙。羣書極貫串，造次露顛末。生逢元黄世，自敦貞素節。翰墨有遐心，風流振巖穴。

陸貢士宅之

陸郎名父子，文藝兼通儒。前終咸淳節，後卒泰定軀。出入籀隸文，往返澱瑁湖。咄哉華亭鶴，渺矣松江鱸。

右元三高士。

王玠右光承

堂堂千里才，兄弟起南域。晚年力耕跣，一飯出己力。有親尚飢寒，詎免薇蕨食。耦耕嗟此賢，草書舞鸞翼。

金天石是瀛

奇兵從天來，横絕不可當。書生爾何人？慘澹戈甲場。脱耦東皋田，歸舉南村觴。咄彼錢尚書，聞言徒自傷。

吳日千騏

貧士不可爲，哀哉淵明詩。寧知千載後，乃復有吳騏。客來具一飯，與妻粥補之。毁譽兩不用，一笑謝磷緇。

右明三高士。

渡湖

重湖渺無際，南風勢何狂？舟人不識路，嗚櫓搖菰蔣。晝泊晷淹久，早行雲飛揚。風來借欹側，逆浪頡復頏。全勢皆振動，空舟與低昂。披衣不能寐，攬鬢思旁皇。望遠不可極，端坐愁孤腸。壯心今已衰，撲筆空慨慷。

避暑古雲宅喜雨作感懷廿亭兼示綺塘

炎溽頻嗟困賈生，今年三伏闔閭城。雷驅急電傾濤勢，風挾飛煙逐雨聲。詩思退來無傑句，酒懷消得是浮名。故人零落荷花冷，猶喜長松屹不傾。

頻伽自魏塘以邗江舟中讀惜抱軒文集寄予賓應之作郵示索和先答一首

先後龍門奉袂登，藏山空復眎籛藤。侯芭風義江湖老，韓愈文章世俗憎。多難吾生餘白柄，殘年書味付青燈。長松苦敵炎官繖，恰諷清詩抵握冰。

翌日韻奉答一首

遺山詩欲起韓歐，遺山詩云：『九原如可作，吾欲起韓歐。』幾輩文章託俊游。世事久拚盤谷臥，遺書空待茂陵求。先生下筆開千古，下士何年貫九流。輸與景純多道氣，江淮容易發歸舟。

感題廿亭舊齋示綺塘

三松自作青山色，百石毋渝白水盟。行過西窗風響紙，不知是雨是秋聲。

趙忠毅公鐵如意歌為張蒔塘明府丈吉安**作**

有明神廟頹紀綱，諸賢護國成金湯。趙公長身玉立起，手執如意何堂堂。一生知我鐵如意，中心隱然憂國淚。但偕祖逖舞鳴雞，不共王敦歌老驥。銘辭模糊土花漬，黯默尚識忠臣字。後人猶自議東林，當日何曾知北寺。吁嗟名賢不可作，高齋置酒燈花落。志士仁人各歎噫，妖魂奸魄都驚愕。同時二趙常熟用賢。珍兕觥，後先風節何崢嶸。空將高邑鐵如意，歌並廬陵玉帶生。

由靈巖山館登山入靈巖寺謁行宮復至天平山高義園有作

吳山逶迤例平遠，萬頃太湖青截斷。夫差父子亦可人，巧擲樓臺向霄漢。雄跨東南復幾州，千年歌舞幾時休。吳門諸塔參差見，震澤羣峯次第浮。宸游今代山靈迓，直爲勤民勞勸稼。鹵冷梧宮麋鹿遊，肯追瑤水騧驪駕。龍牀象几月中陳，霞棟虹梁天半架。聖主巡行事不同，老僧話舊從悲咤。却指尚書舊策勳，何年高館矗青雲。麒麟已冷當時冢，羊虎新添別氏墳。八州都督榮華極，奉誠園裏何淒惻。愛才枉自例歐蘇，報士何人如籍湜。行過前山照眼明，一園終古有清名。基道尚題唐柱國，青山長屬范高平。高平德業人希見，玆事風流動寰甸。九秋風物肅雲霄，楓林盡展丹黄絢。四面峯形畫不成，一泓泉味清堪嚥。當時不售午橋莊，今日猶存功德院。感往悲今事不同，榮枯一霎付悲風。賢愚同盡吾何恨？幾杵寒鐘夕照中。

再題靈巖山館

泉縈飛白裏，雲舞亂青中。魚灂常疑雨，松號不借風。孤寒今日淚，歌哭昔人同。歎息爭墩者，何曾比謝公。指近事有感。

天平泉

夤緣愜幽尋，曲折入巖罅。山僧熟茶事，雋永天所借。懷賢意無盡，仰止絕壁跨。清和兩相得，此水味無價。昔年窮塞主，崎嶇事西夏。回憶故人泉，撫琴空月夜。

木瀆田舍

吳閶苦坌壅，愛此溪水清。遐哉具區曠，浣我塵土纓。依依古田家，淳摯良有情。桑麻互映帶，漁桹相間鳴。雞犬各閒暇，婦孺化囂爭。吳民云輕心，我愛此樸誠。閒來任嬉游，且慎弗入城。

汪少海明府仲洋出棧圖

與爾成都盍未傾，竭來相識虎林城。騎驢劍閣雨驚夢，聽鶴孤山寒有聲。秦雲蜀雲身出入，江水越水詩縱橫。丹楓湖上別君去，李白踏歌空復情。

登杭州郡樓示朱深齋大展

星霜來往感無端，今日逢君强復歡。晚照煙嵐如渲畫，仙山樓閣忽憑闌。半生傲骨文寒士，萬事傷心到達官。豈少白蘇賢太守，人間自是好詩難。

寄題吳江三高祠三首為劉南垞學博

漫道平生儘出奇，從容晚節固堪師。功名任付雄猜忌，富貴何堪長子知。千古怒濤招伍員，五湖歸舸說西施。不緣別創功臣局，高鳥良弓處處危。

八王人物亂離中，早歎銅駝卧故宮。自古消愁有醇酒，世間多事是秋風。名留青史身何益，詩詠黄花句最工。大息彥先揮羽扇，不招二陸到江東。

笠澤叢書妙獨研，松陵倡和句堪傳。蓴鱸氣味追前哲，杞菊文章啟後賢。秋水茶攜高士竈，春波鴨暖散人船。吳門從事冤誰雪，說向先生定惘然。

元祐黨籍碑詩簡月滄仲雲月滄惠融刻本，仲雲惠桂林刻本

元祐黨籍萬古訌，後賢百論無異同。卽如洛蜀崇尚別，如何乃及司馬公。是非邪正久明辨，碑刻名字紛橫縱。粵西迺是梁氏刻，沈千孫暐碑在融。故家子弟表先德，昭如日星明大中。古來朋黨始何代，永叔愷切開宸聽。東都黄巾禍釁結，慶元末造國社空。有明東林蹈前轍，巨璫流寇天夢夢。此事果非國家福，問誰致此曷返躬。六朝波靡士氣薾，五季衰亂民命窮。諸賢整頓力頹挽，如以一盾受矢攻。二惇二蔡爾何物，三公不如一石工。兩君文行各有立，當以節概垂無終。憐子骯髒乏媚骨，肯借鐘簴驚凡聾。匪無僉壬雜簫艾，不礙蘭蕙搖清風。鋪几凜然歛衽起，摩厓屹爾刊碣崇。當時列傳兼譜述，惜哉不見頤正龔。青溪侍郎最好古，曾與末簡勸教忠。成書兩卷試循覽，後來效法將安從？吾鄉王述庵侍郎金石萃編載黨籍碑本末凡二卷。

宮僚雅集杯歌并序

康熙中，湯文正公及王文簡、張文端、沈文恪與登封耿介逸庵、黄岡王澤宏昊廬、清苑郭棻快圃、代州田喜𩇕子湄、大興李録子山公、山陰朱阜卽山十人同官宮僚，時時宴集。爲銀杯十，杯心各鐫名地，大小各視其量，重白金二鍰，容酒一經程有半，謂之『宮僚雅集杯』，人物花鳥刻鏤樸至精巧，今之良工不能仿也。杯藏武林孫貽谷侍御家，令子同元出以觴客，感慕前賢，殊有餘味，擬飲中八

仙詩體爲歌紀之。

漁洋詩老超絶塵，酒戶雖小喜弗瞋。舉似蘇子三蕉親，山陰朱公東晉倫。浮觴畧沾逸少唇，山公李子燕趙珍。詩歌幽并書草眞，桐城相公世鳳麟。賜金園中龍眠春，韋平事業吏吐茵。田郎晉士氣益振，詩律竝駕山薑輪。耿公嗜古清且淳，中州湯張沐德有鄰。黄岡句律值萬緡，二王力角新城新。郭公琅函讀玉晨，謫官猶得返紫宸。吾鄉詹事筆有神，雲煙落紙粲若銀。勸學何媿古直臣，睢陽先生中聖人。舉杯大釂醇乎醇。

草龍行　**懲曠瘝也大吏有以古賢自命而其後不克副者歲旱請雨祈禱蔑應迺用其鄉所為草龍術亦卒無效故作是詩**

炎淵潛螭勢能怒，横挾飛濤作飛雨。老農奔走村巫忙，靈來無方據尊俎。一朝天意旱此都，熇雲騰霄燒赤烏。沈沈婦孺競祈禱，歷歷香火連郊衢。草龍蜿蜒影夭矯，眞龍空中迹如掃。深逃苦匿護頷珠，八十一鱗抱秋老。鰕公魚尉世亦多，嗟爾應挂壁上梭。

過蔣希甫參軍夔**有贈**時予將之中州應王觀察鳳生之招

游梁倦客意何如，拙宦西風鬢影疏。通隱我慙袁淑傳，治安君讀賈生書。半庭幽草奴裝帖，滿地涼雲客看魚。何日相招湖舫語，兩峯嵐靄接天虛。

送羅子信刺史尹孚**之横州二首**時自嘉禾太守謫任

文教今遐訖，君行漫自傷。柳州詩謫宦，邕管舊巖疆。遺愛鴛湖永，新郵嶺嶠長。曾依君子側，親贈一枝香。君與余同執經惜翁門下，時以藏墨見貽。

新安吾昔至，黄海接天門。松迸石根縫，泉流冬日温。煙霞千古窟，文字一家言。欲問雙溪跡，遺書訊婺源。君許貽書里中爲訪汪雙池先生遺著。

五十初度日登潮音閣

一雙白鳥與相親，五十頭顱面漸皴。二陸文章身外事，三高風軌意中人。兵占星大光逾斗，湖水雲多活似鱗。已是鄉園多病客，登樓那復異鄉頻。時將之豫。

書事

莽莽黄沙戍，茫茫赤嵌城。聖朝無異域，大府有專征。老去霜吹髮，秋來雨洗兵。書生憐筆倦，何處請長纓。時聞西邊、臺灣皆有軍事。

燬衣行為許烈婦作有序

烈婦趙氏，松江婁縣人，適同邑許某。某從父客游，膺疾歸，遽卒，婦誓以死殉。翁懋椿及兄某止之。不可。告其所親曰：『夫弟已成立，來歲將娶，所立嗣子乃雙祧。有本生親在，吾不死，吾夫之目恐不瞑。』竟以俗例終七之夜自縊死，年二十六。婦既死，其兄書來，言妹先以衣服及物雜置妹壻應燬衣物中，并焚之。翁聞之尤哀，介吴秀才一鵬來徵詩，乃作燬衣行。

有身不輕死，有衣不輕燬，人間死者長已矣。人間婦隨夫，正似衣裳著君體。子死翁尚有子存，夫死婦乃無夫尊。人間死者長已矣，我不能死行尸耳。夫出門，婦聲吞。不憂家貧出門去，但憂身死翁老無人爲顧子與孫。夫入門，婦聲喜。阿翁歸來病如洗，願郎如翁入家病即起。沈沈復沈沈，訣絕復訣絕。一朝骨肉死離別，九幽冥冥慘啼血。儂衣鮮新嫁時裝，儂顔蕉萃葉挂霜。零星雜物附君去，願君冥行泉路毋徬徨，郎心常如妾在旁。翁入門，與婦言：『兒死婦在慰兒魂。』兄入門，與妹語：『妹死何人持門戶？』婦言我固有成言：『子死翁尚有子存，夫死婦乃無夫尊。』漏長風淒夜閉門，病姑翦紙招汝魂。紙灰飄飄飈易息，妾心耿耿郎應識。四十九日日夜飲泣聲，淚痕入衣燬不得妾心。妾心〔一〕耿耿如可移，人間死灰除有再爇時。

【校】

〔一〕妾心：據抄本補。抄本無『耿耿』二字。

過上海烏涇弔王逢原吉

席帽山人老客星，鶴書辭卻弔烏涇。白頭有子憐辛苦，差勝金華戴九靈。

偶題張天扉侍講鵬翀南華詩鈔

拙速當年每自嗤，南華才子萬流知。後賢若會風人意，經史須觀法戒詩。

雨中偕子樞弟孤山看梅寄許青士玉年兄弟時青士官粵東，玉年客都下

柳條將青猶弄黃，西湖雨中淺淡妝。孤山梅花半開落，美人遲暮空斷腸。去年春深屢卧病，今年忽發山陰興。東君不解惜妍華，枉勞人語空亭應。猶餘半林凍香雪，遥亘長隄卧涼月。參差倒影鏡中窺，李杏桃梨一齊列。六銖霞珮挂明璫，五綵霓裳紛碎纈。空山無人車馬絕，古鶴歸來怨離別。吾家阿弟亦好奇，君家兄弟好連枝。當時此地手種植，巧作它〔一〕年圖画思。古人有奇今畫之，畫不能盡申以詩。要將高人氷玉抱，一洗俗士脂粉姿。粵東書來招我往，道是羅浮待奇賞。祇憐風雪滿燕臺，幾朵唐花植盆盎。湖邊容我弄漁竿，天外何人披鶴氅。我今又作梁園游，思君兄弟重離憂。徒傳官閣偷閒意，譜入玉龍空外謳。

【校】

〔一〕它：底本作「宅」，據抄本改。

内行宫敬觀高宗御贊貫休十六羅漢畫像恭賦并序

貫休所寫十六羅漢，朱錫鬯見諸南海光孝寺者二，爲之作歌，趙仲符亦有風幡堂貫休畫二阿羅漢詩，俱見集中，至厲太鴻畱題聖因寺詩，則形數具足。其後，高宗南巡勒石置寺，而以眞蹟藏内行宫，外人希得見者。道光七年春二月，嘉松分司鍾秀君有展眎之，役友人呂璜、汪仲洋、張澹、譚祖同及椿偕隨往敬禮純皇遺墨，興歎神妙，遂爲歌詩，附前人斯作之後。

昔讀長水飴山詩，羅漢二尊在南海。及觀樊榭山民作，不知何年浙西在。其時十六數已全，移置湖堧由邑宰。見太鴻本詩。高宗六龍巡幸來，釋宮寶藏增崔嵬。貞珉永勒應眞像，行殿長儲妙繪才〔二〕。我游武林託流寓，欲窺奇蹟徒生慕。守官歲有掃除役，過客同忻神物遇。

展軸先疑花雨來，撫繪恍有天龍護。法從謹嚴得豪縱，心是喜歡忘畏怖。梵容胡貌君莫疑，皮相安能得其故。我聞休公居豫章，參禪讀畫工文章。定中親見西域化，人像細揣形骨分毫芒。一十五人寫已畢，團蒲枯坐窮八荒。忽起捉筆神飛揚，手寫己貌何堂堂。卽今第十六，身是清癯罯復殊遐方。嗚呼休公！心精結撰闢異境，禪月聲名高智永。挈鉢安知吳越王，題詩不藉歐陽炯。麟毫翠墨輝素縑，鎔鑄三乘宗教兼。須知聖皇豈是貴異物，要使湖山萬載長此留莊嚴。

【校】

〔一〕才：抄本作『材』。

春江行送孫雨人學博同元之永嘉

西湖湖水綠如油，錢唐江潮怒不休。問君何爲舍此去，濃春花鳥生離愁。君言一官何足道，身健應須著書早。有子亡年遺一經，隨處齏鹽不知老。況玆風土美東嘉，雖云宦游如在家。不須懊恨苜蓿儉，登盤入饌多魚鰕。我昔遨遊至於此，人物繁都士華綺。門前處處有流泉，六街萬戶清如水。雁宕之奇不可窮，龍湫瀑布飛雲中。珠簾倒捲一千尺，白日晃漾搖輕風。兩巖正當受風處，灑面作雨青濛濛。古來探奇謝康樂，我今中州復行腳。多君首我著屐招，乘興或化孤飛鶴。

金山胡烈婦詩

烈烈金氏女，卓卓胡家郎。嗟嗟胡家郎，竟死金氏堂。金氏失所天，酸帷夜燈颭。九泉當相見，請以孝服斂。檢我麻衣裳，傾我篋中書。郎書付從子，妾書付焚如。郎死妾請從，翁病妾敢死？翁愈身出門，妾身從君子。幼聞嫡姑喪，不肯簪一花。夫亡四七日，廿二好年華。既死目猶睩，未死心不負。清風秀州塘，長並魯烈婦。魯，金山人。事在康熙間。

蔣蔣山徵蔚嚴灘濯足圖為哲嗣佐卿慶保作

才名弱冠動公卿，也抵嚴光傲客星。江上波如前度綠，眼中山向故人青。空餘鷗鳥迎風舞，可有游魚出水聽。嬴得太沖詩思好，胸間萬里雯時經。

病中贈汪少海大令

越水方論舊，巴山未託羣。君爲先公所賞士，予未及面。病中來顧我，官罷始逢君。半席從鷗借，餘糧與鶴分。嚴生已憔悴，空復望南雲。麗生往歲與君同在四川通志局。

謝譚桐舫惠南豐小蜜橘

爲愛淮南品，來供客右筵。登盤甜似蜜，入袖小於拳。芬鬱平生事，清涼物外緣。昔人香一瓣〔一〕，微物意惓然。

【校】

〔一〕瓣：底本作『辦』，據抄本改。

大風湖上夜歸作

風吹空中梅花香，循隄歸來沙路長。東君與客舊相識，似笑狂夫今更狂。兩峯雲高不可極，燈黑月暗波茫茫。

獨游半山桃花初開偶賦三截句

幽壑春先到，深山客獨來。白雲迷絳霧，空送暮潮回。

既登雲錦亭，復啜靈泉水。老樹絡高藤，枯葉半生死。

流水兩三折，新松一萬栽。半山幽絕處，留待我重來。

海昌過安瀾園遇惲刺史敷金秀才書恩二首

聞說隅園好，春晴極望開。四時花不盡，萬里客能來。大壑風濤氣，中朝鼎鉉才。蕭蕭喬木感，勳業總蒿萊。

子居敬吾未識，朗甫式玉昔同游。各有風前感，都埋地下憂。宦場猶是客，春氣却悲秋。海上仙山遠，尋潮那可求。子寬，子居弟，秀才。朗甫仲子也。

悼從弟仲常德綸二首

歎息零丁弟，耽詩太瘦生。亡身誤游戲，多故爲聰明。書畫飛煙散，衣裝墜葉輕。畸殘幾編帖，遺迹見縱橫。

塵霾秋水閣，波冷白鷗池。老母餘哀怨，孤兒半點癡。平生吾誤汝，學問近無師。草色今年黯，淒風起殯帷。

連得譚子受嚴麗生書因寄

譚子能爲政，嚴生善養親。江湖老名士，楚蜀接詩人。斑竹啼遥夜，紅蘭怨古春。舊游端欲訪，屈賈放懷頻。

得王竹嶼觀察河北書

問訊防秋客，於今計未疎。魚龍愁使節，鴻雁有來書。別久頻馳夢，恩深念遂初。濟源山翠結，還待故人裾。

歸舟借閱柳泉太守新獲寒山馬氏校正蘇長史文集適聞梁茝林方伯章鉅**重脩滄浪亭因賦兹篇以寄太守**

蘇仙代去八百年，人間風月空新鮮。苦無傑句壓臺榭，可惜歌舞長喧闐。商邱中丞雅好事，築亭序集神畱連。爾來相望百餘載，遺址雖在俗習遷。已聞哀禽弔嘉樹，又見繁黽跳幽泉。吳宮麋鹿尚如此，何論文士餘邱廛。秘書題壁久煨燼，事見山谷詩。近刻亦復堆陳編。君從何處得此本，秋堂鐙火親校研。斯文歐老品金玉，頑鑛撥弃瑕纇捐。責難元樞七咨目，與三封事偕流傳。當時西師數十萬，甲兵小范胸中塡。上書薦辟試邊事，愛此表餌長沙賢。撫今懷古易歎息，嘉時勝日誰招延。空存文字十五卷，不救窮餓四萬錢。三山方伯今究國，綜理巨細來旬宣。眼嗟名蹟付零落，一事失所心皇然。會看巍構復茂苑，花木他日增喧妍。清文勝地兩相得，王魚羣小眞可憐。聖君賢相若慶歷，才難未盡歸陶甄。我詩哇陋不足諷，苦語昔有涪翁篇。山谷觀子美題壁及墨蹟詩末云：『敢告太鈞手，才難幸扶持。』

寄麗生楚南三十二韻

少年憙爲文，中歲始從政。嗟君未晚達，衆譽久歸迸。楚南古雄邦，騷雅屈宋盛。賈生患卑溼，褊急限年命。維君氣和平，愷悌神所敬。終看報最速，但苦催科竟。昨聞攝大州，匝月遽辭柄。災黎誠當卹，後禍亦可怲。安能淸白裔，左袒貪墨橫。日飲湘水清，南雲入歌詠。伊予困蹇劣，涉世愁苦硬。憔悴弔杜陵，蹉跎愧禽慶。雖慙鸞鵠立，頗恥雁鶩競。乞食念淵明，又恐傷直性。牢愁付酒盞，舊業理燈檠。一編久鬱鬱，坐對西湖鏡。攻詩營心兵，觸事陷語穽。匪徒招人嫌，顧影輒自病。平生耿介志，懷古重獨行。祇今儕凡庸，何敢論賢聖。扁舟屢栖屑，來去江魚靚。念君簿書勞，文字幾題評。負米與奉檄，相望一温清。它事俱媿君，惟此差季孟。頃逢二譚子，將泛楚南榜。斑竹沿山明，紅蕖拂天淨。江山得吟嘯，文物相輝映。老譚尤豪雄，治郡類卓鄭。諸賢一時聚，風骨見清勁。會當逐衡鴻，空水互涵泳。倦游我嗟馬，薄禄君慕邴。浩蕩有江湖，終期白鷗盟。

送二譚子祖同□**將自西江之楚南省侍三首**

浮雲西南來，游子朝暮行。嗟君嚮覿面，復揖虎林城。舊誼金玉重，新詩冰雪清。相看好湖山，執手猶屏營。嚴君握符璽，三月報政成。有此萬金產，安用求田耕。但祝播種勤，根茂實自榮。吾衰無以贈，願子崇令名。

子家中丞公，當代重規則。匪惟凜清裁，兼示推鉅德。吾翁昔官滇，曾奉簿書職。相逢絕傾倒，黽勉心不忒。嚴君蜀中來，握手吐肝膈。嗟嗟麻衣慟，爲我淚痕拭。此事終弗忘，欲報恨無力。君今別我去，江月照顏色。亦欲翔南雲，安得雙飛翼？

西江富文章，清極元氣含。迢迢歐曾王，微緒遠可探。後賢衍其澤，羈靮如靳驂。心學非弗佳，幸勿張空談。子里二吳子，萬卷恣沈酣。大吳尤卓絕，大星照空潭。傾心桐城翁，北斗有指南。子昔從之游，切磋眞所堪。子學日益勤，我言心徒慙。庶令後來者，長美南豐譚。

越中四游詩

吼山曹山水石宕

山靈違俗駕，達士悟夜壑。人工奪天造，大巧出斧鑿。一丸門孤開，千仞壁直削。渾淪得破碎，虛空吐旁薄。將移未能移，欲落不肯落。拏舟入藤丆，梯徑置菌閣。一泓水無心，萬古石有腳。濠梁觀虛魚，緱嶺招瘦鶴。扨如蠶叢闢，險較雁宕弱。焉知飛雲奇，且賦快兩樂。

快閣

人間放翁放，世上快閣快。江山風月佳，詩酒交游最。平生癖吟詠，後世入圖畫。空靈相地脈，寥廓脱天械。漁舟暮煙際，古寺遠鐘外。每思成都樂，空歎臨安壞。繁華泝宣和，窮老痛嘉泰。歸隱豈初心，家祭有餘慨。古來濶達士，落筆嫌瑣碎。萬首公自豪，一字君弗隘。

詩巢祀賀知章、秦系、方干、陸游、楊維楨、徐渭，六人

海山多仙人，五城十二樓。天風發吟嘯，吹落古越州。越中有陸子，下筆太白儔。詩巢即書巢，遺址廓復脩。上招賀秦方，下啟楊徐流。參錯六君子，風雅垂千秋。潮聲激豪蕩，竹韻含清幽。王謝非無賢，流寓不外求。方壺若可即，吾欲乘扁舟。曷復蓬萊閣，共追逍遥游。

天池青藤

世廟明猜主，徐生越才士。科目困畸人，文章動天子。青藤幹天矯，天池水清泚。龍蛇蟠架植，星斗涵沼沚。三絕畫書詩，千古骨肉髓。雖慙知幾哲，差免苟進恥。故宅望高人，空祠肅遺址。才堪例唐祝，意在矯王李。未著一樹花，不廢半泓水。既歎聊自箴，負俗戒跅弛。

孤山探梅詩汪少海大令招陪，錢次軒年丈及胡書農學士、屠仲昭、吳仲雲兩太守、錢秋峴文學，同集湖上，以水邊籬落忽横枝分韻，得邊字

西湖非湖湖有山，梅花匪花花有仙。詩人一笑發幽夢，清興已到孤山前。錢唐令君古仙客，雙舄偶挂飛翩翻。得閒乃與我曹逐，笑結翠羽宵來緣。此花自是巢許輩，不許俗子輕題箋。臨安處士品孤夐，有手不奏封禪篇。神仙官府任來往，古人通介何拘攣。孟昭言處士迹涉通介，猶不如徐沖晦之韜隱。予故以此語爲處士解嘲。正如此花絕高秀，在俗弗受紅塵湔。洛陽日晏閉關臥，門外車馬徒喧闐。座中彭籛最老壽，健足堅却扶笻先。日斜人影雜高下，一鶴孤叫明蒼煙。白蘇新祠數十樹，記我昔日吟詩眠。故人泉下半骨朽，謂洪稚存、秦小峴、宋茗香諸老輩。復逐一老追羣賢。人生何事足把翫，處士去今幾百年。塚中玉簪不可問，應有寶氣流空天。化爲奇葩最奇絕，吹入

詩句催清圓。急觴沈醉重譚笑，鐙火亟棹沿湖船。與君西溪復相約，更視細路循隄邊。少海方奉檄濬河西溪，因有觀梅之約。

北山五首

韜光寺

寺裡唐朝寺，空亭百級艱。白分通筧水，青割隔江山。竹密嫌雲漏，峯奇奈客頑。祇應輸駱白，妙語絕躋攀。

金鼓洞

鸞鳳諸天籙，金銀下界臺。月華盈簡散，雲氣繞衣開。鐘鼓何年震，煙霄極望哀。棲霞松柏裏，彷彿鶴飛來。

紫雲洞

言尋北山洞，幽閣敞虛明。石室流雲氣，諸天答磬聲。僧憐詩骨瘦，泉覺草香清。欲叩丹霞訣，空嗟物外情。

葛嶺

舊訪窺虛井，新來涌化城。碧壇星斗拱，丹地閬壺清。蟋蟀悲浮夢，丹砂媿此生。惟應淩絕頂，坐看日華明。

智果寺

崚嶒壽星石，清澈參寥泉。槐燧鑽新火，苔痕沒昔鐫。堂猶捫舊級，板孰記初年。世事誰眞假？空嗟不壞禪。

西溪

樵歌北山北，漁唱西湖西。美竹密封徑，幽花香滿谿。泉聲僧獨立，鳥語客初迷。却憶來時路，前橋小舫低。

題王文成公傳後

氣節文章詎易輕，後來講學早談兵。渾融儒釋心何妙，撐拄危疑敵未剬。定論晚年滋辨詰，巖疆當日說功名。千秋祀典憑誰議，付與知言異世評。

韓尚書桂舲丈對以鐫秩恩許歸里自都下返吳閒抵里門喜而有作

卅年清望動遐陬，又作歸來白傅游。豈有塵埃汙朗鑑，都將恩怨付虛舟。壺觴北海情原達，巖壑東山致更幽。辛苦五湖三畝宅，尚書如此是菟裘。

聞治河方畧告成恭紀

天上奔源貫幾州，一編長此慶安流。遠如夏禹方言德，仁是唐堯更易憂。塞外重源今始定，域中屯粟古曾籌。書生袖手無奇策，好祝河清獻頌謳。

偶檢河間紀文達公遺集感賦

少年才氣謫飛仙，晚歲詞鋒拙更妍。萬卷編成羣玉府，一生修到大羅天。偶逢異事休餘録，果是人材格外憐。小范也思融洛蜀，酬知空有淚如泉。予早歲受知於公，繼而獲洛閩之學於惜翁，尤獲藥石翁與公夙爲交契。歸田後，見提要書出，乃有異言，予自媿於兩先生無能爲役云。

重固訪何韋人酒間出其簳山草堂圖屬賦 時自簳山遷居此已數載

同歎飄蕭髮數莖，相逢一笑酒杯清。醫如良相能經世，山似高人不入城。三世久傳桑葛術，九原新慟鶺鴒情。時喪其哲弟小山。眼看僻野開都邑，又報前村杏早成。

胡生詩并序

胡秀才繁苞。字曰朗山，於予舊交，博覽善文，貧介自守。頃聞以酒失墮水，爲之駭愕。英秀若斯而奄忽不壽，竊意彼蒼於斯人眞無意也。會顧吉士夔。來言，相與悲歎，念其遺文零落，無以垂後，予兹北行，不逮往唁其家，爲斯篇與吉士共志息壤。

胡生文且介，制行何貞堅。我初與之交，頗覺氣岸偏。久迺窺其深，飲瓢屏腥羶。昨年與我書，意在耕石田。嗟哉世塗隘，豈若鄉黨賢。頃歸欲君訪，寒暑苦迍邅。往還雖不數，心意誠纒綿。聞君捉鯨去，不覺涕漣漣。豪俊古來阨，貧窮天所鐫。君如不順受，以火自膏煎。嗟嗟我與子，嗜酒幸一全。胡君先我死，杯杓誠當捐。遺文昔見之，價可金玉聯。大音誰復聞，俗耳且喧闐。商咸安足慕，屈子意別宣。顔跖與彭殤，吾將叩大圜。昔人云不弔，此意豈復然。死者匪有知，聊爲生者傳。

燕九日卿裳招集城北草堂偕韋人諸君談讌次日予兄弟復邀韋人卿裳同過南埭草堂韋人詩來次韻二首

詩筆何山挹剩芬，主賓差喜醉能文。良方行意醫踰相，醇酒消愁我共君。樗隱可憐歸宿草，泖莊容易悵斜曛。蕭條朋侶重來日，空與前賢續舊聞。

蚤歲影裾游日下，中年采藥慕商顔。誰知困頓形骸後，更復馳驅道路間。老去稱詩寒更陋，古來負米病尤艱。多君苦説門閭倚，直爲交游也合還。

徐州登黄樓作

兩面青山開兖豫，中間濁浪走黄河。項王遺蹟今奚在，蘇老雄文近若何。激箭桃花春日水，搴茭瓠子漢時歌。我來兩見垂楊柳，空對枯莖十頃荷。行宫在樓側，前後有荷池數頃，時方脩葺。

通藝閣詩續録卷第七

中州道中寄魏春松廉使文承憲武林廿二韻

枉行悲曲鉤，直道傷木繩。世風日彫敝，古厚每見憎。武陵有魏公，遠紹鉅鹿徵。温顔和春風，清節凜堅冰。誠爲鶴山裔，不媿儒林稱。中外更迭居，確然厲豐棱。惜哉未極用，遽策湖山藤。賤子實檮昧，淵源溯先承。晚歲乃識公，紫芝幸自矜。公言梁學士，實始稱汝能。前輩誠厚期，晚學惟孤懲。往年讀公疏，私衷勃然興。扁帆蕩驚波，如斗得所憑。漳浦有名論，前此久服膺。得公重倡提，規矩頻相仍。漳浦大學士蔡公新謂試場性理論最足覘士人學識，公近疏請復舊，以格于部議，不果。公今年雖衰，論議別淄澠。當爲後生導，慧秉闇室燈。奉袂雖浙水，驅車俄襄陵。今世營營士，癡鈍如凍蠅。何時再從公，玉山瞻崚嶒。盡讀公文字，快取剡紙謄。庶幾與孫公，兩賢是爲朋。前通政司副使孫公灝，亦杭人，梁學士述其逸事，畧與公類。

豫游偶作七首

圯上在舊邳州

子房天下士，千載垂令名。論儒三代下，眞與武鄉衡。豪氣差未除，淵識炯莫熒。時哉興禮樂，使我惜文成。少士生雒閩後，萬理方寸瑩。往來動吁嗟，曷念師資精。少小慕高節，華顛恥虛聲。徒驅薄笨車，一洗塵勞纓。

雲龍山

羣山環奔馬，孤城面如削。咄哉劉寄奴，妄冀漢高託。入關事不成，爾顔桓文怍。雲龍徒飛揚，霸氣總蕭索。何如張士驥，栖遁謝縻爵。前宋極隆平，風流長公作。遙持東坡酒，笑比西湖鶴。齒冷戲馬臺，功名終寂寞。

睢陽城今歸德府

少讀韓公文，掩卷涕流泗。間歸江淮間，報賽香火熾。偉茲保障功，哀哉奸回忌。三日遲救兵，十秋激忠義。至今風雲色，慘澹氣猶閟。空城莽蕭條，濠水血痕漬。我生但多感，讀書媿公異。懷古復懷賢，時清幸攬轡。

睢州

睢州名世賢，勾吳載謳詠。早仕敷忠謨，離亂堅德性。蘇門節誠偉，當湖言尤諍。晚洗陸王陋，仰追雒閩正。惜哉遽物化，賢達吁有命。奸回彼何人，安能感天聽。惟公力開濟，萬象瑩心鏡。嗟我徒能言，空懷執鞭敬。

夷門

平沙極曠蕩，垂老入中原。春風散我愁，云是古夷門。却秦强鄰讋，救魏宗國存。侯生名固高，公子義尤尊。豪傑通大體，道與賢聖敦。後人刻吹求，此事未易論。封事漢災異，離騷楚冤魂。兵法恨遺軼，嗟哉亦空言。

吹臺

詩人跂唐傑，古臺開靈襟。高李並豪蕩，杜老獨蕭森。空陂莽四望，往迹誰復尋？鄒枚彼何人，荒哉梁孝心。詞章亦餘事，風月聊高吟。苟非靜者懷，焉知勞苦音。老木起悲籟，平沙生夕陰。誰爲羊叔子？我輩空登臨。

官渡

袁公名家子，累世踐上台。中朝横刀出，意氣良壯哉。討賊既不成，家禍成死灰。前慚桓文業，後歎李郭才。如一朝神智憒，空聽河聲哀。本初固矜彊，孟德亦雄猜。何成敗異，兹理誠難裁。量優短從善，千古鑒此災。

寄上楊時齋制府文遇春二首

秋色三邊月，營屯萬里雲。上公周太保，元老漢將軍。已勒中朝績，重書絕域勳。鼎鐘端不朽，安坐靖妖氛。

文武才資備，巖疆節鉞通。曾聞岳威信，再見趙襄忠。衛藏前銷鏑，天山早挂弓。書生提筆志，慷慨欲從戎。

汪少海大令時在幕府。

辟疆古園圖歌為顧茼塘孝廉翰作兼呈哲弟竹埼

蕙生

昔人有園今亦蕪，今人無園空畫圖。人生來往等傳舍，安在昔昔非今吾。君家先德吾所敬，博聞敦行文又儒。尚餘烟霞抱痼疾，未覺山水非仙癯。淵明松與巾角朽，中散柳共鐺脚枯。古來王謝此邱壑，豈必孫子皆懽愉。梁溪兄弟好才調，如杞有梓醍有醐。敝廬三畝不肯託，江山萬里開脩塗。當時辟畺亦豪士，叱咤徽之如叱奴。人生有竹事便足，何況臺榭淩雲衢。祇嫌岑寂久燕市，不及談笑傾吳都。移居詩賡孟郊和，得屋帖待薄紹摹。豫中此都徑把臂，始信萍迹浮江湖。兔園未邀枚馬至，吹臺誰約高李呼？聯牀風雨十年夢，安論朋輩廿載踰。聃周蘧廬等閒事，雲將雀躍眞吾徒。他年故鄉與子忽相見，各有山峯九點青模糊。

方彦聞大令履籛伊闕訪碑圖時將歸毘陵補官閩中

雒陽龍門天下絕，兩山相望若穹闕。伊水近出熊耳山，水流其間夾明月。我昔經過車疾馳，輸君好古兼好奇。一鞭自策果下騎，千里來訪林間碑。落斑蘚駁盡搜剔，上探崇高下無極。壺公自願爲地仙，靈運人驚作山賊。卽今援筆爲此圖，紀事紀游聊爾娛。手開地志訂南沁，心逐河水歸東吳。近來競談金石學，嗟我空爲山水樂。閩游君若尋武夷，應望梁雲動寥廓。

渾源王氏賈烈婦詩

大茂山峩峩，嘔夷流湯湯。淸節古何人？請歌烈婦王。烈婦農家子，童養七齡始。有夫不能天，何以給甘旨？答言且弗憂，新婦有十指。十指何辛勤，朝縫宵復紉。嘗將終歲事，供取百年人。百年旦暮盡，夫也隨顛隕。旁人爾毋言，此意絕私憤。室中風蕭蕭，戶外債纍纍。殷勤謝上客，拮据誠弗辭。但使妾身在，敢負高義滋。祇愁身易盡，翻使惠虛施。掩我中室門，著我嫁日裳。無家供朝夕，有伯祀丞嘗。揆義死當從，匪以生自戕。鄉愚爾何知？驚死徒旁皇。苟非曹侯賢，曷表節義彰。大茂山峩峩，嘔夷流湯湯。一歌曹使君，再歌烈婦王。不見李陵臺，崔嵬雲州隈。望漢不得歸，愁思空悲哀。不見昭君塚，朔漠留遺址。再世爲閼氏，青草徒然耳。

關西將軍殺賊歌和少海作

關西將軍家成都，殺賊無數膽氣麤。丈夫殺賊等閒耳，文武將帥如公無？身經百戰歷艱困，晚被宸眷登天衢。甘涼士馬中國脊，制府旌麾天下樞。漢家都護倚公在，萬里正待行人需。無形長城隱堪恃，胸中兵甲兼謀謨。千年好書青竹簡，十載可憐霜鬢鬚。西方將軍應時出，有才掃蕩眞世須。渾濬爭功何足論，廉藺引避良可吁。引兵束手不自見，公孫大樹高風呼。汪生作詩賤子繼，征西歌唱傳諸塗，吁嗟乎！關西將軍家成都，將軍殺賊今世無。

懷州留宿劉松嵐觀察十丈大觀養愚園六首

自憐樗散士，來宿養愚園。爲辱談詩契，難忘得意言。菊蘭滋近圃，桐柳俯高軒。寥廓蘇州語，惟應靜者論。『園林養愚蒙』本韋詩。

自作太行客，屋檐無數青。少披循吏傳，老愛淨名經。洗硯窺鸜鴝，擕鉏劚茯苓。平生能識字，齒冷太乡亭。

伉直遭時忌，疏慵得性便。庭前松矯矯，戶外竹娟娟。愛子如元亮，休官似樂天。仙人王屋待，別有好林泉。

游蹤天下遍，此地老堪娛。換酒魚還解，留琴鶴也無。江湖今夕夢，主客舊時圖。不樂眞何有，危曾捋虎鬚。

意嬾朝參謁，心空古井波。貧猶貪客至，老不厭書多。美酒一斟酌，好詩頻琢磨。白鬢風貌偉，未信拄巖阿。

恨我逢公晚，高談氣轉清。江山情跌宕，風雨意縱橫。讀畫資茶暇，扶羸采藥行。遙知千載下，匪獨瀼湖名。

武陟古槐寺老樹歌呈王竹嶼觀察鳳生

濟水伏源徹底清，清氣上貫虛星精。交流黃沁水土合，千年古木盤空橫。此寺流傳始何代？根蟠九幽壓坤載。赤曦匿景生午陰，碧雲團空散穹翠。生鈎狂象皮骨剝，倒拔蒼龍齒牙蛻。烏雀何嘗啄銀髓，螻蟻不敢汚青黛。枯羸重復神仙刑，倔彊不衰豪傑概。橫當朔風力逾怒，獨立太行氣無對。康侯墓田愛此眞有情，虛堂結構勞經營。飛沙莽莽坐懷古，步循廊廡詩思盈。騰拏歷劫龍漢換，摩挲四時身骨輕。胸中鬱勃乃有此，大物始覺五嶽突起難爲平。王公偉人廓大度，風霜錯盤節目固。君家名世有三公，植德千年永培護。君來豫後始生子。

送竹嶼觀察還金陵

河朔洪流夜有聲，南風吹送石頭城。古人治水行無事，盛世歸田覺不情。北海我慙陪下客，東山君忍負蒼生？祇嫌袖手宣防畧，史傳空高止足名。

又題竹嶼黄河歸棹圖

黄河之水天上來，送河入海天下才。古來治河非無策，治河治漕無全力。古云不信有如河，公歸沉吟瓠子歌。江淮安流順帝則，却向江南望河北。

松壺子歌贈錢丈叔美杜

松壺子，謫仙人，非狂非狷游戲身。捫胸浩浩詩百首，姑以畫意全其眞。生平奇氣曾無敵，手招月來酒杯窄。壺中樓閣十萬椽，松下茯苓二千尺。君既不爲殿前獻賦揚子雲，又不爲幕下喜怒髯參軍。如何蹋壁但高臥？五嶽渺然宗少文。一生不藉閥閲力，萬里坐與江山分。人間俗事百不聞，嘯臺超然鸞鶴羣。卽今病餘復止酒，小飲翛然意何有。天青月出風定時，尚可高吟開笑口。我生好游未至滇，吾翁蹤跡誰圖傳。老梅花貼落蘚綠，山茶高過層樓鮮。君如命筆肯寫此，妙手鑿出南中天。昔年江南偶把臂，今日又逢河朔醉。莫言風景歲歲殊，但看畫筆時時異。吾鄉冰壺亦畸士，改布衣琦。海上哀音傳一紙。留君暫復住人間，休問長生長不死。

武陟後園寄興作

一笑相看主與賓，池邊贈答影形神。魚因知樂貪留我，鳥解忘機愛近人。少日詩書經世業，中年絲竹放懷身。祇嫌豪氣删難盡，醉後狂言客易瞋。

南中書來驚聞秋泉于重九日謝世感賦此詩

河朔獰飈落葉初，驚聞鶴馭竟排虚。門高孤守廟藏鼎，兒好定傳楹鑿書。九日秖今愁菊瓊，重泉誰與演牛車？君喜言梵夾。梁園哭罷登樓客，又向林交慟索居。澹淵明府爲君從子，時已先卒。

余會望廣武山

豈有高光匹馬曹，詠懷空復託風騷。英雄豎子都堪歎，正似先生笑二豪。

破石琴薦云是太行山墓石

霸業卿門幾墓材，松風湍寫古聲哀。莫言人力銷沈盡，猶勝阿房話刼灰。

博浪沙

秦皇六合爲一家，一椎飛來驚副車。天心與人俱不死，至今浩浩揚灰沙。事秦誰抱先亡痛，非書國渠總無用。十年智勇養深沈，一卷韜鈐恣吟誦。天生留侯爲漢才，虎狼叱咤空雄猜。少年氣作天下倡，六王戈甲紛紛來。同時荆高皆刺客，大儒特起春秋筆。千秋一箇報韓人，去作神仙求不得。

獨游吹臺

暑洗清秋病後顔，吹臺高處一躋攀。河環大野渾無岸，地入中原自少山。鄉思忽飄飛鳥外，詩情常在白雲間。曲中清角誰知得？欲喚千年晉曠還。

病起示友因寄舍弟

不成干謁不棲遲，多病辭家計可知。千里鄭興貪客授，百年毛義感親衰。江邊月冷鴻飛渚，夜半風驚鵲繞枝。未少五湖三畝宅，躬耕端合老明時。

武陟王明府書來述沁水暴漲賦寄

沁河全晉脊，力擘太行橫。亂水橋邊渡，洪流枕上聲。隄防困民力，沁水隄工獨倚民修。風雨怨天行。自笑驅車客，空嗟攬轡情。

謝友惠木瓜十二韻

宛宛形垂木，棱棱狀削瓜。橢長宜辨楙，酸酢誤疑樝。膩粉重英蔕，深紅滿院花。味如參蜜醴，色欲亂雲霞。黃氣眉間見，清芬枕畔加。但能漱芳潤，端可絕搔爬。盆戴三弧角，囊盛幾絡紗。呼名猶止痛，書字亦袪邪。住杖奚愁痓，提壺詎患齇。任教爛蝕鳥，安用毒魚鰕。宣郡名從古，毛詩詠最嘉。故人投贈意，珍重抵瓊華。

布噶爾白馬歌完顏廉使公（麟慶）屬賦并序

容瀾止閣學出征西域，臨陣獲布噶爾馬。馬色純白，爲回酋張格爾寶愛。賊將騎出，閣學呼部卒刺之，大奴烏爾袞牽騎還。先是，閣學見賊營駿馬頗多，問部下孰能奪其騎，烏爾袞出應曰：『諾。』至是竟如其言。布噶爾在天山極西，去用兵處蓋猶三十餘程云。

天山雪花無南北，得馬如山雪花色。層冰蹴踏作瓊瑤，寒月分明拄胸臆。汗血何曾污四蹏，渡河定自開千尺。天生此馬爲聖朝，物色不許烏孫驕。喜聞鬼章縶寶騎，又見樂府歌金鐃。人如天人馬天馬，公家勳名蓋天下。汾陽當年師子花，（閣學爲章佳文成公曾孫。）此馬騰槽或其亞。戰場叱士取賊頭，舉眼身落常山矛。騎奴騎出執高鞴，莽莽黃沙輥玉球。去年相值汲城下，牽出雄姿足驚咤。自言□馬未禽王，良將高門歎儒雅。古來神物遇合奇，喜馬得主歌詠之。聖朝鼓車豈用此，留與公家爲下駟。

重九偕劉青原院長（師陸）顧蕳塘明府（翰）龍亭山登高朱子芳明府繼至相約賦詩歸後有作

黃河未氷天未霜，一宵風雨催重陽。科頭晨起得快霽，天公似許我輩狂。有酒不飲顧長康，題餻今日邀劉郎。鄒枚高李久寂寞，古來幾客還大梁。龍山不復數宣武，兔園又見開周王。雙丸跳擲地下忙，藉草聊爾傾壺觴。意中泬寥烟水涼，江南江北青山長。雪鷀皓潔泳清沼，黃花瑣細披壞牆。村氓賽神簫鼓閙，武士角射弓矢强。吾儕游戲百無益，差解搖筆吟清商。西風欲起鴻雁翔，與君兄弟皆異鄉。邗江旣送歸客去，竹埼赴維揚。并州詎免游子傷。墨園之山右。吾家子由復遠隔，昨歲共醉東佘岡。中原落日天蒼蒼，雲山南北何渺茫。崑崙朱侯天外客，一笑培塿成康莊。浮萍蹤跡歎聚散，插萸歌歗嗟景光。人生酒債眞尋常，行樂一日不可忘。

滎澤口渡河

同船馬渡寂無譁，安穩如乘博望查。大壑霜嚴方落水，平原風旋忽驚沙。治河自古聞三策，聚訟于今定幾家。衹我頻來空皺面，江湖流浪漫咨嗟。

黃沁河神廟

兩派靈源共泝沿，黃河近接沁河連。衣冠貌毅分天力，松檜聲沈閱古年。澤國有收官吏責，孱軀無用鬼神憐。紛紛水利籌西北，風展虛帷意肅然。

陳恪勤公祠在嘉應觀側，康雍間河東河道總督駐節於此

驥血馳千里，鯨波擘四溟。勤勞生節鉞，材力死精靈。帝德恒思禹，臣官合祀冥。陂塘蓮自白，畦隴麥微青。慘澹沈蛟室，蒼涼瘞鶴銘。公守京口時始椎拓。誰紘送迎曲，椒酒薦維馨。

輝縣贈邢教堂參軍牧時攝邑令

瀟灑桐廬縣，宋范文正公句。空明九里洲。梅花開似雪，詩筆澹於秋。傳世期黃卷，浮生笑白鷗。休嫌攝官暫，已覺頌聲流。

游百泉歸作六首有序

百泉書院

泉舊有太極書院，後改名百泉。明末以水決大梁，移中州試院於此。高宗幸嵩，紆鑾至輝，觀乎泉源，爰建行在焉。

衛風詠泉源，人水絕高秀。遐哉衆山脈，千里此輻湊。講院旣肇開，試席復移就。文學事固殊，智仁樂何誘。聖皇有述作，法祖始巡狩。古木遠招風，淸泉靜沈岫。衹今及百載，普冒衆生宥。修廊敗長榱，馳道裂遐甃。周成

東都什，後乃黄竹奏。仰止堯屋心，在天萬年壽。

安樂窩故址

康節從父徙居，少志堅苦，及學大成，乃遷雒陽安樂行窩，疑移故居以顏其所。先生所學與周程少殊，要其大旨必本孔孟。君子仁爾，何必同與？

百年幾太平，四世歌唐虞。我來百泉上，懷古重嗟吁。先生磊落人，風月來奔趨。迹其少壯日，意欲扶天衢。理數合一貫，文字掃萬殊。當年山中坐，嚴冷世目瞿。一朝傳絶學，奕禩崇鉅儒。希文重嚴陵，君實器堯夫。豈非風俗醇，端本由國樞。

梅溪故址

耶律晉卿出自契丹，乘金之亡撥亂啟治，考其所志，可謂豪傑非常之士矣。耽嗜邵學，避地於兹。梅溪雖亡，其址斯在。

今公出遼東，才氣何磊落。生值亂離時，坐談王霸畧。仕雖資門蔭，政獨啟臺閣。英主用文臣，公首大鈞託。滅金義奮攘，立國勢恢廓。平生天人際，毖緯通奥博。避地來共城，讀書慕安樂。太平邵未用，撥亂公乃作。帝心初何間，有得斯天爵。梅溪今已蕪，香氣紛漠漠。

姚左丞祠

吾家左丞，氣骨雄毅，力任儒學，首館江漢，先生復進許竇於世。祖有元儒治實公開之，有祠，在城外道旁，敬述其事。

宗衮有傳人，風流被元宇。俘囚館江漢，士類薦竇許。微管念前賢，士窮見出處。由來千載事，端在一言悟。不有夫子明，誰與別章甫。雲門墾荒至，意在老農圃。茅堂結幽深，水輪力亞旅。虚祠瞻賢聖，道貌肅清古。何所足遺安？擇仁迺兹土。寒泉鳴琴聲，吾欲呼與語。地有先聖祠，左丞所建遺像及諸賢像俱在。

孫徵君祠

蘇門徵君，當明之衰，先著氣節，後任道義，睢州尚書實出其門。比諸延平之開晦翁，論學少有不同，要其大節，昭焯千古。新立祠宇，肅而瞻之。

前望蘇門山，因之懷夏峯。今兹窺百泉，彌歎泉溶溶。前朝重名節，聖代緬幽蹤。古來巢許賢，端貴堯舜逢。睢州一朝出，潛見皆占龍。此間問學地，渺渺千尺松。騶愼鄙稷下，河汾擬淹中。泮宮祀潛庵，劉黃復追風。是皆百世師，聖學泯異同。何人激頑懦，一掃妄與庸。

衛源廟

豫州衛水，實濟漕運，有衛源廟焉。百泉靈妙，瀑雪胸襟，予爲記文，畧而未備，輒再賦詩，聊復詠歎。或云子在川上，則顧未之敢信。後之君子，折衷於斯。

紛敷五色藻，粲爛盈尺魚。問渠何能然，靈泉爲灌輸。靈泉有神源，衛河衆派趨。白漳其下流，此實天下樞。顧玆發脈地，清澈鑒髮膚。隱回君子宅，環抱高人居。半酣顧中州，長嘯撫八區。泉爲天下名，人亦天下譽。平生觀瀾心，匪與世俗拘。吾衰長已矣，臨水賦歸與？

宣驛

覆嶺白雲茸絮影，連林丹柹暮霞痕。道旁鉅柳髡刳腹，草際疲驢臥齕根。

張季琴明府積功黃鶴樓雅集圖

人間孤絕太空雲，不是神仙不離羣。一笛一樓一黃鶴，衆賓舉白欲浮君。

答寄生甫

慙媿毛生吳下字，問予蹤迹復如何。馬頭雲氣開中岳，篋底吟聲走大河。負米情悰無近遠，著書心事各蹉跎。吹臺酒伴誰高李，遲爾能來一放歌。

計曦伯光炘爛溪拜墓圖

曦伯爲甫草族人。爛溪，甫草墓所在

爛溪抔土草離離，杯酒能澆自一奇。一種平生惆悵事，震川文筆茂秦詩。甫草客遊，嘗至洺州脩謝茂秦墓，過順德尋歸震川通判時故廨。事見文集。更憶吾鄉計子山，裂麻辭薦動人顏。清門子姓今寥落，一卷江楓待客刪。子山名南陽，明諸生。客遊四方，主者嘗欲薦之，手裂其麻，友人沈文恪、施清惠俱爲動色。身沒無子，詩有江楓、負鐙等集，不傳，僅見於松江詩鈔中。甫草以計爲僻姓，故因斯圖附記其事。

齋中讀漢書有述

子長首史記，叔皮述漢書。談名藉遷顯，彪美爲固居。序傳豈不言，一何寥落與？賓戲既自通，典引亦盛諛。何如避地賢，卓犖偉抱攄。盡心在聖道，王命陳赤符。旁資先友文，仰貫秘策儲。大義必炳煥，偏辭孰枝梧。蘭臺辭賦人，曷與秉筆徒？咄哉千載下，倖免攘善誅。後賢舉文章，班與司馬殊。得非爲子累，瑕疵掩璠璵。卷中司徒掾，一二見典謨。龍門次舊聞，痛哭長嗟吁。此論或謂奇，此言詎云誣？後有相知人，執策懷令譽。

百合

吾生苦寒嗽，徹夜對燈檠。或云嵩山精，滋養善保命。全資甘平氣，永繕沖和性。如彼諫臣然，雖苦弗過硬。昔聞張長沙，每治百合病。徵名定何義，與物兩無競。人生實浮脆，賤質復庬横。安得如汝名，處世有餘慶。冥搜到摩詰，止淚淸昨淨。請辨山丹非，白花四垂映。右丞云：『冥搜到百合，眞使當重肉。果堪止淚無？欲縱望江目。』蓋用本草止涕淚說。

薯蕷

中年患虛泄，正坐病酒尪。它藥匪無功，喜此入饌良。甘温屢登盤，賈售輒傾筐。昔聞產蜀道，今兹美太行。因滑乃得濇，倏治誠有方。粉屑復巧製，但覺盈匙香。功云辟霧露，性復耐雪霜。苦愛玉延名，安用義類詳。請充山家供，如飫沆瀣漿。安能求芋魁，更兆富貴祥。

通藝閣詩續録卷第八

周鑑湖刺史心如**再書來徵哲弟倬雲身後鄙文感愧其意因有斯什**

卅年相隔路悠悠，傷別傷春易白頭。家事得君還健在，故交餘我獨勾留。科名地下悲司戶，風雨天涯哭子由。重過舊時題壁處，新詩誰與訴清愁。時予將之清化。

武陟曉發赴清化晤馬小眉通守樹華**因贈**

休嫌泥淖換塵埃，夜氣全清曉氣開。沁水黄衝雲腳斷，太行青擁馬蹏來。荷花六月招眞隱，循吏千秋待異才。笑我相如遊已倦，輸君訪古到繁臺。

月山寺

雨過澗水鳴，山靈似招客。尋源得幽徑，竹影夾天碧。晴光開野勢，香氣破禪寂。彈子落空山，微塵億身柏。太行青萬仞，平列盈几席。凌雲絡高花，孤映好標格。緬想翠華駐，曾見黄屋飾。自此幸東南，繁華漸開闢。故人不可見，清遊聊復適。即兹亦足歡，何爲歎行役。

脩武贈邵明府鳳依

邵公江海人，志在謝人爵。杯盤僅自給，芋豆得民樂。心恬喜文奇，性簡愛學博。萬卷不隨身，他年少歸橐。

望太行

大地鋪爲案，穹天扳作門。日輪高兩界，雲氣塞中原。昔欲窺全晉，吾衰解乘轅。空餘軒舉意，矯首望乾坤。

漢山陽公陵脩武城外三十五里，地名古漢山，有帝畫像一軸，貯玉皇觀

平沙漠漠草芊芊，遺像山陽氣黯然。舜禹已知皇古事，高光寧計建安年。半通殘碣金生後，一角孤城麥秀邊。曾向成都陵下拜，惠園松柏總參天。

百巖寺瀑布歌

太行雲氣夐天色，西出河東盡河北。橫空忽作玉虹飛，倒捲青山成匹帛。百家巖寺天下奇，寺藏山中人不知。征車犖确望孤塔，疲馬蹀躞循荒陂。崚嶒石壁平地險，夜臥虛堂愁穽塹。紫屏嶄絕誰削成，颯颯西風倚天劍。泉聲到處皆可聽，道中望見今呈形。高人自踞醒酒石，游客閒登環翠亭。聲如無聲色無色，湘靈撫徽夜歎息。萬琲明珠撒不收，天孫獨弄機絲織。我心題作小龍湫，便似東南雁宕游。振衣忽灑千年雪，躡屐來尋六月秋。山靈拒客輕題覈，手舉銀河向空擲。雨師一夜勞滂沱，橫漲奔流勢衝激。亂摧玉壁壓瓊簾，生扳龍鬚跨蛟脊。數丈以上純煙雲，萬頃昏黃接飛白。天公蓄奇無盡藏，翻覆娛爾吟詩腸。明朝山靈謹謝客，回首幽谷空茫茫。

龍門香山寺

少年愛讀香山集，投老方尋此寺來。車轍尚違嵩犖确，馬鞭初拂雒縈回。雙門斷處清流出，萬佛叢中一桂開。前後侍郎名迹在，幸餘殘塔護莓苔。唐寺已沒于水。康熙中，湯侍郎右曾爲給諫時，督學河南，度舊址重建，以東山雙小石塔爲據。給諫及汪中允士鋐兩碑，立寺左右。

訪綠野堂廢址詠裴晉公

朋黨中朝亟，山林晚節全。希文如買得，猶自勝平泉。范文正公不肯買午橋莊，曰：『以晉公之賢而使後人不保其宅，不可。』事見宋人小說。

訪獨樂園廢址詠司馬温公

雒蜀煩調護，邊疆戒鬭爭。若無元祐業，南渡更何成？

少林寺

古人原不死，千載妙明心。况值天中月，今宵在少林。雲高峯影接，風定谷聲沈。欲防秦王勅，莓苔幾處侵。

蔄塘書來言與少海同游吹臺賦寄二子

寥廓千秋感，崢嶸二妙才。鄒枚皆上客，高李各奇才。雲氣連河夐，詩聲入雁哀。誰憐公等在，杖策獨登臺。少海之浙，蔄塘將入都。

少海蘭州書來述病兼寄近詩忽忽未報會予亦臥疾安昌因賦四十韻奉簡

隴右淒飈厲，懷州朔氣吹。宦緣詩好退，秋向客深悲。兩載明湖別，頻番急訊馳。郵筒欣鄭重，吟榻各棲遲。報我今年病，如予曩日危。耳根招棘刺，心牖擾聞思。每憶吳歈唱，難逢社酒治。沈緜嬰二豎，潦倒謁三醫。寂寂嘉辰度，茫茫俗務麾。兜元祛宿恙，守黑葆良規。屢動歸與興，頻歌哨徧詞。鴻妻偕隱伴，驥子好男兒。有後眞堪慶，無田亦自怡。孤根瞻灩滪，絕頂望峩嵋。府主恩知密，文人命數奇。高岑多慷慨，陳阮總嶔崎。自昔論西域，於今控外夷。聖朝崇廣大，絕塞斥羈縻。母寡頭竿挂，屠耆血刃剺。四城靖鼙鼓，萬里捲旌旗。不有汪倫作，安知楊僕奇。策雖吁未試，功幸弗終隳。寶劍霜開匣，陰符月照帷。全摧隗囂迹，盡削赫連基。幙府才如此，軍門績更垂。會看書汗簡，眞不笑毛錐。莫漫招三益，休教賦五噫。君猶膺世用，我獨卷懷宜。昨策崧陽蹇，頻經大澤陂。瞻驚渾似象，足弱竟如夔。勝具輸疇夙，平途歎險巇。轗軻何跼蹐，蜀道舊逶迤。側聽尚書過，顏公檢。曾憐賤子癡。驅車公自壯，擁篲我何辭。僅獻陳情什，遲瞻鎮俗姿。堪嗟多病質，同歎少年衰。酒盞孱艱引，方書手屢披。古香生墨匣，孤篆裊銅匜。庶子東漳臥，徵君北渚期。自慚樗濩落，空對菊紛離。身世華陽藥，功名峴首碑。故人珍重意，遙夜寄邊陲。

河北書懷寄麗生京口一百韻

去我三千里，思君二十秋。客懷渾不樂，景色祇堪愁。落落胸期在，翩翩歲月遒。自緣多病苦，豈與素心酬。古籍高齋積，寒花別館幽。當時行樂處，今日著書憂。學道方知困，懷人不自由。河津頻巨浪，江上有歸舟。憶昔巫山別，勞君別舸怐。巖花作酸楚，山鳥訴喧啾。出處俱難事，生涯自此浮。愁聞月鵜鴂，空歎雪蜉蝣。風利帆何速？褰歸客競投。解衣張祿望，舉火晏嬰侔。烏哺嗟何有，牛眠果卜否？九峯淒黛色，三泖冷波流。桃李蹊成徑，瓜薑棱劃疇。有家歸未可，諗子若爲謀。分解三間屋，求田百尺樓。古人嗟已矣，今我獨夷猶。念昔於君稔，成都久客留。草堂懷逸老，石室問前脩。各擁書千卷，孤吟酒一甌。海棠紅似錦，江水綠於油。傍沿搖輕艦，沿城騁畫騮。閒行同采藥，密坐互藏鬮。策騎吾先去，傳經子尚遛。上書頻見斥，彈鋏不知羞。屑屑成何事，栖栖向道周。棧雲來往夢，天月缺圓謳。衆派鳴金鼓，群峯列戟矛。樹皆秦漢植，碑是雍梁搜。夜炬防驚虎，朝輿慮擾猴。時拈紀行句，輒附置書郵。南國煙花遠，西川道路湫。蜀絃辭宛轉，吳唱聽咿嘔。我自捫參井，君應望斗牛。朔南三載別，汗漫少年游。且喜苔岑合，奚辭雨雪瀌。出山慙小草，列序對天球。疑義時教講，奇編或共紬。健將剸兕豹，狂欲控蛟虯。文字旌麾角，詩篇格律偷。尋思眞可笑，此樂豈堪求。楚蜀衡兵事，先公抗論優。千家均禍福，頻歲奮謨猷。渾濬爭功日，甘淩解忿讐。徒聞化猿鶴，空說攖貔貅。子弟情同難，風詩義急仇。頗嫌題柱客，擬作請纓儔。燈下投毛穎，尊前撫蒯緱。陰符參黯澹，圖陣覆綢繆。書劍都無用，桑蓬枉自抽。澆將胸塊壘，吟罷血骷髏。去去終何益，行行祇自尢。我遭魚頷點，君賦鹿鳴呦。榮辱曾非玉，窮通亦繫骰。龍豬從此別，藥石未能瘳。本乏九仙骨，寧知五色眸。煙霞窮有癖，詞賦嬾重裒。子亦從親去，子猶滯蜀悠。干戈雖已定，憂患獨相訧。話舊逢巴峽，含悽望益州。各懷門戶感，更抱突薪籌。影子帆分鷁，心懸冕綴旒。獨絃淒凍瑟，孤韻戛寒璆。錦里稱流寓，山貲孰給賙。一官憐跨舃，聯艇異乘桴。南楚新篇富，西巴舊迹收。書生宜道直，俗吏鄙辭廋。潔養邀升斗，清心絕貨賕。幸當平似砥，敢蹈曲如鉤。綵服堂前爛，風聲樹杪颼。歸來問松菊，是處感山邱。訊我頻年事，嗟哉百鍊柔。皮膚擬刊削，字句謝雕鎪。蕭瑟詩人槖，蒼茫志士溝。引聲瘖木雁，作計拙巢鳩。祇合謀三釜，何曾羨八騶？相如猶慕藺，王粲更依劉。近作中州客，頻紆大陸輈。洪河消芥蔕，崧嶽恥培塿。小飲聊攜榼，安行獨賴筇。故人分祿米，行子笑痀瘻。沈約腰空瘦，安仁鬢易髟。柳條歧路折，桂樹故鄉蟉。落月三更屋，西風十月裘。初看黃蘗綻，漸失綠陰稠。門謝長裾曳，筵虛涷醴篘。恒言曾未老，衰狀合稱叟。墐戶身常蟄，拈書目易瞀。龕能供菽水，端擬掃松楸。池草吟從謝，瀧岡表讓歐。道塗辭軌轍，佘庫荷鉏耰。江海通流處，金焦未盡頭。翩翻招雪鶴，浩蕩狎霜鷗。往事成炊黍，餘生付贅疣。品題分玉石，氣味絕薰蕕。親老文焉用，吾衰夢亦休。空裁千字什，遙寄百花洲。

寄王竹嶼觀察泲東三十二韻

出處平生事，艱難薄宦身。名高奚免拙，道在不憂貧。送別前期近，馳書問訊頻。自憐蹤跡滯，但覺語言諄。河北清風扇，江南美景臻。誰憐先世舊，顧被祝融屯。返火曾無術，論錢詎有神？挂冠神武客，躡屐楚江賓。簸剩劉寬服，囊空陸賈珍。霜淒三徑菊，風冷五湖蒓。僂指經游地，關心舊歷辰。江聲豫章怒，柳色武昌新。庚亮高樓月，陶公戰艦塵。故交非寂寞，上客自逡巡。更憶西湖好，還傾北海醇。兒童迎竹馬，弟子拂烏市。愛女牽裾泣，嬌兒索乳瞋。前情思歷歷，世事歎踆踆。直泝星源遠，重芟祖墓蓁。焚黃崇禮數，潔白表明禋。婚嫁向平願，交游郗鑒姻。無由臥泉石，重爲走車輪。出岫遲前嶺，遵塗問舊津。感恩緣聖主，陳力自微臣。心事憑誰訴？襟期向我眞。九章詞悱惻，千里意酸辛。賤子嗟羸拙，微生媿隱淪。浮沈辭杜曲，憔悴臥漳濱。毛義言將母，之推意養親。酬知良鄭重，懷古重敷陳。東泲清逾玉，南池色似銀。蒼茫問天句，浩蕩謫仙人。

答寄少海武林

同林鳥聲動，同派泉響喧。苟非相知人，安有責備言？吾性苦卞急，而子頗亦然。況復患羸頓，道里各數千。有時一紙書，翩若鴻影翻。隔河不相見，此事豈非天？謂子客西州，忽復置眼前。謂子已歸去，手此書字痕。越中固云佳，烏能久覊君？天涯忽相見，當理病後尊。會合詎有常？情誼良所敦。毛生有高詠，試與一評論。

游吹臺

平隴盡鋪春色滿，大風横捲古音來。酒卮無那中年病，詩筆眞須曠代才。

梁園上巳大雪

吟鞭裊過短長亭，社酒春分醉易醒。二月風光三月雪，梁園上巳柳條青。

謝濟源周明府承錦寄何首烏膏

清極乃得和，上藥出靈濟。卓哉交藤妙，槃槃鬱根柢。陰陽俱適中，老幼亦具體。形惟赤白判，用取蒸曬遞。空山古仙人，樸質踞疊洗。更資神丹力，須髮袪宿癠。我昨嵩高游，采采窮谷底。願嗟稚川久，緣未彥方徯。瑣碎何足奇，治療恐或詆。周侯魯臺彥，孝行曾氏禮。手持鮮苗腴，目對伏流泚。愍予違祿養，千里來負米。肯分刀圭餘，使代魚鮓啟。竹刀剖冰雪，柳甑熏蜜醴。近齊參峪珍，遠勝菊泉瀰。永惟君子德，錫類均愷悌。請名地仙膏，本草云：『三百年者大如栲栳，服之成地仙。』附驛致南邸。封題獻慈母，方法報家弟。夙披習之筆，補益灌腸胃。載誦蘇公言，未食首先稽。東坡藥圃五詠·人參云：『糜身輔吾軀，既食首重稽。』

病起見楊花絕句

病起楊花撲面飛，春雲庭院卸緜肥。東君路較江南遠，却是春歸不得歸。

濟源東西池上遲張魯巖學博不至作并序

兩池相去數里許，俱出王屋太乙池。西源居上流，地名龍潭，今爲延慶寺。去冬雪稀，僅餘方軌。東源在濟瀆廟外數百武，水力少盛，貫瀆廟而西溢焉。其地皆幽閒寥曠，足以灑濯塵垢，澡雪胸襟。予與魯巖有同游之約，會以病阻，魯巖因事至郡城先歸，繼往獨游，爰賦斯什。

清濟一勺源，浩蕩貫河濁。衣冠不可浼，千載思夷叔。西源餘涓滴，劣可潤脩竹。筍籜怒出林，鄉思坐上觸。東源繞前後，崇宇栖靈瀆。淵流咫尺地，已見三隱伏。姑射處深山，鏗然振冰玉。不爲疆禦弱，氣象示端肅。張公古靜者，有約乖願夙。何時復臨流，仰止跂王屋。

謁濟瀆廟二十韻

北瀆尊清濟，中原界太行。地初分晉豫，勢直走瀛滄。濁混何能激，安流獨有常。禹功書永賴，龍德易潛藏。河擬微沾軌，江如乍濫觴。東西源自別，瀧溴派俱彰。閭惠蒸和靄，讕言斥渺茫。滋登禾黍麥，潔奉豕牛羊。雙舫浮沈古，千齡肅穆將。川祇承帝貺，星使下天章。柏蓋盤穹翠，榆錢委地黃。枌欏榮瘁異，碑碣後先望。勃海昭彝祀，隆文秩聖皇。混同移典禮，一統邁虞唐。已見新祠煥，猶餘舊殿涼。幽靈合冥漠，明德各馨香。北海神祠自唐以來祀於濟源，祠在廟後，國朝康熙廿六年移祀混同江，今遺址尚存，濟流環繞，土人謂之水殿。滎沇名稱遠，青齊潤澤長。天池通太乙，帶水抱宮牆。有隱方徵見，惟柔克制剛。從來謙伏理，邱壑事難忘。

盤谷

馳蓋千山待翠華，杖藜二客看摩厓。魚因地僻艱吞餌，柏爲年深慣作花。

五龍口觀疏渠示河内劉明府厚滋葉少尉逢泰

昔觀九道堰，今訪五龍口。枋巖穹而幽，沁渠清且瀏。大哉水利害，彼此翻覆手。奪河成我勞，人力出天授。令君躡梟舄，仙尉腰藟綬。萬鍤齊奮呼，孤椒獨懸陡。我尋三洞勝，愛此衆泉湊。不見始事勤，焉知集力厚。日光澈沙石，潔色綠逾玖。冰雪古人心，高深堅且久。諸公循良蹟，盛事端不朽。更憶魏典農，開山此庸首。枋口始秦時，以木爲門，至魏河内典農司馬孚易之以石。見孚所上表。

濟源往還道中

馬倦田間臥，雞閒屋上行。樹沙根露活，風碓石舂鳴。

書惜翁翰林論後寄幼懷 論爲稚存編脩作。編修晚號北江

江北心期擬惜翁，平生交契一尊同。即看議論追前輩，想見賢豪有古風。侍從誰陪簪橐後，友臣均藉錯磨功。自慚羊鶴曾無補，願見鵷雛破碧空。

吹臺歌呈鄒鍾泉明府 鳴鶴

吹臺高與繁塔平，清歌遏雲雲有情。千年師曠古音絕，試聽天樂翻新聲。琅璈法曲動璆磬，緱鶴仙班吹玉笙。人間望見幔亭宴，紅霞蒸出芙蓉城。初冬風日眞大好，不問東都舊瓊島。柏子香逾辟蠹芸，柳絲青似還魂草。花氣濃薰珠履移，鼓聲急勸金尊倒。黄河浩浩天外來，瀉入長筵溢清醥。人生富貴良有期，偶逢歡會亦足怡。名王久已冷歌舞，我輩空復攻文辭。君不見？達夫晚達詩方好，不及君年正盛時。

三賢祠三首 李供奉、高達夫、杜少陵

謫仙辭金門，處處登酒樓。明星照中土，光炯洪河流。鄒枚何足言，中有萬古愁。

常侍何磊落，雄奇振騷詩。交游各歡呼，氣與風雲馳。千秋迺一尉，晚達何足悲？

拾遺徒步人，早歲尤困頓。空馳三禮聲，終抱八哀恨。不有野老詩，焉知斯臺建？

後三賢祠三首 李獻吉、何大復、高子業

李子起北地，辭官歸梁園。杜陵良匪易，虞山安足言？岧岧跂空同，曷師廣成言？獻吉葬今禹州，地有空同山。

大復實天才，雄秀無不可。初日芙蕖搖，碧海鯨魚鎖。洋洋明河篇，持論惜少頗。

高生工五言，中唐特超妙。試將清麗辭，一變詘嚚調。鸞鳳翔空林，君聽蘇門嘯。

論詩一首寄仲雲都下

朔風吹征鴻，浩蕩書一紙。首言離別長，末言宦塗徙。其中說詩教，追溯六藝始。謂我託意深，後出誤疑似。我雖戒妄作，未免習綺靡。尚恨諷諭微，有乖比興

旨。如何斯言出，乃復在之子。臨風幾怊悵，飛英落杯底。少陵懷吹臺舊游詩：『憶與高李輩，論交入酒壚。』

送張亨甫之粵東訪友

張郎才筆並黃童謂仲則，更跂長沙太傅風。賓客大梁前席避，江山百粵古臺空。素衣敻立風塵表，青鬢能消感慨中。我自倦游君健在，且忻此地一尊同。

亨甫以惜抱翁崇祀鄉賢錄見貽感賦一首

歸來董相絕窺園，海內人知惜抱軒。濂洛學存儒統系，馬韓文見道根源。齊都業已傳千古，晉國人誰起九原。我是禮堂親夢奠，執經當日久忘言。

竹嶼自金陵郵述懷二首徵和次韻寄之

罷官隨處養清眞，學道奚心邁等倫。歸縱無田何礙樂，客猶有屋未全貧。陶公待究羲農業，杜老空懷稷契身。濁酒一杯琴一曲，青山端合老斯人。

泛梗浮沈巨浪滔，空將急餤付餘膏。雲端自可翔孤鵠，海上何心釣六鼇。毀譽白頭知己在，是非青史古人高。謝公縱有東山興，但恐徵書赴鶴皐。

延慶觀廢址在夷山書院右側

斜照餘霞斷復行，當年金碧影縱橫。五庚數已符苗訓，六甲兵空遣郭京。汴水至今長沮洳，天書終古不分明。青城便是黃龍府，何處瓊霄控鶴迎？

玉壺冰引爲劉子敬吉士師陸作玉壺冰，琴名。有宋思陵題欵

白雁飛來天水碧，冬花久作黃金色。東都淒斷七絃聲，彈指河山總酸惻。龍劫流傳歷幾秋，汴州重與話杭州。冰天雪窖無窮恨，都作霜空一段愁。

林少穆方伯則徐**飲席**

三伏涼風動畫檐，深杯重喜故人拈。汪少海大令方自浙至。江山癖爲耽詩好，書畫評如察吏嚴。朗抱照人雲母椀，清言有味水精鹽。吳門政事吾能說，又聽歌聲起豫閤。

王松石郡丞掌絲招游黑岡行署看荷歸後有作

頻年塵土困大梁，吟魂遙馳水雲鄉。那知絕境在咫尺，清風一拂神先涼。荷花紅白嬌欲語，自在香中晚煙舉。彤錦雲羅宛轉搖，霓裳玉佩參差舞。主人仙吏邀客來，高軒正對淥水開。翩翻欲下不肯下，疑是高唐神女臺。軒中書畫紛羅列，唐宋名賢均促膝。花香墨氣兩氤氲，人與茲花皆第一。紅闌亭子隔岸招，一舸思趁江南潮。似煙非煙吸幽翠，暑氣都向空中消。徐侯元禮作書風雨快，平澹從容出奇怪。舉杯欲倒丹霧中，擲筆思游白雲外。我今愛此不忍歸，荏苒芳馥沾人衣。會須更載月明至，一醉忘形花四圍。

久雨喜見新月

雨師何太苦，喜見月華新。意似憐嬌女，情如對故人。樓臺初氣象，草木亦精神。忽覩星芒角，江淮水患頻。

徐淞橋明府元禮見過有贈時將攝篆鄢陵，即送之任

喜從行館酥尊傾，又接高談氣益清。淥水卷荷浮淺席，黃河飛雨入高城。故鄉大好江山助，仙骨能兼吏隱名。我愛能書王內史，汪倫同約月華明。將與少海同至鄢陵，赴看花醉月之約。

酬和少海四首次韻

誰攜清氣至，爲喜酒尊同。古樹無情碧，秋花不肯紅。文章蠹簡外，身世貉邱中。莫厭頻懽會，它年付斷鴻。

一唱班都護，千秋壯士名。席邊懷古淚，塞上著書情。檀板誰能顧？軍籌未可輕。防邊須上策，且莫論姬嬴。君新著玉門關樂府。

當歌須對酒，所得是清狂。宦境千尋黑，詩情兩鬢蒼。江湖懷越夢，木石奈吳腸。孰會東山意，星河徹夜涼。

五嶽期禽向，中年興若何？山雲招客嬾，詩夢入秋多。惻愴山陽笛，酸凄瓠子歌。昔人商結伴，終擬返洪河。今冬與少海有黃河歸棹之約。

寄前裕州牧周君心如并序

君爲予友倬雲兄，與予僅一面而屬念深摯。予在鈞臺志館，屢欲往詣，以事未果，君旋引疾，蓋主者有所疑也。中州大吏多賢者，而君以疏簡遽去，官命也。夫予無力以畱君，猶冀其來會於汴。頃聞將由秦而燕，自念與君皆老矣，恐不復相見，故寄詩爲別，庶以紓其企望之私焉。

晤君苦無由，別君殊黯然。君行漸以遠，客路易改遷。弟殯既在秦，移家復之燕。生涯等寄耳，所患旅食牽。浮雲蔽無情，寒花慘奚妍。秦中不可至，何況越水千。昨歲勸子畱，今反爲子慫。知交恨無力，匪特昧幾先。方城何峩峩，征旌拂其巔。空憑翰墨遙，寫我憂思悁。

謝徐鄢陵惠盆桂二株

與君生同山水鄉，嘉卉殊種咢異常。此花况復嗜炎熱，辨別土性宜南方。渡河苦寒花事尠，但見桃李羅廣場。汴京水味恨鹹劣，撒鹽地上凝粒霜。秋花更較春日少，頗厭寂莫空庭涼。徐侯栽花試天手，和氣盎靄升宅陽。拈書妙會無隱旨，一笑神契涪翁黄。緊予交游託文字，豈有賓客工詞章。梁園秋思發歸夢，故山猿鶴招我忙。徐侯知我詩筆涸，特遣佳客吹古香。清風重爲著幽致，明月黯與添寒光。今年中秋無月。半叢珠露老仙味，一株金粟天女妝。莫嫌開放有遲速，正似人事分低昂。待君歸來更欣賞，折柬招致成都汪少海。東坡水調歌百徧，中秋有約爲予償。園林那復問李相，年壽更欲咢吴剛。人生快意詎有極，天涯行樂休感傷。梅花萬樹洲九里，它日與子浮千觴。君鄉九里洲，梅花繁茂，甲于吴越，少海盛稱之，予恨未至其地。

題孤山雪霽圖卷為少海作并序

少海夏初至大梁，即以斯圖屬，忽忽涉秋季，卒未有以應也。重陽時，約移襆見過，會風雨蕭瑟，予既卧病，少海亦不果來，病中呻吟，輒成兹篇。昔東坡序晉卿煙江疊嶂圖，以爲道友朋出處契濶爲忠愛之義。予不敏，亦竊有取於斯焉。

孤山非山乃湖骨，西湖非湖乃山穴。兩仙化去幾人來？飛入詩場古凝雪。咸平處士尊布袍，元祐太守眞人豪。詩如東野洗寒乞，相賞千秋傾濁醪。清空高格絕邊際，忽向峯巒湧晴霽。在山泉水空復清，出岫閒雲有時繫。我昔閉門曾養疴，九峯茅屋從吟哦。君因作吏屢移席，正似眉山慕唐白。與君多病嗟畧同，風塵奔走勞心胸。卷中新詩捫腹在，頭上華髮盈顛濃。此山此雪不易得，寫作畫圖亦奇特。吁嗟乎！使君處士俱出游，夢餘一鶴空山幽。

游留侯洞作洞在鈞州城外

韓亡如不出，高臥足平生。一自斯人顯，彌令潁水清。孤舟終日待，殘葉亂風鳴。歎息巢由事，逃堯豈爲名？

通藝閣詩三録卷第一

嵩山紀行

惟岳於坤輿，經緯手兩足。嵩高屹中鎭，宅土是爲腹。數州勢縱衡，千里氣清淑。水流滙澎湃，圭影測躔宿。平分兩戒盡，遙控四維伏。大哉博厚功，詮辭豈容讟。平生五嶽意，發興始西蜀。高岌遠游冠，半披野人服。縋幽覔奇蚪，耽僻采靈茯。急濤渡淩競，危徑探觳觫。阮生屐幾兩，謝客詩一束。琳腴慳莫逢，丹篆祕難讀。自憐俗緣重，弗令斯願副。空餘撫琴懷，竟抱卷圖恧。今茲歷司豫，志在廣游福。况偕故人期，欲話曩時躅。贏糧旣夙戒，戴笠且互逐。沁水清照顔，太行雲在目。是時猛雨過，塗潦困車轂。視聽悉迷茫，胸腸恒轣轆。問途歷澠孟，原野快瞻矚。大河横當前，巨艦去迅速。脫轅入肆憇，驅馬解轡縮。言經洛東邑，謹眡周召卜。都闉何殷闐，嶂峰喜環矗。欲詢香山寺，先問龍門曲。龕像鑿巖扃，伊川皺波縠。石樓基莫攷，紺宇規新築。詩老已凋零，窮禪亦枯穋。登高發遙慨，弔古悲平陸。峻嶒轘轅道，磊磊石利鏃。穹隆登祀壇，岧岧雲炳燭。茲爲降神觀，是在黄蓋麓。萬靈環拱朝，三代典禮肅。地從元魏遷，封自漢武俶。紛紛何足論，紀載汚簡牘。皇朝瀍古帝，時巡迓天祿。億萬賜帑金，章疏走方牧。熒煌眩輪構，鉅麗疑偃蹴。巖花舞翠華，谷鳥鳴黄屋。至今灌盥地，猶覺香煙馥。入門氣凝歛，循道思齋𦊓。鐵像四髩鬖，石碑百重複。衛侍勇過貔，臣鄰貌逾玉。戈矛森銀甲，冕旒表朱襮。苟非列羣祇，何以長百族？茲山宜靈柏，入廟夥奇木。輪囷未暇竿，磊砢誰敢禿？鈴驚殿角鴟，冠拂簷牙蝠。幣牲遲祠官，杯珓贊廟祝。載尋延光闕，遠紀夏子哭。奇文㪃書蒼，駮苔積痕綠。千年事奚究，雙石言誰鞫。昔傳身化熊，今見角礪犢。盧巖自唐代，草堂在幽谷。治當開元朝，語以忠信告。軒轅樂高隱，巢許契薖軸。天皇御天門，飛轡觀飛瀑。人言暑雨後，庶覩盛勢蓄。我來非其時，小憩慰此瘃。樾館委荒蕪，翠庭失攢簇。畱連下寺在，迴往錦溪洑。密如歕珠璣，鏗若奏琴筑。塵襟藉以淨，寒病奈兹蹜。石淙云最勝，牝朝吾所毒。二豎假文詞，羣工侈方幅。遂貽巖壑恥，莫洗君臣辱。餘怒鬱風雷，滿山鳴栗槲。吾生喜鞍馬，少小佩弧菔。多病苦羸頓，早衰歎庸碌。借騎試壯心，畏途殊昔夙。上下腰腳痓，進退筋骸觸。聚觀閧嬰媪，匿笑到僮僕。私疑天逸吾，將使囚脫梏。令尹愛客賢，肩輿入山麓。爰循歸途徑，因訪書院熟。幼聞嵩陽名，近覯講堂復。維聖有述作，以道爲正鵠。諸生能樂羣，六藝乃著録。仰觀虞道質，後逮周文郁。樸誠去喬野，浮藻滌繁縟。行皆中準繩，言必研菽粟。儒宗斷從孔，帝統遠溯虙。至哉斯折衷，可以參化育。庭闌眺古植，漢柏迎初旭。巨圍徑難量，翠色新若沐。枝擘力士椎，蓋張將軍纛。根無蟲蟻萃，幹絕烏鴉啄。回觀崇福樹，端可子弟畜。大名伊槩槩，爽氣猶謖謖。會善魏離宮，少林古天竺。二寺昔所聞，一游晷何促？一寺極豪華，及今凍不燠。一寺最淡泊，今乃富雞鶩。廣厦萬間宏，廚泉枯筧竹。面壁九年靜，賜田飫粱肉。六塵迭衰盛，四序有翻覆。如何僧濁清，亦係土瘠沃。嗟哉象教熾，端視淳化篤。此間既無人，彼說乃滋黷。師徒攘衣鉢，父女爭羅罷。狂噓燈燄明，捷鬥箭鋒觸。布施詫齋壇，因果駭地獄。未能悟三乘，安得戒五慾？嗟予秉微尚，泉石媚幽獨。寥廓望冥鴻，林皐友癯鹿。利塗愁陷穽，公鼎虞覆餗。供飲希一瓢，啜食冀半菽。所以甚遁懷，意在甄松菊。如何濟勝具，一旦苦蹐跼。豪情漸退之，雅致怩永叔。久居既匪元，徒步又媿涑。猶餘結習在，聊作笑談續。何年紅躑觀，幾日紫團斸。但能娛吟抱，安用授秘籙。偕行謝禽慶，晚食師王蠋。自此當息游，甘心抗塵俗。散人吾偃蹇，名賢古鍾毓。全山入包羅，鉅手待杼柚。麁陳詩誠陋，侈語神恐瀆。箕嶺有高風，遐旃葆眞樸。

北簳山人歌寄酬何韋人明經

松江九峯青且長，北簳橫出走吳閶。芙蓉一朵落空際，仙人宛在湖中央。竹苞美箭登上品，酒釀名泉浮羽觴。雲煙盡入嘯歌室，日月久住長生鄉。橘井盈潭碧波溢，杏林滿株紅藥芳。夙聞醫藥施屢載，喜見金帛來四方。詩人已是老何遜，婦孺兀自驚韓康。愛君爲德在鄉里，嗟我乞食游大梁。有親不事職重媿，賴子時過恩莫償。晏嬰三族待舉火，莊周十日須裹糧。空令交游恕傲骨，豈有芬馥供吟腸。破籬僅見殘菊在，故園應報寒梅香。君年六十重耆耉，我路二千空雪霜。室中團欒洵可樂，客裏衰病差能狂。碧山幾點望吟老，黄河一葦飛報章。與君孔李交世舊，子孫寶此毋相忘。

古人

宣父比老彭，武侯許管樂。嗟哉古人心，遙遙不可作。

禹州懷古

明月留侯洞，悲風聶政臺。龍門游俠恨，招隱好歸來。

釣臺眺雪

穹臺俯横堞，急雪灑平蕪。望古懷高士，斯人若可呼。一身悲稷契，萬載說唐虞。寒庇平生志，空愁斗酒沽。

巢父洞

巢父古何人？棲遲此山址。寓言始莊周，抗手謝萬祀。我生堯舜時，鼓腹樂餘齒。何必牽我牛，飲彼上流水。

遙送河内劉雩田明府乞養歸蜀

裁報徵黄墨未乾，驟聞歸騎促征鞍。詩人乞養緣將母，循吏留思是去官。沁水竹多憑問訊，錦江魚好勸加餐。明年我亦思東下，吳蜀相望路百盤。

留題孫處士清芳**幽居八韻**

偶因方志暇，來訪逸人居。淹雅承先世，真淳見古初。室中香辟蠹，門外磨循驢。列架千籠藥，分畦幾棱蔬。壁藏名士畫，栘積古人書。酒爲祛寒熱，方因捄庀儲。清風生户牖，殘雪掃庭除。古處敦如此，相逢輒起予。

贈胡秀才溫其如玉**二十韻**

自我來禹州，考索困編冊。衰年苦遺忘，十事九失百。胡生邑譽秀，文采振几席。家藏連屋書，口對掞天策。是宜飛黃駛，都縣走過隙。胡尚困鹽車，吁嗟負艱阸。此州有邦志，紀載星霜易。賴子榼鑿多，資予壁闕益。先民煒彤管，中壘炳遺式。後來采掇繁，未免滋粉飾。得君起凡例，多寡庶準則。藉手觀厥成，素餐吾斯責。鈞臺古文獻，良楛在蒐擇。鉅宜挈綱維，細亦探幽賾。匪徒詞章貴，抑迺彝訓繹。選雖放昭明，體實宗典籍。予於州志外，欲別爲禹州文録一書，倣會稽章典籍〈文〉學誠永清文徵例。會將去禹，屬君成之。緊予客將去，顧子學彌績。菽水有清風，詩書承舊德。春光妙澹沱，山氣紛鬱積。看子上雲衢，吾生倦行役。

早春發鈞臺

春光寒薄暮，客路久如家。沙地天微雪，煙林柳漸芽。

長葛洧川道中

寥落潁川郡，清風被澗阿。黃韓人已遠，溱洧水微波。麥隴响膏雉，桑田育繭蛾。古來循吏績，端是此間多。

赴禹州復雪

二月風光殘雪裏，半生病思淺杯中。碾渦易側愁深轍，橐硯難尋任倦僮。

車中望崆峒山

崆峒山色白雲中，十日重來一病翁。垂死不知聞道未？天師猶擬訪邨童。

鈞臺書院感傷前學使吳巢松司業因呈幼懷

科第天人占上頭，才名詞賦徧遐陬。一從縞紵投吳下，又到車芻慟豫州。弱子已隨仙羽化，賢兄難共樹荊留。哲兄星階蜀中舊好，卒於瀘州。祇餘手迹憑題牓，空付知交話舊游。書院額字爲巢松所書，幼懷以爲疑出予手，故及其語。

寒食日約出游不果

年華中歲頓成衰，風景天涯亦可怡。夢醒忽聞喧語雀，春深猶未變枯枝。已令寒食成虛負，何用名山結後期。獨醒太孤沈醉病，祇應藥酒藉扶羸。

偶作寄弟

枕上晴聲噪亂鴉，同心人奈隔天涯。匆匆客裏過寒食，淡淡斜陽下杏花。五畝歸耕眞得計，一年春事又離家。中州芳草無邊綠，慰爾閒居感歲華。

廣通寺看諸花未開有作

滿院花栽欲弄姿，丁香澹綠紫荆遲。海棠含蘂尤堪愛，正似嬌茶學語時。唐人以小女爲茶，見元遺山詩註。

汴梁鹻土味多鹹，苦井澆花意不堪。何似崆峒山色翠，神仙窟宅水泉甘。

上巳後一日赴汴道中寄禹州友人

浴蘭剛上巳，折柳又天涯。腹痺偏多雨，心空益畏車。「心空近畏車」，予舊句也。暖風千頃麥，初日一林花。獨有離羣感，空添潁水嗟。

將去禹州獨游留侯洞有作

空同山色青岧嶢，書堂玲瓏迹亦遼。神仙山水兩孤負，塗潦濡轍行搖搖。一春苦雨花事晚，卻喜上巳孤游遨。北山雲氣吞天白，紫翠嵐光含日夕。三翻潁水響深宵，一彴平橋渡行客。我來空自抑高風，抗手雲端揖仙伯。封侯事業不可期，辟穀心事吾能知。圯橋未暇從黃石，商嶺猶堪餌紫芝。

閩中詩人張亨甫際亮由梁入都馬小眉通守招游吹臺因事不克同往晚赴其宴張君有詩輒次本韻贈別

歌舞久隨前輩冷，謳吟還待後賢來。春當客路難爲別，人到中年轉悔才。碧草連空古梁苑，黃金招士舊燕臺。酒壚有土年年築，惆悵飛英手底杯。少陵懷吹臺舊游詩：『憶與高李輩，論交入酒壚。』

送小眉通守之任汝南

皖桐山色白雲連，幾載夷門歎滯延。別駕古來才驥足，汝南月旦地龍淵。酒傾不落眞神物，花到將離是別筵。且喜著書從事暇，新詩還附遞郵傳。

茝林方伯寄練湖三圖題冊屬賦

上湖下湖半湮廢，黃金黃泥二牐名新築楗。關中漕便當時策，越水圖憑子固傳。水利東南原裕國，人謀岳牧定回天。曲阿舊有先公議，閩澤宏敷賴後賢。先公昔佐孫文靖公江南幕府，有代撰開濬徒陽運河疏槀，今存家笥。

淞泖行梁茝林方伯疏濬淞泖，客爲繪圖，書來徵詩，因寄斯作

吳江水入淞江流，吾家遙對江水頭。方泖湮淪長泖蹙，僅餘圓泖開平陸。梁公利濟今巨舟，手訂圖籍興田疇。橫塘縱浦計深廣，鶴渡雞墩通淤留。抗章昔聞瓊裔海，明巡撫忠介公。摳衣今禱星沙周。雍正初松江知府周公中鋐。誓將民事爲身事，直取輿謀定國謀。從來治水關利害，擇害惟輕利從大。帆檣屢宿碧浪中，歌倡遙訓白雲外。我今負米嗟遠行，故鄉雲水不勝情。徒將蓴菜鱸魚興，遲向秋風作步兵。

白芍藥

霓裳雲帔五銖寒，澹過芙蓉瘦牡丹。今夜月明風定後，玉人扶病倚闌干。

贈友三首

嚴仙舫大令芝

嚴生天下士，謹慎復誰如？口戒秩筵酒，君本善飲，今止以十杯爲率。家傳經世書。貧猶遲薄俸，才共惜閒居。寥廓中州地，端應爲國儲。

史梅裳明經襄齡

游倦江南後，梁園到未遲。坐觀橫列宿，醉畫自吟

詩。長句應無敵，狂歌或有知。草香花撲罷，搔首不勝思。『草香寒食路，花撲綠楊城。』君所吟句，以畫箑端。予愛之，因用見貽。

黎星甫上舍丙壽

廿載未相識，相逢老大身。弟兄憐汝在，父子愛吾眞。謂雲屏觀察丈。駿骨燕臺路，牛腰衛水輪。君將曲衛河泛舟至天津。平生餘士氣，留待異時伸。

三伏苦雨

當暑豈不樂，其如憂歲情。庭閒鏗果落，砌冷唧蟲鳴。永晝疏簾捲，中宵裌被輕。天公仁愛意，端拄濁流傾。

憩林十八韻有序

觀察黎公學錦，於大梁試院西別構小築，因增福庵故址拓而新之，取孟襄陽詩語顔曰『憩林俯』。徵鄙詩，因題十八韻呈教。

紺宇重營室，文星本聚奎。爲經子闉北，別築給園西。陂阜循依麓，溝渠曲導溪。參差開翠碧，明徹劃玻瓈。積雨嗟塗潦，緘滕困轍泥。兩行成直道，十里作平隄。塔影凌空挂，林光映月迷。英靈河嶽壯，精氣日星齊。地敻高岡隔，城長曠野低。啾啾喧鳥雀，唼唼浴鳧鷖。車蓋憑來往，壺觴任取攜。暫游魚亦樂，欲去馬頻嘶。梵隔林端磬，冠傾李下蹊。詞人趨幕府，才子接雲梯。謂哲嗣星甫。顧我綈袍舊，從公蠟屐躋。梁園慚昔賦，蜀棧憶前題。蘭詠今徵孟，棠陰後屬黎。平生邱壑興，隨處樂枝棲。

重九雨中臥病翌日少海自曹砦以詩來因賦八韻奉答

風雨懷人日，江山作客心。病軀餘嘯詠，佳節罷登臨。泥淖車艱出，方書酒止斟。市餻題未穩，籬菊插難任。鶴警山中夢，鴻嗸澤畔吟。素書渾斷訊，江南秋試改期九月。華髮不勝簪。蔣徑吁卑濕，梁園歎滯淫。自慚千里駕，孤寂擁寒衾。

送祥符鄒明府鳴鶴**入都**

相逢何意蓋頻傾，交合端從古性情。蒲柳豈堪充世用，驊騮眞不愧人英。時清合養和平福，身賤難高出處名。漫道游梁先哲事，夷門猶自媿侯嬴。

相國寺云是信陵君故宅感作

魏國山川久夕陰，信陵祠宇亦蕭森。河流自瀉宗臣淚，霜氣渾沾過客襟。千載兵書甯有法？暮年醇酒劇傷心。古亭舊館都陳迹，月地長流梵唄音。

雪菊辛卯十月初大雪，餘花多有萎者，獨黃菊不敗，感而賦之，因簡少海

幾陣西風幾陣霜，便吹殘菊過重陽。要知白雪威稜重，更見黃花品節香。詩待餐英振冰玉，人遲送酒臥柴桑。嗟君偶寄籬邊住，鶴髮盈顛正不妨。

贈楊海梁中丞二首

重臣分陝領中州，文武雍容器量優。父子一家唐郭令，兒孫七業漢元侯。東山志在功名遠，北闕恩深譽望酬。元氣太和風雨會，轅歌長祝璽書留。

公餘開卷忘崇班，溫霽常瞻愛日顏。匹馬行河燈熖黑，戟門如水鳥聲閒。板輿就養來千里，場屋掄才廣萬間。一德君臣眞際會，願將少室祝嵩山。

謝海梁中丞送瓜

萬里來西域，雙瓜貢北堂。倖從廉吏割，羹異小人嘗。色貯承筐翠，甘凝冰讀去。齒漿。明公能錫類，菽水意何長？

輓陳午橋通參鴻**二十韻**

聖主龍飛紀，孤臣鶚立朝。陳書多諫諍，託興有歌謠。舊握文章枋，分馳晉豫軺。碧雞驚翰墨，丹鳳絢雲霄。給舍司封駁，清卿激薄澆。雪隨桓典馬，風冷阮孚

貂。道味研覃久，鄉情夢寐饒。閉關恒偃息，展卷暫逍遥。南室沈憂夜，西河屑涕朝。所遭紛感慨，於意益蕭條。一夕淒霜隕，千秋朗月消。谷中悲蕙隕，澗底歎松凋。分忝知交末，心期古處要。耦耕曾結伴，壑徙倏移船。鵬識占胡速，魚箋字未銷。潘楊憐舊戚，班尹會何宵？古直今誰是？遺書意獨遼。丹旌歸日遠，青簡後來昭。薤露增哀挽，楓江泣大招。空將知己淚，灑寄越中潮。

寄呂月滄郡丞粵西四十韻呂係桂林永福人

寥濶懷人夢，艱辛作客途。六年同調隔，千里計程紆。苦憶論交日，相逢季宋都。諸賢盡南國，高會必西湖。明越遨游數，汪少海。王竹嶼。伴侶俱。閒行蠻榼挈，小立市筒酤。譚藝淵源廣，吟詩骨相臞。蹷蛩欣逐隊，松柏悅同株。一自梁園別，頻嗟浙水逾。鯉書時鄭重，駟驛歎崎嶇。僕作諸侯客，傳餐愧旦餔。君披循吏傳，衆口給饘餬。賢否都堪笑，詩書各自娱。但留精白在，甯患雪霜渝。昨見南來友，劉觀察肇紳。言君歸去塗。全家載琴鶴，薄宦戀蒓鱸。山爲攔蠻險，塘因揭帝趨。丹砂憑訪葛，韶樂合聞虞。似此眞仙逸，移家入畫圖。嗟予塵土溷，致爾菊松蕪。爲有論文札，因思賣酒壚。延陵懷舊友，宗老失通儒。君來書言在浙時，與吳明經德旋往復，備聞惜翁先生論文之旨，深以爲幸。予既喜君得所宗尚，又深愧往者言之不盡也。遺緒言猶在，眞傳意不誣。詞兼綜韓柳，理必暢程朱。古調人嗤拙，羣經義作郛。定教膏馥遠，不使德鄰孤。媿與庾生席，空吹齊國竽。羣材今輻輳，大雅孰輸扶？髮種兒童笑，神惛弟子愚。指僵愁握管，腹痛憚提壺。擬放東歸櫂，猶維北飼駒。未嫌秦士賤，終歎魯生迂。道遠思騏驥，歌長聽鷓鴣。粵巖千碧筍，灕水幾靈珠。妙翰山濡竹，遺編澗緝蒲。佳兒勤入塾，小婦佐治廚。天爵斯爲貴，人材道固殊。凌寒重丹桂，凝眺極蒼梧。落落憐知己，迢迢與古徒。寄書君信否？眞擬作潛夫。

陶查仙舍人際堯**自都來汴垂訪因同游吹臺有贈**

聖湖茂苑挹風期，又到梁園握手時。壞塔影疑龍刼換，征車行想越船遲。天涯寥廓憑書卷，世事蒼茫付酒卮。全晉山川吾未到，因君重舉老彭詩。君將由晉返燕，篋中攜亡友彭甘亭詩集。

五月二日鍾泉招小飲星明而雷繼以大雨雹即席有作兼呈顧晴芳茂才

星斗縱橫濶達胸，雷聲倏忽起何峯？味含蔬筍參詩偈，語雜冰霜戰舌鋒。病骨尚耽晨氣爽，宦情不敵酒懷濃。故人卅載還相見，世事浮雲歎幾重。晴芳哲兄晴芬侍郎已於去冬謝世。

書劉靜脩答或者以所注孫子見示之作詩後柬星甫

軍旅尼山遜未工，如何我戰自從容。要知欽卹虞廷意，也寓藏機越國鋒。諸葛何妨進韓子，龍圖更勸讀中庸。古來上哲誰堪語？且拓湖齋試事胸。

夏曉二首

餘光流曉月，清氣引晨霞。潛泳魚依藻，微香棗作花。

鮮新翫草木，徘徊望河漢。鼃附藻痕懸，魚驚人影亂。

夏夕二首

荷葉綠于羅，榴花紅似火。風恬鳥聲寂，月落星光大。

露葉花浮氣，月波魚在空。清談何所得，兩腋易生風。

急雨

雨迎人面灑，雲徧屋頭遮。風力橫飛瀑，雷聲倒輥車。麥收欣已穫，河勢浩無涯。歎息愁霖咏，經年詎可嗟。

偶詠

王維山中人，魯連天下士。試問輞川時，何似圍城裏。

三伏苦雨作

南北天時異鬱蒸，昔人風景感新亭。吳天梅雨秋霖夜，身在梁園六月聽。

積潦中至禹王臺車次口占

城隅積水釣魚偏，城外賣瓜人壓肩。冷雨濕雲濃樹底，正如南鎮櫪頭船。

劉生一首書劉明東集後

太息劉生沒，斯才最出羣。高談能震電，健筆竟陵雲。陸賈裝猶儉，相如酒易醺。師門同異語，徵信故人文。江寧管異之同爲明東作集序。

新正廿五日鍾泉招同星甫及謝果堂刺史興嶢嚴仙舫袁素山兩大令偕集吹臺作

平沙漠漠遠生煙，難得游人轍迹聯。潦後亭臺仍往日，晴來草木自新年。區田最愛盈流繞，壞塔空餘半截堅。差喜鄒陽吹律暖，迢遙師曠白雲邊。

送鄭子硯鑾令魯山

昔聞元魯縣，于此築琴臺。鄭子江湖秀，絃聲腕底來。青山名士影，明月故人杯。合繼濰州績，殷勤治譜裁。君從祖板橋先生宰濰縣有循聲。

偶詠魯仲連魏公子無忌一首

結客魏公子，遨游魯仲連。斯人當戰國，風義動高天。長揖辭金日，悲歌縱酒年。生平嗟已矣，懷古重淒然。

鄒野存布衣禾芝田養秀卷

君家道鄉有名德，千載遺書人寶惜。當時一鶚振朝紳，霜毛九皋好顏色。君今垂翅來大梁，胸中書傳松花香。古言有子萬金產，他日看君雛鳳皇。

殍屍歎并序

道光壬辰秋，吴楚齊豫諸省大雨水，災荒徧地，淮揚間尤甚，蓋流民聚集所也。毘陵鄒布衣禾往來諸州，目擊其狀，筆不忍言。今夏過予，詳以見語。嗟乎『天下良民多矣，不肯爲盜賊，願爲饑民，迺爲餓殍。』布衣玆四言，非天下之至痛者哉。予哀其意，爲作殍屍歎，用示君子有心當世者。

靑龍壬辰水橫溢，癸未潦災均一律。人言荒象最淮徐，澤國蛟龍入民室。上流浮屍不可當，遠自三楚來維揚。紛紛魚鼈共攢食，餘骨乘流歸海王。漁溝以北更愁慘，餓殍載塗天黮黕。衣衫狼籍人未殊，肢骼零星狗爭噉。民間土坑設豈無，可奈骸積高山嵎。行人掩鼻輒疾過，長吏蹙額空長吁。我聞惡人服上罪，肅殺天行霜雪矔。嬴秦車裂李斯刑，淮南覆盛彭越醢。此曹懦善如雞豚，身逢盛世長子孫。生難一飽死餧獸，人不如獸獸食人。哀哀赤子九州域，忍死不甘爲盜賊。未塡溝壑此須臾，當宁憂勤增菜色。埋胔春陽品彙蘇，東南大吏切民瘼。好將遒鐸千聲響，代寫監門一幅圖。

臂痛

平生所好在多聞，誤逐鈔胥浪策勳。作字遠慚虞祕監，病鈎翻類武安君。于今卷軸空遮眼，自古光陰道惜分。任被莊生嗤物化，天公差許息勞筋。

眼痛

老眼羞明愛索居，沈沈默默意何如。雄心易盡先辭酒，積習難忘又展書。夙昔神仙憑食蠹，頻年博士悔徵驢。莫嫌寸地收功晚，直擬齋心返太初。

寄毘陵管孝逸大令繩萊**二首**

侍御當朝傑，淸名鶴立偏。文章僵籍湜，風節並曹錫寶。錢。灃。溫厚停雲什，憂危厝火編。迢迢詩史筆，未盡衆人傳。時以侍御遺書刊本見寄。

愍孫傳祖硯，文字意如何？鄭重遺書業，家集外復刊王崑繩遺文。蒼涼勞者歌。寄詞刻二卷。宦貧嗟產減，身病得詩多。歎息都門別，淒風廿載過。

寄梅伯言曾蔭**詢管孝廉異之**同**遺文**

契濶兩生久，廿年存歿殊。九原師友在，千里信音孤。澤國頻災浸，殘年尚道塗。遺文求孟六，一爲訊潛夫。

題王竹嶼楚輶紀略

雁戶彫殘魚艇溢，乘槎眞欲上青天。東山不忘蒼生事，卻藉虛舟濟巨川。

三益齋漢瓦硯歌送子齡明經南歸有序

三益齋者，洪稺存編脩齋名。貯漢瓦硯及銅爵、漆鏡三物，各爲之銘。編脩謫伊犁，攜硯與漆鏡自隨。銅爵適時戒飲酒，命子持歸。在西域得病，幾死，遺令僕人用硯、鏡，徇及放還，乃合三物名其齋。編脩歿，硯歸季子齡。孫子齡持來大梁，予獲見之，許爲作詩。會子齡以事歸江南，廼歌以贈行。

天山山上一片雲，謫仙飛墮江南身。天山山頭太古雪，古瓦燒殘漢家穴。謫仙掉首去不回，遺硯隱隱生風雷。早隨通儒晚才子，卅載更復登梁臺。漢家宮闕千萬瓦，瓦解嬴秦定天下。瞳瞳赤日照人間，大地全教冰雪瀉。雞關已從婁敬入，鳳闕遠聞酇侯寫。後來零落幾琉璃，猶爲名公足揮灑。編修得此良自珍，訓詁毛伏辭卿雲。朝注千言鬱經義，夜吟百什徵雅文。名山久藏稽古業，絕域更策從戎勳。家風萬石端有自，世寶滿籯何足云。諸郎才氣皆熊虎，季子瑰琦吾所慕。質行眞兼義士風，辭章一洗時流痼。東京人物渺無聞，敬爲先生瓣香炷。謂編修。古壁漆書科斗秘，洿池墨汁蛟龍怒。顧我蟲魚瑣碎箋，重君珪璧神靈護。即今把臂幸無違，呵凍連宵朔雪霏。游梁辭賦高枚叔，入洛文章邁陸機。忽攜鴟吻一朝去，不爲蓴羹千里歸。高齋長物爵與鏡，對此萬丈生光輝。君不見？先公事業傳人口，匪但才華傾八斗。君今砥行兼立名，片瓦區區笑凹臼。

書彭湘涵集後示單明經師白兼柬江蘇撫部林公有序

虞山單君師白未識湘涵，評注其集，凡所欣賞皆中綮肯。予謂世人皆知湘涵之美，而不知其所以美。蓋行誼風節遠邁流輩，文字又皆發源古人。凡應酬世俗，多出於不得已者之所爲，觀者固當有以知其深也。予既雅重其人，又感單君之意，載以鄙言系于書末。今江蘇撫部林公於湘涵爲故交，風義最篤，在汴中曾以其身後事見問，因亦書以寄之。壬辰仲冬至後五日。

鳳凰鳴歸昌，駢伏鷹隼鷙。萬樹犁花春，不敵醇酒醉。既知四始遺，方識五經吹。疏者公品評，親者永氣誼。老彭吾執友，于世一無嗜。才子希聖賢，所嗜在文字。顛倒匡濟才，貫串典章義。少經邊塞險，老歷賓客位。文章極纖穠，性情廼眞摯。口無臧否言，手絕摴博戲。世人睹毛骨，但賞驪黃異。誰識超風塵，跬步千里至。嗟予實檮闇，列俎置虛洎。賴君時提撕，箴頌互相畀。學道吾豈能，感君不我棄。單生節介士，辭采尤密緻。盪滌繁穢文，精究奧博意。卅年塵軌卻，乞食淵明媿。傾襟愛君作，一卷手弗置。間亦有抨彈，圭璧寶醇懿。昔嘔長吉心，今痛永興臂。單君來汴，以評本見示，言向日因評點致臂疾。林公古岳牧，交友久逾記。緬惟平生言，猶喜虎賁儗。遺文光萬丈，未可箱篋閟。弱弟聞杜門，丹青工藝事。公如憫遭遇，曷爲謀饔饎。生雖厄奇窮，死或釋鬼忌。持此慰故人，迸灑九泉淚。

朱仙鎮咏朱亥墓并序

汴京遺蹟志云亥墓在開封西南朱仙鎮，鎮之得名以此。東坡作詩例諸齊豹，予以爲亥與豹不同，史遷書他事或乖春秋義法，獨兹則否，爲詩正之。

信陵擊秦軍，義在急鄰難。有如桓文霸，攘楚炳若丹。雖非王者師，遠勝它國孱。春秋大夫事，出境例得專。後賢有異義，揆度誠未安。朱翁慷慨人，悲憤激肺肝。鐵椎怒一奮，千載凄風寒。至今汴水濱，鵠雁鳴哀酸。或言晚仙去，徑拍安期肩。我疑東海君，或是子所謾。子房共攜手，遨戲碧雲端。笑眎世上人，朽骨蟲蝗攢。

畫竹歌贈郭羽可孝廉儀霄

我聞畫竹擅名字，乃自唐代王右丞。至今開元寺中兩直幹，古壁矗立千年冰中間。文與可下逮吳仲圭，王紱夏㫤亦佳士，其他庸史合受詆。英英郭夫子，獨立西江水。胸中浩浩千頃雲，筆下迢迢歷年史。陡然決起碧玉竿，墨瀋騰海淵蛟蟠。空江無風波浪濶，太陰到空煙雨寒。楚妃黔客不可以夜語，猿啼鶴怨愁辛酸。古云寫竹怒所寓，怪君和平頗有度。心虚節直韻復高，正似此君全雅故。旁人絕倒那得知？我向君詩獨妙悟。君今既工詩，內行淳篤良可師。君今復善醫，奥義細測靑囊奇。世間能事一手盡將去正使，吾輩十指坐笑長如椎。中州風沙苦塵土，梁苑淇園浩懷古。向君乞取三數莖，憑仗新詩生好語。

掣鯨引為固始蔣子瀟明經作湘南。君爲亡友司業慈鶴門人

君不見李謫仙，騎鯨涉江飛上天。四明狂客共攜手，舉杯笑擲明月圓。君不見杜陵老拾遺，歸來徒步好草堂。隨處足放吟跋浪，鯨魚四溟小杜陵。苦愛謫仙詩同是，狂鯨碧海奇揚鬐。鼓鬣一千里，生際開天極。盛時翰林吳侯好，才調九地九天恣騰踔。中州才子賞元卿，尺水縈回具洲島。東游未已西羌渾，天池暫息六月鯤。大魚如山不敢動，陽鱎么麼安用吞？我思歐蘇古風義，潁水波搖醉翁醉。可憐南國竟招魂，空向西州輒揮涕。君今過我出此圖，酒酣耳熱相歌呼。仙人不歸白雲卷，海水蓬萊幾淸淺。吁嗟乎！一鯨區區何足勞？犗餌看君連六鼇。

中秋後一日子瀟過書院因邀師白同集

去年玆夕雨盆傾，昨夜微陰月不明。且喜今宵銀轍朗，不妨知己酒杯清。樓臺大海遙難即，河漢中州影易橫。缺陷古來何限事，莫嫌蟾窟有虧盈。

九日雲屏觀察丈署後小山登高示羽可星甫

與君相約上繁臺，豈意同傾山簡杯。月暗北樓憐舊雨，菊看東閣抵官梅。萸何須插方知健，餻縱能題詎是才。各有高山千古志，梁園何止論鄒枚。

復和羽可韻一首

落拓生涯汗漫游，浮雲何處指高樓。客來天外欣交臂，菊在籬邊滿勝頭。行子情懷憐把酒，美人身世易悲秋。莫嫌瘦影如花澹，憑仗明燈四壁收。

章丈學誠**遺書書後**爲令子華紱作

漢廷儒術苦紛糅，良史三長妙獨操。窮老一編非國語，丈著撰多與先儒說異。牢愁千載反離騷。學嗟子政藜然遠，文喜中郎帳秘叨。晚向梁園問耆舊，肯將金玉掩蓬蒿。

明徐文貞公端石碑像超果寺內

宰相當年善救時，照人心事鑑鬚眉。漫論牛李同朝怨，千載人來拂蘚碑。

鉅公椽筆擘窠書，日日臨池洒墨豬。誰把當年壇琖薦，齋中雲氣待華予。事見南吳舊話。

尹公渡揚州南門城外，以雍正中太守尹公會一名

我經召伯埭，輒發東山慕。後來懷古人，誰問尹公渡。

清江舟中詶寄山陽盛子履學博子履見示刊集，有甲申冬和家弟寶應勘災兼荷寄示之什，感重其意，輒次元韻酬之。勞者之歌，不自知其況瘁也

中州白雪倡，吹落碧雲端。謂前歲寄詩武陟。負米憐予拙，吟詩笑子寒。一帆江上水，七品古來官。薄宦天涯事，人生亦大難。

大梁城外送陸心蘭方伯言**靈輀南歸示鄒鍾泉郡丞鮑閬如明府**

幾處旬宣譽望隆，當年臺閣凛生風。膏煎楚國悲龔勝，情慟州門哭謝公。東閤漸吁賓館冷，西湖誰表墓阡崇。名賢事業知何限？留待門生補簡終。公爲政學録，僅及二十人而卒。二君將終其事。

四月十八日喜雨呈海梁中丞八韻

鄰部頻憂潦，炎方更出師。中州會風雨，腹地係安危。崧嶽雲興速，河流電激馳。雷聲方隱隱，日影尚遲

遲。宿麥猶含雪，新泉定滙池。鳩鳴飛别樹，蛙響競前墀。立起苗禾秀，潛欣草木滋。轅歌能擊壤，試和樂天詩。

通藝閣詩三録卷第二

碧血碑并序

碑在蘭州督署側拂雲樓下，爲明嘉靖間建。其餘皆有凝血如鮮漬者，云明末闖難時遺跡，志乘佚其名，楊時齋制府文名之曰碧血碑。少海書來徵詩。

古忠臣，血化碧。今忠臣，血凝石。忠臣名字人不知，忠臣心事天所悲。黄河流枯拂雲倒，茲石光芒徹天表。

湯公石并序

湯文正公京邸有石笥二，和珅當國時移置諸家。事敗後，有知之者以歸江南會館。高麗使臣來訪，拜於其下。人乃益信都人賦詩，予亦有作。

尚書在外民所思，尚書在朝衆共擠。豈知區區一拳石，身後權奸翻愛惜。當時廟議阨江都，此日聲名動蠻貊。君不見？吳門綽楔臨江介，民不能忘今下拜。蘇州胥門水次，民不能忘石坊，士民爲公立。

荅昭文單師白明經學傳見贈

多病相如已倦游，梁園何幸接枚鄒。樂天風月三千首，吟盡司州到汴州。君最愛樂天詩。魏晉時謂洛陽爲司州。

大梁中秋夜苦雨

水潦頻年告，中州雨又恒。漢津迷氣色，崧嶽失鋒棱。圓缺悲歡事，陰陽咎沴徵。文場正鏖戰，辛苦說飛騰。時方扃試。

十七夜喜見月色

一雨連八日，出門車轍傾。忽逢新月色，如見故鄉情。預喜今宵睡，空嗟破屋撐。試瞻河漢影，茲夕倍分明。

廿一日夕復連雨

轟轟復轟轟，奔豗百萬兵。日霾坤軸影，風挾濁河聲。枕冷頭難著，衾濡夢不成。愁霖端有詠，悵望故人情。

偕師白子齡步延慶觀外隄岸觀渠潦積水渠即宋汴河遺址也

咫尺人如隔素秋，數弓地亦夐神洲。天垂野澗收雲脚，水抱城寬積古愁。西北屯田今日事，東南輓粟昔人籌。與君喜霽情何限，合有吟筒遞唱酬。

寄子樞德州題家書後

節近登高句易成，卻勞小杜賦新晴。雁行不向江南去，漏永鐙殘聽一聲。

贈劉綏齊明府文福君家京口

庭留艮岳雲生石，甕貯中泠月浸泉。此去香山山寺路，新詩早爲故人傳。時將之洛陽讞獄。

次韻詩舲提調山左秋闈紀事詩二首

屢從津逮溯方舟，仰止前賢願御騶。伐木詩歌眞入雅，傲霜花事不驚秋。君眞厦屋兼思廣，我似王官合署休。場舍掄才辛苦地，文章曾白幾人頭。

山左游蹤記卅年，每瞻東岱意超然。銜杯自佇天中月，今年中秋大雨。浣筆遲題歷下泉。予生平未至濟南。蘗遇梁公方著效，驥無伯樂若爲賢。免園掃禿陵雲潁，又和東坡試院篇。蘇集試院煎茶詩乃杭州監試時作。

又次韻寄家弟二首

學道須乘萬斛舟，嬾從齊國問三騶。稻粱儉歲烏棲畝，風雨天涯雁叫秋。奉檄情悰愁拙宦，舞斑心事祝歸休。卯君早結躬耕約，肯待他年雪滿頭。

肱被融梨共幾年，家庭師友倍驩然。爲求南國親舂米，季路、曾子皆有南游負米事，見諸子。竟別東佘手鑿泉。筆塚自嗟文字老，硯田終望子孫賢。迂儒珍重無多語，莫忘扶風萬里篇。謂伏波誡子書也，『萬里貽書』，語見本傳。

竹嶼督治江防事竣復將乞歸書來有詩賦此奉荅

君客荊門我豫州，吹臺遥望仲宣樓。閒雲暫出歸仍急，舊雨無多老更愁。是處山林誰大隱？古來江漢有東流。重逢便結芒鞵侶，禽向相偕汗漫游。

海梁中丞述仲秋防河近事感賦

三河今歲歎迍邅，猶慶中州福澤全。南河北永定河皆患漫溢，東河幾決，幸而獲濟。水自濤瀾終入海，人因慈愛竟回天。帝廷倍切堯咨儆，臣職能修禹貢篇。失喜吾魚差免患，河清獻頌待明年。

師白以詩集見示率題卷首因示子齡

我愛虞山山水淑，把君詩卷在游梁。幾多句律傳宗武，君子恩炳隨侍。一半篇題屬孟光。楓葉又添吴苑冷，菊花仍作晉籬香。拍肩賴有洪厓侶，欲解牢愁共酒觴。

閏九月廿七夜大雪簡師白

君住虞山我九峯，幾看縞脊照初冬。泖湖蘆白三千頃，吾谷楓丹一萬重。徧地雲痕香穲稏，沿溪人影醉芙蓉。無端抛卻江南去，又對梁園雪菊濃。

孟冬朔日過相國寺看菊作

小雪前看大雪颺，酒人又過閏重陽。東籬任壞空中色，丈室來尋靜裏香。交久何須開頃刻，客有談吴僧能種四時菊者。僧高原自傲冰霜。不嫌衰病頻相溷，更乞天花作道場。

書竹嶼感逝草後

卷中名字半相知，髣髴延陵墓劍期。卻悔生平倫紀恨，廣交添得哭人詩。

送徐淞橋明府靈輀返浙因簡少海

來是羈單去累多，君隻身客汴，及家室至，則君已卒三日矣。

嗟君天道問如何。栽花已悴淩寒幹，君攝篆鄢陵，貽盆桂二株，予南歸後以寒凍死。對酒愁聞感逝歌。長往客原知傳舍，重來人亦歎觀河。舉喪歸骨良朋事，邢參軍牧終君身後事，鮑明府承燾護喪歸浙。執紼徒傷涕淚沱。

題師白賓待錄翁月如大家遺詩後次韻

婦職顧重言，閫閾良可嘻。詎知簪花慧，翻類十指椎。琴絲在御鳴，宛協左右宜。隱歌偕德曜，天壤嗤凝之。月幌乍虛夜，星橋初斷時。沈沈玉華閣，長與鏡臺辭。可憐秋掩篋，無復暝然脂。千秋詠彤管，珍重此三詩。

黃河舟中雜詩四首

北來苦塵坌，見水輒清眼。每覩維楫行，不覺笑口莞。昔行半水陸，茲歸得所揀。卷置圖軸繁，顧謝舟車羼。辭齊意殊戀，反魯心自赧。艱求飯盈盂，夾貯書兩版。榜人每相勞，爾我意何柬。所貪勞筋弛，猶懼弱膽戁。祇惜兩岸山，寒綠失巉巗。

朝聞風聲激，暮聞水聲厲。客久習固然，不復問陰霽。冬行風自北，貪此利涉濟。如何阻石尤，帆腳設乃贅。飛鴻翔雲表，沙樹渺煙際。我歸急覲省，遐哉沐神惠。資裝與奴偕，酒食隨衆祭。人生通塞事，往復當審諦。讀書意良佳，養痾心亦憩。

昔人詫巨觀，浩浩臨大河。供奉馳高帆，步兵揚洪波。當時俊豪輩，擊裾相經過。前船羅酒巵，後櫂發謳歌。何時付寂寞，賈舶空嵯峨。逐利固無益，噉名亦云何？治生媿纖悉，末俗遭詆訶。每諷貨殖篇，臨流涕滂沱。

北河始懷州，隄汎凡幾程。送河入東海，中渡大梁城。土牛列纍纍，突兀送復迎。螭蛟隔波瞰，人馬同舟行。魚跳觸宏網，雁啼雜哀更。餅餌烏鳶啄，紙錢神鬼驚。雷電光氣齊，大河挾悲聲。既臻揚徐界，差慰鄉土情。遲遲爾毋慭，幸此千里平。

黃河船櫂歌七首

汴州行過復徐州，直送黃河到海頭。報道銀潢天上落，一條橫貫九州流。

日日東行霧采微，偶聞人語水邊扉。青山每向中流沒，況是中流影本稀。

嚴冬天氣肅無加，幾處冰棱走傳車？誰信黃河十月節，電光横掣紫金蛇。

水手游民指幾千？惡風巨浪拍空顛。寃魂何處招哀些？爭向中流撒紙錢。水手溺者不能拯救，同伴焚紙錢而已。

年年霜降慶安瀾，秋汛先從伏汛看。容易順風兼順水，祇愁關吏有遮攔。

漢唐船漕運如神，汴宋河渠舊蹟湮。帆檣行到陝州住，砥柱生來愁殺人。

下船搖艑兼挂篷，上船全靠一帆風。長年懊恨攔黃壩，不許儂船更向東。

清江浦

江淮天設東南險，更屹洪河立巨防。帝遣重臣司鎖鑰，河督、江督皆駐節於此。人招估客集帆檣。一隄命與蛟鼉共，十月身隨雁鶩翔。誰信卅年公路浦，往來容易鬢成霜。

浦口出港大風泊

暴風江上緊，急雪浪中飛。命與蛟龍奪，身眞草芥微。此行當歲暮，何處說春暉。忠信吾何有，垂堂戒弗違。

磨盤山

盤盤磨盤山，穹勢入天碧。客從中原來，望望去咫尺。江淮廓遐眺，千里在几舄。目盡落日黃，手招飛雲白。平生五嶽興，晚歲幾游屐。差欣故鄉邇，不覺人語夕。遼哉秦蜀游，未敢忘險阨。歸去止斯山，因風歎行役。

清流關

少諷究公文，形勢夙所嚮。暮年此經過，意興少跌宕。略資水脈潤，一洗塵氛漲。矗石削横梯，陵空作飛障。周宗既三駕，宋祖遂繼王。天欲平東南，一丸安足抗？古人貴設險，義勝氣自壯。十萬亦奚爲，臨風徒慨慷。

細雨

詩老騎驢入劍門，萬山深處暮煙昏。誰知平遠江南路，細雨梅花也斷魂。

詠古

成非彭城哀，主乏三顧志。辟穀與草廬，二賢終古事。

荅贈陸萊莊郡丞我嵩。時寄其浙東游草

與君比邑居，未通連牆謁。郵我一卷詩，隱几對殘雪。江山挹奇秀，懷抱寫清發。古人去已遙，留此半輪月。照見妙明心，冷然醒毛髮。雲光繞衣袂，海氣浸石骨。誰歌游仙詩，欲訪眞隱訣。浙東吾舊夢，草樹胥可悅。靈文昧遐旨，琳髓味餘咽。君今馳皇塗，萬里恣超越。希有遇大鵬，相期賦瓊闕。

雨中至簳山訪何韋人

紅燭當筵醉吐茵，侍郎門第幾酸辛。誰知歲暮扁舟夜，風雨青山一故人。

冬夜雨題子樞落葉都門倡和悼陳午橋通參詞後

歸夢西湖幾載侵，生來秋氣劇蕭森。江南千古銷魂地，滴碎天涯聽雨心。

癸巳除夕寄鍾泉星甫汴中詩舲子樞德州

災潦無端又歲闌，天涯朋舊各闌珊。貧原非病緣親老，學豈能優况仕難。白雁凨前雙翮冷，黃梅臘後幾枝殘。春風知是常年到，且耐今宵徹底寒。

草堂梅開待子樞不至因寄

昔歸花未發，今歲又遲君。滿樹著殘雪，半溪流白雲。一官隨螘旋，千里與鴻分。梁苑餘盆盎，猶應挹剩芬。

裂嶼謠追和徐闇公先生原詩附録

予昔自北來，始卜居此嶼。茅屋四五間，局曲如穴鼠。地偏少穀食，半倚薯爲糈。飯已出捕魚，家家有網

罟。其俗頗敬客，傾筐兼倒甀。鮭菜進所鮮，日給不須沽。時或進香醇，草間設尊俎。老夫感淳風，經過相爾汝。間徵此嶼名，土人爲予語。玆山本連綿，閩粵同處所。趙宋末帝時，南奔避厥虜。萬馬方奔騰，天忽開此溆。宋帝乘舟行，蛟起天吳舞。風雷震百里，咫尺那得駐？自爾數百年，一裂不復補。嗟哉當此時，宋曆亦可覩。首尾四年間，神物猶環扈。天意多徘徊，未絕尚須護。玆言或虛傳，事往何從溯。劉翁與張翁，維皇誰去取？

東南際天閩粵交，一嶼凸出如漚泡。漢家蕭條兩龍子，氣壓海底十五鼇。天水運銷颶風黑，猶仗陽侯鬭安宅。萬魚夾月半空擲，大星橫飛女皇石。可憐精衛千載心，白雁一聲聽不得。釣璜詩老浮臺灣，錦帆采鷁縹緲閒。柴樓傾頹鷺門冷，舟山漂泊悲厓山。

讀松風餘韻中吾宗藥師遺老詩愛其句律驚絕而遺集不傳因賦一篇寄蘇卿從叔子堅從弟

吾宗詩老振奇人，猶憶前朝派別眞。紅粉驚狂唐杜牧，清秋哀辨楚靈均。君爲陳臥子、徐闇公弟子。半生汐社悲歌客，三士千山異代鄰。翠櫬尚聞遺槀在，南溪何處訪沈淪。

甲午孟夏廿八日集直指菴為陳夏二公薦後一日值寄亭上人忌辰少眉作橋潭問古第二圖屬賦

又向祇園話刼灰，熏風吹動蜀葵開。三閭沈黍騷人弔，雙樹傳衣弟子哀。冉冉斜陽青燐冷，蕭蕭積水白鷗來。光公美食渾難忘，况是馮郎點筆裁。光公語見閣帖，王珉書。

立秋日王紫眉慶芝**海宇**友光**兩茂才偕吳興嚴粟夫**坤**見過**

小園芳草意如何，一笑相看對芰荷。法吏刻深秋暑酷，騷人幽怨曉寒多。吳興清遠抛山水，白下荒涼弔綺羅。差喜嗣宗留伴我，未妨著屐踏煙莎。海宇即赴金陵秋試，紫眉以事不往。

澹淵八分書小楹帖既沒逾歲予得諸廢簏中取以裝治懸諸齋壁以所書海為龍世界雲是鶴家鄉十字為韻作小詩弔之

古樂不可期，知音更難再。一朝斷弦聲，將琴擲東海。冷澹世不識，如韋復如脂。我非愈脩徒，孟梅空爾爲。說士郭林宗，能文陸士龍。鷦鷯一枝寄，高舉入雲松。昔者孫子荆，慟絕哭王濟。三復漆園編，俯仰人間世。訓詁有專家，辭章復分派。義理爲指歸，中間不可界。

迢迢屋梁月，靄靄春空雲。一尊風雨夜，何處更論文。斯人今云亡，妙隸亦復已。不有釘壁書，子虛與亡是。集腋資千狐，立羣矯一鶴。遺書爛丹黃，有述能繼作。撐腸五千卷，與世易聱牙。執手成千古，評文各一家。冥冥誰與詳？粲粲莫可當。難將黃壚酒，遙酹白雲鄉。

中秋夜出游至西林寺水榭觀月歸次眉山兄弟夜字韻詩寄子樞二首

一生相守有明月，百年好景惟兹夜。劇憐倦客遠道歸，疑有姸娥自天下。宵半溥溥珠露結，雲端浩浩金波瀉。人生流坎任所遭，大海瀛壺此其亞。清光但覺飲堪吸，毒熱豈知秋遽借。持齋竟日陳穢驅，出門儉歲歡悰謝。敢云情欲失婚宦，久許文章辭號舍。笛韻遙傳爽若梨，詩情旁茁紛如蔗。河山千里遠莫致，風雨頻年森可怕。君如塵累猶未空，安免禪門阿師罵。

乘時行樂輸少年，歸戶吟詩坐良夜。酒懷駘蕩燈火底，悟境空明松桂下。虛鈴自與孤塔語，急觴誰共長河瀉。六街喧閧柝未傳，三徑蕭疏竹微亞。金如季子久揮斥，米似魯公頻乞借。屢歎寥寥故舊稀，空嗟鼎鼎光陰謝。晚將懷抱託書卷，始覺色塵眞傳舍。宦情素澹子飲冰，詩境漸甘吾啖蔗。潘岳閒居巧拙異，馬卿倦游魂夢怕。但令兄弟守暮年，安用好官供笑罵。

藤寮十詠并序

張柳泉太守，其先大父篠田、考樝山兩先生，世有清德，兼精繪事。別墅在小崑山之麓，舊名藤寮，太守拓而新之。予乃題品，爲山中故事。

藤寮

裊裊百尺藤，寂寂三丈寮。子孫繇復延，相與永夕朝。

乞花場

昔人種花處，名曰乞花場。君今種花歸，芳菲宜滿堂。

來青水榭

橫山如雲臥，招之入吟榻。對橋扁舟來，人語響先答。

四桂軒

山中有心賢，方外無隱慧。與君顒馨香，識此臨風桂。

蘭玉齋

芝蘭如子弟，欲使生庭階。潔白美人色，芬芳君子懷。

傳硯堂

物外煙雲養，君家書畫禪。崢嶸一邱外，此石壽千年。

脩竹徑

亭亭寒玉莖，足慰饞守慕。孰知此君賢，旁有千載墓。

小玲瓏

絕頂泗洲院，登高攬九峯。誰知一拳石，亦復小玲瓏。

紅菱渡

紅殺夕陽色，晚來江上歌。相逢無別語，聊爾屬陽阿。

康濟橋

君爲施惠人，我是題名客。寄語後來賢，莫忘康濟策。

子樞書來述盧氏山行之險因書其後

王尊自歎驅車險，毛義誰嗟奉檄勞。吾已倦游卿薄宦，家山何日共登高？

過西村丈舊宅丈即葬其下

太息詩翁去，秋光委逝波。羣烏閉門噪，衰草隔垣多。綵筆曾題鳳，佳書久換鵝。浮生原傳舍，幽壑亦巖阿。

送陳石士侍郎督學還朝三首

別公逾廿年，見公遽千里。丈夫輕離別，所重在知己。公游惜翁門，高坐執介雉。而我晚始及，相去迺丈咫。公仕亦晚顯，能纂先河軌。我游諸公間，浮沈媿沼沚。公不以位驕，我敢輕爵齒？即今一握手，雲霄望泥滓。相期亦有心，再見顔毋泚。寒花映高松，明月照秋水。

西湖天下景，吾聞諸老坡。匪惟山水賢，兼之人物多。所爲來游者，矢詩遂以歌。吾游亦云久，久曠思則那。因公輒再訪，朋舊相歡羅。古寺地幽閴，穹碑觀巍峩。遺跡不盡存，佳處微吟哦。湖樓最幽勝，水北臨瀲波。公今將還朝，重來或婆娑。不知湛輩客，正復存幾何？

公家家世賢，文行歎先覺。及乎翔朝亡，琪樹招鸑鷟。立談本躬行，無取口耳角。往年競時輩，張喙頌新學。兩京匪無賢，顧望後儒邈。譬如五星聚，豈與兩曜較。近惟此風頽，猶恐餘燄爆。又虞清談扇，佩劍左右諑。欲公折其衷，學博守以卓。行行獨相望，此意重山嶽。

大理石燈屏詩有序

陳石士侍郎督學浙江，阮芸臺使相自滇南以大理石山水燈屏贈行，其上有『秋山』『霜葉』字，侍郎繪圖，屬爲賦詩。

滇南山水亥步遙，浙中人物斗建杓。人生會合有如此，萬里雲氣風蕭蕭。滇南山水稍後出，金馬碧雞光曉日。渾涵樸茂本天成，不待琱鐫自橫溢。浙中山水天下奇，妙外更出無窮姿。若教鏤琢盡厓竅，當使六合窮毛錐。古來文字貴離合，人巧天工互參雜。四時清絕是秋山，凡卉能華最霜葉。知天妙矣誰知人，筆端翻衍太古春。世間萬事等閒耳，不有造物誰能神？書生護目如護寶，無以滋之髮先縞。人生孰與不死存，兹石當爲後天老。

宋坑端石佛手硯歌并序

許青士光祿自粵東入都，晤于武林，貺予此硯。硯爲佛手形，窪其中，兩面受墨，於予病者尤宜，喜而賦詩。

嶺南佛性古德聞，曹溪一滴支派分。天龍豎指誰會悟？付與片紫龍巖雲。窪深式古冠場選，妙得莊嚴生婉變。玉壺濃貯萬斛春，蟠攫蛟螭互翻衍。七星雙峽天下奇，昔思入粵夢見之。忽然一拳手持贈，禪理交情良在茲。憐君處膏不自潤，子弟多材石田濬。如予病腕懶復慵，禿穎掃殘失堅陳。往時談禪破頑空，衹今銷沉蠹簡中。殘年學易嗟已晚，椎指對硯難爲工。謹持名香爲君壽，石爛香銷心不朽。與君千載文字交，卻笑世間翻覆手。

古詩二首贈張恒卿孝廉祥雲。時以其先(德)[得]硯莊少府三丈巴山課子圖屬賦，因有茲贈

古人貴祿仕，所得良已希。況我又媿君，不及升斗幾。子奉嚴君教，貧苦自發揮。我遇初勝子，自誤嗟昨非。子當得舉後，流涕念庭闈。至性有如此，人事焉可祈。富貴斥婞阿，名節戒脂韋。回思授經日，不謂心事違。我病無復他，執卷沾裳衣。先君臨終時謂：『汝兄弟他日或可登第，但我不見，即與不第等。』故不肖自奉諱後，即輟應試，而舍弟復以廪貢生由教諭爲縣令，皆無以副嚴命。今聞恒卿所述遺訓，不禁心怦怦動也。

古人重世家，匪但爵祿貴。流傳久且遠，祖宗有生氣。城南符讀書，退之豈無謂？唐宋甲科士，不免爲簿尉。所以使之然，歷練事乃濟。生平不盡展，死後有餘喟。一第詎足云，發軔千里既。如君勇超奮，望子勤灌溉。跬步苟自足，安見後生畏。脩塗勉無涯，亮弗厭詞費。

蘇卿從叔練心太清圖

坐不必擁萬卷書，出不必呼八騶輿。人間百事臭如帑，眇然靈臺心皦如。吾宗癡叔積軸儲，生世不諧苦吟餘。清光所照塵穢祛，嗟子非子魚非魚。寂寥齋心夢蘧蘧，寐昕六合爲傳廬。安用導引吸與噓，吾心不疾復不

徐。眼前草木何扶疏，誰其知之玉蟾蜍？下俛渣滓眞沮洳，人生何者吾定居。此身眞實奚安處，非我族類誰與鋤。問君誰毀聊復譽，退藏洗心返太初。

雨中觀杏花

梅花開殘桃漸來，玉蘭幾處簇亭臺。此花慣向客中看，難得一枝鄉里開。

城南春游六絶句

孝弟祠

孝弟彝倫本，偏隅肹蠁祠。漢廷忠厚意，差許力田知。

南禪寺

舊是諸禪冠，新餘列堞陰。何當窺古井，三伏洗炎心。

龍門寺廉夫杉已枯，今杉木爲欽善吉堂補植

廉夫古畸人，杉木隱君子。疲馬齧晴莎，野梅映枯枳。

贈太僕卿周太守祠名中鋐，山陰人，雍正中以濬松江河死

報功崇盛典，勤事奉明祇。吉水宣防績，功名各一時。明永樂間，吉水周文襄忱治河吳淞，最有勞績。

雲間書院

庭宇閬且閒，花竹秀而野。曾游揚子亭，誰祀欒公社？院爲康茂園河督謫守松時移建，吳穀人祭酒主講時，屢與游賞。

羅神廟五桂

昔聞叢桂閣，此亦小山蓋。偶與蜀僧言，峩眉出天外。

上巳後一日過塔射園遠翁留飲飯後偕竹初密齋恒卿游覽山麓因至墨池觀桃花白者一株妍冶尤絶復小飲以詩舲墨池四字分韻得詩字

浮雲往來人參差，此花此酒古墨池。玉梅已被風雨壞，猶喜艷絶妍桃枝。白花臨水更幽絶，正似瀕鏡窺西施。吾儕見酒輒意醉，況復舊侶相娛嬉。飯餘更涉小山麓，風景一一清沁脾。頻年災潦不易度，得此一醉良非癡。小山主人向東去，謝公擁鼻誰復嗤。忽思故園發高咏，諸弟斑綵光陸離。文章羯末爭煥發，瓊林玉樹何逶迤。沈吟當日讀書處，春氣繞筆拂面颸。花開可賞酒可

飲，階庭倫紀樂不支。人生出處有如此，半百豈復憂吟髭。吾今衰病嬾不出，據石坐看行雲移。思如涸井苦易竭，百箋匪昔沃漏巵。所欣對酒興不減，握管尚欲哦千詩。災荒憂患盡湔祓，祇約來歲看花期。

傳硯堂海棠歌為柳泉太守作

東坡定惠祇一株，放翁成都開滿院。人生繁簡何必論，祇是好花皆可戀。吾生南北苦奔走，正似游蜂逐馳傳。楚江蜀棧千里奇，燕市吳山幾回見。予所見此花，自錦城外，以京師崇效寺、常熟維摩寺爲勝。與君屢世交最舊，難得故鄉數相面。當時買屋兼爲花，頻歲離家遲開宴。花如有意與人約，富貴神仙衆都羨。冉冉斜陽艷不收，濛濛細雨朱微眩。和氣蕩漾影逾妙，晴月空明光屢變。曲闌欹箋倚玉環，畫閣影裾引飛燕。老顛那肯裂風景，儉歲何能富肴饌。主人有酒君莫辭，客子出門枝欲顫。前期湯餅玉蘭失，後會油酥牡丹煎。花將全放月將圓，難得今宵共歡讌。祇應高樓窺百尺，莫待來朝飛一片。君知杜老向無詩，許我狂吟寄齊汴。謂詩舲、子樞。

龍門寺外紫藤殊盛戲賦八韻

重訪城南寺，春游攬物華。馬嘶晴岸草，鵝唼午池沙。老樹勢殊遠，紫藤高作花。碎搖千點日，濃簇半天霞。盤戾低還仰，鬖髿整復斜。諸空散瓔珞，大地走龍蛇。登塔僧常對，朝衫客漫譁。鼠姑遙爛漫，同護梵王家。

白燕菴弔袁海叟墓

歎息佯狂袁御史，當年心事與誰論？月高自唱歸田曲，風急難招下土魂。倒跨烏犍傳畫本，重來白燕話黃昏。鐵厓墳宇同荒草，枉種梅花繞墓門。

白衣菴紫牡丹云是明李存我舍人待問手植

薇省才名艷上流，故基遺植爛盈眸。江山已自銷青燐，富貴何緣到白頭。玉貌圍城當日事，錦袍乘月少年游。東門大樹今餘幾，華表歸來歎未休。

雄縣詠周世宗 和惜翁集中作

世宗當日下雄關，刀刃曾無血黕殷。五代可憐終哲后，累朝從此失燕山。蒼黄玉鉞臨喪早，繚繞牙旗出塞還。斜日晚風無限恨，滹沱流水自潺潺。

論古排悶十絶句

李杜開元多嘯詠，蘇黄元祐每歌詩。中朝景運無多日，江外斜眼傍晚時。

治法從來屬治人，紛紛法律誘斯民。請看稷契平生語，商鞅牛毛久誤秦。

聖王一歲議三征，貞觀君臣法較平。誰改留州當日例？可憐官困再窮氓。

臺諫由來七品官，書生直諒屬孤寒。秩高糈厚論封事，更歎風人補衮難。

仗馬寒蟬豈足云，月糜諫紙枉紛紛。階籤投石聞勤政，中使衡書課吏文。

黨人牛李太紛拏，孤立於今自一家。久斥萬錢甘匕箸，中書食罷又西斜。

詩人從古戒窮邊，桴鼓無聲戍靜煙。但使積薪銷隱患，不妨高卧太平年。

漫道珠犀弛海禁，當令耰耒列邊屯。君看西北軍籌裕，直取天津作國門。

河防仿自漢元封，江漢流歸四海宗。已見北流淮海合，南條端合放蛟龍。

白傅當年諷諭章，詩人從古有成相。新聲樂府何能唱？付與臚言瞽史倀。

題劍南集後五首柬書田

南渡知詩首晦翁，當時最賞陸詩工。若知詩外工夫在，千古心期一笑中。朱文公論放翁詩云：『近代惟見此人爲有詩人風致。』它日文公没，翁祭文云：『某有捐百身起九原之心，[有]傾長河注東海之淚。』其彼此傾倒如此。（一）

詩人幽憤意如何，留守瀕□喚渡河。襄洛他年夾攻日，永昭陵上夕陽多。

西蜀歸來又越東，梅花萬樹酒尊同。不知底事餘干相，謂趙忠定公汝愚。風月臺評到放翁。

陸楊名字共推排，雅俗如何好共儕。惆悵南園荒草沒，衹應此事服誠齋。放翁詩云：『我不如誠齋，斯評天下公。』斯乃翁之謙詞，實則誠齋學李有痕迹，而流弊亦甚，不如放翁學杜深穩又能成家。至翁晚年再出，誠齋寄詩諷之云：『不應甫白翔鯨海，更羨夔龍集鳳池。』此則忠告之義。君子出處大閑，又不可專以詩論。雖云迫于家累，固不能不爲法受惡矣。

桐城宗老鬢如絲，賞我郵程記日詞。疑是少年曾入蜀，篋中枕籍草堂詩。語詳見予詩録·自序。

【校】

〔一〕有傾長河注：底本字跡漫漶，據渭南文集·祭朱元晦侍講文補。

題渭南文集後

先生未願詩人老，文集編題是渭南。正似晦翁嵩華觀，平生志事好同參。晦翁嘗主管華山雲臺觀、嵩山沖祐觀，屢以入銜。

書誠齋集後

詩伏誠齋語偶然，俗談洗耳自清淵。放翁不免南園記，正少歸來易傳箋。放翁送子龍赴吉州掾云：『又若楊誠齋清介，世莫比一，聞俗人言三日歸洗耳。汝但問赴居，餘事勿挂齒。』誠齋易學，蓋嘗問業於張魏公，魏公則私淑伊川，故二家易學，皆于人事切近。

先公從軍几詩書示從姪孫女端姑

舐犢吾曹已可嗤，諸孫梨栗更堪噫。憑將萬里從戎几，說與幽窗小女知。

太白墓

當年誰客大江濱，左揖汾陽右季眞。空有古來明月夜，更無天上謫仙人。招魂白日騷詞苦，埋骨青山蔓草春。莫更然犀向牛渚，恐驚魑魅晦星辰。

文信國祠

靈祠終古廣陵城，江海漂流往日情。有客招魂詞慷慨，幾人懷古氣縱橫。才當急難空豪傑，事到窮途僅友生。三百年來嗟養士，如公纔覺重科名。

史閣部墓

前身諸葛後文山，千載宗臣伯仲間。四鎮蟲沙天失險，一江風月主開顏。觀濤揚子悲龍刼，作賦蕪城待鶴還。尚有衣冠留此地，聖朝酹酒土花斑。

丁貞女詩

濟陽有賢女，婉娩孝且真。鄉人傳質行，爲君播歌聲。質行夫如何？姆教少敏慧。余事及詩書，何心到文菽。弱歲許所天，有天天忽傾。一身何殉難，有母與姑生。身亡母亦亡，身死姑奚益。苦爲兩大人，辛勤日紡績。紡績過十年，阿姑喜複悲。謂兒死有婦，謂我老有兒。呼媒來致辭，請行迎婦禮。我女今有歸，阿母大歡喜。旁人聞此事，嘖嘖來驚歎。生爲一尺主，死有七尺棺。貞女意豈知，棺主兩何擇。此心百年期，此事十年識。我欲竟此曲，此曲哀且長。世間奇女子，庸行亦悲傷。

招友

醉吟居士詩千首，安樂先生酒數杯。我亦閒居諳此法，待君松下抱琴來。

邨居幽尋有作

野水平陂積望深，誰家庭院畫沈沈。黃鸝緲約春光到，幾日門前是綠陰。

偶吟鄺湛若琴斷句

綠綺南風萬古情，月明彈出斷腸聲。君看梅雪畸人死，未害當年識步兵。

題高陽君遺影

草草茅堂久未成，翟卿何處論功名。田園費盡人才散，此向園中話偶耕。

夜歸聞寺鐘作

歷落籃輿野火迎，醉中提耳此鐘聲。一天涼月半橋水，身在嬾迂圖畫行。

子昂畫淵明像

柴桑事業銅駝臥，承旨風流玉馬朝。一種暮年家國恨，潯陽潮去浙江潮。

通藝閣詩三録卷第三

和朱文公雲谷二十六詠

予讀文公雲谷記，愛其高淡深遠，有子厚所不能到者，集中復有二十六詠，輒和其題以志私仰。

清爲在山泉，行作潤物雨。用舍亦何人，無心共遐古。雲谷。

清絶袁家渴，悠然七星灘。千年常自潔，六月不知寒。南澗。

雷霆走空中，全石以爲底。下界寂不聞，萬刼心一洗。瀑布。

小隱山林託，心遐迹亦閒。爲防逋客到，聊復設雲關。雲關。

昔有春陵翁，偶愛此花德。何物狀玲瓏，此中涵太極。蓮沼。

月影嵌林隙，疎光絶頂開。祇應三徑夜，留待故人來。杉徑。

公非學稼人，欲搆屋數舍。求田湖海樓，卜築雞豚社。雲莊。

比似棲賢峽，青天飛兩龍。夜闌發清寐，夢醒空中松。泉峽。

有石復有泉，可洗亦可漱。山中讀易人，照影夷齊瘦。石池。

晏子墨家言，奚煩貯榲椈。何似此翁書，任人嗤僞學。山楹。

欲注參同契，丁壬妙合難。豈知翁季録，原是濟人丹。藥圃。

古井澄無瀾，不食久乃廢。欲識湛然心，秋月寒泉對。井泉。

松柏心猶在，桑榆氣未衰。人生豈堪問，歲暮日斜時。西寮。

當年新著書，黨禁曾未讀。今日徧寰中，幾人重刮目。晦菴。

南宋如炎漢，春秋託志求。匡廬還日屐，併作臥龍秋。草廬。

仙袂飄飄舉，何須賦大人。幔亭歌一曲，不散紫陽春。懷仙。

東山並太山，懷仙挾揮手。小魯亦何心，海水一杯酒。揮手。

悠悠復悠悠，原是忘機者。雞犬共雲中，往來結鷗社。雲社。

柴桑魏晉人，聊作羲皇逸。高致復先生，立朝四十日。桃蹊。

愛竹高人事，先生亦此情。不堪河朔夢，夜夜北風聲。竹隖。

莊生託逍遙，意趣謝埃壒。誰能與天游，不出六合外。漆園。

今世夸龍井，清和妙會融。豈如珍北苑，正得聖時中。茶坂。

昔日游南嶽，曾登絕頂臺。朱張今已矣，屐齒更誰來。絕頂。

柳州南澗詩，妙與憂樂會。悠悠北澗心，乃在憂樂外。北澗。

人間誰智者，即此是中溪。若使楊朱識，端應路不迷。中溪。

平生復西銘，天地甯吾沒。泯泯異同心，千潭共秋月。休菴。

題新出嶧山碑殘本

陽冰筆法溯臣斯，棗木橅刊石質隳。郡縣千年增歎息，又看文字打殘碑。

渡江

風帆一霎翦江開，兩點金焦落酒杯。忽憶故人天外去，故山黃鶴不歸來。

趙承旨遺硯董思白陳仲醇有銘刻喬中甫邀予作詩

宋家王孫趙承旨，文藻流傳兼婦子。硯田耕老割天荒，漱石有心愁厲齒。吾鄉名士董與陳，相望曠代交有神。人才統系迭相嬗，翰墨風流今更新。白雁一聲天水碧，鷗波亭外空秋色。橋亭玉帶兩淒涼，留與後人評失得。

病起小園即目

土山未築荊復榛，勺陂無魚空釣綸。稀稀幽篁鳥窺客，漸漸落葉蟲催人。詞章已謝庾開府，人物誰許溫太眞。出門峯泖不可到，枉歎行腳尋峩岷。

秋夜

秋來耿耿夜如年，屋角明河轉右邊。暫借酒尊邀客住，少留燈火就牀眠。牢愁委運名三黜，琱琢傷肝句幾聯。射策決科眞莞爾，捐書絕學一淒然。

秋旱桂過中秋始作花感而賦詩

陰陽有乖錯，寒暑易序順。庭中青桂枝，遷延意難進。秋陽恣炎烈，甘露失芳潤。坐乏一溉勤，頗歎四美吝。蟾孤虛弄光，蜨嬾稀問信。幾嗟綠蕙晚，遂厄黃楊閏。今歲置閏在六月。何時置芳醑，及此歲月瞬。志士有苦心，窮途庶知奮。

詠柿

多思苦肺渴，嗽逆秋已徵。老親哀其羸，謂此嘉實登。光華耀瑛盤，甘寒沁壺冰。松陽遠莫致，華林安足稱。昔聞東平相，孝德神聽憑。庭中發奇植，煒彩彤霞蒸。顧我恧韋侯，獨賴母德增。捧袖跽再拜，啜罷熒孤燈。遺羹誰氏子，返哺爾何能。

桂次韻

秋風颯颯鬢毛催，遲暮還看此樹開。古寺無人憑雨悟，柳子厚移桂詩：『路遠清涼宮，一雨悟無學。』小山有曲付琴猜。鼻參香國超羣品，身倚疎林愧散材。潦倒冬榮心事在，濃熏文字待誰來？

漫作

文字用心科舉外，交游借譽齒牙間。不能免俗猶耽酒，豈有傳書竟買山？

北府酒清良可飲，西山笏拄政宜看。百城書積雙扉靜，六月江深一鏡寒。

漸諳賈鰓齊民術，又校龜蒙笠澤書。自向隍中能識鹿，不從濠上始知魚。

勳業何心問管蕭，歌聲何處答漁樵。釣臺獨往方三拜，句曲行歌郭四朝。

高陽姜太君高松清節圖為表弟許以銘作太君卒年九十餘，圖作於六十時，沈太常師峯筆也。徐上舍是傚題詩其上

高松清節高陽宗，吳興墨妙餘茲松。人間磊砢有如此，黛色太古長煙濃。虛空有伴月來照，茅屋無人雲自封。孤心靜明響逾遠，頫視萬品皆凡庸。吾鄉清卿沈師峯，以筆代舌摹真容。古春堂前老詞客，復向紙底生蛟龍。咄嗟世事莫可蹤，此松女中楚兩龔。朔風衆卉枯槁死，空庭兀然鳴鐘鏞。吾母八十今再逢，追逐樊鮑經千冬。斯圖匪獨閨閣鑑，後有賢者宜何從。

初夏小園二絕句

鳥能知樂豈惟鯈？鳥解忘機不但鷗。一向待彭亭上坐，紫藤紅葯兩悠悠。

欲送春光大是難，衰年情緒感多端。荷錢貼水蕉吟雨，始覺詩情筆易乾。

睡起偶詠後園雜花五絕句

倦榻支頤事事慵，病餘殘態託龍鍾。如何芍藥撩人思，一白能銷萬紫濃。

阿芙蓉種隔中華，物怪來從海上査。自愛一叢紅躑躅，錯教人恨米囊花。鴉片一名阿芙蓉，來自呂宋。云以罌粟花子熬汁成之，始見本草從新。

一曲『虞兮』曉帳空，君王猶憶玉顏紅。落英更逐波流盡，回首烏江恨未窮。

空谷無人也自芳，樹陰棄置更何傷。須知絕世佳人意，椎髻閒居雅淡妝。

詩老朱王各一家，脩門吟徧古籐花。笑看亭角交枝

入，丸髻仙人壓帽斜。

雙忠遺社祀日作示少眉

古秀州塘路莫窺，名園難問考功遺。畫圖賴有馮唐在，妙景憑君點筆施。

幾社文章久刦灰，更憐泖浦漸迂迴。東南單郟何人在？正待諸公監議來。時官濬運河，方始開壩。

陳秋堂明經蘭席上賦紫牡丹

褒衣佚老共尚羊，恰有名花映草堂。袍賜日邊眞富貴，雲開天上大文章。靜看硯石光華潤，笑掇芝英臭味長。更爲太邱增故事，膝前文若鬥荷囊。君自課孫。

孝陵

南北都城建兩標，金陵王氣久蕭條。後人漫自猜疑冢，事見趙伸符萬歲殿詩。昭代何曾忌勝朝。破帽疲驢殘客拜，司香上食內官邀。百年更比江流速，試看秦淮日夜潮。

夏日觀荷二絕句

晝靜暑益炎，古墨浮醃醇。荷光忽招人，香氣不可遏。

茗冷香亦銷，星黯月復黑。螢火娛主人，夜深兩荷葉。

仲雲以題拙集詩見寄兼示近日吟卷用其入闈監試作腹聯為起韻奉簡

泰山氣象小天下，儒者文章貫九流。卻喜吳生提健筆，頓教齊國變清謳。齋中石怪搜龍藏，海上雲生結蜃樓。歎我老衰甘僻處，空從談衍話瀛洲。

聞雲屏六丈恩予歸里謹賦郵送并呈星甫

曾聽籠街唱八騶，忽聞歸興引扁舟。好官依舊全家冷，有子能文萬事休。湖海幾時狂客訪，亭臺到處謝公畱。一杯闕與東門餞，空望梁雲悵結輈。

論書四絕句

鴻濛雨粟肇倉皇，識小何堪到黍芒。已見説文宗叔重，更聞集古續歐陽。

史論文皇輕大令，書評後主薄顔公。須知善易休言易，絕倒儋州禿鬢翁。坡詩云：「我雖不善書，知書莫如我」也〔一〕。

昔人神合貌堪遺，何況紛紛著録詞。誰似中朝劉太尉，恨渠形短與聲雌。

分隸鍾繇篆李斯，奸人文蓺亦昭垂。論書孰準歐陽例，小技猶當百世師。

【校】

〔一〕蘇軾和子由論書云：「吾雖不善書，曉書莫如我。」

岳忠武王名印歌 震澤王氏之□藏

始偏裨終將相生，侯王死神像噫吁。嘻！區區姓名何足言，古來有此三字寃。

謝陳秋堂惠風籐 云能療濕，時予方患臂痛

甌越風籐幾丈巖，建江千里逐歸帆。薑芽斂手成何用，投老鈔書意尚饞。

六經一首

騷乃詩餘派，莊乃易別傳。六經賅萬象，妙悟會言詮。

喜雨詩三十二韻寄和詩舲仲雲山左

堯湯有水旱，陰陽迭乘除。苟非凶悍夫，孰謂災可譽。吾賢列方岳，皆爲宰輔儲。傾心慕前哲，注意在里閭。書生爲民牧，但當利其餘。豈有坐堂皇，而不念稷耡。頻年苦淫潦，南北偏沮洳。地利既未開，水病亦未疏。聖人獨憂勞，哀此下民畬。衆賢欲協力，議論何齟齬。西北每苦荒，彼此徒嗟歔。昔時吁水患，蛙鼃徵鶢鶋。今茲火雲王，早起辭葛綀。大官窘冠服，達士逃林於。豈非人事艱，天地有憾與？吾聞元和老，諷諫詩思抒。後者慶歷賢，謂此即諫書。古來諷諭言，六義尤權

輿。推彼忠愛誠，一返古禮初。昔年偏災厄，民乃苦爲魚。今玆望甘霖，屏翳跋隨車。天子禱珪玉，大吏絜厨蔬。殷勤商羊舞，滂沛黑蜧噓。千里各霑足，萬物意灑如。昨來推窗望，洗出新蟾蜍。吾友各繫官，景風揚隼旟。濡毫賦新詩，鏘鏘鳴瓊琚。昔賦憫雨什，彭兆蓀。郭麐。皆邱墟。存者不鳴雁，沒爲無用樗。念彼施濟人，力足趣拮据。利當普萬彙，功則歸太虛。觸石徧天下，吾亦愛吾廬。

次丞字韻再寄少海

相逢休笑客無能，曾拄天台百尺籐。詩不道鹽聊服賈，人因嗜酒尚求丞。渡江桃葉多情客，遶墓梅花有髮僧。薄宦十年風退鷁，憐君猶守讀書燈。

端午小亭獨酌偶賦

生慚養志設珍羞，空對荒園列卉稠。河朔七年忘蓄艾，江南五月說披裘。略拈酸味嘗盧橘，難駐華顏對石榴。差喜酴醿盈架在，清陰還許小亭浮。

雲舲詩 爲張恒卿孝廉作

岸上牽船路易通，君家故事說張融。雲生秋水微茫處，詩在空舲杳靄中。擬琢晶屏梅蘂雪，更傾箬酒薦花風。老夫祗憶濠梁趣，莊惠相看樂意同。

詩舲德州書來屬賦二詩

小米船中書畫靈，總宜船上西湖青。詩人歸思不可遏，春水忽生盈杳冥。詩舲四度轉漕初二集曰『小米船』，三集曰『總宜船』，此其第四集云。博望有查乘斗星，思光岸上牽船經。何如一舸最任意，不繫徑放雲中舲。小詩晻藹芳草馨，大詩鏜鞳魚龍聽。船頭白雲渺然去，清詩喝雲雲亦停。畫圖來往君狎蜻，馳書待我傾渌醽。墨池亭中舊風月，鄉夢昔昔縈浮萍。新詞一曲歌碧汀，喚起玉田詩骨醒。鳳雛聲清和老鳳，好音天上流虞廷。

右春水船圖

公孫昔上第，漢相始儒臣。如何學阿世，空復開平津。伯冏託遐胄，豸繡何逡巡。孫觀察星衍。絕學嗜兩漢，唐後如埃塵。築館古平原，多士良足珍。吾友繼其後，才筆振清新。頗憐馬廐舊，復使柏寢陳。詩歌與書畫，仙吏垂千春。古今不乏賢，端貴風俗淳。匪維好士難，得士貴其眞。泰山切雲高，滄海垂釣緡。我詩不足述，勛業刊翠珉。

右平津館圖。

和人沛上懷古詩二首

稷契生平在，陰何此日吟。伊人不可見，秋水獨相尋。野曠松聲古，天高雁影沈。千秋短主簿，寂寞託知音。

右南池懷古

詩人自古喜縱酒，物外慘澹天機全。四方地勝偶爲主，千載名留長是仙。大星長鯨定誰是，汾陽賀監都堪傳。吾生懷古動千里，可但臨江心渺然。

右沛上太白樓

戲詠雁來紅一首此花一種數名，漢宮秋色、錦西風、老少年皆是

漢宮秋色錦西風，不信少年今老翁。塵境繁華誰復似？野人籬落雁來紅。

子樞書來述盧氏山行之險卻寄三首

遠游別三年，涉險詩數紙。但令身健在，慰藉良可喜。古人乞祿養，遠不踰千里。如何揚豫連，乃去商雒咫。碧篸插嵯峨，青黛涵渺瀰。況聞羽書警，戒且及熊耳。持書拜堂上，兩字平安指。嗟嗟奉檄人，叱馭乃孝子。

吾生少入蜀，腰腳頗好奇。險怪多所經，最難西南陲。忽然頭顱老，頓覺筋力衰。不謂子亦爾，漸漸催霜髭。盤嶠與戧風，舟行最爲危。如何安輿安，其險顧兼之。來書中語。書生性坦白，敬慎心自持。猶勝奔走勞，終朝車塵馳。

亭亭望雲庵，磊磊谷兒石。人言此脩禊，綠影照几席。山霏澗花紅，竹引鳥羽碧。偉人忽在望，夭矯千樹柏。盧水古縈洄，仙家白雲隙。昨年書報我，母老艱著屐。五嶽興已衰，三戒老在得。遙持一尊酒，此意抵尺璧。

初夏園林示子弟絕句

批鱗養得稺松老，解籜放教新竹長。太息好時無好月，不教圓影照方塘。

盆中白蓮一花晚開

錦色緗邊孕素胎，西風涼罷一花開。詩人懷抱向秋老，微有暗香空際來。

有感二首

鼎足當年割據籌，紛紛豚犬歎諸劉。可憐魚水君臣契，不取荆州取益州。

天水英流數二曹，三關血刄歎徒勞。祇緣玉鉞留遺恨，付與韓王僅補牢。

次仲雲寄子樞韻通寄登州盧氏

出處皆人事，何心更論閒。秋聲天外樹，雲氣海中山。齊馬朝驅市，秦雞夜唱關。詩篇兼吏稾，叢雜不須刪。

舍弟在盧氏偶有禱神止虎之異李秬香學博作詩紀之率用原韻為之志謝

政苛猛於虎，暴戾豈能馴。但自敦忠信，端應質鬼神。兄憐行役苦，友信在官貧。古語偶然耳，嗟君懷抱仁。

贈細林山龔道士

束〔一〕髮訪彭籛，空山七十年。酒瓢秋浸月，丹竈夜流煙。請雨羣龍應，耕雲萬木懸。前朝吳處士，騏。遺蜕託神仙。

【校】

〔一〕束：底本訛作「東」。

送嚴粟夫之金陵因簡王竹嶼觀察三首

嚴生名家子，氣脈頗沈靜。涉獵多蓺能，意若無所領。先棺負淺土，出游思恒憬。俯窺江水馳，仰視星斗秉。人生不自得，泛泛若萍梗。諷彼憫歲詩，命意殊悲哽。君往歲作饒有古意。今年復苦旱，千里土脈獷。苟非風雨和，安在飽暖幸。嗟哉淵明詩，貧士每延頸。

古文法已邈，小篆匪殊科。由來賢哲人，通達意則那。自從二徐後，人物今如何。元明古意衰，殘碣增摩挲。國朝盛碩彥，蓺苑嗟才多。吾知不乏人，惜哉逝如波。嚴生今堂堂，威容復委蛇。欲以文字勞，償彼虞殯歌。世有篤誼賢，篆刻良非訶。

王公素嗜退，每進輒辭謝。獨於說士懷，有若耽膾炙。人生意所合，按劍豈復詫。況子狷介人，深藏賈無價。昔賢論高誼，大裘與廣厦。嗟公亦貧迫，安得境啖蔗。所願氣類通，義取麥舟亞。與公相別久，頗擬情話借。延首秋風高，扁舟吾將駕。

春水以詩卷見投因題其後

楓落吳江幾度秋，如君才筆自清遒。名家書畫嗟癡絕，詩派江湖戒末流。自昔泠風頻過耳，祇今明月又當頭。詞章本是區區事，鄭重還須蠹簡求。

吴下重新韓蘄王祠墓賦此紀事

蘄國功名百戰餘，吴山南渡重欷歔。一時婦女援桴鼓，千載英雄跨蹇驢。穹碣尚存蟠斗字，遺瓶空博背嵬譽。翠微亭外寒煙遠，香火棲霞夕照虛。

悼鸚鵡

綠衣身世感如何，慣向花前宛轉歌。千里關河憐汝共，百般言語誤人多。早知薄命摧毛羽，悔不先期解網羅。惆悵正平今老去，昔年采筆亦蹉跎。

謝少眉屢刻銘硯

予生百無能，劣僅解文字。又恨所學麤，偶得祇一二。既嗟宣尼賤，復乏姬公藝。每遇博贍才，不免顏甲膩。馮生通門舊，俶儻性平易。以我兄弟交，金石出篋笥。陶泓於文用，首濟翰墨事。尤賴點畫留，前後足相繼。邈斯筆法古，羊杜聲名異。點綴毫末妍，分別鋒芒細。庶幾間世彥，不朽盤鼎器。肯爲我奏刀，砉然土委地。嗟君饒技術，奚止十人避。鏗鏘審律呂，波拂妙篆隸。見人仍退讓，於古宜位置。以此重愛君，掃門吾所慰。吾今苦才盡，著書墨磨悴。人生得一足，多愛良自敝。有孫欲傳硯，未識誰肯肄。它日銘背陰，毋忘故人賜。

墨妙亭詩斷碑硯面勒道周及晉寶齋珍藏篆字

眉山工文辭，漳浦著氣節。一拳三摩挲，千古此雙絕。

寄呂月滄粵西

大梁得君書，倏復四寒暑。匪惟談晤艱，音問亦不屢。我從大梁歸，閉戶掃環堵。君敷桂林席，弟子執千羽。邇來何所作，文字曷起予。吾曹困蠹魚，不免笑穴鼠。猶持戰勝樂，差以敵他侮。所嗟友朋隔，得失誰共語。汪生宦錢唐，潮勢激萬弩。少海改官後於海塘工次效力。昨聞王君訃，哀淚泣如雨。竹嶼卒于金陵。越中數知交，落落曉星曙。沒者長已矣，生者吁莽鹵。徒披數尺簡，相與處終古。雁鳴秋飈寒，孤坐傾淥醑。因風爲寄聲，握手待良伫。

詠桂

不論晴雨好，富貴自天然。香氣蒸成霧，詩心悟到禪。月催清酒釅，山倚小叢偏。剩欲歌招隱，餘芬繞枕邊。

十四夜月

雨餘孤月隱，花外一燈殘。正是懷人夜，瑤琴若爲彈。

中秋雨寄弟

夜雨天涯客，山城幾樹花。香山兩株發，曾訪梵王家。中州無桂，惟雒陽香山寺有盆桂兩株，予屬弟往訪之。

聞雁題家書後

露冷霜淒雁一聲，天涯何限望雲情。東風容易西風到，獨步空庭待月生。

哭王竹嶼都轉十四韻

報主心何激，謀生道太孤。路猶千里近，書已隔年無。政報頻番最，編垂奕世謨。懷清凜霜雪，舉直靖萑苻。道在琴銷慝，名高鏡滌汙。實心誠自格，衆口論交孚。送別嗟前事，遺蹤儼畫圖。從容念狂客，迢遞訊潛夫。河朔排孤悶，天涯滯各途。問年同輩在，失侶幾人呼？君與月滄、少海及予皆同歲生，頃以書報之。劍外愁鴒弟，君弟官蜀中別駕。臺邊憶鳳雛。回腸猶有剩，老淚不堪枯。江遠騷人涉，天高小雅吁。空餘陶太尉，流涕灑平蕪。君卒於孟夏，今制府陶公自防河歸，流涕往弔。

婁東王文肅公祠古梅圖三首末章兼悼彭湘涵徵士

相公調鼎事如何，猶有幽人暈墨波。千載歸來人不識，滿庭明月影婆娑。梅名鶴舞一隻腳。

五夜幽尋惟有夢，十分清絕更無詩。我來不見瓊瑤蘂，長笛聲中月落時。

老彭傳得林逋鉢，湘涵早歲悼亡不娶。死葬仙人玉雪鄉。一領布衣薶瘦骨，九原誰爇返魂香。湘涵辭舉孝廉方正，其卻聘書盛傳於世。

詠蜀中攜歸綠牡丹

渭南名筆天彭譜，碧色惟傳一種花。雅似廬陵文淡麗，天然富貴屬歐家。渭南集末附載天彭牡丹譜，碧色者惟歐碧一種。

芍藥

昨夜春從林際歸，今朝花向砌旁肥。可憐千步錦絲障，不抵一叢金帶圍。

蔬食

風物吾鄉妙莫齊，朝來蔬饌勝珍鮭。絲蒓屬泖徵前輩，蘭筍名山出御題。

戲詠粥

胃澁艱著穀，齒痛愁決肉。三復昔人詩，老來方愛粥。

長柄壺盧生歌為小枚題圖卷

壺盧生，生泖濱。泖濱人才古不乏，二陸文藻垂千春。士龍笑疾張公爲絶倒，君獨嚴冷如方輪。當時阿兄雒中問，世豈知有劉道眞。如何君胸中著此，大物形輪囷故知。崎崟磊落不凡士，此中浩浩容此瑣瑣數百人。壺盧生，爾毋苦。我初識生，子初乳。祇今瓜瓞又衍孫，況復班書更傳祖。莊生枉自歎不才，五石誰爲惠施瓠？君家老屋三百年，世間無此堂構堅。故鄉文獻網羅盡，晏楹伏壁供流傳。執杯孤傾酒鐺底，結子自媚茅籬邊。古來安期羨門了不異人意，安用丹成九轉始得爲眞仙？壺盧生，意何競？一輪明月瑩于鏡，天上涼雲亦孤映。江東米價頃始平，江左時名爾猶盛。衡山煨芋漫饒舌，杜陵黃獨聊掩脛。上醫醫國世有人，且共菰蘆保身命。

偶詠菊

不是經霜不肯鮮，西風顏色十分妍。世人浪許陶彭澤，醉倒東籬亦偶然。

荅偉人寄懷一首

杜老題詩憶昔游，卷中朋舊漸無儔。舉杯懶問當空月，作賦慚登往日樓。弟祿斗升聊自給，親年風木若爲愁。祇應次道能知我，衰病難拏雪夜舟。

雲巢招飲玉玲瓏山館即席有作兼示少海

數載相逢一笑能，暮年餘興尚飛騰。買園拜石堪呼丈，賃屋哦松不負丞。詩酒且邀拏艇客，湖山同作打包僧。不知此後高歌夜，更共良宵幾盞燈。

表忠觀

臣節民功事孰優，東南保障說婆留。絶梁名已輸行密，臣魏心空慕仲謀。二月好花開陌上，千人强弩敵潮頭。眉山大筆淋灕在，青史終憐事異歐。

題汪允莊女史端詩集

一種商聲簡外傳，生來詩氣得秋先。吟殘越水吴山路，占斷寒蛩冷雁天。不盡才華呼采筆，無聊身世託金仙。賞音莫詫昭容早，曾說髫齡悟絕絃。允莊選明三十家詩爲時所稱。

瓶菊

位置偶然耳，高人胡不平？嚮曾籬下寄，遲亦鬢邊盈。束縛衰年事，冰霜世外情。唯應一尊酒，相與白衣傾。

酬吳江柳古查上舍

之子松陵秀，幽情負郭田。家風餘孝友，儉歲富詩篇。春晚小園竹，月明江上船。遺文咨孟六，憑仗故人傳。時君以亡友史赤霞遺集屬爲編校，而君與史初未相識，其雅意可感也。

杭普甯寺有牡丹一叢云是于忠肅公手植蓋地為公舊里也汪少海大令因事過寺詢而得之為之賦詩莊芝階舍人出示屬以同賦因為追作

千朵穠姿百樣妝，孤忠遺澤尚流芳。白公老去尋春至，青帝歸來黯月傷。已歎樓臺辭舊主，祇留富貴付空王。不須浪說興衰事，會待同來倒羽觴。

鄰有餓死鶴和顧誠之

鄰有餓死鶴，詫語傳道周。問鶴胡爲爾，主與潔白讐。未能雲水逝，不免稻粱謀。主家初殷勤，築柴供棲幽。謂此可終老，弗復思瀛洲。媿彼支遁侶，飈舉何悠悠。爾性固云傲，主恩昔亦優。苦無羽翼奮，終致權輿羞。雞鶩共竊笑，鸞皇空翱游。爾無辟穀術，何以驂浮邱？寄語舊儔侶，曷作海上鷗。

贈何子古心

高文夜光玉，貞節後凋松。古心句。以子流清詠，令予緬古蹤。道親詩味澹，母老壯心慵。若問傳家事，前邨杏正濃。

詩人汪西村墓下作墓即其舊宅

酒氣猶疑拂斗梢，可憐詩骨委荒郊。李翱枉自悲知己，劉峻端應廣絕交。一卷殘經掩枯瓿，三間老屋捲空茅。白衣蒼狗須臾事，雞黍慚予近未包。

詠白菊

本色繁華著意妍，臨風孤影自娟娟。籬幽徑曲無人處，月冷霜侵欲曉天。漫詡山人徵宰相，須知隱士近神仙。歸來更作軍持供，喜對磁缸意窅然。

詠細菊

奇種繽紛門外洋，繁英瑣碎飽清霜。娟娟細雜騷人佩，冉冉幽聞靜女香。把盞略拈鬚際白，側巾微點額間黃。由來處士東籬賞，始覺秋容澹不妨。

白龍潭李公祠 祠祀前婁令濱州李侯復興

辛苦均編李復興，幾家卓魯嗣循稱。一星香火龍潭上，來往行人六月冰。

見雷竹泉比部書寄子樞宣南倡和詩冊次韻一首

一鼓祥琴萬緒哀，因君心事卅年來。讀書善悟方爲髓，飲酒能狂亦是才。作客天涯重把卷，埋愁地下且銜杯。悼午橋通政之没。可堪唳鶴灘頭詠，更問燕昭舊日臺。

偶題子樞盧氏往來倡和詩冊四次官字韻

疊璧連珠頓聳觀，引商刻羽不知寒。無田歸隱姑言祿，有母尸饔欲廢餐。繞屋山尤踰蜀道，看花人亦返長安。時詩舲、竹泉皆以居憂歸。祇應一事差堪慰，贏得清詩勝好官。

柳泉冬葬之期予以病不及會作此追悼

悵望崑陰氣颯然，異時名筆表新阡。湖山歸老初行樂，醫藥差池遽損年。君以服藥致□□爾增劇。何日海棠重宴客，幾人脈望待成仙。君藏書甚富。知交況託通家契，衰病臨風歎絕絃。

再贈古心

清極惟應茹紫芝，倦來聊復嚥華池。親辭言祿身偕隱，兄愛譚詩律互吹。楓葉尋行山半路，菊花開近宅邊籬。嗟予舊帙乖聲病，豈賴沈疴賴子醫。時予方以未刻詩卷屬君兄弟評校。

過楊孝子守印廬感贈

寥廓人三紀，崢嶸路幾千。君自汴還吳，又客游淮杭，未有所遇。燕疑巢故舍，鶴待表新阡。敦類皇朝事，銜哀過客憐。義山過姚孝子廬詩「聖朝敦爾類，匪但路人哀」，此用其意。〔一〕吾生明發感，空廢蓼莪篇。

【校】

〔一〕李義山詩集·過姚孝子廬偶書作「聖朝敦爾類，非獨路人哀」。

蔬圃偶題

未論猩唇熊白，且欣早韭晚菘。坡老芹芽春日，步兵蓴菜秋風。

王君所堂居橫雲山得石芝屬賦戲次二蘇集中韻一首奉簡

石上百物萌鮮新，神仙與人得之勻。天公此事各有分，何必龍鳳方娛賓。不與人間長史許，君家豪貴舊門戶。石兮肉兮底苦分，百二十種生無數。紛紛肉食璉與瑚，古來智者聞二蘇。吾今欲學沖舉法，不羨平地攀龍胡。臭帑區區苦難脫，石髓何由問王烈。遇君方匕如可分，刀須用竹不用鐵。

消寒雜詠十二首

何處難忘酒，端宜歲暮時。江山行子路，風雪故人詩。屢試浮蛆甕，頻傾引鶴卮。醉鄉無日月，此樂幾能知。飲酒。

敝裘良不惡，形影與君隨。未稱華顏服，先謀質庫貲。吟肩前日聳，病骨昨宵知。無復平生抱，香山萬丈披。披裘。

爲惜餘光短，全憑故紙看。零星愁鹿嚼，生世歎蜂鑽。夜月窺尤皎，孤燈映未殘。人情休笑薄，八百士多寒。紙窗。

一重如百疊，不許峭寒侵。繡閣人掀緩，華堂客坐深。車聲千里夢，燈影十年心。珍重唐花護，同雲雪又陰。氈簾。

嚴威凜如許，一室迓陽和。酒熟僮初侍，茶温客乍過。香中試坡谷，灰裏撥陰何。若問團欒話，蟬連未覺多。圍爐。

赤暈蛟龍起，飛騰化黑雲。斲冰人草檄，團雪士論文。呵筆疑春至，題箋記夜分。火攻非下策，即墨是誰焚。炙硯。

嗡嗡嘘堪熱，隆隆氣若蒸。生涯五熟釜，光燄九華燈。製巧渾規月，談深莫語冰。銷金此遺窟，每食歎何曾。火鍋。

青鞵吾已慣，忽漫是披緜。踏雪朝尋遠，吟詩夜坐堅。奇温倦游客，餘暖地行仙。繭足深山瘃，回思又幾年？綿鞋。

不是吟詩客，誰能踏凍來。打門迎蠟屐，滿地惜瓊瑰。臨水捎梅影，連甖貯茗材。呼僮好珍惜，莫破舊莓苔。掃雪。

堅冰何自結，一夜朔風驚。可愛開奩影，都成戛玉聲。小池魚欲躍，曲徑竹時鳴。試問新詩響，吟來若箇清。敲冰。

冷澹三冬蓄，辛勤百甕菹。齩根平日事，學圃古人書。粥引朝餐後，冰消晚醉餘。羔羊風味俊，愁蹴大官蔬。蓄菜。

不愁三徑僻，先報一枝開。青帝今朝至，詩翁特地來。鶴吭聲欲引，驢背句初裁。松竹歲寒友，幽尋何忌猜。探梅。

歲寒三詠

冰玉涪翁句，香燈彌勒龕。白頭當歲晚，黃面此瞿曇。古豔心源徹，聞思鼻觀參。小詩消得否，身覺在江南。黃梅花

霜雪發高致，粲然籬落間。蕭寒名士畫，冷豔夕陽

山。凍琢愁中句，酡生醉後顔。廣平腸鐵石，清興欲忘還。山茶花

伊人在何處，天外水盈盈。月寫前身影，琴流大海聲。眞靈餘慧業，冰雪悟聰明。未信歲華晏，來尋詩老盟。水仙花

抱硯圖

故人烏鎮同知陳君韶子，其本生父東橋明經逵，善書畫，蘭竹尤知名

昔人貴眞手，不與硯同壞。眞硯果爾佳，亦復甘爲拜。元方名父子，累世善書畫。詩筆傳浙西，蘭竹自成派。殷勤護手澤，謝絕高貲賣。終朝冷齋臥，秀色入眉黛。有時亦出游，增重行篋憊。饑窮不自療，如病著創疥。巧偷僮僕私，堅坐妻孥怪。斯圖聚羣玉，題字多老輩。一家足風流，二父脫罣礙。它日傳有人，墨寶守金薤。

後漢三賢詠

昔人以叔度比顔子，予謂孺子似子騫，林宗似子貢，迺爲後漢三賢詠。

軻死道失傳，南國有顔子。特開周程先，孤月照秋水。

右黃叔度

結宅梅尉東，温潤比玉德。髣髴辭費人，所談惟稼穡。孺子重梅子，眞名德，結屋於其宅東，事見太平寰宇記。

右徐孺子

結騎妙雍容，風流士類從。春秋端木子，東漢郭林宗。

右郭林宗

齋中偶詠四首

石田已堪哂，况復破爲名。山骨何年斲？天風往日生。無由保鸜眼，空想瀉龍泓。未忍遽抛棄，曾隨萬里行。破硯。

任說人磨汝，全終爾亦難。日長餘寸璧，月給笑雙丸。隱隱龍紋蝕，寥寥麝屑殘。爲因囊襲久，不惜更濡翰。斷墨。

爾休嗟脱帽，我本不工書。枉使千毫秃，空留寸管儲。竹頭曾有用，免窟任無餘。莫話生花事，文章萬字虚。敗筆。

結客管城子，前生孤竹君。可憐消日月，無復掃煙雲。典籍蠅頭記，功名馬尾分。空懷學書感，千載託殷勤。殘紙。

通藝閣詩三録卷第四

補古伯牙操二首有序

漢上有琴臺，云是鍾期聞伯牙彈高山流水處也。古琴操不傳，前觀察嘉應宋丈湘題詞壁間，深致慨息，然亦竟未及譜。予於丈有文字之契，追慕斯指，不度固陋，譜而詞之，姑爲後人喤引焉。

山之高兮峩峩，山有玉兮獻卞和。玉不用兮奚害，和之刖兮毋乃。自罪果爲璧兮猶可言，彼瑻珉兮何以云彼煩。宛鳳皇不來兮，吾將誰與？北方學者兮，庶其啟予。

右高山操

水之流兮湯湯，維彼江漢兮南國紀綱。二水合流兮東有海，東周可爲兮吾其不可以待。吾昔有師兮詔我以游，煙波茫茫兮今將曷求。

右流水操

宋丈題壁作附

噫嚱乎！伯牙之琴，何以忽在高山之高，忽在流水之深？不傳此曲愁人心。噫嚱乎！子期知音，何以知在高山之高，知在流水之深？古無文字祇至今是邪非邪？相逢在此，萬古高山，千秋流水。此詞音節□□，予所心醉。惜其末句頗涉凡俗，故□而存之。

滄浪操寄黎子星甫有引

滄浪之水，古說未有定處，均州、沔陽蔣驥謂非江南地。若長沙湘陰濯纓橋，寶慶邵陽漁父廟，城步漁父亭，皆去滄浪頗遠。武岡之迹，遼隔尤甚。今以其所考地理，龍陽邑有滄山、浪山，斯水出焉。其言似可依据，故從之。而作斯操，以寄黎子，使再考訂其說。

滄之山兮蒼蒼，雲四出兮無鄉。浪之水兮瀰瀰，月孤照兮無底。三閭漁父兮孰得孰喪？我思若人兮在水中央。

抱犢山人四友操并序

樅陽李寶樹先生名仙枝，從劉海峯先生游學。其詩孤介自喜，家有園池足樂，沒而吾家惜抱先生誌其墓。從子孝曾方伯來楚中，以山中四友圖屬題，予爲譜所操。抱犢山人，其自號也。

山之人兮奚爲，抱吾犢兮安吾時。生逢堯舜兮自慶，嗟彼巢由兮何以異夫皋夔？松與竹兮胡峭絕，猗梅且蘭兮迺行芳而志潔。古之君子兮和而不同，世有若人兮吾其斯從。

趙阿操有序

後漢·列女傳載沛郡趙孝女，字阿爲，周郁妻。郁父偉以郁輕躁無禮，令諫止之。阿退謂左右曰：『我言而不用，翁必謂我不奉教令。言而見用，則是子違父而從婦也。』乃自殺。予意昔人詩歌必有哀此事者，顧未獲見，乃述斯操。

妾欲言兮胡爲，親予怒兮良人胡辭？言弗用兮謂吾志乖，言見用兮迺從婦而父是違。生不幸兮遭此罹，死自明兮心孔悲。

詠徐元直有序

元直志事深隱，承祚既不詳其終末，裴世期注所引魚豢魏畧語，益不足以知其心，輒爲一篇以發其志。

元直誠偉人，折節中道勔。擊劍慕游俠，單衣樂遷善。新野值英豪，風雲劻旋轉。惜哉謀畧深，不救時命舛。老母際囏阸，方寸理莫遣。人生惟此心，本隱達諸顯。宦迹祇浮沈，祿仕聊黽勉。鄭重薦一賢，火井嘘復衍。始知君子澤，力足濟屯蹇。孟建石韜託雅游，嚴幹李義謬同卷。苔沒彭城碑，臨風發遐緬。何氏焯云：魏畧列傳元直與嚴幹、李義等同卷，亦云幹、義二人並單家見裴潛傳注中。

孔雀

枉說籠寬織，誰憐動觸兵。羽毛空自愛，文采莫分明。身後屏間夢，當前鏡裏情。須知千仞鳳，翔舉九霄行。

白鷳

亦有江湖夢，其如徒侶艱。依人託羈紲，何處説關山。照影自孤潔，引吭空等閒。暮年愁避地，相對惡孤鷳。

直指庵晚寄亭上人

白業子應師粲可，素交我尚媿宗雷。三車自演詩僧法，雙樹終傳弟子哀。古渡波濤瓶水罄，中宵風雨鉢華摧。緇衣死抱英雄憾，圖畫長留鎮化臺。庵與夏考功松塘故園近，疑爲其地舊址，跨塘橋則陳黄門自沈處也。上人嘗請馮少眉、改七香、徐秋池三君，繪二公像存菴中，歲以上巳日會。

吳興峴山懷古

叔子風流人，魯公忠義姿。峴山一坏耳，千古兩繫之。避賢復樂聖，左相聊爾爲。窪尊雖未没，亭址嗟久欹。衆峰盡回環，昆山獨孤巋。有如獨行士，可友不可卑。日華菰城麗，雲影震澤霾。功名何足言，寂寞數尺碑。

雨中泊道場山下

人從屈曲桑陰出，舟自悠揚柳影來。欲向道場高處望，太湖雲氣罨蓬萊。

鄉社歌

祈年賽社冬冬鼓，劉猛將軍猛如虎。祛〔一〕除疫癘錫綏祜，殄我蝗蟊長禾黍。年年田中足膏雨，禱神雨甘勿雨苦，田中水多淹却土。

【校】

〔一〕祛：底本訛作『袪』。

偶自題詩稾寄弟

江山風月入題評，草木禽魚養性情。楚國騷人詞託諷，漢廷老吏法持平。胸中志事傷寥落，海内知交半死生。差喜言詩難弟在，十年何止話彭城。

論書次眉山二蘇倡和詩韻有序

坡集有次韻子由論書詩，此坡官岐下時以所得諸碑寄子由而答其來詩也。坡云：『吾雖不善書，曉書莫如我。苟能通其意，常謂不學可。』此其意豈可以語拘拘諵諵者哉。予雖不善書，而喜觀古帖，然性終莫近也。先公素精楷法，錢唐梁侍講，以爲似趙集賢，意頗以此望後來，予弟子樞雖不足仰睎先人，然以較拙書，則超軼遠甚矣。輒和原韻以繼兩賢之志，并邀同作。

老坡本善書，其意獨有我。晉唐門戶外，自立一家可。篆體貴扁璽，嗣後形乃橢。古來尚樸拙，俗態巧嬝娜。畫被吾非能，染練子或頗。瘦者寒隸枯，肥者墨豬裹。書亦何貴工，此事豈眇麽。我生桑弧志，衰懦無一荷。投壺矢且躍，遑問會稽笴。黔驢術將窮，鼯鼠技空夥。不如守吾拙，一切任慵惰。況予病風手，差似郤克跛。有檝舟莫搖，無轡馬空駊。誰能眎譙檜，終古紉幹左。

和平叔父松風續嘯圖爲從弟桐作

吾家夙敦龐，臣叔尤質厚。勞謙躬磬折，見客恒訥口。一朝調官去，萬里重搔首。沈香委珠浦，丹砂失句漏。嗟哉越中裝，不及庇孀幼。淒然茲圖在，顔狀增老醜。磊磊成都松，清風出懷袖。徒將引吭意，付與吮毫手。冷落眉山牀，慘澹郫筒酒。平生事尤悲，六尺心易負。繇長君子澤，輿論藉不朽。吾衰弗能文，書以付桐守。

雙女貞行有序

予既書姜、吴二女貞烈事，姜女之舅氏復介予姻戚蔡君以請，謂將爲貞烈刊事迹，以徵詩歌合之，似於事不便。予以爲天下之孅一也，苟得其正，二女方將攜手於地下，雖異姓何害焉。雖然，潘子所欲者在貞烈事迹章著耳，事已具於前文，無已則請詩歌以張之，抑古人長言詠歎之義與？　貞女之祖姑蔡氏年十五，許字同邑潘基密，未昏而夭，蔡以奔喪畢其志。今年七十矣，猶持門戶訓誨諸孫不倦，然則貞烈之行，其殆聞風興起與？　抑其稟性自然有契合於天者與？予異其事，乃作雙女貞行。

淞泖水何清，鳳皇山何尊。古賢不可見，見此姑與孫。姑也系濟陽，十五節義論。於今年七十，洗手潔盤飧。它事不足言，請歌薪火燔。有叔歲未周，牀簀樓上蹲。倉猝奪門出，冰雪消煓燉。此事古有之，於今復誰言。盛德與陰德，致壽此其源。孫婦申呂裔，鳴玉佩芝蓀。篋中古詩句，宛宛血淚痕。先引五色帶，後繫素絰繙。重絰固吾分，五色匪思存。有叔奉舅姑，有弟事吾親。吾死責可謝，遑復他詞煩。有女識如此，男子媿且奔。吾歌兩女貞，枝葉相攀援。苟云天性殊，安得同支根。青松非不高，木緜非不溫。何如雙女貞，浩劫不敢吞。生建貞壽式，死壯貞烈魂。我歌兩貞行，懦立薄亦敦。

退叟歌為朱深齋大展作 何子古心作退叟說，予爲之歌

爲學當日益，爲道當日損。吾聞老氏言，萬事貴深穩。吾鄉朱翁游俠豪，自言七十萎蓬蒿。人間它事安足惜？差有節義隨天高。昔年風槩動湘楚，今日泖峯老烟雨。青山有骨不埋人，白月無情曾照古。二十出門六十居，此心安處皆吾廬。窮年不出婦供饌，終日無言孫讀書。人言翁才良可惜，我云翁志淵莫測。萬里行蹤足外歸，千秋浩氣胸中激。武林問病視藥勤，橋西遷居飲輒醺。舊游難忘三生石，世事除看一片雲。君不見？衡山朱昂稱退叟，知止幽棲二亭守。何生著說姚子歌？翁也與之俱不朽。宋衡山朱昂自號退叟，所居爲二亭，曰『知止』、『幽棲』，見宋史・文苑傳。

題錢叔美杜松壺畫贊

濃淡平奇妙合并，畸人身世著書情。雲林高致南田韻，不覺前賢畏後生。

黃壽山石筆格聯句二十韻

山靈啟貞符，地寶聳星月。子壽。嵌巖妙因心，蒸栗巧琢骨。子樞。閩田頗瘠產，粵石迺幽窟。席元章冠甫。昔聞蟠螭紐，今見裂象笏。壽。巉巉竦肩危，巑巑露齒突。樞。峻嶒勢無盡，華采用靡歇。冠。珊網海島搜，嵩呼水流汩。壽。屭屓掌胡綴，荆卞足載刖。樞。鬱然烟霧痕，宛爾

文字髮。冠。位置妥帖宜，精英陸離發。壽。丈篋任揮灑，杯水供洗伐。樞。雲如張蓋停，日乃抱珥揭。冠。光迷中郎絹，色晃師望鉞。壽。三品未足奇，九子詎容越。樞。徐陵私詫妙，米黻語笑悖。冠。禪悅捫差參，畫境悟凹凸。冠。用微歎備器，物巧斯任罰。壽。吾敢嗤么麽，子毋嘲齮齕。樞。三神風引遠，五色才謝竭。冠。聿徵書契祥，亦表風節兀。壽。

追輓單師白三十韻并序

予與單子師白識於汴中，南歸踰年，忽遽急耗。令子伽貽見過復闕，握手賦詩述哀，因寄伽貽河北。

單君海虞才，奧博世所羨。豈知艱劬性，衣食非苟賤。沈冥草元亭，璀粲金華殿。文章屬能者，華實一手擅。如何竟悠悠，落葉西風顫。桂華非不芳，叵奈阨霜霰。空餘破錦囊，浩蕩走枯硯。我生百無能，粗讀文士傳。少年昧生計，投老宜獲譴。大梁忽遇君，邛駏互吟眄。君雖飲酒少，舉杯亦歡戀。洪子子齡。與黎生，星甫。每過必清讌。新詩吟白紵，大草染黃絹。花開轡偕騁，月落談未倦。共言他鄉客，得此聊自忭。鐵塔大河聲，吹臺嵩岳面。回思江南樂，輒指天際燕。思親我先歸，文字各精研。君與子齡皆以文爲親壽。相思書未繼，惡語諗已徧。似聞靈輀歸，千里水郵傳。聞哀嗟已後，未及片辭薦。風義心愧勤，酸衷目猶眴。昨云賢子過，它出缺慰唁。莫諏情事詳，空負寸腸輾。平生交友誼，謬託古人選。九泉泣窮魚，千載悲急箭。計維書行迹，期與後世見。我豈足重君，此意極繇偭。梁雲團若蓋，楚水淨如練。道遠寄此詩，淒絕薤魚奠。

小園四時雜興

陸家東吳舊屋，杜老西蜀高齋。萬花錦繡飛舞，一庭風日清佳。

方塘月影荷浴，曲徑煙痕竹通。但道納涼留客，那知胸有清風。

竹籬前後參差，秋花深淺無次。人言菊徑大佳，衹待白衣尋至。

旨蓄一畦秋色，寒葅幾甕酒材。我共九梅水厄，春風一夜吹開。舊梅二十餘株，自經癸未水災，僅存其九，此後當號九梅園也。

偶得二首追次劉靜脩先生丁亥集中題韻

不成甫里不元眞，歎息桃符又一新。坡老聯吟猶有弟，介推偕隱已無親。貧爲鄉曲耽詩客，老作天涯閱世人。莫笑病夫渾止酒，胸中猶有太和春。

塵區何處著癡頑，鎮日書巢自掩關。微詠未離陶謝外，臥游如在向禽間。歸與世事一杯水，仰止古人千仞山。夷甫宦情知久澹，不因投老始投閒。

故友王澹淵仲子海客才筆出羣過從最數顧以不獲衆口問故於予予方用亢直招尤安能藥子姑為口號答之云爾

小洞庭街夙所知，讀書餘暇最工詩。一家文字青箱在，衆口才名白帽遲。我愛王郎多俊氣，人言宋玉有微辭。君看梅幹槎枒甚，却是妍花發故枝。

感事一首 乙未六月作

三朝依日下，一老慟風前。論事天難奪，清名世共傳。服官思少日，贈謚待它年。重厚眞堪亞，嗟哉失象賢。

題麟見亭河帥河工器具圖說後

東坡秧馬法始稽，放翁農器窮町畦。惜哉防河事尚缺，坐使水利成瞀迷。麟公一編遠投我，寶翫如覿青琉璆。宣防脩濬功最鉅，險阸搶護完金隄。其佗儲備各有用，象意何敢輕荃蹄。書列宣防、脩濬、搶護、儲備四類。古今事宜異沿革，南北地勢成乖暌。午巡單蓋日杲杲，夜訪隻炬風淒淒。急裝互馳接戍馬，決策孤聽寒郵雞。備物致用古所尚，惟聖有作無端倪。神明其意寓諸巧，是謂能述羣無懠。惟公敭歷徧中外，四載豈獨橇乘泥。全河事重借巨擘，如以衆器隻手提。方今天子至神聖，端坐躬秉元后圭。得公讀書禹貢熟，百怪彈壓潛鯨鯢。羣材效用各率職，挾此宛灼牛渚犀。克勤小物爲衆始，河清有頌詞臣題。詩如蘇陸公所愛，書生妄語公毋詆。

葉桐君廣文珪自怡園八詠子樞弟邀作

小石林詩館

故家洞庭山，微茫暮烟靄。藏書何必多，詩韻流欸乃。

嬾漁舫

茶竈陸魯望，箬篷張志和。釣璜非我事，閒醉弄烟波。

韻雨廊

雞鳴苦淒淒，何處尋舊雨。庭前焦桐聲，可聽不可撫。

揖峯臺

吾鄉九峯好，城西望城北。一拳培塿高，朵朵芙蓉色。

菊莊深處

古來幾淵明，能寫此花照。但使日陶然，無山亦清嘯。

招隱徑

胸中清妙意，詩句作烟雲。何必淮王客，來招鄭廣文。

面圃軒

老圃問何爲，有客來二仲。相對灌畦人，無花自擕甕。

東籬

爲是元方植，猶餘栗里陰。兹花亦常棣，永此歲寒心。

寄書田

二山兄弟玉連枝，藕術如君信可師。杏久林成分餉客，菊因泉釀助吟詩。交論車笠頻傾倒，景迫桑榆奈別離。不是壺中春色在，葛陂應已杖枯時。

留題古心城西藥室

養生叔夜歎何功，枉讀方書意未融。少日累親嘗百藥，衰年仗友絕三蟲。倡詶新詠清於玉，來往扁舟捷似風。悟得大千同粟米，不妨長隱一壺中。

丁酉季冬望夜作示弟

曩日詩篇漫自豪，此身久擬棄蓬蒿。冬晴衆望祥霙集，月滿尤愁太白高。慈母可憐虛手線，故人渾自念綈袍。聯牀比屋尋常事，因結來生首重搔。

丞字韻詩寄謝少海惠酒六首并引

數年前，在浙中爲『丞』字韻七言長句贈少海，頃以失其稾，來索檢之不得，乃復爲六言詩六章寄之。

書家吳郡長史，詩律輞川右丞。但使田餘二頃，不妨日請三升。

君醉應遭邴相，我聾漸類許丞。丈室自宜天女，蕭齋合喚詩僧。

法和不貪釋梵，立之豈屑簿丞。若問衙官屈宋，鑑湖春水如冰。

天涯出門春遠，歲暮打鼓官應。我爲耽詩作客，君緣嗜酒求丞。予明歲將之楚中。

帆影白搖涼月，潮聲青涌孤燈。騷歌南國山鬼，木賦西都海丞。君爲海塘紀事詩，詳述利弊，當與香山新樂府並永也。

冷官吾家癡弟，古印楗爲農丞。說與西川司馬，來年有酒如澠。有以漢銅印贈子樞者，文曰「楗爲農丞」。古文「楗」與「犍」通，弟適生其地，而名又與協，意爲來歲食祿嘉兆耶？

寄仲雲山左時以失察濰民結釁事，方被吏議

經年判牘烏啼後，今年冬，家弟方自豫歸葬，而君獲咎之議，自春首已聞之，蓋吏有所待。千里廉泉鶴弔餘。作吏君知須讀律，事親吾恨未牽車。涉江路遠分飛雁，予之楚中，弟將北行。表海風高大上魚。漫道往來南北事，因時垂寄數行書。

寄子筠慈谿

揮手西湖醉未醒，鬢痕都失兩峯青。仕途敢謂心非秤，文事猶難口似瓶。知己欲尋渾怕雪，先有約相訪，會以寒疾不果。舊交已散尚餘星。雲龍蹤跡終須合，留待它年倒淥醽。

除夕前三日柬退叟

少年蹤跡各天涯，攜手天涯屢看花。兒似仲謀君臥病，弟如同叔我辭家。已摧氣槩翀霄鶴，空歎年光赴壑蛇。猶有耦耕心事在，異時二老話東佘。

歲暮感懷

駒隙光陰倏易馳，白頭仍作少年癡。鶴鳧長短誰能較，杶菌榮枯各自知。名酒不當嚴冷夜，好花難得歲寒時。從來詩是窮人物，無奈燈孤又賦詩。

輓曹玉水郡丞

文采風流歎劫灰，卅年交誼託燕臺。玉門關外千篇雪，鄧尉山前幾樹梅。畫像長留朱邑祀，佳城彌益太邱哀。陳留縣北黃柏山有陳元方祖父墳，碑具存焉，見太平寰宇記。君自黃門以上皆葬太湖旁七子山，君亦從葬，故以爲比。吾鄉碩望端垂後，終見高門滬瀆隈。

次韻答李白樓

一串驪珠脫夜光，鶴來端與白雲翔。詞人雅愛王摩詰，前輩誰哀盛孝章。梅蕊已知春意動，別情應抵海波長。自憐覆瓿成何用，糠覈勞君更簸揚。

謝詩舲惠瓦楞蛤二首

越水分畦種，吳帆撥浪開。斑斕浮瓦樣，堅緻入牆材。物出奉化。明州人以築牆謂之牡蠣牆。妙佐新方藥，頻添濁酒杯。王孫心血短，仗爾盡餘才。本草云治一切血氣冷癖，俗因有補心血語。

纖介能含膽，餘甘快朶頤。未羞形瑣碎，頗覺汁淋灕。風味差蟛蜞，詼嘲類蛤蜊。浮生眞脆弱，瓦合不須疑。

題曹玉水郡丞出塞詩稾

七子山淒宰樹昏，盧江朱邑有新恩。早知玉樹埋黃壤，長爲君王守玉門。

立春後一日雪

昨日春纔轉，寒更雪驟來。未摧三徑竹，先間數枝梅。小僕思添炭，良朋約舉杯。惟餘老農望，麥壟或能災。

送張恒卿孝廉應禮部試北上八韻予以嘉慶戊辰冬出都，自後不復秋試，而君以是年冬始生

駒隙光陰半世嗟，計車送爾向京華。孤兒養已虛三鼎，才子文須壓八乂。北客情懷宜竹葉，東風消息在梅花。迢迢帆影烟初曳，裊裊鞭絲日又斜。燕趙傳經君雒

誦，楚吳泛櫂我伊鴉。有涯歲計看初旭，無限詩情屬晚霞。孝友自來通德里，品題難得讀書家。男兒樹立無窮事，可但新篇罩碧紗。

次海客和子樞官字韻詩第二首倒押韻

家性迂疏豈稱官，古來幾令問袁安。人言萬事宜白眼，我與諸公皆素餐。宦有田園何害拙，士如溫飽不知寒。時賢誰負人倫鑒，雅信平生水鏡觀。

九梅園分韻得老字

春風昨自天涯到，先向荒園尋九老。大夫鬚鬣踰五松，高士衣冠過四皓。殺機潛逃龍蛇劫，勁氣各挾冰霜縞。手栽奚止如我長，坐對眞成被花惱。病中屢憚浮蛆拍，林外尤愁翠禽叫。吟詩自韻不風香，眩水有光無月好。衆客互巡笑未已，主人將出憂如擣。它年騎鶴一歸來，更向花前豁吟抱。

輓書田

卅載相知未易情，一朝消息竦心驚。閉門句尚耽求友，君臨卒前一日，尚作書致寶山毛生甫，謝其過存，爲閽者所阻事。濟物人難自攝生。菊水神仙今日頌，龍門游俠異時評。漫將蓺術傳方志，文苑端兼獨行名。君家世入郡志·蓺術傳，然君非專以此知名者。

柬古心

人物何山大小評，每因過從酒杯清。往還詩句雙梅萼，寥廓雲霄一雁聲。逝者既傷行自念，昔人已往豈求名。君看寒月光如此，徑尺能生萬里明。

再輓書田二首

猶是常年訪舊時，忽披遺翰益深悲。王春南國辭鄉客，人日東風哭友詩。榆樹可憐成悵望，君門有七榆，因作草堂圖。梅花從此耐相思。福泉徑作西州慟，酒醒重教認路歧。

當時欲爲交遊返，豈謂年衰更遠行。予赴汴時，君作詩送行，約以早返。予答詩云：『不須苦說門閭倚，直爲交游也合還。』竟送衣冠閟泉壤，空教聲譽動公卿。吟詩我自憐何遜，賣藥人休例宋清。每以宋清自況。握管寫哀哀不盡，荒文終儗託佳城。古心及哲嗣昌福、昌治，屬爲埋銘，予已諾之。

孤兒出門行為楊子守印作并序

楊子吾鄉東塔街人，少能自力，不待教勉而委于學。其初惟務游學以養，迨父卒，歸任家事。益瘁。不得已，復出游，母又卒。于是楊子益悲其所以悲者，殆不可聞。有自責六罪，文語絶沈痛。予哀其志，爲作孤兒出門行。

世人孰無親，世親孰無兒？孤兒獨何悲，前榮後悴人莫知。孤兒祖曾來，豪貴世無匹。一朝倏萎謝，煙霧散空質。空將文采留人間，誰與平取材兼落實？朝出門，無晨昏。暮出門，謀饔飧。古者五鼎彼何人，嗟嗟孤兒獨非人子孫？北城有山高插雲，東控天馬西瞻崑。吾家先世盡葬此，松柏相望如生存。孤兒無力完馬鬣，淒淒鶴弔空山魂。哀哀胸前刺，惻惻心中事。六罪夫誰知，憂心告天地。去年刲肱人不聞，今年病愈仍出門。人云少學等閒耳，豈知筆講墨授中。有千載血淚痕，嗚呼孤兒愁出門。嗚呼霜露悲，豺獺禮孤兒。出門有如此，草間無力振孤子，有能援之錫類始。

詩觥歌為張詩舲廉訪作兼示雷竹泉比部有序

觥爲上海曹玉水郡丞江物，以贈廉訪。玉水暴疾，卒於京師，廉訪及比部相與卹其身後。酒次出示斯觥，屬詩以紀。感歎情事，爰作是歌。

詩舲廉使吾鄉傑，書畫風流寄三絕。更將餘興託尊前，千首騷歌恣豪激。飲酣示我古兕觥，巨角生拔蒼犀精。形麗質奇美且英，酒花蹙波波有聲。誰與發殪巧追琢，坐使筵上流光瑩。曹侯挈之共觴詠，濁者呼賢清者聖。一朝攜示張茂先，博物斯才合移贈。三雅遲看巨擘來，君於都門市肆得大小犀杯三，謂之三雅，皆有刻字。廿年差許交情競。荷鍤誰知荒宴心，舉杯不起沈酣病。北海尊罍事已空，西華葛帔情何盛。嗟哉曹侯事未竟，先世黃門風骨勁。文筆猶稱一代豪，諫臣足發千秋諍。傳家書卷清白貽，出塞詩篇心地淨。七子山看此日埋，三生石待它年證。我今名此爲詩觥，醉呼雷子辭縱横。屋梁落月黯顔色，海上涼颸悽主盟。漫嫌苦語剩離别，且喜軼事增題評。蒓羹鱸鱠暫時味，文采風流千載情。嗟予多病百事衰，惟餘卮酒猶弗辭。緑波碧草遠無盡，紅燈白髮長相思。一杯徑屬甘興霸，三爵請同王獻之。

為詩舲題得天司寇詶南華宫詹問墜馬折臂詩冊

天台老僧事然疑，司寇前世相傳爲天台山竈下僧。南華散仙來賦詩。馬名千里驚一蹶，臂到九折成良醫。瓊臺侍郎記覽博，齊次風宗伯墜馬破腦，蒙古醫愈之。晨則能記，午後則否。秦關傲吏古篆師。錢獻之州判晚年病風，以左手作篆尤工。何似吾鄉司寇好，從孫人物絶恢奇。

予與汪子竹海别于邗上數逾廿年丁酉春雷子竹泉歸自京師君寄聲問訊語意鄭重感歎之餘乃次乙亥秋見題賤稾詩韻奉簡

桃花潭水古汪倫，一别揚州廿四春。並世與君疑是夢，開編見字獨懷人。支離客裏牢愁句，寥廓天涯況瘁身。先德沈埋難弟夭，相逢塵海更誰論。原詩用廣韻叶。

又次劍潭丈見贈詩舊韻一首

何物元龍百尺樓，當時笑脱五花裘。漫言江表眞名士，豈有軍中妄尉侯。女是尹邢休避面，友非李郭不同舟。九皋浪作驪黄賞，海外誰知更九州。

竹素為予題集四首前此未及和也今乃追次第一首韻為悼寄示竹海

少日風流慕謝安，此生宜著竹皮冠。兩家共羨登堂好，一病方嗟握臂難。泉下琳琅知己感，世間車笠故人歡。君知野性貪麋鹿，分付佳兒繼玉鑾。聞竹素子讀書甚聰俊，故以爲訊。

青溪諸子以校勘湖海文傳刊板來城賃寓借書賦東少逸

司寇文章海內尊，國朝金匱典刑存。龍吟笛憤人懷舊，虔吼風狂客閉門。草舍敢儕書肆閱，漁莊長憶釣磯温。仲宣體弱須珍重，此是王公舊日孫。

春雪席間示張伊卿席冠甫二子

落燈風後興闌珊，驟覺嚴威意外干。一琖醇醪才子勸，漫天春雪老夫寒。諺云：老健春寒秋後熱。友人多以予爲强，故有此戲。泛江萍梗呼誰共，過厄梅花待客看。小園手植梅數十株，癸未水災後僅存其九，因呼九梅園。莫怪尊前吟思苦，可知清氣得來難。

紅梅戲與冠甫限韻二首

無數羣花紫與紅，枝頭消息認東風。春來流水溶溶際，人在斜陽澹澹中。一種閒情圖佚女，暮年詩境豔逋翁。臙脂莫道汚顔色，正爲施朱分外工。

悄無人處幾枝開，恰逐瑤仙後隊來。蜀郡佗揚兼異姓，姑山神女是奇胎。南方春早無言語，東閣詩成有別裁。浪笑曼卿桃李句，人間凡筆豈宜梅。

戊戌二月望日作有序

吾鄉沈沃田明經大成，有花朝、月夕二賦，以世俗所傳二月二日若十二日爲花朝者非是，當以二月望日當之。明經學殖賅博，其論必有據依。愚陋易忘，不記所出。今此良夕，有會於心輒書兹言，用諗學者。

微雲晻靄映空霄，春月清歡認此宵。記取吾鄉沈麟士，五茸城裏古花朝。

再用官字韻留別子樞

衰頽如我復何觀，珍重相期是歲寒。園中亭名。陔下已虛游子養，風前還廢故人餐。時聞韋人之喪。病中祇益身尤悔，老去方知毒宴安。莫怪臨歧留苦語，古來五福不言官。

前詩意有未盡以范石湖道義平生無捷徑風波隨處有虛舟句為韻賦詩識之庶幾相保

上有千里雲，下有千里道。出門即天涯，處處王孫草。

祀親粟求仁，惠衆漿乞義。兼濟事既難，獨善心亦媿。

精廬留仲海，酒肆約陽城。詩寫此中意，何心鳴不平？

雝雝復呦呦，鴻鹿相和鳴。我思五倫序，昆弟先友生。

志事已云憊，田園亦復蕪。此日良可惜，此酒不可無。

我思三代下，繁重變簡捷。嗟哉至人心，淵默在三篋。

畢生惟健行，萬事貴靜勝。李桃默無言，往來下成徑。

昔人聞韋謝，祖德兼家風。强仕子宜勉，吾衰六十翁。

心動不能制，一波生萬波。君看古井水，非獨孟郊歌。

聞道江黃國，山川近古隨。地饒魚筍美，人憶郭潘奇。事見蘇集黄州東坡詩。時予以廣濟令毛子鴻順約之楚中，其地爲黄屬邑。

漫漫予南行，宛宛子北去。悠悠出山雲，指點雲生處。

纍載數束書，殷勤一杯酒。養身兼養心，它事非吾有。

有子當力田，有子當讀書。千秋萬歲心，炯然存太虛。

無著天親意，東坡與子由。人間兩漂梗，江上一扁舟。

寄嚴仙舫芝靈寶子樞弟奉諱後，因事羈絆二年，君爲區處歸計

寥闊江湖雁影遲，多君爲我引參差。兩年流涕思親日，千里傷心見弟時。草色似袍春水遠，梅英如雪月明知。飢驅又向天涯去，惆悵淵明乞食詩。

戊戌春日將為楚游留別家鄉親友五首

殘年遠道意如何？回首尋思舊澗阿。詩易言愁貧病久，易難占險悔尤多。山間小草愁霜霰，天外冥鴻見網羅。自是無能亦無好，不因彈鋏始高歌。

萬事疏慵道率眞，頻年生計太逡巡。涉江西上無奇

服，游雒東歸有墊巾。老不求名猶愛學，貧宜憂道卻依人。知交厚意吾殊愧，負米而今已失親。

五湖雅志託邱樊，清節傳家夢九原。兩卷檀弓何用例，一篇秋水久忘言。陶潛詩句存『荒徑』，庾信文章付小園。今日也教拋擲去，空將舊事話流援。

池水潮痕驗長平，竹籬藤架任縱橫。孫桐百尺遲元歎，奴橘千頭問李衡。婚嫁畢時餘嬾癖，江山倦後剩吟情。無聊且鼓滄浪櫂，漁父何勞問姓名。

掃地焚香韋左司，不成游宦衹棲遲。田園困稅詩何益，衰病辭家計可知。新筍茁籬留客日，梅花如雪閉門時。無端又向天涯去，春草惟應夢謝池。

海客和予留別詩意有感觸輒次樊字韻一首為答

倦羽奚云鶴在樊，幾回清唳引平原。饑來敢卻壺觴惠，老去尤思藥石言。生有送窮嗟吏部，死無封禪屬文園。自嫌變徵聲多激，欲鼓瑤琴試一援。吾鄉平原邨，舊多鶴唳，鶴灘所由名也。

王丈述亭年八十一矣而道健如五六十人新正六日來告將為浙游惜其年邁如此不免作客然亦重其意氣之壯於其行送之以詩

隨處烟波足釣舲，此身甘作短長亭。梅花東閣開人日，桃實東方熟歲星。詩味月催茶乳白，鬢痕雪壓柳條青。兩峯山色長如故，莫遣高樓酒易醒。

老病

老去嫌多病，愁來强自知。誰憐飾巾日，猶是出門時。醫藥徒爲爾，詩書兩負之。空餘難弟在，勉託異時期。

憶梅寄友

故人渺天末，一說一回思。夢到無人處，吟成不語時。恨無山可種，衹有月相隨。驛使何年至，空齋見一枝。

通藝閣詩三録卷第五

古意十八首

吾昔讀聖書，教養意何殷。有能敦本原，士農事不分。除莠當務盡，力耕可弗耘。口談徒賢爾，端貴四體勤。陶公肯詔我，詩句胡其懃。折腰尚不可，況乃使心棼。

隋文混六合，意若無秦皇。人才得高蘇，刑律宗申商。雖承六條法，所得亦微茫。文中起河汾，初意治術良。上書不見報，翩然臥東岡。弟子多講授，撥亂振頹綱。擬經誠或過，斯意詎可亡。奈何亡是公，名字疑豪芒。不見賢達人，千秋意慨慷。范司馬、兩文正公。悠悠白牛溪，浮雲歸帝鄉。

太白好遊仙，落筆意輒寓。金門恣出入，飄飄陵雲度。可憐紫極宮，符籙受屬付。長安感落日，潯陽慟朝露。喬松竟安存，空有好詩句。商聲動千載，清氣廓冥霧。晚年長鯨遊，早日大鵬賦。長留天地間，不旦亦不暮。

少陵譏陶公，責子挂懷抱。謫仙嗤揚雲，賦達身已老。二子胥固窮，晚節不同調。要之甫白賢，所取各有奥。昔人語偶託，狂狷皆可考。彼哉何中庸，胡廣與馮道。

景山當漢魏，清尚世所宗。如何毛崔時，衆乃議其通。諸人易車服，敝垢求時容。□□意獨否，出入何都雍。迨平星□殊，炫燿矜□豐。人謂徐□□，□□疇□同。昔人□□迹，所貴循中庸。通介事胡常，吾心有初終。所以盧子若，□□欽高風。

東方物始基，西方物成孰。由來天公意，萬事有翻覆。文王懷昆夷，古公事獯鬻。仁德爲之主，一往無不服。奈何後世王，專取威力足。窮兵瀚海外，不聞萬人哭。恩怨有時平，他人復報復。誰師直德言，千載廟謨淑。

秦皇虐諸生，天下無貴士。伏翁老抱經，孔鮒仕陳死。其他擯斥者，各自敝屣視。四皓亦高賢，空山采芝紫。嗟嗟武陵客，花落隨流水。猶有安期生，海上逐徐市。

穆滿昔巡游，八駿極馳驟。逡巡化人在，荒唐王母覯。劉徹尤雄才，曠廓無宇宙。射蛟進名魚，逐鹿狎奇獸。供御日益麗，傾車珍羞覆。賦稅亦以增，小民困枷杻。南行過遺苑，衰草攢貛狖。曲榭甃廢池，傾臺側危岫。罘罳與窗戶，錯雜間珠豆。流水奏悲聲，浮雲動高晝。我聞古皇出，史筆書左右。漢文灞上軍，周成岐陽狩。孰能溯其先，巋然南山壽。

明皇少英哲，手削太平主。制治何休隆，郅哉貞觀伍。堂堂曲江公，落落宋開府。一朝失綱紀，萬里徧千櫓。炎火燎中原，西征晚年苦。諂諛眞善蔽，目睫不自覩。謬謂使典才，焉知玉奴蠱。妬賢彼胡人，千載有林甫。

太白逐流星，羽檄方徵兵。紛紜秦蜀楚，馳馬大梁城。問君幾何年，事非一旦傾。南蠻瘴氛惡，西徼雪光晶。玩兵不自戢，機智下民萌。但貪虜掠易，豈顧骨肉輕。禍由吏變激，根蔓未易平。積骸高如山，流血呀成阬。捐彼萬人命，成此諸將名。竹策不可期，金帛非我榮。區區堅壁議，空見四野清。可憐武成頌，千古垂休聲。

自從文字孳，義乃生訓詁。陰陽互虛實，二者相夾輔。六籍既經秦，豈可更炎炬。碎文自相賊，不復見高矩。蟲魚爾雅郭，假借說文許。偶合事豈無，詎若大義著。斯理在人心，往來無今古。我聞六經事，門徑各部伍。康成禮箋詩，不免後哲侮。有能觀其通，太極萬物祖。

昔人文章外，訓詁兼義理。義理爲之主，二者輔車軌。如何後世賢，昧本末是侈。根實既云撥，空復華萼美。斯言有不信，如斗失杓擬。古學嗟已亡，古心猶不死。萬事惟折中，萬古入寸指。

古人貴文章，亦貴有厥實。春華當爛漫，恃蒂以爲質。不見桃李英，紛綸繁且密。不見松柏子，堅固誰復匹。一旉豔陽時，一固歲寒日。苟非樸茂性，焉得常駐術。遐哉古至人，寥寥守吾一。

上古官養民，近古民養官。亦知事非古，勞力心顧安。有能善厥終，吾憂庶幾寬。如何法律密，盡取非所難。謂言祿澟薄，官爲救飢寒。自上以益下，責汝貢肺肝。存者供給侈，去者費用殫。再竭刑餘貲，以裨口中餐。上下既交困，病莫知其端。作俑彼何人，不顧後世訕。

上醫在醫國，醫者治其心。苟非中所宜，四體曷以任。人生不自愛，六疾兼六淫。豹毅互得失，孰能知淺深。我聞至人言，正立邪莫侵。又聞君子語，貴以疾自箴。有言莫使哀，有疾莫使沈。君看齊侯病，扁鵲徒投簪。

鴉居高樹顛，寒夜鳴且飛。鴿棲太倉屋，集穀充我饑。鴿集豈常飽，鴉飛匪終悲。瞥然鷹隼下，搏鴿擇其肥。肥亦不自集，擇亦非所知。飢烏瘦啞啞，隨處蒿下棲。過此頃刻寒，禍福維汝期。

昔聞霍子孟，漢世稱公忠。不有負扆賢，焉知富民功。後來元祐治，功歸司馬公。元符與紹聖，安可繼熙豐。爲治有變更，與天相感通。五行恒燠寒，四序無初終。要知穹蒼意，亦貴春沖融。苟無寒暑愆，甘雨偕和風。

吾家本農畝，世業夙已遵。先公起巴蜀，卅載揚清芬。手散槖中金，欲勉後嗣勤。爾何不自愛，中歲爲惰民。遨游江山樂，跌宕詩酒殷。顧取他人貲，爲子歡樂因。一朝事勢易，衰病困勞筋。存者長已矣，來世庶有聞。

次采石

慘阻雲陰夕，空茫月氣浮。戈船橫戰壘，杯酒擲江流。旗外風長颭，壺中色不秋。壯心今已矣，高咏孰爲酬。

采石亭

東風吹長波，大江日夜聲。月華自流照，搖蕩古長庚。飄飄錦袍仙，落落金門英。一朝忽委化，天地無精靈。公詩不自哀，聊以感激鳴。皇唐紹周漢，千載垂休名。痛埽六朝習，首貴眞且清。孤鳴西山鳳，雄掣東海鯨。撫舷一吟嘯，光動天上星。富貴與神仙，蹉跎兩無成。空餘舟中酒，一舉付沈冥。

舟中望九華

孤椒卓倚大江潯，朵朵芙蓉落水心。太乙僊人臥吹笛，一天煙雨暮雲深。

雨中過皖城感懷惜翁兼寄石甫觀察臺灣

扁舟風急怒濤間，獨客魂驚壓舊孱。奔雪春飛三峽水，亂雲晴涌六朝山。塚中骨冷成千載，海外文奇動百蠻。顧我殘年尚漂泊，端應乞得著書閒。

九江弔太白

太白辭官日，廬山有草堂。水師三十萬，一檄下尋陽。風雨悲歌夜，騷人放逐鄉。千秋哀郢後，淒絕豫章行。

望廬山寄南康王彤軒七丈

雪起香鑪五老峯，蜀江千里遠相從。何人能貫陶公酒，來聽東林寺裏鐘。

江行

出門即天涯，客路恐艱阨。江行二千里，道不見一客。景物足娛熙，衣冠任拋擲。悲歡異老少，風水共酸激。落日蕩古愁，浮雲動行色。欲賦紀程詩，舉頭楚天碧。

老去

少年貪道路，老去又天涯。憂患眞爲福，窮愁豈復詩。寒魚噓夜永，病驥敵風危。尚愛杜陵語，欣欣物自私。

楚江舟次即目

林木叢叢青似薺，布帆幅幅白於鷗。溝塍高下行秧馬，亭堠參差列土牛。

次韻寄酬詩舲贈別之作

一篇驪唱楚歌行，無數青山鷁首橫。詩板拂時烏燕語，酒旗搖處白鷗迎。芷蘭香動瑤琴曲，鴻雁書傳玉笛聲。不是鄉園易拋得，待君重話別離情。

寄酬小枚

偕予潦倒是姜生，客座吳門酒細傾。開府小園餘瓠種，君有長柄壺盧圖。要離荒冢有簫聲。所著文日吳市吹簫集。兒郎菽詎儕星祝，君子以病從書田學醫。耆舊詩應補姓名。亦自與君呼二鳥，倦游終返五茸城。

懷麗生龍山星甫龍陽

縹緲桃源路，崢嶸銅柱家。凋殘洲上植，哀怨笛中嗟。仙井甘踰菊，蠻箋色勝巴。滄浪空有曲，流恨五溪賒。

喬鷺洲明經重禧**以詩送行舟中次韻奉荅二首**

擊節驚奇萬古來，風流前輩趙損之光祿。張少華舍人。開。醒殘明月江南夢，吹盡雄風海上才。晚境莫教眉更斂，華年容易鬢相催。不知仲蔚蓬蒿徑，近日何人屐破苔。謂詩舲新居。

病骨頻年歎未蘇，衹應故態尚狂奴。坐來談論三升酒，老去行蹤萬里圖。我已素心盟款乃，君眞赤手搏於菟。定文自笑詆訶癖，苦語能傳後世無。君以詩集見質，予多所評駁，而君不以爲迕。

生甫自吳門送石甫之富陽歸過泖上因送予之楚中作詩見貽未及酬答舟中無事次韻還寄二首

經術群稱井大春，若論根矩屬東鄰。小山桂樹淩空蓋，流水桃花幾刧塵。待渡欲回將落日，登樓同是倦游人。西湖若問當時態，今日山眉衹合顰。

何處音箋問楚鴻，可憐庭院幾紛紅。海中琴客舟初別，山裏棋仙局易終。殘酒無心邀賸月，落花如此又東風。文章小技吾何有，邱貉空嗟一霎同。

黃州城外夜泊

西望黃州山下門，笛聲吹罷暮煙昏。嶺雲得月半明滅，江水與風相吐吞。待酒空尊無剩瀝，題詩破墨有殘痕。牧之潦倒元之悴，可但東坡易斷魂。

由夏口渡江寄故鄉諸子

帆檣叢裏萬樓臺，燈火人家夾郡開。吳蜀中分天不斷，江山如此客重來。浮生更著幾兩屐，老我須傾三百杯。誰向石屏風底臥，神游千里鶴飛回。家有祁陽石琢成江漢合流圖鉅屏風，太倉畢制府舊物也，予作歌存集中。

黃鶴樓眺望作

何人采筆破洪濛，無數風光拊檻中。樓閣浮雲吳郡國，江山明月楚英雄。峩峩檣帆依清漢，瑟瑟葭蘆拜晚風。長笛一聲人不見，手招黃鶴逐冥鴻。

武昌魯子敬祠在漢陽門内

指囷高義幾人求，遺廟猶看枕碧流。公瑾相看燒赤壁，仲謀苦說借荆州。三分割據籌誰勝，一代人才量最優。用袁彦伯三國名臣贊意。如此狂兒端復少，蕭條香火暮煙愁。

楚中感懷王觀察鳳生**寄呈督部林公**

江水日東流，漢水流自古。如何忽中張，彭亨病腹蠱。君昔貽予書，漂搖歎風雨。頻年困洪潦，民食嗟拮据。縱使免爲魚，能無艱拾稆。扁舟屋檐泊，一葉翩于羽。大吏雖撫綏，小民終疾苦。我今身莅止，猶幸收廩庾。有如尫起人，隱患在心膂。君今既冥莫，遺愛付羊杜。何術躋治安，殘編自心憮。君最爲林公深契。

鄂城追悼宋芷灣觀察丈丈曾官湖北糧道

歎息宋无忌，仙人今若何？梅花無信息，明月託江波。昔日金龜解，何年片鶴過。青天嗟蜀道，容易感蹉跎。

赴嘉魚雨中泊簰洲

亂隊鳧鷖幾鷺鷥，漫天梅雨問沙羨。音夷，見漢書·地理志。風流屈宋銷難盡，茗椀香鑪讀楚辭。

掘土行 爲武陟古烈婦作

武陟有賢女，姓趙字古家。結縭甫四月，哀苦髮已髽。既葬逾三日，哭墓淚如波。哀哀土三尺，黃泉人未遐。我身胡不從，同穴義則那。九幽雖黯慘，攜手幸無佗。豈如人間世，日出事紛拏。如何不我許，鄰里持青蛾。歸來强歡顔，入戶噫滂沱。明年忽元夕，燈市粲流霞。衆人走雜遝，火樹飛銀花。賢女獨閉門，匹練素領加。家人闖門入，闖然色驚嗟。猶是初時心，踰時豈蹉跎。初時亦尋常，蹉跎無奈何。空梁照寒月，孤影地上過。生有一寸心，死爲千載華。

嘉魚城外

城外青山室環塔，內湖外江渺無所。人家谿寺捕魚罾，手掣水車飛激雨。年年急浪漱城根，□□□衝剩廢垣。循良自是撫綏職，詩畫風流何足論。

嘉魚雷劈古柏詩 在城隍廟內，廟有錢唐顧令君澍楹帖

阿香雷車擘雲馳，憑空氣壓崩石枝。半枯全得赤壁勢，倒偃橫吸青山姿。澂湖鐘魚蓄千頃，虛庭香火靜六時。長康題字嗟已矣，瞥見飢鼠銜神髭。

即事二絶句

霜侵雪壓瘦柏，風淨日長面槐。山水光中歌舞，可無明月飛來。

水得山而靜定，山得水而裴回。天外交游圖畫，夜深燈火樓臺。

城東觀荷三絶句

夫渠楚北花麗，魂夢江東路遥。一夜白蘋風起，歌聲隱隱紅橋。

城東十頃紅荷，江南千里綠波。風風雨雨秋思，付與滄浪九歌。

欲喚扁舟南泝，九疑瀟湘洞庭。鸂鶒一雙飛去，煙

波何處前汀。時予將之湘鄉。

憶舊游三章寄懷脩武張魯巖學博

昔我河朔游，諸公各傾倒。中間張與邵，修武縣令鳳依。尤覺於我好。學術有短長，文辭自華藻。要其心地潔，秋月在懷抱。空嗟千里遠，天涯滿芳草。離別記何年，相思人易老。

今晨偶無事，忽接故人書。云是相憶久，尺素慰索居。中間字緜密，蠶眠復何如？復寄君友文，屬我別珉璵。君意良已厚，我情空愧疎。江河雖浩蕩，中有雙鯉魚。

邵公古循吏，休譽何卓犖。招予百巖游，其意厚且慤。空山勞供帳，猿鳥驚剝啄。移官向楚中，邀予岐亭角。仙鳧飛既去，流水奏空樂。此地不見君，白雲向天邈。

贈祁翁百兼名士行，山陰人。明中丞忠敏公後。壯時曾從軍，弃官不就

東越祁夫子，道顔長晬溫。湖山今澹慮，軍旅昔忘言。潦倒兼辭酒，艱難更勗孫。猶餘故鄉夢，歸艇話江邨。

嘉魚署後小阜晚眺

寥濶嘉魚縣，江城落照多。亂鴉啼壞樹，疲馬齧殘莎。郊壘尋頽址，隄防託浩歌。平消三尺水，帆影漫經過。

後園秋眺即目

楊柳垂垂尚有情，石榴紅隙映猶明。潦收洲渚參差出，牆缺峯巒次第傾。嘉魚山皆斜走，形家言邑居凋敝由此。西蜀夢遥千棧隔，東吴路遠一舟横。尋思已是平頭過，仰看晴天片羽輕。

答贈家養田少府治平**二首**

吾□殊澹蕩，灑掃祇清風。仙尉依梅里，家聲續武功。游行小園賦，幹濟大隄工。若問含飴事，詩書一老翁。方自□孫。

楚江清撲曉，山氣寂忘言。荷影月流淨，蕉聲雨過喧。萬間愁杜甫，一室笑陳蕃。它日留題客，幽尋綠意軒。

伏夜

雲際輕篩白銀竹，月中飛掣紫金蛇。風聲欲喚江聲起，水氣能令日氣遮。

六月八夕不寐侵曉作

彤雲凝碧宇，澹月斷疎更。觸迕愁人眼。天狼一箇明。

有感

子房師黃石，平陽敬蓋公。老少事各殊，所就皆英雄。

草堂雜憶六首

酷暑何所憶？憶我林際竹。清風中間行，赤日不敢觸。

酷暑何所憶？憶我池上荷。侵曉月色澹，披衣香氣多。

酷暑何所憶？憶我庭間梧。日影移將盡，東方照屋珠。

酷暑何所憶？憶我亭外松。卅年記手植，黛色已重重。

酷暑何所憶？憶我小池月。螢光去復來，驚起宿鳥歇。

酷暑何所憶？憶我草亭風。瓜茗清談罷，羲皇高枕中。

綠意軒

柳士師官子尤辱，洗濯塵垢鉏薉荒。胸中千畝飽筍味，門外百里餐湖光。老妻開甕酒醅熟，幼孫讀書文字香。客來煮茶側耳聽，高枝蟬聲爾許長。

新秋日雨

秋來一夕雨，涼意滿江城。是處莎蟲響，都成屈宋聲。閏餘殘暑在，月憶昨宵明。若問愁消息，雲邊指雁程。

秋暑病目

可畏秋陽烈，猶欣夏屋渠。自知人事嬾，頓與酒杯疎。終日惟高臥，殘年待補書。宵深詩思發，空撫枕函虚。

病目詠齋中物二首

朝朝流雲凝，夜夜零露滴。白石萬古心，青松一叢色。讀書託幽懷，徂年意何極？盆中石昌蒲

花甌一點黄，秋色蕩無際。汲泉瀹甘寒，著霜味淩厲。炎歊一以袪，拭我目中翳。茶菊

連理槐寄弟 嘉魚法華寺外或三株，或二株，皆大數抱

乍覩紫荆嗟共命，又看丹槿感徂年。古槐蕭寺尋常見，江水東流落照前。

城東再觀秋荷二絶句示友

君住鏡湖三百頃，吾家三泖亦多栽。今年閏月未嫌晚，恰值此花生日來。

澹雪明瓊碧浪紋，天風搖動翠羅裙。門前一道横塘水，疑是全家住白雲。

秦鐘寺 嘉魚城東北邵陵里，亦名尋鐘寺

一徑秋蟲與草分，鎛鐘重弔太虚文。何人更解尋聲至，合向空山叩白雲。秦少游有弔鎛鐘文，方志云在此。

菊枕

炯炯霜眸夜臥遲，垂髫曾讀放翁詩。而今五十年來夢，一枕幽香憶楚詞。

齊雲山鳳尾茶寄謝朱深老

指點齊雲瑞草芽，筠籠采摘野人家。桐華竹實非無分，甘棄空山老歲華。

白鴨詞

曾向滄江狎素濤，依人亦自惜霜毛。可憐不是翀霄

翼，引頸長聽唳九皋。

題潁上黃庭蘭亭搨本

山陰換鵝書黃庭，昭陵寶氣騰蘭亭。潁上古井光晶熒，故知奇采貫日星。翠玉洗盡石骨青，誰與叩之聲泠泠。舉似定武眞尹邢，擺落塵穢游空冥。後出已壞嗟千齡。

懷舊詩一章題故工部侍郎翰林侍講學士南滙吳公詩集後

渥洼天廐姿，瑚璉宗廟器。玉潭潛蛟螭，珠樹集孔翠。司空起海上，文譽好昆季。挺拔跂千尋，激昂屈同類。汲生頗戇直，鄭公迺嫵媚。鳳翔必九霄，松蔭非尺地。蚤年官成均，博士冗所治。先掄瑣闈選，次勅殿廷試。斯事古殆無，後來定誰嗣？乾隆甲午，公以乙科官國子監助教，分順天鄉試房。文辭富灑落，應御拜清閟。卿雲漢珥筆，燕許唐列位。海寓占文昌，仰見明星概。互提珊瑚網，各振鸞鵠吹。賦材大雅齊，碑頌輿人異。楚寶照乘光，冀駿追風轡。竹箭與南金，紛然會稽致。當時四門學，胄子衆咸肆。秀出映班行，鏗鏘戛鳴璲。微辭雖屢諷，驕態不自忌。候門恥孔光，握管慕李泌。明主方臨軒，諧臣敢掉臂。每思少年書，不忘昔人義。高談鬚戟奮，私念眉鏡顇。初蒙投杼疑，終洗拾塵累。吾生恧謭劣，識面始燕寺。鄉社枌榆連，姻亞蔦蘿施。數邀小友呼，屢共名卿醉。私恩公所斥，懷知我滋愧。昔從問奇樂，今過掄材肆。文孫出遺編，高弟篤風誼。信史誰炙簡？叢書與拾穗。采詩附鄉邦，敢詡報幽隧。

江漢隄工謠寄周介夫太守鳴鸞安陸

江水遠出西番西，漢水嶓冢清無泥。上流荆郢下襄陸，洞庭以北皆金隄。二江水利灌全楚，害亦潰決災蒼黎。老林伐木秦蜀盡，挾沙怒下傾封提。萬川東注恃屹爾，銀濤滚滚翻素霓。魚龍百怪恣回惑，鳩鵠兆姓含慘悽。怒蛙崛强式霸越，牽牛觳觫愁强齊。況兹上下命無算，正賴積土爲栱枅。溝塍漏蟄别明暗，價值遠近區高低。衆工築削具筐梠，呼聲邪許應鼓鼙。轟雷疾馳耳根寂，采虹綿亘目力迷。既堅且速利永久，千里横貫成町畦。漁商朝看提網出，雁戶宵覓擇木棲。若非年年培息壤，安得處處扶耕犂。我聞歷山鑄金幣，又見錦水沈石犀。吏民誠各盡乃力，災潦那復干天儕。時晴勢縮護穴垸，楚民謂隄内穴口曰垸。歲晚務閒迎福禔。故人漢泳不可見，詩成浩蕩馳封題。

禁煙行有序

煙草始自晚明，傳種呂宋。近又有名鴉片者，呼吸徧海内，爲害尤烈。鴻臚黄卿爵滋拜疏請嚴禁，上命封疆大吏條議之。兩湖制府侯官林公既具奏覆聞，復下檄通諭疆内民庶，詳示救患善後之術。予感其事，因賦是篇。

鬼燈睒睗青糢糊，兩人對臥屍睢盱。竹筒尺六形短殳，左右翻覆吸復呼。毒漬血脈中貫輸，絕爾肯嗣隕爾軀。後有大苦前甘愉，我聞外洋忌中賑。說文：「富也。」惡草渾脂互牽引，先向心田辟麥禾。潛從氣管通肝腎，朦朧昏迷術自窘。過時弗至藏交困，涕出汗流誰復閔。深入膏肓是名癮，盛朝郅治惡必除。名卿拜疏騰天衢，一朝下詔徧都邑。四海春風長拂噓，侯官林公古君子。袖裏神丸起人死，曾活東南億萬民。蒼生我亦甦枯骴，道光癸未吳下救災事。即今全楚歌樂只。十九府州尺幅紙。尺幅紙，君莫輕，殺人活人君自盟。祖宗何讐爾何罪？因首弗獲齊編氓。吹燈折鎗繼藥穀，根株斷絕膏精盈。煙管謂之鎗，吸煙謂之開燈。豈惟中國力常裕，尤使外夷心暗驚。吁嗟乎，白骨重生良可慶！憑延宇内黔黎命。集霰當思雨雪嚴，履霜合戒堅冰盛。我思臣賢由主聖，千載欣逢道光政。

中秋前二日始見桂花一枝因懷家園二絶

曾向離騷詠，如何此地艱？故知江路濶，不比在深山。

香山寺裏稀，天竺峯前密。何似故園枝，小亭斜漏日。

中秋月蝕停止開宴祁翁置酒遲月未蝕而雨賦此紀事

相逢吳越一家親，天試尊前老健身。翁年八十而飲興不衰。雲向江心潛寶鏡，霧從空際濕冰輪。要看明夜蟾輝滿，先洗今宵兔魄新。五十七年巴雨夢，與君翦燭話壬寅。乾隆四十七年中秋月蝕，是歲在壬寅，予以六齡童子隨侍祖母西蜀。

杜一亭廣文枚**以微累去官意欣然有以自樂賦斯贈之**

迢遞燕秦慣授餐，青氈尤比客氈寒。杜陵詩裏愁爲境，莊叟篇中累是官。已遣小兒呼束帶，休教薄俗笑彈冠。醯雞出甕蜂鑽紙，始信鯤鵬運汗漫。

制府林尚書則徐**巡閱隄工舟過嘉魚呈賦一首用大梁招集嚴字詩韻**

翩然一幅大江帆，行省誰知駐幄幨。方寸活人常浩蕩，千尋律己自清嚴。瓊樓高處招黃鶴，金鏡懸時引素蟾。曾約於中秋後至省展謁。直爲蒼生籌保障，肯同匹士矯鳴廉。

附和作

荆襄歷盡掛歸帆，此地無端阻旆幨。多謝酒人分瀝液，獨難詩律鬥精嚴。郵亭銜肉嗤烏鳥，來詩及此。官閣傳杯約玉蟾。承許中秋來吾齋。千丈金隄果無恙，敢因行役怨飛廉。

林公見惠藥酒及閩錯二品兼和拙韻再賦為報

石尤天爲阻征帆，時雨人都望駐幨。自喜慈明重御李，卻教杜老更依嚴。海中珍錯欺黃雀，肘後奇方壓白蟾。公是鑿池能取月，古來大智不傷廉。

附和作

小雨纔能濕半帆，甘霖須及洗長幨。雲連秔稻期全潤，霜入蒹葭恐漸嚴。願共客星移畫鷁，莫教秋月落明蟾。同舟仙侶齊翹首，不獨張憑一孝廉。來書訊及亭甫，故云。

林公復次拙韻垂示促之鄂城再和賦報并簡亭甫

安穩方思挂布帆，將以來月之湘鄉。從容先遣侍彤幨。酒城遲我頻中聖，詩壘逢公謹戒嚴。萬里長風追老鳳，長君新入翰林。一江新月洗涼蟾。聲名官職都支取，卻笑先生太不廉。

拙齋行為武陟毛封翁賦

君不見？邯鄲食客毛先生，三年門下喑不鳴。一朝穎脱起自薦，歃血口定楚趙盟。又不見？漢季清士毛尚書，屏風素几心古如。東曹掾卻五官請，長吏垢面乘柴車。何如翁也生河朔，守拙憑教世謠詠。問奇弟子載醇醪，繞膝佳兒誦家學。老儒困頓四十年，螢窗雪案長寒氊。性高氣直語復硬，衆人齟齬天所憐。古云陰德有陽報，康强逢吉甯非天？又云大巧有若拙，此語問翁然不然？我今相過沙陽側，江水茫茫動顔色。捆篋長攜數卷書，攝衣來作諸侯客。翁頻飲我索新詩，我本醒狂醉豈辭。平生處處招嫌忌，氣味人人動笑嗤。昔賢往矣吾何有，來者昭然事可知。我聞柳州工乞巧，蔬果中庭跪陳禱。又聞濂溪曾賦拙，詞與愛蓮同古潔。柳州文章爲世型，濂溪姓字祠庠釁。巧者固是一時傑，拙者長傳千載聲。拙勝巧兮隱霧豹，巧勝拙兮嗜酒猩。願翁善承天所付，願翁善保己自名。長將拙字垂經訓，遺子黄金勝滿籯。

初至鄂州節署呈林公二首

全楚江流泝蜀岷，清風遙扇大江瀕。能提政要彌優學，欲報君恩合愛身。山色每招吟興遠，秋光長共畫圖新。要知五夜横胸事，鼓角聲中漏點頻。

書生吴下路重千，來揖康侯玉帳前。獨以精勤籌庶務，屢將和氣感豐年。兼述吴中舊事。風流江左眞安石，詞賦天涯老仲宣。尚有蒼茫無限感，薦賢心事屬名賢。

贈監利王冬壽茂才柏心君去春自鞏昌旋里

黑雲平壓赫連刀，歸及春江萬頃濤。東漢文章人獨行，西涼士女楚離騷。雁横朔月迷邊壘，馬逐寒風越故壕。珍重荆山卞和玉，爲君懷古首重搔。

九日冬壽偕劉坦衢明府道昌**約諸友人至横山登高先過崇府山劉氏靄園譚讌竟日有作**

漫向登高抱古哀，百年風日此佳哉。樓臺全出淩空瓦，江漢平添廣座杯。山色曉開龍蜕後，隔湖八分山云有蜕尾古龍。園林秋冷鶴歸來。予以嘉慶丁卯冬游劉氏園。衰翁帽落君休笑，灑翰雄風賦楚材。

東山楊少保存仁祠

清風表江瀕，千里明皎日。言尋楊公祠，香火薦靜謐。吾聞熬海事，自古無良術。通賈即病民，况乃充槖實。嗟公胡獨豫？艱苦章疏述。遺愛在斯邦，編民脱心疾。寬嚴惠人口，同異史臣筆。劉晏世豈無，韋丹事誰悉？日暮下荒山，炊煙萬家出。祠一名楊公書院。楣上書公傳一篇，云是史館所作，考諸刊本，乃不盡合。既爲此詩，因附著云爾。

林公張菊筵燕客冬壽有詩予繼作

淵明澹蕩人，魏公迺間氣。如何黄花好，彼此諧臭味。我知詩人心，故有眞爵貴。偕秉英特性，不爲冰霜畏。蕭然籬下姿，華屋見貞毅。明燈與澹月，疎影寫髣髴。種從吳苑移，品向楚江彙。嗟予亦小草，歷録等葹卉。每諷東坡文，輒申醉白慰。風流庾樓賞，登臨冶城費。眞色靜中怡，幽香夜深气。欲絃和陶什，階下鳴絡緯。

飼鶴行爲林公太公作

蓬萊有仙客，身負絕世姿。擇棲必瓊樹，顧影乃瑶池。道逢浮邱翁，相與一笑知。裴回復翩翻，夙昔夢見之。一朝快攜手，有鳴和必隨。曉依閬苑側，暮宿方壺湄。出入偕鸞皇，遨游惟龍夔。松花落滿地，月明羽差差。仙翁逐雲去，斂翅空淒其。徒餘九皋響，流上萬年枝。

九月望夜與冬壽蔣引甫茂才立釗**看菊影偶賦**

風露浩然夜，與君生古愁。隔籬半方月，繞徑一身秋。松竹都蕭灑，形神孰勸酬。詩翁宜面壁，吟諷若爲儔。

武陵像詩張亨甫屬賦時客襄陽

是非陳壽史，感慨杜陵詩。千載留遺像，風流又一時。

張見津潤端**洞庭再生圖**

洞庭之波雄七澤，君山一點粘天濕。風濤翻覆須臾間，人作鳧漂水人立。張君忠信古有之，以身徇波波不辭。人生百年駒隙耳，仰首上有高堂慈。我行江湖苦飄忽，萬里扁舟白鷗沒。因君更念垂堂危，君是艾年吾白髮。

無錫丁邕之文學彥和屬賦適園讀書圖二首圖為其友秦茂才作也

華屋千秋感，河梁五字詩。風流才子盡，生死幾人知？寥濶停雲慘，蒼茫宿草思。安仁能作誄，未足勝君癡。茂才爲君婦弟。

侍講湯斌施閏章亞，清風更侍郎。有如開府宅，重闢輞川莊。樹古秋先老，臺高月易荒。人間自傳舍，掩卷一相望。園在臨川，爲李石臺侍講舊宅，後歸穆堂侍郎。

題監利蔡子舉詩卷為冬壽

泗淵磬裂水妃愕，峋嶁字赤山祇驚。地下哀歌復誰繼？王郎斫地心難平。

古來祇有昌黎老，刪削盧仝月蝕詩。我本無奇更才盡，一燈秋雨颯湘纍。

巴陵行題余根石昌穀詩集冬壽作傳，屬予賦詩

舉頭胸次吞七澤，漫漫青天空四壁。詩人從古例多窮，況是蛟龍萬古宅。余郎一生不得已，少長豪華恣弃擲。□豪削簡百不供，萬里雲煙自揮斥。瀟湘郴沅任來往，屈宋文章浮一碧。君山招手一螺丸，身與仙靈相主客。我昔南游四十載，白髮青鬟應莫識。王生示我好詩卷，高颯長吟意豪激。明當攜手上高樓，天外一聲吹鐵篴。

贈劉坦衢明府

高飛必鸞皇，深潛必蛟螭。人生意氣合，安用錢刀爲？劉侯孝友家，卓犖優文詞。長虹起天末，光與浮雲馳。濯彼江漢流，此心皎無疵。友朋一朝會，杯倒百不辭。匪惟示豪舉，兼亦振衰頹。千石羅銅槃，不若一玉卮。隆冬桃李落，結交青松枝。世人苟不悟，春光去階墀。吾生好結客，投老鬢如絲。楚游遇諸賢，傾蓋歡若茲。便恐忽分手，援筆贈此詩。

十月望夜與冬壽引甫飲酒感書亨甫冬壽中元前後數夕飲酒詩後

古人愛飲酒，爲能全其天。何愛月下飲，清光落我前。今人不見古，今月古時圓。攜彼萬祼心，置諸百尺顛。觴面飛玉霜，階下流寒泉。何意一泓醲，陶然復陶然。吾聞古人云，今夜當頭全。偏全何足論，難此歡會筵。昔者孟秋月，暑退金氣宣。詩人有高興，雅詠相雕鎸。節序曾幾時，寒暑倏已遷。常娥不留人，流光年復年。我今苦衰老，肺疾寒難痊。徒餘歌嘯致，一爲葯沈緜。富貴不敢期，何況希神仙。惟遲辟穀客，爲賦『歸來』篇。

鄂城喜遇陶梟香觀察梁有贈

天涯相見各驚年，三泖清秋記泝沿。難後宦情如蔗進，君甲戌年官編脩，值内廷爲寇所傷。病餘客味較茶賢。渚宮舊事憑誰證？畿輔新詩待子編。猶有往時吟興在，會看春色滿題箋。

池上草堂感興示亨甫冬壽

黃梅顏色夕陽增，相對詩人冷握冰。二子仙才追李白，老夫豪氣減陳登。鹹鹺南國籌衰王，賓客西園感廢興。窮達此生何足論？興來且遣百觚騰。

送鄉友南歸

江漢思歸客，冰霜欲暮天。送君年較老，吟罷一淒然。

詠黃梅花

園沙宜此花，晃朗金照眼。中酒倚斜陽，道裝人意倦。

通藝閣詩三録卷第六

黎雲屏觀察丈輓詩二首

博施推鉅德，廉潔表清衷。歸夢松風冷，哀歌薤露空。湘沅斜日外，粱蜀暮雲中。賴有佳兒在，楹書纘舊功。

汴水三秋客，成都萬里心。忘年文舉託，感舊子期深。嘹亮樓頭笛，淒清海上琴。自今先友字，無復列碑陰。

頭陀寺

漢陽門外寺，云是古頭陀。忍草經冬長，空花激浪多。齊梁都浩劫，吳楚漫悲歌。若問浮生事，樓頭鶴唳過。

送張亨甫歸邵武省覲

一劍游三楚，扁舟返八閩。江湖多倦客，風雪有歸人。感慨徒勞爾，詩書合有神。人生難得事，歲暮北堂春。

雪夜聞引甫誦杜詩因賦八韻

白雪聞高詠，青雲駐壯心。興因良夕發，愁與楚歌深。激越攙嚴柝，羈棲感凍禽。屢看殘穗落，欲喚濁醪斟。影隔三霄月，光橫五色參。江山何浩蕩，天地共蕭森。難忘西川夢，同沾北渚襟。老夫愁擁鼻，空愧雒生吟。

故鄉諸子有登高之會寄詩來楚奉答一首

九峰青處小蓬萊，處處曾經點屐苔。詩句久知霜鬢改，夢魂仍逐大江回。吳山萸菊滿烏帽，漢水蒲萄浮淥醅。王粲文章全楚冠，因風傳語故鄉才。監利王冬壽茂才文行卓絕，著有樞言一卷，九日燕客橫山，會者極盛。

古心於重陽前一日先與諸子游神鼉仙館有詩紀之海客子樞繼作篇末見懷次韻遙寄

吳淞水半江，峯峯各相蔽。不經萬里遠，安知九峯異。妙於空濛間，細涌穹曲翠。扁舟臥欹側，團團偃松蓋。神鼉丙舍接，每過尤數憩。客行雲偶停，衆樂雨初霽。聯舟互排鷁，平疇近劃罫。躊躇遠游子，寄迹千里外。安得呼長康，騎鶴翩然至。豈知地肺通，縮地覿面對。手攜碧玉笛，江水發靜籟。身坐最上層，煙霞看變態。何須慕沖舉，尻輪本無累。落葉隨長風，颸颸古仙帔。淩空引巵酒，一眼決吳會。清歌高入雲，如共促膝醉。何家小山在，招隱動歸思。詶君登高篇，迢迢白雲際。

故鄉諸子書來和蟾字韻詩見懷會林公奉使粵東督師海上因再次韻送別一首

海上威棱馳仗鉞，天涯消息望行蟾。仲宣樓下來依表，子美詩中遽別嚴。窮島波聲靖蛟蜃，廣輪妖氣斫蝦蟾。張詩弇來什，有『禁煙燈下斫妖蟾』句，謂予禁煙行也。此采用其意以屬公。故知智勇功名外，儒將風流更尚廉。

送張海山方伯歸粵東三首

白鶴雲端翔，高下百千尺。霜鷗海上戲，浩蕩任所適。同是煙水姿，飛鳴各自得。一朝忽相遇，將別慘顏色。鷗也尺浪軀，鶴也萬里翮。再遇未知期，茫茫寒月隔。

聞公督秦學，萬士仰鳳翬。聞公罷官事，不言鼓琴徽。君子淵靜心，弗顧衆喻違。海波平如鏡，明月揚珠暉。故山豈不懷？山冷空翠微。清風江上帆，搖搖招我歸。

曲江起韶石，公輔出交阯。瓊裔鬱瓌材，磊落天下士。可憐春暉冷，萬古心不死。江湖一何遙？落日南海紫。嗟予極潦倒，漫浪謝貴仕。猶有懷賢心，清風逐征軌。

題冬壽畫蘭留別二首

楚國多芳草，靈均獨愛蘭。由來空谷意，風雪不知寒。

千秋國香怨，一曲瑤琴操。若問相知人，同心莫嫌少。

引甫雪中送予江上不值書述其事因寄

客迷江際帆，人倚道旁驛。白鷺一行飛，兩岸青山色。

江上大雪戲效禁體八韻

亦知消不久，其奈旅愁何。入夜飛尤急，因風舞更多。遠山稀露影，寒水不生波。樵客霏微徑，漁翁獨速簑。倦禽迷翼羽，老樹失枝柯。酒帳空罍罄，圖愁凍筆呵。夢回溪上棹，聲斷郢中歌。禁體眞慚拙，殘鐙獨自哦。

楚中尠見梅樹因諷放翁七言長句數篇感而有作

梅花未入離騷狀，不與靈均分怨謗。楚江千樹少仙姿，僅見孤根植盆盎。放翁往歲蜀中住，旅舍遺宮恣尋訪。還家又對鏡湖春，一舸沿隄掉吟榜。相隔經年動追憶，歸來萬里幸無恙。志士仁人各歎嗟，貞姬怨女終惆悵。昔時遷客凡幾輩，嘲諷空憐放臣放。草堂久愧山靈移，綠英何似漢江漲。東坡老仙歛手避，西湖處士招魂葬。始知此老此花詩，千載流傳推絕唱。

田家鎮雨泊感懷寄舍弟

『治生不求富，讀書不求官。』東坡昔有云，斯事亦大難。二者吾未能，讀書意較可。爲其事在己，富則非自我。豈知二俱失，垂老偕無成。頹惰予先誤，將牢子亦傾。鳥驚觸藩多，魚勞畏網密。子意豈不然，牛毛紛法律。少壯不練事，老大將何爲？古人帶經鉏，把筆兼耰犂。吾人不率先，豈可責諸子。正使子能然，吾先愧岵屺。維子亦有言，正坐不節嗟。少年歷艱瘁，投老庶無它。江湖雨雪多，況此歲云暮。楚天迢遞行，去去弗復顧。青山久招隱，薄田失歸耕。他鄉問名字，愛此紫荊名。

楚江曲

漢水江流貫五湖，上通西蜀下東吳。漁桹亂響野火密，鐵笛一聲山月孤。

楚山曲

楚山彎環抱江曲，一曲一橈山起伏。窮冬短日往來舟，山半青黃間丹綠。

西塞山釣臺云是張志和故迹

萬點桃花江水東，昔人割據此爭雄，六朝舊物青山在，一曲漁歌唱晚風。

過蘄州懷前刺史顧君澍

歲暮愁行旅，天涯感夕暉。嶺前霜鷺遠，江上玉梅稀。燕市誰呼酒？吳山終采薇。西湖行樂處，飢鶴守柴扉。

武穴阻風

蘄春遼廓百里强，阻風阻水愁蒼茫。楚雲夜與魂夢遠，江水天兼更漏長。縹緲煙嵐凝夕照，風流詞賦落遐荒。一年來往此淹泊，黄州上下不可當。

龍坪寺寓排悶

龍坪古鎮暫棲遲，失笑監倉豈爾司。詩本窮人工復媿，酒能成病老方知。窗間野馬逡巡過，牆外徒車歷録馳。桑下已成三宿戀，老僧還問再來期。

立春猶寓僧寺十二月二十三日

蘄春幽僻處，春色亦分明。野寺隨人入，平陂看鴨行。未知梅信息，無奈客心情。欲話家鄉事，銜杯酒獨傾。

過龍坪巡檢鍾君惠霖**小園**君已有曾孫數人

漆園聞吏隱，今復見兹園。坐看江帆隱，手栽花木繁。有如武夷老，親撫幔亭孫。爲問梅消息，能忘得意言？

南來無梅偶憶鄂城節署褚翌堂勳**齋中一盆十月已作花曾共吟賞作詩寄之**

梅花古仙魂，隨意來塵中。偶然一吟賞，正是呼春風。一枝豈爲儉，萬樹亦匪豐。要知東君心，欲見造化功。隆冬蟄陽氣，靄靄何朦朧。頹然古盆盎，初露蓓蕾紅。正如君家兒，顏頰玉雪融。一見悦我顏，再見洗我瞳。歡然飲春酒，一舉千觴空。他時騎龍歸，相與游鴻濛。梅龍在會稽。

野望

客懷愁絶處，風景倍堪驚。山郭春旗出，江天野燒明。

偶題唐花四絶句

桃杏笑春風，夭韶好顔色。不是長帽翁，誰知此標格。紅梅。

澹極渾無語，冰霜徹骨成。綠珠今未嫁，玉笛漫飛聲。綠萼梅。

風雨三春夢，瓊瑤一色秋。楚江人倚望，身在木蘭舟。玉蘭。

富貴胡可求？爛漫此忽見。世無熱中人，紛紛爾何羨？牡丹。

望廬山

頻向舟中望，江頭又見君。前身是明月，江上逐浮雲。欲誦謫仙句，兼披陶令文。嗟予苦疲薾，落葉漫紛紛。

憂蜀

雪滿三山戍，花明萬里橋。憂邊勞聖主，伐叛自先朝。盜賊防開釁，威名在制驕。少年戎馬夢，空惜道塗遙。

次韻鍾少府惠霖見贈

莊周六合廣，庾信小園餘。健卻鳩頭杖，閒攜雁齒鉏。秩卑官祿薄，地僻過人疏。亦是寒魚沫，春來好共噓。

歲暮遣興

少女風愁息，空王日自長。菜憐行白玉，少陵立春詩：『盤出高門行白玉。』竈憶祀黃羊。口腹衰年事，謳歌往歲狂。絶嗟吟伴少，空說祭詩忙。

除夕大雷雨

歲從今夕盡，雷是昨宵聞。密雨冥冥合，長江浩浩分。陰陽天事昧，水旱客心勤。莫問江都術，殘編漫欲焚。

夜雪

寒深添夜永，聲靜益風危。酒碧愁侵醽，爐紅力憊支。難裁咫尺信，强就一篇詩。苦憶征途客，今宵更斂眉。

龍坪歲暮感懷寄汪少海明府莊芝階舍人武林二十韻

老作滄浪客，慵辭將相科。昔年愁仕宦，今日慎風波。苦憶湖山美，難忘歗傲薖。繁霙披似絮，寒水淨于莎。莊助哀時命，汪倫笑踏歌。奇書收未已，莊多藏書。佳句興如何。汪喜賦詩。卷帙殘緗縹，箋題冷綺羅。頻窺六橋影，易蹙雨峯蛾。令節桃符换，他鄉竹葉酡。含悽賦景物，臥病憶巖阿。桂月篩黃靄，松煙覆綠蘿。可憐同悵望，終是感蹉跎。邊境聞傳遽，遥烽竟枕戈。蜀星陰地少，黔雨漏天多。山影朝窺魅，江聲夜吼鼉。與君驚夢噩，嗟我著詩魔。時聞綦江、桐梓有警。少海蜀人，芝階亦游於蜀，故感其事。爲客登樓迥，歸期返櫂過。籤程傳水驛，更漏永星河。梅蕊邀裴迪，桃花老志和。相看等漂泊，吟侶隔江沱。

人日喜霽

雪霽塗猶濘，詩多意益寥。六旬人日喜，千里客星遥。短夢遲長晷，狂歌答聖朝。古來無限事，都向醉中消。

雪後視屋左麥畦

東風客天涯，未見青青草。誰與茁生意？麥壟屋旁好。雖云未成畦，先已慰懷抱。人言南中麥，夜乃作華藻。不及北方佳，陽氣日杲杲。東坡黄州謫，每憶蜀鄉稻。亦云一麥望，炊餅明年飽。園丁守倉廨，閒力堪養老。愧我游惰民，坐食太倉耗。

新正連日雨雪感懷故園梅花作戲簡鍾少府

入春風雨愁絶倒，天意欲令遷客惱。盆梅僅對一枝紅，勒任春光冷吟抱。東坡居士黄州道，每諷新詩身未老。故園問訊九仙人，他日歸來頭雪縞。

雪後望廬山

臨江諸山羣馬奔，就中匡廬高出羣。橫空飛灑谷水瀑，絕頂凍結香鑪雲。謝公蠟屐陶公酹，我若相逢詠新句。不知何寺起鐘聲，便欲跨牛從此去。

廣濟倉廨感和東坡魂字詩韻

無端尋訪楚東門，寥廓官居略類邨。客況江湖衰著夢，詩情冰雪冷銷痕。殘年遇雨心尤愴，除夕聞雷氣自溫。誰信反騷千載下，有人來問屈原魂。

此生

此生眞恐老天涯，付與高人永歎嗟。剩有故交逢越酒，嬾將春色問唐花。文章技已儕醫祝，衰病情尤戀室家。出本倦游歸亦困，久拚詩句送年華。

新年不寐寄弟二首

春氣潛回獨客衾，未聞鳥語尚蟲吟。生憎五夜鼕鼕鼓，夢斷聲繁擊碎心。

弟瘦兄肥吾亦老，獨醒衆醉子胡能？不知此後經風雨，何處相逢共一燈。

遣興

屋角鳥聲咬，牀頭斷夢拋。闗心日影黯，舉首雪痕交。有客思聯句，無人問解嘲。倦飛吾自愧，任笑此翁聱。

元夕陰晦

客愁佳節雨，寒怯往年詩。一夕淸光掩，經年別恨滋。鐵馳檐外響，花發夢中枝。歷歷繁華事，乾嘉授禪時。

野泊

楚山妙平遠，風日娱洞矚。水深磯石危，峯轉巖岫複。新芽柳金嫩，皓色沙白簇。夜孤漁火明，同就前村宿。

散花洲 士人云孫吳赤壁戰勝，散花宴諸將於此，故名

翻翻旗腳轉，回首失蘄州。煙浪莽空濶，云是散花洲。吳人赤壁勝，高會臨江流。顧曲周郎善，舉觴興霸浮。繽紛滿林花，照燿初日頭。當筵諸將相，肅肅互勸酬。高下排蒙衝，左右羅兜鍪。未言誓江水，且喜弢霜矛。嗟彼横槊人，聞聲良自羞。徒然拊髀歎，生子羨仲謀。

雨泊西山寒溪二首

西塞山前更向西，武昌對岸是寒溪。無由唤起窪尊老，古調詩篇盡意題。

當時朋舊人何在？呂明府仕麒。今日江湖客獨來。往事盡隨流水改，空餘殘點漬莓苔。

巴口鎮

坡潁中年別，相迎巴口磯。無家年又老，愁絶雁南飛。

東坡赤壁

東坡古仙人，隨處足游戲。偶然興所到，飄飄陵雲意。後賢慕其蹤，謂是絶迹至。豈知江山游，落拓事僅寄。即如二賦作，不顧地乖異。自緣取徑超，落筆有神致。鯤鵬希莊列，逍遥脱塵累。朝爲御史囚，暮作玉堂吏。終知天馬駛，磊落聳羈轡。回顧轅下駒，誰能逐埃穢。角巾與方袍，瀟灑祇自遂。公神任來往，何論儋與惠。笑我塵土人，八九胡芥蔕。文章知無益，風月且供醉。扁舟數經過，獨往意弗忌。小詩發公覆，見與醯雞類。

大風紀事八韻

疾風終日疾，氣挾大江浮。陰晦三春晝，頻狂萬斛舟。蛟鼉翻窟底，草樹舞巖幽。鏗戛金刀接，驍騰鐵騎遒。聲開洞庭野，力拔古龍湫。志士中宵感，羇人遠道愁。貰壺差魄慰，理楫幸威收。何用嗟衰病？聞雞壯志休。

次日復大雷雨

莽莽波濤浩浩風，此心早與片帆東。雨橫山色當清晝，雷挾車聲走太空。德薄何堪責奴僕，才疎端合笑兒童。飽餘捫腹君毋哂，差有詩腸不負公。

古楚觀春夜雨雪聞雁

楚觀風高雁一行，飛來應是古瀟湘。天涯是處多矰弋，辛苦人間覓稻粱。

春分日寄弟二月七日弟生日也

楚雲迢遞接吳雲，五十年華歎卯君。一樹海棠殘雪後，驚心今日是春分。

古楚觀晚眺三首

古楚何年觀，登樓此夕情。煙清千戶晚，月白一山横。客久嗟行役，途艱仗友生。柴桑吾尚愧，一飯感難平。

客路何曾熟，僧居亦自豪。晴雲仙閣夐，殘雪醮壇高。花木兒童問，牆垣盜賊勞。時有小警。雨餘看石子，塵穢笑吾曹。觀以僧住持而所供多神仙家言，蓋二氏之雜也久矣。

玉蘭開似雪，偏向夕陽明。天上霓裳舞，人間玉佩輕。好山無限感，新月不勝情。忽憶歸雲路，庭前幾客行。予家歸雲堂外玉蘭一株，蓋百餘年物。

題文簫吳采鸞騎虎圖

西山雪晴月當戶，山花自開鳥自舞。文郎吳女夜游遨，馴伏一雙斑色虎。珠文玉訣萬徧哦，空巖迹少荒蹊多。一聲長嘯鬼神肅，悲響謖謖驚林柯。劉樊葛鮑古雙影，騎鳳翩躚此慈猛。

春日苦雨雪病中作二月望日

花朝既岑寂，月夕載陰沈。雷雪紛相間，壺觴嬾復斟。雨聲三月夢，農事隔年心。一麥嗟猶及，鄉關滯遠音。

僧寺早起

暮年任疎散，臥病或倦櫛。偶吟閒適詩，兼理養生術。鳥鳴煙徐斂，磬罷日初出。即此終吾身，懷哉逸民逸。

獨游劉氏靄園偶詠十韻

江城如畫裏，況復仲春纔。往代梁園賦，何年蔣徑苔。樹陰隨徑曲，山色隔江來。泉石憑空構，壺觴舊日陪。雉新城邐迤，魚泳沼裴回。即事憐風景，浮蹤歎刼灰。淩霄玉李樹，照坐紫荆栽。交友驚星散，年華惜鬢催。人生幾兩屐，歷級九成臺。惆悵吾三到，衰顏强一開。

又絶句一首

魚驚人影瞥然逝，花與夕陽相對開。可惜連宵好明月，泠泠山溜濕幽苔。

李海帆方伯開藩楚中莅止近郊率賦奉簡

廿載西湖共酒杯，南方今喜故人來。浮雲宦迹千重倦，大海萍蹤一葉開。離思自憐江共永，衰年愁與鬢相催。平生師友無窮事，湖海元龍未易才。予與君同師惜抱，此兼謂石甫。

寒食日念東坡語欲出游以無客不果戲次退之投贈張十一病字韻詩簡城中諸公且俟冬壽至屬和 東坡云『人生惟寒食、重九不可虚度。』淵明所云『春秋佳日。』亦殆謂此〔一〕

一春雨雪花事病，驟暖穠華自妍盛。青山夾岸助紛繁，江水白雲向空映。嗟予久嬾耐岑寂，品彙何心復驕競。祇餘結習未盡拋，老去禪僧耽梵詠。桃李馬遷寄慨遠，松柏莊休受命正。人生行樂今已遲，我輩忘情誰復更？窮冬屈指一百五，再歷幾回吾有命？去年戟門屢開宴，酒琖頻看持雀柄。踏月載邀殘雪照，拒霜好爲秋花慶。隄防無事歌屢豐，主客有圖申互敬。一從府公提節出，遐望粵雲高且敻。兩行賓雁行旅嗟，千里使星天子聖。坎坻此地任流止，萍梗何時重合併。未忘懽會徵後期，既拙千求全直性。坡公有語意每感，介子無靈魄何橫。故鄉上冢晴節罕，古觀杜門好花迸。鵠山芳草軟于茵，漢水溶波平似鏡。會需詩人攜硯具，兼約酒軍理觴政。僧廬一樹海紅開，海棠一名海紅。可畏來朝風力勁。君如有意續前賞，莫待綠陰當夏令。

【校】

〔一〕東坡全集·與李公擇云：『人生惟寒食、重九，慎不可虛擲。四時之變無如此節者。』箋注陶淵明集·移居：『春秋多佳日，登高賦新詩。』

漢皋行

上巳後一日，汪仲閎招，同閔漸源、祁燮堂、蔣引甫、慈渡上人，游月湖，徧歷諸寺，飲于江神祠，歸後賦此，并柬坦衢冬壽

春風漢皋融綠波，上巳前日吹已過。人生弗祥祓除易，奈此綠鬢催春何。汪生好事敬愛客，招延親勸金叵羅。城隅古寺臨急水，喚渡先問梁頭陀。寺名。今曰觀音閣。君不見？中流激浪如車轂，古往今來幾翻覆。冷碣誰爲子敬鐫，高臺漫問伯牙築。病客肩輿笑復乘，老僧頂笠來相逐。我騎白雲三十年，臨風故景心茫然。眼中山色殯宮葬，正似西湖佳墓田。坐中頗有吳越客，一舸徑放煙波船。壓隄楊柳吹絮緜，可惜不見桃花然。隄邊萬花照吟席，珠藤能紫繡毬白。東君似惜鼠姑紅，錦障一重護深色。當時多少如花人，游女于今歌翠陌。可憐俱逐酒尊空，幾朵采雲留不得。襄江合流煙蒼茫，使我懷古心惋傷。事殊興極憂思集，少陵句。風起舟人嘯呼急。卸帆忽見黃鵠磯，手招仙人乃費禕。吁嗟乎！眼前千里螺山客。劉生不來良可惜，六月扁舟蕩荷白。

海棠雜詩十三首

鄂州城北錦襜褕，一樹空門列畫圖。直爲華嚴增富貴，漫天瓔珞綴紅珠。

百蕾勻圓訝許同，未開先儗笑春風。遺山老子多情甚，愛惜枝頭露滴紅。

輕溶淺日腮初暈，駘蕩微風手小垂。舉似阿環渾不稱，算來衹是醉西施。

絳雲臺閣抱仙山，玉磬泠泠古醮壇。誰向步虛聲裏聽，夜深星斗詠詩寒。

紛紛桃李豔前林，西府誰憐染色深。欲詠紅梅猶未似，趙家姊妹是來禽。

五更風急悵飄零，惱亂衰翁枕上聽。安得紫絲供步障，人間十萬護花鈴。

玉蘭已敗雪重來，寒食清明取次開。可是明妃宜出塞，天山一曲漢宮哀。

微雨尤添索句情，穠華全映蜀江明。少年走馬迷離夢，直取紅雲裏作城。

海山高處說維摩，虞山寺名。都輦曾尋古寺哦。崇效憫忠等剎。此地又經行腳到，不妨隨處著行窩。寶應學舍有屋曰海棠巢，以其形似，且取放翁詩語也，予嘗游息其間。

此花香是漢嘉城，煙雨空濛著色輕。何日陵雲重載酒，呼奴吹笛到天明。

故鄉一樹小庭前，斜倚蒼松亦自堅。太息武林張太守，歸來錦樹不多年。張柳泉太守新居海棠一株，百餘年物也。告歸後，花時張宴，每醉於此。予爲作歌，末云：『君知杜老向無詩，許我狂吟寄齊汴。』蓋謂詩舲、子樞。今二子在家，而予客游於楚，人事之不齊如此。

去秋書報故園花，叢桂香中自一家。栗里歸來陶令尹，西風三徑也繁華。弟書來言海棠秋間作花。

仲宣詩句敵瓊瑰，共醉花前瑪瑙杯。我與絳仙曾有約，好花留待故人開。時待冬壽未至。

自題海棠雜詩後三首

珊瑚擊碎海底樹，臙脂奪取塞外山。可惜麻姑工狡獪，丹砂亂擲白雲間。

靈芝五色咀生香，老去題詩向海棠。楚雨含情皆有託，玉谿詩法付冬郎。韓致光文云：『噉三清之瑞露，春動七情；咀五色之靈芝，香生九竅。』遺山屢取以入詩。

子美無詩事偶然，放翁眞是此花顛。東坡定惠吾何有？且附遺山賦杏篇。遺山詠杏云：『看看海棠如有語，杏花也到退房時。』予今年蓋未見此花也。

又一首感朱子山館觀海棠作

亂英深淺色，香氣有無中。拈出文公句，梅花宋賦同。

題李海帆方伯行看子四首

海上釣鼇圖

仙人與明月，游戲蓬萊峰。俯視六鼇背，海波如酒濃。風帆飛隱隱，金闕露重重。我亦逐雲去，青天騎白龍。

凌雲載酒圖

凌雲作何狀？秀絕西南陲。歎息老仙去，今看尊酒持。一江一古佛，九曲九蛾眉。君問嘉州夢，清游境若茲。

登萬年寺望峨眉積雪圖

我望大峨頂，峩峩千丈雲。偶然入琴調，吹雪古紛紛。孤坐萬年寺，笑看鸞鶴羣。欲招開士語，更揖雲中君。

平蠻圖

先子籌邊日，羣蠻俶擾年。蜀民非好亂，地險卻由天。古戍三秋雪，成都萬里煙。辛勤李衛國，惆悵浣花箋。

三月朔日見飛絮有感

少日春光萬里遲，亂山深處馬蹄知。東君似惜詩翁懶，早遣飛花入硯池。

贈鄒參軍均 南豐人

青霞奇氣鬱千尋，銷盡燈前詠史心。廉吏可爲餘白水，神仙難學笑黄金。名場得失楸枰局，大海波濤霹靂琴。莫哂談天鄒衍誕，九州人物幾傾襟。

林公奉命粵東經理海口事務先以檄諭外夷令其自止煙造感歎斯意因賦是詩

上公聲望懾蠻夷，一檄賢于十萬師。會見濱洋恬颶鱷，眞成談笑卻熊羆。能兼羣策斯爲大，欲示天威更以慈。幕府陋儒何術效，只將歌詠答明時。予前作禁煙行，公以爲可采。

偕友再游靄園次壁間石刻周肖濂丈（靄聯）**送春詩韻**

天涯春色今年早，上巳清明客未歸。已歎泖峯鄉夢遠，空嗟觴詠壯心違。花環石徑香爭合，絮入魚池水易肥。似我重來城郭是，莫嫌陳迹昔人非。

江湘雲（纘緒）**招賞牡丹有作**

老去文通興尚顛，花開歲歲闢賓筵。酒杯長照春風座，石徑潛通小有天。（君乃杭人，園居與南山小有洞天相似。）湖海有情供嘯傲，英雄回首是神仙。不須苦憶西湖好，黃鶴高樓一笛傳。

碧玉簪引（山陰祁忠敏公物，公五世孫士行屬賦）

越山岧岧越水深，孤臣碧血愁人心。彭咸屈原吾知音，留此三寸頭上簪。大節森然照天地，衣冠猶見前朝制。區區片玉何足言，此是清忠遺澤繫。

皋香觀察以大名郡齋紀事三十詠及西山西峯寺雜詩二卷見示為各題一首

吾家武功詠，佳境絕堪稱。自有天雄作，應嗟大小乘。江湖人載酒，燕趙士沾膺。梁苑頻年客，驅車歎未曾。

胸次西山色，曾留宣武門。當時並游者，無復一人存。絕境堪千古，（嘉慶庚申秋游西山歸，船山問予西山何如蜀道，予謂如蘇、黃之於李、杜也。）清詩妙五言。三朝問耆舊，端共老松論。

寄麗生湘鄉

我逐南飛雁，言尋舊侶翔。爲貪江路近，不肯過衡陽。何日還京口，同君踞石牀。重歌濯纓曲，相與話滄浪。

海帆方伯來言月滄老友之喪作詩寄輓兼柬少海越中

與君廿年交，別君萬里遠。嗟此蟠海才，胡乃終偃蹇。君乎挺嶺嶠，艱苦境往返。獨立宇宙間，清風扇陂坂。曾爲越鄉客，每共吳羹飯。豈知瀾津間，世事急偏反。嗟君文行懿，晚節託蜚遯。名字自長留，文章託儒苑。緊予江湖舊，裒挹笑華衮。尚欲叩君門，一話文字本。曾與君有游粵西之約。徂年竟莫及，遠道空自綣。天壽何足言，契濶嗟已晚。空付相知人，假年占益損。予與月滄、少海皆同生丁酉，時竹嶼已先卒。

月夜登黃鵠山

星斗四空天，樓臺勢倒懸。一笻來月下，萬里到尊前。帆影分燈火，江聲入管絃。司勳曾著句，懷古重凄然。

泊沌口

扁舟泊沌口，微雨濕隄沙。爲愛騷人作，來尋楚老家。僧留半畦麥，春盡一林花。是日立夏。莫問流移事，空添逝水嗟。

篺洲大風

滄江莽空濶，大小說篺洲。雷挾驚車助，風兼怒石遒。豪情空濁酒，高興逐扁舟。太息頻來路，江神識我不？

農口舟次即目送王子歸螺山

亂鴉一片不成行，無數愁心付夕陽。平野懸帘沽酒母，橫江斜葹界魚秧。餞春客尚邀吟侶，送別人如到故鄉。誰奏曲中流水調？子歌江漢我滄浪。

烏林赤壁三首有序

嘉魚之赤壁，乃周瑜破曹操處，以今地勢及烏林地名證之吳志爲合。子瞻氏，乃以黃州當之，回舛甚矣。今黃州地當往來，由坡公故，其迹尤著，而烏林之蹟轉晦。予故爲賦三詩，以識所自。

絕壁倚空江，驚風號奔湍。昔聞周南郡，於此破曹瞞。當時八十萬，戈甲映天寒。一朝零落盡，星影亂諸灘。鶴飛去已久，烏鵲中夜歎。風月無盡藏，空付後人看。

孟德一世雄，東坡百世士。奇才竄南方，足冷姦人齒。古來文章力，江山足驅使。神女訛巫峯，小姑詑江涘。巨靈與夸娥，一夜舟壑徙。同在混茫中，荒蘆迷廢壘。

東坡謫黃州，年始逾四十。而我越耳順，更鼓楚江楫。吟詩無傑句，星斗倒我笠。鮮魚提時烹，文石醉偶拾。玲瓏碧醽漲，萬斛供釀給。莫問岐亭游，朝朝賦米汁。

酬別螺邱十二韻

與子同來路，騷人萬古家。愁生孤夜雨，興逐晚天霞。木柵連簰築，漁舟集網譁。琢成丹是壁，香極玉爲花。密舸遙排齊，輕帆淺映沙。桴傳喧社鼓，檣迴舞神鴉。且喜螺邱近，何諭蕙浦賒。思親君故里，作客我天涯。吟咏差堪慰，勾留亦未嗟。醉餘聞激管，夢醒轉嘔車。小別成揮手，兼旬會折麻。靈均何限事，待爾訴重華？

泝巴陵不得至有作

潭湘遙隔洞庭湖，日日炎風止客途。隔水靈弦空北渚，臨江神廟半東吳。詩無好句餘芳佩，酒有閒愁剩貫壺。我是隨衡南去雁，往來空愧送迎烏。

苦南風

北風日以南，南風日以北。人生通塞遇，亦視偶所值。我昔楚南游，已逾一世迫。衰年重來此，衰髮歎盈幘。匪惟風景娛，兼爲故人隔。一旬離鄂渚，猶未洞庭識。湘靈苦遲人，君山復招客。如何飛廉妬，作意生惡劇。終朝惟高臥，詩句吟不得。功名固難期，游戲亦復嗇。故知窮人窮，萬事難借力。何方淸聲起，白晝遠吹笛。安得招朔飈，林葉一時激。

挽舟

一轉波一回，一回風一曲。人間咫尺地，萬古勢起伏。天心卹危困，衆力濟艱覆。不見杜陵翁，稷契猶在目。少陵解憂詩：『向來雲濤盤，衆力亦不細。』此眞稷、契輩人語也。〔一〕

【校】

〔一〕解憂：底本字跡漫漶，據分門集注杜工部詩·解憂補。雲：底本字跡漫漶，據分門集注杜工部詩·解憂補。

四月初五夜電

空際白銀電，火光迎水斜。風波一時定，雲月互相遮。寒暑參差易，陰陽倚伏嗟。賈生知此理，猶去古長沙。

有感二首

廣樂軒轅會洞庭，倚舷鼓瑟有湘靈。泠倫老謝人間事，卻爲知音願一聽。

風雨蒼茫白鳥飛，湘南隨處釣魚磯。三閭大好偕漁父，便宿煙波不用歸。

晴渡洞庭湖

江上愁心說洞庭，晴霄空靄亦蒼冥。可憐芳草王孫路，無復瑤華帝子靈。湘水有情誰作賦？楚天無際獨揚舲。西南奇秀探難徧，嬾向桑欽問舊經。

望君山

詞賦何心續古賢？南來空歎水如天。故應頭白江靈笑，不見君山四十年。

殘年

殘年祇合啜醴糟，久向南村續和陶。驀地月明聞夜瑟，一弦一曲古離騷。

洞庭廟扁擔夾

潮來青草湖中濶，月落黄陵廟外看。回首又成雲霧隔，朔風古廟路漫漫。

湘波曲寄李海帆方伯

蒼梧叫雲湘月死，左徒騷心傳二李。一杯遥酹水仙王，二十五篇雜仙鬼。夜郎遠謫萬里天，奉禮可惜夭天年。青楓斑竹夜啼嘯，不遣進酒供神絃。隴西美政與詩好，使我重來拾瑶草。赤虯擊月月有聲，與子騎月呼長庚。

江上雜興八首

暮雨瀟瀟斑竹枝，西風披拂女郎祠。人間大有湘娥怨，一夜猿啼月黑時。

萬古精靈妙不傳，桂膏柏實爾徒然。鯨魚供奉琴高鯉，可但先生是水仙。

東岸石當西岸石，裏湖帆隔外湖帆。陵傾谷陷坑隄拆，一片夕陽山外銜。隄内穴口曰坑。

墨色魚箱養嫩苗，夜深燈暗白船跳。要知皮陸吟漁具，未辨松陵上下潮。漁者編黑絲爲網，如箱形，以頓魚苗。又側小舟之半，白其板欹于岸側，入夜，魚見光爭躍入，土人謂之白船。

紫玉簫吹湘月流，弄芳人在本蘭舟。前生合是耽詩客，無數青山引碧流。

江月去人祇一尺，山雲脱空無四圍。螽入水窗聲倍閧，螢移鄰艦影孤飛。

湘潭南上轉湘鄉，水淺沙明激石忙。忽記巴巫三峽夢，故人攜手月中涼。

雨藏山色帆横漢，雷挾江流轂走空。唐兩拾遺詩境外，人間畫筆米南宫。

寄子樞弟及冬壽

弟是當年到，朋遲此日來。猗蘭幽操裏，一雁落莓苔。

通藝閣詩三録卷第七

湘陰城外

路久方逢縣，江空獨見天。浪隨風勢闊，帆挾雨聲懸。事業熊湘古，文章屈宋賢。壯哉吾過此，延眺夕陽前。

長沙寄友

又向滄波濯舊纓，任教漁父笑無成。精神綜密思陶侃，世事蹉跎老賈生。詩思欲隨湖水闊，古懷長對嶽雲晴。楚氛漫道頻年惡，衹在諸君翊太平。

湘潭道中柬麗生

扁舟搖兀意孤望，懷古懷人重感傷。天外黑雲迷嶺嶠，夜深明月冷瀟湘。帆開衡嶽流頻轉，草入離騷字總香。不是故人誰解得？濯纓吾久賦滄浪。

湘潭南上激驚波，猶許吟詩一棹過。帆腳影中風信轉，筒車聲裏月明多。故人鄭重追廉卓，孟夏恢台弔汨羅。與爾盛時同際會，好傾濁酒且狂歌。

前川東道嚴丈士鉉霜天曉角圖遺像

二蜀戍邊行，千山一角聲。猿嗁巴峽夢，月老漢家營。慘澹金天氣，蒼茫玉帳情。白頭嚴僕射，辛苦爲論兵。

蜀山從軍行為河南按察使前川東兵備道京口嚴公作公仲子學淦出公絳雪書堂銷夏圖，屬爲賦詩，事詳公所自記

西南殺氣煙漲天，山非山兮川非川。人云蜀民素好亂，制動誰決兵機先。夔關劍閣曾無險，張詠韋皋世有賢。發蹤揆務前人比，京口嚴公天下士。黃石韜鈐夜運籌，白猿決拾朝飛矢。三百軍前爭距躍，六千帳下同生死。古來儒吏重知兵，袴褶弓刀慷慨行。策馬千山傳餽

餉，裂繻一幅誓投誠。書生雅有從軍膽，節度羣連列校營。未見藺廉能退讓，祇餘渾濬喜紛爭。軍行何急糧儲覈，蜂蠆備疎忘拒敵。一夜嘉陵報渡江，成都烽火連天赤。不是秦師間道來，愁看益部生靈殛。七年五省事倉黃，決勝中宵定堅壁。八閩龔遂最沈幾，與子同仇展素期。帷幄有謀資杜斷，鸛鵝畫一協蕭規。齊民共拜欒公社，遺老猶歌漢相祠。誰信五湖三畝宅，當時全蜀繫安危。全蜀安危堪歎息，勝朝故宇詞臣迹。萬里炎荒詔荷戈，百年錦里人移席。荆楚猶傳宋玉居，浣溪更傍揚雄宅。相國驚心舊筭縎，風人回首新行役。定遠邊關歎虎頭，伏波毒水愁鳶翼。遭際公欣遇聖明，畫圖我自思籌策。嚴武威名震蜀方，千尋雪嶺屹相望。渲丹留住春風色，點筆添來曉鬢霜。奕奕精神生絹素，淒淒夜雨襲虛堂。江山形勝雙吟屐，戎馬功名百戰場。脩竹萬竿歌衛武，紅梨一樹續歐陽。孤兒莫話天涯事，明日扁舟又渡湘。

為麗生題其紀游圖四首

巫峽啼猿

少年巫峽游，中年巫峽別。此地又聞猿，月明更清絕。

玉井搴蓮

曾向三峰過，芙蓉落馬前。不知詩客夢，是佛是飛仙？

洞庭秋月

李杜三巴客，瀟湘萬里游。何時浮一舸，同醉洞庭秋。

焦巖望海

悠悠三詔巖，渺渺六朝雨。指點海門深，與君從此去。

又題故園松菊圖二首

松菊南徐，峭蒨芷蘭。北渚芳馨，欲賦山中。招隱故鄉，風雨冥冥。

淵明自是，解人嚴助。夙稱詞伯，壽邱山下。人家他日，我非生客。

褚公洗硯池

褚公謫潭州，文采照行部。湖月與裴回，嶽雲互吞吐。瑤臺謝羅綺，飛鳥相媚嫵。獨有先朝心，丹青照終古。同時矜風節，來柳未足伍。堅操邁松筠，清馨被蘭杜。千年一泓水，靜作文字祖。

別君何太長一首貽麗生

別君何太長，去君何太遽。卅年一相逢，百年幾何許？與君少相識，有若蛩負駏。相期矢骨鯁，議論閒齟齬。男兒志功業，風振垂天羽。餘事亦文章，璘璘册芸府。豈知事大異，投老困升庾。子猶守一官，吾乃走寰宇。人言諸侯客，尺寸希有補。令甲胡森嚴，閉口不得語。徒然顧餔啜，高坐背則傴。以此常自慙，有田老荒墅。嗟君抗前哲，志行潔璜瑀。當時濟艱心，慷慨任閎鉅。西風吹衣冷，落葉長安舞。瑟縮游子懷，中夜口語腑。老親既凋謝，兄弟復哀憮。我今不出仕，誰與持門戶？昔時同游者，半作泉下土。亦或翔青雲，威嚴章繡黼。自憐少挾策，下乃冀卓魯。晚與屈賈游，一官落南楚。盛朝重覈實，吏治首安撫。大吏復知君，坐困三尺拒。災荒胡稠疊，藜莠益滋莽。每言徵斂拙，坐媿爲人父。霜髮盈顛來，明鏡青可數。聞君衡陽治，倉卒整戎旅。衆官既以行，僚寀袖手佇。君言昔西蜀，寸地徧豺虎。後來議清野，一掃空廬貯。今曷師其意，猶勝挈筐筥。民心一以定，賊亦絕踵武。昔人貴經術，豈不在禦侮。愛君龍山詩，鑿險出鋒距。如於劍鋩上，吹毛血濡縷。又如治水航，施功肇神禹。巉巖八千尺，落以尋丈斧。斯才老空山，山花空媚嫵。吾聞唐宋時，丞尉皆科舉。又聞前明代，臺諫悉咨取。文章與經濟，一貫事乃古。胡不清其源？畏壘盈豆俎。君云子言大，非我所敢處。亟欲投劾歸，裏足老農圃。炎天四五月，我來瀟湘浦。娟娟拂脩筠，藹藹襲芳杜。謂言谿山好，追琢舊吟侶。天知兩人愁，蔽以數日雨。與君語連夜，燈火照文簿。試問疇昔心，終宵手空拊。我今付蓬轉，子亦毋自苦。彊飯斯愛人，前民此規矩。餘閒託歌嘯，文字差不腐。況有諸子賢，詩書抱環堵。人生止足樂，何必夢華膴。作詩慰勞薪，亦自歎浮窳。

湘鄉懷前禮部謝薌泉丈

曾作元暉客，來尋正則鄉。騷魂何日返？月色至今涼。韻寂松絃奏，馨餘蕙佩纕。欲知疇昔夢，風雨動清湘。

留别麗生

相見嚴明府字本杜詩，相看故舊心。帆檣煙艇逆，燈火雨窗深。地僻山空好，天低夜易陰。吾衰聊止酒，猶和玉龍吟。

洞庭宫外雨

昨日歌三疊，今朝水半扉。洞簫聲起處，愁煞雁南飛。

嶽麓山登望湘樓有作寄麗生

炎嶽彎環八百里，雁飛不到衡山陽。七十二峰此其足，朱鳳開尾紛喬皇。隔江一城建都邑，稽古兩寺名未唐。昔年挂帆未鼓棹，使我幽夢煎中腸。昨來風利又失泊，疑此與我成參商。今茲雲日喜清美，微雨洗出青天光。艣枝搖兀戞皃語，陂田散漫分稻秧。筍輿徑穿僧寺入，石澗喜益書齋涼。虚亭已過雜花爛，晚愛亭，羅副憲典所築。仙侣或化孤鶴翔。白鶴泉，爲秦廉使瀛題碣。滇黔粤越決雙眦，楓櫧松櫪開四荒。幽禽異藥有道意，清泉白石真吾鄉。望湘一閣最後至，云此新自好事創。借叶。道塗脩治極完坦，庭宇灑掃殊劻勷。妙從萬曠得平遠，收拾烟火成青蒼。何武諸生列精舍，公孫利祿登講堂。釋輪興廢何足論，末流吾爲儒家傷。星沙三旬揮手别，英偉把晤歡異常。故交契闊可再失，名山一失空相望。人材那復數唐景，絕學端欲師朱張。地靈人傑互映發，懷古登高心慨慷。

三閭大夫廟三首廟在嶽麓書院左

筆輅開熊繹，龍舟弔屈原。湖湘三楚勝，文字一家言。瑤瑟招朱鳳，虹橋駕白鼉。誰將千古意，流涕附龍門。

嶽麓斯文重，前賢憂患餘。高才招六子，宗國老三閭。太息蟬娟豸，空嗟浩蕩予。諸經秦火後，此亦未焚書。祠側袝祀賈生、太史公、宋玉、景差、唐勒、王逸六子。

重來嗟已老，猶問楚江津。白鳥如孤客，青山是美人。笙簫巫唱寂，風雨櫂歌頻。肅穆靈脩事，何由叩大鈞。

望岳陽樓

東南青莫極，積水滙巴邱。湖外誰仙笛，詩中此酒樓。四時風不定，萬古月長流。頭白重來客，空憐壯志休。

憑空接混茫，秋氣楚江長。城勢隨山曲，風聲挾浪狂。水軍千隊蹴，煙海萬靈翔。無限功名事，臨流憶戰場。

長生閣雨後漫興同螺邱作呈海帆方伯

快將急雨洗炎歊，湖海篇題笑二豪。天下先憂恃公等，園中獨樂付吾曹。白蓮花向月陰澹，紅蓼穗難風力高。堪哂潛夫偕漫士，劣能把卷對醇醪。

題麗生龍山詩及湘鄉催徵詩後奉寄

華髮盈顛笑我簪，錦囊佳句爲君吟。笙簫鸞鶴橫天半，風雨鯨鼉涌海心。此事自關千古業，傳家何用一籯金。謝公鑿險曾非險，試向龍山句裏尋。

李杜眞慙忝竊名，相看出處各心驚。交深朋友如昆季，誼重文章即性情。少日豈知愁黑子，殘年轉歎負蒼生。道州涕淚蘇州疾，持較前賢意總平。

次韻螺邱七夕雨中鄒壽泉參軍移具翫荷作

未設中庭果，聊觀數頃荷。星隨初月隱，香入白雲多。鵲冷秋無迹，蛩淒夜有波。僧廬留客嘯，夢斷詠明河。時方有以文事相招者，故引宋延清事見意。

滋陽湖觀荷 湖爲明楚宮舊址

湖渚參差倚郭斜，風光分付釣師家。楚王宮畔無窮恨，洗盡繁華是此花。湖荷皆白。

壽泉參軍以月夜登馬蓮莊庫曹平遠樓詩屬和次韻一首

來游非看竹，爲愛主人過。予先以壽泉言過訪，主人他出，徑造樓上。檻壓重湖帆，星流七月河。歌聲得雲隱，詩思入秋多。病起思攄寫，先愁卷白波。

書海帆方伯莪邊紀事詩後二十韻

昔聞仁者勇，今見李公詩。才本兼文武，威尤寓惠慈。不因殲兆庶，安用戮羌夷。帝德曾無外，臣心詎有私？五丁軀猰貐，六代靖熊羆。未盡安邊略，空占禦寇詞。夢餘思谷口，天半望峨眉。卻憶初來日，先乖鎮撫宜。募兵鄉士少，助餉客民疲。材掃沙坪炬，嵎憑石塹危。顛連哀斲骨，拉雜痛懸肢。六語俱賦本事。此輩凶殘極，何人醞釀斯。徒戎前日論，出塞武臣訾。寂歷儒生帳，飄蕭大帥旗。籌邊衛公在，流涕杜陵悲。善後誰能計？當前慎弗疑。緊予生槁目，誦此淚交頤。青汗何當載，丹衷自勿欺。據鞍驚矍鑠，撫枕歎支離。獨有眈吟癖，傷心各撚髭。

仲閎招集武當宮醉後作

我本海上鷗，泛泛隨波渾。一朝逐黃鵠，江漢恣騰騫。風日佳翱游，賓客妙語言。琳宮偕登眺，楚國茫無垠。涼颸颯楸梧，晴日浮黿鼉。香飄定後磬，鈴動空中旛。僊分翠柏影，江露青竹根。遠山何飄搖，招手有羨門。聞道陵高樓，霞采破暝昏。還丹乏金骨，幙地空玉尊。仙人乘雲游，羨此片石溫。矯首語黃鵠，慎弗慕華軒。

八月朔日白露壽泉參軍招集中隱齋席次喜賦六韻

欣逢秋甲子，潦後霽光停。露結今宵白，山招隔岸青。慣延花徑客，不謝草堂靈。名酒清浮座，寒莎綠映廳。詩情呼酒伴，秋色有空亭。君若詢中隱，年年傲吏醒。

月夜寄弟二首仲秋九夕

友朋隨事散，秋水極天長。出處渾難定，艱虞亦士常。世情懲夢鹿，家累鑒亡羊。賴有僧廬寂，開軒引月光。

百歲風花過，殘年尚別離。病添愁望苦，寒益鬢毛衰。轉怕清光滿，空憐遠夢遲。惠連能作賦，他日記相思。

壽泉移具僧寺遲螺邱昆季出闈不值歸與予及仲閎遇諸山徑同至署齋小飲有作

卑官能愛士，鄒衍楚中欽。感遇人間世，憐才局外心。山雲凝望遠，江月引杯深。獨有殘年客，鐙前萬慮侵。

漢皋後游詩二首

春色倏秋色，風光暖復淒。斜陽與新月，湖水各東西。寺近舟皆到，檣高堞轉低。桃花零落盡，惆悵柳枝隄。

漢波搖鴨綠，越酒漾鵝黃。拾翠歸游女，吟詩向梵王。龜巢蓮葉冷，鷗夢蓼花長。何處堪行樂，攜尊對北邙。

秋荷曲

保得紅顏便是恩，晚來江上夢無痕。何人更唱田田曲，一夜西風冷白門。

僧寺雜興寄劉坦衢明府道昌**燕中三首**

楚客浮蹤遠，燕歌託興長。蕉陰半窗綠，荷氣一湖香。炎酷銷皆盡，交游夢弗忘。祇應慙杜老，來宿贊公房。

衰鬢游都倦，浮生此亦家。客來頻載酒，僧老獨移花。北牖通風色，東軒引月華。莫嫌狂態發，醉倒接羅斜。

王生眞靜者，哲弟亦英流。獨雁關山隔，微雲河漢秋。徵歌前日夢，爲吏暮年愁。祿養平生事，升堂慰白頭。

送王子章柏理**歸螺山**

結夏招昆季，鳴秋得友朋。白蓮風外語，黃葉雨中燈。吟思尊前減，離情別後增。家庭多樂事，祇是感姜肱。

蟋蟀和韻仙

盈耳秋聲不可聞，滿庭寒露一天雲。人間祇有張平子，萬斛閒愁共汝分。

秋日古楚觀高閣望遠奉訓鄒壽泉參軍張韻仙處士春月賦贈之什

吳楚古貫通，千里相往還。一朝忽曠隔，咫尺何間關。松龕故夐絕，菌閣誰躋攀？大江從西來，兩岸排翠鬟。此中一憑眺，都邑浮羣山。時序既已乖，風景詎復刪。楚歌接輿聖，吳語賀監頑。何當賦逍遙，與子開心顏？

得麗生湘鄉書卻寄

陶令辭彭澤，嵇生在竹林。偶逢傾蓋語，便寫在山心。吏事千篇牘，清游一卷吟。松風吾有曲，窗外欲鳴琴。

答寄王治堂孝廉

贈我能長句，憐君愛老狂。高吟動霄漢，清影照瀟湘。公子思芳草，行人語夕陽。褚公池上月，兩地一相望。

題吴仙倚虎圖

昔聞騎虎深山中，翩翻逸態陵罡風。今看倚虎空林下，瘦骨淩兢臥蕭灑。柔心静氣玉籍人，寶訣腹誦超煙氛。鶴聲飛空清夢警，雙炬高峰照孤影。

寄安陸周介夫太守二首

君家循吏後，三世數清門。謳頌吴越久，隄防荆楚繁。烹鮮嗟古治，鼓瑟有今言。若問醉翁客，焉知清濁源。

君鼓郢中曲，空嗟白雪難。我歌黄鵠調，遥望碧雲端。偃蹇淮南桂，凋零渚北蘭。三朝有耆舊，不遺傲霜殘。予與君相識在乾隆年間。

答介夫太守次韻見寄作

三朝相憶久，隱見各麗眉。近隔月千里，遠仍天一涯。滔滔江漢水，眇眇別離思。若問延陵樹，端應挂劍知。予與君燕邸吴中，俱聚於孫古雲寓宅。

久忘千古事，猶擬一宵歡。家世貽清白，深心策治安。窮魚噓沫少，老驥躡風歎。不信離愁水，冬來萬斛寬。

詠秋海棠偕仲閎作

春花胡繁華？秋花太幽怨。鄉夢隔江南，楚騷人自遠。

附同作　汪以鋐

秋雨欲黄昏，秋風冷斷魂。宫花宫女怨，惆悵賦長門。

古意

明月滿烏號，秋風起孟勞。霜飛三輔郡，星動五陵豪。白馬横空躍，青騾絶漠逃。古來征戰客，談笑說臨洮。

何古心書來屬題棗花書屋圖賦寄

君家世種仙杏花，菊泉橘井何矜誇。簳山竹箭茁不盡，更見棗實垂繁華。此花輕盈高素節，炎夏皚皚堆碎雪。孝子循階詠白華，新詩一樣芳條潔。聞君日昨尋冰蕾，萬樹寒梅香雪海。定是安期萬劫魂，散作逋仙珠百琲。嗟予流浪走天涯，偎棗亭頭翫物華。亭在黃鶴樓後，俗以呂仙得名。倚樓不敢弄長笛，空裏吹落瓊瑤花。憐君愛詩爲君惱，休論寒郊兼瘦島。千年海水有揚塵，一樹高齋長不老。

雪後發鄂州至沌口水勢峻急舟次感懷寄呈荆南諸子

東漢水流西漢水，梁州山隔雍州山。不堪倦客嗟行役，還向中流涉險艱。融雪天光城郭麗，滯風人事檝舟閒。差欣西上脩門近，嵇呂交游好共攀。

草市河

老悔少壯非，衰歎道塗久。嗟予耄彌拙，仕隱成兩負。昔者親族來，綠鬢未搔首。今茲成獨往，白髮增老醜。仳儷鴻離網，困悴魚在罶。長湖逾百里，一白積天厚。年光逐川流，明月與我走。吁嗟弗復道，日暮空擊缶。朱顏水中頹，白骨地下朽。

初至荆南晁香觀察有詩見貽率爾和韻次章兼懷述庵司寇公

太倉官粟積陳因，枯樹何由駐古春。黃卷生涯原易了，白頭燈火轉相親。已忘局外盈虛事，且鬥尊前自在身。歎息知交零落盡，文園應作倦游人。

久嗟三泖晚波寒，蓬轉天涯歲又闌。築險隄防籌備早，連朝風雪送行難。王君子壽將返螺山。新晴且向樓頭倚，舊稿都從篋底看。惆悵將軍門下客，幾人風義是任安。

小除夕皋香以即事次韻詩見示因復再和

靈山香火悟緣因，怊悵天涯老大春。架上蠹魚乾自笑，池邊鷗鳥戲相親。生成泉石膏肓癖，容得江湖放浪身。無限昔時行樂侶，不妨說與少年人。

平生東野相原寒，游興於今亦漸闌。婪尾酒遲傾較易，嘔心詩少祭應難。楚天芳草牽情迥，鄉國梅花入夢看。多謝八州陶士行，肯將冷巷駐袁安。

除夕皋香復和前詩見贈再次奉答

爆竹聲中記昔因，他鄉還當故園春。魚鰥獨夜空嗟老，橘種千頭已失親。翻覆任看雲雨手，指畿南舊事。文離自笑薜蘿身。東吳賓客欣都在，卻憶登樓作賦人。謂王子壽。

歲除微霰積輕寒，宵話頻聽永漏闌。屈指道塗爲客久，知心朋舊暮年難。馬從冀北空羣至，玉向荆南剖璞看。一事輸君能整暇，簿書叢裏更吟安。

元夜雪

虛室渾疑月，重幃不避風。詩殘燈影底，春冷爆聲中。久覺歡娛盡，兼令色相空。崑崙非我事，一笑醉顔紅。

遲螺邱不至作

西風寥落後，又對朔風嚴。已是東君到，難忘北渚淹。故鄉情話久，倦客道塗厭。災潦螺邱遠，眉山異日瞻。螺邱，層阜耳。而巍然有岡嶺之勢，此當與蜀之眉山並傳，異日庶能知之耳。

往沙市至仲宣樓舟遇螺邱喜作

遲君君不至，風雪到春晴。王粲樓前路，飛鴻天外聲。水痕搖綠輭，柳色染黄輕。除夕江干夢，離懷酒細傾。君以江上阻風，新正次日始抵家。

三答皋香次韻

茵溷飄沈豈有因，新詩吟到隔年春。白鷗無事忘機對，紅豆相思入骨親。酒似花枝常在手，書如竿木不離身。東南風雅銷沈盡，還向荆江訪替人。

平生自笑士非寒，無數春光繞畫闌。詩酒生涯朋輩老，山林歲月古人難。棃從上谷攜來遠，花自涪翁咏後看。時以北棃、黄梅見餉。我比投林飛倦羽，此身隨處得輕安。

春日偕螺邱登荆州城作

二分春淺近清明，與子登陴話古荆。拂地煙垂腰柳影，滿城風散角螺聲。城上晝夜吹螺，云以辟温氣。衰年那復悲王粲，盛世何勞弔屈平。只有魚龍藉彈壓，長堤遙亘采虹橫。

荆州懷古

俯瞰金陵亢雍梁，一江終古歎興亡。不聞息壤堙洪水，空見寒潮涌夕陽。盜賊西山終勝代，亂離南國感諸王。詞人漂寓嗟何限，豈爲登樓獨惋傷。

偶作四首

老韓詎宜，同傳孔墨。殊不相妨，住世何窮。齒筭立名，最小文章。

自云憂患，識字人道。窮愁著書，野老慣扶。藜杖門生，休异籃輿。

右轄風流，圖畫陶公。高致醉眠，若使眞成。避世輞川，何減斜川。

堯夫有四，不出中散。乃七不堪，萬卷讀書。讀律白頭，江北江南。

題郭河陽山水畫卷

我昔經覃懷，三載身句留。太行元氣老不死，遺山句。一山橫截半九州。陂陀高下行且休，凜如玉鏡開素秋。昔聞郭侍禁，少師李營邱。河陽近接晉山麓，荆關老筆絲繭抽。石如飛白木如籀，兼以草法融剛柔。即如此圖昧姓字，飛雲皴染自可以意求。雜樹被荒野，水芳媚空洲。側帽吟蹇驢，抱琴遲孤舟。煙滋霧霏妙團結，寒月飛上空中樓。平生性愛山澤游，對此使我增古愁。荆南盛夏若霪𩅰，忽見浩汗奔洪流。便思移家此中住，復恐一勺眞蜉蝣。坡髯不來涪皤絕，豈有筆力回龍虬？但思騎鯨倒跨上黨脊，俯視八荒一氣雷雨橫兩眸。前朝印記亦偶爾，眞贋妙向心田搜。何須臨摹六幅論『驟雨』？早歲巧瞻晚益遒。有能悟取山水訓，端許鼻觀參香浮。

蘇晉長齋繡佛圖為徐季雅穎**賦**

四十二章佛眞詮，酒亂眞性語云然。如何法性心珠圓，後世乃參米汁禪。有唐蘇子神翩翻，妙諦頓悟無上前。諸老傾倒交羣賢，高處正以枯寂傳。古來歠醨人萬千，但取糟粕遺精專。如君得意忘蹏筌，儒亦非儒元非元。杜陵取友內外篇，醉中枯形香穗縣。詩魂裊裊空中煙，徐子不飲何拘牽。蒲團獨坐坐屢遷，飲亦非醉醉亦眠。周妻何肉胡有焉？醉者孰醒醒者顛，請以此語聞金仙。

庚子重三日同王子壽蔣定甫脩褉藻園因留宿賦贈鄧子性田貽諒**二首**

爲愛名園好，因過水次行。鳥聲花外樂，人影鏡中明。池曲何殊習，朋來願識荆。怪他茶味別，難忘蜀江清。

故鄉千里路，佳節是重三。地記憐周處，風流續晉談。滄浪歌楚北，祓褉話江南。便擬蘭亭勝，何須問屈潭。

題畫蘭扇送丁杏舲參軍紹儀[一]**南歸**

春與歸人，共遠花如。傲吏能香，欲攬九龍。山色白頭，流水年光。

【校】

[一] 紹儀：底本空格缺字，今據東瀛識略補。

答贈潘子尚孝廉學植

藉甚潘郊老，名高鬢易衰。年荒獨行傳，交滿布衣詩。風雨清明路，鶯花上巳期。近游吾不忘，醉倒習家池。

答友

五言清絕境，高處逼王韋。古寺寒鐘動，晴空獨鶴飛。薄言共佳客，相與叩柴扉。又是桃花落，何年客子歸。

瀟湘行贈沈實甫城為題小瀟湘館圖卷

瀟江與湘江，來自西嶺頭。瀟水入湘水，同歸江漢流。瀟湘洞庭南，江漢洞庭北。一朝忽相逢，乃是天涯客。我昨自湘返，碧竿千頃秋。逢君欣握手，乃是古荊州。爲話漢皋行，行館舊歌舞。一霎西風聲，濛濛古煙雨。君生在西蜀，我亦游蜀中。後先不相見，曾拜鶴髮翁。君昔客吾鄉，我在他鄉住。故鄉我歸來，君又他鄉去。先爲兄與弟，後爲參與商。吳天有如此，蜀道那可望。泠泠天外波，蕭蕭牖間竹。行館不可尋，詩卷聊復讀。千里遠相望，卌載今相知。爲君歌此曲，一曲長相思。

題實甫鄂江重泛圖

江水遙與沱漢通，鄂州城外煙濛濛。客囊詩卷半帆月，星火釣絲長笛風。兩岸人家臥浮鴨，百年心事問飛鴻。可憐八詠消瘦盡，孤對小窗燈穗紅。

書舒鐵雲孝廉位詩集後示螺邱

舒雅詩篇萬口騰，渡河香象捩空鷹。奇才北海人誰薦？篤行東都傳待徵。驚絕屈騷光有燄，雅馴遷史選無憑。祇憐鄉郡成交臂，留付衰年更伏膺。

荊州戲詠劉表

經術少知名，姿容衆驚顧。平世取三公，區區死章句。

又詠蕭繹

未下揚帆影，空悲斫柱歌。江陵十萬卷，可是誤書多。

游承天寺

舊署羅含宅，重刊魯直碑。文章憐賈禍，蘭菊喜同時。香草騷人國，哀歌逐客詞。空王衹微笑，色相未除癡。

斷琴

朔風天外急，誰聽爨餘音。竽管漫爲奏，雪霜空復深。焦頭憂患事，遯尾別離心。莫問中郎舊，調絃易感今。

曲江樓

瀟灑南樓在，千齡得勝游。相公風度遠，賢哲大文留。朱子爲張宣公作江陵曲江樓記。月靜魚龍夜，江空草木秋。孟生嗟作客，悵望豁離愁。

娛暉亭夏日雜興示螺邱兼寄家弟八首。亭名舊俚俗，予爲易之

詩書中有樂地，山水外無清暉。不是一林新綠，黃鸝底事雙飛？

衙齋僻如退院，倦客懶過寒蛩。日出隔廊初磬，風清遠寺殘鐘。

長康各癡黠半，徐公在通介間。莫論逃名白社，且求埋骨青山。

朽闌屧動危彴，壞柱冠欹短亭。三徑風梳高柳，一池雨漬黏萍。

後浪高于前浪，今年愁似去年。君問萬城隄土，白頭江水衝天。

三生舊夢今續，五月江聲晝寒。自是書生貧薄，非關急浪驚湍。

楚國新聲要眇，渚宮故事蒼涼。縱有仲宣能賦，一雙白鳥茫茫。

少陵胸中廣厦，香山筆底大裘。飲酒讀書高臥，微

生此外何求？

同作 監利**王柏心**子壽

步屧更無過客，憑闌漸少高吟。廷尉門前羅雀，日長對語深林。

後會安知山海，尊前莫忘風流。他日天涯回首，澹煙斜日荆州。

生計漁竿自在，洪濤鼓枻相從。只虞岸上有虎，不畏水中有龍。

江都弟子未仕，淹中經術何為？功名方在朱博，且持此道先歸。

詶平湖賈衡石敦臨。予初不識賈。何子古心書來，稱述其人，兼示詩卷，有題予詩録之作。賦此詶之

賈生今不遇，天末憶斯人。迹向江湖老，詩從孝友親。嶺雲含氣象，秋月露精神。若問行歌事，滄浪鼓枻頻。

寄懷天台陸教授以淞。陸爲平湖杉石太守丈之子，以進士官楚中縣令，至省不及一月，遽請改校官去。客述斯事，有懷其人。時莅台州，故茲寄贈

西蜀老仙去，曾聞雛鳳聲。相思不相見，吹笛武昌城。我踏瓊臺月，餘霞滿赤城。飛泉八千丈，空憶石梁横。

辛丑人日作寄弟

人日題詩憶草堂，百年世事遠相望。行藏已誤幽人履，出處難催拙宦裝。芳草空餘遲暮感，梅花猶剩歲寒香。田園書籍無多在，白首同歸是故鄉。

竹深留客圖四絶句

知己呼來，翠竹結客。散盡黄金，坐上盈尊。北海山中，沽酒東林。有僧與坐。

仲長一篇，樂志辟疆。萬个淩雲，閒中苦無。佳客窗外，賴有此君。

自昔七賢，六逸流傳。竹溪竹林，我笑遠公。禪悟出山，未忘機心。僧方對弈。

茆江老屋，臨流千畝。渭川舊游，無那披圖。惆悵澹煙，斜日荊州。

仲雲鳳陽書來荅寄十二韻

海濱騰七萃，江上落雙魚。激切憂時議，安閒枕善居。外夷恩久翫，中國誓奚虛。漫道凝脂密，空嗟結網疎。罪言杜牧策，流涕賈生書。隱患恒倉猝，奇謀孰卷舒。蓬麻能自直，稂莠乃堪鋤。顧我違槃澗，何心慕佩琚。愁霖限湘漢，明月隔淮滁。桂楫思招隱，荷衣待遂初。湖山偕嘯傲，峰泖足耕漁。千古行藏事，斯言實起予。

李海帆方伯輓詩二首

學老猷仍壯，才優產獨貧。虛心緣愛士，寬政在宜民。勳績空流水，文章自有神。交情付冥漠，山色望中淪。

醉翁門下客，投老歎無多。飄忽松風夢，淒涼薤露歌。脩塗良已矣，高壽竟如何？空有房公慟，憑闌感逝波。

次韻古心子樞南埭草堂花木雜詠倡和九首

人間何處認春風，猶有寒花記此翁。莫笑近來無好夢，漫山桃李雪霜中。梅。

月當好夜花逾峭，春到中時雨易殘。合被隔牆梨蕊笑，玉山高處淚闌干。玉蘭。

南埭每流芳樹詠，東風易動故園思。畫圖無限眞香恨，流落天涯見一枝。海棠。

一段寒香散朵雲，倚闌吹返玉人魂。無風無雨無人夜，寂莫一株深閉門。梨花。

生色黃筌寫折枝，翻階渾許碧苔滋。何當盡斫風流種，不許人間有別離。芍藥。

三層閣上浪喧天，吹醒通明夢裏絃。我是劉倫隨處臥，不妨荷鍤也高眠。松。

一曲清溪夾淺流，阿誰來伴此君幽？右軍樂豈關兒輩，洗淨胸中一色秋。竹。

古來除卻淮南句，合數天香雲外篇。漫向人間論富貴，山中老木久忘年。桂。

棠棣盈籬點碎霞，風詩兄弟說宜家。相看共抱攀條痛，愁對庭前滿樹花。紫荊。

通藝閣詩三録卷第八

張江陵墓下作墓在草市，去城十里

學術縱横王霸略，功名盛滿子孫憂。舊都喬木人千載，落日荒煙土一邱。

新秋枕上不寐作寄弟

波濤寥闊古荆州，歎息殘年此地浮。四壁蟲嘶三徑月，五更角散一城秋。杜翁老去惟高枕，陶令歸來有釣舟。差喜機心久忘卻，江天隨處著輕鷗。時聞海上吴越初警。

中秋月夜東園感事

堂後芭蕉堂外柳，一池秋水緑萍深。不知今夜天涯月，誰是春來覓句心？

月下詠白蓮

澹極何妨豔，塘深不礙歌。人間良夜少，月下白衣多。

送潘子爵入都

於粲長離，將翱上京。噫茲幽谷，困我嚶鳴。勁翮振風，九霄遐征。楚天蕭寥，回首煙程。嗟子博愛，施及老生。知人實難，維權維衡。謹其範圍，用養性情。豈無香草，爲子佩盟。希微贈言，振子休聲。

劉坦衢明府道昌輓詩

曾記南樓共主賓，忽聞薤露倍傷神。風高江上悲游子，秋盡天涯哭故人。聽雨更招青鬢弟，望雲尤悵白頭親。差欣孝友傳家在，歆向文章桀訓循。

夏日苦雨偶成呈皃香二首時以隄工細故罷官

堪笑生涯似蠹魚，一官隨處茂先車。偶然失馬何非福？未必亡羊果爲書。薄宦卅年成泛梗，清詞幾卷抵新蕖。家風窮達都休論，彭澤長沙意有餘。

高齋長日雨厭厭，落影無端綠上簾。嚴築隄防猶道拙，富藏書畫卻傷廉。君在燕趙時，多得故家藏蹟。去官尚作江都禱，作客空嗟杜甫淹。秋色滿樓無限感，滄波日日與愁添。

苦雨江漲紀事示螺邱

江流勢莫敵河宗，風雨頻年一道衝。六月嚴威生草木，全城夜氣逼魚龍。民緣凋敝生滋困，官爲紛更議屢訌。漫向詩歌題主客，祇愁圖畫寫流庸。

大雨後述事寄湖南友人二首

風雨頻番集，雷霆一氣驅。勢傾雲夢澤，聲拔洞庭湖。野老沿門哭，衙官負板趨。衰年愁絕險，高臥歎微軀。

登城不敢望，靡靡白雲端。鴻雁哀千室，蛟龍迸一官。萬城隄已冒水，俞參軍昌烈亟救而濟，隄爲一城保障也。未愁民氣戾，眞覺吏才難。迢遞潭湘路，高艘萬斛寬。

螺邱將赴鄂州省試寄訊壽泉參軍

酷吏都將畏日看，故交眞似曉星殘。仲宣樓下浮天水，千里長風一夕瀾。

寄張韻仙二絕句

張子清吟定繼崔，白雲黃鵠兩徘徊。西江渺渺愁難去，應待銀槎鑿空回。韻仙家在南城。

古寺夏凝全澗雪，高樓晴擁一城雲。記去年事。不知王粲重來後，幾次登臨更共君？

送螺邱

海上生明月，青天騎白龍。君如徐孺子，我愛郭林宗。大厦連雲起，何年掛榻逢。面言殊未已，安暇待茅容。

江陵大水後感事述懷通寄遠近故人三十韻

荆南江水滙，湖漢復縈迴。乖互兼人事，陰陽迫蹇災。長風歕白峽，老雨漬黄梅。瞥掣千尋電，潛轟萬壑雷。矢攢馬道射，鎗急羽林開。雲夢迷遥澤，章華失故臺。萬城隄名。乾隆五十四年築。資保障，全楚壓崔嵬。倉猝横隄決，奔騰激浪摧。蛟龍天上舞，魚鼈夢中豗。促步憐嫋嫗，驚心及孺孩。城頭炊釜聚，郭外釣舟洄。爲有洪濤決，方知息壤培。衣冠共塗炭，屋宇雜蒿萊。議孰先工帑，功還集衆財。竈沈千室冷，板築百人栽。守土心勤禱，蔡江陵聘珍及道府以下。參軍策共推。俞經歷昌烈。濕蒸陰日漏，横裂怪雲頹。黯默衣生纈，蒙戎席涴苔。楚囚空自歎，齊贅不能詼。遺悶惟詩卷，祛憂强酒杯。苟非羣力集，立見暴流漼。夏雨方咨怨，秋陽又曝顋。身如蠹殘木，心是劫餘灰。調燮何年事？艱辛此日材。占愁壬子破，楚人以壬子日值破占潦，今年五月二十三日遇之。志繼戊申哀。乾隆五十三年水溢，壞城郭。平地奔波涌，炎天積雪皚。海隅聞告警，場屋值掄才。顧我沈冥客，勞君契闊猜。殷勤遠方字，潦倒故人醅。茅屋東山底，長歌歸去來。

荆南秋懷四首

並海烽煙徹絳霄，大風先賦楚漂摇。鐘期絃絶摧琴客，傷前方伯李公。朱博聲虚讖鼓妖。沴氣東南原易感，皇仁黔赤若爲邀。國殤尚拜天家澤，江上寃魂不可招。

海西西去隔無雷，太息星槎幾載回。豈有黿鼉渡河漢，空傳蛟蜃化樓臺。威行絶域惟孚信，患忽愚氓是禍胎。聖主憂勤神武畧，諸公珍重濟時才。

談笑憑誰鎮上流，荆揚遥接古交州。人傳一語參疑信，路隔千山罥去留。吳下傭奴嗟賃廡，秦川公子强登樓。鄖襄況復驚鼙鼓，翀舉何心慕遠游。

回首西川路渺茫，倒傾三峽瀉銀潢。食魚自笑同齊客，歌鳳翻愁類楚狂。博濟無謀援溺急，太平有願著書長。杜陵老去成何事？懷古憂時更望鄉。

江陵秋日遙送皋香自鄂入都

北去浮雲感萬端，瓊樓天上有高寒。涼嗟落月吟詩苦，老覺西風送客難。酒病久懲狂藥失，囊飢猶勸故交餐。武昌折柳情何限，試聽江城笛韻殘。

陳琴希明經釁我謂園

江陵古形勝，人物餘風流。雖無邱阜崇，亦有巖壑幽。陳子何澹蕩，與我相綢繆。第蘄數弓足，安用二頃謀？君觀陶柴桑，郭外良悠悠。縱無廬山高，萬象皆娛眸。而我胡迫拘？歲晚若窘囚。四海詎爲大？一室亦足休。匡濟匪吾事，相勗維清脩。

又題我謂園三首

一廛平仲老屋，半畝蘭成小園。花竹滿庭和氣，琴書終日忘言。

昔聞卿用卿法，今見吾愛吾廬。五言客訪詩律，三世人傳道書。

王洽畫成不了，陶潛琴妙無絃。有時賓主相對，彌覺此心灑然。

送余簾伯樅之公安

人生識字憂患始，立名最小文章是。天將氣骨鍊奇才，人爲飢寒重貞士。余生余生爾莫哀，中秋月色中天開。長身僅飽侏儒粟，感遇憑澆塊壘杯。楚邦災潦今無術，萬卷讀書兼讀律。但分餘技易金錢，空有閒情娛鐵筆。上游黔蜀萬里長，下游吳越眞茫茫。一身槖硯作羈客，八口浮家辭故鄉。吁嗟乎！『有田不歸如江水』，東坡一言千古美。豈知更有拙計人，二頃薄田千百指。今年江水浸堞壕，公安城中進淺舠。我有青山不歸去，古人仰止空山高。君有『幾人高臥有青山』句，故感其語。

荊臺書院云是梁震故宅偶爾詠之

土洲聞築室，何處好桑麻。已失前朝事，空餘處士家。庭中病梨樹，門外白蓮花。牧犢閒眠穩，除書詎足誇？

開元觀

寥廓開元觀，閒尋步屧行。石壇鈴響寂，銅礮土花生。疲蹇殘裝倚，黎椒亂點輕。秋荷蕭瑟甚，渾自動詩情。

落帽臺

奸雄空跋扈，名士自英華。史已慙孫盛，臺終屬孟嘉。霜中吐蕤秀，風外接羅斜。千載陶彭澤，端能說外家。

太暉觀觀爲明遼三造

琳宮冠翠微，秋晚雜芳菲。寥廓諸天小，凋疎野稷稀。時淸戰馬老，陂闊狎鷗飛。若問遼宮事，前山又落暉。

絳帳臺

達生馬南郡，濁世仕堪嗟。古道惟流水，空臺又落花。經師猶跌宕，太守合風華。何似周公瑾，高堂罩絳紗？

重九前苦雨偶作八韻

淵陵仍往代，風雨又今年。客阻連朝屐，人遲萬里船。奴子南歸未返。龍山空在望，虎渡卻茫然。痛定驚心在，名高舊跡懸。況予兼老病，一室自周旋。菊泛盈尊灩，萸簪壓帽偏。龐公期上冢，歲以上巳、重九祭佘山家祠。陶令說歸田。若問深秋事，高吟認鬢邊。

重九日得梅伯言農部燕中書

卅載論文阻起居，君騎北馬我江魚。昨朝風雨今朝霽，又得良朋遠道書。

九日琴希過院同劉生正暘**至擲甲山關壯繆祠復登西城樓作**

一角吳山破，三分漢鼎完。中原一回首，江水永長歎。曠野桑麻漬，荒城草樹寒。空餘兩銀杏，終古庇檀欒。

龍山落帽臺

言尋西郭路，臺觀感幽懷。潦後人烟聚，隄閒石徑埋。整冠愁短髮，拄笏憶高齋。八嶺迢遙路，空云夕氣佳。邑志言古龍山在城西十五里，今八嶺山。

興國寺

李唐興國寺，城堞影參差。矢力迎風激，寺外方習射。鐘聲度水遲。緇衣僧散飯，紅樹客吟詩。久潦塘難濬，重來訪石池。

元妙觀

穹閣夐憑虛，山門半莽墟。尋碑閒撫石，觀有歐陽原功碑文，危太僕書。種菜耦攜鉏。水淺驅鳧近，原荒牧馬疎。欲求元妙理，愁讀上清書。

游龍山作次韻

往昔遨游皁帽陪，祇今登眺角巾來。地經荒潦腴常瘠，詩涉窮愁語易哀。九日未簪籬下菊，百年聊覆掌中杯。人生難得脩名貴，且許蓬瀛勝草萊。

題劉古山知州永安一亭霜傳奇爲永豐烈婦黃羅氏作

黃羅人物邁奢香，賴有中山筆表揚。六十八亭江上下，清風長扇一亭霜。

問絹胡威也枕戈，西南兵事戰雲多。汗青何限傷心恨，老向荒江弔一羅。

得螺邱書柬琴希子尚一絕句

今年秋色遲如許，雨過重陽菊未開。爲待佳人行未至，甕頭桑落有餘杯。

九秋易感騷人句，二客同吟杜老詩。欲向望江亭上望，滿天風色落帆時。

螺邱以近詩見寄因書示

變雅風騷激，横空萬感來。天心終悔禍，吾黨自憐才。壁壘堅窮志，冰霜鬱古哀。對君淪落老，何以慰衰頹。

再簡一首

曲突非無策，浮萍亦有涯。詞章眞拇贅，水木自清華。世事共曼衍，吾生何歎嗟。可憐萇楚子，猶裊雨中花。

江經畬廣文學勤**邀觀萬城隄工歸賦三十韻兼示艾生**文材

維楚于東南，厥大無與極。嗟哉七澤曠，浩蕩隨所適。聲偕雷霆遠，氣與天地黑。自有神禹功，始安后土職。荆州當險要，其勢乃喉扼。湘江從南來，漢水自北逆。汪洋三江口，有似巨甕側。搜山老林盡，伐灘高浪激。二患近日新事。增茲釜底祟，穹蠹黿鼉脊。江公開濟士，迹藉冷官匿。招邀爲斯游，憂樂各有得。長隄拒千里，此特爲之則。國賦既已微，民艱詎能塞？戔戔脩築費，渺渺宣防式。苟非王景賢，詎免西門惑？吾儕幸無事，苟免實天德。每思已溺心，端賴化育力。一隄恃爲命，百姓安所食。聖人或未知，豈不念澤國。官民議各異，今古勢恒隔。窮薄嗟浮生，漂泊剩過客。一觴舉相賀，回首猶淒惻。瀕江鐵牛九，感舊撫銘刻。奔騰歲月露，慘黯風霜蝕。以今較昔址，相去幾千尺。若使歲增高，詎不至萬億。疇咨帝衷厪，開濬人事亟。深謀孰爲防？舊患幾能憶。方城遺址在，息壤餘形識。日暮悲風來，蒼茫動寒色。

答寄仲閎鄂州時値大水後

聞道沙羨動地雷，九蛟横挾九山開。江湖殷野笳簫咽，風雨滿城鴻雁哀。作客空餘浮漢志，救時誰是濟川才？今年南郡差堪幸，同向高樓望幾回？

漆室

黃河天半落，碧海夜深渾。誰褫陽侯魄，難招楚客魂。龍蛇翻地窟，虎豹隔天閽。漆室能無感，空愁倒淥尊。

詠雁寄弟兼示友作

螺邱以寄哲弟子章詩二首見示，讀之有感，因賦此篇

同林豈無鳥？難得是同羣。寒叫宵深月，低飛日暮雲。琴聲無奈聽，箏語不堪聞。遠近天涯感，淒涼我共君。

酬別張韻仙即送歸南城

樓頭一明月，黃鶴各東西。君向故鄉隱，吾猶枯樹棲。西江寒浪激，東洛暮雲迷。揮手遲相見，天涯去住齊。

詶螺邱至日見寄

相看霜髮各盈顛，更和王孫亞歲篇。酒盞君能支永夜，方書我合送殘年。馬卿琴寂囊中響，萊子衣消客裏鮮。此地梅花聞驛使，衹今愁思託吟箋。

飲酒五首效遺山邀友人同作

淵明避俗翁，聊以酒自娛。觀其胸壤間，高睨頫八區。仕隱初何心？止足意有餘。咄彼嵇阮輩，沈溺何其愚。

吾生少沈湎，病身兼病德。逮今悔其狂，已苦中蠱膸。衰年謝羣嗜，藉此自酣適。止酒復飲酒，所師在温克。

人間好風月，有酒斟酌之。況逢佳卉開，掩映良多姿。忘情非我事，達觀亦已私。古人去遙遙，此杯聊共持。

東坡首和陶，憔悴嶺南作。平生豪蕩意，亦欲棲澹泊。胸中五嶽氣，捫起時參錯。嗟嗟元秀容，衰季安

所託?

我愛安樂翁,飲趣微醉時。陶陶羲皇天,仰首白日馳。人生百年耳,有無姑聽之。飲人兼飲酒,曷味此老詩。

後飲酒詩三首

獨飲意樂已,飲人兼善人。王生兼濟懷,此意眞通神。人生窮達間,來往理則均。嗟君家庭際,孝友敦天倫。此意誰復知?此才尚沈淪。空庭聞夜雨,思君如飲醇。

張子湘南秀,顧影絕孤介。遇我荆南郊,舉杯亦已隘。新詩何古淡,靜女洗粉黛。世味宜難諧,寒宵餐沆瀣。謂予識塗馬,陘行力胡憊。淵哉飲心言,昂首發深喟。

冬寒如法吏,嚴厲民不宛。春寒如酷吏,深刻善舞文。微陽方欲起,乃復抑其温。勞生良獨難,況兹厎病身。賴有太和湯,一勺蘇心魂。諷彼四愁章,哀此雨雪雰。

早春荆南有感六首

隔絕南中訊,披猖海上兵。朔風炎國瘴,寒月漢家營。礮激陰然火,輪翻浪駭鯨。受降同受敵,辛苦鬢霜莖。

靈臺師偃伯,金帛委陽侯。防海無奇策,論兵在伐謀。月明鮫織室,雲起蜃噓樓。君問珠厓事,於今處置優。

江漢浪滔滔,西風急萬艘。野淹新隴畝,隄失舊城壕。官謗言誰郵,民功事太勞。杜陵歸未得,搔首腐吟毫。

陶公官竟罷,凜烈北風摧。尚作飢驅客,能無乞食哀?蟲嘶謝墅局,烏冷習池杯。更有新詩否?愁懷强一開。前觀察陶君。

楚尾吳頭路,天涯海角居。秋荼酷吏傳,舊雨故人書。漢志存溝洫,秦風歎屋渠。豐年吾亦祝,差喜免爲魚。

去住曾何益,行藏强自知。偉長書待報,季雅在禾中。

王粲賦應遲。螺邱未至。風靜連營帳，霜清列戍旗。泖淞吾不忘，惆悵感春詩。

聞蜀中楚南兵過荆作

國貴屯邊裕，軍言料敵精。奇兵奚在衆，王者本無征。寂靜羣官氣，凄哀左戍聲。何如茅屋底，燈火老書生。

花朝夜對月憶諸子

古來稱月夕，難得是花朝。雨氣連天激，江聲入夜消。論詩諸子隔，問歲故鄉遥。太白光芒減，天吴爾莫驕。

二月雪中詠未開山茶

一枝紅蕾雪光皚，二月東風鬭白開。桃杏滿山渾未醒，不知春色爲誰來。

張蕉泉孝廉啟鵬**自長沙來螺邱有詩和作**

衰翁重駐屧，詞客屢褰簾。愁逐潮痕減，春隨柳色添。窮魚寒日煦，病驥晚風嚴。待訂重三約，窺人月映檐。

詠牆外杏花二首

絳雲天外有紅牆，一樹迷離倚月光。莫道北游渾忘卻，小盆梅影對孤芳。

誰向瓶中賞未開，生紅抹粉半空裁。情知輸與遺山老，看盡春風首重回。

又和答蕉泉螺邱二首

征途攬轡愛嬌憨，紀閏今年三月三。未覺楚中風景劣，雨晴佳客話江南。

王粲秦川遠擅場，詩名未羡曲江芳。孤峯太白春風峪，十里彤雲鬭雪光。華州太白峪杏花最盛，君曾遊其地。

和螺邱上巳日雨不出游作

海上傳紛擾，天涯歎寂寥。燭殘人罷酒，花冷客吹簫。佳節匆匆過，濃陰黯黯驕。昔賢風致在，蠟屐待崇朝。

苦雨二首和螺邱蔗泉

頻年荒潦大病農，況復春月如嚴冬。屋炊三日斷煙火，道殣相望。檜溜百道鳴鐘鏞。已嗟麥禾少生意，敢望桃李饒歡容？神君甦枯端有術，弗使流亡悲戶庸。

少披六弢搜玉符，垂老臥病猶江湖。治安豈有賈傅策，繪畫難盡鄭監圖。烽煙信已警南粵，秔稻價恐騰東吳。老夫借得一枝栗，彳亍牀前手自扶。

病中聞鄰寺海棠零落殆盡螺邱扃試院來問新詩賦此戲簡

聞道花飛幾片紅，隔年無語又東風。傾城絕代何人對？君是愁中我病中。

題螺邱蔗泉荆臺倡和詩後

驚心海上明月，回首江南畫橈。惆悵一春風雨，杏花香裏吹簫。

答贈天門劉孝長孝廉淳

萬里風雲接古哀，快從荆楚識多才。已嗟花事紛紛謝，猶喜詩人得得來。顧我倦游餘老病，與君談笑雜嘲詼。人生聚散誰能料？他日相逢幾酒杯。

草書歌送孝長之宜昌既不果行

劉生奇氣强收拾，走入草書作歌泣。秋風迅掃沙石龕，春雷怒奮龍蛇蟄。嗟君意態眞雄豪，行殿奏賦彤雲高。即今五十歎垂老，也向風前省二毛。我騎白黿欲東渡，回首江聲下牢戍。少年蜀道高青天，健筆破空從此去。

偕王螺邱張蔗泉訪張太岳墓作墓在草市二里許，地名張家埭

地饒煙水趣，人說相公墳。才大終無繼，中興況乏君。穹碑侵淺浪，遺像肅斜曛。更爲邊疆惜，天南萬

里雲。

蔗泉返自公安鴻雪齋月夜聯句一首

小別春將老，樗寮。重來酒共斟。鄉書游子夢，蔗泉。月色故人心。海氣歛天地，樗寮。江流空古今。晚花看未厭，蔗泉。容易莫沾襟。樗寮。

喜聞粵東大捷寄前制府林公三首

醜虜憑驕黠，神兵妙縱擒。賊民眞破膽，儒將在攻心。魚釜端難活，鼉梁立見沈。鯨鯢胥骨化，京觀海波深。

昔人饒偉畧，防海抵防邊。李牧平胡歲，廉頗用趙年。龍蛇歸掌握，鵝鸛掃圖編。往事聞譚戚，風流付後賢。

歎息荆南雨，愁霖十日過。忽聞天外捷，齊唱道旁歌。日月寰中朗，風雲海上和。陋儒虛決策，歸枕掃巖阿。

諸將一首

風波靖溟渤，烽火息甘泉。自是將軍武，端由聖主權。奇兵天上降，陰火海中然。迅掃蚩尤霧，同歌復旦年。

嗣聞捷音不果志悶

築觀皇誅邈，成城衆志休。如何千里警，不切普天讐。慘澹陰雲氣，蒼茫落日愁。似聞徐福島，縹緲隔瀛洲。

江陵感詠孟忠襄事

孟公忠藎歷戎行，晚宋斯人繫滅亡。三海經營成巨險，數旬恢復保巖疆。收京已送同仇骨，閉閣惟焚讀易香。歎息此邦簫鼓寂，靈旗空見暮雲颺。

程省齋太守伊湄**重建西園精舍落成賦詩奉柬一首**

閉閣韋公寂莫心，郡齋良宴抵登臨。能歡寒士顏千厦，不費中人產百金。衆論是碑傳巨美，臣門如水照清襟。況當喜氣寰區徧，更聽歌騰鄭校深。

書螺邱重譯詩後 時荊郡貢象過境

曾向燕都問象房，西河洗處御波揚。千官自肅鵷鷺隊，列仗全驅虎豹行。草莽病衰辭北闕，桑麻力倦歷南荒。子淵高唱眞難繼，金馬他年更激昂。

原作

百蠻重譯盡梯航，封獸來從古越裳。頗慮芻禾供不易，猶煩冠蓋道相望。微垣日月蒼龍駕，天策風雲赤驥驤。禁衙鉤陳原不乏，旅獒誰為進君王？

海上雜詩七首

澳夷何日駐？人說舊紅毛。列戍環屯堠，重門隔巨濤。藩籬誰遺撤，郡縣歎徒勞。設險羊城事，于今等弁髦。

君問閩中險，金門更厦門。風雷轟地軸，日月浴天根。至信滄溟隔，重湖赤嵌存。如聞忠義鬼，不待賦招魂。

海中多島峙，最險是舟山。控扼東南要，營屯蜃鯉閒。往來成孔道，富庶付諸蠻。佛力曾何有？方知蠢類頑。普陀山在舟山東。

巨鼇能戴重，傍岸與沈浮。誰設華夷限，能令寶藏投？九州大瀛海，一角萬橫舟。二十年前夢，空餘夏統謳。

倉卒韡刀事，淒哀虞殯聲。空鳴豫州楫，未肅亞夫營。報國有生氣，葢棺難定評。曹娥衣帶水，嗚咽不勝情。

昔聞京口酒，今聽海門潮。軍戍千艘積，岷源萬里遙。鞭長曾莫及，魂遠不堪招。往古誰高臥？惟應處士焦。

地闢燕山府，天分析木津。魚鹽通上國，粟米輓神囷。利禦旁來寇，尤防內亂民。九河存禹蹟，終見軌途遵。

澳門紀畧書後

書爲乾隆初澳門同知寶山印光任、宣城張汝宣先後編輯

澳門十字與天分，鎮壓蠻荒靖海氛。歷法偶然參衆議，奇珍何足動吾君。五更雞唱三竿日，千里鯤騰萬頃雲。多少男兒齊裹甲，不知誰是沈將軍。張同知汝宣澳門寓樓即事詩：『氣虹酋盡讋一代。』沈將軍注云：『沈不知何時人，大約在澳門，能驅逐夷人者，其名未著，故爲表之。』

螺山行爲王子壽子章昆季作

螺山王氏遠自晉太原，不知何世乃自他郡遷江邨。去縣百里見培塿，乃有人物齊華崑。此地置縣始自東吳孫，千年人物數可存。地靈人傑古有語，況此山脈江氣相吐吞。君家祖德培厚坤，勝朝以來爲善不可論。曾栽宗植嗣復繼，以手語口心自捫。功名富貴世豈乏？積德久矣徵駢蕃。行人稱藉藉居者，日久相與忘其恩，更弗有事求平反。問家何所有？書軸千卷風葉繙。問外何所有？潦田半頃侵江痕。親年既高子復幼，賴有諸弟相與供晨昏。我交其二粹且温，長者國器眞璵璠，少者鋒穎藏而敦。公卿四方知名字，禮幣日夕盈其門。二子愛景不肯出，相與潔膳馨盤飧，寒天長至戀此冬日暾。階前多茁蘭與蓀，芳鬱生氣披鄉園，鶴書鸞誥會有日，及此眼前一曲怡琴尊。歲朝采服何繽翻？前有橋木後有蘐。一庭和氣被花樹，會見嘉澤蒸元元，我衰聞風喜欲掀。登堂況復酒滿盆，誰與書者貢九閽，述德有辭翰妄援。木生兮有根，水流兮有源。君家兄弟筆力自千古，即有韓蘇大手瑟縮走且奔。

詠管幼安高伯恭一首貽螺邱

幼安處漢末，成德如潛龍。咄哉元魏朝，乃有高伯恭。仕隱固繄異，盛德良所同。至誠動朔漠，清節被遼東。既箴邴原直，尤戒崔浩凶。禍福誠莫知，惠吉保始終。叔季覯斯人，三代匪古風。晉儒實寡昧，開卷當窮冬。榮木師陶潛，賓筵慕衛公。雖云古有戒，未若目睹隆。苟非圭璧賢，曷由淑吾躬。愁此垂老別，賦詩寄微衷。庶幾見賢心，慰此尚友胸。

海警一首

傳烽近報達甘泉，拜詔新聞下奉天。神武王師馳六月，鬼方聲教阻三年。同仇義孰先陶侃，討賊文空說鄭畋。七省機宜策防海，五羊城外幾樓船。

感寄一首

杞人矯首望天垣，魯女甘蒙漆室寃。虎豹九關曾不隔，蛟鼉重渤若爲翻。至尊宵旰原無闕，臣子憂危合有言。多少人材仰霄漢，會看干羽舞前軒。

雲溪茶謝螺邱兼柬孝長蔗泉

家鄰洞庭湖，地古雲溪驛。風日炙清氣，煙波湛靈液。香草與佳人，動搖作春色。微生資物養，予美自悅懌。味澹君毋嗤，詩中孟韋格。諸君胥靜者，文字形偶役。千卷拄腹腸，一甌灌胸膈。定知吟脾沁，不覺煩抱釋。長日未苦炎，他時苦相憶。

種菊寄子樞

吾生少澹蕩，老去精力憊。未免血肉滋，聊爲口腹賴。卯君儉過我，闢佛嗜粗糲。三徑初歸來，一身未遑丐。如何患眩運，鬱火使心昧。吾聞甘菊良，能使玉池濊。天隨席供美，坡老盤餐最。味逾蒓絲寒，品斥韭齏汰。小園餘隙地，衆草削繁薈。專蒔嘉種芬，永絕苦薏害。殘年共無幾，佳色謝塵壒。葆茲金水精，四氣有交會。蓼莪嗟已矣，常棣幸毋儈。庶幾九日華，勝蓄三年艾。

古詩一章訓何子古心

鄧林有同枝，高岡有同棲。人生非氣義，安用知交爲。何生篤行士，予與乃兄故。因兄復友弟，如與骨肉遇。君孝不出門，君弟不忘哀。推斯及倫類，一一皆準裁。吾弟亦過人，見君乃心醉。匪君風雨交，雞鳴旦如晦。君言不得意，盍賦倦游還。如君猶作客，有弟已休官。來詩云爾。我意非不然，君言況復爾。出門看大江，滔滔幾千里。我病已久衰，君致千里書。微生竟何益，藥石良啟予。歌亦不復哀，語亦不復益。明年決來歸，庶慰長相憶。

寄從叔蘇卿 清華

吾宗今不振，臣叔昔能詩。林竹清風遠，秋花晚節遲。寄箋愁道梗，得句付心知。何子古心。韋樹何年會，空嗟隔歲期。韋家花樹會法，事見唐書。

憶石甫臺灣 時久不聞海外消息

平生耆碩辱周旋，更爲崔王憶鄭元。未死不應慳一面，得歸難定是何年。海疆尚阻朝家援，軍閫眞持水府權。漫訝蘇卿遲雁帛，終看周處斬蛟淵。

贈何舒卿茂才 昶

何郎文采極瑰琦，人物超然玉樹姿。新詠芙蕖傾沈汜，妙書鸞鵠聳冰斯。鑿楹久詡藏書富，布席爭傳立教施。況有彥方評篤厚，故應作論絕箴規。時與王子螺邸論文字書學相得。

家書

海警心何急，家書眼暫明。旌旗雲列戍，烽火月連營。甌越天家地，孫盧問道兵。不堪秋雨夜，愁聽颶風聲。

偕螺邸仲閎登龍山遇雨

地結千年契，人餘九日閒。白鷗煙際舫，紅葉雨中山。河海浮生外，江湖薄暮閒。昔賢嗟已往，佳侶亦忘還。

孟冬四日送仲閎由沙市返鄂州聯句作

客來排悶事，樗寮。鴻過動離音。寒雨重城暗，螺邸。秋雲萬樹沈。靈均香草怨，仲閎。庾信小園心。來往頻年積，樗寮。艱難旅思侵。樓船江路迴，鼓角海門深。吳會書猶阻，螺邸。荊臺感不禁。荒原留古夢，仲閎。苦潦寄哀吟。千里箋郵達，樗寮。重題漢上襟。螺邸。

菊枕偕螺邱作

秀駐三秋色，寒留一夕香。無心迎富貴，有夢到羲皇。栗里閒情少，山陰舊恨長。何人解縫緝，差勝露明囊。

聞河決大梁病中成口號八句

天半銀河落，梁園澤國譁。縱横迷徑術，高下混泥沙。持議誰堅定，方有遷城之議。浮生足歎嗟。横空卿月朗，目極斗邊槎。時間少穆尚書以四品卿銜使豫經理河務。

長至日與劉生小飲憶螺邱府幕

積雪隱庭戶，美人天際遙。思君若明月，滿地撒瓊瑤。筋力尊中酒，音書海上潮。楚狂憐幾載，心逐緹灰挑。予以戊戌歲客楚，凡歷四長至，而與螺邱賦詩者再。

積雪

高臥衰翁下故帷，尚看餘濕浸階墀。月明誤訝晶屏碎，風起旋成玉屑簁。茅屋更愁宵枕冷，紙窗差許曉釭知。自慙無力乘懸瓠，大好東師裹甲時。

冬至日聞臺灣水師捷音志喜

重溟經歲隔傳聞，驚喜吾宗廓沴氛。毒霧噓空春蜃市，淩波問道水犀軍。肅清待展攻心策，會合終專方面勳。盡滅鯨鯢綏海甸，更將忠直報吾君。

恒寒行

諺云大寒無三日，『大寒大熱不過三日』，吳下諺語。今年嚴寒半月結。重裘失温鑪不熱，火酒難澆凍殷血。手足皸皴被底裂，夜半起坐頸欲折。不意乃有今年雪，雪洟滴檐冰柱分。雪氣上天爲白雲，皎皎日出天上昕。朝暘晃蕩夕下曛，九畡陰氣誰爲耘。安得長帚掃天氛，董劉災異詎易信。杜韓苦語誰復聞，十年黄河不敢渡。衰晚炎方此重遇，嗚呼！吾曹餓死何足言，尚恐世有元魯山。

寒日無聊詠瓶中殘菊憶仲雲黔中

子涉八番境，吾辭五畝園。傲霜前日事，負曝此時暄。燈影澹無寐，詩情寒不言。西湖餘舊夢，佳話是開元。

寄汪少海明府浙中十二韻

倉卒危疆事，艱虞守上官。何人防曲突，衆士望登壇。南粵支離久，東閩控扼難。下流通兩浙，間道達三韓。水陸傳聞異，冰霜歲月殘。乘濤衝夕汐，因敵困朝餐。犀弩三千在，龍樓尺五看。待歌兵馬洗，會見海波寒。謫宦摧頹久，登陴保障完。人心憑激發，義勇合堅團。諸將誰鳴劍，儒生自振冠。爲君謳一曲，雪夜動悲歎。

通藝閣和陶集自序

陶公千載偉人，非後人所可幾及。其詩妙絕，前後雖以東坡、靜修之賢，學之不能盡似，況其他哉。雖然，仰而不可跂者，才也；遠而若可求者，心也。以才，則雖東坡亦胡可幾及；以心，則雖後人譾劣，亦無不可仰契淵明于千載之上。

予衰病無聊，吟侶又去，無以自遣，前後取淵明詩和之，久而積成卷軸，遂分爲三卷。其題同者曰『和』；題同而事異者曰『次韻』；四言則和題而已，其次韻者僅焉。既安庸拙，復恥勉强，用俟後之能者。

嗚呼，陶公不易學，陶詩不可和，而余强和之，此東施之效顰也。東施之顰，人知嗤東施，而不知東施之心固自知其醜也。淵明之詩，自忘言者觀之，亦安知不以爲西施之强𥈭？而余以爲是三百篇、離騷遺旨，當與史記共附六經之後者也。後之覽者，知余之醜，而弗嗤其所以效𥈭之心則睎矣。

道光癸卯冬月，婁姚椿。

通藝閣和陶集卷上

和飲酒二十首有序

予既以酒成疾，頻年多事，苦肢不能運，乃以藥漬酒救之，亦古人解酲意也。秋涼少紓，和淵明飲酒詩寄舍弟。

百年共擾擾，往者何所之。問君重泉下，何似駐世時。昔人苦憂勞，今茲每念茲。明者久聞道，昏昧徒蓄疑。口語且勿諠，願子勤操持。

賢達弗自滿，涓壤益海山。君看聖取善，甯棄菅蒯言。莊生澹蕩人，安計大小年。此身縱易朽，美惡豈無傳。

子車道性善，其次乃其情。達人雖自娛，飲酒不爲名。匪惟晦我跡，兼亦養吾生。訐責糾紛事，醉後了不驚。豈曰付達觀，吾琴有虧成。

台垣皆北拱，孤雲獨南飛。豈無衆允懷，柰此子舍悲。雲飛太行頂，問子何所依？少壯不逮養，投老猶未歸。田園既云蕪，筋力亦以衰。身名兩無有，空嘆此心違。

吾生苦多雜，境靜心乃喧。不飲上池水，焉能救其偏。不見謝康樂，浪跡游名山。才高不自晦，故墅何當還。大節一以渝，安用工語言？

無可無不可，維聖乃有是。吾非斯人徒，不卹叢衆毁。呼牛與呼馬，問子胡爲爾。不見聃耳翁，見刺士成綺。事見莊子·庚桑楚篇。

暮食葉底實，朝采枝上英。花實翻衍閒，朝暮胡異情？古交弗盡歡，權勢無由傾。大鐘列宮懸，匪擊胡自鳴？嗟哉馳逐輩，擾攘畢此生。

草堂松樹子，鬱鬱含古姿。昔年逾我長，屢撫歲寒枝。雪虐苦相妒，使我失此奇。衆生不自聊，一物亦奚爲？有如化龍去，塵坌安可羈。

秋花弗惜晚，往往凌霜開。問君胡爲然？惟稱君子懷。春風匪無惠，柰此運會乖。雖無靈鳳來，幸乏惡鳥棲。微蟲亦毋蠹，與爾偕塗泥。桃李固非迕，艾蕭亦豈諧。大造洪無私，受性幸弗迷。君樽有餘瀝，且復相徘徊。

少壯好雜博，退脩失東隅。本無九十程，況此千里塗。車疲馬復蹇，安能良御驅。智慧苦不足，名理焉有餘。爲語後來賢，擇術慎所居。

人生理氣合，衣食固有道。苟非辟穀人，焉能終我老？思文歌乃粒，爲救形神槁。有田固爲艱，無田豈云好。不有亞與伯，西成孰爲寶？載詠甫田章，嗟哉八荒表。

古人重世祿，端在明盛時。自顧誠非才，高爵良可辭。授田一以廢，躬耕待來玆。量己固已審，寸心何然疑。惟聖有至言，斗杓不吾欺。開徑跂良誨，勿謂耄及之。

山林與皋壤，區別誠兩境。有如竹林醉，匪類湘潭醒。微言端有悟，深意各自領。嗟彼好文徒，枉禿兔千穎。此中苟無立，文采惜彪炳。「炳」韻，陶集作「秉」，東坡、靜修和詩皆作「炳」，二公當有所據也。

清風與我故，當暑適然至。明月復有情，照我顧影醉。閒居猶可樂，況復客旅次。一錢不費買，足敵萬金貴。君問逍遥游，與君味無味。

我家無良田，我家有廣宅。爲是先世傳，不忍棄遺蹟。躬耕既老大，食指僅逾百。孰能相料理，家事斷關白。詩書苟有託，微軀豈遑惜。

弱齡頗英邁，足蹟萬里經。嗟哉病暨淹，一惰百不成。雖然險阻歷，劇困曾未更。人言清白遺，風過月在庭。羊鶴不善舞，越雞詎能鳴？成連刺船去，已矣傷我情。

鳥鳴求其侶，和好偕天風。人生許與勤，固在氣類中。一朝各分散，萬里雲逵通。君聽空外音，心傷楚人弓。

人生歸有道，動靜理各得。苟非貪餌心，耿耿良不惑。是心如清淵，流遠有通塞。迢迢畏壘山，皎皎建德國。一醉歡有餘，萬言不如默。

家世頗遊宦，有弟漫從仕。惟予蹇拙資，謝病善諒(已)[己]。長饑自難耐，嗟來亦所恥。世間宏達人，相去才幾里。安賴螢爝微，往助日星紀。舉杯不願餘，行

□□□□。惟有昔人書，頽暮差可恃。

浮世善作僞，赤子喪其眞。爲問大造心，何時復還淳？文質相循環，日月何非新。不然百世下，六籍經幾秦。人心炯難昧，曷拭胸中塵。不惜彈者難，爲有聽者勤。榛塗爾弗闢，砥道何由親。煙霧本廓然，離婁自迷津。陶公非妄語，證此漉酒巾。遙遙千載賢，孰爲耦耕人？

和擬古九首

達生莫如陶，憂生有如柳。苟非藉文字，二者俱莫久。東坡南遷日，挾此爲二友。南溪互憂樂，南村篇篇酒。柳州晚年悔，此意端不負。千秋有范老，文正公語，見本集。相知庶忠厚。維聖期改過，自文爾何有。

山北與山南，回環何始終。古人云三端，口筆皆召戎。老去甘自屈，守雌黜其雄。何以爲子言，咄哉庶人風。簡拙譽且非，君子期固窮。松柏苟無心，久凋歲寒中。

日光曜萬國，不逮屋角隅。豈緊天公私，匪慘胡有舒？光遠乃自他，剝象斯及廬。不有廣大懷，安得君子居。陶公一出歸，田園亦已蕪。嗟公豈不哲，九江水漣如。

撫劍忽四顧，莽莽窮八荒。昔時榮達人，鳥雀登華堂。釋云因果事，持論胥眇茫。易書垂至言，該括衆妙場。不見驪山冢，牛羊上脩邙。空餘白楊枝，與風共低昂。緬彼蒹葭水，遠在天一方。霜露遞相嬗，安用多感傷。

士生三代下，猶望志節完。古云冠一免，安可再著冠。子眞託谷口，四皓棲商顏。終日長閉門，有客亦叩關。匪云敢簡傲，舌鋒澀談端。安得十指爪，爲君千萬彈。囿遊必麟虞，桐棲必鵷鸞。汝非漁釣人，焉知江上寒。

日出扶桑高，倏忽沒奄茲。人生論際會，安可無其時。渭源乃殊涇，澠水豈合淄。少年貴有立，自信端不疑。德行首孝友，餘力攻文詞。本末一以兼，他事安足思。誰能本誠意，立心戒自欺。匪但當世全，亦無後世嗤。此言誠淺薄，智者知此詩。

秋冬多凜冽，豈無暄風和。始知天地恩，亦愛薰弦歌。宣尼重先進，今人胡才多？渺彼纍纍實，昭此灼灼華。吾生自阱擭，已矣終柰何？

屈生矯厲衷，託意在遠遊。嗟嗟宗國臣，安能歷九州？仰攀瓊樹枝，俯瞰琅玕流。車無八駿良，何自登崑邱？賢人彼麻中，君子思道周。人生足衣食，足矣何所求。

蓬山有仙實，道遠莫可采。雖然未登盤，千載花不改。槃槃雲中木，桑田幾經海。我欲洗倦眸，流光且相待。百年旦暮耳，惡改善莫悔。

和雜詩十二首

聖言治與亂，佛言劫與塵。可知虛實間，相去千億身。四海皆兄弟，不害區別親。萬物皆可觀，四大亦吾鄰。汝何自甕牖，苦怨曷旦晨。能憂復能樂，安得素心人。

黃河溯高深，遠出崑崙嶺。若木有喬枝，長掛扶桑景。冰山熱難炎，火井澆不冷。冥靈與日及，安復論促永。罷駑不自策，騏驥無息影。與雜皁櫪中，坐視白日騁。何如放空山，萬古松林靜。

擾擾人世才，斗升豈堪量。君看世族系，各別東西房。語見唐書·宰相世系表。雞鳴亦何哀，風雨夜未央。匪吾多隱憂，亦知有朝陽。塒壞失吾棲，安用充微腸。

子房少豪逸，幸遇圯上老。不然鳥盡餘，安得辟穀保。愁霖與亢暵，反復互濡燥。至理古無餘，生世安用早。官閒腰難折，隆中膝長抱。經濟亦虛言，浮榮何足道。

姬爻系明訓，鳴謙勿鳴豫。豈有翰音登，能逐鳳翔翥。鐘聲初未了，心念與之去。惶惶百事雜，豈盡憂患慮。學道無苦心，安能古人如。來誠莫知向，去亦何所住。焚香淨掃地，欲得歸宿處。安能希君子，不憂亦不懼。

老年世慮遺，有得亦輒喜。自嫌語傷煩，不敢問世事。譬如枯庭槐，憔悴乏生意。縱欲强發舒，陽和豈常值。塗長晷以促，自恨車不駛。壑邱亦勞人，吾生竟安置。

韶華舍我去，素領亦已迫。乘舟棹黃河，走馬忘紫陌。鏡中不可掩，未鑷數莖白。懶持書卷重，喜見酒杯窄。清風與明月，常自爲主客。觀化未易言，吾廬有故宅。

洛陽二頃田，成都八百桑。生計各有宜，誰耐孺子糠。吾生通塞閒，曾未絕餱糧。吾居有丙舍，遠在東佘陽。躬耕良未能，久客每自傷。誰能相料理，惠我齊民方。澤畔期耦耕，相與舉此觴。

子孫苦夭折，憂來每無端。明知彭殤齊，心復與境遷。老生衰頹景，日沒桑榆顛。書卷孰分付，念此不能餐。先哲重積德，顧我何因緣。兒童不識字，且勿廢此篇。陸放翁詩：『兒童不識字，耕稼鄭公莊。』自注謂『魏，鄭公後人也。』

俗士憚接語，往往愁無稽。一言與之忤，有若阻峻崖。自傷度失宏，未通彼我懷。與人雖云厚，在己甯免彌。唐韻『彌，滿也。』苟非責躬深，彼心能無離？既與人爲徒，安得脫罼羇。嗟汝石一拳，何能補天虧。

秋暑酷毒人，忽熱忽已涼。故人去何之？一水愁河梁。人生各有情，匪必期故鄉。百歲曾幾何，倏焉屢經霜。我詞良復費，詞短歌乃長。

菊花之隱逸，蓮花之君子。西江二寓賢，中立端不倚。觀物與玩物，請君審名理。

和詠貧士七首

富貴世所願，仁義衆乃依。君看斜日光，安得留餘暉。潛魚寒欲蟄，窮鳥倦息飛。處世各有宜，於人爲大歸。名達身故悴，貌豐心乃饑。古有辭粟人，爾病何所悲。

成康美刑措，前古希黃軒。豈有用世人，乃欲老邱園。尊中傾餘瀝，竈突裊孤煙。此理詎易明，俯首空鑽研。汝非遯世士，如何頓忘言。有心不自制，何者斯爲賢。

古帝垂制作，養心是名琴。汝無太古心，焉有太古音。有時亦髣髴，少縱不可尋。何以救其窮？杯藥聊一斟。此中苦無餘，安能寤寐欽？古云尊德性，曷思求放心。

聰聽有師曠，明目維離婁。汝無聰與明，何以爲獻酬。自昔多慨嘆，頗聞雍門周。如何旦暮人，懷此千歲憂。夷叔偕餓士，管鮑胡良儔？人世不自治，百年終何求？

古人貴道勝，瑤樹敻莫干。今人尚多文，舍心任五官。詩書曷芻豢，當餓焉可餐？大千多凜烈，暘谷奚驅寒。達聞連騎賜，樂有陋巷顔。子非名利人，閉門孰叩關？

人事不自保，汝生如飛蓬。況子拙劣人，安得逢世工？蹇率謝章奏，何由遭葛龔？豈若三語賢，萬古將毋同。王宏尚可屨，杯酒偕龐通。苟非曠世賢，問心吾安從。

柴桑處衰亂，解帶辭江州。容城當盛時，耿介誰與儔？士固各有志，安得與讀去聲。一流。逸民古多軌，胸次誰同憂。萬古萬萬古，聖言孰爲酬。淵明敻難期，吾師劉靜脩。

和擬輓歌辭三首

人世不須臾，百年胡局促。朝通永明籍，暮入泰山録。有弔或鼓琴，有歌或登木。要知往來事，有歌必有哭。試問新舊人，誰爲先後覺。戰兢斯爲幸，冥沒眞是辱。淵哉賢聖懷，負手或啓足。

繐帳啓靈風，微動奠餘觴。嗟彼泉下人，眼付枯鼠嘗。骨親濁土底，神馳白雲旁。長夜何漫漫，不見白日光。大塊極浩眇，招魂來何鄉。彷彼形與聲，猶疑水中央。

人生朝露棲，撫庭哀苞蕭。出門復何見？摵摵白楊郊。白楊逾我長，初種胡嶢嶢？一宵疾風拔，不見枯枝條。何況樹下人，永訣遂終朝。終朝復終朝，永訣將柰何。相依有何人？此是千載家。沒有千載名，生祇一旦歌。烏鳶與螻蟻，零落同巖阿。

和還舊居一首

吳楚地相接，胡爲苦思歸？人生垂老年，能無歲暮悲？成物豈吾任，忘己毋[一]乃非。安有滔滔人，而乃與世遺。榮木念將悴，孤雲渺無依。林泉差有託，寒暑苦相推。釋老吾無論，孔聖猶嗟衰。知悔誠已晚，我涕不可揮。

【校】

〔一〕毋：原作『母』，誤。

和歸園田居五首

少小愛五嶽，歷覽遊名山。忽然勝具衰，往復三十年。鳥思巢長林，魚當潛深淵。安得七尺軀，歸守二頃田。二頃亦何有？丙舍屋數椽。青山抱宅後，流水繞門前。鄰舍十數家，時見炊起煙。白石自有情，何必崑崙顛。人事會無盡，吾生安得閒。但願麤衣食，此心長悠然。

緊予寡宦情，早歲謝塵鞅。如何逮晚暮，猶作乞食想。授田良以微，負耒亦已往。體勤與分穀，愧未率少長。學耕兩成負，此心何由廣。舉手謝田父，我事誠鹵莽。

千載數高士，眞隱良亦稀。苟非彭澤翁，九原吾安歸？舉足度素履，開徑望白衣。平生眞率懷，獨往嗟願違。

百歲未老前，安能不爲娛。古來賢達人，何限歸邱墟。誠念九州廣，何地非吾居。勸我此鄉住，安用窘守株。多謝相愛言，古人吾豈如。舉觴且復盡，一醉不願餘。首邱吾何有，歸骨毋〔一〕乃虛。常恐道路絕，此言君信無？末四句一作『樂天與憂天，此語兩不虛。君看川上歎，聖言亦非無。』

山雲蕩予心，流水和我曲。我歸抱山死，此願良亦足。感君恕我眞，對衆意自局。安得日月照，幽隱爲予燭。我吟夜不眠，倚枕遲明旭。

【校】

〔一〕毋：原作『母』，誤。

和癸卯歲始春懷古田舍二首

少讀先聖書，行義頗思踐。四體不自勤，饑寒詎能免？陶公勸農訓，望古發遐緬。豈但利養生，庶幾力爲善。人生憂患事，褻近慮忘遠。畏塗古多歧，迷路困乃返。即今久衰老，欲悔亦已淺。

吾生天地初，何者爲富貧。胡爲享成勞，我惰人乃勤。尋思彼我間，亦復同此人。不能自力作，敢論陳與新。古來賢達士，所遇多歡欣。流行坎乃止，安問要路津。讀書望來裔，爲善多四鄰。高隱非所希，吾蘄免遊民。

和九日閒居一首

今歲苦亢旱，雨意曠莫生。重九世所愛，吾亦欽其名。前林喜未悴，近陂猶半明。鴻雁爾何知，哀哀空外聲。勸我一尊酒，可以娛衰齡。吾衰不能醉，有酒姑細傾。本自泉石徒，何心更遺榮。君看柴桑家，妻子無世情。此事莫勉强，我詩胡能成？

和有會而作一首

先師有遺訓，憂道不憂饑。嗟汝飲食人，口腹良自肥。飲食未可少，禦寒必須衣。憫彼綱弋者，生聲胡其悲。既飽又欲精，此意毋乃非。古聖折厥衷，民物無有遺。斯人誠吾與，鳥獸非同歸。西方匪無說，東魯眞吾師。

和連雨獨飲一首

義農去我久，終古誰復然。後世縱有得，于吾亦何聞。古來飲者流，或言皆得仙。此意誰復知，聊爾全其天。嘉春苦霖雨，梅開一枝先。先開亦易謝，好鳥不復還。恨無同心人，相與終百年。古人諒如此，我醉何多言。

和乞食一首

平世工閉門，艱難將安之？幸遇賢主人，不責我諛詞。我久治生拙，無端千里來。未積籯底金，弗虛掌中杯。平生千萬卷，知己惟陶詩。旣乏固窮節，又非勸農才。以此重愧陶，作詩將誰貽？

和止酒一首

陶公詠止酒，問君胡能止。或行隴畝頭，或倚柴門裏。生平所嗜好，如見古君子。無論淸與濁，賢聖皆可喜。顧我爲疾困，四支廢莫起。猶言此中佳，往往有妙理。復貪蘖餌力，未肯專罪己。强勉以制之，甚矣吾衰矣。平時醉鄉願，欲封酒泉涘。汝無温克德，漫黜杜康祀。

和怨詩楚調一首

生世坐自誤，妄謂運會然。汝弗培其根，何以蕲逢年。歲晚欲自力，曷救性質偏。天時地復饒，不穫人廢田。既耕不如法，不如居市廛。古人貴食力，安有終日眠？汝既無所長，又復性屢遷。如何敢怨尤，妄及千古前。楚騷啓哀怨，文字皆灰煙。舉杯不自制，遑論聖與賢。

和形影神三首

形贈影

與子相親愛，相離無暫時。子不舍我去，我亦將安之。彼此搶攘間，與彼聊注兹。千載瞬息爾，來往無窮期。我顯不自惜，子隱盍沉思。胡爲共悲哭，或咥或漣而。悲笑隨他人，此情吾所疑。以此試問子，爾影將奚辭？

影答形

凡事貴自立，委隨毋乃拙。無端與子久，久要未宜絶。我心何所住？與子共憂悦。子既無他言，我亦詎忍別。老云無生死，釋乃長不滅。人間有冰炭，與子何冷熱。百年事易窮，萬里氣不竭。名盡與身盡，二者孰優劣。

神釋

人非憂患餘，安得悔吝著。苟非讀易深，詎易明其故。人於宙合際，萬物皆依附。爾無困衡心，焉有危苦語。迦維極高明，問汝歸著處。大千何世界，彼此何去住。要人於其間，爲之拄氣數。衆人皆不任，生意甯復具。芃芃任運子，无咎亦无譽。其意詎不然，毋〔一〕乃空引去。爲惡毋近刑，乃并爲喜懼。二子皆哲人，我匪愚者慮。

【校】

〔一〕毋：原作『母』，誤。

和蜡日

去歲苦祁寒，災餘幸暄和。固知天公意，猶愛來歲花。山茶與盆梅，良友惠已多。尊中有餘酒，且復付酣歌。

通藝閣和陶集卷中

次韻桃花源一首 過九江望廬山懷陶公因和此作

陶公生輓近，遐跂黃農世。安能如秦人，斂袵宵且逝。長沙匡復業，易代倏已廢。漁郎世外子，放棹偶然憩。六籍一炬焚，何由問文藝。子梏既已脫，我駕奚時稅。佐命謝諸賢，爾厖庶無吠。猶念沒世稱，心聲託詩製。古人卓絕行，何必後賢詣。作俑彼何人，變本毋乃厲。遙遙授田事，曠絕幾千歲。釋氏乘其虛，斯言戒定慧。太初本無我，妄自畫疆界。微雲玷慶雲，爾念自起蔽。西行數往還，託興酒巵外。五老欲招人，嗟我山水契。

次韻述酒一首 詠淵明

淵明避俗賢，於道絕有聞。性剛才非拙，涇渭胸次分。詩情澹何似，渺若秋空雲。如何陵川子，但誦兩高墳。郝伯常和陶詩序獨稱『莊生』一章，蓋指擬古第八首也。雞鳴不自已，柰此蕭蕭晨。嗟汝稽中散，龍氣胡弗馴。隆冬弗自蟄，何以潛其身。三春榮木懷，爲事良已勤。生當晋宋間，抗首重華君。瑤琴撫無絃，中有南風薰。以酒自晦跡，安用侈多聞。前塵跂江都，後轍啓河汾。宋賢未掃除，先去世俗紛。大哉一卷詩，乃與六籍親。後來孰可繼？容城庶其倫。元劉靜修有和陶詩一卷。

次韻詠古三首詠和陶三賢

蘇眉山次詠三良

二蘇狂狷士，豈非三代遺。不有賢達人，孰爲知其微。文學曠世才，此心奚有私。未用學道力，如燈加以帷。又如明鏡光，既蝕亦復虧。逸駒千里駕，汎漫安所歸。所言詎不然，所得毋乃違。新法固當斥，雒學未易希。嗟哉嶺海涯，能無拊膺悲。殷勤望彭澤，萬里合摳衣。

劉容城次詠二疏

靜脩古名儒，豈復論引去。安有出處賢，專嗜巖壑趣。姚賨既鸞翔，許吳亦鵬舉。如何畿輔客，顧謝東宮傳。此意詎易窮，崎嶇嘆皇路。咄哉末世士，搶攘豈遑顧。浮世易得名，誰與渺夙譽。釋老崇虛無，刑名騖世務。要知經世事，虛實端有素。苟無折中念，至死端不悟。市朝固轉眼，萬世亦一慮。嗟彼美新人，安用多言著。

郝陵川次詠荆軻

世事一以降，井建廢秦嬴。苟非孤澹懷，能無慕公卿？幾見南北朝，仰逮東西京。嗟君宋元末，慷慨建此行。身着短後衣，首垂曼胡纓。但解兩國難，足爲千載英。生既副榮祿，死亦垂賢聲。如何奸相頑，客館拘儒生。外愁强敵至，內蔽孱主驚。惜哉曠世奇，此事成虛名。山川一以混，金革接龍庭。迢迢三京路，渺渺五國城。酒悲黃龍府，火冷夾馬營。天運既已乖，令圖豈能成？空餘眞州館，惻愴吟詩情。

次韻游斜川登龍山作

鐘鳴漏復盡，夜行何時休。西郊咫尺地，遙望不得游。邇窺沮漳水，遠覰長江流。哀哀天外鴻，矯矯波中鷗。未能陟八陘，亦憚登五邱。詳見爾雅。宜武固英物，萬年豈凡儔。惜哉孫安國，空文相倡詶。不知往還語，彼此誰是否。柴桑外家傳，寒泉古人憂。人遠室亦離，短策安所求？

次韻乙巳三月一首齋居感興

人世遞推遷，寒暑每相積。如何昨日事，今日已成昔。花無久開蕊，鸞乏常飛翮。陰陽往復間，彼此亮不隔。吾生嘆無賴，詎免爲物役。要知老莊旨，端不逮羲易。微言已自娛，妙義空復析。亮哉在自勉，豈無歲寒柏。

次韻五月旦作一首重午讀離騷弔屈作

年壽會有盡，沉憂遂無窮。不見屈大夫，長沒江魚中。予齒或去角，天付奚獨豐。恢台當長夏，受此薰絃風。爾胡不自廣，浩然思無終。衆欽文詞優，終傷懷抱沖。嗟彼小雅衰，猶是成周隆。人生各有適，安得齊衡嵩。

次韻庚子歲五月二首夏旱

吾心滋恇擾，庇廕失廣廬。遂令熱惱煩，乘隙來于于。赫赩炎曦光，朝出東南隅。白汗來何方，如以塗附塗。斗室自可樂，安能汎江湖。爾曾不自制，端恨舊學疏。爲念衆化艱，方寸良有餘。六合何其寬，冥然長晏如。

生每苦水厄，南北屢過之。偶然值小旱，幸未湯年期。湯年亦何有，際此明盛時。可憐草木華，況瘁忽若茲。區區一溉勤，引手良不辭。天心定仁愛，喜雨吾奚疑。

次韻戊申歲六月中遇火追紀去春院中三月火事

人生寄蘧廬，乘化遊羲軒。衆心失歸攝，迺以薪自熸。人世偶相遭，孰知無始前。明明蟾兔光，照我屢缺圓。功名定何物，正爾去復還。文昌炳星垣，奎曜懸中天。衆心一回惑，此事基何年。古來淫祀人，擾擾不自閑。一朝風日烈，燬此土木堅。幸哉臨曠野，衆力汲陂田。羣情胡搶攘，雞犬無安眠。我思董生學，未敢聊窺園。

次韻辛丑歲七月一首秋暑

數旬不見雨，庭宇塵冥冥。既無引杯興，兼乏吟詩情。似聞吾鄉里，亢赤如楚荆。有時不能寐，中夜百感生。高柯絕纖風，搖搖大星明。自嗟匡濟懷，讀書負太平。暮年復奚事，迢遞千里征。匪無負郭田，惰棄不自耕。躬耒自吾事，田舍歸夢縈。作詩豈告哀，聊語非近名。

次韻丙辰歲八月一首中秋無月

白雲何迢迢，垂天蔽江隈。中元既再閏，茲夕宜好懷。如何天公心，偃蹇衆不諧。微風挾蕭條，忽聽中夜雞。感茲抱痾客，鄉夢重驚回。遙聞鐘聲起，似訴萬類哀。返思無生初，百慮端未開。至教一以息，異言乃西來。古昔賢達士，幾輩從風頽。柴桑信豪傑，取舍不肯乖。吾自愛吾廬，何必化城棲。

次韻己酉歲九月九日 乞菊

人生各有營，念此素心交。今年苦亢旱，草木殊未凋。人非螬食李，焉能誤稱高。安得辟穀人，相與抗層霄。謝病既已逸，養生毋乃勞。兼處勞逸間，何以濟涸焦。千載曠達人，我思栗里陶。有花復有酒，庶幾永今朝。

次韻庚戌歲九月一首 籬下隔年叢菊爲蟲所傷，感而有賦

養生故大事，頤生亦多端。鄙事苟弗勤，毋乃貪便安。數旬緝治勞，匝月爛漫觀。西風隔年信，殷勤爲追還。盆盎安用移，節候差未寒。揠苗固非是，任天良亦難。微蟲自求活，安能禁汝干。顧此霜下姿，駐我冰雪顔。我籬幸未壞，我門亦常關。何以慰汝心，感物聊自嘆。

次韻歲暮和張常侍 寄張元卿廉訪河南

士不宿朝歌，吏不飲貪泉。世窮例自愛，于今復胡言。既服王事勤，曷苦簿領繁。願子恒服勞，嗟予常省愆。子有績與功，吾當書藏山。世事方艱劬，且弗急引還。凡人閻浮中，每苦五濁纏。一命苟有濟，利物況百年。子意良復勤，吾髮已屢遷。災傷賴康保，世外何足然。

再和人生歸有道一首 讀管幼安傳有感

三季混垢濁，置身白雲端。超然天逸民，吾師管幼安。士處離亂間，出處尤慎觀。早年避患行，晚歲受徵還。盛德神所祐，海水天風寒。晏起與科頭，自訟非所難。根矩方卻步，爾歆焉敢干。疏稱草莽臣，千載睎商顔。柴桑及容城，此心異代關。邈絕漢魏際，終付潁濱嘆。

次韻責子一首 課孫符，因憶三孫維南中

吾聞至人言，學道貴眞實。固然資簡編，亦復惡刀

筆。師友端自擇，飛鳥翔有匹。聖學誠難期，安可遠儒術？長孫踰殤期，幼亦今二七。世事何艱劬，力耕策繭栗。杜陵嗤陶老，如予誠癡物。

次韻王撫軍坐送客一首 送友還松江

衰病更遠遊，内瘁外亦腓。況當蕭颯節，客子送君歸。人世互有情，邇遐皆相依。行雲去何方？鳴鳥亦自違。布帆不忍掛，轡馬嘶益悲。何以贈子行，千里明月暉。月圓且弗缺，照子行遲遲。載誦抑戒篇，勿以老見遺。

次韻和劉柴桑 寄陶觀察黄州

長沙吾故人，相望胡躊躇。各知仕處艱，何暇問起居。枉止南荆駕，嘆息東吳廬。兵燹一以起，彼此愁邱墟。子駕未遑稅，我田久應畬。我心空復勤，君志良乃劬。偶觀盛衰際，自古何事無？惟君有厚德，餘慶理非疏。感君憫窮轍，賦詩歌卬須。何以永予懷？倦遊如相如。

次韻與殷晉安別一首 寄王子螺邱鄂城

性乃異狂狷，於世意各勤。問其何爲然，爲與斯人親。君家世孝友，德澤逮四鄰。雞鳴何嘐嘐，柰此風雨晨。聚處亦云久，無端忽離分。與子相期事，匪今乃千春。我爲地下灰，君爲天上雲。問年惜已老，異時見何因。子才忘窮達，我患兼病貧。此事何足言，相知有古人。

再次與殷晉安別韻 送吴仲雲廉使北上

輇材處盛世，豈不在憂勤。相知各殷拳，何況夙昔親。既乏濟時用，又非德爲鄰。徒此落落交，相與消夕晨。子材爲時須，暫合忽離分。豈有垂暮年，猶能計千春。塗中慎寒霰，江上多停雲。子云即歸來，會晤良有因。我愧榮啓期，尚非原憲貧。惟當歸骨去，弗復爲勞人。

次韻示周掾祖謝三人一首 贈荆南林子天植

沉疴生隱几，所思雜慘欣。自鮮濟時才，每念抱膝人。運甕勞有自，聞雞舞何因。慚予老馬憊，愧此佳客臻。至道貴守約，所患徒多聞。何以訓子問，爲事誠殷勤。子才必時須，道與古哲隣。他時好風便，訪我淞泖濱。

次韻贈羊長史寄友

生當太平日，遇事多歡虞。況復通相思，更有千里書。千里未爲遠，吳楚馳燕都。風景亦不異，江山自難踰。明月爲我燭，白雲爲我輿。好風不我遲，心飛與之俱。古昔有神交，問子胡躊躇。我觀古來事，紀載猶缺如。不有南董心，史筆或亦蕪。豈有倫紀宏，爲子翰墨娛。子計未云拙，我言良已疏。悠悠望古懷，懷抱何時舒。

次韻和郭主簿二首寄汪少海西平，聞其就養賢子縣署

逶迤汝潁陽，杳靄桐柏陰。斯人渺天末，涼風動余襟。詩翁撫瑤徽，賢子和鳴琴。頗憶抗手事，霜露忽又今。知交久零落，共此白髮欽。秪憐一尊酒，千里不同斟。秋菊有佳色，飛鴻響遠音。二語集古詩。人生同好難，何日占盍簪。吳蜀共一水，迢迢江波深。

方欽陽九名，已迫歲暮節。雲微遠峯斂，霧霽寒潭澈。足疲吁蹇人，胸中鬱奇絕。雲夢汎杯杓，崧少巍在列。書此方寸隱，跂彼四座傑。幸逢堯舜時，慷慨未忍訣。何以永余懷，停琴待華月。

次韻答龐參軍一首贈丁杏舲參軍并序

丁參軍紹禮，于役荆南，兩荷枉過，兼盡款曲，私感其意，和此詩奉贈。君又問余國朝文錄一書，故篇末有述。

人事會有盡，相逢復何言？豈有足食人，而乃辭邱園？藹軸考槃詠，閒適池上篇。咄哉淵明翁，籬根胡悠然？與子僅數面，共此夙昔緣。通才合時用，微意終莫宣。問余纂輯勤，安望藏名山。後世或有託，矯首希百年。

次韻訓劉柴桑寄友

伊人居水湄，君子懷道周。人生何短長，蟪蛄亦春秋。今歲脩耒耜，來年事東疇。吾事苟不勤，知有收穫否。與子勉士業，哀哉彼惰遊。

次韻和胡西曹驟涼寄友

夏旱暵未已，颯然起金飈。人生良獨難，既葛旋授衣。均處天地間，一物亦已微。智有不逮物，衛生何如葵。萬彙均品栽，雨露共盛衰。我傾會當覆，觴至舉莫揮。深感大造恩，私恨負戴遲。賢聖同有盡，已矣何所悲。

次韻諸人共遊周家墓柏下籬下對菊懷淵明

鞠歌一以絕，瑤琴無復彈。感彼泉下人，何由更爲歡。縱饒杯中物，奚駐鏡裏顔。栗里有遺詩，此意終莫殫。鞠歌，張子厚所作，見朱子楚詞後語。古「菊」字作「鞠」，此借用。

次韻移居二首避水後自沙市移歸講院

大塊莽無垠，浮生復浮宅。君知九州外，潮海互晨夕。既拘氣化內，安得免形役。衆生各匡勷，倉卒移講席。嗟予奇窮子，多蹇遭自昔。不觀泉出山，歧派萬分析。

古人曷言志，著者莫若詩。其中托意多，安得問所之。詩人去已遥，千載猶可思。豈有朝暮人，乃若曠隔時。奇災忽周甲，惝恍慮若兹。吾時聊紀此，往者不余欺。自乾隆戊申荊州大水，至今年壬寅，將六十年矣。

次韻與從弟敬遠冬日寄子抑從弟成都

衰病日杜門，曠與塵跡絕。匪惟人遠我，氣蹙口長閉。安得忘言者，遠招温伯雪。偶思意中子，容貌浩以潔。嗟予文字累，篇卷廣陳設。萬言不自救，多文意莫悅。既怠闇室脩，又乏曠世烈。徒令百世下，欲取無可節。小了大豈然，尺短寸復拙。吁將五言韻，邈寄千里別。

次韻經曲阿一首螺邱自黄州寄登覽諸詩，因憶舊游作

名山亦何似，異人兼異書。齊安古名郡，人物今何如？吳蜀綰上下，畫鷁馳川衢。我行既云久，采覽興不疏。大江千里遥，至此尤鬱紆。文字糟粕末，山川笑談餘。吁我同心人，與子嗟索居。夜夢赤壁鶴，朝餐武昌

魚。神契相往來，此心無窘拘。遥遥五老雲，仰首招匡廬。

次韻答龐參軍一首 寄何古心中州追答春初見貽之什

曠別今幾載，約歸有成言。嗟子翻出游，我每思家園。子既多藝能，又復耽詩篇。子遊豈本心？我心知其然。所至輒倒屣，豈謂非前緣。嗟子潔白衷，有意終莫宣。筆扛百鈞鼎，胸貯千仞山。我歌紫芝章，待子藥殘年。

次韻悲從弟仲德 哀殤子安生、殤孫文官

我生託先廕，不殖宜爾零。問子胡爲然，職報在冥冥。嗟彼泉下人，如何若平生。世澤享既終，乾庇故應傾。君觀樹藝者，弗沃胡由成。明知共頹世，胡以慰衰齡。廿年餘老淚，不忍流哭聲。君看草木子，猶復遺中庭。誰無授書懷，豈此舐犢情。兩殤前後萎，恍惚見爾形。苟非寸衷竭，安取衰涕盈。

次韻讀山海經十三首 讀顧宛溪方輿紀要

栗里懷古賢，三良與二疏。平生愛山興，指點臨江廬。脱略大意通，正自善讀書。吾觀用世人，豈必皆五車。列鼎太牢味，有時陳諸蔬。大哉闊達才，鉅細無不俱。我愛方輿紀，縮地成寸圖。此士惜晚出，問古誰可如。

昔聞茹芝人，結侶栖商顔。關中帝王宅，發祥成周年。祖龍鎬池璧，遺自太華山。葭蒼露復白，已矣何所言。

黄河天上水，遠溯崑崙邱。重源近始顯，開闢曾無儔。大江發其陽，各自分派流。安能挾飛仙，與作汗漫游。

山水有動静，體用分陰陽。溯彼混沌初，一氣高且長。雪山夏弗化，陰火夜有光。太虚詮正蒙（張子正蒙極言天地變化之理），易象垂元黄。

吴越秀巖穴，好事每所憐。豈知古至人，胸中富名山。内遊與外觀，二者誰忘言。子能見其大，隨處終

餘年。

襲奇或裹糧，據險亦斷木。武鄉謹慎士，遲回子午谷。海聞鸜鵒集，濼乃鴛鴦浴。一作『浩與日月浴』偉哉造化功，此理詎易燭。峩峩中天臺，乃在陽城陰。上干搏桑枝，下拂鄧杖林。疇歌南北風，神膂能爲音。首雍次乃雒，淵哉藝祖心。事見宋史。

戰國秦趙燕，邊境長城長。漢中秦無策，斯理論其常。有道貴守邊，良將積芻糧。頗牧在禁中，天子垂衣裳。

巨靈擘華開，夸娥挾山走。靈龜洛書出，龍馬河圖負。神奇未盡洩，創闢無弗有。至聖垂範圍，六經斯裕後。

炎宋天一隅，孤艇託瀛海。當時忠賢心，猶謂天意在。嗟嗟精衛鳥，千古奚有悔。孰歌厓山哀，擊石端有待。

竹林招晉賢，菊泉留漢士。隱顯道固殊，隱謂顏延之五君詠也。此塗非吾止。悠悠桃源人，千載吾與爾。流水暎古心，遐哉此君子。

在德不在險，古聖別有旨。宋以不襄災，梁以魚爛死。雲夢楚七澤，河海齊四履。重坎用守疆，設險王侯恃。

槃槃宛溪子，著書冠古才。包山何足遊，端爲禹書來。海上忘機人，與鷗兩無猜。盛年託歲暮，聊復優遊哉。

次韻移居二首寄壽陳老秋堂、張子石春

我懷南埭居，卜鄰有安宅。相逢二三子，談笑永朝夕。頻年嗟遠遊，悽悽老行役。予非聖賢徒，顧有不煖席。兩君皆老壽，撫襟憶疇昔。苟非舊德賢，胡爲感離析。

有酒未躋堂，千里遠寄詩。寄詩亦胡爲？心語欲吐之。昨年兵潦歲，吳楚江海思。江海渺無盡，況此歲暮時。爲君祝頤耄，荒文待來茲。仁者理必壽，聖言豈予欺。

次韻聯句一首自警

緬彼濂溪翁，至道溯無極。苟非大本固，焉能羣動息。惟有載籍功，助余陶鈞力。約志斯沉潛，持躬在修飭。更爲立監史，繩矩恒在側。庶幾愆尤寡，衆善咸我翼。青天與白日，浩蕩垂正色。知過不期無，汝乃爲大惑。

通藝閣和陶集卷下

停雲　**思弟友也四章章八句**

嗟予蒙昧，氣質昏愗。力所不能，妄爲是覆。人生實難，日去不復。牆高基傾，爾將誰咎。

我有哲弟，能知艱難。才雖不高，心則已安。家督既忝，考室曷完。庶幾勉旃，共保歲寒。

我有良友，才質兼懋。何以能然，世承孝友。邴疾管鍼，崔病高灸。人生五倫，君庶無疚。

朝日之光，曷保其偏。文詞奚貴，質行乃先。朝聞夕死，汝聞有年。秦穆誓師，衛武賓筳。

榮木　**感徂年也四章章八句**

陶公中壽，元嘉翳而。而我徂年，忽已過之。公悲無成，吾將何悲。弗稼弗穡，食飽德饑。

言循中庭，言游茂林。春玩其華，暑暍其陰。涼風既至，嘉賓薦斟。爾獨何獲，愧彼鳴禽。

陶公嗜酒，意固有取。梁統序言，篇篇匪苟。迺嗟日醉，促齡自咎。嗟汝胡爲，嗚嗚擊缶。

昔人有言，譽彼嘉樹。彼胡能然，祥風甘露。爾何撥棄，壞乃生蠹。栽彼本根，庶其少固。

勸農　**愧力耕也六章章八句**

陶公世胄，抗節異代。亦仕亦耕，於心奚愧。孔明隆中，三顧廢耒。隱顯云殊，至道何悖。

授田既廢，民各自營。孰云正德，可棄厚生。行履原晦，阡陌縱横。縱彼惰農，猶勝惰氓。

昔人處鄉，耕讀兼事。豈緊好勞，人各有治。既分五穀，亦勤四體。藉口聖言，陶公所棄。

維兹東南，畝賦十鍾。或言税艱，不如商工。斯言詎然，八政首農。雖有儉歲，豈無年豐。

淵明責子，似鄙不學。帶經而鋤，車有雙較。不藝胡生，不讀胡覺。遥遥陸生，龜蒙。堅哉卓犖。

堯舜黴瘠，大禹胼胝。嗟彼聖人，況我褐衣。維農家流，古初是資。耒耜有經，吾希天隨。

擬贈長沙公　四章章八句戊戌孟夏，過樅陽，懷族伯父惜抱先生

吁嗟吳興，同出有嬀。餘姚之墟，中乃分支。悠悠吳越，道遠易睽。昭穆雖遥，世系莫違。

於昭先生，文學世宗。制行懿美，間氣是鍾。緊予先德，千里向風。命余小子，負笈斯從。

維予小子，實云尪劣。慕公文行，逮遠馨烈。載書追隨，易簀永訣。堅苦之訓，鍼砭斯切。

揮手廿載，愍予無成。薾然饑驅，叩枻西征。迢迢樅陽，大江前横。寸心千古，吁嗟先生。

和詶丁柴桑一首丁參軍詶予贈龐參軍詩韻，復以此篇答之

君子之軌，爰行爰止。衡之於心，相去幾里。孰維其終，孰完其始。人才于世，禍福自由。或言子傲，夫豈子憂。君子有道，宜休勿休。如余懶慢，曷爲同遊。

和答龐參軍六章章八句寄嚴湘鄉**有序**

余與嚴生總角詩友，君患世故，近輟作詩，而屢書見貽，古云『文以足言』，詩亦言也。遂和陶公斯篇寄之云爾。

與子幼好，豈非詩書。逮此遲暮，將何以娛。誠爲古稽，何嫌今居。咥彼老莊，天地蘧廬。

我有瓌寶，舉世所珍。安能秘懷，獨爲己親。嗟子鉅材，老矣斯人。與子何日，東南卜鄰。

維茲德鄰，實爲勤孜。皓首餘年，誰與藥之。子知我愆，吾贈子詩。匪我能言，我實子思。

少壯離合，誰與判分。我豈子怨，子亦我欣。千里相望，悠悠楚雲。洞庭沄波，因風相聞。

瀟湘伊邇，鴻雁飛鳴。衡嶽之陰，冬雪載零。暮年行役，跂彼燕京。苟非德符，云何其甯。

東南俶擾，草木多風。土梗往來，汎汎波中。不有

賢者，孰知其終。庶幾殘年，共保眇躬。

時運　哀暮秋也四章章八句有序

年踰陶公，節過九日，遲暮無待，能無哀乎？

去夏洪潦，漂流蘋蹤。今兹旱災，雲漢蘊隆。小民怨咨，暑雨寒冬。今我不樂，哀將何終。

汝胡不樂，曰若自艾。不圖其終，時日玩愒。悽悽遠颸，晻晻沈靄。歲云暮矣，云何晚蓋？

晻晻沈靄，悽悽遠颸。落葉滿庭，隨風飄搖。蘭有幽芳，菊有英翹。汝思授衣，曷勤三繅。

惟兹陶公，秉質堅勁。詩題甲午，節炳異性。望彼桑田，生逢隆盛。有道貧賤，我恥先正。

歸鳥　感田園也四章章八句

鬱彼歸鳥，載飛載鳴。夕陽在林，倏焉西傾。汝非鴻鵠，千里是征。一枝斯棲，庶幾不驚。

鬱彼歸鳥，亦集爰止。既欣所托，心亦安只。霜霰夜驚，微弋晨指。苟非仁者，汝弗輕恃。

仁者之心，在物胡慈？夭卵弗殘，虞衡是司。惟彼正供，鳥亦自知。網羅忽蹈，汝乃自危。

惟彼歸鳥，倦飛知還。如何人斯，顧昧晨晚。知幾遲回，貪餌繾綣。扶搖天風，北溟胡遠？

命子　自責兼勗弟也亦以命子孫為遺訓焉十章章八句

嗟我有姚，系出嬀墟。南北既分，吴越攸殊。有明中葉，松江是居。泖湖之濱，乃奠室廬。

聖清繼世，宗衮高門。式微在農，異流共根。乃隱邱樊，弗繫弗援。善人斯稱，衆姓是敦。

維我王考，孤生振亮。東越瀛州，西窮衛藏。盛業弗究，中壽徂喪。讀書之訓，臨訣愴悢。

繫予小子，質弱志昏。自狃于安，而弗求聞。匪學曷殖，匪德曷存？汝無善作，奚示後昆？

乘雲駕風，不如牛車。烹龍炮鳳，不如園疏。鶩廣者荒，窮大失居。我思古人，慨焉廢書。

古人讀書，尤尚躬行。變化氣質，陶淑情性。碩師有訓，堅苦是命。汝不善讀，於書奚病？

衰家之賢，繄維哲弟。薄宦遄歸，彭澤思跂。海夷紛擾，家事況瘁。剛拙性成，有志莫濟。

嗟余老矣，日迫桑榆。暮齒遠游，(已)[己]亦揶揄。子孫之賢，衆枝相扶。慧者易折，曷保其愚。

維彼愚子，爾培其本。譬彼平地，基始一畚。譬彼農田，是糞是壅。填海移山，神感忱悃。

嗟予昧愁，自陷匪材。萬事瓦裂，百年鬢摧。力田讀書，二者交培。臨死之言，其音孔哀。

擬讀史述九章 意有所感，各從其好，陶所述者，乃不復云

四皓

嬴秦暴虐，相率去之。難我友人，同志若兹。望彼商顏，曄曄紫芝。千載明堂，誰其拄楣。

司馬季主

南楚拂龜，東市捧腹。宋忠何人？賈生賦鵩。道高益安，富貴翻覆。日者之文，歐陽三復。

信陵君

信陵之賢，近禩所無。豈繄戰國，宗臣是模。子政災異，三閭江湖。吾行夷門，式兹邱墟。

望諸君

燕昭復讎，樂生長驅。二城未拔，大義炳如。武鄉大賢，與管並譽。通偃何人？流涕答書。

魯仲連

仲連卻秦，衆所共知。獨其高節，千載褘而。六國皆暴，誰與易之？後世知者，容城是師。元劉靜修渡江賦美郝經排難之義，而終不仕元，是亦仲連志也。

荀卿董仲舒

荀云性惡，憤激致然。董言災異，春秋義宣。戰國以來，百家訛言。二子斯述，有醇有偏。

張釋之馮唐

張季長者，行稱天下。馮公孝著，郎署不舍。張仕不進，馮老莫駕。漢文之賢，叔季繄寡。

汲黯鄭當時

汲俠而清，鄭俠而和。昔賢制行，亦云孔多。好士

之懷，千載不磨。狂狷不作，我勞如何。

司馬遷

好古述作，聖稱老彭。好惡與同，復美邱明。史遷振起，先民是程。貫串百家，表章六經。

自題和陶集一首

南山差喜對東籬，誰和先生絕調詩？千載楚臣芳草怨，漫言蘭秀不同時。『楚臣』以屬東坡、靜修、陵川三公，春蘭秋菊，各一時之秀。語見南史。

附録

刻晚學齋文集跋

楊象濟

吾師春木先生文集，初刻於杭，凡六卷。仍前刻詩集例曰通藝閣文集，以聚珍版排印。先生初未知，貽書莊芝階舍人：『某早年用力詩賦，古文壯歲後始爲之。遽云由道通藝則有所未敢。』書已出，不可追改，屬舍人重編目次，曰晚學齋集目録，附後。

今年春，象濟渡松江謁師，再宿南埭草堂，師出自貯稿本見示。歸與計曦伯丈述之，乃相與校訂，約同門吳江沈南一襄事，重訂爲十二卷，易以今名付諸梓。師學出桐城姚氏，其淺深厚薄之量，非門人所能窺測，他日當有定論，特敘是集重刻始末如此。

外，師所輯國朝文録一書，張詩舲中丞已刻於陝。又學案一書，已創稿，未有所屬，當與同門續成之，以畢先生之志，慰學者之望云。

咸豐二年九月，門人秀水楊象濟謹識。

書通藝閣文集後

陳克家

自世祖以逮高宗之初，國家儒術極盛，而文章之事因之，故其文率有補於世，世所尊其說者，亦豈僅以其文哉。厥後考據之學盛，而儒術衰矣。顧其時，非無守道懷文之君子隱以孤力抵拄，其間勢不敵，則信從者寡。數十年來，談考據者稍息，而人材彫耗，儒者之業終已不復振矣。然其蓄道藝於躬，足以繼前賢而詔來學，蓋又未嘗無人焉。

松江姚春木先生秉英偉之異姿，當乾嘉之際，年甫弱冠，一時老輩宏覽博物，無不斂手與交，其尤相契者，則桐城姚氏惜抱。故先生聞見極廣，文學行誼，以視世之徇末昧本者，迥乎不侔。世既弗用，中年學日益粹，今年已七十，猶勤勤不少倦云。

先生自少工詩，今天下莫不誦其詩。至於文，則不若詩知者之多。淩厲傑出之材，所求者文而已。文固無不易知者，若夫有所寓於文，而不欲以文自足，苟非其人，不能知也。夫先生篤志於古，而於本朝二百年，偉人碩士之文，又洞悉其離合正變之故。體之也至，擇之也精。其言和懿而周慎，其音曠邈而深長，而其浩然自得之心，憂世覺人之隱衷，常使人憬然自悟於文字既盡之餘。然苟不得其意，則亦何由知先生之文之所以盛哉。

克家魯闇無知，徒以吾先祖與先生往敦雅故，比得數從先生游，乃不棄而遽進之，大懼累先生之明。既稍窺先生本末，輒敢舉以告天下讀先生文者。嗚呼！當世而有志之士欲求儒者之流風餘緒也，舍先生其誰與商搉乎？

門人元和陳克家。

跋通藝閣文集〔一〕

莊仲方

吾友春木之詩已風行海內，人無間言。其文雄深簡潔且饒經濟，亦必傳之作也。顧余與春木皆衰老且貧，力不能槧，因集貲用活字版成之，書凡六卷。印將成矣，春木書來，言『文集改名「晚學齋」，以別於詩之「通藝閣」。蓋詩自少習之，尚可自信，文則弱冠始學，爲時文駢體所雜者已多，根柢未深，遽云能通六藝，且將爲人詬詈，急宜改正。至所編體例，用韓文集舊法，此唐宋人多用之。某久從惜翁游，當宗其法，須用類纂例，以議論居首，別有微意存焉。』二者皆不及改爲，而重違其意，因將所寄目次附印於後，將來有力付梓時，即可倣行耳。秀水莊仲方記。

【校】

〔一〕録自通藝閣文集補編。

通藝閣詩錄後序

胡澂

道光七年丁亥夏，松江姚先生子壽將傳其所為詩，委讎較於毛君生甫暨澂。

先生博學强濟，思將大有用於世。游京都不遇，退而富著書，以詩文名世，爲諸作者之冠。其於詩尤自喜出入於唐宋諸大家，而卒宗於杜子美，論者謂元遺山之後有先生，猶蘇子瞻、黄魯直之後有遺山也。然而先生之詩，一用世之心志而已。負必欲行之學，久藏於心志，則抑鬱以爲言，其情正，其植厚，故怨而彌婉，質而彌華，江山以資其外雄，經史以貞其内恃，閱歷頤養以峻其識斂。其才襲數百家之美，承數百年之緒，以自言其用世之心志，然而其旨亦微矣，隱矣。豈雄傑之至，反乎平淡者歟？

夫三百篇之義尚矣。上下千古，落落如先生數輩，相承於其間，故其道至今不息。不然古今以詩自暴者亦甚衆，彼其詩豈不足傳？而求其所以爲詩，以自立於不朽者，則遽難其人。故論詩者，必及其人，非其人，雖工曷貴？澂讀先生詩，以知先生心志之所存，而益歎其學之深且廣也。雖然，又何以量先生之學之深且廣乎哉。

讎較三閲月而竟定。己巳以前詩八卷，既付梓，因敘其事。夫闡揚其幽微，發明其指義，以告後之讀先生詩者，則澂之才之識不及此，爰俟當世能文之士之眞知先生者已。

嘉定胡澂。

通藝閣詩錄題辭

何其偉

壬辰春姚子壽以新刻通藝閣詩録見示快讀一過題此奉質

少陵不作坡仙死，千載復有榑寮子。髫齡入蜀道，飽看奇山水。弱冠蹋都門，廣交天下士。胥羅羣籍氣吐虹，落筆波瀾萬丈起。放歌浣花谿，酹酒老泉墓。鑾煙瘴雨坦經過，厭聽嗁鵑賦歸去。扁舟一葉湖上遊，雲栖天竺耽幽搜。輕車千里陟崧嶽，三載不還廣傳學。戊子春，王竹嶼觀察招往汴梁爲書院山長。詩囊藁富嬾示人，開雕難郤朋情殷。謂胡子瑩。黃鐘一鳴瓦釜噤，我輩筆硯皆可焚。憶曩識君侍郎座，雲亭載酒羣賢過。癸亥仲冬，爲王述庵先生八十生日，予與君因介壽定交。姚合最年少，詞鋒銳莫挫。選樓客散泖莊荒，文獻零凋孰擔荷？君詩學杜才若蘇，虛懷願作黃門徒。小藁孱題句云：『君編黃門詩，宮商最嚴正。羣賢各努力，賤子願奉命。』湘眞久傳陳黃門有湘眞閣藁。通藝出，松風終仗大雅扶。

通藝閣詩續錄題辭

陸日愛

先生少入蜀，山水奇心胸。壯歲富文章，豁然天人通。眞風逝已久，雕繪眾乃工。廓然力掃去，渾樸太古風。獨鶴下雲表，霜隼摩秋空。千載孰與儔？遐哉彭澤翁。開門揖青山，東佘數間屋。松栢鬱蒼蒼，歲寒在空谷。心饑道義肥，苟得非所欲。茫茫墜緒餘，大道絕還續。先生不我棄，贈言當三復。賤子學無成，恐負君子勗。

通藝閣和陶集題辭

王柏心

學道之心，憂世之慮。志尚則江都河汾，襟情則茂叔、堯夫。和陶詩其寄焉爾，不知者乃以爲曼衍窮年。

集陶二首

畢華珍

荏苒經十載，情隨萬化移。直爲親舊故，閒暇輒相思。天運苟如此，高風始在茲。素襟不易得，何事紲塵羈。

自古嘆行役，飄如陌上塵。棲遲詎爲拙，憂道不憂貧。醒醉還相笑，彭殤非等倫。及時當勉勵，思與爾爲鄰。

旨趣之高，醞釀之厚，直追義熙，殆欲突過蘇劉，不當以時代論耳。竊以謂詞章者，雖萬言浩瀚，可學而能，至于性情根柢之所在，開口即見，一毫不能勉强，此僕所以重姚子詩也。乙巳長至日印成，太倉畢華珍記。

通藝閣和陶集題辭

陸日愛

和陶之詩，自東坡外，元有劉靜修，國朝有沈端恪，而春木姚先生所作尤多，分上中下三卷，自爲一集。

先生才大似蘇，行潔似劉，學術醇懿似沈，宜其興會所發。先後一揆，有以默契陶公于千載上矣。日愛因先生門人沈君南一、兩陳君、梁叔子松，謁見于歲寒亭，獲讀是編。以畢氏聚珍版所印無幾，請歸更付剞劂，先生許之。先生弟建木先生用蘭亭帖字，集唐人句，成詩一卷，亦前此所未有，因并刻焉。

道光戊申歲，日南至，吴江後學陸日愛謹識。

樗寮生傳

姚椿

樗寮生者，江南海上人也。蓋嘗有名字矣，自以其無所用也，故號樗寮。

少隨親蜀中，持詩文遊京師，有時譽。既而諱之，學文於桐城碩師，未竟所業。聞古有所謂大儒者，伏而讀其書，喟然曰：『道在是矣。』恨少長貴胄，筋骨嬾散，艱爲力行事。然既知之，不敢不勉。

性喜別白善惡，是是非非。弗能面諛人，己亦能受人直言。中年後，稍務寬和，然猶號褊急，卒以此乖迕於世。於古人多所慕，最後乃慕陶淵明。人或譏其弗肖，弗屑也。與人交，有終始。雖負之者，不欲顯絶。不善治生。喪其親歸，故人有賻之者，歸盡以治喪，推其餘邮諸親故。以老親年七十餘，尚持家，中恒鬱鬱。客游以爲養，既得財獻諸其親，則爲他戚氏刼去，意又多不合，慨然自憾。其學未成，而無可用，坐此益困。

生平志行，多見於詩，亦不欲以此自名。其無聊不平之思，間發於它文，非其質也。好酒。所欲著書，皆不成，友人有知之者，頗患其如此。生亦不欲他遇，竟以此終。

贊曰：生有弟，甚相愛，能治家事。有子，讀書不甚慧，將使從其叔；它子能讀書者，又早卒，故恒多病。生爲人，性剛多迕，近淵明，才拙過之。見其親以官瘁，故必不欲仕宦。意在貧賤，肆志弗能，棄其親規爲隱流。憚執勞苦，殆古所謂惰民者與？

國子監生貤封修職郎晉文林郎姚先生行狀

沈曰富

曾祖士英，皇贈通奉大夫。曾祖妣徐氏，贈夫人。祖宗侃，贈通奉大夫。祖妣瞿氏，贈夫人。考令儀，乾隆丁酉選拔貢生，朝考一等，以知縣用，官至四川布政使。妣許氏，封夫人。本籍江蘇松江府婁縣人。

先生諱椿，字子壽，一字春木，別自號樗寮生，姓姚氏。帝舜之後，居於姚墟，以邑爲氏。漢世避莽亂，遷江南，改姓嬀。未幾，復姓。及隋北絳[一]郡公僧垣居吳興武康，有二子，長曰太子舍人察，實草創梁陳二書，以授其子唐左散騎常侍思廉者，今婁縣之姚其後也。由武康徙婁，不詳在何世。先生高祖諱天麒，皇贈通奉大夫，居松江府城西門外，生贈公諱士英，士英生贈公諱宗侃，宗侃生方伯公諱令儀，由雲南祿豐縣知縣洊陟至四川布政使，追贈其三代。配夫人許氏生子二人，長卽先生也，以乾隆四十二年九月十一日生於里第。

自幼從宦滇蜀，資稟絕人。十歲許卽通聲律，以全唐詩出入懷袖間，屢爲塾師所斥，弗改焉。喜博覽，遇未見書必手自鈔録。年十八以國子生應順天鄉試，才名噪京師，一時所與游皆前輩績學之士。六十年恩科，特命六大臣先汰所試卷，上合格者，乃送禮部聽入闈，南昌彭公元瑞、河間紀公昀，首掌其事，見先生文皆奇之，置其卷第一。兩公方以文字受高廟知遇，位望隆赫，海內仰之若山斗。故事，入選者俱投贄門下，先生以彭素待士倨，獨不謁，於紀心喜其辨博，及往見，亦無所質問而退。旣而連試不售，先生夷然不爲意，日與洪太史亮吉、楊農部芳燦、張太守問陶輩極論詞賦，氣甚淩厲。

時川中方用兵，方伯公屢以知府參諸大帥幕，先生仍歲往省，又數數歸家，奔馳南北，動足數千里。所至一地，必周攬其山川，交其賢豪長者，登臨投贈之作滿行笈。嘉慶四年，見郡先達王侍郎昶於杭州，侍郎知先生能詩，叩以所得，先生曰：『以諷諭爲主，以音節爲輔，以獨造爲境，以自然爲宗。』侍郎激賞不置，贈以詩，有『中流砥柱，大雅扶輪』之譽。又有句云『文章名節無窮事』。先生得詩歎曰：『詩外固有事，在古人言之矣。』乃更求爲有用之學，凡河渠、農桑、漕運、邊防以及閭閻疾苦，無不反復熟籌，稽諸史傳，證之以游歷，自謂古人事業可立致，如是者數年。乃以方伯公命，從學於桐城姚先生鼐。姚君語先生曰：『子之業幾成矣，然亦嘗從事程朱之學乎？』先生未有以對。姚君作色曰：『南宋以後之人，類乃程朱留下者，毋忽視焉。』先生退而徧發濂洛關閩之書讀之，爽然如有所失，已復懽然如有所得。是時，詞章、訓詁兩家之氣燄方盛，姚君生當其際，獨以其所學引迪後進，聽其言者，有信有疑，惟先生聞卽開悟，服膺弗失，自此屏棄夙習，壹意求道廓如也。十四年，別姚君於金陵而西上，其冬方伯公卒於蜀。明年，喪歸。十六年，營葬於佘山。二十年，復至金陵，留榻鍾山書院。時姚君已有疾，未久而革，先生侍醫藥者數月。及卒，親視含歛。又哀輯其遺書，旣歸，杜門力學，不復應舉。

先生弟盧氏令君楗爲校官於寶應，先生偕之任，得其鄉朱止泉氏澤澐遺書，讀之數日，作而言曰：『此眞宗守程朱之道，而不欲以文著者。雖然，言者道之華也，行者文之實也，約者博之極也，不極諸繁賾，則無以窮其變，而盡事物之情狀，不根諸理要，則浮文析義，小言破道，而學適足以爲害。學富矣，辭工矣，而其人不足稱，後世讀其書而病之，然則人其尤要也歟。向者桐城所示之言，特引而不發耳。』於是悉訪朱氏未行之書，及其門人所述，極力表章之。又親詣其墓，拜謁，申私淑之禮，先生至是造詣蓋益深矣。作國朝名人贊二十八首，以見趨向。又作心爲嚴師箴及讀書靜坐箴，以日自課其行習。

道光元年，詔天下舉孝廉方正之士，於是松郡以先生名首列，而太倉亦以先生執友彭上舍兆蓀薦。彭少爲閎覽博物之學，其後亦悔，作懺摩録以自省。先生嫌其雜釋氏語，以書規諷，然心欽其志節，居常書問無虚月，各舉身心日用，互相勘証。及是彭以書告先生，言『盛名難副，宜熟思之。』先生亦有詩寄彭，道不當就之意。未幾，彭卒。婁宰猶必欲起先生，先生乃一再作書，自言少經憂患，身多疾病，不復能隨衆應試，懇款求免，始寢其事，時先生年四十五。

是秋，奔叔父喪於明州。又三年，乃就河南長吏聘。主講夷山書院，以實學勵諸生，朝夕諄諄，惟成就人材是急。遇才高行美者，奬借不容口，有孤寒無以自立，必資給焉。取廣昌黄太守永年所作范文正公論，張示講堂，一院之士咸知以名節自重。又主他書院，所教前後一律。及去，輒薦賢以自代。初，先生客中州，未久而盧氏君以保舉知縣，亦來豫省，許夫人與諸孫家居，先生歲必歸省，已遂留家侍養。十六年，許夫人卒，盧氏君奔喪歸，不復求仕。先生乃更出游，會林文忠則徐總督兩湖，聘主荆南書院，先生遂作楚中之游，留楚七載。

二十五年，先生年六十九矣，乃始歸里。既歸，仍主本郡景賢書院。以有足疾自稱蹇道人，或稱檮寮病叟，或稱東佘老民，下帷著書不接外事。春秋佳日鄰曲招邀，間攜杖一赴，坐中少長咸在，時有問難，隨口酬答，必滿人意。賢士大夫官雲間者，下車之始，拜問起居，先生肩輿一謝，自後不再詣。與盧氏君白首相對，各据几案讀書。先生以好鈔書，晚年腕常痛，有所作，盧氏君輒爲書之。兩從子之烺、之烜，侍奉寢興，未嘗離側，孝友之積，化及一家，雍雍如也。

咸豐二年冬，得疾，終日不言，亦不肯進藥，遂以三年春二月二十一日考終，春秋七十有七。時江、揚、鎮三府已陷賊，列郡皇皇，有遷徙者，盧氏君遽卜以其月二十三日葬先生於佘山，祔方伯公之墓。先生配許孺人前卒，比葬先生卽自營生壙，今之兆位是也。子二人，次炘早世，長子炳遺隨其婦翁丹徒嚴大令學淦於湘鄉，嚴卒官，炳護其孥歸，道梗未得達。孫三人，殤者二，其季曰雒甫，冠而死，故先生之喪，盧氏君父子實主之。嗚呼，悲已！

生平著述甚富，有所欲著而未得成者尤多。其已刊而行者曰通藝閣詩録八卷，續録八卷，和陶詩三卷，晚學齋文録十二卷。先生自言於詩用力多，故可自信爲通一藝。文則初好駢儷，三十後始爲古文，故稱晚學云。選國朝文録八十二卷，張侍郎祥河撫陝時，刻於署。又仿黄氏宗羲、全氏祖望兩家例爲國朝學案一書，采掇甚煩而未及成。又有詩後録若干卷，別録若干卷，文續録若干卷，詞録若干卷，樗寮詩話三卷，樗寮隨筆若干卷，葺城筆記若干卷，今藏於家。諸經皆有所論述，未及類聚爲書。晚好讀易，輯易傳若干卷，上下經備，而不及繫辭，歿前數年，更命門人震澤陳壽熊補之。

先生解經主兼通漢宋儒，曰：『譬之釋氏之有宗、有教，不可偏廢也。』嘗作論曰：『易，四聖人之作也。大旨以處憂患而已，而後儒以讖緯之説亂之。書，列代帝王以出政事，歸於言治法而已，而後儒紛紛以古文、今文之説亂之。詩，作不一人，人不一事，聖人以「無邪」蔽之而已，而後儒以大小序、「淫詩」「淫聲」而出入之。至於攷前代典章制度，以爲後人立身之矩矱，而有禮也。紀東周列國時事，以觀聖人之褒貶，而有春秋也。或以後世之事證前代，而不肯闕其疑，或泥時人之所載以爲實，而不能觀其會通，此豈聖人所以望諸後世者乎？秦火之後，抱殘守缺，歷久而僅存者，諸儒功也。其説之未盡當，傳之未盡眞，其勢然，非漢儒過也。歷魏晉六朝，至唐而有注疏之作，其説悉本於儒先。然而經各有主，則其説亦未盡備。宋繼五代之後，周、程、張四子出，始各爲書，以言聖人精微之藴。至朱子則又兼綜歷代之説，雖推尊四子，而復追崇漢人之學，以爲「非有所論説於前，則後人亦無所憑藉，以爲精究之地」，其言可謂公矣。後之人遵其説而行之，雖百世無弊可也。自明以科舉之學囿天下士，其始非不善也，後乃務簡陋，而或不能以博觀。至於中葉，而心學興焉，廢棄典籍，自作聰明，迨其末造，狂禪肆出，學術横裂。於是篤實之士乃復理漢唐舊説以救其弊。而奇邪者亦或借此齮齕宋儒，以便其私。後之學者，益以名高相勝，論上古則可以避今之所諱，斥他人則可以匿己之所短，吾不知其所說者爲何經，而於聖人之心爲何等矣。』

先生論文必舉桐城所稱，曰：『好學深思，心知其意。』又曰：『好學難，深思更難。心知其意難之難者也。』又自言曰：『文之爲用不外四者，曰明道，曰記事，曰考古有得，曰言辭之美。』故其選國朝人文皆本此旨。又論古人所作及文之極詣，則曰：『退之出，一洗舊習矣。學之過者，則又有前此之失。歐、曾起，而天下一軌於正。然而膚庸牽率之病又興焉。有豪傑者作，酌唐之文以準宋之理，庶乎可矣。』而其本原別自有在。其論詩也，每曰『元裕之以後無大家』。於明初推劉伯溫，謂在高季迪上。論本朝人詩，嘗曰：『詩者，性情之事，才與學皆後起者也。王文簡標舉神韻，天下翕然宗之，數十年來，其弊也流於蹇弱而貌似。於是學詩之士務以才力相勝，而通儒鉅公，又以其學問之餘溢爲詠歌。至於推原本始，則猶有間焉。』居常盛稱武進管侍御世銘所選唐詩，以謂『備正變，具勸懲，一一皆如己胸所欲言。其微碎處，悉有意爲必不可廢之書。』其自選，則有五朝長律偶鈔、四朝七律偶存、七言絕句偶鈔、國朝諸家七言長句選，共六冊，未分卷，今亦藏於家。先生自少至老，作詩不下萬。

餘首，不甚愛惜，時失其稾，今刻者什存其二三耳。所表章寶應朱氏之書，次第刊行，或集資，或自任。臨歿猶校訂朱子文選一書，以授梓人，曰：『此本散佚已久，訪之數十年，今始得完整，及吾身見其傳幸矣。然尚有語類選不得同時付刻，此遺憾也。』

先生才識過人，而好學不勌，博聞強記，折衷於至當。論古甚嚴，而待人甚寬，外若通侻，內懷廉介，自其少壯憑藉先業，好振人之急。家既中落，客游以養親，而力所能及，仍不吝施予。其自奉甚淡約，緼袍脫粟皆可自適，而留客命酌，月無虛旬。慨人才之日尠，延接後進，務引以爲學，一藝之長，嘖嘖稱賞，隨方指示，俾底於成。

曰富道光二十六年春，始見先生。其秋，介同門元和陳克家納贄。明年，與克家、壽能同假館於郡齋，得昕夕聞教者凡三載。時先生已七十餘，曰富等每往請業，未嘗見其身離簡策，手輟鉛槧也。嘗以重九前一日，陪先生兄弟由東佘放舟徧游神鼃、天馬諸峯，投宿横雲山下，極飲至醉。先生爲言昔日京邑都會之盛，人物之俊偉，又自言生平所欲爲之事與所欲著書，既而自傷老病，感慨欷歔，而殷勤勸勉，若期許甚大者，余三人相顧起立，不敢承也。二十九年冬，别先生歸吴門。明年夏，先生以書招往，款留者旬餘。命其孫雒字豫川者從余游。咸豐元年春，聞雒卒，往唁先生。其秋復與克家同館郡齋，先生見余輩重重來，稍有喜色，然陪侍不及一月，又分背去。明年冬，曰富改館柘湖，順道起居，先生謂：『余欲言甚多，而子行速，姑俟歸時留宿一罄所積，何如？』曰富往柘湖甫兩旬，而先生已寢疾，不復能承教矣。痛哉！

先生行修於家，道積於厥躬，世不見用，無由發爲功業。其欲正人心而厚風俗，耿耿此志，僅托語言文字以見。竊疑天之畀先生也甚厚，而其待先生也抑何薄歟？雖然，古之聖賢君子，殫精竭神於畢世，而阨窮以老何可勝數？所堪信者，無當世之榮，必有後世之名。異時『儒林』『文苑』之收録，其能遺之也耶？先生雖并不以此爲重，而述德撰行，門弟子之責也。曰富從游日淺，於先生微言逸事不能詳舉，今就見聞所及，存其大概，以俟夫載筆者之擇焉。

門人吴江沈曰富謹狀。

【校】

〔一〕絳：晚學齋文集作『終』。

白石鈍樵集禊帖詩

姚楗

道光丙午上巳詩舲招同人修禊於望雲山莊用蘭亭敘集唐詩成五言絶句二十四首有集古序

今古世殊，史通。俯仰自得。嵇康。每至興會，世說。有懷春游。謝安。化日初長，宋史。清修爲暢。徐邈。老少年次，論衡。觀異知同。陸雲。清絲流管，拾遺記。暢其天和。李華。因山臨水，唐書。自有樂地。晉史。于是暮春之禊，張衡。樂矣今日之游也。戰國策。得天之時，得人之和。唐書。以類相感，以氣相化。新論。化感所致，北史。天人同欣。魏志。方春和時，羣生自樂。漢文詔。天地之氣，合以生風。漢書。情寄所在，梁武詔。極情盡言。王羲之。文外曲致，文心雕龍。右文興化。宋史。未知文生于情，情生于文。世說。老矣無能爲也已，左傳。今不異于古所云。韓愈。可以言未，後漢書。此其時矣。左傳。

歲歲無爲化，張九齡。年年長自清。儲光羲。當今固殊古，韓愈。觀世得無生。王維。

地殊蘭亭會，權德輿。以作時世賢。元結。已自少情趣，王昌齡。有時聽管絃。白居易。

終歲無時閒，岑參。昔游有初迹。劉眘虛。欣欣豈云已，儲光羲。事事不異昔。李白。

天水相與永，杜甫。山林引興長。杜甫。是時春向暮，柳宗元。臨水坐流觴。戴叔倫。

春與人同老，韓偓。水爲風生浪。劉禹錫。有抱不列陳，韓愈。觀生盡人安。崔顥。

不與清風遇，錢起。況當流水時。崔國輔。豈無感激者，陳子昂。少有外人知。杜甫。

亦在老大時，杜甫。因言天外事。李白。不得與之游，李賀。自知無以致。韓愈。

欣然有所遇，白居易。豈得長爲羣。李白。不知臨老日，杜甫。猶未當能文。李商隱。

少長游有羣，白居易。天水合爲一。陸龜蒙。流浪隨所之，元稹。後會不期日。賈島。

坐當羣靜後，杜荀鶴。事感和氣同。獨孤及。終日有流水，劉得仁。少年懷古風。孟郊。

暮春天氣和，儲光羲。清風左右至。杜甫。人生亦有初，杜甫。今日時無事。元稹。

羣流會合曲，杜甫。左右竹林幽。裴廸。豈是風情少，白居易。及爲山水游。白居易。

隨風故有人，吳融。昔日不爲樂。陶翰。春事已不及，李白。得閒無所作。韓愈。

自知風水靜，賈島。長是管絃隨。張祜。〔一〕古春年年在，李賀。未有不陰時。杜甫。

爲感長情人，白居易。盡日臨風坐。陸龜蒙。所樂在人和，白居易。自然無不可。韓愈。不得當時遇，白居易。於諸作者閒。皇甫湜。終期天目老，劉得仁。日暮懷此山。王灣。年長風情少，白居易。靜知時世長。孟郊。古迹春猶在，曹松。因風浪引將。元稹。人生有情感，白居易。向日無曲陰。白居易。故事修春禊，王維。清風在竹林。孟浩然。風隨惠化春，李白。能將流水引。郎士元。感此懷故人，孟浩然。敘言情未盡。喬知之。是時春已老，元稹。曲盡情未終。李白。時有清氣至，儲光羲。不與世流同。趙嘏。世情今已閒，高適。感時將有寄。包佶。虛亭清風在，張籍。陳迹隨人事。杜甫。寄情與流水，李白。閒地盡生蘭。皇甫冉。此事已終古，陶翰。不爲人所觀。李白。盡日聽不足，陸龜蒙。春風若有情。陳陶。此言當可取，元結。自古無長生。劉乂。流水無盡期，高適。春山臨一室。皇甫曾。況有清和天，白居易。禊事修初畢。白居易。

【校】

〔一〕祜：原作「祐」，訛。

金縷曲 橫雲春禊，余集唐詩既成，復填此解，仍集禊帖

自昔嘗修禊，況今時，臨觴合樂，坐之和氣。朗詠靜當絲管聽，顧荃士誦迦陵填詞圖諸曲音極清脆。咸信長生可致。蘭抱豈，春終猶未。風浪相因湍引激，竹林游，放誕形骸外。主客爲荃士祛瘧，合作嘂呼聲甚厲，殆取袚除遺意耶。陳迹覽，感懷寄。

殊尤永在人間世，騁虛無，云亭日觀，興隨流水。敘述仰期稽古錄，賢者斯能樂此。時陳梁叔屬校令祖稽亭先生明紀稿本。將盡集，清修文事。余擬輯敬止錄一書，記鄉先輩嘉言懿行。倦向故山欣託足，取同羣，暫作齊年會。會者凡十六人，黃研北與周月槁年七十四，李樾塘與子壽兄年七十，張竹初與余年六十一，張春水與王心蕘年五十九。觀所與，快知己。